WIE MASTER WÜNSCHT

DIE MASTER DER SHADOWLANDS-REIHE: BUCH 6

CHERISE SINCLAIR

Übersetzt von
FRANZISKA POPP

VanScoy Publishing Group

@ Deutsche Ausgabe: FP Translations; 2023

ISBN: 978-1-947219-42-7

@ Originalausgabe: *To Command and Collar* by Cherise Sinclair; 2011

Lektorat: Christian Popp

DANKSAGUNGEN

Ich bin Autorin, die richtigen Worte zu finden, sollte für mich also kein Problem sein! Und doch fällt es mir schwer, auszudrücken, wie dankbar ich den Menschen bin, die ich im Folgenden ansprechen werde:

Ich fühle mich gesegnet, wie enthusiastisch meine Leser sind. Die unzähligen Stunden vor dem Computer, die müden Augen, das dreckige Haus und die Fertiggerichte – ihr macht es das alles wert. Ohne Euch würde es Raoul wohl nicht geben. Vielen, vielen Dank.

Gerne möchte ich auch Kane und Careena aus dem Lair de Sade in Los Angeles für das herzliche Willkommen und die Tour durch den riesigen Kerker danken. Besonders spannend dabei fand ich die gruselige Gefängniszelle im Keller. Ein großes Dankeschön geht an die großzügigen Doms, Master, Subs und Sklaven, die ihre Geschichten mit mir geteilt haben. Vielen Dank an den wundervollen Dom, der mir eine Fireplay-Session vorgeführt hat.

An meine tollen, kreativen, herzlichen Kinder, die ihre Mutter lieben, obwohl sie stundenlang in ihrem Büro sitzt.

Zu guter Letzt an meinen gutmütigen Ehemann für seine Geduld, wenn ich mit *okay* antworte, da ich mal wieder in meine eigene Welt abgetaucht war. Du bist der Grund, aus dem ich über Liebe schreiben kann.

Vielen lieben Dank an Euch alle,

Cherise

ANMERKUNG DER AUTORIN

An meine Leser/Leserinnen,

dieses Buch ist reine Fiktion. Und wie in den meisten Romanen wird die Liebesgeschichte in eine sehr, sehr kurze Zeitspanne hineingepresst.

Ihr, meine Lieben, lebt in der wirklichen Welt. Ihr werdet mehr Zeit brauchen als die Romanfiguren. Gute Doms wachsen nicht auf Bäumen und es gibt ein paar sehr seltsame Menschen dort draußen. Wenn ihr auf der Suche nach eurem eigenen Dom seid, hört auf euer Bauchgefühl und seid bitte vorsichtig.

Und wenn ihr ihn findet, dann nehmt zur Kenntnis, dass er nicht eure Gedanken lesen kann. Ja, so beängstigend das auch sein mag, ihr werdet euch ihm öffnen, mit ihm reden und auch ihm zuhören müssen. Teilt eure Hoffnungen und Ängste miteinander. Erzählt ihm, was ihr euch von ihm wünscht und wovor ihr abgrundtiefe Angst habt. Okay, er wird eure Grenzen etwas austesten – er ist schließlich ein Dom –, aber ihr habt ja euer Safeword. Nicht das Safeword vergessen, okay? Und passt auf euch auf. Verhütet. Vertraut euch einer Person in eurem Freundeskreis an. Teilt euch mit, kommuniziert.

Denkt dran: Safe, sane, consensual. (Sicher, vernünftig, einvernehmlich.)

Ich wünsche mir für euch, dass ihr diese besondere Person findet, die euch liebt, die eure Bedürfnisse versteht und euch im Herz trägt.

Während ihr nach diesem besonderen Menschen Ausschau haltet, könnt ihr Zeit mit den Shadowlands-Mastern verbringen.

Fühlt euch gedrückt,

Cherise

KAPITEL EINS

Kimberly Moore musterte ihren langen, transparenten Rock. Das seidenweiche Material bot für ihre Knie keine Polsterung, als sie auf dem Fliesenboden kniete. Langsam sollte sie an das Elend gewöhnt sein. Seit dem Tag ihrer Entführung hielt ihr Leben keinen Komfort mehr bereit. Nur Schmerz und Misshandlungen. Und wie es aussah, versprach es schlimmer zu werden. *Nicht bewegen. Nicht anspannen. Zeig keine Wut.*

Der Sklavenaufseher näherte sich, seine Stiefel – so schwarz wie seine Seele – betraten ihr Sichtfeld. „Die drei Käufer befinden sich im Wohnzimmer. Serviert ihnen Drinks und Horsd'œuvres. Benutzt eure Körper, um sie zufriedenzustellen. Ich rate euch, euer Bestes zu geben. Werdet ihr nicht gekauft, können die Mitarbeiter nach der Veranstaltung mit euch tun, nach was auch immer ihnen der Sinn steht, bevor ihr nächsten Monat erneut angeboten werdet."

Ein neuer Besitzer. Tief in ihrem Inneren bebte Kim und Galle stieg in ihrer Kehle hoch. Sie versuchte, zu schlucken, aber ihr Halsband schien sich zu festigen und raubte ihr den Atem und damit das Leben. Sie atmete ein, wohl überlegt und langsam. Gleichzeitig gab sie ihr Bestes, sich nicht zu bewegen, keine

1

Regung zu zeigen. *Versuche nicht, es abzureißen.* Von dem ersten Halsband, das sie abgeschnitten hatte, trug sie noch immer eine Narbe an ihrem Hals, da sie abgerutscht war.

Anschließend hatte Lord Greville sie geschlagen, bis sie sich von dem albtraumhaften Schmerz übergeben musste. Als ihre Hände den Betonboden mit Blut bedeckt hatten, war der Wunsch in ihr aufgekommen, dass sie sich tiefer geschnitten und eine Arterie erwischt hätte.

Ertrage es. Schweige. Sie spannte ihre Bauchmuskeln an und transformierte sich in eine Statue. Die Stiefel verharrten eine Weile in ihrem Sichtfeld, bevor er die Küche verließ und in das Wohnzimmer marschierte.

Die Laute seiner Schritte waren lange verebbt, sodass es Kim endlich wagte, den Kopf zu heben. Ihr Gesicht hatte sie unter Kontrolle, ganz im Gegensatz zu ihren Augen. Jeder Sklavenhändler, der einen Blick in ihre hasserfüllten Augen warf, würde sie auspeitschen.

„Käufer", wimmerte Holly.

Kim streckte den Arm aus und drückte die Hand der neunzehnjährigen Blondine. „Ganz ruhig. Vielleicht ist heute ein Netter dabei."

„Denkst du das wirklich?" Hoffnung zeigte sich auf Hollys Gesicht.

„Alles ist möglich."

Die dritte Sklavin im Raum umfasste Hollys andere Hand. „Sei stark, Süße. Wir überstehen das." Sie fand Kims Blick und schüttelte ihren Kopf, wenig begeistert davon, dass sie der jungen Frau falsche Hoffnungen machte. Beide wussten sie, dass nette Männer keine entführten Frauen kauften.

Kim wollte nur gekauft werden, um von dem Aufseher wegzukommen. Danach würde sie einen Weg finden. Irgendwie würde sie ihre Freiheit zurückerlangen. Für einen Moment rief sie sich die Erinnerung an ihr von den Wellen in Bewegung gebrachtes Boot zurück, an den Geruch und den Geschmack der salzigen

Brise, an die Kameradschaft mit den anderen Biologen aus Georgia. *Behüte diese Erinnerungen, aber vergrabe sie tief, wo Peitschen nicht hinkommen.* Sie würde wieder nachhause kommen. Irgendwie. Irgendwann. Vielleicht schon heute. Jede Veränderung in einer Routine bot eine Fluchtmöglichkeit – besonders bei einem Transport. Auf die harte Tour hatte sie lernen müssen, dass die Chance auf Freiheit gegen Null ging, sobald der Käufer sie in seinem Haus hatte. Wenn die Master sie nicht brauchten, wurden Sklaven in Schränken oder Kellern gehalten. Ein Schauer jagte über ihre Haut. Oder in Käfigen.

Sie schluckte. Ihr Widerstand war an dem schweren Stahl des Hundekäfigs gebrochen. Auf Händen und Knien, nicht in der Lage, sich hinzustellen oder zu bewegen. An ihren Schenkeln war die Pisse entlanggelaufen. Jeder Tag erfüllt von entsetzlichen Schreien, bis ihre Stimme nachgegeben hatte.

Ihrem Master hatte es nicht gefallen, als sie versucht hatte, ihn umzubringen.

Und hast du aus der Erfahrung etwas gelernt, Kim?, fragte ihr zynischer Teil. Sie runzelte die Stirn. *Nächstes Mal steche ich schneller zu.* In ihrem tiefsten Inneren wusste sie jedoch, dass sie dafür nicht noch einmal den Mut aufbringen konnte.

Begleitet von einem Seufzer stand sie auf und zog Holly und Linda mit sich. „Also dann, Ladys, lasst uns die Käufer unterhalten."

Schweigend führte sie den Weg in das repräsentative Wohnzimmer. Sie musterte die zwei Männer, die leise vor dem Kamin sprachen. Einer von ihnen hatte Übergewicht, war in seinen Dreißigern und seine Lippen zierte ein fieses Grinsen. Der andere Mann – hager und älter. Welcher wäre schlimmer?

Der dritte Käufer ... Auf der gegenüberliegenden Seite des Raumes stand ein Mann auf der Türschwelle zum Flur. Nur um die einen Meter achtzig groß war es nicht seine Größe, die beeindruckte, sondern sein muskulöser Körperbau, durch den er riesig und einschüchternd wirkte. Sein weißes Seidenhemd stand im starken Kontrast zu seiner dunklen Haut und den noch dunkleren Augen. Ausdruckslos sah er sich um: Er musterte Linda und Holly, bevor er seine Aufmerksamkeit auf sie richtete. Seine unpersönliche Prüfung erfasste sie wie ein kalter Herbstwind auf ihrer nackten Haut.

Sie erschauerte. *Nicht er. Bitte, Gott, nicht er. Ich bin hässlich, tollpatschig, ein böser Sklave. Du willst mich nicht.*

Auf der Türschwelle atmete Raoul die schwüle Floridaluft ein, die durch das Fenster in den Raum wehte. Der dunkel eingerichtete, viktorianische Salon mit königsblauer Blumentapete und orientalischen Teppichen erschuf ein passendes Setting für Master und Sklaven. Die anderen Käufer hatten es sich auf Sesseln bequem gemacht. Gleichgültig nickte er ihnen zu. Dabei erhaschte er im Spiegel über dem Kamin einen Blick auf sich selbst: schwarze Stoffhose und ein Seidenhemd, seine schwarzen Haare auf Kragenhöhe gekürzt und gestylt. Heute erinnerte er stark an seinen Freund Z. Von ihm selbst war äußerlich nicht mehr viel zu erkennen und genau das war das Ziel gewesen. Er musste reich genug wirken, um den Eindruck zu vermitteln, ein Sklavenmädchen kaufen zu können. Und wir sprachen hier nicht von einem Mädchen aus einem Dritte-Welt-Land mit einem gebrochenen Englisch, sondern von einer gebildeten Frau aus den USA. Für die Reichen gab es nur die besten Sklaven.

Auf der anderen Seite des Raumes war ein Buffet hergerichtet worden, an dem es auch Drinks gab. Gerade bereiteten drei Sklavenmädchen Getränke zu. Bei dieser Aufgabe wurden sie von einem hochgewachsenen, blassen Mann beaufsichtigt, der mit Aufseher angesprochen wurde. „*Nenn mich Dahmer*", hatte er angeboten, und Raoul fragte sich, was für ein Psycho sich nach einem Serienmörder benannte. Er sah gewöhnlich aus. Recht gut in Form, glatte, braune Haare, die langsam ausdünnten, tiefe Augenhöhlen mit der Regenbogenhaut in der Farbe von Schlamm. Seine

Oberlippe war länger als die untere und sein Mund zierte ein zynisches Grinsen. Eine Person, die auf den ersten Blick nicht den Eindruck erweckte, dass sie andere Menschen entführte und wie Vieh verkaufte.

Raoul nahm sich die Zeit, die Frauen zu mustern. Eine zu Tode verängstigte, junge Blondine. Eine große, üppige Rothaarige. Und zu guter Letzt: eine hübsche Frau mit schwarzen Haaren, die ruckartig ihren Blick senkte. Alle drei trugen Seidenröcke und sonst nichts.

„Gibt es Vorlieben, Gentlemen?", fragte Dahmer. Er reichte der Blondine einen Drink und nickte in Raouls Richtung.

Der zu kurz geratene, übergewichtige Käufer hob die Hand und zeigte auf die rothaarige Frau. „Sie ist älter, aber ich mag Rothaarige. Aus irgendeinem Grund macht es mehr Spaß, sie zu ficken."

Als die Rothaarige erblasste, musste Raoul alles geben, um an seiner Kontrolle festzuhalten.

Der ältere Mann mit Glatze entließ ein übertriebenes Lachen und fand mit den Augen die jüngste Frau. „Ich bevorzuge Blondinen."

Die kleine Blondine zuckte zusammen und ihr glitt das Glas aus den Fingern.

Raoul reagierte und konnte den Wein vor dem Verschütten bewahren. „Ganz ruhig, *Chica*", sagte er.

Sie verzog das Gesicht zu einer Grimasse, erwartete offensichtlich einen Schlag. In Raoul erhob sich die Wut. Er gab alles, um seinen Ausdruck passiv wirken zu lassen, und nahm einen Schluck von dem Wein.

Sein zufriedenes Nicken löste die Besorgnis in ihren Augen auf ... bis sie von dem Aufseher zu dem alten Mann geführt wurde. Nun strahlte ihre Panik in Wellen von ihr ab.

Die verbliebene Sklavin verfügte über mehr Kontrolle. Sie stand neben Dahmer, ihre Augen auf den Boden gerichtet, die Hände vor dem Bauch verschränkt. Er würde sie nicht als wunderschön bezeichnen, aber sie war recht hübsch. Hübsch genug, um einen Mann zu erfreuen. Ihre Haut zeichnete sich durch einen bronzefarbenen Ton aus, nur ein paar Farbnuancen heller als Raouls. Es war möglich, dass amerikanische Ureinwohner in ihren Vorfahren zu finden waren. Ihre hohen Brüste hingen leicht, ihre Wangen waren eingefallen und sie war so dünn, dass er sie als hager beschreiben würde. Die Gefangenschaft hatte ihr schwer zugesetzt, das war klar.

Der Aufseher nickte Raoul zu. „Wird sie für den Moment genügen, Master R? Es ist kein Problem zu tauschen. Wenn Ihnen keine zusagt, dann genießen Sie einfach den Abend und wir werden eine neue Auswahl organisieren."

Das war der Plan. Alle Sklaven ablehnen und an eine Einladung zu der großen Auktion herankommen. Dort gäbe es noch weitere entführte Frauen, sodass das FBI viel mehr Arschlöcher hochnehmen konnte. *Denke nicht an die Zukunft. Käufer. Du bist ein Käufer, Sandoval.* Er spazierte durch den Raum und positionierte sich vor der ungewollten Frau. Ihr Blick haftete weiterhin am Boden. „Umdrehen", befahl er, sein Ton kurz angebunden und harsch, um sein Mitleid zu überspielen.

Sie drehte sich um ihre eigene Achse. Lange Haare – so dunkel, dass sie beinahe als Schwarz durchgingen – ergossen sich in Wellen über ihren Rücken. Unter dem bläulichen Rock sah er ausladende Hüften.

„Dünn." Aus den Augenwinkeln sah er zu Dahmer.

„Ah", antwortete Dahmer in seiner schleimigen Stimme. „Die Sklavin hat sich verletzt. Es geht ihr wieder gut, aber das verlorene Gewicht konnte sie bisher noch nicht wiedererlangen. Dadurch hat sie einige Trainingsstunden verpasst und sie trägt Narben, sodass wir sie zu einem Spottpreis anbieten."

Die kleinen Muskeln um den Mund der Frau spannten sich kaum merklich an. Ansonsten war keine Reaktion zu erkennen. Beeindruckende Kontrolle.

„Sie ist akzeptabel. Für den Moment", sagte Raoul. Die beiden für diesen Einsatz verantwortlichen FBI-Agents hatten eine distanzierte Persönlichkeit angeraten.

Raoul schob die Finger in die schwarzen Haare der Frau. Wie schwere Seide fühlten sich ihre Wellen an, und so zog er sie zu sich.

Sie wehrte sich nicht, folgte lediglich seiner Führung.

„Sieh mich an." Als sie nicht gehorchte, festigte er den Griff und zog ihren Kopf in den Nacken. Sanft, jedoch hoffte er, dass es von außen brutal gewirkt hatte.

Ihr Blick hob sich zu seinem und ihm stockte der Atem. Erstaunliche hellblaue Augen. Die Farbe erinnerte an Antikglas. Er sah diese Augen nicht zum ersten Mal ... Als Marcus' Sub ihm ein Foto gezeigt und ihn angefleht hatte, nach ihrer Freundin Ausschau zu halten, hatte er in diese unbeschreiblichen Tiefen geblickt. Dies musste Kimberly sein.

Madre de Dios, das kam unerwartet. „Ihre Augenfarbe ist ein Pluspunkt", sagte er zu dem Aufseher. Dann öffnete er seine Hand und ließ die ... Sklavin los. Nicht Kimberly. Heute Abend war sie nur eine Sklavin, hier, um ihn zufriedenzustellen. Ihm blieb keine Wahl. „Bring mir etwas zum Essen", zischte er und marschierte zu dem Kamin, vor dem es sich die anderen beiden Käufer bequem gemacht hatten.

Mit ausgestreckten Beinen trank er seinen Wein und beobachtete ohne den kleinsten Mucks, wie der alte Sack die Brüste des jungen Mädchens befummelte. Innerlich jedoch schäumte er vor Wut. *Nein, Sandoval. Kontrolle.* Irgendwann in der Zukunft würde hoffentlich der Moment kommen, in dem er diesem Wichser das Gesicht polieren durfte. Heute war nicht dieser Tag. Raoul zwang sich, seine geballte Faust zu öffnen.

Gott sei Dank gesellte sich in diesem Augenblick die dunkelhaarige Sklavin zu Raoul und kniete sich neben ihm hin. In ihren Händen hielt sie einen Teller mit Leckerbissen. Ihre unterwürfige Stille erinnerte ihn an seine erste Sklavin. Antonia jedoch hatte ihm mit Liebe und Begeisterung gedient. Ihre Beziehung konnte

7

nicht mit dieser misshandelten Frau verglichen werden. „Sehr nett", murmelte er ihr zu. Sogleich hob sie den Blick und sah ihn aus diesen einnehmenden Augen überrascht an. Er entdeckte in ihren Tiefen sogar einen Hauch – nur einen Hauch – Befriedigung, bevor diese in Angst und Kontrolle ertränkt wurde.

Er wählte einen mit Käse gefüllten Pilz und schätzte es, wie viel Mühe sich jemand mit dem Essen gegeben haben musste. Genießen konnte er es jedoch nicht. Alles schmeckte gerade nach Stroh. Er aß einen weiteren Horsd'œuvre und hielt der Sklavin ein Stück Melone vor den Mund. „Iss, *Chica.*"

Ihr Kopf näherte sich der Frucht. Entgangen war ihm der eiskalte Blick jedoch nicht. Sie akzeptierte das Melonenstück und ihre Lippen strichen gegen seine Finger. Er fütterte sie noch mit ein paar mehr, bevor er sich selbst etwas gönnte und ihr anschließend wieder einen kleinen Happen reichte. Nach einer Weile hielt er die Finger vor ihren Mund und gab ihr deutlich zu verstehen, dass sie diese sauberlecken sollte. Kurz zögerte sie und doch folgte sie wenige Sekunden später seiner Aufforderung. Ihre Reaktionen fielen dezent aus; ihre Kontrolle war beeindruckend. Die Muskeln um den Mund und die Augen waren schwer zu bändigen. Ihre wunderschönen Tiefen waren wie ein offenes Fenster zu ihren Emotionen. Er sah, wie sehr sie es verabscheute, Essen von ihm zu akzeptieren. Sie hasste ihn.

Er musste dem Plan folgen. *„Benimm dich, als würdest du ein Bewerbungsgespräch mit ihr führen",* hatte Special Agent Kouros ihn unterwiesen, offensichtlich nicht davon überzeugt, dass Raoul für die schwierige Aufgabe gerüstet war.

„Was sind deine Stärken?", fragte Raoul. Er nahm ihr den Teller ab und stellte ihn auf den Beistelltisch.

Sie rutschte auf ihren Fersen herum. „Ich habe keine Stärken, Master", flüsterte sie so leise, als würde sie nicht wollen, dass der Aufseher ihre Antwort hörte.

Keine Stärken? *Das bezweifle ich.* Hoffte sie, dass er sie nicht kaufte? Verabscheute sie nur ihn oder alle Käufer? Wollte sie hier bleiben? „Was passiert, wenn du heute Abend nicht gekauft wirst?"

Diese Reaktion konnte sie nicht unterdrücken. Ihr gesamter Körper spannte sich an. Ihr Ziel war es also nicht, bei dem Aufseher zu bleiben. Bevorzugte sie einen der anderen Käufer? Raoul betrachtete die zwei. Wahrscheinlich glaubte sie, mit einem älteren oder fetteren Master eine größere Chance auf eine Flucht zu haben. Kluges Mädchen.

Die beiden waren Sadisten. Nicht gut. Von ihrem Ausdruck zu urteilen, geschah etwas Furchtbares mit den Frauen, die nicht verkauft wurden.

Wie konnte er es also verantworten, diese junge Frau ihrem Leid zu überlassen? Gabis Freundin. Das konnte er nicht.

Der bittere Geschmack in seinem Mund löste sich etwas auf. Nun konnte er wenigstens ein Mädchen retten. Den Agents würde das nicht gefallen, aber sie würden sich einen neuen Plan überlegen.

Was, wenn sie das nicht konnten?

Er rieb mit der Hand über seinen Mund. Mit dem Kauf von Kimberly bestand die Möglichkeit, dass er andere Frauen in Not in die Verdammung schickte. Ein ungutes Gefühl machte sich in ihm breit. Dieser Albtraum versprach keine zufriedenstellende Lösung.

„Kannst du kochen?", fragte er.

„Ja, Master R."

Wie es schien, hatte sie nicht vor, weiter auszuholen. Er gluckste. „Muss ich dir jede Information aus der Nase ziehen?"

Jegliche Farbe wich ihr aus dem Gesicht. „Nein, Master. Es tut mir leid, Master."

Seine Wut auf die Sklavenhändler drohte überzuschäumen und er packte die Armlehnen so fest, dass seine Fingerknöchel weiß anliefen. Er zwang sich, sich zurückzulehnen. „Bring mir einen neuen Drink." Und er hoffte, dass er sich in der Zeit beruhigte und so nicht jedes einzelne Arschloch in diesem Zimmer erwürgte. Nichts wünschte er sich mehr, als diesen Ort zu verlassen. Leider war das nicht möglich. Noch nicht. Kein Käufer würde sein Geld ohne eine Probefahrt hinblättern. Machte er zu früh ein Angebot, würde Dahmer ihn als Hochstapler einstufen. *Spiele deine Rolle, Sandoval. Selbst, wenn du sie damit zu Tode erschreckst.*

Sie kam zurück, kniete sich geräuschlos hin und hob ihm das Glas entgegen.

Als er von seinem Drink trank, musterte er sie. Er lernte ihren Rhythmus beim Atmen und wie sie ihren Körper bewegte, wenn ihr etwas unangenehm war. Entweder war sie Ende zwanzig oder Anfang dreißig. Für eine Frau hatte sie eine durchschnittliche Größe, ihre Haut wies darauf hin, dass sie eigentlich rundlicher war. Weicher. Die Farbe ihrer Nippel zeigte ein Braunrosa und sie waren verhältnismäßig groß. An ihrem Brustkorb entdeckte er eine lange, verheilte Narbe – eine Narbe, die ihn an seine Zeit in einer Gang erinnerte. Messerwunde.

Mit einem Finger zeichnete er das Narbengewebe nach, das von Gewalt sprach. Indessen beobachtete er ihr Gesicht. Ein Schauer jagte durch ihren Körper und ihr Mundwinkel zuckte, bevor sie es schaffte, sich erneut unter Kontrolle zu bringen. Gabi hatte ihre Freundin als lebhaft und quirlig beschrieben. Er sah die Falten neben ihren Augen und ihrem Mund, die auf viele freudvolle Stunden hinwiesen.

Diese Natur existierte nicht länger. Der Verlust fühlte sich wie ein Schmutzfleck auf seiner Seele an.

„Sie tanzt", sagte der Aufseher, der plötzlich neben Raoul erschien. „Klug. Gute Köchin. Ihre Gesangsstimme ist nicht besonders gut, aber das vergisst man schnell, wenn sie erstmal tanzt."

Raoul richtete den Blick auf sie. „Tanze für mich, Sklavin. Verführerisch."

Anmutig erhob sie sich. Als sie sich von ihm entfernte, sah er die Peitschenwunden auf ihrem Rücken. „Erzählen Sie mir von ihr."

„Meeresbiologin aus Georgia, Mittelschicht, gesund, ledig, keine Kinder. Zuvor ein Leichtgewicht in dem Lifestyle."

„Die Wunden einer Peitsche und einem Messer. Wurde sie schonmal verkauft?", fragte Raoul.

„Na ja." Dahmer räusperte sich und richtete seinen schwarzen Anzug. „Sie wurde für eine Themenauktion ausgewählt. Das Thema: rebellische Subs."

Verwirrt zog Raoul die Augenbrauen hoch, obwohl er bereits wusste, von was Dahmer sprach. Die Sub seines besten Freundes, Gabi, war eine der entführten Frauen gewesen, die für diese Auktion herhalten sollten.

„Jedes Verkaufsevent hat ein Thema. Bei dem Letzten wurden freche Subs mit BDSM-Erfahrung angeworben. Ungehorsam. Widerspenstig. Eine Herausforderung für den Master. Leider muss ich sagen, dass sie uns enttäuscht hat. Der Besitzer hat sich mit seiner Unzufriedenheit an uns gewendet und eine Rückerstattung verlangt."

Anscheinend hatte der Käufer seine Unzufriedenheit an Kimberly ausgelassen. „Benutzte Ware. Was stimmt nicht mit den anderen beiden?"

„Die Blondine ist ... unbeholfen. Sie macht sich gut, wenn sie sich in einer Situation wohlfühlt, aber generell führt sie Handlungen unbefriedigend aus." Der Aufseher drehte sich und die junge Frau zuckte bei der ungewollten Aufmerksamkeit zusammen. „Die Rothaarige ist älter. Sie stand nicht auf unserer Liste. Da sie aber Zeuge einer Entführung wurde, musste sie ebenfalls dran glauben. Ein paar gute Talente hat sie, jedoch verfrachtet sie ihr Alter in eine niedrigere Preisklasse."

Die Schnäppchengrube für Sklaven. Genau wie beworben. Da er nicht wusste, ob die Sklavenhändler das Vermögen der potenziellen Käufer prüften, hatte Raoul entschieden, kein Vermögen anzugeben, das er nicht hatte. Stattdessen hatte er bei dem

Bewerbungsgespräch nach billigeren Sklaven gefragt, sodass seine Geschichte ein Fundament hatte.

„Blacky allerdings hat ihre Stärken", sagte Raoul.

„Ausgezeichnet." Befriedigung sickerte aus Dahmers Stimme. „Stellen Sie jedoch sicher, dass Sie die Sklavin heute Abend ausprobieren. Aus Erfahrung wissen wir, dass die Käufer auf lange Dauer zufriedener sind, wenn sie sich Zeit lassen und die Ware auf Herz und Nieren prüfen."

„Das ergibt Sinn." Er dachte daran, wie es sich anfühlen würde, mit einer unwilligen Partnerin zu spielen. Kein gutes Gefühl.

Raoul sah zu Kimberly, als sie wieder den Raum betrat, nun bedeckt in Schleiern. „Ah ...", murmelte er in einem wertschätzenden Ton.

Dahmer lachte. „Sie war Mitglied in einer Modern-Dance-Gruppe, die oft für Wohltätigkeitsorganisationen getanzt hat. Ich habe eine erfahrene Sklavin beauftragt, ihr erotisches Tanzen zu unterrichten und ... Na ja, Sie werden schon sehen."

Musik ertönte.

Mit ihrer Aufmerksamkeit einzig und allein auf der orientalischen Musik lief Kim enggefasste Kreise, das Chiffonmaterial wie eine Schleppe hinter ihr. Die anderen Schleier umhüllten ihren Körper. Barfuß drehte sie sich langsam um, stieß eine Hüfte nach vorn, rotierte anzüglich das Becken und ließ ihre Haare schwingen. Wohlüberlegte Bewegungen, die Arme betonten die natürlichen Kurven ihres Körpers. Den Schleier in ihrer Hand warf sie anmutig von sich. Dann nahm sie sich den Stoff, der die Hälfte ihres Gesichts bedeckte.

Da ihre Ausdauer momentan noch litt, hatte sie sich für eine kurze Nummer entschieden. Zur Hölle mit dem Tanz der sieben Schleier – vier mussten reichen.

Als sich das Lied auf den Höhepunkt zubewegte, begann sie

mit den wellenartigen Bewegungen. Dabei ignorierte sie den noch immer wunden Bereich an ihren Rippen. Sie konzentrierte sich auf den Tanz, blendete die Blicke der Männer aus. Jedes einzelne Augenpaar. Der Ausdruck des Aufsehers sprach von Lust und sie unterdrückte einen angewiderten Schauer. *Musik. Denke an die Musik.*

Noch ein Schleier und ihre Brüste waren nackt. Sie ließ sie beben, wie es ihr die Tanzlehrerin beigebracht hatte. Der Käufer im mittleren Alter schluckte schwer und lehnte sich vor. Sie wandte den Blick ab. Ihr Körper musste tanzen, ihre Seele wollte fliehen. Aber ihr Verstand wusste es besser und übernahm die Kontrolle, zwang sie, sich dem dunkel gebräunten Käufer zu nähern. Mit gesenkten Lidern schaffte sie es, anzüglich zu lächeln, anstatt eine Grimasse zu ziehen. Die nächste Drehung und schon stand sie direkt vor ihm.

Schließlich hob sie den Kopf. Ihr Blick traf auf seinen und mit seinen Augen fesselte er sie so effektiv, wie das seine Faust in ihren Haaren getan hatte. Trotz allem war sein Ausdruck von Wärme geprägt, so warm, dass er scheinbar in der Lage war, die angespannten Muskeln in ihrem Körper von ihren Ketten zu befreien.

Die Melodie umgab sie, schaukelte sie in ihrer Umarmung. Sie schwebte durch die Routine, der Beat der Bechertrommel herrschte über ihre Hüften, die Klänge der Mizmar führte ihre Arme und ihre Schultern. Jeder Schritt war perfekt ausgeführt und das Gefühl war unbeschreiblich.

Nachdem sie auch den letzten Schleier entfernt hatte, schwoll die Musik an, riss sie mit sich, bevor das Lied schließlich zu einem Ende kam.

Sie erkannte, dass sie vor Master R kniete und nicht in der Mitte des Raumes. Zwischen seinen Beinen hatte sie das Gefühl, als würde er sie vor den anderen beschützen. Das Gemurmel eines Gesprächs kam von den zwei Käufern und dem Aufseher.

Vollkommen außer Atem hob und senkte sich ihre Brust.

Außer Form. Sie hatte nicht mehr getanzt, seit Lord Greville ... Es war lange her. Ein Schweißfilm hatte sich auf ihre Haut gelegt und langsam kühlte sie ab. Nackt. Sie hasste das Gefühl, unbekleidet in einem Raum mit Männern zu sein. Wieso hatte das in den Clubs, die sie regelmäßig besucht hatte, nie ein Problem dargestellt?

Weil es ihre Wahl gewesen war. Damals hatte sie sich für den Mann, mit dem sie gespielt hatte, gerne nackt gemacht. Hier und jetzt stand der Wunsch, jemanden zu erregen, nicht gerade oben auf ihrer Liste. Tat sie das jedoch nicht, waren die Konsequenzen ...

Zum Zeitpunkt des letzten privaten Verkaufs hatte sie sich noch von ihren Verletzungen erholt. *Gott sei Dank*, denn nachdem die Käufer gegangen waren, war eine Sklavin verblieben – ungewollt und unverkauft. Der Aufseher hatte sie an die Angestellten gegeben. Die schrillen Schreie der Frau waren erst spät in der Nacht verstummt. Am nächsten Tag kam sie in den abgeschlossenen Raum zurück. Nicht länger menschlich. Hinter ihrem Ausdruck war nur noch Leere. Der Aufseher hatte die Angestellten mit einer Gebühr abgestraft, da sie die Ware ruiniert hatten. Einige Tage später war die Sklavin ... nicht mehr aufzufinden.

Kim schluckte schwer.

Selbstbewusste Finger legten sich um ihr Kinn und hoben ihr Gesicht. Die braunen Augen, die zu Beginn so unterkühlt gewirkt hatten, hielten nun eine Begierde bereit, von der sie nicht wusste, ob sie sie wollte. Und sie sah auch etwas anderes. Besorgnis? „Was ist los, *Chiquita*?", flüsterte er.

Die Frage, so sanft ausgesprochen, trieb ihr die Tränen in die Augen. Sie versuchte, sich von ihm zu lösen, doch seine Finger festigten sich, und sie erkannte, dass sie kurz davor stand, vor diesem Mann zu weinen. *Nein.* „Bitte nicht."

Er runzelte die Stirn. Dann ließ er sie los und wandte den Blick ab. Als er sich ihr wieder zudrehte, entdeckte sie nur

Gleichgültigkeit, sein Ausdruck versteinert. Sie erschauerte. Vor ein paar Sekunden hatte er regelrecht menschlich gewirkt.

Hast du nichts gelernt, Kim? Lord Greville behält Recht. Du bist eine dumme Schlampe.

„Gentlemen, wer möchte, kann nun den Kerker betreten", verkündete der Aufseher.

Der fette Käufer entließ einen befriedigten Laut und sein Gesicht zeigte Lust.

Der Ältere zischte: „Wird auch Zeit." Er stand auf, packte Holly bei den Haaren und zog sie hinter sich her. Vorgebeugt und schluchzend blieb ihr nichts anderes übrig, als ihm zu folgen.

Kims Bedürfnis, diesen abartigen Kerl zu töten, schaltete beinahe ihren gesunden Menschenverstand aus. Aber nur fast. Sie hatte dazugelernt. Aufs Schmerzlichste. Sich einzumischen, bedeutete, dass die Sklavenhändler sie auspeitschten. Und nicht nur sie, sondern auch die Frau, der sie versucht hatte, zur Hilfe zu kommen. *Die kurze Peitsche, die auf ihrem Rücken landet, dann der Schmerz, der sich schlagartig entfaltet hat. Die Schreie der anderen Sklavin.* Ihre Hände pressten sich auf ihre Schenkel. *Nicht sprechen. Sag nichts. Halte den Blick gesenkt.*

Master R erhob sich. „Komm."

Sie wollte ihre Schleier aufheben, doch er schüttelte den Kopf. „Für den Kerker bist du passend gekleidet."

Nachdem sie es auf ihre Beine geschafft hatte, packte er sie in ihrem Nacken. Sein Griff war entschieden, aber nicht schmerzhaft, und sie spürte die Schwielen an seinen Fingern. Er schob sie vor sich und führte sie dann in den Kerker, indem er den anderen folgte. Es handelte sich um einen umgebauten Wohnbereich mit einem Holzboden und Balken, von denen Ketten baumelten. Neben zwei Andreaskreuzen fanden sich hier eine Strafbank und ein Bondage-Tisch. Werkzeuge und Spielzeuge hingen an den dunklen Wandverkleidungen zwischen blutroten Vorhängen, die natürlich zugezogen waren. Sogar in der Stille schien der schwach beleuchtete Raum von den Lauten des Schmerzes widerzuhallen.

„Nehmen Sie sich die Zeit und testen Sie die Sklaven", verkündete der Aufseher. „Da Sie allesamt Gesundheitszeugnisse vorgelegt haben, sind Kondome nicht notwendig. Die drei Frauen tragen Hormonimplantate und sind frei von Krankheiten. Ich möchte daran erinnern, dass die Sklavinnen nicht mit Langzeitschäden versehen werden dürfen. Alles, was in den nächsten paar Tagen heilt, ist erlaubt: Striemen, Abschürfungen, blaue Flecke."

Der Stämmige ging auf direktem Weg zu dem Andreaskreuz an der rechten Wand und nahm sich eine Lederpeitsche. Der ältere Mann zwang Holly auf ihre Knie, sodass er die Sammlung an Rohrstöcken begutachten konnte.

Bei Kim drehte sich der Magen, als sie sich an ihre eigenen Worte erinnerte. *„Vielleicht ist heute ein Netter dabei."* In dieser Welt gab es keine Netten. *Oh, Holly, es tut mir so leid.*

„Und Sie?" Der Sklavenaufseher wandte sich Master R zu. „Mir ist zu Ohren gekommen, dass Sie eine gute Züchtigung genießen."

Die Hand in ihrem Nacken festigte sich. „Ich werde den Flogger benutzen."

Mit ihrem Blick auf den Boden gerichtet atmete Kim aus und versicherte sich, dass ein Flogger im Vergleich zu den anderen Dingen nicht so schlecht war. Nicht so schlimm wie eine Peitsche oder ein Rohrstock. Vielleicht wählte er aber auch einen von den fiesen Floggern. Sie kämpfte gegen das Bedürfnis an, sich von ihm loszureißen und zu rennen. Jedoch wusste sie, dass sie nicht mal die Tür erreichen würde. Und allein für den Versuch würde sie bezahlen müssen ... und bezahlen und bezahlen. *Ich schaffe das. Es ist nur Schmerz.*

Sie verstand nicht, wie das möglich war, aber sie fühlte die Aufmerksamkeit des Käufers wie eine warme Sommerbrise. Sein Daumen streichelte über ihren Nacken. „Dahmer, Sie haben eine wirklich nette Sammlung hier stehen."

„Danke", antwortete der Aufseher, seine Stimme schneidend.

„Alles in einem neuen Haus aufzubauen, kann allerdings nervig sein."

„Das glaube ich. Wie lange bewegen Sie sich bereits in diesem ... Berufsfeld?"

„Die *Harvest Association* hat mich vor sieben Jahren angeheuert." Die Lache des Sklavenaufsehers führte bei Kim zu Gänsehaut. „Die Zusatzleistungen sind großartig – wie zum Beispiel, dass ich die Ware abrichten darf."

„Wählen Sie die Frauen aus?"

„Je nach dem, nach was wir gerade suchen, halten unsere Rekrutierer Ausschau nach potenziellen Sklaven." Der Aufseher wies auf Holly. „Sie wurde für unsere *Blondinen machen mehr Spaß*-Aktion auserkoren. Innerhalb des Südost-Quadranten wähle ich von einer Liste und kontaktiere dann die passenden Leute, um die Abholung vorzunehmen."

„Mehrere Instanzen. Das ist beruhigend."

Instanzen über Instanzen. Ertränke die Bastarde und lass die Krabben ihre Körper essen. Kim biss sich auf die Zunge, bis sie Blut schmeckte. Gleich zu Beginn hatte der Aufseher erklärt, wie lange die *Association* bereits Geschäfte tätigte und wie unwahrscheinlich es war, dass sie jemals zu ihren Familien zurückkehren würden. Eine verzweifelte Sklavin hatte noch am selben Abend versucht, sich das Leben zu nehmen. Jedoch hatte der kaputte Plastikbecher nicht tief genug in ihre Haut geschnitten.

„Die Sicherheit und die Anonymität der *Association* und unserer Käufer ist unsere höchste Priorität." Der Aufseher hielt an. Kim hob den Kopf und sah, dass er auf die Flogger an der hinteren Wand zeigte. „Ich bin mir sicher, dass Sie hier etwas finden werden."

„Wie viel Zeit habe ich?"

„So viel, wie Sie wollen." Der Aufseher fand Kims Blick. „Nach dem, was ihr letzter Besitzer meinte, bricht dieses Stück Ware nicht so leicht."

Ihre Haut kühlte ab und ihre Hände zitterten. Lord Greville

hatte nicht aufgehört, bevor er sie gebrochen hatte. Erst dann hatte er ...

Master R schnaubte und zog sie an sich, sein Arm um ihre Taille, eine große Hand auf einer ihrer Brüste. „Jeder Volltrottel kann eine Frau zum Schreien bringen. Ich bevorzuge es, die Reaktionsfähigkeit zu ... beurteilen." Mit seiner unerbittlichen Hand streichelte er sie, seine Berührung sanft. Er berührte sie auf eine Weise, die sie daran erinnern sollte, dass ihr Körper nicht länger ihr gehörte. Dennoch ekelte es sie nicht an. Sie runzelte die Stirn und versuchte, sich zu bewegen, aber sein Arm lag wie ein Stahlrohr um sie und hielt sie an Ort und Stelle gefangen.

Der Aufseher neigte den Kopf respektvoll. „Es ist mir ein Vergnügen, endlich mal einen wahren Dom in unseren Reihen zu haben."

Als hätte dieser Vollpfosten ein Auge für Erfahrung, dachte Kim. Master R jedoch war ein Dom. Das konnte sie sehen. Als der Aufseher von dem fetten Käufer weggerufen wurde, drehte Master R sie zu sich um. Sein Gesicht war ausdruckslos und das trat einen Angstschauer in ihr los. Was hatte er mit ihr vor?

Wollte sie, dass er sie kaufte? Oder lieber nicht? Bisher war er nicht gemein gewesen − jedenfalls nicht auf die Art, die die anderen beiden Käufer an den Tag legten. Ihr wurde schlecht, als sie sah, dass Holly auf der Bank gefesselt worden war. Jeder brutale Schlag mit dem Rohrstock führte bei der jungen Frau zu einem Wimmern.

Am Andreaskreuz gab Linda keinen Ton von sich, während Tränen über ihre Wangen rannen. Die Peitsche hinterließ rote Linien auf ihren Brüsten und ihrem Bauch. Die ältere Frau hatte ihr erzählt, dass sie eine Masochistin war, dass sie Schmerz mochte, aber ... nicht so. Niemals so.

Kim wollte zu keinem dieser Sadisten. Der Mann an ihrer Seite jedoch sah alles. Er war zu klug und er würde sie nicht entkommen lassen. Sie zuckte zusammen, als Hollys Käufer zu einem Lederriemen wechselte, der Aufprall erschreckend laut in dem großen Raum. Sollte sie die Grausamkeiten für die Chance auf eine Flucht in Kauf nehmen? Wie schlimm würde es um sie stehen, bevor sie ihre Freiheit wiedergewinnen konnte?

„Du denkst zu viel, kleine Sklavin. Ich will deine Augen auf mir und auf mir allein."

Bei dem sanft gesprochenen Befehl schoss ihr Blick zu ihm. Der Nebel um ihn herum, der durch Distanz gezeichnet war, hatte sich aufgelöst. Er verschränkte die Arme vor der Brust und musterte sie. Seine dunklen Augen glitten über ihr Gesicht, ihre Schultern, ihre Hände, ihre Beine. Unter der Prüfung verlagerte sie ihr Gewicht von einem Fuß auf den anderen. Die Stille zog sich in die Länge und das Gefühl in ihrem Bauch verstärkte sich. Ein erfahrener Dom. Sie sah die Anzeichen in seiner Körperhaltung und auch durch ihre eigenen Reaktionen, die auf die Befehle eines Doms hinwiesen und nicht auf die eines Monsters.

Er ist ein Monster. Vergiss das niemals.

„Wie lautet dein echter Name?", fragte er in einem saften Ton. *Mein Name. Ein Teil von mir. Werde ich nicht beantworten.* Er hob sein Kinn und unter seinem durchdringenden Blick brach ihre Willensstärke, die Lord Greville stets wütend gemacht hatte, wie eine Palme während eines Tropensturms. „Kimberly. Sir."

„Danke." Sein Ausdruck zeigte, wie zufrieden er mit ihr war, und ihre Muskeln entspannten sich, obwohl sie wusste – *wusste!* –, dass er ein Sklavenhalter war. *Und e-er will einen Flogger an mir b-benutzen.*

Er packte ihre Schultern und drehte sie herum, sodass ihm ihr Rücken zugewandt war. Warum war er nicht gewalttätig? Stattdessen fuhr er mit seinen warmen, schwieligen Fingern über ihren Rücken, was zu Empfindungen führte, die sie nicht einzuordnen vermochte. „Du wurdest ausgepeitscht. Ist das vor oder nach deiner Versklavung passiert?"

Ihre Kehle schnürte sich zu. *Versklavung.* Wieso war dieses Wort jedes Mal ein Schock? *Wie kann es sein, dass ich hier bin? Das ist nicht möglich.* „Danach." *Lord Grevilles Augen, wahnsinnig, Schmerz, auf ihre Knie gefallen. Blut überall.*

Er grunzte. „Arschlöcher."

Bitte was? Sie zwang sich zur Unbeweglichkeit.

„Du wirst diesem Abend nicht ohne ein bisschen Schmerz entfliehen, *Chiquita.*" Obwohl sie erstarrte, zog er sie gegen seine Brust, sein Körper wie eine Steinwand, sein Arm um ihre Taille gewickelt. Er berührte ihre Brüste und seine Sanftheit war verwirrend. Sein Atem neckte die Härchen an ihrer Schläfe. „Hast du den Flogger davor genossen?"

Ein anderes Leben, das mit diesem nichts gemein hatte.

„Kimberly?"

Sie hätte ihm ihren Namen nicht sagen dürfen. Ihn zu hören, gesprochen mit diesem autoritären Tonfall eines Masters, erreichte etwas tief in ihr. *Mein Name. Ich bin real. Ich bin noch immer ich. Kimberly Elizabeth Moore.* Sie schluckte schwer und rief sich die Fragen der BDSM-Clubs in Erinnerung. Vorher. „Ich ... ja."

„Gutes Mädchen." Seine volltönende Stimme entspannte sie, während sie weiterhin versuchte, auf der Hut zu bleiben. „Und Einschränkungen? Stören sie dich?"

Diese ... Unterhaltung erinnerte sie an das Davor. An den Tanz der Verhandlung, um einen Partner zu finden, der mit ihren Vorlieben kompatibel war. *Aber das ist es nicht, Kim. Du bist eine Sklavin. Nur ein Fickloch. Eine Schlampe.* Sie erstarrte.

Er knabberte an ihrem Ohrläppchen. Wieder kam in ihr dieses merkwürdige Gefühl auf. Ein Kribbeln tief in ihr. „Bleib bei mir in der Gegenwart, Kimberly", sagte er. Nun klang seine Stimme so ganz anders als vorhin. Tief und geschmeidig und begleitet von einem spanischen Akzent. So unerwartet warm wie ein sonniger Tag im Frühling. „Antworte mir. Stören dich Einschränkungen?"

„Nein. Eigentlich nicht." Schlimmer waren enge Bereiche,

Kapuzen über ihrem Kopf, Käfige ... Ihr Magen drehte sich und plötzlich bekam sie keine Luft mehr.

„Was ist los? Sag es mir."

Auf keinen Fall würde sie ihm eine Waffe reichen, die er später gegen sie verwenden konnte – die er benutzen würde, um sie wie der Aufseher zu bestrafen. Sie presste die Lippen fest zusammen.

„Nein?" Er seufzte und drehte sie zu sich. Wieder musterte er sie, massierte ihre Schultern, sein Griff stark, kontrolliert und ... wohlwollend. „Ich werde dich fesseln und einen Flogger an dir benutzen. Auch werde ich meine Hände zum Einsatz bringen, vielleicht auch meinen Mund. Ich weiß, dass du in dieser Angelegenheit keine Wahl hast" – seine Augen verloren kurzzeitig jegliche Wärme – „aber ich denke, es wird dich beruhigen, dass ich nicht vorhabe, deine Grenzen zu übertreten."

Okay. Er hatte nicht vor, etwas zu tun, was sie vor dieser Tortur nicht sowieso schon genossen hatte. Und sie hatte bis hier überlebt. Keine Käfige im Raum. Die Erleichterung war überwältigend und bevor sie sich stoppen konnte, flüsterte sie: „Danke."

Ein kaum merkliches Lächeln zeigte sich auf seinen Lippen. „Dankbarkeit schätze ich sehr." Mit den Fingerknöcheln streichelte er über ihre linke Brust. Wie immer nach einer Gefangenschaft fühlte sie rein gar nichts. Keinen Schmerz, keine Abneigung, einfach ... nichts.

Seine Augen verengten sich. Gemächlich glitt er erneut über ihre Brust, sein Blick immer direkt auf ihr Gesicht gerichtet. Ohne die Hand wegzunehmen, wanderte er nach oben zu ihrer Schulter und ihrem Hals.

Die Haut unter seinen Fingerspitzen fühlte sich etwas rau an. Seine Handfläche brachte das Eis unter ihrer Haut zum Schmelzen.

„Du wirst viel Arbeit brauchen, *Chiquita*", murmelte er. „Heute haben wir dafür jedoch keine Zeit."

„Was?" Schockiert darüber, dass ihr das Wort entfleucht war, nahm sie hastig einen Schritt zurück und bereitete sich innerlich auf den Schlag vor.

Er jedoch ignorierte ihr Fehlverhalten und wies mit dem Kinn auf die Wand mit den verschiedenen Einschränkungen. „Wähle bequeme Fesseln für deine Handgelenke und Fußknöchel. Kehre dann zu mir zurück."

Sie setzte sich in Bewegung, die Erleichterung verwandelte ihre Beine zu Wackelpudding. Obwohl sie unaufgefordert gesprochen hatte, wurde sie nicht bestraft. Schon zum zweiten Mal hatte er sie verschont. Was hatte er aber damit gemeint, dass sie viel Arbeit brauchte? Sie schüttelte den Kopf und konzentrierte sich darauf, seinem Befehl nachzukommen.

Nachdem sie sich die Fesseln angelegt hatte, ging sie wieder zu ihm.

Er nickte. „Hände hinter deinen Rücken. Beine weiter auseinander. Augen zu mir."

Sie folgte seinen Anweisungen, spreizte die Beine auf Schulterhöhe. Anderen Sklavinnen war diese Position gelehrt worden, das wusste sie. Ihre Erfahrung war ... anders gewesen. Bei dem Gefühl der gefesselten Hände hinter ihrem Rücken rebellierte ihr Magen.

„Sehr nett." Er prüfte den Sitz ihrer Einschränkungen. Zu ihrer Überraschung löste er eine zu eng sitzende Fessel an ihrem Knöchel.

Für einen Moment begutachtete er sie. „Du bist eine hübsche Frau, Kimberly." Er umkreiste sie, musterte sie und aus einem ihr unerklärlichen Grund, vielleicht weil er stets den Körperkontakt suchte und sie sanft berührte, fühlte sie nichts von der üblichen Abneigung oder der Wut. Er erkundete die Narben auf ihrem Rücken, den Lord Greville und seine Angestellten blutig gepeitscht hatten. Danach wandte er sich den blauen Stellen an ihrer Hüfte zu, für die der Aufseher verantwortlich war ... Ihr Verstand verabschiedete sich aus der Situation.

Seine Finger zeichneten die Messerwunde nach. Durch die

zerstörten Nerven kribbelte die Narbe an einer Stelle und fühlte sich taub bei der nächsten an. Bei den violetten Flecken auf ihrem Fuß runzelte er die Stirn. Eine Verletzung, die ihr der Aufseher mit seinem Stiefel zugefügt hatte, als sie einen Tropfen seines Kaffees verschüttet hatte.

Nachdem er seine Hände über ihre Hüften hatte gleiten lassen, berührte er ihre Pussy. Ohne Haare. Glatt und geschmeidig. Im Rasieren war sie mittlerweile recht versiert. Sie fühlte die Berührung seiner Hand, die jedoch nur Erinnerungen an andere Hände und Penisse mit sich brachte.

„*Pobrecita*", murmelte er und sah ihr dabei direkt in die Augen. „Ich werde dich untersuchen, Kimberly. Ich muss wissen, ob es Probleme gibt."

Untersuchen? Ihr ging ein Licht auf, das mit einem Schwindelgefühl einherging, als er zu dem Tisch schritt und Gleitgel auf seine Finger gab. *Oh Gott.* Sie schloss ihre Augen und wartete. *Nicht anspannen. Ich bin nicht hier. Heute ist ein guter Tag für einen Strandbesuch. Sandkörner zwischen meinen Zehen, die Meeresbrise ...*

Zu ihrer Überraschung fühlte sie nur die Hitze seines Körpers, sein Seidenhemd an ihren nackten Brüsten, seinen Atem an ihrer Wange. „Sieh mich an", hauchte er.

Ich will nicht. Sie hob den Blick zu ihm. Sein Gesicht war ihr so nah, seine dunklen Augen mit so viel Verständnis gefüllt, dass sie beinahe gewimmert hätte.

Seine Hand legte sich auf ihr Geschlecht.

Nein. Sie drehte ihren Kopf, woraufhin er tief in seiner Kehle einen warnenden Laut produzierte. Er hatte ihr eine Anweisung gegeben und erwartete, dass sie gehorchte.

Es blieb ihr also nichts anderes übrig, als ihm wieder in die Augen zu sehen.

Seine benetzten Finger glitten auf eine Weise über sie, die sie lange nicht erfahren hatte. Schweigend beobachtete er sie, als er ihre Klitoris berührte und ihre Schamlippen teilte. Einen Finger schob er in sie und sie konnte die Grimasse auf ihrem Gesicht nicht unterdrücken.

„Ganz ruhig, *Chiquita*." Seine andere Hand legte er auf ihren Hintern und hielt sie so an Ort und Stelle. Er küsste sie sanft – ein Kuss, der sie besänftigen sollte – und fügte zum ersten Finger einen zweiten hinzu. Sie versuchte, die Beine zusammenzudrücken, und musste nun feststellen, dass er seine Füße so positioniert hatte, um dies zu verhindern. Nach einem Moment entfernte er die Finger.

Fertig war er jedoch noch nicht. Er trat einen Schritt zurück und nahm sich aus einer Schachtel einen Latexhandschuh.

Ich hasse es. Hasse dich. Hasse euch alle.

„Lehne dich vor und spreize mit den Händen deine Arschbacken, Mädchen." Seine Stimme klang kalt und gemein.

Sie blinzelte bei der Veränderung und bemerkte dann, dass sich der Aufseher näherte. Hatte sich deswegen das Verhalten des Doms geändert? Der Gedanke war …

„Sofort, Mädchen."

Ihr Körper erstarrte und ihr Verstand war wie leergefegt. Er hatte sie berührt. Dort unten. Zähneknirschend beugte sie sich nach vorn, hob ihren Po und öffnete sich für seine Inspektion.

Ein feuchter Finger umkreiste ihr Loch. „Wurde sie schonmal anal genommen?"

„Oh ja. Solange ein Käufer keine Analjungfrau verlangt, stellen wir sicher, dass die Sklaven vorbereitet sind."

Der lange Finger des Doms presste sich gegen ihren Anus. Sie wollte fliehen. Das schien ihm nicht zu entgehen, denn sogleich packte er sie an der Hüfte. Sein Finger durchbrach den Muskelring und glitt in sie. Rein und raus, noch bevor der Schauer durch ihren Körper gejagt war.

„Mm, nicht schlecht." Er trat zurück und warf den Handschuh in den Müll. „Wahrscheinlich werde ich größere Analplugs an ihr verwenden müssen, um sie später nicht zu zerreißen."

Seine Worte ließen sie zusammenzucken und Zorn ersetzte

ihre Todesangst. So groß war er also, ja? Ein Blick auf seine Stoffhose reichte jedoch aus, um seine Worte zu bestätigen. Mit dem Ding in seiner Hose könnte er sie verletzten.

Wieder legte er die Hand auf ihren Nacken und führte sie zu dem Bereich, wo die Ketten von der Decke hingen, während andere am Boden befestigt waren. Er positionierte sie mit ausgebreiteten Gliedmaßen, festigte die Ketten an ihren Armen und stellte sicher, dass sie nicht fliehen konnte.

Sie schloss die Augen und zog sich stattdessen an den Ort zurück, an dem sie den Schmerz nicht so stark wahrnehmen würde. Nicht das Subspace ... nein, ganz sicher nicht. Sie würde sich so weit von diesem Raum entfernen, wie sie in der Lage wäre. Das Boot legte von der Anlegestelle ab, Wellen prallten gegen die Außenwand, Wind wehte durch ihre Haare ...

Für eine Weile ließ er die Auswahl auf sich wirken, bevor er sich für einen Flogger und eine neunschwänzige Katze entschied und zu ihr zurückkam. Zu ihrer Bestürzung fuhr er mit den Händen über ihre Schultern, ihre Arme, ihren Oberkörper und ihre Beine, sodass er sie in die Realität zurückholte. *Verflucht sei er.* Seine Hände waren rau, seine Fingernägel kurz geschnitten.

Ihr Körper erhitzte sich unter seinen Berührungen. Ihre Haut tat das; ihre Mitte blieb eiskalt. Er wiederholte die Praktik, rieb mit den Zungen des Floggers über ihre Haut. Er hatte sich für einen mittelgroßen Flogger in Hirschleder entschieden, der keine geknoteten Enden aufwies. *Gott sei Dank.*

Er schnipste die Enden gegen sie und sie rieselten wie fette Regentropfen auf ihren Rücken. Sie zuckte zusammen und entspannte sich wieder, als er den Flogger erneut einsetzte, geschmeidig und gleichmäßig. Beinahe besänftigend.

Er wandte sich ihrer Vorderseite zu. „Wo kommst du her, Kimberly?"

Is' egal. Jetzt bin ich in der Hölle. Sie richtete den Blick über seine Schulter und starrte die Wand mit den Peitschen und Floggern an.

„Kimberly?", wiederholte er in einem tieferen Tonfall.

Ihre Worte brachen aus ihr heraus, als wären sie von dem Meeresboden an die Oberfläche gerissen worden. „Ich ... bin aus Atlanta." Nein, das stimmte nicht. *Mom lebt in Atlanta. Warum fühle ich mich so verloren?* „Ich arbeite in –" Savannah. Die Zungen trafen auf ihre Brüste. Sie zuckte und fühlte, wie etwas Unwillkommenes in ihr erblühte. Etwas, das nichts mit Schmerz zu tun hatte.

„Ich kann deinen Südstaatendialekt hören." Er stoppte und musterte sie für eine Minute. Seine Augen ... Wie schaffte er es, dass sie in einer Minute verängstigend kühl waren und in der nächsten sanft und freundlich? Er ging einen Schritt auf sie zu, nah genug, sodass sie seine Hitze an ihrem Körper spürte, und streichelte durch ihre Haare. „Kleine Sklavin, ich werde dir jetzt eine Frage stellen. Wie auch immer deine Antwort ausfällt, ich werde nicht wütend sein oder dich verurteilen. Ich möchte lediglich wissen, was du dir für die folgenden Minuten wünschst."

Sie runzelte die Stirn. Wieso wollte er ständig mit ihr reden? Eine Frage beantworten konnte sie, aber ... eine Wahl hatte sie ohnehin nicht. Sie nickte.

„Bueno." Für einen Moment zögerte er, scheinbar auf der Suche nach den richtigen Worten. „Ich denke, dass ich dazu in der Lage bin, dir eine Reaktion zu entlocken." Er streichelte über ihre Wange und zeichnete mit dem Daumen über ihre Unterlippe. „Dass du das Flogging genießt. Ich kann dich zu einem Orgasmus führen. Oder ... ich kann dich einfach nur mit dem Flogger bearbeiten, bis du vor Schmerzen schreist. Ich ... Das ist nicht meine normale Verfahrensweise." Seine Augen verdunkelten sich und sein Kiefer spannte sich an. Seine Wut war jedoch nicht gegen sie gerichtet, das sah sie ihm an. „Dir wurde sehr viel genommen. Gezwungen zu werden, auf mich zu reagieren, könnte am Ende schlimmer sein, als den Schmerz zu ertragen. Also werde ich dir die Wahl geben. Entscheide, was du bevorzugen würdest."

Seit ihrer Gefangenschaft hatte sie keinen Orgasmus mehr

erlebt. Durch seine Berührungen jedoch, die er selbstsicher ausführte, erschien er beinahe liebevoll. Sie fühlte sich von seiner Art angezogen. Es war nur natürlich, dass sie sich an die einzige Person klammerte, die sie wie einen Menschen behandelte. Als er wartete, sein Selbstbewusstsein in seine Talente offensichtlich, überkam sie das furchterregende Gefühl, dass er sie wirklich zu einem Orgasmus führen konnte. Hier. Sodass sie vor den Sklavenhändlern ihr Innerstes entblößte. Vor dem Aufseher. Sie schüttelte den Kopf und flüsterte: „Nein."

„Nein zu was?"

„Bringe mich nicht ... Tue mir einfach weh, okay?"

„Du willst keinen Orgasmus. Du bevorzugst den Schmerz." Er wartete auf ihr Nicken und sein Mund verzog sich, als hätte er verdorbene Milch getrunken. „Dann bitte ich dich um eine Sache: Wenn es wirklich weh tut, schreie. Auf diese Weise kommen wir beide hier schneller raus."

Nein. Nicht einen Mucks würde sie von sich geben. Betteln, Schreien, Wimmern waren gleichzusetzen mit einer Niederlage. Bei jedem Auspeitschen beherrschte sie sich, bis der Schmerz so überwältigend war und sich ihr Verstand instinktiv abschaltete. Und nun verlangte er von ihr, frühzeitig aufzugeben?

Der kleine Teil in ihr, der noch immer Kimberly war, sagte Nein. Niemals.

Und doch ... er hatte ihr die Wahl gegeben und damit versucht, es ihr einfacher zu machen.

Oder war seine Freundlichkeit ein Trick?

Sie wusste nicht, wie sie ihre eigenen Argumente sortieren sollte. „Okay."

Er zog eine Augenbraue hoch.

„Ja, Master. Es tut mir leid, Master", fügte sie so hastig hinzu, dass ihre Zunge nicht hinterherkam.

„Sehr nett." Sein Mund verzog sich zu einem Lächeln, bevor er sie erneut küsste, seine Lippen warm an ihrem kalten Mund. Als er zurücktrat, veränderte sich seine Pose: von Clark Kent zu

Superman. Die Sorge, die sie auf seinem Gesicht gesehen hatte, war verschwunden.

Warum hatte sie so viel preisgegeben? Er hatte sie zum Narren gehalten.

Mit beherrschter Kontrolle bewegte er sich, als er den Flogger ausschüttelte und sich dann hinter ihr positionierte. Das Instrument kollidierte mit ihrem oberen Rücken, zu beiden Seiten ihrer Wirbelsäule, auf ihrem Hintern. Die Lederstreifen prallten sanft und in einem gleichmäßigen Rhythmus gegen ihre Haut. Zuerst langsam, schließlich schneller.

Es dauerte nicht lange, bis ihr Rücken und ihr Po brannten. Er blieb hinter ihr und schon bald war sie ein Teil eines wahren Floggings.

„Sie sind verdammt gut, Master R", sagte der Aufseher. Seine schmierige, schneidende Stimme ließ sie zusammenzucken. „Es überrascht mich, dass Sie sie nicht ficken, so wie das die anderen beiden tun."

„Nenn mich Raoul", antwortete er, ohne aus seinem Rhythmus zu kommen. Mittlerweile erhob sich der Schmerz.

Dann änderte er die Hiebe und nur die Enden trafen auf ihre Haut, sodass sich der Schmerz zu einem Stechen formte. So, so viel schlimmer. Sie ballte die Hände zu Fäusten.

„Ich ficke selten in der Öffentlichkeit", erklärte Master R. „Wenn sie jetzt kein Talent für Sex hat, kann ich sie lehren." Seine Stimme verdunkelte sich. „Für den Moment möchte ich hören, wie sie klingt, wenn sie schreit."

Durch den roten Nebel in ihrem Verstand bekam sie die Betonung mit, die er auf das Wort *schreit* gelegt hatte. Er hatte ihr gesagt, dass sie schreien sollte.

Nein. Niemals.

„Dann gehen wir mal zu der Katze über." Die Schläge stoppten. Schritte. Ein anderes zischendes Geräusch.

Ihr Mut verflüchtigte sich. Eine neunschwänzige Katze. Sie wappnete sich, oder versuchte es jedenfalls.

Der Schlag kam und traf sie wie Krallen an ihrem Rücken. Links, rechts. *Oh Gott!* Ihr Kiefer spannte sich an, ihre Lippen zusammengepresst. Auf keinen Fall würde sie einen Laut von sich geben. Sie starrte die Wand an, ihre Schultern standen in Flammen und sie konnte in ihrem Kopf regelrecht seine Stimme hören: *Tu es.*

Sein nächster Schlag war härter. Sie fühlte ein Stechen und ein Brennen auf ihrer misshandelten Haut. *Schrei, Kim.* Ihre Lippen teilten sich, aber nichts kam raus.

Er teilte einen Hieb auf ihren Hintern aus und dieses Mal, als sich der Schmerz in ihr als Explosion freisetzte, zwang sie ein Quietschen an ihrem angespannten Kiefer vorbei. Zwei weitere Schläge folgten und fegten wie ein Waldbrand über sie hinweg. Die Wand der Stille brach. Sie sackte in den Ketten zusammen und schrie. Ein Rinnsal bahnte sich einen Weg über ihren Rücken. Ihr Blut.

Er stoppte. *Oh Gott, er hat aufgehört.* Tränen rollten über ihr Gesicht und landeten auf dem Boden. Durch das Klingeln in ihren Ohren hörte sie ihn zu dem Aufseher sagen: „Ein melodischer Schrei. Auch habe ich bemerkt, wie gehorsam sie ist. Das ist mir wichtig. Die tollpatschige Blondine wäre unakzeptabel."

„Ich mag einen Master, der weiß, was er will. Zu viele Idioten wählen unbedacht." Der Aufseher lachte. „Allerdings machen wir dadurch ein gutes Geschäft. Sie brechen ihre Spielzeuge und müssen sich ein Neues kaufen."

Ihre Knie bebten. Schlaff hing sie mit schmerzenden Schultern von ihren Armen. Ihr Rücken fühlte sich an, als hätte sie sich auf glühende Kohlen gelegt. Kim schluckte an der Trockenheit in ihrem Mund vorbei. Nicht das erste Mal, dass sie gebrochen wurde. Sie bezweifelte, dass sie eine weitere Runde überleben würde.

„Ansehnliche und gleichmäßige Markierungen", sagte der Aufseher, seine Stimme unangenehm nah. Die Ketten hielten sie davon ab, sich von ihm zu entfernen, als er sich direkt hinter sie stellte. Mit einem Finger glitt er ihre Wirbelsäule entlang. Wie eine Schleimspur fühlte es sich an. *Geh weg. Fass mich nicht an.*

„Ich treffe, was ich treffen will." Master R trat vor sie, hob ihren Kopf und inspizierte sie emotionslos.

Raoul konnte den Schmerz der kleinen Sklavin spüren – Schmerz, den er nicht gerne ausgeteilt hatte. Ohne jegliche Befriedigung. Sein schlechtes Gewissen war nicht zu bändigen. Das Bedürfnis, Dahmer zeitlebens zum Krüppel zu machen, lähmte Raoul für einen Moment. Tief atmete er ein. Er kontrollierte seine Wut, drückte sie nieder und entfernte sich von dem Mädchen.

„Mir gefällt deine Professionalität", sagte Dahmer. „Hast du noch immer Interesse, bei einer zukünftigen Auktion eine Vorführung zu geben?"

„Vielleicht." Wäre es möglich, die Auktion zu besuchen? Es könnte sein, dass der Plan der Agents durch seinen Erwerb von Kimberly nicht ruiniert wurde. Raoul warf die Katze mit den fiesen Knoten auf eine Bank und zwang ein Grinsen auf seine Lippen. „Aus Spaß würde ich mir das gerne ansehen."

„Leider sind die Events nur für potenzielle Käufer und für Performer zugänglich, Raoul." Dahmer räusperte sich höflich. „Und du meintest bereits, dass deine Mittel begrenzt sind."

„Das stimmt. Ich werde für eine Weile keine neue Sklavin kaufen können. Für eine Performance bin ich allerdings zu haben."

„Behalte im Hinterkopf, dass die Sessions auf die eine oder andere Weise ... fleischlich sein müssen."

Fuck, eine arme Frau vor einer Ansammlung von Perversen? Raoul drehte es den Magen um. „Natürlich. Sonst kann man es auch lassen."

Dahmer lachte. „So will ich das hören. Es gibt einige Interessenten auf der Warteliste, also weiß ich nicht genau, wann du deine Talente zur Schau stellen kannst. Du könntest bei dem Nachgespräch eine Vorführung geben und dir so einen Platz auf der Liste ergattern."

Was zum Teufel? „Klingt gut. Von welchem Nachgespräch ist hier die Rede?"

„Diese Information findest du nach einem Kauf in den Unterlagen. Im Großen und Ganzen geht es um unser Rückgaberecht – und es stellt sicher, dass sich die Käufer an die Regeln der *Harvest Association* halten." Der schleimige *Cabrón* gluckste. „In ein paar Wochen komme ich vorbei und beobachte dich mit deiner Ware. Auf diese Weise können Fragen über die Ausbildung der Sklaven gestellt werden, und wenn eine Sklavin in der Probezeit den Käufer nicht zufriedenstellt, nehme ich sie an diesem Tag wieder mit. Du bekommst eine Rückerstattung und wir arrangieren eine neue Möglichkeit für dich, eine Sklavin zu erwerben."

Wie sollte das funktionieren? Aber egal. Raoul blickte mit gerunzelter Stirn zu Kimberly, jede Zelle in seinem Körper wollte ihr die Ketten abnehmen und sich um sie kümmern. „Also gut. Diese Sklavin ist angemessen. Kommen wir zum Papierkram."

„Das freut mich." Offensichtliche Befriedigung spiegelte sich in den Augen des gierigen Bastards wider. „Ich denke, dass du mit ihr eine gute Wahl getroffen hast."

Raoul lenkte seinen Blick wieder zu Kimberly, sah das Blut, das auf den Boden tropfte und verschleierte sein Zucken mit einer ruckartigen Bewegung seines Kopfes. „Jemand soll sie absprühen und ihr etwas anziehen."

KAPITEL ZWEI

Raoul hielt Kimberly in seinen Armen und beobachtete, wie sich der Van der Sklavenhändler von seinem Haus entfernte. Die Scheinwerfer trafen auf den sprudelnden Brunnen, dann die Bronzestatue eines Fischreihers am Ende der Einfahrt. Er hasste es, dass sie wussten, wo er wohnte, seine Vergangenheit ... alles über sein Leben.

Nichtsdestotrotz hatte er sich dafür bereit erklärt.

In diesem Moment, als sich die schwüle Nachtluft um ihn legte, nahm er seinen ersten wahrhaftigen Atem des Abends. Zuhause. Die Lampen zu beiden Seiten der Eingangstür verbannten die Finsternis, erreichten aber nicht den Teil, der sich an seine Seele geheftet hatte. Viel Zeit würde vergehen, bis er über die Hilflosigkeit und die Schuldgefühle hinwegkam, nachdem er die anderen beiden Frauen ihrem grauenhaften Schicksal überlassen musste.

Eine konnte er jedoch retten. „Alles gut, *Chiquita*. Ich werde mich um dich kümmern."

Ihre Lider hoben sich, ihre Augen glasig von einem Betäubungsmittel, sodass es – in den Worten des Aufsehers – auf der

Fahrt nicht zu Problemen kam. „Ich kann auf mich selbst aufpassen", murmelte sie und doch schmiegte sie sich enger an ihn.

Ungebrochener Geist – empfindlicher, vernarbter Körper. Den FBI-Agents würde es nicht gefallen, dass er seine Emotionen hatte gewinnen lassen. Bereuen würde er diese Entscheidung aber nicht. Ihr Kopf rollte an seiner Brust und sein Herz zog sich schmerzlich zusammen, als er sie in sein kühles Haus trug. Seine Stiefel polterten durch das kleine Foyer und hallten in der Leere wider.

Während sie auf dem Sofa im Wohnzimmer schlief, schrieb Raoul der Nummer, die er von den Agents bekommen hatte. Eine Nachricht mit der Ziffer Eins schickte er, die den Männern die Bestätigung gab, dass er sich in der Sicherheit seines Hauses befand.

Am Morgen würde er ihnen beichten, dass er den Einsatz vermasselt hatte.

Er versuchte, Gabrielle anzurufen. Der Gedanke, dieser süßen Sub zu erzählen, dass ihre beste Freundin befreit wurde, machte ihn glücklich. Jedoch antwortete niemand in dem Haus, in dem sie mit ihrem Dom lebte, und Marcus ging nicht an sein Handy. Handelte es sich um das Wochenende, an dem das Paar segeln gehen wollte? Knurrend schrieb er ihnen eine Nachricht und bat sie, gleich morgen früh zu ihm zu kommen.

Raoul zog die Augenbrauen zusammen. Wie es schien, würde ihm die Sklavin in dieser Nacht Gesellschaft leisten.

Sklavin. Das Wort fühlte sich wie Schmirgelpapier auf seiner Seele an. Er rieb sich über das Gesicht. Auch nach drei Jahren schaffte er es nicht, den hässlichen Streit mit seiner Mutter und seiner Schwester zu vergessen. *„Du hast eine Frau als Sklavin? Du bist ein Monster, Raoul!"* Seine lebhafte Schwester hatte so enttäuscht und kalt geklungen. Distanziert, als hätte sie ihn bereits aus ihrem Leben gestrichen. Das faltige Antlitz seiner Mutter hatte eher besorgt gewirkt und die braunen Augen, die seinen so ähnlich waren, hatten sich mit Tränen gefüllt, als sie flüsterte: „Wieso tust du so etwas, mein Sohn?"

Ich sollte ihnen Dahmer vorstellen, sodass sie mit eigenen Augen sehen, wie wahre Monster aussehen.

Und jetzt? Mit gerunzelter Stirn sah er zu der kleinen Sklavin auf der Couch. Zumindest war sie nicht *seine* Sklavin. Für eine Weile musste er sich jedoch mit ihrer Anwesenheit in seinem Haus abfinden.

Hübsche kleine Sklavin, gleichermaßen unschuldig und sinnlich, in einer pinken Jogginghose und einem Tanktop bereitgestellt vom Aufseher. Sie schlief tief und fest. Ihre langen Wimpern ruhten auf ihren blassen Wangen, ihre Atmung ruhig. Selbst wenn er es schaffte, sie zu wecken, wäre sie nicht in der Lage, seine Erklärung zu verarbeiten.

Er seufzte. Sein Körper schmerzte, als wäre er mit dem Flogger malträtiert worden. Es handelte sich um eine Erschöpfung, die er so aus dem Shadowlands nicht kannte. Er brauchte Schlaf, sonst wäre er nicht ansprechbar, wenn Buchanan oder Kouros auftauchten und einen detaillierten Bericht verlangten.

Schlaf. Sofort.

Mit Kimberly in seinen Armen lief er zum Gästezimmer im ersten Obergeschoss und erinnerte sich dann an die Wut in ihrem Blick. Sobald sie aufwachte, würde sie einen Fluchtversuch unternehmen. So sehr ihm der Gedanke anwiderte, musste er sicherstellen, dass sie nicht floh. Noch nie hatte er eine gefesselte Sub sich selbst überlassen.

Kurzerhand machte er kehrt und ging zu seinem Zimmer.

Als er sie auf sein Bett legte, riss sie plötzlich die Augen auf und schlug mit ihren Fäusten um sich.

Er fing eine winzige Faust ein. „Ganz ruhig, Kimberly, hier wird dir niemand wehtun."

Sogar unter Drogen schaffte sie es, ihre Zweifel an seinen Worten zum Ausdruck zu bringen, und ihre Wut verharrte. Langsam senkten sich ihre Lider und dann schlossen sie sich.

Er schob ihr die Haare aus dem Gesicht und wünschte, Gabi wäre erreichbar gewesen, um ihre Freundin zu sich zu holen. Kimberly sollte keine Sekunde länger in Angst leben. Was für ein Chaos.

Ihm blieb keine andere Wahl. Sein Blick fiel auf die Fuß- und Handfesseln, die sie noch immer trug – ein Geschenk der Sklavenhändler – und sie würde die Nacht in ihnen verbringen. Sein Schlafzimmer war bereits für Bondage ausgestattet, Ketten hingen an dem schmiedeeisernen Bettgestell. Eine Kette befestigte er an ihre rechte Fußfessel. *Du wirst mir nicht davonrennen, kleine Sklavin. Nicht heute.*

Das Multifunktionswerkzeug, das er in seinem Stiefel verstaut hatte, legte er zusammen mit dem Schlüssel für die Fesseln auf den Nachttisch – außerhalb von Kimberlys Reichweite.

Die Dusche schaffte es nicht, den Schmutz des Abends von seinem Körper zu waschen, dennoch fühlte er sich danach etwas besser. Er kramte im Kleiderschrank nach einer Hose und zog sie sich an. Sie wachte nicht auf, als er sie auf den Bauch rollte und sich ihren Rücken ansah. Die Mitarbeiter hatten ihre Wunden mit einer Salbe behandelt und dann verbunden. Es sah alles in Ordnung aus. Er hatte schon Schlimmeres gesehen, hatte schon schlimmeren Schaden angerichtet, aber noch nie bei jemanden, der nicht willig gewesen war.

In seinem Herz brodelte es. Neben ihr glitt er unter die Bettdecke, stützte sich auf dem Ellbogen ab und musterte sie. Es schockierte ihn ein wenig, wie sehr sie sich von Rachel unterschied – die gesunde, enthusiastische Frau, die erst letzte Woche in seinem Bett gelegen hatte. Kimberly hatte dunkle Augenringe, ihr Körper war von gelben Flecken übersät, ihre Wangen eingefallen, was in ihm das Bedürfnis hervorrief, ihr etwas zum Essen zu bringen. Er wollte sie füttern, sie umsorgen. Er bezweifelte jedoch, dass sie mit ihm sprechen würde. Wahrscheinlich wollte sie auch nichts mit ihm zu tun haben, nachdem sie herausfand, dass sie in Sicherheit war.

Sie würde sich nur daran erinnern, dass er sie blutig gepeitscht hatte. Seine Schuldgefühle waren überwältigend.

Na ja, er hatte sein Bestes gegeben. Er seufzte. Morgen versprach, kein guter Tag zu werden. Special Agents Kouros und Buchanan würden von der Planänderung nicht viel halten. Eigentlich hätte er alle Sklaven ablehnen müssen, um sich vom Aufseher eine Einladung zur Auktion zu sichern. Stattdessen hatte er eine Sklavin gekauft.

Eine Frau, die ein Ausmaß an Wut in ihrer Seele trug. Eine Frau, die ohne Zweifel den Käufer hasste, der sie ausgepeitscht hatte. Möglich, dass er von einer Faust in seinem Gesicht geweckt wurde.

Zur Sicherheit zog er sie in seine Arme, um zu wissen, wann sie sich bewegte. Ihr Körper schmiegte sich perfekt an seinen, und als er einen Arm unter ihren Kopf schob, presste sich ihr Hintern gegen seinen Schritt. Er ignorierte, dass er hart wurde, küsste sie auf ihre seidenweichen Haare und folgte ihr in den Schlaf.

Schmerzen weckten Kim. Ihr Rücken brannte und pulsierte. Der Geschmack in ihrem Mund war abartig und so trocken, dass sie nicht schlucken konnte. Ihr Kopf pochte und sogar ihre Augenlider fühlten sich träge an. Es war offensichtlich, dass sie unter Drogen gesetzt worden war. Schon wieder. Der Aufseher tat das jedes Mal, wenn die Sklaven von A nach B gebracht werden mussten. Sein Argument war stets, dass so niemand Probleme machen konnte.

Wo bin ich? Sie lag auf ihrer Seite und kniff bei dem grellen Morgenlicht, das durch die Doppeltüren fiel, die Augen zu. *Wach auf, Gehirn. Der Verkauf gestern Abend. Vor einem Mann kniend. Tanzen. Der Kerker. Schmerz.*

Sie erstarrte. Um ihre Hüfte spürte sie ein schweres Gewicht.

Keine Bettdecke, sondern ein muskulöser, gebräunter Arm. Hinter ihr lag ein Mann, eines seiner Beine über ihre geworfen. Der hispanische Master hatte sie gekauft. Der Mann, der sie so brutal ausgepeitscht hatte, dass ihr gesamter Rücken in Flammen stand. Seine harte Brust presste sich gegen sie, was den Schmerz verschlimmerte – und zum Teil auf die Betäubungsmittel zurückzuführen war. Ihr war schlecht und sie wusste genau, was gleich folgen würde.

Zudem musste sie pinkeln.

Anscheinend hatte sie sich bewegt, denn seine Atmung veränderte sich. Sein Arm festigte sich für eine Sekunde um ihre Hüfte, bevor er sich aufsetzte.

Er ließ ihr keine Zeit, zu reagieren, sondern rollte sie sogleich auf den Rücken.

Sie wehrte sich, sodass ihr die Einschränkung an ihrem rechten Knöchel ins Bewusstsein trat. Sie schloss die Augen. *Willkommen bei deinem neuen Besitzer. Zeit für den Morgenfick.* Ihre Hände ballten sich zu Fäusten, während der Rest ihres Körpers erstarrte und sie darauf wartete, dass er sie auszog.

Nichts passierte.

Eine Minute verging und sie öffnete die Augen. Er lag auf seiner Seite, den Kopf auf einem Ellbogen abgestützt. Er musterte sie, so wie er sie auch gestern im Kerker gemustert hatte.

Sie schluckte schwer. *Was will er von mir?*

Er seufzte. „Ich werde dich nicht anfallen, Kimberly. Wir müssen reden."

„Über was? Master." *Wie er seine Blowjobs mag? Wie er –*

„Wenn ich dir sage, dass ich dich gekauft habe, um dich zu befreien, würdest du mir glauben?"

Im Geiste schnaubte sie. Wie Lord Greville machte es ihn an, mit ihrem Verstand zu spielen. „Wenn mein Master möchte, dass ich es glaube, dann tue ich das."

Seine braunen Augen zeigten eine unerwartete Sanftheit. „Das dachte ich mir. Okay, dann werden wir warten."

Warten? Auf was? „Ja, Master."

„Nenn mich Raoul."

Okay, das ist merkwürdig. Noch nie hatte sie von einem Master gehört, der die Formalität ablegte. Nichtsdestotrotz hatte sie nicht vor, ihn bei seinem Vornamen anzusprechen, als wären sie schon jahrelang befreundet. *Oh nein.*

Er löste die Kette an ihrem Bein und half ihr aus dem Bett. Ihr Magen drehte sich, als sie sich erhob. Ihr Kopf pochte und sie schwankte. Seine starken Hände legten sich auf ihre Hüften und stützten sie. Wieso hatte sie ausgerechnet mit einem Besitzer enden müssen, der so muskulös war? Wie sollte sie ihm entkommen?

Das würde sie aber. Nicht heute, nein, da er sie nicht aus den Augen lassen würde.

Das bewies dieser Moment, denn Master R brachte sie ins Badezimmer. Dunkles Holz, Marmor, Deckengewölbe. Der nächste reiche Bastard mit zu viel Geld. Er wies auf eine Trennwand, hinter der sich die Toilette befand, während er am Waschbecken stehen blieb. Sie unterdrückte ihren verwirrten Ausdruck und musterte stattdessen das Bleiglasfenster.

Sie lauschte fließendem Wasser, hörte, dass er sich die Zähne putzte, und gab ihr so die Illusion von Privatsphäre. Nachdem sie sich erleichtert hatte, gesellte sie sich widerwillig zu ihm und wusch sich die Hände. Beim Aufhängen des Handtuchs verzog sie vor Schmerz das Gesicht zu einer Grimasse.

„*Carajo*", murmelte er. „Hände auf das Waschbecken und stillhalten, Kimberly."

Okay, es geht los. Jetzt wird er mich ficken. Mein neuer Freund Raoul. Ein Knoten formte sich in ihrem Magen, als sie seiner Anweisung nachkam. Er schob ihr Tanktop bis zu ihrem Nacken und sie presste die Augen fest zusammen. *Wieso wurde es nicht einfacher?*

Es folgte Stille. Dann seufzte er. „Ich habe nicht vor, dich zu vergewaltigen, *Chiquita.* Ich will mich um den Schaden kümmern, den ich zu verantworten habe." Im Spiegel fand er ihren Blick, sein Mitleid in seinen Tiefen deutlich zu erkennen. „Es wird nicht angenehm sein, aber es wird helfen."

Als er ihren Rücken berührte, zuckte sie von ihm zurück. *Gott, es tut weh.*

Seine linke Hand festigte sich an ihrer Schulter und hielt sie an Ort und Stelle, sodass er den Verband abnehmen und sich die Wunden anschauen konnte. Er tat dies mit Bedacht, ging sanft vor. Sanfter, als sie erwartet hätte. Anstatt ihren Rücken zu schrubben, wusch er sie behutsam. „Es tut mir so leid, aber ich konnte gestern nicht sachter vorgehen. Ich musste den Flogger auf eine glaubhafte Weise zur Anwendung bringen." Von einem Gefäß nahm er sich Salbe und schmierte sie auf ihren Rücken.

Tränen rannen über ihr Gesicht.

Als er ihre Hose nach unten zog, erstarrte sie aufs Neue. Jedoch reinigte er sie lediglich und benutzte die Salbe auf ihrem Po. Indessen stemmte er sich gegen sie, sodass sie ihm bei der Behandlung nicht entwischte.

„Fertig." Im gleichen Atemzug senkte er ihr Tanktop und zog ihre Hose wieder nach oben.

Sie konnte sich nicht bewegen, der Schmerz lähmend.

Nach einer Weile hob sie den Kopf und sie beobachtete, wie er die Hand zu ihrem Gesicht hob und mit dem Daumen über ihre nasse Wange strich. „*Pobrecita*", murmelte er. Bei ihrem verwirrten Ausdruck fügte er hinzu: „Arme Kleine." Er reichte ihr einen Waschlappen und verließ das Badezimmer.

Langsam ließ der Schmerz nach und sie benutzte den Waschlappen, um sich die Tränen abzuwischen. Indessen musste sie sich die Frage stellen: *Wieso ist er so nett zu mir?* Die einzigen Antworten, die ihr kamen, waren nicht besonders vielversprechend. Erneut sah sie zu dem Fenster. Zu hoch, um schnell ... Sie spürte, dass sie beobachtet wurde, blickte über ihre Schulter und entdeckte ihn auf der Türschwelle zum Schlafzimmer.

Er schüttelte den Kopf. „Komm. Lass uns frühstücken, bevor der Besuch eintrifft."

Alles in ihr schrumpelte zusammen. Andere Männer. Er wollte seine neue Sklavin präsentieren. Vielleicht wollte er sie sogar mit ihnen teilen.

Bevor sie das Erdgeschoss erreichten, klingelte es an der Tür. Er sah auf die Uhr und grummelte: „Okay, also kein Frühstück." Er lief zur Eingangstür, seine Hand fest um ihren Arm gewickelt. „Du wirst aus dem Staunen nicht mehr herauskommen, Kimberly."

Is' klar. Sie gab ihr Bestes, ihn nicht anzuknurren, hörte jedoch sein amüsiertes Schnauben.

Ihr Besitzer öffnete die Tür, ließ sie los und trat zurück.

Wie gelähmt starrte Kim die Frau an und die Welt ... stoppte. Rote Haare mit einer blauen Strähne. Cremeweiße Haut und große, braune Augen. Gabi?

Ein freudiges Quietschen durchschnitt die Luft. „Kim! Oh Gott, Kim!" Gabi zog sie in eine Umarmung, schlang die Arme fest um sie.

Vernichtender Schmerz jagte durch Kims Körper und sie wimmerte.

„*Dios*!" Master R riss an Gabis Arm. „Aufhören. Lass sie los, Gabi. Sofort."

Der schneidende Befehl ließ Kim erstarren.

Gabi funkelte Raoul genervt an. „Raoul, was –"

„Du tust ihr weh. Ich habe den Flogger an ihr benutzt."

„Warum hast du das getan?"

Die Wut in der Stimme ihrer besten Freundin löste Panik in Kim aus. Wenn Gabi unhöflich zu ihm war ... Sie packte Gabi am Arm. „Sei ruhig", zischte sie. „Mach ihn nicht wütend."

„Kim", hauchte Gabi, „du bist nicht –"

„Sei ruhig, sei ruhig, sei ruhig." Sie durfte nicht erlauben, dass er Gabi verletzte. Sie positionierte sich zwischen Gabi und Master R. Wenn er an sie heranwollte, musste er zuerst an Kim vorbei.

Doch er unternahm keinen Versuch in diese Richtung. Stattdessen streichelte er über ihre Haare und ignorierte, als sie von ihm zurückzuckte. Der Ausdruck in seinen Augen schien so sanft wie seine Hand. „Mutige *Chiquita*. Niemand wird dir oder Gabi wehtun, Kimberly." Er blickte zu Gabi. „Nur so konnte ich sie dort rausholen."

Auf der Türschwelle erschien ein Mann. Gestylte braune Haare, kluge ebenso farbene Augen, größer als Master R. Er umfasste Gabis Arme und hob sie aus dem Weg, sodass er eintreten konnte. Offensichtlich ein Master mit einem erschreckenden Selbstbewusstsein.

Oh Gott, sie hatten auch Gabi entführt! Als er Master R begrüßte, schluckte Kim und wandte sich Gabi zu. Sie flüsterte eine Frage, zu der sie bereits die Antwort zu kennen glaubte: „Du bist eine Sklavin?"

Gabis Augen füllten sich mit Tränen und sie nahm Kims Hände in ihre. „Oh, Kim, nein. Und du bist das auch nicht, Süße."

„Was?" Kim starrte ihre Freundin an und richtete ihre weit aufgerissenen Augen dann auf Master R – ihren Besitzer.

Er fand ihren Blick. „Ich bin kein Sklavenhalter, *Chiquita*. Ich arbeite mit dem FBI zusammen, aber du wolltest mir ja nicht glauben. Du dachtest, dass ich mir einen Spaß mit dir erlaube."

Kim schüttelte den Kopf, ihre Lippen fühlten sich taub an. FBI? Die Luft um sie herum pulsierte, ihr Gesicht eiskalt. Ihre Knie gaben nach. Der Raum drehte sich und wollte einfach nicht stoppen.

„*Carajo!*" Master R fing sie rechtzeitig auf und hob sie in seine Arme. Als sich ein Arm wie ein Stahlträger um ihren Rücken legte, konnte sie nur noch an den Schmerz denken und sie wimmerte.

„Ganz ruhig, *Chiquita*." Seine geschmeidige Stimme, so warm und einladend, hüllte sie ein und führte sie in die Dunkelheit.

$\cdot \quad \cdot \quad \cdot$

Raoul setzte sich im Wohnzimmer auf die Couch. Auf keinen Fall wollte er die kleine Sklavin loslassen. Das Bedürfnis, jemandem Trost zu spenden, war bei ihm noch nie so stark ausgeprägt gewesen. Sie hatte furchtbare Dinge erlebt und die Erinnerungen daran würden nicht so einfach verschwinden.

Als die Farbe in ihre Wangen zurückkehrte, blinzelte sie aus ihren großen Augen zu ihm auf. Bevor sie panisch werden konnte, setzte er sie neben sich – nah genug, sodass sie sich an ihn lehnen konnte. Wenn sie das möchte. Dass sie dies vielleicht nicht würde, schmerzte.

Gabi setzte sich auf die andere Seite von Kim und nahm ihre Hände in ihre. War den beiden Frauen bewusst, dass sie lautlos Tränen vergossen?

Marcus kam mit einem Glas Saft aus der Küche. Er drückte Gabis Schulter und reichte Raoul den Saft.

„Ich möchte, dass du das trinkst, Kimberly", sagte Raoul und hob ihr das Glas an die Lippen.

Nachdem sie artig einen Schluck genommen hatte, sah sie durch ihre von Tränen benetzten Wimpern zu ihm auf. „Wirklich? Ich bin frei?"

„Ja, wirklich." Er zog die Augenbrauen zusammen. „Natürlich könnten sich ein paar Probleme daraus ergeben."

„Das ist eine Untertreibung. Was zum Teufel hast du getan?" Buchanan marschierte in das Haus, knallte die Eingangstür hinter sich zu und steuerte direkt auf Raoul zu. Der riesige Mann hatte im College auf der Position Defensive Tackle gespielt. Seither war er nicht gerade geschrumpft. Das Gesicht des Agents färbte sich in ein unheilvolles Dunkelrot.

Na ja, er hatte nicht erwartet, dass ihm das FBI für seine außerplanmäßigen Handlungen danken würde. Zumindest musste er sich für den Moment mit nur einem der beiden Männer auseinandersetzen. Raoul lächelte. „Buchanan, darf ich dir Gabis Freundin Kimberly vorstellen? Sie wurde gestern Abend zum Verkauf angeboten."

„Und du musstest sie einfach retten?" Der Agent knirschte mit den Zähnen. Im nächsten Moment runzelte er die Stirn. „Tatsächlich? Kimberly Moore?" Er murmelte etwas Unverständliches – es war wahrscheinlich gut, dass Raoul es nicht hören konnte – und ging auf Abstand. „Tut mir leid, Sandoval. Du warst im Einsatz. Zur Hölle nochmal, ich hätte wohl das Gleiche getan." Vor Kimberly hockte er sich hin. „Ich bin Special Agent Vance Buchanan vom FBI. Raoul hilft uns bei einer Ermittlung. Gestern Abend sollte er die Veranstaltung ohne Sklavin verlassen, aber" – er schenkte Gabi ein Lächeln – „er wusste, wie lange Gabi nach dir gesucht hat."

Gabi lächelte, während ihr noch immer Freudentränen über die Wangen liefen und rieb ihre Schulter an Kimberlys.

Die kleine Sklavin starrte Buchanan an, sah dann zu Raoul und wieder zu Buchanan. Er konnte ihr Gehirn regelrecht arbeiten hören. „Eine Ermittlung des FBI? Was soll das bedeuten?"

„Gute Frage." Buchanan sah stirnrunzelnd zu Raoul. „Hat sich die Ermittlung erledigt? Und wie zum Teufel hast du sie dort raus und zu dir nachhause bekommen?"

Raoul lächelte. „Nichts hat sich erledigt. Die Sache hat sich jedoch verkompliziert. Ich habe sie gekauft und die Angestellten haben uns hier abgesetzt."

„Sandoval, du hast dafür doch gar nicht die finanziellen Mittel."

„Z hat ein Konto eröffnet, sollte ich Kimberly bei der Ermittlung finden."

Marcus schnaubte und ließ sich auf einen Sessel fallen. In seinem Südstaatendialekt sagte er: „Der Mann ist furchterregend."

„Du hast sie also gekauft." Buchanan stand auf und marschierte im Raum auf und ab. „Für diese Eventualität haben wir keinen Plan vorbereitet."

„Nein, aber wir haben ein wenig Zeit, um zu entscheiden, wie es weitergehen soll. Dem Aufseher habe ich gesagt, dass ich meine Hütte im Wald benutzen möchte, um sie zu ... brechen." Raoul sah zu Kimberly. Ihre blauen Augen erinnerten an einen regenbehangenen Himmel. Mit einem Finger wischte er ihr die Tränen von den Wangen und war erleichtert, dass sie nicht vor ihm zurückwich. „Ich muss mich um einen Brückenbau in Mexiko kümmern. Gabi kann Kimberly mit zu sich nachhause nehmen."

Buchanan nickte. „Das sollte funktionieren. Bevor du abreist, brauchen wir jedoch einen ausführlichen Bericht von dir."

„Natürlich." Raoul runzelte die Stirn, sein Blick auf Marcus. „Stelle sicher, dass sie erstmal nicht gesehen wird, bis wir wissen, welcher Gefahr sie nun ausgesetzt ist."

Marcus nickte. Ausgehend von der Hölle, die der Anwalt durchleben musste, als Sklavenhändler seine Gabi entführt hatten, wusste Raoul, dass der Mann mit dem Leben der Frauen nicht leichtfertig umgehen würde.

Raoul drehte sich schmerzenden Herzens zu Kimberly. Nach Erdbeben hatte er als freiwilliger Helfer die gleichen gelähmten Gesichtsausdrücke gesehen. Es zeigte, dass diese Menschen nun herausfinden mussten, wie unsicher die Welt tatsächlich war. Jedes dominante Gen in seinem Körper sagte ihm, dass sich jemand um sie kümmern musste, dass sie beschützt und ihr geholfen werden sollte – und dass er diese Person sein wollte. Ein Master war sicherlich das Letzte, was sie gerade in ihrem Leben brauchte. „Deine Handgelenke."

Für eine lange Zeit zögerte sie und streckte ihm dann einen Arm entgegen. Nachdem er den Schlüssel herausgefischt hatte, öffnete er das Schloss an den vier Fesseln um Arme und Beine. Anschließend entfernte er das Halsband.

Als er es ihr vom Hals nahm, brach ihm die Erleichterung in ihren Augen beinahe das Herz.

Eine Sekunde später änderte sich ihr Ausdruck zu Wut. Sie riss ihm das Halsband aus der Hand und warf es durch den Raum. Schließlich bemerkte sie, was sie gerade getan hatte, zuckte zusammen und flüsterte: „Tut mir leid." Ihre Schultern spannten sich an, als bereitete sie sich auf einen Schlag von ihm vor.

„Ganz ruhig. Ich verstehe es." Er sah zu dem Halsband, das unbeweglich auf dem Boden lag. Ihm kam die Erinnerung in den Sinn, in der er zum ersten Mal einer Frau ein Halsband umgelegt hatte. Tränen der Freude und der Beweis der Dankbarkeit hatten in ihren Augen geglitzert. Sie hatte das Leder geküsst, dann seine Hände, nachdem sie es von ihm empfangen hatte. Ihr Vertrauen hatte ihn entmachtet und in ihm das Bedürfnis gestärkt, sie niemals zu enttäuschen, sie zu lieben, sie zu hegen und pflegen. Das Halsband seiner ersten Sklavin war von innen gepolstert gewesen, sodass es sanft an ihrer Haut lag.

Mit dem Zeigefinger zeichnete er Kimberlys Narbe und die Abdrücke nach, die das raue Leder auf ihrer Haut hinterlassen hatten. Nach einer Weile bemerkte er, dass sie sich dazu zwingen musste, für ihn stillzuhalten. Nein, er würde die Salbe nicht holen. *Sie ist nicht mein. Sie liegt nicht unter meiner Verantwortung.* „Wirst du klarkommen, *Chiquita?*"

Unsicher betrachtete sie ihn. Es machte den Anschein, als wartete sie auf einen Wutausbruch von ihm, aber er hatte nur eine Emotion anzubieten: Mitleid. Sie berührte ihren nackten Hals und dann füllten sich ihre Tiefen mit Entschlossenheit. „Ich schaffe das." Als sie an ihm vorbei auf das Meer blickte, legte sich der Sturm in ihren Augen. „Ja, das werde ich."

KAPITEL DREI

Gabi hatte zwei Freunde eingeladen, was bedeutete, dass
sich Kim gerade im Badezimmer versteckte. In der Hoffnung, etwas Zeit zu schinden, starrte sie in den Spiegel. Das blaue
ärmellose Oberteil, das ihr Gabi ausgeliehen hatte, passte recht
gut, da sie ihr Normalgewicht noch nicht erreicht hatte. Augen
klar, Nase und Wangen von einem leichten Sonnenbrand bedeckt.
Sie sah beinahe gesund aus – zumindest von außen.

Ihre Therapeutin Faith betonte immer wieder, wie wichtig
Selbstevaluation zur Heilung war. Einfacher gesagt als getan.

Die vergangene Woche war ... schlimm gewesen. Furchtbar
schlimm. Aber – sie nickte sich selbst zu – mittlerweile weinte
und schluchzte sie nicht mehr auf eine Weise, bei der sie am
Ende im Badezimmer über der Kloschüssel endete und sich
übergab. Dummerweise gab es noch immer Momente, in
denen sie aus heiterem Himmel die Kontrolle über ihre
Emotionen verlor. Ihre Panikattacken waren weniger geworden
und na ja, manchmal schaffte sie es sogar, sich selbst zu beruhigen. Das Gefühl, das schon bald etwas Schreckliches
passieren würde, kam nicht mehrmals in einer Minute, sondern
nur ... alle paar Stunden. Kleine Erfolge. Und sie hatte Unter-

stützung, Hilfe von so vielen Menschen, inklusive ihrer Therapeutin.

Vielen Dank, Master R. Obwohl er sie niemals besuchte, fühlte sie, dass er nie weit entfernt war und auf sie achtgab. Nachdem sie sich bei Gabi einquartiert hatte, stand nur wenige Stunden später ein Arzt auf der Türschwelle. Am selben Abend kam Faith vorbei, woraus sich eine tägliche Therapiestunde entwickelte. Gabi und Marcus hatte das sichtlich überrascht; Master R – *Raoul* – hatte dies ohne eine Absprache mit ihnen organisiert.

Gestern hatte sie die Ergebnisse der Tests bekommen, die der Arzt an ihr durchgeführt hatte. Keine Geschlechtskrankheiten. Keine Schwangerschaft.

Lächelnd klopfte sie sich auf die Brust. Sie spürte nicht länger das Gewicht eines ausgewachsenen Elefanten auf ihrem Brustkorb. *Ja, langsam, aber sicher geht es mir besser.* Die Therapie half ihr sehr. So tat das auch Gabi und ihr Beruf als Opferspezialistin, den sie nach ihrem eigenen Trauma erlernt hatte. Mit ihrer Freundin konnte sie Dinge teilen, die sie Faith nicht anvertrauen konnte – und vice versa. Die beiden Frauen schenkten ihr verständnisvolle Blicke und herzliche Umarmungen, und ab und zu auch eine starke Dosis Realität. Gabi schüttelte hin und wieder den Kopf und sagte dann zu ihr: „Ja, is' doch klar, dass du unter Panikattacken und Albträumen leidest. Es ist gut möglich, dass du das für den Rest deines Lebens wirst, aber es wird besser werden."

Die Tatsache, dass Gabi nach ihrer schlimmen Erfahrung wieder ein erfülltes Leben hatte, half Kim. Sogar Liebe hatte sie gefunden. Und was für einen tollen Mann sie sich an Land gezogen hatte. Ein wahrer Schatz. Kim seufzte. Marcus konnte nicht verbergen, dass er ein Dom war. Er blieb jedoch auf Abstand und überließ Gabi stets das Wort, ohne jemals selbst Fragen zu stellen. Zu beobachten, wie zärtlich er mit Gabi umging, seine Liebe für sie zu jeder Tageszeit auf seinem Gesicht erkennbar, hatte Kim dazu motiviert, Fortschritte zu machen.

Wieso kann ich nicht so jemanden für mich finden? Und warum wurde ich zur Zielscheibe für die Sklavenhändler? Es gab andere Frauen, die BDSM mochten, die Clubs besuchten und nicht von einem Taser lahmgelegt und dann entführt wurden. Sie wurden nicht angekettet, geschlagen und ausgepeitscht. *Warum also ich? Weil ich eine Schlampe bin?* Kim wagte einen Blick in den Spiegel. War es ihr auf das Gesicht geschrieben?

Vor Jahren schon hatte es Gabi aufgegeben, in BDSM-Clubs zu gehen. Kim hatte sie weiterhin besucht, war für einen Fetischclub sogar von Savannah nach Atlanta gefahren. Vielleicht verdiente Kim also, was sie durchleben musste. Vielleicht war sie einfach eine Schlampe und ein Fickloch, so wie das Lord Greville immer gesagt hatte.

Gelächter trat aus dem Wohnzimmer und unterbrach ihre Gedanken, bevor die Dunkelheit überhandnahm. Zittrig atmete sie aus, drückte die Trostlosigkeit nieder und rief sich in Erinnerung, was Gabi und ihre Therapeutin zu ihr gesagt hatten. *Ich bin keine Schlampe. Bin ich nicht!*

„Kim, kommst du?", rief Gabi. „Die Cookies sind aus dem Ofen. Jessica und Kari haben Hunger."

Okay, gut jetzt. Meine Heilung wird Zeit brauchen. Schon bald würde ihr das FBI die Erlaubnis geben, in ihr eigenes Zuhause zurückzukehren. *Ich bekomme das hin.* Nachdem sie sich kaltes Wasser in das Gesicht gespritzt hatte, gesellte sich Kim wieder zu Gabi in die Küche, wo der besänftigende Geruch nach frischgebackenen Cookies die Luft erfüllte.

Das Telefon klingelte und Gabi entließ einen genervten Laut. „Hier. Kannst du die ins Wohnzimmer bringen?" Sie reichte Kim den Teller und ging ans Telefon. „Hallo?"

Aus dem Wohnzimmer hörte sie Lachen, die beiden Frauen genossen ihre Zeit miteinander, während Kim wie erstarrt in der Küche stand und sich wünschte, sie könnte sich unter der Bettdecke verkriechen.

Nur wusste sie, dass es ihr helfen würde, Gesellschaft von Menschen zu suchen. Denn das würde ihre Stimmung aufhellen.

Das war auch etwas, für das sie Gabi danken konnte. Als sich Kim von anderen zurückgezogen hatte, war es Gabi gewesen, die ihre Sub-Freunde eingeladen hatte. Da sie den Lifestyle kannten, konnten sie gut nachvollziehen, was passiert war und wie jemand darauf reagierte. Ihre verständnisvolle Art, ohne von Kim eine Erklärung zu erwarten, war wundervoll. Sie mochte die beiden.

Der einzige Hoffnungsschimmer in der Gefangenschaft war ihre Freundschaft mit den anderen Sklavinnen gewesen. Sie dachte an Linda, die – Kim schluckte schwer – von dem fetten Arschloch ausgepeitscht worden war. Als die Angestellten Kims Rücken verarztet hatten, hatte sie mitbekommen, wie sich der Bastard geweigert hatte, die rothaarige Frau zu kaufen, da sie angeblich zu alt sei. *Gott*, hatte Linda überlebt, was der Aufseher mit denjenigen anstellte, die nicht verkauft wurden?

Kim sog scharf den Atem ein. Zu grübeln würde nichts bringen. Jedenfalls sagte das stets ihre Therapeutin. Es waren diese Gedanken, die sie immer aus ihrer Haut fahren ließen. Sie fühlte sich schuldig – als hätte sie Linda im Stich gelassen, ohne auch nur den Versuch zu unternehmen, ihr zu helfen. Was hätte sie aber tun können? Vielleicht –

Gabi räusperte sich, machte eine Faust und zog an einer unsichtbaren Strippe – eine Geste, die bedeutete: volle Fahrt voraus!

Niemals hätte ich ihr die alten Schleppschiff-Handzeichen zeigen sollen. Kim nickte und ging ins Wohnzimmer.

„Du bringst uns Cookies!" Jessica kam zu ihr. Nach einem Bissen stöhnte die kleine Blondine. „Kari, das Rezept ist der Wahnsinn." Sie aß den Cookie und nahm sich einen zweiten. Gleichzeitig runzelte sie die andere Frau an. „Vielen Dank auch, dass du mich beim Abnehmen so gut unterstützt."

„Z mag dich rund", erwiderte Kari. „Ich tue ihm also einen Gefallen."

Jessica nahm auf einem Sessel Platz. Indessen stellte Kim den

Teller mit den Cookies auf den Couchtisch und versuchte, bei dem Austausch der beiden ein Lachen zu unterdrücken.

Die hochschwangere Lehrerin mit dem freundlichen Gesicht versuchte, sich auf den anderen Sessel abzusenken. Schließlich knickten ihre Arme ein und sie plumpste die letzten Zentimeter quietschend nach unten. Nachdem sie es sich einigermaßen bequem gemacht hatte, schenkte sie Kim ein unerschütterliches Lächeln. „Geschafft."

„Oh ja, aber irgendwann musst du wieder aufstehen. Du hast noch einen Monat vor dir?"

„Bis jetzt habe ich es geschafft, dann schaffe ich auch den Rest." Kari lehnte sich für einen Cookie nach vorn und wurde von ihrem Bauch gestoppt. Sie kicherte. „Hilfe?"

Niemand konnte in der Gegenwart dieser beiden Frauen schlechte Laune haben. Jessica war klug, pragmatisch und entschlossen. Kari strahlte regelrecht und freute sich sichtbar auf das neue Leben, das in ihrem Körper heranwuchs. Im Moment erinnerte sie an eine Bowlingkugel. Kim reichte ihr zwei Cookies. „Ist es ein Mädchen oder ein Junge?"

„Dan will es nicht wissen und ich spiele mit. Ich muss aber sagen, dass wir in letzter Zeit viel diskutieren und er meistens als Gewinner hervorgeht."

Kim lächelte. Gestern, als Karis Ehemann sie für einen Besuch abgesetzt hatte, war sie stinksauer gewesen. Dan hatte sie dabei erwischt, wie sie den Fahrersitz eingestellt hatte, sodass ihr Bauch Platz fand. Das Lenkrad hatte sie jedoch nicht mehr erreicht. Kurzerhand hatte ihr der Dom den Schlüssel abgenommen.

Kim wäre wütend gewesen, hätte der Mann Kari nicht anschließend chauffiert. Mit den strengen Gesichtszügen eines Polizisten sah er wirklich gemein aus und doch berührte er seine Frau so sanft, wie das auch Marcus mit Gabi tat.

Es war nett, dass sie mit eigenen Augen sah, dass nicht alle Männer der Feind waren. *Einige sind das sehr wohl.* Sie schob ihre

Gedanken beiseite, schnappte sich einen Cookie und nahm auf der Couch Platz.

Gabi kam ins Wohnzimmer, ihre Augenbrauen zusammengezogen. Sie setzte sich neben Kim und legte eine Hand auf ihre Schulter. „Das war Vance – vom FBI. Er will vorbeikommen."

„Wirklich? Das ist gut." Kims Erwartungen stiegen. Sie hatten Kim gebeten, ihre Mutter nicht anzurufen, bis sie sich über ein paar Dinge im Klaren waren. *Mom muss so besorgt sein. Ich muss nachhause.* „Wann kommt er?"

„Gleich."

Jessica rümpfte die Nase. „Typisch Mann. Wahrscheinlich hat er die Cookies auf der anderen Seite der Stadt gerochen." Sie lehnte sich vor und nahm ihren Eistee. „Apropos, kann ich Z ein paar Cookies mitnehmen? Er liebt Chocolate-Chip-Cookies."

„Wer nicht?", fragte Gabi. „Natürlich kannst du ihm welche mitnehmen. Wir haben so viele."

„Aufessen, Kari. Wir werden verschwinden, bevor Vance hier auftaucht. Wenn ich das nicht tue, werde ich den verschwiegenen Agent noch über die Situation ausfragen, und wir wissen alle, dass er nichts preisgeben wird. Daraus folgt, dass ich wütend werde und wahrscheinlich etwas sage, das ich später bereue." Jessica rollte mit den Augen. „Und der Blödmann würde mein Benehmen an Z weitertragen."

„Du würdest es lieben." Gabi kicherte. „Wir wissen nämlich auch, dass du mit Absicht unartig bist, um zu sehen, mit welcher kreativen Folter Z dieses Mal aufwarten kann."

Jessica zeigte mit dem Cookie auf Gabi. „Man sollte nicht von sich auf andere schließen."

„Auch wieder wahr." Gabis zufriedenes Lächeln erinnerte an eine Katze, die sich einen Hähnchenflügel vom Tisch geklaut hatte. „Ich weiß nicht, welcher Dom einfallsreicher ist – dein Dom oder meiner."

Kim erschauderte. *„Keine Bange, Fickloch. Ich bin recht erfinderisch, wenn es darum geht, eine Sklavin zu brechen." Auspeitschen. Käfig.*

„Kim."

Kim zuckte bei der Erwähnung ihres Namens zusammen.

Die Sorge, die sie in Jessicas Augen sah, verfinsterte ihre Iris zu einem dunklen Grün. „Tut mir leid", flüsterte sie.

„Alles okay. Ich bin froh, dass es mir so viel besser geht und du es dadurch vergessen hast", sagte Kim, als ihr in den Sinn kam, wie sie zu Beginn bei jeder kleinen Sache in Tränen ausgebrochen war. „Zumal es nett ist, daran erinnert zu werden, dass die Beziehung zwischen einem Dom und seiner Sub verspielt sein kann."

Kari grinste. „In dem Fall: Du hättest bei dem letzten Barbecue dabei sein sollen, als Gabi Marcus als Schwachkopf betitelt und ihn gefragt hat, ob er zum Frühstück einen Nachschlag mit Dummheit gegessen hat."

Kim fühlte, wie ihr das Blut aus dem Gesicht wich. Was hatte er danach mit ihr gemacht?

„Ganz ruhig. Er hat mich nicht ausgepeitscht oder so." Gabi stieß mit ihrer Schulter gegen Kims. „Obwohl mir das Auspeitschen lieber gewesen wäre. Würdest du mir glauben, wenn ich dir sage, dass er mich in den Pool geworfen hat, nachdem ich eine Stunde mit meinen Haaren und meinem Make-up beschäftigt gewesen war? Und meine abwaschbaren Tattoos an diesem Tag waren wirklich cool."

Kim platzte ein Lachen heraus und der Knoten in ihrem Magen löste sich.

„Es war so lustig." Jessica stand auf und zog eine stöhnende Kari aus dem Sessel, bevor sie Kim ein Grinsen zuwarf. „Sie kam aus dem Pool und hat ihn beschimpft, sodass er sie erneut reingeworfen hat. Ich denke, nach dem vierten Mal wurde sie langsam ruhiger und hat ihn schließlich angefleht, ihr zu verzeihen. Dann hat sie ihn umarmt."

Kari kicherte. „Du hast seine Kleidung nass gemacht. Er wusste nicht, ob er lachen oder fluchen sollte."

„Das war die Strafe für seinen Versuch, mich zu ertränken." Noch immer grinsend brachte Gabi die beiden Frauen zur Tür, verabschiedete sich und kam dann zu Kim zurück. „Oh, Jessica hat die Cookies für Z vergessen. Na ja, mehr für uns." Bevor sie sich einen Cookie in den Mund schieben konnte, klingelte es an der Tür. „Verdammt."

Jemand von draußen. Ein Fremder. Ihr Puls beschleunigte sich und instinktiv packte Kim Gabis Handgelenk. „Warte, nein, vielleicht ist das nicht Vance. Ich höre mehr als einen Mann. Du weißt nicht, wer vor der Tür steht."

„Ich erkenne die Stimmen. Alles gut, Süße."

Nachdem sie ein paar Mal tief eingeatmet hatte, entließ sie Gabis Arm. „Tut mir leid."

„Ich weiß, was du durchmachst. Das braucht Zeit." Gabi hastete zur Tür und öffnete sie.

Der Agent trat ein, gefolgt von ... Master R? In einer Jeanshose und einem weißen Poloshirt nickte er Gabi zu und fand dann mit seinen durchdringenden, dunklen Augen Kim.

Ihr Kopf drehte sich und ihre Wangen brannten, während sie andererseits das Gefühl hatte, einen Eimer Eiswürfel geschluckt zu haben. Benommen zog sie sich in eine Couchecke zurück und hob die Knie an ihre Brust.

Er presste die Lippen fest aufeinander und sagte etwas zu Vance, dass sie nicht hörte.

„Sehen wir mal." In einer Khakihose und einem kurzärmligen, blauen Hemd marschierte Vance in das Wohnzimmer und setzte sich gegenüber von der Couch, auf der Kim Platz genommen hatte, auf einen Sessel. „Wie geht's dir, Kim?"

Sie schluckte. *Das sind deine Freunde, nicht deine Feinde. Master R – Raoul – hat mich rausgeholt.* Schnell erkannte sie, dass dies der einzige Grund war, warum sie noch nicht in ihr Zimmer gerannt war. Er hatte sie gerettet. „Nicht gut, aber besser."

„Viel besser", sagte Gabi mit Überzeugung und ließ sich neben ihr auf die Couch fallen.

Beunruhigt beobachtete sie, wie Master R den großen Hocker

zu Kim schob und sich hinsetzte. Er war ihr so nah, dass er sie anfassen könnte.

Am liebsten würde sich Kim so kleinmachen wie möglich. Sie hatte ganz vergessen, wie muskulös er war. Die Ärmel seines Poloshirts spannten sich um seinen beeindruckenden Bizeps.

„Du meintest, dass du ein paar Probleme besprechen willst", regte Gabi die Unterhaltung an.

„Probleme, ja, das kann man so stehen lassen. Unsere Ermittlung ist ..." Vance spannte den Kiefer an. „Die Auktionen der *Harvest Association* sind große Veranstaltungen mit vielen potenziellen Käufern, Unmengen an Sklaven und einer gewissen Anzahl von Mitarbeitern. Schon lange wollen wir bei einer Veranstaltung wie dieser eine Razzia durchführen. Jedoch ändern sie jedes Mal den Veranstaltungsort und alle Informationen zu dem Datum und der Zeit werden erst in der letzten Minute preisgegeben. Die Käufer werden in verdunkelten Vans transportiert, die nicht nachzuverfolgen sind. Sandoval hätte jede Sklavin ablehnen müssen, um sich eine Einladung zu einer dieser Auktionen zu sichern. Stattdessen ..." Er wies auf Kim.

Stattdessen hat er mich gekauft und wird nun keine Einladung erhalten. Kim leckte sich über die Lippen. „Es tut mir leid", hauchte sie.

„Mir nicht, *Chiquita*", flüsterte Master R. „Wir werden uns etwas überlegen."

„Aber das FBI ist wütend und –"

Vances Lippen zierte ein kleines Lächeln. „Wir können ihm gar nicht böse sein. Im Alleingang hat er sich zu dem Verkauf Zugang verschafft und war großzügig genug, uns mit einzubeziehen."

„Das wusste ich gar nicht", sagte Gabi. „Du wurdest nicht rekrutiert? Warum hast du es dann getan?"

Master R grinste. „Meine *Mamá* hat mich nach Raoul Wallenberg benannt. Wie kann ich also tatenlos zuschauen?" Sein Mund formte eine gerade Linie. „Gabi, die Aufgabe eines Doms liegt darin, seine Subs zu beschützen. Kein Dom würde sich zurück-lehnen und abwarten, während eine Sub darauf besteht, sich in Gefahr zu bringen." Mit einem strengen Blick starrte er sie nieder.

Kim packte die Hand ihrer Freundin. Gabi hatte in dem Versuch, ihr zu helfen, irre Dinge getan. Was, wenn es den Skla-venhändlern gelungen wäre, sie –

„Hör auf mit diesem Gedankenkarussell", murmelte ihr Gabi ins Ohr. „Okay, was nun? Kann Kim nachhause gehen?"

Vance zögerte und Kim ertrug die Stille nicht länger. „Ich weiß, dass es wahrscheinlich keine guten Neuigkeiten gibt. Spuck es schon aus."

Er lächelte. „Wenn du in diesem Ton mit mir sprechen kannst, machst du dich besser, als ich gedacht habe."

Master R knurrte. „Sie ist stark, aber sie hat viel durchge-macht. Das ist nicht –"

Vance unterbrach ihn: „Zuerst einmal rate ich davon ab, nach-hause zu gehen." Er rieb sich über den Nacken, seine Stimme angespannt. „Wir haben herausgefunden, dass es mindestens zwei Sklaven gelungen ist, zu fliehen."

„Wirklich?" Gabi lehnte sich nach vorn. „Dann können sie die Verantwortlichen identifizieren und gegen sie aussa –"

„Können sie nicht", sagte er glattweg. „Sie sind beide tot, genauso wie die Menschen, mit denen sie nach der Flucht Kontakt hatten."

Auf Kims Haut brach Schweiß aus. *Nachhause zu gehen, würde ihre Mutter in Gefahr bringen?*

„Es tut mir leid, Kim." Vance öffnete den Mund erneut, hielt jedoch inne und wartete.

Kann nicht nachhause. Gott, wenn sie hierblieb, dann ... Sie schluckte schwer und ging von Gabi auf Abstand. „Heißt das, dass sie vielleicht Gabi und Marcus im Visier haben?"

Gabi mischte sich ein: „Damit brauchst du gar nicht anzufan –"

„Ich denke, es ist besser, wenn du nicht länger in diesem Haus wohnst", unterbrach Vance sie.

Wo sollte sie sich verstecken? Der Aufseher hatte immer behauptet, dass sie in jedem Bundesstaat Leute hatten. Sie hatte kein Geld. Ihre Arme schlangen sich instinktiv um ihre Beine. Die Dunkelheit holte sie ein.

„Kimberly", ertönte eine tiefe, nachklingende Stimme, die es schaffte, die Finsternis zu durchbrechen. „Kimberly." Master Rs Stimme.

Sie erschauerte und fand seinen Blick.

Mit seinen Augen hielt er sie gefangen. „Schon besser. Zuerst hörst du zu, was wir zu sagen haben, bevor du dich deiner Panik hingibst. Du hast Möglichkeiten, *Chiquita*." Sein intensiver Blick blieb auf ihr haften, als er zu Vance sprach: „Buchanan, fahre fort."

„Wir versuchen, zwei Ziele zu erreichen", sagte Vance. „Dich zu beschützen und gleichzeitig mit der Ermittlung fortzufahren, um die Sklavenhändler im Südost-Quadranten festzunageln. Du hast die Wahl, wie du weiterhin verfahren möchtest." Er wartete auf ein Nicken von ihr. „Wir können dich ins Zeugenschutzprogramm aufnehmen. Sandoval wird daraufhin die Information weitergeben, dass du tot bist. Wir können nicht riskieren, zu sagen, dass du geflohen bist. Schließlich wollen wir nicht, dass sie zuerst bei deiner Familie anklopfen. Raoul wird also Interesse an einer neuen Sklavin bekunden. Die Schattenseite ist, dass dein Tod recht öffentlich gemacht werden muss, sodass die Sklavenhändler davon hören und es auch glaubhaft ist. Deine Familie würde somit denken ... es könnte schwer für sie werden."

Kim starrte ihn an. Ihre Mutter im Glauben lassen, dass ihre Tochter tot sei? *Ist er wahnsinnig?* „Wie lautet Plan B?" Hoffentlich war er besser.

„Wir geben den Plan mit Sandoval auf und schicken stattdessen jemand anderes."

„Das klingt doch gut", sagte Gabi.

„Das würde es, wenn die *Association* nicht auf ihre nervigen Sicherheitsmaßnahmen pochen würde. Wir können mit dem Aufseher nur ins Gespräch kommen, wenn wir das Nachgespräch durchziehen." Vance sah zu Kim. „Der Besuch, bei dem er sehen will, ob der Käufer zufrieden ist. Bei dem der Aufseher erwartet, dich anzutreffen – Sandovals Sklavin. Eine gute Sklavin, da du sonst zurückgegeben wirst."

Kim wurde der Boden unter den Füßen weggerissen. *Eine Sklavin sein. Dem Aufseher erneut von Angesicht zu Angesicht gegenüberstehen?*

„Gott, nein." Gabi funkelte den Agent an. „Das schafft sie nicht."

Kims Finger fühlten sich taub an. Total weiß. Fand sich noch Blut in ihnen? „Wie lang gestaltet sich ein derartiges Nachgespräch? Wie lange müsste ich diese Rolle spielen?" Der Aufseher. Nicht weit von ihr würde er stehen. Ihre Knochen bebten wie ein Halloween-Skelett im Oktoberwind.

„Ich bin mir nicht sicher. Ich schätze ein paar Stunden, vielleicht den ganzen Abend." Vance schüttelte den Kopf. „Aber, Kim, es gibt ein Problem: Der Aufseher wird sich erst in einigen Wochen melden. Bis dahin erwartet er, eine gut ausgebildete Sklavin vorzufinden. Eine Sklavin, die Sandoval kennt – seine Gewohnheiten, seine Abläufe."

„Sie könnte es vortäuschen."

Vance schnaubte. „Du bist nicht dumm, Gabi. Hier geht es nicht um Dinge, die eine Sklavin innerhalb einer Stunde verinnerlicht. Wenn Marcus mit dem Kinn auf den Boden verweist, will er dann, dass du dich auszieht, seinen Schwanz leckst oder du dich ihm im Doggy-Style präsentierst? Will er dich kniend mit den Händen auf deinen Oberschenkeln? Oder sollst du die Hände hinter dem Kopf verschränken?"

Kim wurde bange ums Herz, als sie Gabis verständnisvolles Nicken sah.

„Vielleicht ... vielleicht hält er sie in einem Raum und benutzt sie nur für Sex?", schlug Gabi vor.

Master R schüttelte den Kopf. „Bei meinen Vorgesprächen mit dem Aufseher hat er mich gefragt, in welcher Funktion ich eine Sklavin einsetzen will. Meine Antwort lautete, dass ich neben dem Sex auch verschiedene andere Leistungen erwarte. Niemals hätte ich gedacht, dass ich mich in einer derartigen Situation wiederfinden würde."

„Damit hätte niemand gerechnet", erwiderte Vance. „Von Kim wird also erwartet, dass sie ihrem Master dient und ihm die Wünsche von den Augen abliest. Dass sie zurückzuckt, wenn ihr Master unzufrieden ist, wäre nicht ungewöhnlich. Diese Reaktion bei einer simplen Berührung oder gar einem Blick von ihm? Nicht zu wissen, was sie bei einer bestimmten Geste zu tun hat?" Vance sah zu Kim, Mitleid nahm ihm die Härte aus den Augen. „Das kannst du einem Sklavenhändler nicht vortäuschen, Süße. Du müsstest sofort bei Sandoval einziehen und ihm als seine Sklavin dienen, um später vor dem erfahrenen Aufseher überzeugend zu sein."

„Ich habe diesen Plan doch bereits abgelehnt. Ich will damit nichts zu tun haben", knirschte Master R. „Sie kann es nicht tun."

Was noch an Stolz in ihr übrig war, begehrte auf, als er für sie sprach. Ein Teil von ihr wusste, dass sie dazu in der Lage wäre. Der Rest von ihr stimmte ihm allerdings zu. *Wieder eine Sklavin sein? Auf keinen Fall.*

Andererseits wollten die Agents ihrer Mutter sagen, dass Kim tot sei. Würde ihre Mutter diesen Schicksalsschlag überleben? Nein.

„Ich weiß nicht, was wir sonst tun sollen", sagte Vance. „Wenn wir nicht −"

„Ich habe sie gekauft, um ihr die Freiheit zu geben und nicht, um ihre Folter zu verlängern", unterbrach ihn Master R. „Sie hat schon genug Albträume. Was, wenn sie eine Panikattacke erleidet, sobald er in ihr Sichtfeld tritt?"

„Das wäre kein Deal-Breaker", sagte Vance. Bei dem tödlichen Blick, den er sich damit von Master R einbrachte, zuckte er mit den Achseln. „Dass sie in ihrer Situation Angst zeigt, würde nicht verdächtig wirken. Jedoch kann sie eine anständige Ausbildung nicht vortäuschen. Die meisten Master geben auch Sklaven, die nur für den Sex erworben wurden, eine kleine Einführung. Der Clou ist, dass du im Lifestyle dafür bekannt bist, ein guter Ausbilder zu sein. Es tut mir leid, Raoul. Du musst sie ausbilden und dabei wird dir nichts anderes übrigbleiben, als sie zu berühren."

„Vielleicht könnte ich mit ihr gehen? Es wäre einfacher, hätte sie ... Gesellschaft", bot Gabi an.

Kim hob den Blick. Vielleicht –

Vance schüttelte den Kopf. „Die Käufer werden vor einer Veranstaltung gründlich durchleuchtet. Demnach wissen sie, dass er allein lebt. Auch ist es möglich, dass er seit dem Verkauf beobachtet wird. Bringt er gleich eine andere Frau ins Haus, obwohl er sich gerade erst eine Sklavin angeschafft hat, würde das Fragen aufwerfen." Er verengte die Augen. „Wir haben es mit paranoiden Arschlöchern zu tun."

Eiskalt lief es Kim den Rücken herunter, als sie unerwartet von einer Erinnerung eingeholt wurde ... Sie schloss die Augen und atmete tief ein. Sie musste es ihnen sagen, doch ihr blieben die Worte im Hals stecken. „Vance", krächzte sie.

Master R setzte sich noch immer für sie ein. „Die Vorführung liegt noch auf dem Tisch. Auf diese Weise kann ich mir Zutritt zur Auktion verschaffen."

„Vielleicht", sagte Vance. „Das Problem ist, dass du erstmal auf die Warteliste kommen musst und selbst dann kann es Wochen dauern, bis sich etwas tut. Zudem wird der Aufseher so oder so verlangen, Kim zu begutachten, da du deine Talente bei dem Nachgespräch zeigen sollst."

„Vance", sagte Kim nun lauter. Die Aufmerksamkeit der beiden Männer verlagerte sich auf sie. „Gerüchten zu folge ... Von den anderen Sklaven habe ich gehört, dass ein Käufer für eine Weile nicht kontaktiert wird, nachdem er eine Sklavin tötet. Auf keinen Fall wollen sie riskieren, dass die Tat nicht richtig verschleiert wurde, dass der Körper gefunden wird oder es Zeugen gibt."

„Zur Hölle." Vance zog die Augenbrauen zusammen. „Dann können wir deinen Tod nicht vortäuschen. Zumindest nicht für den Zweck, Sandoval den Zutritt in eine Auktion zu ebnen – weder als Käufer noch als Performer." Er fluchte leise.

Stille. Die vielen Augenpaare, die auf sie gerichtet waren, brachten sie zum Zittern und sie senkte den Blick auf ihre Hände. Ihre Finger waren weiß und so angespannt, dass sie befürchtete, sie würden brechen.

Master R erhob das Wort zuerst: „Es spielt keine Rolle." Als sie die Augen zu seinen hob, traf sie auf Mitgefühl. Sorge. „Geh in das Zeugenschutzprogramm, Kimberly. Begebe dich in Sicherheit und verschwinde aus der Reichweite dieser Menschen."

Es fühlte sich unglaublich an, jemanden an ihrer Seite zu wissen. Während ihrer Gefangenschaft hatte jede Frau für sich allein gestanden, denn wagte man es, für die andere einzustehen, folgte ein Auspeitschen für beide. Sie zuckte zusammen, als der Knall einer Peitsche in ihrem Verstand widerhallte. Nun war sie nicht länger der Gnade der Sklavenhändler unterlegen, und der Mann neben ihr, stark und unbeugsam, war alles andere als hilflos.

Es war ein Plan nötig, der funktionieren würde. Vor nicht allzu langer Zeit war es ihr leicht gefallen, für ein Problem eine Lösung zu finden. Vorher. Und jetzt ... *Gib vor, tot zu sein, sodass du in Sicherheit bist.* Aber dann würde ihre Mutter leiden, und sie hätte auch die letzte Chance ruiniert, das FBI in die Auktion zu bekommen. *Sei eine Sklavin und ... Oh Gott,* sie konnte es nicht tun.

„Was ist mit den anderen Sklaven, die noch immer in ihrer Gewalt sind, Raoul?", fragte Vance, seine Stimme mit Schmerz belegt. Mit Mitleid. „Kannst du sie einfach vergessen?"

Seine Worte fühlten sich wie ein Stich in Kims Herz an. Sie

beobachtete, wie Master R das Gesicht wegdrehte, die Haut über seinen Wangenknochen angespannt. Er hatte den Plan entwickelt, um jeden einzelnen Sklaven zu retten. Anstatt ihn durchzuziehen, hatte er alles über den Haufen geworfen und sie gerettet. Nur sie. Während der Rest – Holly und Linda und die vielen anderen – noch immer die Hölle durchlebten. Niemals würden sie entkommen. *Meine Schuld. Weil er mich gerettet hat.*

Schuldgefühle nisteten sich in ihrer Seele ein, kalt und so schwer wie Blei. Bei jedem Atemzug konnte sie Hollys furchterregende Schreie hören, als wäre der Kerker gleich nebenan. *Ich kann nicht. Ich kann nicht wieder eine Sklavin sein.* Ihre Kehle fühlte sich an, als hätte sich ein Seil um ihren Hals gewickelt, sodass die Worte nicht kommen wollten.

Aber konnte sie das tun? Konnte sie die anderen Sklaven sich selbst überlassen? Linda hatte immer den Verband an Kims Bauch gewechselt, ihre Hände sanft und behutsam. Sie hatte Witze erzählt, um Kim ein Lächeln zu entlocken und sie von den grausamen Erinnerungen an Lord Greville abzulenken, die sie bis in den Schlaf verfolgt hatten. *Ich kann das nicht tun.* Doch dann würde Linda niemals frei kommen. Ihr Leben wäre von Schmerz geprägt. Ihre zwei Kinder gingen aufs College. Sie hatte Kim gehalten, wenn sie die Tränen nicht länger hatte zurückhalten können. Sie war so stark gewesen, aber irgendwann brach jeder. Auch Linda.

Wenn ich ihnen helfen kann, jedoch entscheide, dies nicht zu tun, habe ich es dann überhaupt verdient, in Freiheit zu leben? Sie sah auf ihre Handgelenke. Die blauen Flecke von den Fesseln waren nur noch ein blasses Gelb. *Ich habe es bereits ertragen. Ich kann es erneut ertragen.* Nein, das konnte sie wahrscheinlich nicht. Müsste sie wieder eine Sklavin sein, würde sie das nicht überleben. *Nein, nein, nein.* Ihr Blick landete auf Master R, der aus dem Fenster blickte. Er hatte versucht, ihre Ängste zu lindern. Er hatte sie gehalten und nicht verletzt, aber – und sie erschauerte – losgelassen hatte er sie auch nicht. Nein, er hatte getan, was für ihn das Richtige war. Was er als Dom tun würde.

Ich kann das nicht tun. Auch vortäuschen, eine Sklavin zu sein, bekomme ich nicht hin. Nein.

Jeden Abend hatte sich Holly in den Schlaf geweint. Jede einzelne Nacht.

Ich muss es tun. Mit einem Mal wurde ihr schlecht, sie würgte und sog den dringend benötigten Sauerstoff durch ihre Nase. *Ich bin ich. Ich bin keine Sklavin, selbst wenn ich das vorgeben muss. Ich werde es tun. Denn ich bin ich. Ich wurde nicht gebrochen.*

Eine warme Hand schloss sich um ihren Oberarm. „*Chiquita* ... Kimberly ... sieh mich an."

Manchmal hörte sie ihn im Schlaf, seine Stimme brach durch den Sturm aus Schreien. Dann verzog sich der Sturm und sein Bariton schaffte es, dass sich die Wellen unter ihrem Boot legten und sie sanft dahintrieb. Entschlossen fand sie seinen Blick. „Ich werde deine S-Sklavin sein."

***

Hatte er jemals jemanden gesehen, der verängstigter aussah und es trotzdem so selbstsicher schaffte, einen Fuß vor den anderen zu setzen? Raoul lehnte sich an den Türrahmen und beobachtete Kimberly, als sie sein Haus betrat. Ihr Gesicht war bleich, ihre Wangenknochen standen hervor und ihr Kiefer war angespannt. Ihre vorsichtigen Schritte gaben den Anschein, als müsste sie über einen Untergrund mit Spikefallen laufen.

Er seufzte. Sie war unglaublich mutig, aber er bezweifelte, dass ihr Mut lange anhalten würde. Gut möglich, dass Gabi bereits heute Abend einen Anruf bekam und von Kim angefleht wurde, sie aus seinen Klauen zu retten.

In dem Moment bemerkte Kim, dass er sie beobachtete, und sie nahm einen Schritt zurück. „Was soll ich für dich tun, M-Master R?"

Wie wäre es mit: *Hör auf mich anzusehen, als plane ich, dich zu zerstückeln.* Er sah auf seine Uhr. „Es ist fast Zeit fürs Abendessen. Wir können uns auf die Terrasse setzen" – *auf der du dich nicht in die Ecke gedrängt fühlst* – „und reden? Dann entscheiden wir, was wir später essen wollen."

Ruckartig nickte sie.

Er führte den Weg durch das Wohnzimmer und eine Doppeltür. Das Sonnenlicht glitzerte auf der ausladenden Wasseroberfläche. Wellen rollten besänftigend an den Sand. Hinter ihm – Stille. Er machte kehrt.

Sie kniete auf dem Boden, hatte die Arme um sich geschlungen und starrte auf den Strand, auf die rauschenden Wellen. Die Brise wehte ihr die Haare aus dem Gesicht und auf ihren Wangen glitzerten die Tränen. Lautlos weinte sie. So leise, wie er das noch nie erlebt hatte.

Langsam näherte er sich ihr, fiel vor ihr auf die Knie und berührte mit den Fingerspitzen ihre Wange, um ihre Aufmerksamkeit zu erregen. Er spürte, wie kleine Schauer durch ihren Körper jagten. „Kimberly, kannst du mir sagen, warum du weinst?" Sollte er Gabi anrufen? Zu seiner Überraschung rieb sie ihre Wange an seiner Handfläche – wie ein überwältigtes Kätzchen – und ihre blauen, blauen Augen fanden seinen Blick. „Ich habe es vergessen. Ich konnte mich nicht erin –"

Er umfasste ihre Wange und rieb ihre Schulter, fühlte unter ihrer Haut die zerbrechlichen Knochen. „Was hast du vergessen, *Gatita?*"

„Du wohnst am Strand. Direkt am Golf." Ihre Augen waren weit aufgerissen – nicht aus Angst, sondern weil sie glücklich war. „Ich kann wieder atmen. Danke."

Er lachte und rieb mit den Fingerknöcheln über ihre Wange. Vielleicht war der Plan doch nicht dem Untergang geweiht. Sie war in der Lage, ihre Freude mit ihm zu teilen. Der Rest würde folgen.

Am nächsten Morgen verließ Kim das Gästezimmer und betrat den Balkon, der sich zum Golf von Mexiko öffnete. Master R hatte ein interessantes Haus. Strandhaus traf auf Grundbesitz. Es handelte sich um ein gewöhnliches zweistöckiges Stuckgebäude. In diesem Fall gab es jedoch eine dritte Ebene. Ein Turm in C-Form, welcher sich um die Terrasse krümmte, die direkt in den Strand überging. Mit hohen Rundbogenfenstern und Balkonen an jeder Wand, sodass der Innenbereich mit der Natur verschmolz.

Sie verengte bei dem grellen Sonnenlicht die Augen, das sich auf dem Wasser spiegelte. Es war schon fast Mittag. Seit dem Frühstück versteckte sie sich in ihrem Zimmer.

Begleitet von einem Seufzer ließ sie sich auf den Stuhl mit dem roten Sitzkissen fallen. Die nackten Füße stützte sie auf dem Eisengeländer ab, lehnte ihren Kopf zurück und genoss die Feuchtigkeit auf ihrer Haut, die Meeresbrise, die Hitze der Sonne. Wellen rauschten über den Sand, die sanfte Brandung des Golfes ein starker Kontrast zu ihrem energiegeladenen Atlantik. Am Himmel flog eine kreischende Möwe.

Oh, sie hatte das Meer vermisst. Der Takt ihres Lebens hatte sich nach den Gezeiten gerichtet – angefangen von dem Fischkutter ihres Vaters bis hin zu ihrer Arbeit als Meeresbiologin. Sklaven jedoch wurden im Haus eingesperrt, sahen niemals die Sonne, hörten keine Wellen.

Wahrscheinlich hatte sie Master R mit ihrer Reaktion eine Heidenangst eingejagt, aber er schien sie zu verstehen. Er hatte sogar gelacht.

Er kann lachen. Er hatte eine großartige Lache. Mit diesem Wissen schaffte sie es ohne Panikattacke durch den Abend. Sie war regelrecht stolz auf sich gewesen.

Hinter ihr im Schlafzimmer war ein Geräusch zu hören und sie sah über ihre Schulter. Den Rücken der Tür zugewandt zu haben, war geradezu eine Einladung, attackiert zu werden. Sie zwang sich, nicht zusammenzuzucken. Sie zwang sich, sich zu entspannen und zu ignorieren, dass die Möglichkeit bestand, von einem Fremden gepackt zu werden. Dass Master R im Haus war, half ihr. Zumindest was die Angst betraf, erneut entführt zu werden.

Sie hasste es, dass sie so viele verschiedene Ängste hatte, dass sie diese benennen musste.

Würde Master R noch mehr davon kreieren? Oder würde er einige auslöschen können? Ein Schauer jagte durch ihren Körper. *Ich kenne ihn nicht.* Abgesehen von der Aufforderung, mit ihm zu Abend zu essen, hatte er sie gestern Abend allein gelassen, hatte ihr die Zeit gegeben, sich an das Haus zu gewöhnen, während sie auf Gabis Unterstützung verzichten musste. Allerdings hatte Gabi jede halbe Stunde angerufen, um zu fragen, wie es ihr ging. Kim lächelte. Warmherzige Gabi.

Master R schien zu verstehen, wie erschreckend seine Anwesenheit war. Er hatte nichts getan, um dieses Gefühl in ihr heraufzubeschwören. Es lag einfach daran, dass er ein Mann war. Ein Dom.

Er war noch vorsichtiger mit ihr als Marcus. So auch letzte Nacht, als sie einen Albtraum hatte. Nichts Neues. Normalerweise hörte Gabi ihre Schreie und weckte sie auf. Dieses Mal war Master R zu ihr gekommen.

„Kimberly." Seine Stimme war in ihren Traum eingedrungen, in dem sie festsaß, unaussprechliche Dinge ... Schmerz ... „Kimberly!" So eine geschmeidige Stimme. Die schrecklichen Erinnerungen hallten durch die brennenden Schläge in ihr wider. „Wach auf, *Chica*!" Ein schneidendes Kommando. Die Stimme eines Masters. Ihre Augen sprangen auf. Ein Mann auf der Türschwelle. Ein weiterer Schrei. Sie war nun wach, die Lichter waren an, und schließlich sah sie einen Mann – den Mann, der sie gekauft hatte, sie befreit hatte. Master R.

Er blieb auf Abstand, bis sie seinen Namen sagte, trat ein und holte ihr ein Glas Wasser aus dem Badezimmer. Dann zog er einen Stuhl zum Bett, erlaubte ihr, zu trinken, und wartete, bis ihr Körper das Zittern einstellte. Er hatte sie nicht einmal berührt und doch musste sie zugeben, dass seine Gegenwart tröstlich gewesen war. Wusste er, dass sie hysterisch werden würde, wenn er über sie herfiel? Dass sie es nach der furchtbaren Erfahrung mit mehreren Männern nicht ertragen konnte, berührt zu werden?

Geduldig hatte er sie beobachtet. Nach einer Weile nahm er das Buch vom Nachttisch und las ihr mit diesem dunklen und doch beruhigenden Akzent aus *Huckleberry Finn* vor. Kein Albtraum könnte mit Raoul Sandoval konkurrieren.

Also ging es ihr wirklich besser. Vielleicht war der Funke ihres Seins noch nicht vollkommen erloschen. Vielleicht war sie im Inneren gar nicht dreckig und hatte nicht verdient, was ihr angetan wurde. Jedoch fühlte sie sich dreckig. Hässlich und ruiniert. Sie blinzelte gegen die herannahenden Tränen an. Würde die Beleidigung *dreckige Schlampe* für immer in ihrem Kopf widerhallen?

Die Therapeutin hatte mit ihren Gefühlen des Selbsthasses keine großen Fortschritte gemacht. Auch konnte sie ihr nicht helfen, herauszufinden, was als Nächstes kam, nachdem das hier vorbei war. Wie sollte sie in dem Wissen zu ihrem Job zurückkehren, dass jemand sie wieder schnappen könnte? Dass —

Sie hörte einen Schritt und wirbelte klopfenden Herzens herum.

„Ruhig, *Gatita*." Master R hielt an. Mit seinen Augen auf sie gerichtet, wartete er.

„Tut mir leid."

„Du hast das Recht, nervös zu sein." Er hockte sich neben ihren Stuhl, umfasste mit einer Hand ihr Kinn und wischte ihr die Tränen von den Wangen. „Und zu weinen. So stark du auch bist, wird es wohl eine Weile dauern, bis du dem Tränenmeer entkommst."

„Fangen wir heute an mit ...?" Sie konnte den Satz nicht beenden, hasste es, wie erbärmlich sie klang.

„Wenn du bereit bist, kommst du ins Erdgeschoss und wir reden, Kimberly."

„Kim. Ich werde Kim genannt."

Er lächelte, und für eine Sekunde sah sie den Dom in ihm aufblitzen. Selbstbewusst. Autoritär. Er würde mit ihr tun, was er wollte.

Ein Schauer jagte durch sie. „Du bist wirklich ein Dom, oder?"

„Ja, das bin ich." Er ließ ihr Kinn los und strich mit den Fingerknöcheln über ihre Wange. „Aber du bist bei mir sicher, *Chiquita*. Ich habe nur Interesse an einer Sklavin, deren innigster Wunsch es ist, mein zu sein."

Er wollte eine Sklavin besitzen? Ein Kältegefühl setzte sich tief in ihren Knochen fest.

Eine Stunde später schob Raoul seine Tastatur zur Seite und legte seine Unterarme auf den massiven Eichentisch. Das Design für ein neues Hafenviertel in Belize konnte seine Aufmerksamkeit nicht lange fesseln.

Könnte Kimberly es tolerieren, eine Sklavin zu sein? Er war kein brutaler Master, aber er ließ sich auch nicht an der Nase herumführen, und da er sich vor dem Aufseher wie ein eiskalter Bastard benommen hatte, konnte er nicht plötzlich den verweichlichten Master geben. Ehrlichkeit würden Kimberly und ihm am besten dienen. Nach all den Veränderungen in ihrem Leben hoffte sie nun auf die Stabilität einer Routine.

Als er einen Laut vernahm, sah er zur Tür.

Und da war sie. Sie war blass, dennoch stand sie mit erhobenem Kinn und durchgedrückten Schultern vor ihm. Mutige kleine Sub. Zufriedenheit drückte sich in ihm aus, als er bemerkte, dass sich ihre Wangen langsam wieder ausfüllten. Gabis Kochkünste und ihre Fürsorge hatten Kim ihrem Normalgewicht ein Stückchen nähergebracht.

„Ich bin bereit zu reden", sagte sie. „Komme ich ungelegen?"

„Alles gut." Er erhob sich und sah, dass sie sich zwingen musste, still zu stehen.

Auf der Türschwelle legte er seine Hand auf ihren Rücken und berührte sie auf eine Weise, die er bisher vermieden hatte. Er spürte, dass sie zitterte. Seine Augenbrauen zogen sich zusammen, als er erkannte, dass er sie auf zweierlei Arten sah: als eine verletzte Frau und als willige Sub. Wie hatte sein Verstand den Eindruck gewonnen, dass sie willig sei? Dennoch hatte es Zeiten im Kerker der Sklavenhändler gegeben, in denen sie einem gemeinsamen Rhythmus gefolgt waren. In den Momenten hatte sie ihn als Dom akzeptiert.

Er hielt inne, drehte sich zur Treppe und führte sie am ersten Obergeschoss vorbei in das Zweite, in das Turmzimmer. Das Gespräch mit ihr wollte er an einem ruhigen Plätzchen führen. Intim. Nicht in seinem Büro. Und das Wohnzimmer im Erdgeschoss war für Gäste gedacht. Sie sollte sich nicht wie ein Gast fühlen.

Hier bildete das steil geneigte Dach zwei Seiten des quadratischen Raumes. Die Vorder- und Rückwände waren aus Glas und gaben einen atemberaubenden Blick auf das Meer im Westen und seinen Garten im Osten. Der Boden war in einem satten Braun gehalten, die cremefarbene Couchgarnitur weich und einladend. Die Spielzeuge für die Sessions fanden sich in dem rustikalen Sitzhocker und der antiken Kiste an der Wand.

„Wunderschön", sagte sie und ging zum Fenster mit Meerblick.

So wie du, kleine Sub. Das Licht der Nachmittagssonne glänzte in ihrem glatten schwarzen Haar, brachte braune Farbtöne hervor und schmeichelte ihrer schlanken Figur. Unter der locker sitzenden Kleidung versteckte sie einen hinreißenden Körper, erinnerte er sich. Noch recht dünn und doch anmutig mit geschwungenen Hüften. Er zeigte auf das Sofa, sah ihr Zögern und wartete geduldig darauf, dass sie Platz nahm.

Was einmal ihr Bedürfnis gewesen war, zu gehorchen, war zu Angst verkommen. Dass jemand eine Frau so furchtbar behandeln konnte, brach ihm das Herz. Er setzte sich auf den stabilen Sitzhocker, seine Knie an ihren, während die Sofalehne sie davon abhielt, sich von dem Kontakt zurückzuziehen. „Wir werden darüber reden, was ich von dir erwarte und wie deine Aufgaben aussehen werden. Und ich möchte, dass wir uns besser kennenlernen, *Gatita*."

„Was bedeutet *Gatita*?"

„Kleine Katze. Kätzchen." Sanft zog er an einer Strähne ihrer schwarzen Haare. „Babykatzen haben oft blaue Augen, und als ich jung war, hatte ich ein schwarzes Kätzchen mit großen blauen Augen."

Sie lächelte. „Du hast mich *Chiquita* genannt."

„Kleines Mädchen."

Das gefiel ihr nicht. „Du meintest, *pobre* irgendwas bedeutet arme Kleine."

„Richtig."

Sie kniff die Augen zusammen. „Du benutzt das Wort *klein* sehr oft, findest du nicht?"

„Vielleicht." Er hob seine Hand hoch und präsentierte sie ihr. „Groß." Er platzierte ihre neben seiner, der Unterschied klar und deutlich zu erkennen, seine Hand eine riesige Tatze mit langen Fingern, ihre schmal und zerbrechlich. Warum meldete sich beim Halten ihrer Hand sein Beschützerinstinkt? „Klein."

Als sie genervt schnaubte, ergriff er ihre andere Hand und lehnte sich vor. „Jetzt möchte ich hören, was du als Sklavin durchstehen musstest."

Seine unerwartete Frage fühlte sich wie ein Schlag in den Magen an. *Darüber reden? Auf keinen Fall.* Kim wollte sich zurückzuziehen, doch seine Finger festigten sich um ihre Hand. „Entschuldige bitte?" Ihr Verstand meldete sich ab und sie versuchte, sich von ihrem Körper zu lösen.

„Du hast mich gehört, Kimberly. Bis die Sache überstanden ist, werde ich dein Master sein. Ich erwarte, dass du meinen Befehlen Folge leistest. Dein Körper wird mir zur Verfügung stehen."

Sie erstarrte.

„Nein, nicht für Sex", fügte er mit einem Seufzer hinzu. „Aber ich werde dich berühren. Mit meinen Händen. Du musst dich an meine Berührung gewöhnen, damit du nicht jedes Mal zusammenzuckst."

Sie schaffte es, zu nicken. *Das wusste ich. Das weiß ich.* Warum schien der Gedanke nun so viel einschüchternder, als sie auf diese mächtigen Hände schaute?

„Ich erwarte, dass du mir sagst, wenn dich etwas stört – und das wird passieren. Ich muss wissen, was ich vermeiden soll. Helfen kann ich dir nur, wenn du mir anvertraust, was passiert ist."

Ausführlich darüber reden? Mit ihm? Seine Finger fühlten sich heiß an ihrer Haut an, während das Blut in ihren Venen zu Eis gefror.

„Vertraue dich mir an, Kimberly." Seine Stimme war ein tiefer Bariton. Der sanfte spanische Akzent linderte die Wucht seiner Worte. „Wann haben sie dich entführt?"

„V-Vor etwa sieben Wochen." *Der Schmerz, der schreckliche Schmerz vom Taser, dann ein Piks.* Die Welt verlor an Schärfe und erwacht war sie in einem Albtraum. Ein böser Tritt, als sie sich übergeben hatte, eine Ohrfeige, als sie zu laut weinte.

„Ich habe vergessen, dass es so lange war. Haben sie dich eine Weile festgehalten, bevor sie dich versteigert haben? Was geschah in dieser Zeit?"

„Sie … haben nicht viel getan. Für ungefähr zwei Wochen haben sie uns in einem Raum eingesperrt." Die Erinnerungen dieser Zeit waren vernebelt: weinende Frauen, abartige Männer, nichts zu tun. Ein Tag glich dem anderen. „Unsere rebellische Art war ein Verkaufsargument, also bekamen wir keine Ausbildung." Sie schluckte schwer und erinnerte sich, wie viel Angst sie hatte. Wenn sie gewusst hätte, was danach kommen würde, wäre sie sofort über Bord gesprungen. „Bei einer der großen Auktionen war ich aber nie. Lord Greville hat mich eine Weile davor gekauft."

„Der Besitzer, der dich zum Aufseher zurückgeschickt hat?"

Sie nickte und blinzelte mehrere Male. *Ich werde nicht weinen.*

Master Rs Hände drückten ihre Finger. „Erzähl mir alles."

Er brauchte die Informationen. Aber es war nicht leicht. „Er hat mich zu sich nachhause gebracht." Kalt mit weißen Wänden und Möbeln, nicht im Geringsten gemütlich. „Seine Diener haben mich auf dem Boden fixiert, sodass er mich vergewaltigen konnte." Sie hatte es geschafft, das Wort auszusprechen. Nach einer Woche mit Gabi und Faith konnte sie es jetzt sagen – sie konnte es sagen, ohne sich zu übergeben. „Ich habe mich gewehrt. Er schlug mich, bis ich ohnmächtig wurde. Dann hat er mich wieder vergewaltigt." *Und nochmal, und nochmal.*

„War er es, der eine Peitsche gegen dich eingesetzt hat?", fragte Master R in einem gleichmäßigen Ton.

Sie nickte und schaute auf ihre verschränkten Hände. „Jedes Mal, jeden Tag. Der Schmerz –" So viel Schmerz, dass jeder Atemzug weh getan hatte, bis er sich in ihrem Verstand einnistete und ihr Sichtfeld einschränkte. Bis sie nur noch an eines denken konnte: *Lass es vorbei sein.* „Ich habe mich gewehrt, auch wenn ..." *Blut in ihrem Mund, auf dem Boden liegend, der Gestank von Schweiß und Sex.*

„Deshalb wollte der Bastard dich – weil du dich wehren würdest." Seine Finger massierten ihre. „Du hast also sowohl körperlichen als auch sexuellen Missbrauch erlitten. Emotional? Hat er dich mit Namen betitelt?"

„Ja." *Schlampe, Fickloch, dreckige Hure.* Trat der Schmutz in ihrem Inneren nach außen? Konnte Master R die Dunkelheit

71

sehen? Sie versuchte, über ihr Unwohlsein hinwegzulachen. „Sogar einige Worte, von denen ich noch nie gehört hatte. Er sagte, ich verdiene alles, was er mit mir anstellt, weil ich eine Schlampe bin. Böse und schlecht. Abartig. Er sperrte mich tagsüber in einen Käfig. Mein Wasser und mein Essen bekam ich in Schüsseln, weil ich ein Tier war." Sie wagte es, den Blick zu heben, und sah seinen angespannten Ausdruck. „Deshalb hat er mich auch mit seinen Freunden geteilt." Ihre Kehle schnürte sich zu, ihr Magen rebellierte.

Er fluchte leise, fing ihr Kinn mit seinen starken Fingern ein und hob ihren Blick zu sich. „Sieh mich an, *Chiquita*."

Ihr Blick traf auf seine dunkelbraunen Augen. Auf seine geduldigen Tiefen. Ernst und beständig.

„Sehr gut. Jetzt tief Luft holen. Perfekt. Atme langsam aus. So ein gutes Mädchen."

Die Erinnerungen verblassten, weggedrängt von seiner Wut auf jemanden, der ihr Leid angetan hatte. Ihre Übelkeit ließ nach.

Nachdem sie ein paar Atemzüge genommen hatte, lehnte er sich zurück und nahm wieder ihre Hand. „Andere haben dich benutzt. Was ist dann passiert?"

„Danach ... habe ich ihn mit einem Messer angegriffen."

Er starrte sie an. Dann brach er plötzlich in Lachen aus. So herzlich, so befreit und offenherzig der Laut, dass sich die Finsternis für den Moment aus ihrem Verstand verzog. Er küsste ihre Finger. „Das freut mich für dich. Aber ... leider denke ich, dass du deshalb so schwer verletzt wurdest."

Schwer verletzt. Sie konnte nicht antworten, fing an, heftig zu zittern.

Ein Knurren entrang ihm. Wie einen Löwenzahn pflückte er sie vom Sofa und nahm mit ihr in den Armen Platz. Seine Wärme und seine Stärke umhüllten sie, erschreckten sie nicht. Das konnte sie sich nicht erklären. Wie war es möglich, dass ein Befehl von ihm ausreichte und schon redete sie sich alle ihre schlimmen Erfahrungen von der Seele?

Geduldig wartete er, hielt sie in den Armen und rieb mit einer Hand über ihren Rücken. Als ihr Zittern nachließ, sagte er: „Mit Trauma kenne ich mich aus. Ich habe Freunde, die im Krieg waren. Andere überlebten das brutale Leben in einer Gang. Du wirst mit der Therapie fortfahren – die Therapeutin und Gabi können zu uns kommen. Nichtsdestotrotz wird es Momente geben, die Panik in dir auslösen werden, die dich zum Weinen bringen werden. Damit rechne ich."

Gabi? Und Faith? Nicht allein, nicht verlassen. „Danke."

„Wenn du diese Reaktionen bereits zeigst, wenn wir uns nur unterhalten, dann muss ich auch den Rest hören. Damit wir miteinander arbeiten können, muss ich alles wissen. Diese Informationen kann ich benutzen, um bestimmte Dinge von vornherein zu meiden. Verstehst du das?"

Sie fühlte sich schmutzig. Schwach und nutzlos und ruiniert. Aber er hatte Recht. Sie biss sich auf die Lippe und nickte.

„Wie hast du es geschafft, Lord Greville mit dem Messer zu verletzen? Und was hat er danach getan?"

„Als die ... Männer ... gingen, versteckte ich ein Messer zwischen meinen Tanzschleiern." *Zu den Schleiern krabbeln, sie zu sich ziehen und um die Klinge wickeln. Ihr Blut färbt das hauchdünne Gewebe. Ich stolpere auf die Füße. Falle. Ein erneuter Versuch. Blut läuft wie warmes Wasser über meine Beine.* „Als er zurückkam, habe ich schnell gehandelt und zugestochen." Sie schluckte schwer. Die Klinge glitt durch sein Hemd, seine Haut, sein Fleisch widerstand. „Diesmal zuckte er zurück – nicht ich. Leider verfehlte ich so sein Herz und traf ihn nur an der Schulter. Er hat mich geschlagen." Durch den gesamten Raum hatte er sie getreten.

„Es tut mir leid, dass du sein Herz verfehlt hast", sagte Master R in einem sanften Ton. „Was ist dann passiert?"

„Er schrie, und seine Angestellten kamen. Er war verdammt wütend." *Überall Blut, Schreie, Wahnsinn in seinen Augen.* „Er hat mich ausgepeitscht und sich dann das Messer geschnappt, mit dem ich ihn erwischt habe. *Ich werde dich in Stücke schneiden. Schrei,*

Schlampe." Sie berührte ihre Rippen, wo eine lange Wunde bis auf den Knochen geklafft hatte. Der Schmerz hatte sich eingenistet, war immer schlimmer geworden. „Gott sei Dank hatte er genug Blut verloren, sodass er ohnmächtig wurde." Sie hatte so starke Schmerzen gehabt, dass sie sich über diesen kleinen Erfolg nicht mal hatte freuen können. „Sie banden mir einen Verband um die Rippen und steckten mich wieder in den Käfig. Den Kleinen." Nicht den Hundezwinger. Gemacht für einen mittelgroßen Hund und so winzig, dass sie ihre Beine nicht ausstrecken konnte, sich nicht hatte hinstellen können. Kein Bewegungsfreiraum. Konnte nicht atmen ... Ihre Lungen hatten sich wie ein Fisch an Land angefühlt.

„Ganz ruhig." Eine große Hand streichelte ihr über die Haare. „Du bist nicht allein, *Gatita*. Hier wird dir niemand etwas antun."

Hier. Sie blinzelte die Dunkelheit weg, die sich aus den Augenwinkeln näherte. „Für eine Weile haben sie mich dort gelassen ... wie lange weiß ich nicht." Im Dunkeln. Nicht einmal hatte sie jemand rausgelassen. Blut, so viel Blut. Schmerzen. Sie hatte sich voll gepinkelt, ihre Beine nass in einem stinkenden Käfig. Alles stank. Ihre Stimme war vom Schreien gebrochen. „Schließlich kamen sie und holten mich." Als sich die Tür öffnete, hatte sie sich auf den Tod eingestellt und fühlte nur Erleichterung.

Raoul schüttelte sie sanft und schaffte es, sie aus ihren albtraumhaften Gedanken zu reißen. „Atme für mich, Kimberly."

Sie wagte einen wohlüberlegten Atemzug und starrte auf die Wellen der weiten See. Die kleinen Fenster neben den Großen standen offen und das Meeresrauschen trat an ihre Ohren, schwappte über ihre Erinnerungen und zog sie mit sich.

„Sieh mich an." Er holte sie zurück in die Gegenwart. „Sie haben dich rausgeholt und ...?"

„Der Aufseher war gekommen. Sie haben ihn gezwungen, mich mitzunehmen."

„*Pobrecita*", murmelte Master R.

Zu müde, um Angst zu haben, legte sie ihre Wange an sein

weiches Hemd. Unter den beeindruckenden Muskeln seiner Brust schlug sein Herz langsam, gleichmäßig, und nach einer Weile passte sie sich seinen Atemzügen an. Unter dem Einfluss des besänftigenden Rhythmus fand sie ihre Stimme wieder. „Der Aufseher war wütend. Er meinte, dass sie mich beschädigt haben. Dennoch hat er Lord Greville sein Geld erstattet, da er ständig für neue Käufer sorgt. Eine persönliche Sklavin des Aufsehers hat mich genäht. Danach habe ich eine Weile gar nichts gemacht. Nachdem die Nähte herausgenommen wurden, half ich noch eine Woche in der Küche. Und lernte tanzen."

„Kein Krankenhaus?"

Sie schaffte ein Lachen. „Wo denkst du hin! Allerdings habe ich Antibiotika bekommen. Ich bin mir ziemlich sicher, dass das Medikament für Hunde gedacht war." *Ich bin ein Tier.*

„Jetzt verstehe ich, warum du als Schnäppchen angepriesen wurdest", sagte er und brach so durch ihre Gedanken. „Wenn du deinen Besitzer fast umbringst, verringert sich wohl schnell dein Wert." Er tippte mit einem Finger auf ihre Nase. „Gut gemacht."

Überrascht blinzelte sie. Ein Hauch von Wärme sickerte bei der offensichtlichen Anerkennung durch ihre Venen.

„Abgesehen davon, dass du entführt wurdest, was allein schon schwer zu verkraften ist, stammen die meisten Ängste von deinem Aufenthalt in Grevilles Haus, richtig? Vergewaltigung, Käfig, Prügel. Wie sie dich behandelt haben, die Beschimpfungen und Beleidigungen. Wahrscheinlich denkt ein Teil von dir, dass es stimmt, was sie sagten. Korrekt? Du denkst, dass du bist, als was sie dich bezeichnet haben?"

Warum half es, wenn er ... Dinge auflistete? Weil es nach einer Reihe Problemen klang, mit denen sie umgehen konnte, eine Alternative zu dem erschreckenden Abgrund, der sich bei jeder Erinnerung vor ihr öffnete? „Ich ... ja."

„Okay. Therapie bekommst du bereits. Zusätzlich werde ich einen Selbstverteidigungskurs für dich organisieren. Wenn du das nächste Mal jemanden erstechen musst, wirst du einen besseren

Job machen." Er wartete auf ein Nicken von ihr. „Über die Verge-
waltigungen hinwegzukommen, wird Zeit brauchen. Da du gerade
in meinen Armen liegst, ist es möglich, dass dieses Trauma das
Kleinste deiner Probleme darstellen wird. Du hast jedoch viel
Leid erlebt und wirst hin und wieder Angst haben. Sofern deine
Therapeutin nichts anderes sagt, werden wir beenden, was auch
immer dich getriggert hat, sodass wir anschließend über deine
Ängste sprechen und an ihnen arbeiten können. Dann wiederholen wir, was dich verängstigt hat, bis der Trigger keine Wirkung
mehr zeigt."

Vielleicht würde sie die Zeit mit ihm überleben. Ihr kam ein
Gedanke ... „Keine Käfige."

Er schüttelte den Kopf. „Nein, dieses Problem soll deine
Therapeutin angehen. Du und ich werden daran arbeiten, was in
deiner Sklavenausbildung Panik verursacht."

Sklave. Bei dem Wort kam es ihr hoch. „Ich werde mein
Bestes geben."

„Das weiß ich, *Chiquita*."

Als sich seine Arme fester um sie schlangen, meldete sich in
ihr eine Mischung aus Angst und Sicherheit. Er spendete ihr
Trost. Ihr Master. Gott hatte einen seltsamen Sinn für Humor.

Mit einem tiefen Stöhnen drückte Raoul das Gewicht langsam
in die Höhe. Bei der körperlichen Belastung zitterten seine Arme.
Oben legte er die Stange mit einem metallischen Klirren ab, das
in dem leeren Kraftraum widerhallte.

Er setzte sich aufrecht hin und schüttelte die Arme aus. Sein
von Schweiß getränktes Oberteil klebte an seiner Haut, seine
Brustmuskeln und sein Trizeps brannten. Sein Körper ließ die
Schatten an der Wand tanzen. Er hatte absichtlich die meisten
Lichter ausgelassen, denn die Dunkelheit spiegelte seine Stim-
mung wider.

Er hatte es geschafft, seine Wut nicht zu zeigen, als Kimberly über ihre Entführung gesprochen hatte, aber ... *Dios*, es war schwer gewesen, ihre Stimme zittern zu hören, ihren vernarbten Körper bei den Erinnerungen beben zu fühlen.

Eine Stunde Gewichtheben, sich bis zur Erschöpfung und darüber hinaus quälen, hatte seine Kontrolle wiederhergestellt. Er lehnte sich vor, stützte die Ellbogen auf den Knien ab und starrte auf seine Unterarme. Seine Haut lag straff über den aufgepumpten Muskeln. Seine Adern traten hervor. Ja, er war verdammt stark.

Unbrauchbar stark. Er war zu spät gekommen, um seinen Bruder vor dem Tod in einer schmutzigen Gasse zu retten, zu spät, um diese kleine Sklavin vor ihrem Missbrauch zu bewahren. Das Schlimmste an der Sache: Wenn er den Aufseher das nächste Mal sah, konnte er ihn nicht k. o. schlagen. Noch nicht. Sein Kiefer spannte sich an, bis seine Zähne knirschten. Hoffentlich später.

Vorerst bestand seine Aufgabe darin, die Wunden auf Kimberlys Seele zu flicken ... und sie als seine Sklavin auszubilden. Er ließ seinen Kopf in seine Hände fallen. Verzweiflung schaffte es an seiner Kontrolle vorbei. Eine Sklavin. Hier in seinem Haus. Das Haus, das er nach seiner Scheidung gebaut hatte. Er hatte einen Neuanfang gebraucht, hatte nicht mit den Erinnerungen an die gescheiterte Master/Sklave-Beziehung leben wollen.

Jetzt würde er es noch einmal wagen. Das musste er.

KAPITEL VIER

An diesem Abend verlangte Raoul von Kimberly, eine Gemüsepfanne zuzubereiten. Indessen hatte er es sich an der Kücheninsel bequem gemacht und ein Bier getrunken. Sie bewegte sich, wie sie tanzte. Keine Bewegung verschwendet, alles durchchoreografiert. Ihr Multitasking jedoch bereitete ihm Kopfschmerzen. Wenn er kochte, nahm er sich erst einen Teil vor, fuhr dann mit dem nächsten Schritt fort und so weiter. Die kleine Sklavin hatte mehrere Stationen auf einmal, um die sie sich kümmerte.

Das sanfte Lächeln auf ihren Lippen gefiel ihm. Kochen war ein Trost für sie. Das würde er sich merken.

Als die Mahlzeit auf dem Tisch stand, nahm er einen Stuhl und hielt einen Finger hoch, um sie davon abzuhalten, sich hinzusetzen. Nun verharrte sie stehend neben dem Tisch und er gönnte sich den ersten Bissen. Der Geschmack war ausgezeichnet – gut gewürzt und ausgewogen. „Gut gemacht, *Chiquita*."

„Danke, Sir", sagte sie abwesend. Seit dem emotionalen Gespräch gestern hatte sie sich von ihm zurückgezogen. Das verstand er. Er tendierte dazu, dasselbe zu tun, aber erlauben konnte er es nicht. Nicht in diesem Fall. Wenn sie ihren Zorn und ihre Angst vor ihm verschloss, konnte er sie nicht lesen und somit auch nicht helfen.

„Glücklich siehst du nicht gerade aus." Mit dem Arm auf der Lehne des Stuhls ließ er seinen Blick über ihren Körper schweifen, über das lose blaue T-Shirt und die weiten Shorts. Sie hatte ihre langen Haare zu einem Zopf geflochten. Er vermisste ihre offenen Wellen. „Ich denke, dass ich bisher ein toleranter Master gewesen bin. Ich habe dich beim Kochen sogar Kleidung tragen lassen."

Ihre Augen weiteten sich. Am Verkaufstag hatte sie ein Talent für das Servieren von Getränken und Essen gezeigt. Und fürs Tanzen. Dort hatte sie stets den Blick gesenkt gehalten, anmutig gekniet und nur das Wort erhoben, wenn sie aufgefordert wurde. Hatte sie darüber hinaus irgendeine Ausbildung bekommen? Sie hatte gesagt, dass sie nach ihrer Entführung allein gelassen und dann an einen Sadisten verkauft worden war, der sie zum Auspeitschen und für Sex benutzt hatte. Nach ihrer Rückkehr zum Aufseher hatte sie die meiste Zeit damit verbracht, zu heilen.

Neben der dürftigen Ausbildung wusste sie wahrscheinlich auch nicht, was ein Leben als Vollzeit-Sub mit sich brachte. Nachdenklich rieb er sich die Wange. Wäre sie emotional nicht so angeschlagen, würde er seine Zeit mit ihr viel mehr genießen. Er fand Gefallen an der Ausbildung einer Sub.

Er hatte es geliebt, ein Master zu sein. Nach seiner Hochzeit war diese Freude mit jedem Tag mehr verblasst. Er presste die Lippen fest zusammen. Das lag alles in der Vergangenheit und sollte nicht wiederholt werden.

Als sie einen nervösen Schritt zurückging, drückte er die Wut nieder. *Konzentriere dich auf deine Aufgabe, Sandoval.* Er zeigte auf den Stuhl neben ihm. „Du kannst dich mir heute Abend am Tisch anschließen."

Als sie sich hinsetzte, war ihr Gesicht leicht zu lesen. Ja, sie hatte noch viel zu lernen.

„Es kann vorkommen, dass ich dich lieber selbst füttere. In

dem Fall wirst du dich neben mich hinknien und Essen aus meiner Hand akzeptieren." Ihr Körper wurde von einem Schauer erfasst. Er musterte sie und versuchte herauszufinden, was ihr durch den Kopf ging. Er entdeckte zu viele Emotionen auf einmal. Furcht. Ekel. Aber sah er in ihren Augen auch Vorfreude? „Der Aufseher sagte, dass du vor der Entführung mit dem Lifestyle zutun hattest. Was weißt du über Master/Sklaven-Beziehungen im wahren Leben?"

„Äh, nicht viel. Ich war mit ein paar Doms zusammen, aber dabei hat es sich meistens nur um ... ähm, Sex gedreht. Ein wenig Spaß. Sonst nichts. Ich dachte immer, dass Frauen, die Sklaven sein wollen ... Nun ja, es klang, als fehlte nur das Schild um den Hals mit den Worten: TRITT MICH. Ich fand es widerlich." Die Grimasse auf ihrem Gesicht zeigte eine seltsame Kombination aus Abscheu und Schmerz.

Wenn sie keine Erfahrung hatte, warum war ihre Abneigung dann so stark ausgeprägt? Vielleicht aufgrund der Vergangenheit einer anderen Person? „Also ... davor ... hast du beim Sex gerne die Kontrolle abgegeben. Vielleicht brauchst du, um es wirklich zu genießen, eine bestimmte Person."

Ihre Wangen erröteten entzückend. „Vielleicht."

Er unterdrückte sein Lächeln. „Es gibt Frauen, die ihre Kontrolle auch außerhalb des Schlafzimmers aufgeben möchten. Einige stellen fest, dass der Akt, jemanden zufrieden zu stellen – in dem Fall ihre Doms –, sie auf eine gänzlich andere Weise befriedigt."

An dem zynischen Ausdruck auf ihren Lippen sah er, dass er sie von ihrer Meinung nicht abbringen konnte: Sklavin gleich Fußmatte.

„Eine gute Beziehung darf keine Einbahnstraße sein, *Gatita*. Die Unterwerfung und das Bedürfnis, den Partner zufriedenzustellen, geht einher mit dem Bedürfnis des Masters zu dominieren, zu beschützen und seine Sub glücklich zu machen."

Es war eindeutig, was sie von seiner Erklärung hielt: Sie glaubte ihm nicht. Nun senkte sie den Kopf erneut und raubte ihm somit den Blick auf ihr Gesicht. Wieder etwas, das er nicht erlauben konnte. Er legte seine Finger unter ihr Kinn, hob ihren Kopf und fühlte, wie sie seiner Prüfung entkommen wollte.

Diese Situation würde für beide nicht einfach werden. Schwieriger machte sie es ihnen, wenn sie nicht ehrlich war. Es konnte schlimm enden, insofern er ihre Körpersprache bei einer Session falsch interpretierte – vorausgesetzt, der Aufseher verlangte eine Vorführung. „Einer gekauften Sklavin wird kein Safeword angeboten, um eine Aktivität zu stoppen, weil sie Angst hat. Ohne ein Safeword läuft bei mir nichts. Wenn du also das Wort *Krampf* sagst oder dich über einen beschwerst, weiß ich, dass du eine Pause brauchst oder es ein Problem gibt. Dann können wir reden." Er grinste. „Dennoch wird es nicht so aussehen, als würde ich bei etwas nachgeben, das die meisten Besitzer ignorieren würden."

Die Erleichterung in ihren Augen entsetzte ihn. Dankbar für die grundlegendsten Regeln im BDSM. Das bewies erneut, wie viel Arbeit sie vor sich hatten. Er ließ ihren Arm los.

Als er aß, schob sie ihr Essen über den Teller. Ihre Nervosität war offensichtlich in der Art, wie ihre Augen ständig zu ihm sahen und sie sich anspannte, sobald er sich auch nur einen Millimeter bewegte.

Als er fertig war, lehnte er sich zurück und streckte seine Beine vor sich aus. „Ich habe zwei Grundpositionen, die ich dir sofort zeigen möchte. Wir werden später an den anderen arbeiten. Die erste ist das einfache Hinknien. Ich konnte mich bereits davon überzeugen, wie anmutig du diese Position ausführst. Die zweite nennt sich Display. Schon im Kerker habe ich sie von dir verlangt." Er zog eine Augenbraue hoch.

Sie schüttelte den Kopf. „Ich bin mir nicht sicher, ob ich mich erinnere."

„Aufstehen."

Nach einer Sekunde des Zögerns – etwas, an dem sie arbeiten müssten – stand sie auf.

„Sehr gut." Er lehnte sich vor, klopfte sanft auf ihre Schenkelinnenseite, sodass sie ihre Beine spreizte. Im nächsten Moment erhob er sich und passte ihre Position an. „Hände hinter dem Hals verschränken." Er wartete darauf, dass sie seinem Befehl nachkam.

Unter seiner Berührung zitterte sie, und ihr Blick senkte sich. Mit der Hand auf ihrer Schulter wartete er ab, um sicherzustellen, dass sie noch bei ihm war. Nach ein paar Sekunden klarten ihre blauen Augen auf und sie sah ihn direkt an.

Dies war der Moment, in dem die wichtige Rolle des Vertrauens zum Tragen kam. Er streichelte mit den Fingerknöcheln über ihre Wange. „Du bist hinreißend, *Gatita*."

Ihre Augenbrauen zogen sich zusammen und sie starrte ihn skeptisch an.

„Sieh deinen Master nicht an, als wäre er ein Idiot."

Ein überraschtes Lächeln stahl sich auf ihre Lippen.

Raoul strich mit dem Zeigefinger entlang ihres Kiefers. „Deine Haut ist wunderschön und so weich. Perfekt für Berührungen." Er setzte die Erkundungstour über ihren Hals fort und gelangte zu ihren Brüsten. „Tolle Brüste – eine gute Handvoll."

Ihr Atem stockte und sie presste die Lippen fest zusammen. Aber sie behielt ihre angewiesene Position bei.

Er wanderte mit dem Finger zwischen ihre Brüste, übte jedoch keinen Druck aus, sodass seine Berührung ihre Haut nicht erreichte. Als er auf ihrem Bauch landete, spürte er den Schauer sogar durch ihre Khakishorts und wusste, dass sie sich seinem Status als Master – als Mann – bewusst war.

Er flüsterte: „Schlanke Taille, geschwungene Hüften, weiche Oberschenkel, um einen Mann willkommen zu heißen."

Die Farbe in ihren Wangen hatte nichts mit Angst zu tun,

aber es war noch zu früh, daran zu denken, sie sexuell zu berühren. „Du kannst dich entspannen. Hände an den Seiten, Handflächen nach vorn ausgerichtet."

Wenn er ehrlich war, so anziehend er sie auch fand, würde er es bevorzugen, Sex gänzlich aus dem Spiel zu nehmen. Dennoch regte sich jeder einzelne Dom-Instinkt in ihm. So gerne würde er den Schaden richten, den andere angerichtet hatten. Da sie unter seiner Obhut stand, würde er sein Bestes geben. Er würde sich Zeit lassen, zunächst kleine Berührungen wagen und sich am Anfang auf verbales Spiel konzentrieren.

„Zudem möchte ich, dass du darum bittest, das Wort erheben zu können. Wenn wir ein Gespräch führen, hast du automatisch die Erlaubnis, mir zu antworten. Sprich mich mit Master, Master R oder Sir an. Sonst nichts. Ich weiß, dass du diese Regel bereits verinnerlicht hast."

In dem Augenblick wurde ihm bewusst, dass sie ihn noch nie Raoul genannt hatte – auch nicht in Gabrielles Haus. Hielt sie ihn für den Feind? Oder schlichtweg für ihren Master?

Sie nickte.

„Die meisten deiner Antworten sollten sich auf *Ja, Master* beschränken. Wenn du besonders enthusiastisch bist, kannst du sagen: Es wird mir ein Vergnügen sein, Master."

Ihr Gesichtsausdruck zeigte Zweifel, dass etwas, das er vorschlug, ihre Begeisterung entfachen könnte.

„Du wirst dich um das Haus und die Mahlzeiten kümmern. Jeden Donnerstag kommt eine Haushälterin, um die Küche aufzustocken und das Haus zu putzen. Ich werde euch vorstellen, sodass du sie beaufsichtigen kannst."

„Ich werde jemand anderen beaufsichtigen?"

Ihre Ungläubigkeit ließ ihn grinsen. Der Tanz zwischen einem Dom und seiner Sub war ihr völlig unbekannt. Er presste die Lippen zusammen. Das lag daran, dass ihr die Kontrolle durch mehrfache Vergewaltigung entrissen wurde, anstatt sie freiwillig und mit einer gewissen Vorfreude in die liebenden Hände ihres Doms zu geben. „Einer Sklavin könnte Kleidung erlaubt werden oder nicht, es könnte ihr gestattet sein, zu reden oder sie soll schweigen, viel Verantwortung im Haus oder wenig. Nichts ist in Stein gemeißelt."

Er hielt ihren Blick mit seinem gefangen und konnte sehen, wie sie sich seiner Stimme, seiner Autorität hingab. Ihr Ausdruck löste etwas in ihm aus – sie fürchtete seine Kontrolle; im gleichen Atemzug sehnte sie sich danach. Wie tief reichte ihre Sehnsucht? Nur wenig Unterwerfung oder ... vollkommene Unterwerfung? „Beharrt wird nur auf eine Sache: Der Master entscheidet."

„Aber ..." Ihre Schultern spannten sich abwehrend an.

„Das macht dich nervös, *Gatita*. Wieso?"

„Ich werde nicht wissen, wann ... ich muss wissen, was ..."

Fürchtete sie willkürliche Bestrafung? „Wir werden darüber sprechen, was ich von dir erwarte. Die Regeln. Ich werde dich niemals für etwas bestrafen, von dem du nichts wusstest oder was du nicht verstanden hast, Kimberly. So verfahre ich nicht."

Ein Teil ihrer Sorge verblasste in ihren Augen. Aber nicht alles.

Er überlegte, was er über sie wusste. Nicht genug. *„Ich muss es wissen ..."*, hatte sie gesagt. Sie musste wissen, was sie zu tun und zu lassen hatte? Einige Leute – und ein hoher Prozentsatz der Subs – bevorzugten es, klare Regeln vorgesetzt zu bekommen. Sie schätzten es, ihre Aufgaben, die Zeitpläne und Listen zu kennen. So wie die meisten Ingenieure konnte er das nachvollziehen.

„Ich glaube, ich verstehe es", sagte er. „Für morgen werde ich deine Pflichten auflisten."

Die angespannten Muskeln ihrer Schultern lösten sich. Ihre Lippen lockerten sich und Farbe kehrte zurück in ihre Wangen.

Viel besser. Er fügte hinzu: „Jeden Morgen zum Frühstück planen wir deinen Tag."

Und da war es. Er hatte sich ein echtes Lächeln von ihr erkämpft.

Kim war allein gelassen worden, um die Küche sauberzumachen. *Gott sei Dank.* Bei der Aufgabe, das Geschirr in die Spülmaschine zu räumen und die dunklen Granitoberflächen abzuwischen, beruhigten sich langsam ihre Nerven. Sie schrubbte über einen hartnäckigen Fleck, immer noch ein wenig von ihrer Reaktion auf Master R schockiert. Als er mit ihr in diesem dunklen Bariton gesprochen hatte, ihr erzählte, dass sie hübsch sei, über ihre Brüste sprach, na ja ... anscheinend hatten sich ihre Hormone doch nicht in den Winterschlaf verabschiedet. Das hatte sie sich nur gewünscht.

Der Gedanke, jemals wieder Sex zu haben, füllte sie mit eisiger Kälte. Und Panik.

Es geht mir gut. Ich muss nur meine Emotionen in den Griff bekommen. Gelassen und cool muss ich sein. Sie stellte sich vor, einen schweren Schutzschild anzuheben. Ganz nach dem Beispiel Lancelots. Nichts würde an dem Schild vorbeikommen.

Anschließend begab sie sich auf die Suche nach Master R. Sie blieb in der Tür des Fernsehraums stehen. Wie der Rest des Hauses zeichnete es sich durch cremefarbene Stuckwände und Terrakottaböden aus. Die Beistelltische und das Unterhaltungszentrum waren aus dunklem Holz, eine hüfthohe ziegelrote Vase stand in einer Ecke, und Decken in Herbstfarben sorgten für Gemütlichkeit. Ein Gemälde eines wunderschönen Segelbootes aus der Alten Welt hing über der Ledercouch, auf der Master R eine Fachzeitschrift las.

Er sah zu ihr und lächelte. „Falls ich keine anderen Anweisungen gebe, wirst du dich, wenn ich sitze, zu meinen Füßen hinknien, im Profil zu mir und mit den Augen auf deinen Schoß gerichtet."

Das ist ekelhaft, sagte ihr zynischer Teil. Der Rest von ihr ... schwieg. Das war nicht richtig. Sollte sich nicht alles in ihr gegen die Unterwerfung auflehnen? Ein winziger Schauer rauschte durch sie, als sie sich hinkniete, dankbar für die Weichheit des orientalischen Teppichs.

„Sehr, sehr hübsch, *Chiquita*", sagte er sanft. „Ich hatte nie geplant, mir eine Sklavin in dieses Haus zu holen." Er zögerte, und sein Kiefer spannte sich für eine Sekunde an. „So sind die meisten Böden gefliest, was nicht gerade bequem für dich ist. Wenn es keinen Teppich gibt, darfst du ein Kissen verwenden."

Hatte er mal eine Sklavin in einem anderen Haus? Sie hob den Blick und hätte fast unüberlegt das Wort erhoben. „Erlaubnis zu sprechen?"

„Sehr gut. Füge bitte Master am Ende hinzu."

„Erlaubnis zu sprechen, M-Master."

Er lehnte sich vor und legte die Hand auf ihre Wange, seine braunen Augen erschreckend ernst. „Es gefällt mir, wenn du mich so nennst, Kimberly. Ich dachte, das solltest du wissen." Er hielt ihren Blick gefangen, tief drang er in sie vor und schmolz das Eis in ihrer Mitte.

Sie schluckte schwer, ihr Mund ausgetrocknet.

Er wartete und berührte sie weiterhin, sein Daumen fuhr sanft über ihren Kiefer.

„Hattest du schon einmal eine S-Sklavin, Master?"

„Mmmhmm. Nach dem College und bevor ich hergezogen bin, hatte ich zwei Jahre lang eine Sklavin. Sie zog es vor, in der anderen Stadt zu bleiben, also unterstützte ich sie dabei, einen neuen Master zu finden." Die Bewegung seines rauen Daumens, mit dem er sie streichelte, besänftigte sie und half ihr, sich zu entspannen ... bis sich sein Gesichtsausdruck verfinsterte und die Wärme in seinen Augen verschwand. „Die Frau, die ich geheiratet habe, war auch meine Sklavin."

Kimberly zog sich zurück. „Geheiratet? Aber –"

„Ich bin seit fast drei Jahren geschieden, *Gatita*."

Bei dem verbitterten Ausdruck auf seinen Lippen hätte sie ihm am liebsten sanft über die Hand gestreichelt. „Was ist passiert?"

Er lehnte sich zurück und legte mehr Abstand zwischen sie. „Die üblichen Dinge, die eine Ehe zerstören." Sein Ton machte deutlich, dass das Thema tabu war. Ziemlich unfair, wenn man bedachte, wie er sie ausgefragt hatte.

Sie hatte eine letzte Frage. „Wie ist deine Frau klargekommen, nachdem du sie hast gehen lassen? Konnte sie noch eigenständig funktionieren?"

Der Humor kehrte in seine Augen zurück. „Nur weil eine Frau ihre Kontrolle in meine Hände legt, bedeutet das nicht, dass sie bereit ist, das auch für andere zu tun. Meine Frau war die Geschäftsführerin ihrer eigenen Firma. Ohne jemals die Stimme zu erheben, hat sie leitende Angestellte in der Luft zerrissen."

Wow. Das war ... Er zerstörte jedes einzelne Vorurteil. Ziemlich unhöflich von ihm. „Und deine erste Sklavin?" Sklavin – das Wort machte sie krank.

„Sie ist Immobilienmaklerin und hat sich ein gutes Leben aufgebaut. Spezialisiert hat sie sich auf Immobilien für Superreiche."

Es war nicht gerade tröstlich zu wissen, dass er es offenbar genoss, ein Master zu sein und eine Sklavin zu haben. Seltsamerweise war es beruhigend, dass sich zwei Frauen seiner Obhut übergeben hatten ... und das freiwillig und ohne zuvor eine Entführung durchlebt zu haben. „Sie haben auch in deinem Haus gewohnt, für dich gekocht und dein Haus sauber gehalten?"

„Nein, *Gatita*, dafür sind Reinigungsfirmen da. Ich habe dir diese Verantwortung nur übertragen, da du sonst nichts zu tun hättest. Tatsächlich koche ich gerne und ich plane, dies an den Wochenenden auch zu tun, so wie ich das früher getan habe." Belustigung tanzte in seinen Augen. „Wollte ich nicht kochen, hat meine Sklavin die Aufgabe übernommen und dabei nur eine Schürze getragen. Und du wirst das auch."

Oh je.

„Jetzt hol das Buch, das du vorhin gelesen hast, und setz dich zu mir auf die Couch."

Als sie mit ihrem Buch zurückkam, schaute er nicht auf, sondern murmelte nur: „Zieh bitte zuerst dein Oberteil und deinen BH aus."

Sie starrte ihn an.

Er blätterte eine Seite um.

Sie hatte sich mit dem Plan einverstanden erklärt. Er war dagegen gewesen. Aber Kleidung war wie ein Schutzschild. Ihre eigene Art von Kettenhemd. *Ich will es nicht tun.*

Er schien so entspannt, seine Aufmerksamkeit auf seiner Lektüre. Wieder blätterte er um.

Tränen unterdrückend zog sie ihr T-Shirt aus, dann ihren BH und wartete geduldig.

Er blickte auf. Seine Augen schweiften über sie. Ausdruckslos, abgesehen von der Anerkennung ihres Gehorsams. „Ausgezeichnet, *Gatita*. Du hast einen großen Schritt gemacht. Jetzt komm und setz dich neben mich." Er klopfte auf die Couch.

Behutsam nahm sie neben ihm Platz, angespannt, ihr Rücken kerzengerade, bis er sie plötzlich ... an sich zog. Ihre Fingernägel verbeulten das Cover des Buches, als sie auf seine wandernden Hände und eine Attacke wartete ...

Sein schwerer Arm legte sich um ihre Schultern und seine Finger umfassten ihren Oberarm. Er bewegte sich, machte es sich bequem und nahm wieder sein Magazin.

Nach einer Minute seufzte er. „Bitte nicht das Atmen vergessen, Kimberly. Das hier ist kein Sprint."

Oh. Ihr Puls ging durch die Decke, aber sie schaffte es, ihre Atmung unter Kontrolle zu bekommen. Jetzt fühlte es sich eher wie eine kurze Runde um den Block an. Nach einer weiteren Minute hob sie ihr Buch auf. Im Wohnzimmer war es recht kühl, sodass sein Körper es vermochte, sie zu wärmen.

Seine Hand streichelte gelegentlich ihren Arm. Eine Weile später konnte sie tatsächlich behaupten, ein paar Worte in ihrem Buch gelesen zu haben.

. . .

Als sich die kleine Sub bewusst an ihn lehnte, seufzte Raoul. Er hatte geahnt, dass es für beide schwierig werden würde. Wie erschreckend es sein würde, hatte er nicht erwartet. Im Vorhinein hatte er sich mit emotionalen Traumata befasst, da Sessions dazu neigten, erschreckende Erinnerungen in der Sub hervorzurufen. Nur wenige Menschen konnten behaupten, das Erwachsenenalter ohne Schwierigkeiten erreicht zu haben.

Kimberly hatte mit Traumata zu kämpfen, die gerade erst passiert waren. Noch schlimmer war, dass ein Großteil ihrer Unsicherheit daher rührte, versklavt worden zu sein. Die nächsten Tage und Wochen mit ihm würden diese Erinnerungen an die Oberfläche bringen. Das würde nicht einfach werden.

Am Nachmittag, während Kimberly ein Nickerchen machte, befand sich Raoul mit ihrer Therapeutin Faith, Gabi und Z, dem Besitzer des Shadowlands, in einer Telefonkonferenz. Da Z auch ein Psychologe war, kannte er die emotionalen Probleme, die mit dem Lifestyle einhergingen.

Gabi, Z und Faith drückten alle Bedenken aus, waren gleichzeitig jedoch hoffnungsvoll. Die Therapeutin dachte, dass sich Patienten mit PTBS besser machten, wenn sie erfuhren, was ihre Panikattacken verursachten und Hilfe dabei hatten, sie zu überwinden. Gabi stimmte zu und sagte, dass es ihrer Erfahrung nach half, einen Sinn im Leben zu haben. In diesem Fall: der Plan, um die Sklavenhändler hochzunehmen. So konnte Kim Kraft daraus ziehen, gegen ihre eigenen Ängste anzukämpfen.

Leider waren sie sich auch einig, dass diese FBI-Operation zu schnell vorankam und schon bald müsste sich Kimberly wieder dem Aufseher stellen.

Raoul seufzte. Er konnte sie nicht beschützen und würde wahrscheinlich für viele Albträume bei ihr sorgen. Jedoch hatte sie sich selbst für diesen Weg entschieden. Er musste also das Beste daraus machen.

An der Schulter schüttelte er sie leicht. „Kimberly, es ist Zeit fürs Bett."

Sie zuckte aus dem Schlaf, die pure Panik auf ihrem Gesicht schnürte ihm die Kehle zu.

„Ganz ruhig, *Gatita*. Du bist in Sicherheit."

„Oh." Sie blinzelte. „Bett. Richtig. Okay."

Er räusperte sich.

„Ich meine: Ja, Sir." Diesmal war sie nicht zurückgezuckt, und die Art, wie sie unter ihren langen schwarzen Wimpern zu ihm aufsah, entlockte ihm ein Grinsen, als er ihr auf die Füße half und sie zur Treppe führte. Widerstandsfähige kleine *Chica*.

Bett. Dios, gleich zum nächsten Problem. Er müsste die Sache in Etappen angehen, so wie er das im Allgemeinen bei ihr tat. Er ließ sie in ihr Schlafzimmer gehen, wartete aber im Flur, bis er sie von ihrem Badezimmer zurückkehren hörte. Das Bett quietschte. Er klopfte an die Tür.

Klar und deutlich vernahm er, wie sie nach Luft schnappte. „J-Ja?"

„Bitte mach die Tür auf."

„Oh Gott", flüsterte sie. Die Tür öffnete sich. Als er den Schrecken in ihren weit aufgerissenen Augen sah, hätte er am liebsten das Handtuch hingeworfen. Aber sie war so viel mutiger als er, und nach einem beherzten Atemzug hob sie ihr Kinn. „Ich verliere mein Schlafzimmer, oder?"

Der Kloß in seiner Kehle ließ seine Stimme heiser klingen. „Es tut mir leid, aber ich denke, so ist es am besten."

Sie nickte und presste die Lippen zusammen. Ihre Hände ballten sich zu Fäusten und es fiel ihr schwer, den ersten Schritt in seine Richtung zu nehmen.

So mutig. Er näherte sich ihr, um seine Hand über ihren Rücken zu reiben. Weiche Baumwollpyjamas. Mit Comicfiguren. Hatte Gabi sie ausgewählt? „Auch Wonder Woman sieht besorgt aus."

Kimberly warf ihm einen verwirrten Blick zu, sodass er mit einem Finger über die Grafik an ihrer Taille fuhr. Sie entließ ein überraschtes Lachen und die angespannten Muskeln unter seinen Fingern lösten sich. Für den Moment.

In dem großen Schlafzimmer lief er zum Bett. „Heute Nacht darfst du deinen Pyjama anlassen. Ab morgen wirst du nackt ins Bett kommen." Er machte eine Pause. „Was sagst du zu mir?"

Sie schluckte schwer. „Ja, M-Master." Sie zögerte kurz, bevor sie auf das hohe Bett sprang. Raoul hatte es gekauft, weil es die perfekte Höhe hatte, um die Sub über das Bett zu beugen. Ein Fakt, den er mit ihr nicht teilen würde.

Kimberly hatte sich unter der Decke vergraben.

In seinem Badezimmer machte er sich fertig und zog sich eine lockere Baumwollhose an. Nachdem er das Schlafzimmerlicht ausgeschaltet hatte, gesellte er sich im Bett zu ihr. Sie hatte sich zu einem Ball zusammengerollt, eine geballte Masse aus Elend, die jede seiner Bewegungen beobachtete. So würde sie keinen Schlaf bekommen.

Er rollte auf seine Seite und stützte seinen Kopf auf seiner Hand ab. Würde Zs Vorschlag funktionieren? „Auf einer Skala von eins bis zehn: wie verängstigt bist du gerade?"

Kim runzelte die Stirn. Das Mondlicht strömte durch die Balkontüren, ein heller Pfad, der Master Rs Gesicht aus der Ungewissheit zog. Keine Lust, keine Wut. Er beobachtete sie einfach mit diesen sanften Augen. Sie war dankbar für ihr loses Haar, das ihr Gesicht von seinen musternden Blicken abschirmte. „Als meine Mutter operiert wurde, hatte sie so ihren Schmerz eingestuft. Du willst, dass ich Zahlen benutze, um zu verdeutlichen, wie viel Angst ich habe?"

„Genau das sollst du tun." Er streckte die Hand so vorsichtig aus, als wäre sie ein wildes Tier, und schob ihr mit den Fingern ihr Haar hinter ihr Ohr.

Damit war ihr Schutzschild dahin. Sie schaffte es kaum, das wütende Funkeln zu unterdrücken.

Sein Mundwinkel zuckte. „Du wirst dich nicht vor mir verstecken, *Gatita*." Sanft zog er an einer Strähne ihrer Haare. „Also. Ich denke, du solltest mir deine Einschätzung anhand deiner Finger zeigen. Ein Finger sagt mir, dass es dir gut geht; alle zehn Finger ausgestreckt bedeuten, dass du in eine Panikattacke schlitterst. Verwende dies ab jetzt. Wenn wir also ... andere Dinge zur Unterhaltung tun ... musst du nicht groß nachdenken und ich weiß schnell Bescheid, wie es um dich steht."

„Wie es um mich steht ..."

„Genau. Wenn du auf − für den Moment sagen wir mal sieben − kommst, werde ich aufhören, was auch immer ich gerade mit dir mache und dann halte ich dich in meinen Armen, bis die Angst verflogen ist."

„Ich −" Sein Plan sollte nicht gut klingen, aber er tat es. Zu wissen, dass er ihre Ängste nicht ignorieren würde, half. Und sie hatte bereits am eigenen Leib gespürt, wie wirkungsvoll seine Umarmungen waren. „Klingt gut." Er verdiente mehr als das. „Das hilft mir sehr ... M-Master. Danke."

„Na aber", hauchte er und fuhr mit dem Finger über ihre Wange. „Es wird eine Zeit kommen, in der deine Zunge nicht mehr über das Wort stolpert."

Das bezweifelte sie doch stark. Dieser Zweifel zeigte sich wahrscheinlich in ihrem Ausdruck, denn er grinste, seine Zähne ein hypnotisierendes Weiß auf seinem gebräunten Gesicht. „Schläfst du normalerweise auf der linken oder der rechten Seite?", fragte er.

„Was?"

Stille.

Verdammt. „Auf der rechten Seite. Sir." Besonders seit dem Messerangriff, da ihre linken Rippen so geschmerzt hatten. Als sich seine Hand um ihre schloss, erkannte sie, dass sie die Wunde unbewusst nachzeichnete.

„Rechts also. Dann dreh dich um", befahl er.

Ihr Körper erstarrte, bis sie sich beim Herumdrehen steif wie ein Brett fühlte. *Nein. Oh nein.*

Sein Arm glitt unter ihren Kopf und er zog sie mit dem Rücken an seine Vorderseite. Von hinten wärmte er sie, während sich sein Schritt – seine dicke Erektion – gegen ihren Po drückte. Ihre Atmung stockte. *Nein, oh Gott, bitte nicht. Ich kann nicht.* Sie konnte sich nicht bewegen, befürchtete, dass jede noch so kleine Bewegung ihn dazu verleiten würde, sie anzufallen.

Ein Lachen rumpelte durch seine Brust. „Kein Sex, Kimberly. Bevor der Aufseher zu uns kommt, musst du dich jedoch an meine Berührungen gewöhnt haben. Deine Lektion für heute besteht nur darin, dich daran zu gewöhnen, dass ich mich an dich presse." Eine Pause. „Du wirst besser schlafen, wenn du deinen Körper etwas entspannst."

Sie schnappte nach Luft. Als ob sie das kontrollieren könnte!

„Atme mit mir."

Der Mann atmete viel zu langsam! Aber sie versuchte es.

Eine Minute später sagte er: „Sehr gut. Nun denke an deine Zehen. Löse die Spannung in deinen Muskeln. Lass deinen Körper erschlaffen."

Zehen? Also mal ehrlich. Aber er war so nett. Kein Sex. Sie wackelte mit den Zehen, um sich daran zu erinnern, wo sie waren, und sich so von dem riesigen Ding abzulenken, das sich gegen ihren Po presste. Zehen. Sie stoppte die Bewegung und kam zur Ruhe.

„Gutes Mädchen. Jetzt deine Unterschenkel, die Knöchel und die Waden. Entlasse die Spannung über die Matratze. Lass alles auf den Boden fliesen. Das Bett wird dich stützen."

Die mentale Übung gewann sich ihre Aufmerksamkeit. Rechter Fußknöchel. Linker Fußknöchel.

„Sehr gut. Spüre, wie schwer deine Beine sind, wie sie in die Matratze sinken."

Bis er ihren Kopf erreichte, war sie gerade noch wach genug, um zu bemerken, dass er ihr einen sanften Kuss auf die Haare gab, seine ruhigen Atemzüge hinter ihr, der starke Arm, der sie an ihn gedrückt hielt. Sie erlaubte sich, ins Traumland einzutauchen.

KAPITEL FÜNF

Raoul **wachte auf** und spürte den Druck der Zeit. Das FBI vermutete, dass die Auktion in etwa drei Wochen stattfand. Sam musste also rechtzeitig empfohlen und als potenzieller Käufer akzeptiert werden. Wenn der Aufseher zu Raouls Nachgespräch kam, musste sich Kimberly an die Sklavenmentalität gewöhnt haben, musste sich wohlfühlen, wenn er ihren Körper berührte. Sie musste sich bereitwillig seinem Willen unterwerfen. Hätte der Aufseher Zweifel, würde Sams Anfrage ins Leere führen.

Zumindest war Kimberly keine unerfahrene Sub, auch wenn sie nie über eine harmlose und zeitlich begrenzte erotische Unterwerfung hinausgegangen war.

Er lächelte und inhalierte den schwachen Zitrusduft ihres Haares, den Duft ihres femininen Moschus. Erregung jedoch nahm er nicht wahr.

Kimberly schlief fest, ihre Arme wie bei einem Kuscheltier um seinen Unterarm gewickelt. Er runzelte die Stirn, als er bemerkte, dass seine Hand beim Schlafen ihre rechte Brust gepackt hatte. *Nein, Sandoval.* Er ließ sie los. Sofort bereute er den Verlust ihrer weichen Rundungen in seiner Handfläche. Stattdessen fand er sich zwischen ihren Brüsten ein. Sein Schwanz schmerzte wie ein gerissener Muskel und er seufzte. Vor ihm lagen lange Wochen. Und ein sehr langer Morgen.

Zumindest hatten sie beide ein wenig Ruhe gefunden. Einmal war er von ihrem bebenden Körper geweckt worden. Er hatte es geschafft, den Albtraum zu verscheuchen, bevor er überhandgenommen hatte. Definitiv besser, wenn er sich die erste Nacht in Erinnerung rief, als es ihre herzzerreißenden Schreie waren, die ihn aus dem Schlaf gerissen hatten. So viel Schmerz, und doch war sie bereit, dem Aufseher gegenüberzutreten, um die anderen Frauen zu retten. Ihr Mut verblüffte ihn.

Er drückte sie leicht. „Kimberly, es wird Zeit aufzustehen."

Ihre Arme festigten sich um seinen und ihre Brüste legten sich um seine Hand.

„*Dios*", murmelte er. Behutsam zog er sich aus ihrer Umklammerung zurück und rutschte aus dem Bett.

Stöhnend erwachte sie, setzte sich im Bett auf und betrachtete ihn mit gerunzelter Stirn.

„Tut mir leid, *Chica*, aber ich muss arbeiten, was bedeutet, dass auch du aufstehst."

Ihr Stirnrunzeln vertiefte sich.

„Benutze das Badezimmer, erledige deine Morgenroutine und putze deine Zähne. Wenn du fertig bist, rufst du mich."

Mittlerweile war sie hellwach und in ihren Augen brodelte die Angst. Dennoch hatte sie keinen Widerspruch eingelegt, war einfach ins Bad gegangen.

Er beschäftigte sich, indem er ihr für den heutigen Tag Kleidung rauslegte.

Ein paar Minuten später öffnete sie die Tür und er trat ein.

Nachdem er seine Schlafhose ausgezogen hatte, gesellte er sich zu ihr in die ebenerdige Dusche und machte das Wasser an. Die dunkelgrünen Fliesen liefen vom Wasserdampf an. Er wandte sich ihr zu und wies sie an, zu ihm zu kommen. Ihre Hände ballten sich zu Fäusten und ihr Körper bebte.

„Zeig mir eine Zahl", befahl er und riss sie damit aus ihrem Kopf, bevor sie sich in einer Panikattacke verlor.

Oh Gott, er war nackt. Und hart. Sein Schwanz riesig und wie eine Waffe auf sie gerichtet. Sofort senkte sie den Blick.

Jetzt würde er es tun, er würde sie vergewaltigen ... In der Ferne vernahm sie seine Stimme. Eine Sekunde später registrierten sich die Worte. Eine Zahl. Zehn, zwanzig, hundert! Bei der Übertreibung schaltete sich ihr Gehirn wieder ein. Er tat ihr nicht weh. Berührte sie nicht mal. Also wirklich, sie hatte schon schlimmere Angst gehabt. *Oh ja.* Und sie war bei Master R, nicht ... bei einem Monster. Mit dem Gedanken verabschiedete sich die Panik allmählich, und sie zwang ihre Hände auf, um ihm sechs Finger zu zeigen.

„Sehr gut. Das hast du sehr gut gemacht."

Die Anerkennung in seiner Stimme schickte Wärme in ihr tiefstes Inneres, wo der Wasserdampf nicht hinkam. Sie senkte den Kopf und wartete auf seinen nächsten Befehl.

„Sieh mich an, *Gatita*. Den Morgen darfst du in deinen Pyjamas verbringen, aber du wirst jetzt zu mir in die Duschkabine kommen. Ich will, dass du mich wäschst." Stille.

Die Erleichterung normalisierte ihre Atmung.

„Morgen waschen wir uns gegenseitig. Verstanden?"

Eine Galgenfrist, keine Aussetzung der Hinrichtung. Aber es half trotzdem. Sehr sogar. „Ja. Ja, M-Master."

Er schnaubte. „Wenn du länger bei mir bleibst, werde ich noch anfangen, Master mit zwei M zu buchstabieren." Er streckte seine Hand aus. „Komm, *Chiquita*. Wasch mich, damit ich mich an meine Arbeit machen kann."

Der dominante Ton ließ sie tätig werden. Seine schwieligen Finger schlossen sich um ihre und zogen sie unter den Wasserstrahl. Ihr Schlafanzug wurde nass. Das Material klebte an ihrer

Haut und überließ nichts der Fantasie. Er sagte kein Wort, reichte ihr einfach die Seife und drehte ihr den Rücken zu.

Na gut. Sie produzierte Schaum und machte sich an ihre Aufgabe. Unglaublich breite Schultern, die muskulösen Ebenen auf seinem Rücken. Ihr Blick glitt über seinen Hintern und landete auf Schenkeln, die den Durchmesser ihrer Hüfte hatten. Dünne, schwarze Haare waren darauf zu sehen. Der metallische Geschmack war aus ihrem Mund verschwunden. Sie trat einen Schritt zurück und musterte ihn. Es war nichts Anmutiges an diesem Mann; er bestach durch Kraft und Stärke.

Da er sich nicht umdrehte, wusste sie, dass sie sich auch um seinen Hintern kümmern musste. Sie beäugte die Seife. „Ähm ..."

„Jede Körperstelle von mir, Kimberly."

Mist! Sie biss sich auf die Lippe und wusch seinen knackigen Hintern und den Bereich dazwischen. Es war so intim, ihn dort zu berühren. „Umdrehen, M-Master."

Sein Lachen hallte durch die Dusche. „Wird dir diese Aufgabe ein permanentes Stottern verpassen?" Als er ihr gegenüberstand, konnte sie die Belustigung in seinen Augen sehen. Ihre Anspannung löste sich ein wenig. Zumindest bis seine Erektion gegen ihren Bauch stieß. Sie zuckte so schnell zurück, dass sie ausrutschte.

Sein fester Griff um ihren Arm hielt sie auf den Beinen. Als sie ihr Gleichgewicht wiedergefunden hatte, ließ er sofort von ihr ab.

„Wasch mein Gesicht", sagte er sanft und der Befehl zwang sie dazu, sich zu konzentrieren. Das Verständnis in seinem Gesichtsausdruck trieb ihr Tränen in die Augen.

„Ja, Sir." Sie seifte seine Stirn ein, die hohen Wangenknochen und folgte dem Pfad seines Kiefers. Seine morgendlichen Stoppeln kratzten über ihre Finger. „Abwaschen, M-Master."

Mit dem Rücken voran trat er unter das Wasser und entfernte das Waschgel aus dem Gesicht. Anschließend wartete er geduldig, während sie seinen Nacken, die stählernen Muskeln seiner Arme, den Bereich zwischen Bizeps und Trizeps wusch und sich einen

Pfad zu seinen kräftigen Handgelenken bahnte. Nachdem sie beide Handflächen gereinigt hatte, arbeitete sie an seinen Fingern und schrubbte über Schwielen und kurze Fingernägel.

Sie seifte das weiche schwarze Achselhaar ein, dann das ebenso farbene, umgekehrte Dreieck auf seiner Brust unter dem flache, braune Brustwarzen verborgen lagen. Seine Brust war eine solide Wand aus Muskeln. Fasziniert fuhr sie mit dem Finger über die Berge und Täler seiner Bauchmuskeln. *Verdammt*, ein echtes Sixpack.

„Ich mag das Gefühl deiner Hände auf mir", sagte er leise, womit er sie verunsicherte. Augenblicklich stoppte sie und hob langsam den Blick zu ihm. „Mach weiter."

Sie mied es, ihm auf den Schritt zu sehen, als sie seine Beine und seine Füße wusch. Dann ... *Oh Gott*, musste sie das tun? Aber er berührte sie nicht, packte sie nicht und zwang sie nicht zu Dingen, die sie nicht wollte. Ein Schauer durchfuhr sie, als er ruhig vor ihr stand und schweigend darauf wartete, dass sie fortfuhr.

Warum musste er unbedingt ... hart sein? Wie gelähmt starrte sie auf die Fliesenwand hinter ihm.

„*Chiquita*." Mit einem Finger hob er ihr Kinn. „Gerade lernst du, deine Angst zu kontrollieren. Auf genau die gleiche Weise schafft es ein ehrenwerter Mann, seine Lust zu kontrollieren. Mein Körper begehrt dich, ja. Jeder Mann mit einem Herzschlag würde das tun, und wie du siehst, bin ich sehr lebendig." Ein Lächeln huschte über seine Lippen. „Mein Körper jedoch bekommt nicht alles, was er will, sonst würden wir immer noch im Bett liegen und tief und fest schlafen."

Das klang logisch. Er hätte lieber ausgeschlafen, tat es jedoch nicht. Noch lieber würde er sie gerade ... ficken. Seinen Begierden nachgehen würde er aber nicht. „Danke", flüsterte sie.

„Gern geschehen. Jetzt wasch mich, sodass ich meinen Tag starten kann und du dich duschen kannst."

Wasche seinen Schwanz. Kapiert. Kein Problem. Sie schaute nach unten und schnappte nach Luft. Wie hatte sie das übersehen können? „Du hast ein Piercing."

Er gluckste. „Ja, das habe ich."

Oh, wow. Ein silberner Ring mit einer Kugel unter seiner Eichel. Direkt durch sein Fleisch. „Hat das nicht weh getan?"

„Ein bisschen."

Is' klar. Ein bisschen.

Er schnalzte mit der Zunge. „Kimberly. Dir wurde eine Aufgabe gegeben."

Richtig. Obwohl ihre Angst nachgelassen hatte, fühlte sich ihre Brust beengt an. Sein Schwanz hatte fast die gleiche Farbe wie seine Haut, dick und lang mit einem leichten Knicks nach links. Sie wagte einen prüfenden Blick auf sein Gesicht, als sie ihn dort berührte. Ihr Körper spannte sich an, immer die Angst im Hinterkopf, dass er sie unerwartet packte und … Aber er beobachtete sie nur, gelassen und mit einem kleinen Lächeln auf den Lippen. Ihre seifige Hand glitt über seinen Schaft nach oben, sodass sie über das Piercing fuhr. Sie umkreiste es mit einem Finger und ihre Gedanken schweiften ab: Wie würde es sich … in ihr anfühlen?

„Den meisten Frauen gefällt es. Ein gewisser Prozentsatz mag es nicht", antwortete er auf ihre unausgesprochene Frage. „Ich entferne es, wenn es ein Problem gibt, manchmal auch bei Oralsex." Er grinste. „Hör auf, damit zu spielen."

Als sie merkte, dass sie das silberne Piercing berührte, errötete sie. Nun fiel es ihr nicht mehr so schwer, die Aufgabe zu Ende zu bringen. Von der Eichel ging es über seine dicken Venen zu den drahtigen Haaren an der Wurzel. Er öffnete seine Beine. Sein Hoden war gewaltig. Faszinierend. Sex unter der Dusche war ihr nicht fremd, aber hatte sie jemals einen Mann so gründlich gewaschen? Mit so viel Aufmerksamkeit?

Als sie ihre Aufgabe beendet hatte, war sein Gesicht gerötet und die Muskeln in seinem Kiefer waren angespannt. Sie kannte diesen Ausdruck. Auch sie erstarrte und wappnete sich auf eine mögliche Flucht.

Sie ging einen Schritt zurück. In dem Augenblick wandte er ihr den Rücken zu und wusch sich die Seife von der Haut. Als er sich wieder zu ihr drehte, trug er ein gelassenes Lächeln auf den Lippen. Mit einem Finger hob er ihr Kinn und gab ihr einen kleinen Kuss. „Danke, *Gatita*. Dein Mut macht mich stolz." Er schenkte ihr ein ansteckendes Grinsen und ihr Herz setzte einen Schlag aus. Wieso musste er nur so attraktiv sein? „Deine weichen Hände gefallen mir auch."

Bevor seine Worte bei ihr ankamen, trat er aus der Dusche und trocknete sich ab. „Deine Kleidung für den heutigen Tag liegt auf dem Bett", sagte er. Dann schloss sich die Badezimmertür hinter ihm.

Er hat meine Kleidung ausgesucht? Bitte was?

An sich war ihr das egal. Für den Moment. Sie starrte auf die Tür, als das heiße Wasser auf ihren Rücken prasselte. *Ich hab's hinter mich gebracht und bin nicht in Panik geraten.* Er hatte sich sogar bei ihr bedankt. Sie berührte ihre kribbelnden Lippen. *Er hat mich geküsst.* Und es war … nett gewesen. Überhaupt nicht schrecklich.

Sie schälte sich aus ihrer klatschnassen Hose, erstarrte jedoch auf halbem Weg. Was, wenn er zurückkehrte? Aber … nein, das würde er nicht tun. In dem Punkt war sie sich sicher.

Raoul stieß sich vom Schreibtisch weg. Sein Arbeitspensum hatte er erfüllt, und der Nachmittag näherte sich einem Ende. Bisher war es kein schlechter Tag gewesen.

Beim Frühstück hatten sie Zeitpläne und Erwartungen besprochen. Anschließend hatte er ihr erklärt, was ihre Aufgaben sein würden.

Nach dem Mittagessen hatte er versucht, Kimberly zu zähmen –

wie bei einem wilden Tier aus der Ferne und mit Bedacht. Während seiner Arbeit im Büro hatte sie neben ihm auf einem Bodenkissen gesessen – nah genug, dass er ihr Haar streicheln konnte.

Es hatte fast eine Stunde gedauert, bis sie sich entspannen konnte. Als sie müde geworden war, hatte er sie zu sich gezogen und ihre Wange gegen seinen Oberschenkel gedrückt.

Eine Methode, mit der er ihr Vertrauen zu ihm stärken wollte. Was er nicht erwartet hatte, war sein eigener Frieden, den er in ihrer Nähe fand. Als ihre Therapeutin für eine Sitzung vorbeigekommen war, hatte er Kimberly in das Wohnzimmer gebracht. Anschließend war er in sein Büro zurückgekehrt und es hatte ihn erstaunt, wie leer und kalt es sich plötzlich angefühlt hatte.

Faith war vor einigen Stunden gegangen. Zeit für den nächsten Schritt also. Er erhob sich und streckte sich, steckte sein Hemd ordentlich in seine Jeans und machte sich auf die Suche nach seiner kleinen Sklavin. Er fand sie im Wohnzimmer. Auf der Couch hatte sie sich zusammengerollt und sie wirkte angespannt. Die Sitzung musste schmerzhaft gewesen sein.

Vielleicht würde sie seine Art, Stress zu überwinden, genießen. „Komm, *Gatita*. Es ist Zeit, dass wir etwas Energischeres als Sitzen tun."

„Ja, Sir."

Schweigend folgte sie ihm, als er zum vorderen Bereich des Hauses lief. Er öffnete eine Tür, trat in den Raum und bemerkte in dem Moment, dass sie nicht länger neben ihm war. Er drehte sich um.

So weiß wie ihr T-Shirt stand sie wie erstarrt im Flur.

„Was ist los, *Chiquita*?"

Sie trat einen Schritt näher, starrte in den Kraftraum und sackte gegen die Wand. „Ich dachte, du bringst mich in einen Kerker."

„Ah." Er schüttelte den Kopf. Arme kleine Sklavin. „Ich habe einen Kerker, ja, aber er liegt auf der Südseite. Wenn wir hier fertig sind, gebe ich dir eine Tour."

Die Farbe kehrte in ihre Wangen zurück und sie folgte ihm in den hell erleuchteten Trainingsraum. Sie sah sich um, musterte die Gewichte, die Maschine für Kniebeuge und den Seilzug. „Wenn du nicht weißt, was dieses Zeug ist, könntest du denken, du hättest einen Kerker betreten." Sie beäugte die Kabel.

„Ich schätze, da liegst du nicht ganz falsch", sagte er unverbindlich, ohne ihr mitzuteilen, wie gut einige der Geräte als Fesseln funktionierten. Der Seilzug an den Handgelenksfesseln einer Sub, dazu mehr Gewichte ... Ein paar der Subs, die er in sein Haus eingeladen hatte, waren für Sessions lieber in diesen Raum gekommen und hatten sich regelmäßig gegen den Kerker entschieden. „Wir werden deine Muskeln aufbauen und an deiner Ausdauer arbeiten." Er beäugte ihre weiten Shorts und ihr T-Shirt. Für den Moment ausreichend. „In ein paar Tagen beginnen wir mit Selbstverteidigungskursen."

„Ein wenig weiß ich. Mein Vater hat mich als Kind davon überzeugt, Karateunterricht zu nehmen."

„Tatsächlich? Wieso hast du aufgehört?"

„Ich –" Als sie mit den Schultern zuckte, bebten ihre Brüste auf eine interessante Weise und lenkten ihn für eine Sekunde ab. „Ich ... wollte kein Wildfang mehr sein." Ihre Lippen pressten sich fest aufeinander, als würde die Erinnerung an alte Schlachten in ihr aufkeimen.

Seltsam. Eine weitere Sache, die er irgendwann näher beleuchten sollte.

Sie zog die Augenbrauen zusammen und fügte hinzu: „Nicht mal einen Fünfzig-Kilo-Schwächling könnte ich mit meinen Karatekenntnissen von damals noch in die Flucht schlagen."

Hatte er jemals eine Frau gesehen, die so hübsch war, selbst wenn sie die Stirn runzelte? „Mit Karate, nein. Ich werde dir die Tricks beibringen, die ich aus meinen Straßenkämpfen mitgenommen habe. Wir fangen mit den richtig fiesen Dingen an, die bei Kampfsport sicher nicht unterrichtet werden, da es doch recht schwierig ist, einer *Mamá* zu erklären, warum die Augäpfel ihres Sohnes auf dem Boden liegen."

„Eklig!" Sie starrte ihn entsetzt an.

„Oder warum sich ein paar seiner Finger jetzt in die falsche Richtung biegen."

Ihr Ekel verwandelte sich in ein spekulatives Funkeln, als sie sich zweifellos Sklavenhändler vorstellte, die keinen Flogger mehr fassen konnten. Genau das Konzept, das er ihr in den Kopf pflanzen wollte. Sie war kein Opfer; sie war eine Überlebende – eine, die echten Schaden anrichten könnte, wenn sich die Chance bot.

Eine Stunde später bebten Kims Beine, als Master R ihr von der Beinpresse half. Sein harter Griff um ihren Arm war alles, was sie davon abhielt, wie eine gestrandete Forelle auf die Gummimatte zu fallen. „Ich werde morgen nicht laufen können", stöhnte sie.

Verdammt, warum musste er so ein tolles Lächeln haben? „Das wirst du. Jedoch wirst du beim Aufstehen wohl stöhnen."

„Vielen Dank auch."

Sein Lachen war tief und hallte in ihren Knochen wider. „Jetzt möchte ich, dass du dir über die Regeln im Klaren bist, die wir zuvor besprochen haben. Wenn wir zusammen trainieren oder kochen, erwarte ich nicht, dass du deine offizielle Rolle einnimmst. In den anderen Fällen wirst du um Erlaubnis bitten, bevor du das Wort ergreifst. Zudem wirst du mich mit meinen Titeln ansprechen und dich zu jeder Zeit respektvoll verhalten. Sitze ich in einem Raum, kniest du dich neben mich und erst dann darfst du mit mir reden. Schließlich wartest du erneut auf die Erlaubnis, dich vom Boden erheben und dich irgendwo anders hinsetzen oder ein Kissen benutzen zu können."

„Ja, M-Master." Die Regeln, die sie bereits beim Frühstück

durchgegangen waren. Keine Widersprüche zu finden. Wusste er, wie wunderbar seine Konsequenz war? Sie zuckte zusammen, als sie sich daran erinnerte, dass er sie im Wohnzimmer auf der Couch sitzend gefunden hatte. Er hatte nichts gesagt. „Vorhin saß ich auf dem Sofa."

„Ah." Er runzelte die Stirn. „Viele Master lassen ihre Sklaven überhaupt nicht auf die Möbel, aber ich fand diese Regel schon immer merkwürdig und übertrieben streng."

Ich fand. Jedes Mal, wenn er sie daran erinnerte, dass er bereits im Besitz eines Sklaven gewesen war, rutschte ihr das Herz in die Hose.

„Wenn keine Doms im Zimmer sind, darfst du die Couch und auch die Sessel benutzen und es dir bequem machen. Betrete ich den Raum, stehst du auf. Sitze ich im Raum, kniest du dich hin. Noch Fragen?"

„Nein, Sir." Sie hätte also aufstehen sollen, als er in den großen Raum gekommen war.

„Wenn du die Regeln brichst, wirst du bestraft – wahrscheinlich mit einem Spanking. Ist das klar?"

„Ja, M-Master."

„Sehr gut." Mit den Fingerknöcheln streichelte er über ihre Wange, sein Blick zärtlich. „Gibt es etwas, das du brauchst, oder möchtest du etwas sagen?"

Warum würde ein Master einer Sklavin eine derartige Frage stellen? Und warum fühlte sie sich dabei ... aus dem Gleichgewicht geworfen? „Nein, Sir."

„Nein? Dann lass mich dir die Räume des Hauses zeigen, die du noch nicht kennst." Er nahm ihre Hand in seine und führte sie durch sein Reich.

Im ersten Obergeschoss befanden sich drei Gästezimmer und das große Schlafzimmer. Am Ende des Flurs öffnete er eine Tür und zeigte ihr einen Salon mit Blick auf den Ozean. „Diesen Raum darfst du nutzen, wenn du ein ruhiges Plätzchen nötig hast. Bist du hier drin, weiß ich, dass du Zeit für dich allein brauchst."

Bevor ihre Erleichterung Einzug halten konnte, legte er einen Finger unter ihr Kinn und hob ihr Gesicht, um ihr in die Augen sehen zu können. „Das bedeutet aber nicht, dass du dich hier verstecken darfst, Kimberly. Wie immer liegt die Entscheidung bei mir."

„Ja, Sir."

„Sehr gut." Seine Hand legte sich auf ihre Wange, sein Blick nagelte sie fest, als er langsam den Kopf senkte. Ein Flattern wie Schmetterlingsflügel kitzelte in ihrer Brust, aber sie bewegte sich nicht. Eine sanfte Berührung seiner Lippen an ihren, eine Kostprobe seiner Zunge von ihrer Unterlippe, gefolgt von einem Knabbern seiner Zähne. Ihr Mund wurde nachgiebig und sie fühlte, dass sich in ihr eine winzige Flamme der Erregung formte.

Er ging nicht brutal vor. Sanfte, neckende Küsse von entschlossenen, samtweichen Lippen. Seine Handfläche lag warm an ihrer Wange, sein talentierter Mund auf ihrem, aber nichts anderes berührte sie. Er versuchte nicht einmal, seine Zunge zwischen ihre Lippen zu schieben, sondern brachte sie nur allmählich zu dem Punkt, auf seine Küsse zu reagieren. Küsse, die sie in ihre Jugendzeit zurückbrachten, als sie noch nicht wusste, was French Kissing bedeutete.

So langsam, wie er sich ihr genähert hatte, zog er sich wieder zurück. Sein Blick war noch immer durchdringend, aber ... Oh, so viel wärmer. So wie sie auch.

Sie starrte ihn an und legte ihre Hand auf ihren rebellierenden Bauch.

Die Falten neben seinen Augen vertieften sich. Er schwieg, fuhr nur mit dem Daumen über die Nässe auf ihrer Unterlippe und nahm dann wieder ihre Hand.

Er führte sie zu Bereichen, die sie schon kannte. Der Eingangsbereich und das Wohnzimmer, das Esszimmer, die Küche und der Fernsehraum. Als er die südliche Richtung einschlug, kühlte sie schlagartig ab. *Sein Kerker. Nein. Dort möchte ich nicht hin.*

Er ignorierte die Art und Weise, wie sie sich zurücklehnte und die Füße in den Boden stemmte. Stattdessen öffnete er eine Tür und schaltete das Deckenlicht ein, füllte den Bereich mit Helligkeit und nahm dem Raum etwas von seiner bedrohlichen Erscheinung. „Lauf dreimal durch den Raum. Schau dir alles genau an", sagte er in genau demselben Ton, in dem er sie angewiesen hatte, Beinpressen zu machen.

Jede Faser in ihr drängte sie zur Flucht, dennoch trat sie über die Türschwelle. Ihre Knie bebten, als sie sich zwang, weiterzugehen. Er folgte ihr nicht. Sie blickte über ihre Schulter.

Er lehnte an der Wand, die Arme vor der Brust verschränkt, und beobachtete sie.

Na gut. Mit den Händen an ihren Seiten zu Fäusten geballt, schaffte sie es, einen Fuß vor den anderen zu setzen. Der Geschmack in ihrem Mund, die Art und Weise, wie ihre Haut abkühlte, erinnerte sie daran, wie sie im Alter von sechs Jahren ein Spukhaus zu Halloween besucht hatte. Schreie und Gestöhne, Spinnweben und Skelette. Sie war erstarrt, unfähig, sich zu bewegen, bis ihr wütender und beschämter Vater sie herausgezerrt und sie lautstark als Feigling bezeichnet hatte: *„Moores sind keine Feiglinge."*

Manchmal sind sie das schon. Nichtsdestotrotz ging sie weiter, durchquerte den Raum und bewegte sich auf das Equipment zu. Ihre Füße blieben stehen. *Atme. Atme.* Sie zwang sich, weiterzulaufen, und schmeckte plötzlich Blut. Anscheinend hatte sie sich in die Zunge gebissen. Sie schaffte es an das Andreaskreuz und den Bondage-Tisch. Ihr Magen protestierte, als sie sah, wie sich Peitschen − so viele Peitschen − schlangenartig auf einem Regal windeten. Eine Vitrine zeigte Ballknebel und Masken. *Gott. Schnell vorbeilaufen.* Sie kam bei Master R vorbei.

Er hielt einen Finger hoch. „Noch zwei."

Ein Thron ohne Sitzfläche. Ein Waschbecken und eine Theke. Sie machte einen Umweg an Ketten vorbei, die von den Dachsparren baumelten. Dann erreichte sie erneut Master R.

Zwei Finger.

Das Zimmer war gut ausgestattet, schöner als einige der Clubs, in denen sie gespielt hatte. Lederpolsterung auf fast allem. Eine Strafbank. Master Raoul.

Drei Finger.

Vor ihm hielt sie an. Sie bebte, als ihr die schrecklichsten Dinge durch den Kopf gingen. *Was nun?*

„Kimberly, wir werden heute nicht spielen.“

Oh, Gott sei Dank! Ihre Schultern entspannten sich. „Danke, Sir.“

„Ich möchte aber, dass du dich dort drauflegst. Mit dem Gesicht nach unten.“ Er zeigte auf den hüfthohen Bondage-Tisch und sie erstarrte. Er wartete, dann hob er sein Kinn, sein Kiefer angespannt.

Mach ihn nicht wütend. Sie durchquerte den Raum und ignorierte ihren inneren Feigling, der immer wieder schrie: *Lauf weg, lauf weg, lauf weg.* Nachdem sie auf den Tisch geklettert war, legte sie sich auf den Bauch, jeder Muskel starr vor Angst.

„Gut gemacht, *Gatita.* Gegen deine eigene Angst gehst du vor und du machst dich sehr gut.“

Er nahm ihre Arme, legte sie an ihre Seiten und massierte ihre Schultern mit kräftigen Fingern. Als sich ihre Muskeln lösten, öffnete sie ihre Augen und reckte ihren Hals, um ihn anzusehen. Keine Lust auf seinem Gesicht, nur die Konzentration, die er bei jeder Handlung an den Tag legte. „Sir?“

„Master, *Gatita.*“

„M-Master, was machst du da?“

Er schnaubte. „Ich massiere deine müden Muskeln. Wie fühlt es sich an?“

Oh. „Nett.“ Abgesehen von ihrem Bedürfnis, wegzulaufen und sich zu verstecken. „Danke. Master.“

Er arbeitete sich ihren Körper hinunter, und sie wusste, dass er es tat, um sie an seine Berührungen zu gewöhnen. Sie musste zugeben, dass es funktionierte. Sie spannte sich an, als er seine

Finger in die schmerzenden Muskeln ihres Gesäßes grub, und doch kam nichts davon sexuellen Avancen gleich. Ihre Beine runter und über ihre Füße. Sie stöhnte, als seine Daumen ihren rechten Fußspann bearbeiteten.

„Umdrehen."

Ihre Augen sprangen auf.

Er wartete nicht, drehte sie blitzschnell auf den Rücken und lächelte auf sie herunter. „So große Augen. Aber ja, in der Tat, ich werde auch deine Vorderseite massieren." Seine Finger legten sich um ihre Schultern, seine Daumen bohrten sich in der Höhe des Schlüsselbeins in ihre Muskeln.

Gott, es fühlte sich gut an … aber sie schaffte es nicht, sich zu entspannen, nicht mit seinen Händen so nah an ihren Brüsten. Er massierte ihre Brustmuskeln, arbeitete sich an ihren Brüsten vorbei und schob sie aus dem Weg. Berührte er sie an neuen Stellen, erstarrte sie.

Schließlich schüttelte er leicht genervt den Kopf. „Deine Angst überwältigt dich gerade und lässt dich nicht klar denken, *Chiquita*. Du wirst nicht zerbrechen, wenn ich deine Brüste berühre." Und dann legte er seine Hände direkt auf ihre Brüste und umfasste ihre weichen Hügel.

Ihre Atmung stoppte.

Er bewegte sich nicht, als er ihr in die Augen schaute. „Tue ich dir weh?" Er wartete. „Kimberly?"

Sie leckte sich über die Lippen. „Nein." Sie schaffte es nicht, ihre Gefühle zu ordnen. Furcht – oh ja. Aber … Lust? Sie hatte es immer genossen, die Hände eines Mannes auf ihren Brüsten zu fühlen. Das war nicht länger der Fall.

„Alles okay?", fragte er. Der Ton in seiner Stimme hielt die Überzeugung bereit, dass sie darüber hinwegkommen würde.

„Ja, Sir."

„Gutes Mädchen." Er bahnte sich einen Weg zu ihren Füßen, dann wieder hoch. Sie wusste nicht, was sie von alledem halten sollte. Er war stets freundlich, höflich und respektvoll, aber unter der Oberfläche lauerte etwas Unerschütterliches. Mehr als sein Selbstbewusstsein und seine Fähigkeit, Befehle zu erteilen, war in seinem Ausdruck zu erkennen, wie sicher er sich war, dass sie ihm nicht nur gehorchen würde, sondern dass sie sich danach sehnte, es zu tun.

Und er verbarg weder seine Zufriedenheit noch seine Freude, als sie diese Erwartungen erfüllte.

Seine großen Hände massierten einen Oberschenkel, dann den anderen, bevor sie sich nach oben bewegten, wo seine Finger den Schritt ihrer Hose streiften. Ihre Angst blitzte auf und verblasste, sodass am Ende nur ... eine erwartungsvolle Vorfreude zurückblieb. Wärme.

Gott, sie wollte von ihm berührt werden. Diese Erkenntnis prallte gegen sie, so unerwartet wie ein Schlag in die Magengegend. Wie war es möglich, dass sie nach ihrer Gefangenschaft und den vielen Misshandlungen, Berührungen wieder als akzeptabel einstufen konnte? War sie so eine Schlampe? *Ich bin wirklich das dreckige Fickloch, als das er ...*

„Sag mir, was du gerade denkst", befahl er. Er hatte sich den Tisch hinaufbewegt, um sie mit seinen dunklen Augen aufmerksam zu betrachten.

Niemals. „An nichts."

„*Gatita*, ich weiß, wenn meine Berührungen eine Frau heißmachen. Warum stört es dich, erregt zu sein?" Er wartete; dann vertiefte sich seine Stimme zu einem ausdrücklichen Befehl. „Sag es mir, Kimberly."

Die Worte brachen aus ihr heraus, wie das Wasser nach einem Dammbruch. „Ich sollte nicht wollen, dass mich jemand berührt. Er hat mich immer als dreckige Schlampe bezeichnet, und das bin ich. Das bin ich!" Schluchzer lösten sich aus ihrer Kehle. *Eine Fotze, ein Tier, nicht würdig, ein Mensch zu sein.* Sie wusste es. Wie ein Abwasserkanal fühlte sie sich, mit Dreck und Schmutz in ihren Venen.

„*Hijo de puta*", murmelte Master R und nahm sie von der Bank.

Er schmiegte sie an seine Brust und lief mit ihr in den Armen in den Salon.

Er sollte sie nicht berühren. Sie verdiente es nicht, in der Nähe eines Menschen zu sein. *Dreckig. Schmutzig. Abartig.* Tränen strömten über ihr Gesicht, was sie noch hässlicher machte. Ein Loch zum Ficken, mehr nicht.

Er setzte sich auf die Couch und zog sie an sich. „Hör auf damit." Sanft schüttelte er sie. „Hör auf. Sofort." Die Stimme eines Masters. Ihres Masters.

Sie verschluckte sich an ihren Schluchzern und versuchte, ihren Ausbruch niederzuringen.

„Schon besser. Und jetzt wirst du mir zuhören. Erinnerst du dich, wie deine Erinnerungen funktionieren?"

Erinnerungen? „Was?" Sie blinzelte und gab ihr Bestes, sich auf seine Worte zu konzentrieren.

„Wenn etwas Schreckliches passiert, verarbeitet dein Gehirn die Erinnerungen nicht richtig. Es speichert alles ab – Klänge, Schmerzen, Gerüche, Gefühle – alles durcheinander. Es spielt keine Rolle, ob man es geglaubt hat oder es einen Sinn ergab; es wird gespeichert. Haben Gabi und Faith dir das nicht gesagt?"

Das hatten sie beide. Kim nickte und rieb ihre Wange an seiner Brust. Sein Geruch trat an ihre Nase, so sauber und rein wie eine Meeresbrise.

„Wenn also dein Gedächtnis getriggert wird, durchlebst du nur Momentaufnahmen aus dieser Zeit – wahrscheinlich, was du gehört oder gefühlt hast. Hörst du mir zu, Kimberly?"

„Ja, Sir."

„Er hat dir immer wieder gesagt, dass du schlecht bist. Dass du schmutzig bist. Manchmal, wenn dein Gehirn auf diese Erinnerungen zugreift – auf Momente, die dir bis dato entfallen waren –, hörst du diese Worte und durchlebst sie erneut. *Sí?*"

Zittrig atmete sie ein. Er hatte Recht. Normalerweise hielt sie sich selbst nicht für einen schlechten Menschen. „Möglich, ja."

„Gabrielle hat mir erzählt, dass sie als Teenager vergewaltigt wurde. Ist sie eine dreckige Schlampe?"

„Nein!" Die wunderbare Gabi, die sich um jeden kümmerte und jeden Raum, den sie betrat, erstrahlen ließ. „Wie kannst du ..." Sie biss sich auf die Lippe. *Oh, okay, und ich bin das auch nicht.*

„Na siehst du", murmelte er. Er küsste sie auf die Haare, dann auf ihre Lippen, so sanft, dass es sie zu Tränen rührte. Nachdem er die Fernbedienung vom Beistelltisch genommen hatte, sagte er: „Lass uns etwas wirklich Schmutziges schauen. Football."

Als die Saints gegen die Packers spielten, schlief sie eingehüllt von seinem Trost ein.

KAPITEL SECHS

J eder Tag wartete mit etwas Neuem auf. Kim musste sich
immer wieder in Erinnerung rufen, warum sie das tat. Für
die anderen. Für Linda und Holly. Und na ja, auch für sich
selbst. Eine Rolle dabei zu spielen, das Geschäft der Sklavenhändler zu ruinieren, wäre heilend. Dann wäre sie nicht länger ein
Nichts, sondern eine Person, vor der man sich in Acht nehmen
musste. Also gab sie ihr Bestes.

Sie überstand den Verlust ihrer Kleidung – geradeso –, obwohl
sie bezweifelte, dass sie sich jemals daran gewöhnen würde, nackt
zu sein, während Master R in Jeans und einem kurzärmeligen
Hemd herumlief. Zumindest erlaubte er ihr, sich bei Besuch
anzuziehen.

Da er zumeist von zuhause arbeitete, entschied das FBI, dass
es eine gute Idee wäre, Gabi und Faith mit einem Poloshirt seiner
Firma auszustatten, sodass sie für Außenstehende wie Mitarbeiter
wirkten. Gabi beschwerte sich über das langweilige weiße Oberteil mit dem grünen Logo. Ein paar Tage später hatte die blaue
Strähne in ihrem Haar einen Freund ganz in Grün.

Langsam gewöhnte sich Kim an die Hände von Master R auf
ihrem Körper. Regelmäßig wusch er sie, massierte sie oder hielt

sie in den Armen. Jeden Abend nach dem Gutenachtkuss, der von
Tag zu Tag an Intensität gewann, schlief sie nackt, zusammengerollt an seinem Körper. Und immer am Morgen wachte sie mit
seiner Erektion an ihrem Hintern auf. Er machte ihr Angst und
gab ihr gleichzeitig das Gefühl, in Sicherheit zu sein. War das
nicht seltsam?

Beim Frühstück besprachen sie ihren Tag und ihre Aufgaben
und alles andere, was er von ihr erwartete. Wenn sie einen Fehler
bei einer Position oder generell etwas tat, das ihm nicht zusagte –
wie das Besteck falsch in die Schublade einzuordnen –, erklärte er
ihr in einem sanften Ton, wie sie es richtig machen sollte. Er
schrie nicht, beschimpfte sie nicht – er war stets höflich.

Als sie eine Tasse zerbrochen hatte, war sie erstarrt. Natürlich
hatte sie erwartet, dass er sie anschreien und bestrafen würde.
Wieder einmal überraschte er sie. Er sagte ihr nur, sie solle sich
Schuhe anziehen, bevor sie die Scherben wegräumte.

Das Einzige, was eine Bestrafung mit sich bringen könnte, war
Unhöflichkeit. Respektlos zu sein, sah er definitiv als Vergehen.
Selbst in diesen Momenten blieb er ruhig. Konsequent.

Wenn er nur aufhören würde, Dinge hinzuzufügen, auf die sie
sich einstellen musste.

Gestern, vor dem Mittagessen, hatte ihr der Blödmann Lederfesseln um die Handgelenke gelegt. Als sie versuchte, sich zu erinnern, wie man atmete, hatte er ihr mitgeteilt, dass er sich Tacos aus
dem Rezeptbuch seiner Mama wünschte. Bis sie alle Gewürze
zusammenhatte und das Essen endlich zubereiten konnte, hatte sie
die Fesseln beinahe vergessen … bis er sie vor ihrem Bauch eingehakt
hatte. Sie konnte sich nicht bewegen, konnte nicht entkommen.
Klaustrophobie hoch neun! Er hatte ihr auf die Knie helfen müssen.

Als sie sich neben ihm eingefunden hatte und von ihm gefüttert wurde, war auch ihr Zittern verschwunden. Warum fühlte sie
sich nicht länger gedemütigt, wenn sie Nahrung von ihm annahm?
Stattdessen fühlte sie sich regelrecht umsorgt. Weil er die besten

Stücke für sie auswählte? Weil seine gesamte Aufmerksamkeit stets auf sie gerichtet war? Das Mittagessen war also zu ertragen gewesen.

Heute jedoch ging alles schief: Zuerst hatte er ihr die verdammten Lederfesseln gleich nach der Dusche angelegt, was darauf hinwies, dass sie die Einschränkungen wahrscheinlich den ganzen Tag tragen müsste. *Verdammt!*

Vor fünfzehn Minuten hatte er sein Ich-werde-gleich-gemein-zu-dir-sein-Lächeln aufgesetzt. Anschließend hatte er die Fesseln hinter ihrem Rücken eingehakt. Sie hatte die Panikattacke nicht unterdrücken können und so hatte er sie in den Armen gehalten, bis sie sich wieder beruhigt hatte. Als er sich zurückgelehnt hatte, entdeckte sie das Runzeln auf seiner Stirn. „Du wirst jetzt Kniebeugen machen, bis ich dir sage, dass du aufhören kannst. Wir werden sowohl an deiner Beinmuskulatur als auch deinem Selbstbewusstsein arbeiten."

Im leeren Bereich des Kraftraums, umgeben von dem Duft nach Gummimatten und Stahl, schaffte sie ein paar Kniebeugen. Wieder beugte sie die Knie, vollbrachte die Übung ein weiteres Mal, bevor sie sich langsam aufrichtete. Das war der Siebte. *Wie viele soll ich noch machen?* Sie funkelte ihn genervt an, als der erste Schweißtropfen über ihren Hals rollte.

Zehn Kniebeugen ... fünfzehn. Ihre Oberschenkel brannten. *Ertränke ihn.*

Bei den Hanteln trainierte Master R seinen Bizeps. Seine Oberarme waren riesig. Bei der Art und Weise, wie sich seine dunkel gebräunte Haut so straff über die Muskeln spannte, zuckten ihre Finger. So gerne würde sie ihn berühren. Zudem wäre alles besser als dieser Scheiß mit den Kniebeugen.

Er fand ihren Blick. Ihre Beine bebten, bis sie befürchtete, dass sie einknicken würden. „Einen schaffst du noch, *Cariño*."

Das kann er sich aber abhaken. „Was bedeutet *Cariño*?"

„Es bedeutet Schätzchen." Sein rechter Mundwinkel zuckte.

„Jetzt hör auf, vom eigentlichen Thema abzulenken, und bring deine Spaghetti-Beine in Bewegung."

Ja, ertränke ihn und überlasse ihn den Krabben. Vergiss, wie oft er liebevolle Ausdrücke benutzt. Nachdem sie einen Atemzug genommen hatte, blies Kim ihr schwitziges Haar aus dem Gesicht, prüfte ihr Gleichgewicht und machte sich bereit für eine Kniebeuge. Runter. Zähneknirschend richtete sie sich auf. Die Fesseln störten sie nicht länger – nur wäre sie bei einem Fall nicht in der Lage, sich abzufangen. Ihre Schenkel brannten, und Schweiß rann über ihren Rücken und zwischen ihre nackten Brüste. Sie steckte auf halber Höhe fest. Stöhnend schaffte sie es schließlich nach oben. Wie ein gestrandeter Fisch schnappte sie nach Luft.

Eine Minute später, als sich ihre Atmung endlich normalisierte, sagte er: „Noch eine."

„Verflucht seist du, noch eine schaffe ich nicht! Bist du blind oder –" *Oh Scheiße. Oh nein.* Ihr Atem stockte, während sein Blick an Härte gewann und sich sein Kiefer anspannte.

„Das war sehr respektlos, Kimberly. Benutze ich Ausdrücke dieser Art bei dir?" Er bewegte sich nicht auf sie zu, zeigte lediglich auf eine Bank. „Beug dich vor."

Nein! Sie trat einen Schritt zurück. Ihr Herz hatte bereits gerast; jetzt schlug es gegen ihre Rippen, als wollte es verzweifelt einem Käfig entkommen. „Nein. Bitte nicht. Es tut mir leid. Master, es tut mir so leid."

„Ich weiß, *Chiquita*. Trotzdem werde ich dich bestrafen." Er griff nach schwereren Hanteln. Sein linker Arm beugte sich langsam, spannte sich an und senkte sich. Erst dann sah er zu ihr rüber. „Muss ich mich wiederholen?"

Nein, nein, nein. Ihre Füße fühlten sich an, als hätte er ihr Gewichte um die Knöchel gelegt. Ein Schritt. Ein weiterer. Ihre Handgelenke waren immer noch hinter ihrem Rücken gefesselt, und da ihre Beine von der Anstrengung der letzten zehn Minuten bebten, taumelte sie wie ein Betrunkener. Als sie versuchte, sich hinzuknien, knickten ihre Knie ein und sie landete schmerzhaft auf der Gummimatte. Sie kämpfte gegen Tränen an und legte sich mit ihren nackten Schultern und dem Gesicht nach unten auf die kühle Polsterung der Bank. Nackt. Gefesselt. Ihr Blut rauschte wie der Ozean in ihren Ohren.

Sie drehte den Kopf und beobachtete seine Reflexion in den Wandspiegeln. Er schenkte ihr keinerlei Aufmerksamkeit. Kein bisschen. Sein rechter Arm bog sich nach oben, nach unten. Dann der andere. Seine Konzentration blieb auf seiner Übung – als hätte sie sich in Luft aufgelöst. Sie wünschte, das wäre der Fall. So sehr.

Er legte die Gewichte auf die Halterung zurück. Bei dem metallischen Geräusch wurde ihr schlecht.

Er kam zu ihr; wie eine dunkle Gewitterfront in der Ferne näherte er sich. Neben ihr schwang er ein Bein über die Bank. Sie streckte den Kopf, um ihm ins Gesicht zu sehen.

„Wenn du für eine Bestrafung an einen bestimmten Ort geschickt wirst, erwarte ich, dass du sofort die Position einnimmst." Gnadenlos packte er sie um die Hüfte, schob sie nach vorn, bis sie mit dem Bauch gegen die schmale Bank stieß. Ihr Kopf und ihre Schultern hingen über der Kante der anderen Seite, während sich ihre Knie vom Boden abgehoben hatten.

Seine Handfläche übte Druck auf ihren unteren Rücken aus, einen Fuß stellte er auf ihre Waden. Damit hatte er ihr jeglichen Bewegungsfreiraum geraubt.

Ein Wimmern entrang ihr, als sie sich zu wehren versuchte.

Seine Reaktion bestand darin, mehr Druck auf sie auszuüben. „Diesmal nur drei, *Chica*. Zähle für mich."

Oh Gott, oh Gott, oh Gott. Sie spannte sich an und hörte ihn seufzen.

„Es tut mir leid, *Gatita*, aber wir müssen beide die Regeln beachten." Seine unbarmherzige Hand schlug ihre linke Pobacke und der Schmerz ließ nicht lange auf sich warten.

Sie zuckte zusammen und schnappte nach Luft. Jedoch war es ihr nicht erlaubt, sich zu bewegen.

„Zählen", verlangte er.

„Eins."

Vernichtende Stille.

„Eins, Master."

„Das klingt doch schon viel besser, findest du nicht?" Sein nächster Schlag landete auf ihrer rechten Pobacke. Es brannte!

Sie schrie, und Tränen formten sich in ihren Augen. *Es tut weh.* Ihr Zittern verstärkte sich. „Zwei, Master." Nur noch einer. Mit einem wurde sie fertig.

Der dritte Hieb landete unter ihren Pobacken. Von da aus schwappte eine Welle des Schmerzes über sie hinweg, und sie schluchzte, Tränen flossen über ihr Gesicht. Ihr Hintern brannte, als hätte sie sich auf Kohlen gesetzt.

Stille.

Verflucht soll er sein. „Drei, Master." Das Feuer begann zu verblassen.

„Sag mir, was du falsch gemacht hast."

„Ich war respektlos und habe mich gegen deinen Befehl aufgelehnt. Es tut mir leid, Master."

Seine Hand rieb über ihren pulsierenden Po. „Ja, ich denke, das tut es dir wirklich." Dann, zu ihrem Entsetzen, bewegte sich seine Hand zwischen ihre Beine und seine Finger fanden ihre Pussy. Als sie versuchte, der Berührung zu entkommen, erinnerte sie sich an den Fuß auf ihren Waden und die andere Hand an ihrem Rücken. Seine rücksichtslosen Finger berührten sie, glitten ... glitten zwischen ihre Schamlippen, in sie hinein und wieder raus. „Du bist feucht, kleine Sub."

Ihr Widerstand wurde wie der Sand von der Brandung weggetragen. *Dreckige Schlampe. Dreckiges Fickloch. Wertlos ...*

Ein zwiebelnder Klaps auf ihren Po verbannte den Gedanken aus ihrem Kopf.

„Mittlerweile erkenne ich diesen Ausdruck", knurrte Master R. „Du bist eine sinnliche, entzückende Frau, Kimberly."

Die Überzeugung in seiner Stimme nahm dem Selbsthass die Macht, aber dann bahnten sich seine Finger wieder einen Weg zwischen ihre Schamlippen und neckten ihren Eingang. „Zudem bist du unterwürfig. Ich weiß nicht, ob dich der Schmerz heute angetörnt hat – das werden wir herausfinden –, aber wir wissen beide, dass es dir gefällt, dominiert zu werden. Du sehnst dich danach."

Seine Finger streichelten sie intim, und ein Schauer jagte durch ihren Körper, als sich in ihrer Mitte die Hitze einfand.

„Wir wissen beide, dass ich dir geben werde, was du brauchst." Eine Pause. Leise fluchte er. Seine Hand entfernte sich von ihr und ließ sie gierig zurück. Er stand auf und durchquerte entschlossenen Schrittes den Raum.

Was war gerade passiert? Da ihre Hände immer noch hinter ihrem Rücken gefesselt waren, brauchte sie eine Weile, um hochzukommen. Bei dem Gefühl ihrer bebenden Beine verzog sie das Gesicht zu einer Grimasse. Er stand der leeren Wand zugewandt und rührte sich nicht. War er wütend auf sie? Hatte sie etwas angestellt? Das hatte sie nicht. Oder? Wie die herannahende Flut schwappte die Panik über ihre Sinne.

Nach einer Weile kehrte er mit Wut auf seinem Gesicht zu ihr zurück. Sie konnte ihr Zucken nicht unterdrücken, blieb jedoch standfest.

Sein Ausdruck klarte auf. „Ah, *Chiquita*, es tut mir leid. Ich bin nicht unzufrieden mit dir. Kein bisschen." Er legte eine Hand auf ihre Wange, unendlich sanft, seine große Handfläche heiß an ihrer kalten Haut.

Sie leckte sich über ihre ausgetrockneten Lippen. „Was war dann?"

„Ich bin wütend auf mich selbst." Sein Mund spannte sich an, als er ihrem Blick begegnete. „Du bist ... anziehend, *Gatita*. Du bist unterwürfig, mutig und wunderschön. Du vertraust dich mir an, ohne dich zurückzuhalten."

So sieht er mich? Und doch ... „Ist das schlimm?"

„Ich soll dich über deine Grenzen hinausbringen, aber nur, damit du für den Aufseher eine Show abliefern kannst und dabei überzeugend bist. In diesem einen Augenblick musst du dein Training zeigen, musst dich in der Rolle als meine Sklavin wohlfühlen und meine Hände auf deinem Körper akzeptieren."

Sie nickte und dachte an die vergangene Woche ... *Verdammt, sieh mich nur an.* Gefesselt und den Arsch versohlt bekommen. Nackt. Ein verärgerter Master immer in ihrer Nähe und doch war sie nicht einmal geflohen. Sie drückte die Schultern durch.

Seine Augen zeigten ein Funkeln. „Ja, du machst dich sehr gut und ich bin stolz auf dich."

Sie fühlte sich, als wäre sie im kalten Ozean durch eine warme Stelle geschwommen. Das Gefühl würde nicht andauern, denn sie konnte den Boden nicht sehen, aber die Wärme war berauschend. „Danke, Master."

Er zuckte zusammen, lehnte sich vor und legte seine Stirn an ihre. „Ja, genau das ist das Problem. Ständig vergesse ich, dass du nicht wirklich mir gehörst. Kimberly, ich hätte dich nicht so intim berühren sollen." Er richtete sich auf und hielt ihren Blick gefangen. „Für den Besuch des Aufsehers ist es nicht notwendig, dass wir Sex haben."

„Nein. Notwendig ist es nicht." Die Welle der Erleichterung hatte sie bei seinen Worten erwartet; die Reue kam unerwartet. So erkannte sie jedoch, dass ihr Körper langsam wieder zum Leben erwachte und dass sie allein entschied, was damit geschehen sollte. Ihre Pussy pulsierte noch immer, und unter seinen kontrollierenden Händen fühlte sie sich wunderschön. Sexy. Nicht wie ein Ding oder ein Tier, sondern eine begehrenswerte Frau. Sex mit Master R wäre ... beängstigend. Vielleicht aber auch wundervoll.

„Als Dom gehört es zu meiner Aufgabe, dich an deine

Grenzen zu treiben. Um dir zu geben, was du brauchst, um dir über die Hürden zu helfen, die du nach deiner Gefangenschaft als Grenzen markiert hast. Das Recht dazu habe ich aber nicht." Er drehte sie um und entfernte ihr die Fesseln. „Es wird nicht wieder vorkommen, und ich hoffe, du verzeihst mir."

Gott, hatte sie jemals erlebt, dass sich ein Mann so aufrichtig bei ihr entschuldigt hatte – noch dazu ein Master? Er hatte sie gekauft und versuchte, sie zu beschützen. Dass er sich jetzt so schuldig fühlte, schien nicht richtig. Sie drehte sich ihm zu und schlang ihre Arme um ihn, legte ihre Wange an seine Schulter, sodass er ihre verräterischen Tränen nicht sah. „Es gibt nichts, zu v-verzeihen."

Er seufzte und zog sie fest an sich, hielt sie für eine lange, glückliche Minute in den Armen. Niemand auf der Welt umarmte sie so gut wie Master R. Nach einem Kuss auf ihre Haare schob er sie an den Schultern von sich und verengte die Augen, als er ihre Tränen entdeckte.

Sie wischte sich die Nässe von den Wangen und presste ein beschämtes Lachen heraus. „Wenn ich so darüber nachdenke, kannst du dich dafür entschuldigen, dass du mir den Hintern versohlt hast. Ich werde Probleme beim Sitzen haben."

Sein kleines Lächeln war wie das kurze Aufblitzen der Sonne an einem kalten, bewölkten Tag. „Du hast die Strafe verdient, *Chiquita*. Jetzt gehe ein paar Runden im Pool schwimmen und kühle dich ab."

„Ja, Master." Als sie zur Tür lief, folgte er ihr nicht. Sie zögerte. Er beobachtete sie nicht mal. Sein Blick richtete sich erneut auf die Wand, und er wirkte so ... traurig.

Ohne sich zu bewegen, sagte er leise: „*Gatita*, ich verlange Gehorsam."

Dieses Mal verließ sie den Raum.

Am Mittwoch betrat Raoul das Kerkerzimmer. Beim Frühstück hatte er das Datum gesehen und ihm wurde bewusst, dass es nicht mehr lange dauern konnte, bis der Aufseher anrief. Der Gedanke versaute ihm den Tag, erinnerte ihn aber daran, weiter mit Kimberly zu arbeiten. Also hatte er ihr gesagt, dass sie heute im Kerker spielen würden.

Was könnte er an ihr verwenden, das sie nicht sofort in eine Schockstarre versetzte? Er öffnete die Türen des Spielzeugschranks und runzelte die Stirn, als er zu dem Bereich schaute, in dem sich die Knebel befinden sollten. Leer. *Madre de Dios.* Mit verengten Augen sah er durch die anderen Fächer. Bei dem Nippelschmuck fehlten die fiesen Kleeklemmen. Das nächste Fach sollte die mittelgroßen und großen Analplugs bereithalten. Genau wie die großen Dildos und einen Halskragen für eine strikte Haltung. Tatsächlich war alles verschwunden, was eine kleine Sklavin in Bedrängnis bringen könnte.

Sein Lachen brach durch die Stille im Raum und hellte seine Stimmung auf. Hinterhältige Göre. Dachte sie, er würde das fehlende Spielzeug nicht bemerken? Oder war sie mental nicht dazu in der Lage, sich mit diesem Equipment auseinanderzusetzen? Er warf einen Blick zur Wand. Die Impact-Spielzeuge hatte sie nicht angerührt. Natürlich hatte er zu ihr gesagt, dass er sie nicht auspeitschen oder ein Paddel an ihr verwenden würde.

Bei einer Bestrafung hatte er bisher seine Hand benutzt. So auch neulich.

Ihre Haut war so weich. Er erinnerte sich, wie seine Hand Abdrücke auf ihrem kurvigen Hinterteil hinterlassen hatte, und schon zuckte sein Schwanz. Er schüttelte den Kopf. Sie so intim zu berühren, war ein Fehler gewesen. Zum einen, weil er damit sein Versprechen an sie gebrochen hatte. Zum anderen konnte er nun nicht vergessen, wie sich ihre Haut unter seinen Fingern angefühlt hatte, wie feucht und heiß ihre Pussy gewesen war. Trotz ihrer vielen Ängste war sie erregt gewesen.

Sie hatte sich so süß unterworfen. Nach seiner Entschuldigung hatte sie ihn umarmt, sodass er einen Blick auf ihre großzügige und nachsichtige Persönlichkeit hatte werfen können.

Und sie ist nicht mein. Behalte das im Hinterkopf, Sandoval.

Trotz allem machte es den Anschein, dass er auch heute ihrem hübschen Arsch einen roten Anstrich geben müsste.

Er grinste. Sie auf die Zeit im Kerker vorzubereiten, war offenbar nicht seine beste Idee gewesen.

Kimberly zog sich tiefer in den Schrank zurück. Sie war so ein Idiot. *Was habe ich angerichtet?*

Na ja, sie hatte ein paar der Spielzeuge von Master R gestohlen und versteckt.

Gott, eigentlich hatte sie nur nachsehen wollen, was in den Schränken zu finden war, da er gesagt hatte, dass sie schon bald den Kerker benutzen würden. Sie hatte einfach wissen müssen, was sie erwartete.

Nur hatte es einen riesigen Analplug gegeben. Ihre Hoffnung war es gewesen, dass er vielleicht nicht bemerkte, dass etwas fehlte. Anschließend hatte sie den Dildo entdeckt, woraufhin sich ihr Feigling gemeldet hatte. Sie hatte eine Plastiktüte mit allem gefüllt, was sie nie wieder sehen wollte. Und dann hatte sie die Tüte verschwinden lassen.

Hatte sie wirklich gedacht, dass ihm die leeren Fächer nicht auffallen würden?

Das war schlimm genug, und jetzt versteckte sie sich auch noch. Gleich an ihrem ersten Tag hier hatte sie diesen kleinen Schrank unter der Treppe entdeckt – wie bei Harry Potter. Nicht nur dieses Versteck war ihr aufgefallen, nein, sondern jede noch so winzige Nische und auch alle Ausgänge. Bis heute hatte sie an die Fluchtmöglichkeiten nicht wieder gedacht.

Erst beim Frühstück, als er meinte, dass die Zeit für den Kerker gekommen war. *Gott*, mit jeder Sekunde wuchs ihre Angst.

Nachdem sie die Spielzeuge versteckt hatte, war ihre Konzentration zum Putzen, Lesen und Wäschewaschen gewandert. Ihre Füße jedoch hatten sie an diesen Ort gebracht. Sie hatte keine Kontrolle mehr über sie gehabt.

Kim wurde von Panik ergriffen, als sie Master Rs Schritte vernahm. So unverwechselbar. Nicht leise oder hinterhältig, sondern zielgerichtet. Unaufhaltbar.

Geh raus, sagte sie sich. *Geh raus und bitte um Vergebung. Jetzt gleich!* Ihr Körper bewegte sich nicht. Ihr innerer Feigling drückte sich enger gegen die Wand.

Er rief nicht nach ihr. *Oh Gott.* War das gut oder schlecht? Wie sauer war er? Ihr Körper bebte.

Die Tür öffnete sich. Licht kämpfte sich einen Weg durch die beengten Räume zwischen der Kleidung. In der Ecke würde er sie sicher nicht entdecken.

Ein zufriedenes Grunzen erreichte ihre Ohren. Seine großen Hände umfassten ihre Arme und zogen sie aus ihrem Versteck.

Sie erschlaffte, konnte sich nicht auf den Beinen halten, was er nicht mal zu bemerken schien. Er hob sie hoch genug, sodass er ihr ins Gesicht sehen konnte. Dann seufzte er.

Ihr Zittern ließ nicht nach, während sich bei seinem enttäuschten Ausdruck die Tränen ankündigten. Er war nicht wütend, und das machte es fast noch schlimmer. Sie spannte ihre Beine an, schaffte es, sich auf den Füßen zu halten und verdiente sich damit von ihm ein Nicken.

Mit einer Hand fest um ihren Oberarm, als befürchtete er, sie würde rennen, brachte er sie ins Turmzimmer. Der Ort, den er gerne für ihre Gespräche nutzte.

Oben angekommen setzte er sich auf den Sessel und zeigte auf den Boden.

Unter Tränen kniete sie sich unbeholfen hin und senkte den Kopf. Ihre Kehle schnürte sich zu, als sich die Stille in die Länge zog. Die Luft im Raum verdichtete sich. Eine Träne rollte über ihre Wange. Eine weitere.

Und dann, wie bei einer Sturzflut, die sich von keiner Hürde aufhalten ließ, brach es aus ihr heraus und sie weinte bitterlich. „Es tut mir leid, Master. Ich ... konnte nicht." Warum hielt er sie nicht in den Armen? Das Bedürfnis nach seiner Nähe war überwältigend und ihr Körper bebte wie ein loses Segel im Wind.

Es folgte nur eine winzige Berührung. Sein Finger unter ihrem Kinn. Er stützte seinen Ellbogen auf seinem Oberschenkel ab und musterte sie. „Was konntest du nicht?"

Konnte mich dem Kerker nicht stellen, über meine Ängste reden, deine Enttäuschung sehen. „Ich –" Ihre Schluchzer gewannen an Intensität und sie schaffte es nicht, die Worte über die Lippen zu bekommen.

„*Carajo*", murmelte er, und sie zuckte bei dem spanischen F-Wort zusammen. „Sag mir, warum du dich vor mir versteckt hast." Er wartete und sah sie stur an, während sie um die Kontrolle kämpfte.

Ihr Atem stockte, jedoch schaffte sie es, zu flüstern: „Ich hatte Angst."

„Das ist mir klar. Aber warum hast du vorher nicht mit mir geredet?"

Mit ihm reden? Ihr Gehirn setzte aus, als befände es sich am Haken einer Angel. „I-Ich weiß es nicht."

Sein Finger blieb unter ihrem Kinn und erlaubte nicht, dass sie das Gesicht abwandte. Sie blinzelte sich die Tränen aus den Augen und stellte sich schließlich seinem Ausdruck. Unnachgiebig ... aber nicht kalt. Deutlich erkannte sie, dass sie es vermasselt hatte, dennoch sah sie in seinen Augen keine Wut. *Warum ist er nicht wütend?*

„Habe ich dich nicht gebeten, mir Bescheid zu geben, wenn die Angst überhandnimmt?"

Sie versuchte zu nicken.

Seine Augen kühlten ab.

„Ja, Master."

„Mache ich dir solche Angst, dass du dich nicht traust, mit

mir zu sprechen?" Sie hörte seine Enttäuschung in seinem Ton und in der Art, wie langsam er die Worte aussprach.

Wieder kamen die Tränen. „Nein, Master. Es tut mir leid, Master."

Er platzierte beide Hände auf ihre Wangen und entfernte mit seinen Daumen die Nässe von ihren Wangen. „Dann sprich jetzt mit mir. Erkläre es, damit ich es verstehe." Er ließ sie los, legte seine Unterarme auf die Knie und wartete.

Warum war sie nicht zu ihm gegangen? Warum hatte sie nicht mit ihm gesprochen, bevor der Wahnsinn in ihrem Verstand die Kontrolle an sich gerissen hatte? Er hörte immer zu. Bei Panikattacken hielt er sie in den Armen. Er machte langsamer, wenn sich ihre Angst zeigte. „Ich habe nicht nachgedacht. Ich habe mich einfach versteckt." Hatte er vielleicht noch gar nicht gesehen, dass Spielzeuge fehlten? *Gott, bitte gib mir die Möglichkeit, alles zurückzulegen.*

Er runzelte die Stirn. „Als du klein warst und Angst hattest, zu wem bist du gerannt?"

„Zu meiner Mutter." Was hatte das mit dieser Sache zu tun?

„Nicht zu deinem Vater?"

Als hätte er mir geholfen. Ihr Lachen klang ... merkwürdig. Sie schüttelte den Kopf.

„Wieso?"

Wie sollte sie ihre Familie beschreiben? „Er ... Als ich jünger war, behandelte er mich immer wie einen Sohn. Jungs haben keine Angst."

„Ach nein?" Sein Mundwinkel zuckte. „Vielen Dank für die Info."

Ihr Mund klappte auf und ihr Gehirn setzte aus – wie ein Motor mit Salzwasser im Tank. Andere Väter umarmten ihre Kinder ... sowohl Söhne als auch Töchter. Sie trösteten sie und hielten sie, wenn ein Baseball gegen sie geprallt oder ein großer Hund ihnen nachgejagt war. Ihr Vater war nicht ... väterlich gewesen.

„Zu Beginn hat er dich also wie einen Sohn behandelt. Was ist passiert, als du älter wurdest?"

Ihre eigene Schuld. Ihre eigene Entscheidung. Sie bereute es nicht. „Ich entschied, dass ich eine Frau bin und fing an, mich dementsprechend zu kleiden. Ich habe meiner Mutter im Haushalt geholfen. Also war ich ... wertlos."

Master R runzelte wieder die Stirn. „Bestimmt warst du ein wunderschönes kleines Mädchen. Wie könnte ein *Papá* da nicht stolz sein?" Seine Fingerknöchel streichelten ihre Wange, und sie sehnte sich nach mehr.

„Ich schätze, du hattest einen tollen Vater", flüsterte sie.

„Das hatte ich." Seine Finger fuhren durch ihr wirres Haar. „Kimberly? Angst kann uns wieder zu Kindern machen. Wenn du nicht zu deinem Vater – einem Mann – laufen konntest, um dich trösten zu lassen und ausgehend von deiner Erfahrung mit dem männlichen Geschlecht allein in den letzten Monaten, so verstehe ich, warum du dich versteckt hast." Seine Augen hielten ihre gefangen. „Aber, *Chiquita*, du musst begreifen, dass ich, solange du hier bist, erwarte, dass du zu mir kommst und deine Ängste mit mir teilst. Auch wenn ich derjenige bin, der sie verursacht."

Warum ließ sein kompromissloser Blick ihr Herz einen Salto verrichten? „Ja, Master."

Ein kleines Lächeln zierte seine Lippen. „Ich mag die vielen Master, die ich gerade höre, Sklavin."

Sie zuckte zusammen und kühlte ab, als würde arktisches Wasser in ihren Kern sickern.

Seine Augen verengten sich. „Das gehört zu den Dingen, die wir besprechen müssen." Er machte eine Pause. Das nächste Wort kam in einem harten Ton aus seinem Mund: „Sklavin."

Er benutzte nur selten diesen schrecklichen Ausdruck. Ohne Zweifel war ihm nicht bewusst, welche Wirkung das auf sie hatte. Wie auch?

Jetzt erwartete er, dass sie ihre Gedanken mit ihm teilte, während ihr Inneres wie eine Qualle auf dem trockenen Sand zu

Grunde ging. *Kann nicht sprechen.* Sie holte Luft. *Muss reden. Ich bin mutiger als das.* Ihre Schultern drückten sich nur wenig entschlossen durch. Gabi würde ihr sagen, sich zusammenzureißen und es einfach auszuspucken. „Das Wort. Sklavin." Am liebsten würde sie sich den Mund mit Seife auswaschen. „Ich mochte es auch schon … davor nicht. Jetzt macht es mich regelrecht krank. Hässliches Wort." Sie biss sich auf die Lippe und zwang den Rest heraus. „Dass gerade du mich so nennst, macht es … schlimmer." Als fand sich unter ihrer warmen Bettdecke eine Schlange.

„Mmm." Er hob sie hoch, setzte sie auf seinen Schoß und zog sie an sich.

Jeder Muskel in ihrem Körper verlor an Spannung, als sie sich in seine tröstende Umarmung fallen ließ. Eine Belohnung? Er belohnte sie für ihre Ehrlichkeit. Manipulativ? Irgendwie schon. Aber sie nahm, was sie kriegen konnte.

„Es scheint dich nicht zu stören, mich Master zu nennen."

„Das ist nicht dasselbe – nicht hässlich." Sie rieb ihre Wange an seiner Brust; sein verblichenes T-Shirt lag weich über seinen harten Brustmuskeln. Sein maskuliner Duft vermischte sich mit dem seiner täglichen Seife und vermittelte ihr eine ungeahnte Sicherheit. „Ich mag das Wort Master." Sie überlegte und fügte hinzu: „Obwohl ich dir manchmal etwas an den Kopf werfen will, wenn du mich dazu zwingst, es zu benutzen."

Sein Lachen klang anders, so viel tiefer, wenn ihr Ohr an seiner Brust lag. „*Bueno.* Ist Sub besser als Sklavin?"

„Ich denke?" Sie versuchte, sich vorzustellen, dass er sie so nannte. „Es ist irgendwie langweilig."

„Mmm. Wie wäre es mit *Sumisa* – oder gar *Sumisita*? Es bedeutet kleine Sub auf Spanisch." Er positionierte sie um, bis ihr Gesicht an seinem Hals zur Ruhe kam. „In der nahen Zukunft werden wir besprechen, warum ich denke, dass das Wort perfekt passt."

Sumisita. Es klang irgendwie … süß. Gabi hatte er ein paar Mal

Chiquita genannt, also schien dieser Begriff nichts Besonderes zu sein. *Gatita* war schon spezieller auf Kim ausgerichtet. Und *Sumisita* wies auf ... Besitzanspruch hin. Seine Art, etwas für sich zu beanspruchen. Sein. „Das gefällt mir, Master."

„Sehr gut." Er hob ihr Gesicht. Sein anerkennender Kuss gab ihr das Gefühl, als ob ihr Boot in den Hafen eingelaufen wäre.

„Ich habe dir ein leeres Tagebuch in deinen Salon gelegt", sagte er. „Zusammen mit einer Liste für deine Grenzen. Weißt du, was das ist?"

Eine Liste von BDSM-Aktivitäten, bei denen eine Sub Häkchen setzen konnte und somit deutlich machte, zu was sie im Club bereit war ... und was sie auf keinen Fall tun wollte. Hin und wieder war es vorgekommen, dass ein Dom ihr eine dieser Listen zum Ausfüllen gereicht hatte. Sie nickte.

„Füll die Liste aus, und dann besprechen wir alles." Er tippte ihr auf die Nasenspitze. „Ich bezweifle, dass wir tatsächlich viel spielen werden, aber wir haben den Punkt erreicht, an dem ich mehr darüber wissen muss, was dich stört."

„Und das Tagebuch?"

„Ist für dich. Faith hat mir zugestimmt, dass es eine gute Idee ist, wenn du es benutzt." Er machte eine Pause. „Ich möchte, dass du jeden Tag eine Seite für mich schreibst, und am Abend lesen wir sie zusammen. Schreibst du mehr, ist das nur für deine Augen bestimmt. Ich werde nicht darum bitten, die anderen Seiten zu sehen."

Ein Tagebuch. Kotz. „Ich verstehe Faiths Beweggründe. Warum aber eine Seite für dich?"

„Um Problemen wie heute vorzubeugen." Sanft streichelte er ihr Haar. „Es wird Dinge geben, die du von mir brauchst. Gedanken, die du nicht aussprechen, aber vielleicht schreiben kannst. Also wirst du die Seite füllen, auch wenn dir deine Worte töricht erscheinen. Verstanden?"

„Ja, Master." Hausaufgaben. Ein Aufsatz zu dem Thema: *Was habe ich in meiner Zeit als Sklavin getan?*

„Süßer Schmollmund", murmelte er und küsste ihn ihr direkt von den Lippen. Seine Lippen waren warm, unnachgiebig und kontrollierend. Seine Hand festigte sich in ihren Haaren, als er ihren Mund nahm. Regelrecht bestrafend küsste er sie, bevor er sich schließlich von ihr zurückzog.

Ihr Kopf drehte sich, als hätte sie drei Shots kurz nacheinander getrunken.

Als sie den Blick zu seinen Augen hob, entdeckte sie das gleiche Feuer, das auch in ihr wütete. Sein Ausdruck verdunkelte sich. „Nun zu den Sachen, die du aus dem Schrank entwendet hast ..."

Sie vergrub ihr Gesicht an seinem Hals. *Oh Gott.*

„Bring alles her und leg die Spielzeuge fein säuberlich vor die Ottomane. Als Bestrafung wirst du eines der Spielzeuge auswählen – nur eines –, das ich irgendwann in den nächsten Tagen an dir verwenden werde."

„Wann?", flüsterte sie.

„Falsche Antwort. Versuch es noch einmal, *Sumisa*."

„Es tut mir leid, Master." Mehr. Sie sollte noch etwas sagen. „Was auch immer mein Master wünscht."

„Sehr hübsch." Er küsste ihre Stirn und stellte sie auf die Füße. „Dann los ... und, Kimberly?"

Sie versuchte, sich daran zu erinnern, was sie alles mitgenommen hatte – *diesen riesigen Dildo werde ich ganz sicher nicht wählen.* Sie drehte sich erneut ihm zu. „Ja, Master?"

Seine Lippen zuckten, als würde er ein Lächeln unterdrücken. „Wenn ich das nächste Mal sage, dass wir spielen werden, rede ich nicht vom Verstecken."

KAPITEL SIEBEN

Ein paar Tage später arbeitete Raoul in seinem Kerker und hinter verschlossener Tür an seiner Technik. Die Verwendung einer Peitsche war eine Fähigkeit, bei der ein Dom es sich nicht leisten konnte, einzurosten. Schließlich wollte er nicht den Boden, sondern die Haut seiner Sub treffen.

Vom Turmzimmer hatte er beobachtet, wie Kimberly mit Gabi am Strand spazieren ging. Die Sonne hatte in den dunklen Haaren seiner *Sumisita* geglitzert. Ihre Haut hatte nach den vielen Spaziergängen eine gesunde Farbe angenommen und sie strahlte regelrecht vor neugewonnener Gesundheit. Kimberly hatte Gabi in die schäumende Brandung geschubst, ihr Lachen so herzlich und befreit. Sie so sorglos zu sehen, ließ sein Herz singen.

Und sie aus dem Haus zu haben, bedeutete, dass er üben konnte. Obwohl das Zischen der Peitsche außerhalb des Kerkers wahrscheinlich nicht zu hören war, wollte er kein Risiko eingehen. Sie brauchte nicht zu wissen, wie sehr er Peitschen mochte.

Nachdem er sich aufgewärmt hatte, seine Arme und Schultern gelockert, begann er. Ein leerer Bereich an der Wand wies einige Übungsziele auf. Für heute hatte er mehrere Seiten einer Tageszeitung an einer Leine mit Klammern aufgehängt. Nur die obere

Papierschicht wollte er ankratzen. In Intervallen peitschte er das benachbarte Quadrat aus Wildleder und stellte sicher, dass der Aufprall keinen zu großen Schaden anrichtete.

Was hatte es mit dem Knall einer Peitsche auf sich? Warum klang es so erotisch?

Sein Telefon klingelte. Nachdem er seinen Schlag beendet hatte – nur ein Narr unterbrach eine Peitsche mitten im Flug –, nahm er das Handy aus seiner Tasche. Unbekannte Nummer. Sein Bauchgefühl ahnte nichts Gutes, als er antwortete. „Sandoval."

„Raoul, es ist schön, deine Stimme zu hören. Dahmer hier … der Aufseher. Ist dies ein guter Zeitpunkt oder soll ich später nochmal anrufen?"

„Dein Timing ist ausgezeichnet." Raoul erinnerte sich daran, was angesprochen werden musste. Der Ort. Sams Empfehlung.

„Wie klappt es mit der Ware? Gibt es ein Problem?"

Raoul zwang sich zu einem Lachen. „Gut genug. Dass ich mich für gebrauchte Ware entschieden habe, war wohl nicht die … beste Entscheidung. Der Vorbesitzer hat einige Dellen hinterlassen."

„Das überrascht mich nicht. Der Vorbesitzer hat ein hitziges Temperament. Aber ich bin froh, dass sonst alles okay ist."

„Ja. Um genau zu sein –"

Dahmer räusperte sich. „Handys sind –"

„Ich verstehe." Paranoider Bastard, wie Buchanan gesagt hatte. „Ich habe einen Freund, der die Ware bewundert hat. Er geht mit seinen Spielsachen recht grob um und hofft, etwas Robusteres zu kaufen."

„Nun ja." Eine Pause. „Schon bald findet eine Veranstaltung statt. Wenn er sich qualifiziert, bekommt er eine Einladung."

„Das würde ihm gefallen."

„So wie ich es mit dir getan habe, muss ich auch deinen Freund in Aktion sehen. Es verringert die Chancen auf … ähm … unerwartete Besucher."

Er meinte Polizisten. „Als Käufer schätze ich die Vorsichts-maßnahmen."

„Gibt es einen Ort, den du bevorzugst? Dein Haus oder ein Club in Tampa?"

Raoul wollte sein Haus nicht mit Dahmers Anwesenheit beschmutzen, aber Kimberly in einen regulären BDSM-Club ohne Sicherheitsvorkehrungen zu bringen, war völlig inakzeptabel. Vor ein paar Tagen hatte er mit Buchanan und Kouros über eine Alternative gesprochen ... und dann mit Z. „Da öffentliche Clubs laut sind, lade ich dich ins Shadowlands ein."

„Das Shadowlands?" Dahmer hielt inne. „Das würde mir gefallen. Der Club hat einen unglaublichen Ruf."

„Verdienterweise."

„Zu der Vorführung, die du für diesen Besuch geplant hast ...'"

„Ja?" Raouls Finger spannten sich um das Handy an. Er hatte gehofft, Dahmer hätte es vergessen. Wie konnte er ihm eine Absage geben?

„Der Master, der in diesem Monat die Fireplay-Session vorführen wollte, ist nicht länger verfügbar, und ich hatte ohnehin Schwierigkeiten, jemanden zu finden, der Fireplay für unsere Käufer als erotisch verkaufen kann. Ein Vögelchen hat mir zugezwitschert, dass du eine gute Show hinlegst."

Ein Vögelchen. Sprach er von dem Bastard, der Subs im Shadowlands beobachtet hatte, um später Sklavenhändlern Bericht zu erstatten? Raouls Kiefer spannte sich an. „Freut mich, das zu hören."

„Für deine Bewerbung würde ich gerne eine Fireplay-Session mit deinem neuen Spielzeug sehen. Wenn du so gut abschneidest, wie ich das gehört habe, buche ich dich für die kommende Auktion."

Die kommende Auktion. Raoul marschierte durch den Raum und dachte nach. Somit würde er nicht zuerst auf einer Warteliste landen. Da Sam möglicherweise nicht als Käufer freigegeben wird, könnte dies die beste Chance sein, eine Person in die

Auktion zu bringen. Aber was war mit Kimberly? Raoul starrte auf die Peitsche und wünschte sich, Dahmer wäre nah genug, um als Ziel zu dienen.

Wenn Kimberly die Session im Shadowlands durchstehen könnte, wäre es vielleicht möglich, dass das FBI einen weiblichen Agent findet, sodass sie bei der Auktion die Sub mimen konnte. Das könnte funktionieren. *Stimme jetzt zu. Falls notwendig machst du später einen Rückzieher.* „Eine Fireplay-Session also. Das Shadowlands ist am Freitag und Samstag geöffnet. Welche Nacht passt dir am besten?"

„Lass mich in meinen Kalender schauen." Stille. „Nächsten Samstag würde passen. Zehn Uhr?"

„Okay. Wir treffen dich auf dem Parkplatz und gehen gemeinsam rein." Raoul legte auf. Er festigte seinen Griff um die Peitsche, holte aus und durchschnitt jede einzelne Papierschicht an der gegenüberliegenden Wand.

Master R war seit gestern schrecklich schweigsam, dachte Kim, als sie am Strand spazieren ging. Was war mit ihm?

War er verärgert, dass sie sich nach Gabis Besuch in ihren privaten Salon zurückgezogen hatte? Sie hatte keine Wahl gehabt. Nachdem sie einige Ängste mit ihrer Freundin besprochen hatte, musste sie sich neu formieren. Vielleicht hatte Gabi ihm gesagt, er solle ihr Zeit lassen?

Beim Abendessen gestern schien er nicht verärgert. Nur still.

Dennoch las er vor dem Schlafengehen die für ihn gedachte Seite in ihrem Tagebuch und lachte, als sie sein Temperament als wenig vorteilhaft beschrieben hatte. Er hatte sie umarmt, da sie mit ihm geteilt hatte, dass sie sich bei der Inspektionsposition wie ein Stück Fleisch vorkam. Also war er wahrscheinlich nicht sauer auf sie. Wenn überhaupt, ging er mit ihr behutsamer vor als vorher. Freundlicher. Anschmiegsamer.

Okay, sie würde sich keine Sorgen machen, bis er ihr sagte, dass es dazu einen Grund gab. Also atmete sie tief ein und genoss die salzige Luft. In der Ferne zogen kreischende Möwen ihre Kreise, zankten und attackierten immer wieder etwas am Strand. Weiter draußen flogen Pelikane in einer Linie, vermutlich in die Richtung von Clearwater.

Die Meeresbrise riss an ihrem T-Shirt, blies ihr die Haare ins Gesicht und machte die Hitze erträglich. Der Wind vom Atlantik in Savannah war jedoch effektiver. Sie erinnerte sich an die willkommene Brise auf dem Fischerboot ihres Vaters. Ihr Vater ...

Sie runzelte die Stirn und ihr kam die Frage von Master R in den Sinn. War sie jemals zu ihrem Vater gegangen, wenn sie Trost brauchte? Wohl kaum. Er war ein schwieriger Mann gewesen, dunkel und düster in Persönlichkeit und Aussehen. Von seiner Mutter, die uramerikanischer Herkunft gewesen war, hatte er seine schwarzen Haare und die hohen Wangenknochen; von seinem Vater bekam er das Fischerboot.

Sie schob die Hände in die Taschen ihrer Shorts. Sein Leben hatte sich zu jeder Tageszeit um dieses Boot gedreht, und bis zu ihrer Rebellion war es ihr genauso gegangen. Aber sie hatte es gehasst, wie schrecklich er Mom behandelt hatte. *Fette Kuh. Nichts kannst du richtig machen. Hohl wie Stroh.* Mom hatte wie ... eine Sklavin für ihn geschuftet, und er hatte sich nie bedankt. Ihre Anwesenheit wurde nicht bemerkt, bis sie etwas falsch machte.

Eines Tages hatte Kim ihn angeschrien, weil er Mom mal wieder beleidigt hatte. Bei seiner Ohrfeige war sie gegen die Wand gekracht. Danach gab Kim nicht mehr vor, sein Sohn zu sein. Sie hatte für die Cheerleader vorgetanzt, hatte Make-up und hübsche Kleidung getragen. Seine Reaktion folgte prompt: Plötzlich war sie eine Hure, eine dumme Schlampe. *Gott,* manchmal hatte sie ihn wirklich gehasst.

Sie hielt an und musterte eine kleine Sandburg. Daneben lag ein roter Eimer. Hohe Mauern und ein Wassergraben. Keine

Brücke. *Kluges Kind. Lass die Welt vor der Tür stehen und bleib drin.* So war es viel sicherer.

Kim machte kehrt und ging kopfschüttelnd zurück. Seltsam, dass sie ihren Vater dafür gehasst hatte, wie er mit ihrer Mutter umgesprungen war, während ihre Mutter auch heute noch keine Abneigung gegen ihn verspürte. Jahre hatte ihre Mutter gebraucht, um ihre Unabhängigkeit zurückzugewinnen und nicht jede ihrer Handlungen zu hinterfragen. Nach seinem Tod – er hatte sich betrunken ans Steuer gesetzt und einen Unfall gebaut – hatten sie sich beide den Arsch aufgerissen. Der Schmerz traf sie unerwartet. Nur dieser dämliche Fischkutter hatte ihn interessiert, und als er das Boot verloren hatte, sah er sich selbst auch als verloren. Ihre Mutter war für ihn kein guter Grund gewesen, leben zu wollen. Kim ebenso nicht. Schließlich waren sie nur Frauen. Sklaven.

Nein, keine Sklaven. Mom arbeitete jetzt als Bürokauffrau in einer Immobilienfirma und Kim war Meeresbiologin. *Da hast du es, Vater. Ohne dich sind wir besser dran.* Auch dieser Gedanke bereitete ihr Kummer. Mom hätte ... ihn verlassen sollen, hätte seinen Missbrauch nicht so lange hinnehmen dürfen.

Wie konnte sich eine Frau so lange fesseln lassen? Eine unsichtbare Einschränkung, die stark an das Halsband einer Sklavin erinnerte.

Kim schnaubte. *Und jetzt sieh mich an. Ich bin eine Sklavin. Genau wie du das warst, Mom.*

Als sie zum Haus zurückkam, würde ihr Master R die Fesseln wieder um die Handgelenke legen. Und wieder würde sie sich hin- und hergerissen fühlen. Sie hasste die Fesseln, sie liebte die Fesseln.

Manchmal hasste sie auch ihn. Das Problem war, dass sie anfing, ihn zu wollen. Ihn zu brauchen. Sie gab alles, ihm ein Lächeln zu entlocken, und liebte es, wenn er lachte.

Hör auf, Kim. Erstens tat er nur, was getan werden musste, um die Sklavenhändler zu fassen. Zweitens wollte er eine Sklavin als

Frau. *Das bin nicht ich. Also, Miss Romantisch, gewöhne dich nicht zu sehr an ihn. Wie die FBI-Agents gehört er zum Ermittlerteam. Verstanden?*

Sie schaute zum Haus und stoppte.

Wo der Strand begann, lehnte er mit verschränkten Armen gegen ein Geländer. Und beobachtete sie.

Das war nichts Neues. Wie jedoch ihr Herz bei dem Anblick einen Salto schlug ... das stellte ein Problem dar. *Verdammt, Herz, haben wir das nicht gerade erst besprochen? Hast du mir nicht zugehört?*

Sie lief um einen verwitterten Stuhl und schritt in dem Versuch auf ihn zu, ihre unbändige Freude zu knebeln, die wie die schäumende Brandung durch ihre Adern jagte. Als sie ihn erreichte, fiel sie vor ihm auf die Knie und nahm die gewünschte Position ein, indem sie den Blick auf ihre Schenkel senkte.

„*Muy bonita*", murmelte er und streichelte ihr über die Haare. „Du bist so hübsch." Er legte die Finger um ihre Oberarme und hob sie mühelos auf die Füße − so mühelos, dass es ihr den Atem raubte. „Wir müssen uns unterhalten."

Waren das nicht die Worte, die fielen, wenn sich ein Mann von seiner Frau scheiden lassen wollte? *Schatz, wir müssen reden.* Sie grinste. Da sie nicht verheiratet waren, musste sie diese Unterhaltung wohl nicht befürchten. „Ja, Sir?"

„Der Aufseher hat gestern angerufen."

„Der −" Ihre Knie knickten ein. Er legte seine Hände fester um ihre Arme, hielt sie aufrecht und ließ die Augen über ihr Gesicht schweifen. Schweiß brach auf ihrer Haut aus und ihr Herz raste so schnell, dass ihre Brust schmerzte. Fühlte sich so ein Herzinfarkt an? Sie bekam keine Luft und −

Er schüttelte sie einmal, sodass ihr Kopf auf ihren Schultern wackelte. „Kimberly!"

Sie schnappte nach Luft und stöhnte, als sie mit dem Blick das Haus erfasste. *Er würde herkommen. Vielleicht ist er schon hier.* Ihre Lungen waren überfordert.

„Sieh. Mich. An." Jedes Wort unterstrich er, indem er sie schüttelte.

Ihr Blick kehrte zu seinem Gesicht zurück.

„Na bitte. Schon besser." Er lächelte und die winzigen Falten neben seinen Augen vertieften sich. „Wusstest du, dass deine Nase pink ist?"

„Bist du verrückt geworden?"

„Bist du verrückt geworden, *Master*?" Immer noch ihre Arme umklammernd testete er, ob ihre Beine sie nun halten würden. „Ich bin vollkommen zurechnungsfähig. Danke der Nachfrage. Kimberly, wir treffen ihn nächsten Samstag im Shadowlands auf einen Drink. Für ein zivilisiertes Gespräch. Er wird dort nicht Amok laufen und die Clubmitglieder wie Hühner abschlachten."

Bei seinem farblosen Ton erstickte sie sich an einem Lachen. Dennoch warf sie ihm einen finsteren Blick zu. „Du hast doch keine Ahnung." Ihre Beine funktionierten wieder und sie gewann ihr Gleichgewicht zurück.

Er lehnte sich erneut an das Geländer, schlang den Arm um ihre Taille und zog sie zwischen seine langen Beine, so wie er das gerne tat. Warum fühlte sie sich in diesen Momenten sicher und beschützt und nicht eingesperrt? Seine Augen betrachteten sie gelassen. Und durchdringend. „Da ist noch etwas, *Gatita*. Wir werden im Shadowlands eine Session vorführen. Eine Fir –" Er brach ab und sagte schließlich: „Eine erotische Session."

Sie war die Titanic, die auf einen Eisberg traf. Dünnwandig. Und sie versank im eiskalten Wasser. „Eine Session?" Vor dem Aufseher? Das Brennen des Zorns – des Verrats – vertrieb das Eis. Sie schlug gegen seine breite Brust, einmal, dann erneut, immer und immer wieder. „Nein. Nein. Nein!"

Seine Arme lagen noch immer um ihre Taille und er bewegte sich nicht, obwohl sie weiterhin auf ihn einschlug.

Ihre Fäuste verloren an Kraft. „Nein", flüsterte sie. Sie hatte nur zugestimmt, vorzugeben, seine Sklavin zu sein. Niemals war von einer Session die Rede gewesen! Dann fiel ihr auf, wie fest er den Kiefer angespannt hatte. Nicht Wut – auch er war über diese Wendung nicht gerade erfreut. Zittrig atmete sie ein. „Erkläre es mir."

Er legte eine Hand auf ihren Nacken. Trostspendend. „Bei meinem ersten Interview sagte Dahmer, dass sie Leute engagieren, um die Käufer mit Sessions zu unterhalten. Damals dachte ich noch, dass das eine gute Möglichkeit sein könnte, in die Auktion zu kommen. In der Nacht, in der ich dich gekauft habe, habe ich während des Nachgesprächs einer Vorführung zugestimmt."

„Ich erinnere mich vage daran." Sie hatte so starke Schmerzen gehabt, dass das Gespräch nur verschwommen in ihren Erinnerungen hauste. Bereits in Gabys Wohnzimmer hatte Vance dies erneut erwähnt. „Es gibt eine Warteliste."

Er seufzte. „Genau das ist das Problem. Er will jemanden für die kommende Auktion. Wenn Sam bei seiner Prüfung durchfällt, könnte dies die einzige Chance sein, hineinzukommen. Bei der Auktion werde ich einen weiblichen FBI-Agent einsetzen. Nicht dich. Niemals dich. Aber nächstes Wochenende" – sein Kiefer knackte – „erwartet Dahmer, dich zu sehen."

Mich. Ich soll eine Session spielen. Bei der ich vom Aufseher beobachtet werde.

Master R öffnete den Mund, doch bevor er etwas sagen konnte, riss sie sich von ihm los. „Ich ... Gib mir nur eine Minute, okay?"

Er nickte und sie ging auf die Wellen zu. Ein paar kleine Regenpfeifer hüpften vor ihr herum, die Vogelfüße hinterließen flache Spuren im Sand.

Okay, Kim, ein Punkt nach dem anderen. Fein säuberlich. Er wollte sie dieses Wochenende für eine Session mit in den Club nehmen. Zur Auktion wollte er sie aber nicht bringen. Gut.

Der ursprüngliche Plan war immer gewesen, dass der Aufseher sie nach einer Weile begutachtete. Das war schließlich der Sinn des Besuchs. Eine Session mit Master R zu spielen, wäre nicht so anders, oder?

Nur hatte er erotisch gesagt. Das bedeutete … seine Hände auf ihr. Erregung. Sie schlang die Arme um sich selbst. Er hatte sie bereits berührt und gewaschen. Intime Berührungen, aber nie sexuell. Er küsste sie oft. *Mit all dem kann ich ziemlich gut umgehen.*

Wenn sie ehrlich war, sehnte sie sich manchmal nach mehr. Im nächsten Moment erstarrte sie jedoch. Nur für eine Weile wollte sie abstinent leben und kalt wie ein Eisblock sein. Für ein paar Jahre.

Wenn Master R sich weigerte, die Vorführung zu geben, wie sollte er diese Entscheidung dem Aufseher erklären? Sie wären in einem BDSM-Club. Keine Ausrede kam ihr in den Sinn, denn keinen Sklavenhalter würde es interessieren, wenn sich sein Eigentum davor scheute.

Mit den Zehen spielte sie abwesend im Sand und ließ die Wärme in ihre Haut sickern. Könnte sie es tun?

Ihre Ängste bezogen sich zumeist auf den Aufseher. Sie würde diese Emotionen in eine Kiste packen und sie für diesen Abend verschließen. *Bleib geschlossen, Kiste.* Was war es also, das sie störte?

Sie starrte auf die Regenwolken, die sich zu einer dunklen Wand formten. Ihre Nervosität meldete sich, da sie wusste, dass Master R sie berühren würde. Mit dem Ziel, sie zu erregen. Vor anderen Menschen. Dem Aufseher.

Bisher hatte er sich zurückgehalten. Was, wenn sie panisch wurde? Was, wenn sie ihn enttäuschte? Fast wäre es einfacher, wenn er bereits … mehr mit ihr gemacht hätte. Sie dachte an den Moment im Kraftraum zurück. Sie erschauerte bei der Erinnerung seiner Finger zwischen ihren Schenkeln. Sie war feucht gewesen.

Die Wellen schwappten über ihre Zehen. Sie beobachtete, wie das Wasser von ihren Füßen gestoppt wurde, und doch formte es an anderen Orten dieser Welt Schluchten. Stärke konnte in der Entschlossenheit gefunden werden, indem eine Person erreichte, was sie sich vornahm. *Indem ich mein Bestes gebe und mich nicht einschüchtern lasse.*

Ich muss nachhause, und das bedeutet, dass ich die Sklavenhändler hinter Gitter bringen werde. Sie musste es tun.

Master R wartete noch immer geduldig am Geländer, als sie zu ihm zurückkam. Und er bewies weiterhin Geduld, denn er sprach nicht, erlaubte ihr, die richtigen Worte zu finden.

„Ich verstehe, warum wir die Session machen sollten." Sie schluckte schwer und kostete die salzige Luft. „Ich habe Angst, dass ich in Panik geraten könnte."

Seine Augen nahmen einen sanften Ausdruck an. „Wie kann ich dir in diesem Punkt helfen?"

„Ich denke, dass es helfen würde, wenn du mich etwas ... berührst. Im Vorfeld." Ihr Gesicht erhitzte sich, ihre Schamesröte der Hinweis darauf, was genau sie damit meinte. Noch sechs Tage. Vielleicht würde das reichen. Vielleicht wäre sie dann bereit.

„Ich glaube, du hast Recht." Seine Lippen formten sich zu einem ermutigenden Lächeln und er streichelte mit den Fingerknöcheln über ihre heiße Wange. „Es wird mir ein Vergnügen sein."

Oh je.

Kimberly beugte sich vor, versuchte verzweifelt, Sauerstoff in ihre Lungen zu bekommen. Schweiß tropfte von ihrem Gesicht und glitt durch das Tal ihrer nackten Brüste. Der sadistische Oberfiesling, auch Master genannt, hatte ihre Trainingszeit verlängert. Möglich, dass sie dafür sogar etwas dankbar war. Seit sie gestern von der Session im Shadowlands erfahren hatte, zogen sich die Stunden hin. Es fühlte sich an, als würde ihre stetig wachsende Panik einen Berg errichten, den sie am Ende nicht in der Lage wäre, zu erklimmen. Beim Frühstück hatte Master R ihr eine lange Liste von Aufgaben und komplizierten Mahlzeiten zugewiesen. Er hatte offensichtlich vor, sie zu beschäftigen, sodass sie sich nicht in ihren Kopf zurückzog. Am Vormittag hatte er sogar Aufgaben im Büro für sie gefunden.

Das hatte ihr die Augen geöffnet. Mit einem so schönen Strandhaus konnte er nicht arm sein, aber der Dom führte ein internationales Ingenieurbüro. Als sie sich laut fragte, wie er sich so viele freie Tage leisten konnte, hatte er schmunzelnd geantwortet, dass er keine Mitarbeiter einstellte, die ihre Arbeit nicht ohne Mikromanagement erledigen konnten.

Sie war dankbar, dass er von zuhause arbeitete. Zu wissen, dass er im Haus war, gab ihr Sicherheit.

Seine innere Ruhe half ebenso. Niemals wirkte er auch nur ein bisschen gestresst. Nicht, dass er besonders locker war – sein lateinamerikanisches Temperament zeigte sich immer dann, wenn das Gespräch auf die Sklavenhändler fiel.

Aber er verschwendete keine Gedanken an Dinge, die er ohnehin nicht ändern konnte.

Im Gegensatz dazu tat sie den ganzen Tag nichts anderes, als sich sorgen zu machen. Am schlimmsten war, dass sie stets nach Perfektion strebte, sodass sie – sie zog die Augenbrauen zusammen – von ihrem Vater und allen Menschen in ihrem Leben Anerkennung bekam.

Master R erwartete keine Perfektion von ihr. Nur ihr Bestes, und er würde sie unter Druck setzen, um es aus ihr herauszukitzeln.

In seinem Büro hing eine gerahmte Kalligrafie an der Wand. *„Strebe in allem, was du tust, nach Perfektion. Beginne mit dem Besten, das es gibt, und verbessere es.*

Wenn es noch nicht existiert, erfinde es." Sir Henry Royce. Ja, das passte wie die Faust aufs Auge zu ihrem Master, der zudem ein Ingenieur war.

Niemals ließ er sie mit der Frage zurück, ob sie ihn zufriedengestellt hatte. Wenn sie es tat, gab er ihr das deutlich zu verstehen. Tat sie das nicht, sagte er ihr, wie es besser ging. Sie musste sich nie um Kleidung oder ihre Darbietung oder auch nur darum kümmern, was sie als Nächstes tun sollte.

Oder wie sie mit ... zwischenmenschlichen Beziehungen umgehen sollte.

Verabredungen waren für sie schon immer ein Albtraum gewesen. Zum einen die Kleiderfrage: *Was soll ich anziehen, um meine Vorzüge gut zu präsentieren, ohne am Ende billig zu wirken? Soll ich mich schick machen? Oder ist es besser, ein lässiges Outfit zu wählen?*

Sobald die Entscheidung gefallen war, hinterfragte sie ständig ihr Verhalten: *Soll ich ihn berühren? Soll ich ihm erlauben, meine Hand zu halten? Soll ich ihn auf einen Drink in meine Wohnung einladen, oder würde er dieses Angebot falsch interpretieren? Wann kommt der Sex? Nach dem zweiten Date? Dem dritten? Kann ich ihm erlauben, mir beim Tanzen an den Arsch zu fassen, oder macht mich das zu einer Schlampe?*

In diesem Haus suchte Master R ihre Kleidung aus oder ließ sie nackt herumlaufen. Ihr wurde die Wahl genommen.

Und in Bezug auf ihr Verhalten? Na ja, er entschied, was er von ihr wollte und breitete dies deutlich vor ihr aus. Keine Entscheidungen ihrerseits notwendig. Das war so erholsam.

Und Junge, er hatte definitiv entschieden, wie zwischenmenschlich es zwischen ihnen werden sollte. Letzte Nacht hatte er sie in den Pool geschubst. Als sie die Wasseroberfläche wieder durchbrach, hatte sie alles gegeben, um ihm keine Beleidigungen an den Kopf zu werfen. Dann hatte er verkündet, dass sie jetzt Fangen spielen würden. Wenn sie ihn erwischte, durfte sie einen Kuss von ihm einfordern. Wenn sie zu lange brauchte, um ihn zu fangen, gab er ihr ein Spanking. *Großartiger Anreiz.*

Ihm nachzujagen – und er war schnell –, hatte Berührungen zu einer spaßigen Angelegenheit gemacht. Nicht beängstigend. Nachdem sie ihn ein paar Mal erwischt hatte, war sie definitiv erregt gewesen. *Verdammt*, der Mann konnte küssen. Dann steigerte er den Einsatz, um auch sie berühren zu können. Legte sie die Hände auf ihn, kopierte er ihre Berührungen. Sie kicherte, war erregt gewesen und ...

„Hör mit den Tagträumen auf und wiederhole die Übungen." Bei Master Rs sexy Bariton drückte sie die Schultern durch.

Er lag auf der Hantelbank und sah nicht mal zu ihr. Sein Dom-Radar sagte ihm immer, wenn ihre Energie nachließ. *Ertränke ihn auf hoher See.*

Sie beobachtete, wie er die Metallstange mit den Gewichten nach oben katapultierte. Die riesigen Metallplatten klirrten an beiden Enden, und seine Brustmuskeln und sein Bizeps spannten sich an, verwandelten sich unter seinem Tanktop zu Granit. *Gott*, sie konnte fast sehen, wie Testosteron anstelle von Schweiß aus seinen Poren sickerte.

„Kimberly."

„Ja, Master." Sie wiederholte die drei Straßenkampfkombinationen, die er ihr beigebracht hatte. Abblocken, Fingerknöchel gegen Adamsapfel, die Finger der anderen Hand in die Augen. Sie stellte sich den fetten Wächter vor, schreiend vor Schmerz und auf dem Boden windend. Wieder und wieder. Und nochmal.

Bis sie plötzlich stolperte und auf den Händen und Knien landete. „Verrecke", murmelte sie.

„Die letzte Bewegung wirkte etwas unbeholfen." Auf dem Rücken liegend schaute er zu ihr.

Kichernd nahm sie mit ihrem nackten Hintern auf der Matte Platz und schob sich die Strähnen aus dem Gesicht, die ihrem Zopf entkommen waren. „Wie kommt es, dass du in all dem so gut bist? Erinnere ich mich richtig, dass du Straßenkämpfe erwähnt hast?"

„Du schindest Zeit." Dennoch setzte er sich auf und wischte sich mit dem Handtuch den Schweiß von der Stirn. „Wir lebten in einer rauen Gegend, als ich klein war. Mein Bruder ist einer Gang beigetreten und lehrte mich, was er täglich auf der Straße lernte."

Bruder? Sie runzelte die Stirn. Er hatte von einer Schwester und seiner Mutter gesprochen. „Ich kann mich nicht erinnern, dass du einen Bruder erwähnt hast."

Sein Gesicht – so traurig. Bevor sie groß darüber nachdenken konnte, saß sie bereits neben ihm auf der Bank. Sie legte ihre Arme um ihn und erstarrte eine Sekunde später, da sie befürchtete, ihre Befugnisse überschritten zu haben.

Aber er zog sie an sich und schmiegt seine Wange an ihre Haare. Nach einer Minute seufzte er. „Danke, *Gatita*. Ich brauchte eine Umarmung."

„Was ist passiert?" Sie blieb und ließ nicht los.

Raoul wollte nicht über die Vergangenheit sprechen. Kein bisschen. Der Schmerz des Verlustes − seine Schuldgefühle − waren so präsent wie nie.

„Du denkst noch oft daran." Sie rieb ihren Kopf an seiner Schulter. Kleine nackte Sub, die versuchte, ihren Master zu trösten − sie beeindruckte ihn mit ihrem Mut und ihrer Fürsorge. „Teile deine Sorgen mit mir, Master."

Teilen. Sie wollte, dass er offen mit ihr sprach. Sie wollte Ehrlichkeit. Begonnen hatte dies vielleicht, um Menschenhändler festzusetzen, aber die Verbindung zwischen ihnen war real. Er verlangte stets von ihr, ihre Gefühle mit ihm zu teilen, und brachte sie regelmäßig zum Weinen. Er schuldete ihr das Gleiche.

„Er ist tot." Seine Arme spannten sich für eine Sekunde an, bevor er die Kontrolle wiedererlangte. „Er war erst fünfzehn. Zu der Zeit war ich zwölf. Für mich war er wie ein Gott und ich bin ihm überallhin nachgerannt." *Mamá* hatte Manuel angeschrien, ihm gesagt, Gangs seien kein guter Umgang. „Seine Gang hatte sich mit einer anderen angelegt. Sie waren in der Unterzahl. Manuel sagte mir, ich solle mich verstecken." Raoul hatte zunächst gehorcht, dann lugte er aus dem Stapel leerer Lebensmittelkisten hervor, der Gestank verfaulter Früchte umgab ihn, sein Herz hämmerte so hart gegen seinen Brustkorb, dass er befürchtete, jemand könnte seinen Herzschlag hören.

„Zwölf. Gott, du warst noch ein Baby."

Er runzelte die Stirn. „Alt genug. Ich hätte −" *Ich hätte Manuel*

zwingen müssen, mit mir wegzurennen und die Bullen zu rufen. Stattdessen hatte er sich an dem Kampf beteiligt. „Drei von ihnen
haben Manuel angegriffen." Damals erschienen sie ihm wie wahr-
gewordene Riesen. Messer blitzten, spanische Beschimpfungen
flogen von allen Seiten. Ein Messer fand Manuels Arm, sein T-
Shirt riss, rote Flüssigkeit lief seinen Arm hinunter. Raoul
näherte sich von hinten, griff den Messerträger an und schlug den
Jungen zu Boden. Eine Sekunde später wurde er selbst umgehauen und flog wie eine Fliege gegen die Wand. „Ich habe es
versucht. *Dios*, ich habe versucht, sie von ihm wegzubekommen."
Er stolperte nach dem Schlag auf die Füße, schlug und trat um
sich, doch wirklichen Schaden richtete er nicht an. Sie hatten
Manuel umzingelt und brachten ihre Klingen zum Einsatz, als er
sich von ihnen abwandte, um sich gegen ein anderes Gangmit-
glied zur Wehr zu setzen. Raoul schrie, packte den Arm eines
gegnerischen Jungen und biss ihn. „Sie schubsten mich weg und
konzentrierten sich nur auf ihn. Nichts, was ich getan habe, hat
geholfen."

„Mit zwölf kannst du nicht sehr groß gewesen sein."

„Dürr. Schwach. Ich mochte Bücher. Ich war nutzlos." Wieder
versuchte er zu fliehen. Weinend krabbelte er davon, wurde
jedoch von einem Jungen am Bein gepackt. Manuel kam und
erstach den Jungen. Raoul hatte den Stich bemerkt, als das Gang-
mitglied vor Schmerz erschauerte, schwappte diese Reaktion auf
ihn über. Als er dieses Mal wegkrabbeln wollte, trat man ihn in
die Rippen. Er konnte nicht atmen. Weitere kamen, malträtierten
ihn mit festen Tritten. Er hatte seinen Bruder schreien gehört.
Dieser hohe Schrei – nicht die Stimme eines Mannes. So jung. Zu
jung. „Bis sie von mir abließen und ich wieder auf die Beine kam,
war Manuel schon tot."

„Das ist einfach furchtbar. Ihr wart doch noch Babys. Und
trotzdem hast du versucht, ihm zu helfen."

Überall Blut. So viele Schnittwunden. Er hatte seinen Bruder
im Stich gelassen. Nutzlos. Schwach. *Nie wieder.* Nachdem seine

Verletzungen verheilt waren, hatte er sein Fahrrad gegen einen Satz Gewichte eingetauscht.

Ihre eigenen Ängste ignorierend festigten sich ihre Arme um ihn, hielten ihn fest, als könnte sie ihn so zusammenhalten. Süße *Gatita*. Er rieb seine Wange an ihrem weichen Haar und sagte: „Ich weiß also, wie es sich anfühlt, schwächer zu sein als der Gegner, *Sumisita*. Ich weiß, wie es sich anfühlt, nicht in der Lage zu sein, sich zu wehren. Als ich meinen ersten Job bekam, ging mein Geld für Selbstverteidigungskurse drauf. Ich suchte nach den fiesesten Straßenkampflehrern, die ich finden konnte."

„Und was du damals gelernt hast, bringst du nun mir bei."

„Das und ich möchte dich stark genug machen, sodass du das Gelernte auch mit Selbstbewusstsein anwenden kannst."

Sie zog sich zurück und sah sich im Kraftraum um. „Du trainierst fast jeden Tag. Bedeutet das, dass du dich immer noch schuldig fühlst, weil du ihn nicht retten konntest?"

Er erstarrte, als sie mit ihrer Aussage den Nagel auf den Kopf traf. „Möglich." Er war nicht in der Lage gewesen zu retten, zu beschützen. „*Sí*."

„Du bist vielleicht ein Idiot!" Sie schüttelte ihn, oh ja, sie schüttelte ihn. „Du warst zwölf. Und in der Unterzahl. Selbst wenn du riesig gewesen wärst, hättest du wirklich gewinnen können?"

Raoul zog die Augenbrauen zusammen. Als er den Kampf aus einem erfahreneren Blickwinkel betrachtete, musste er sich eingestehen, dass er es mit viel zu vielen zu tun gehabt hatte. Was auch immer er unternommen hätte, das Resultat wäre dasselbe gewesen. So oder so hätten sie Manuel umgebracht. „Nein."

Sie rieb ihre Wange an seiner Schulter. „Wärst du älter gewesen, hätten sie dich wahrscheinlich getötet. Dann hätte deine Mutter zwei Söhne verloren."

Clever von ihr. Den Tod eines Kindes zu ertragen, war für seine *Mamá* bereits schlimm genug. Raoul seufzte. Er bezweifelte, dass die Schuldgefühle jemals vollständig verschwinden würden, aber die Last wog nun leichter. Er strich mit einem Finger über ihre Wange. „Danke, *Gatita*. Für die Umarmung ... und die neuen Einblicke."

Sie lächelte ihn an. Die Tränen in ihren Augen waren für ihn und Manuel.

Hatte er jemals jemanden so Bezauberndes gekannt? Nichtsdestotrotz ... „Du musst noch fünfzehn Minuten trainieren."

Ihr Seufzer war ausdrucksstark.

In dem Versuch, sein Grinsen vor ihr zu verbergen, küsste er sie auf ihre schmollenden Lippen. „Deine Pause ist vorbei."

Bevor Kim mit einem neuen Set begann, stellte sie sich ihre Gegner vor. Nun gesellten sich zu Lord Greville und dem Aufseher die Gangmitglieder hinzu, die es gewagt hatten, einen Zwölfjährigen zu treten. Die seinen Bruder getötet hatten. Die ihn mit so vielen Schuldgefühlen zurückgelassen hatten! Abschaum. Sie trainierte leise, mit Wut in ihrem Bauch, bis sie ihre Hände auf die Knie legen und keuchen musste, um wieder zu Atem zu kommen.

Ein Glucksen. Master R zeigte auf den leeren Boden um sie herum. „Ja, ich glaube, du hast sie alle getötet, *Gatita*. Gut gemacht."

Sie grinste. „Danke. Ich bin bereit für neue Übun –"

Es klingelte an der Tür.

Master R schüttelte den Kopf auf eine Weise, bei der sie an Ort und Stelle erstarrte, und sagte: „Mach dir keine Sorgen, *Cariño*. Es ist nur ein Bote, der dir deine Kleidung für dieses Wochenende vorbeibringt." Er zeigte auf die Shorts und das lockere Oberteil, das sie für Faiths Besuch getragen hatte. „Zieh dich an und dann komm raus, damit ich ihn dir vorstellen kann."

Ihn. „Sicher?" Ihre Stimme bebte und sie biss sich auf die Lippe.

Er gab ihr nicht die Chance, mehr zu sagen. „Du hast zwei

Minuten, um dich anzuziehen. Du findest uns im Wohnzimmer." Nachdem er sanft an ihrem Zopf gezogen hatte, verließ er den Raum.

Zwei Minuten? Mit einem Handtuch wischte sie sich den Schweiß vom Gesicht und zog sich ihre Klamotten an, bevor sie durch den Flur eilte. Master R hatte seinen üblichen Platz auf dem großen Ledersofa eingenommen. Ein dunkelhaariger Mann saß ihm gegenüber. Er trug eine maßgeschneiderte schwarze Stoffhose und ein ebenso farbenes Seidenhemd. Etwas älter, vielleicht in seinen Vierzigern. Als sie eintrat, erhob er sich.

„Z, setz dich hin", tadelte Master R. „Sie befindet sich in der Ausbildung."

„In der Tat, ich vergaß." Der Mann lächelte und setzte sich wieder hin.

Kim blieb weit außerhalb der Reichweite des Fremden und näherte sich Master R. Ausgesprochen anmutig kniete sie sich hin und senkte den Blick. Ihr Master entließ den kaum hörbaren Laut, der Anerkennung ausdrückte. Erst dann entspannte sie sich.

„Z, das ist Kimberly." Master R streichelte ihr Haar. „*Gatita*, das ist Master Z. Ihm gehört das Shadowlands und er ist Jessicas Master."

Oooh, das war der kreative Dom, der es geschafft hatte, die temperamentvolle Jessica in geordneten Bahnen zu halten. Sie blickte auf und musste sich fragen, ob die silbernen Haare an seinen Schläfen von seiner Sub verursacht worden waren.

Er musterte sie gleichermaßen, seine grauen Augen drangen bis in ihre Seele vor. Sie presste sich enger an die Beine von Master R. „Du machst dich sehr gut", sagte er zu Master R, was seltsam schien, da sie nichts Besonderes getan hatte.

„Ich habe gehört, dass du dieses Wochenende mein Shadowlands besuchen kommst, Kleines. Ich habe dir ein Geschenk mitgebracht." Begleitet von einem schwachen Lächeln reichte er ihr eine braune Papiertüte.

Ein Geschenk? Sie wollte danach greifen, stoppte jedoch und

sah zu Master R, um sich die Erlaubnis einzuholen. Er nickte, und so stand sie auf, nahm die Tüte entgegen und kniete sich sogleich wieder hin.

„Öffnen", befahl Master R.

Ein Geschenk. Sie warf dem fremden Dom einen misstrauischen Blick zu. *Wenn das ein Flogger ist, gehe ich ins Badezimmer und schließe mich dort ein.*

Es war kein Flogger. Sie zog ein sehr kurzes Satinkleid heraus, schwarz mit weißer Spitze am Kragen und am Saum – und einer winzigen herzförmigen weißen Schürze. *Was zum ...?* Er hatte ihr ein französisches Dienstmädchenkostüm mitgebracht. Hochwertig.

Master R sah in die Tüte und zog weiße Netzstrümpfe heraus. „Nett." Sein Lächeln schloss sie ein, als er zu Z sagte: „Keiner von uns fühlte sich wohl bei dem Gedanken, sie nackt vor den Aufseher treten zu lassen. Das Outfit ist perfekt."

Ihre Augen brannten und sie senkte hastig den Kopf. Sie hatte es Master R nicht gesagt, aber die Angst davor hatte sie ein paar Mal krank gemacht. Das Outfit des Dienstmädchens war knapp, doch selbst eine kleine Menge Kleidung machte einen Unterschied. Master R hatte das gewusst. Er hatte mit ihr mitgefühlt. *Einatmen. Einmal. Zweimal.* Sie schaffte es sogar, sich bei Master Z zu bedanken.

Sein Blick verlor an Härte. „Gern geschehen, Kimberly." Er wandte seinen Blick wieder zu Master R. „Ich habe noch etwas mitgebracht. Ich verstehe, dass es dir vielleicht nicht zusagt, aber ich glaube, es ist notwendig." Er reichte Master R eine zweite Tüte.

Master R öffnete sie und sein Kiefer spannte sich an. Er starrte den anderen Mann nieder.

Oh je. Kim bewegte keinen Muskel. Wenn er diesen Blick auf sie richtete, würde sie als verängstigte Pfütze auf dem Boden enden.

Master Z jedoch gluckste lediglich. „Es ist nur Leder, Raoul.

Und wenn du nicht auf eine nackte Sklavin setzen willst, musst du sie anders als Eigentum kennzeichnen. Kimberly, was denkst du?"

Er hatte ihr eine Frage gestellt? Sie sah zu Master R.

Seine Wut war verschwunden und es blieb nur Erschöpfung zurück. Er leerte die Tüte auf dem Couchtisch und eine Vielzahl an Halsbändern fiel heraus: Hundehalsbänder mit Nieten, solche mit D-Ringen und Ketten, dünnere mit Vorhängeschlössern, ein dickes silbernes, das schrecklich unbequem aussah, ein dunkelrotes und ein schwarzes mit silbernen Verzierungen.

Auf keinen Fall. Bei dem Gedanken, eines davon tragen zu müssen, wurde ihr schlecht. *Oh nein.* Nicht in einer Million Jahren würde sie ... Ihre Gedanken kamen zum Stillstand. *„.... als Eigentum kennzeichnen"*, hatte Master Z gesagt. Der Aufseher würde in das Shadowlands kommen. Würde sie begutachten. Jedoch würde es niemand wagen, eine Sklavin mit einem Halsband anzurühren.

Sie schluckte schwer. Im nächsten Moment drückte sie die Schultern durch und fand Master Rs Blick. „Ich denke, ich möchte allen Anwesenden – *i-ihm* – deutlich zu verstehen geben, dass du mich besitzt." Sie legte ihre Finger auf das schwarze Lederhalsband und hatte das Gefühl, eine Schlange zu berühren. „Das würde am besten zum Outfit passen."

Master R beobachtete sie eine Sekunde lang, die Augen dunkel und unlesbar. Anschließend warf er Master Z einen kalten Blick zu. *„Hijo de puta."*

„Ich weiß, ich weiß, Raoul." Z sah auf seine Armbanduhr und erhob sich. „Meine Zeit ist abgelaufen. Ich muss zu einem Termin." Er lächelte Master R an. „Wie oft sagen wir zu unseren Subs, dass das, was sie wollen und was sie brauchen, nicht immer übereinstimmen muss?"

Master R ging mit ihm hinaus und kehrte zurück, die Kälte weiterhin in seinen Augen.

Kimberly versuchte, nicht zusammenzuzucken. Wenn er wütend war, wäre sie nicht in der Lage –

„Es tut mir leid", sagte er mit einem Blick auf sie. „Meine Wut bezieht sich auf meine Vergangenheit und hat nichts mit dir zu tun. Wie wäre es, wenn du nach oben gehst und dir eine Dusche gönnst? Nimm dir ein bisschen Zeit für dich selbst."

„Das würde mir gefallen." Sie stand auf und neigte den Kopf. „Danke, Master, für deine Fürsorge."

Obwohl sie sich bei ihm bedankt hatte, gab er einen Laut von sich, der den Anschein gab, als hätte sie ihn geohrfeigt. Dann seufzte er und fuhr ihr mehrmals sanft durchs Haar. „Geh, *Sumisita*."

KAPITEL ACHT

Am Dienstag legte sich die schwüle Abendluft wie ein nasser Mantel über Raouls Haut, als er sich auf die Terrasse setzte. Die Außenlichter flackerten auf, und der Pool strahlte in einem klaren Blau, während die junge Frau ihre Runden schwamm. Kimberly sah stark und gesund aus. Und sie war nie glücklicher als in der Nähe von Wasser. Aus diesem Grund hatte er das erotische Fangen im Pool eingeführt. Auch hatte er sie deshalb gestern Abend am Strand für eine lange Zeit geküsst.

Er streckte seine Beine aus. Abgesehen von den Sessions im Club fragte er sich, wie lange es her war, dass er eine Frau einfach nur geküsst hatte? Jahre? Normalerweise endete dies immer mit Geschlechtsverkehr. Jahre, eindeutig. Wahrscheinlich noch länger, seit er ständig so hart war, dass er regelmäßig in der Dusche masturbieren musste. Aber seine *Gatita* hatte eine stärkere Wirkung auf ihn als jede andere Frau zuvor.

Sie war gestern Abend sehr erregt gewesen. Er hatte sich am Strand auf ihre Brüste konzentriert und wagte sich manchmal auch tiefer. In den letzten Wochen hatte sie sich an seine Hände gewöhnt, aber nicht daran, dass er es schaffte, sie zu erregen. Geriet sie in Panik, zog er sie in seine Arme und wartete, bis sie sich beruhigte. Brauchte sie Trost, kam sie nun zu ihm. Das gefiel ihm. Vielleicht zu sehr. Er sollte sich nicht zu sehr an diese Frau gewöhnen. Wenn die Sklavenhändler keine Bedrohung mehr darstellten, würde sie in ihr eigenes Leben zurückkehren.

Es würde schwierig werden, sie gehen zu lassen. Er liebte es, sie in seinen Armen zu halten, mit ihr zu duschen und sie im Kraftraum zu unterweisen. Sie war so liebreizend und verspielt wie sein Spitzname für sie. Sein Kätzchen. Ihr Bedürfnis, ihn zufriedenzustellen, bekam durch ihr Temperament eine aufregende Würze.

Sie hatte sich in ihrer Zeit bei ihm verändert. Je wohler sie sich mit ihm und seinen Anweisungen fühlte, desto mehr wurde sie sich den Bedürfnissen ihres Masters bewusst − auf einer Ebene, die seinem Wesen glich. Er hatte die Schönheit dieses Zusammenspiels zwischen einem Dom und seiner Sub vollkommen vergessen.

Wegen Alicia. Bei dem bitteren Geschmack, den die Erinnerung an seine Ehe mit sich brachte, presste er die Lippen fest zusammen. Zuerst waren er und Alicia glücklich gewesen. Ein Master und seine Sklavin. Aber die Dinge hatten sich verändert. Einiges davon hatte er zu verantworten. Schließlich war sie nicht seine erste Sklavin gewesen. Er hätte wissen müssen, was für eine Beziehung erforderlich war. Zu verliebt, um mit Bedacht vorzugehen, hatte er Alicia nicht widerstehen können und war auf ihre Bitte eingegangen. Ehemann und Master.

Aber er hatte keine Sklavin geheiratet.

Mit einer Hand am Beckenrand machte Kimberly eine Pause, um Luft zu holen. Sie entdeckte ihn, wartete eine Sekunde, um zu sehen, ob er sie zu sich rief, bevor sie wieder ins Wasser tauchte. Entschlossene kleine Sub.

Alicia war überhaupt nicht unterwürfig gewesen. Neu im Lifestyle hatte sie nicht bemerkt, dass die Unterwerfung nichts für sie war. Was sie erregte, war der Schmerz. Nachdem sie dahinter gekommen waren, hatte er nicht versucht, als ihr Master fortzufahren. Er hatte sich jedoch auf ein schönes Leben mit ihr einge-stellt. *Dumm von dir, Sandoval.*

Ihr Verrat war es gewesen, der selbst die guten Erinnerungen in etwas Hässliches verwandelt hatte. Dann war sie noch einen Schritt weiter gegangen und hatte seine Familie gegen ihn aufgehetzt, indem sie vor ihnen seine Vorlieben ausgebreitet hatte.

Raoul legte den Kopf in den Nacken. Die untergehende Sonne zeigte sich als roter Schimmer entlang des Horizonts und wurde von den Wellen weggespült. Wirklich schade, dass das mit Erin-nerungen nicht so leicht war. Irgendwann ... eines Tages ... würde er sich wieder auf eine Dom/Sub-Beziehung einlassen, würde sich wieder in jemanden verlieben. Aber wie bei einem gerissenen Muskel war sein Wunsch, eine neue Beziehung einzugehen, nicht genug, wenn er nicht stark genug war, die Last zu tragen. Bis dahin begnügte er sich mit den lockeren Beziehungen, die er zu verschiedenen Subs unterhielt.

Der Lichtstreifen verschwand langsam und ließ nur den grauen Ozean unter dem dunklen Himmel zurück.

Ein Platschen lenkte seinen Blick zu der Stelle, an der Kimberly aus dem Pool kletterte. Sie trocknete sich ab, kam zu ihm, kniete sich anmutig hin und benutzte das Handtuch, um ihre Knie vor dem harten Beton zu bewahren. *Kluge Gatita.* Ihre Augen waren auf den Boden gerichtet, ihr Körper entspannt.

Er lächelte zufrieden. In ihrer ersten Woche hatte sie ständig mit Schlägen gerechnet. Nun zeigten sich ihre Ängste nur, sobald er etwas Neues vorschlug. Sie vertraute ihm.

Er würde sie vermissen. Es war gut, dass sich seine Zeit mit ihr dem Ende näherte.

„Im Kühlschrank steht eine Flasche Wein", sagte er. „Wie wäre es, wenn du sie holst und alles im Wohnzimmer vorberei-test? Zwei Gläser. Wir können zusammen einen Film schauen."

„Ja, Master."

Wann war ihr Stottern verschwunden? Als sie sich in einer geschmeidigen Bewegung erhob und in die Küche ging, erinnerte er sich, dass er Tanzen zu ihrer Routine hinzufügen wollte. Er würde es genießen, sie dabei zu beobachten.

Im Wohnzimmer sah er in die Schublade des Beistelltischs. Diese Spielzeuge hatte die kleine Göre noch nicht gefunden. Zufrieden schaltete er abgesehen von den Wandleuchtern alle Lichter aus.

Eine Sekunde später trat Kimberly ins Wohnzimmer. Sie stellte das Tablett auf den Couchtisch, schenkte ein Glas Wein ein, kniete sich vor ihn und bot es ihm an.

„Danke, *Chiquita*. Das hast du sehr hübsch gemacht." Er glitt mit der Hand über ihre Haare, die Spitzen feucht, obwohl sie sich ihre Wellen hochgesteckt hatte. Ihre Wangen glühten noch immer von dem Workout. Ihre Brüste füllten sich und sowohl ihr Bauch als auch ihre Oberschenkel zeigten Muskeldefinition. *Hübsche kleine Sumisa.* Mittlerweile fühlte sie sich auch in ihrer Nacktheit mit ihm wohl. „Du kannst dir auch ein Glas einschenken."

„Ja, Master. Danke." Sie wollte etwas sagen, zögerte jedoch.

„Frag mich. Dies ist der Raum, in dem wir zusammen entspannen, also bitte ich dich, frei zu sprechen. Obwohl es natürlich in deinem Interesse ist, respektvoll zu bleiben." Er berührte ihre Nase und sie rümpfte diese. „Was wolltest du sagen?"

„Ich hatte seit der Ent – Sache noch nicht wieder Wein."

„Nun, dann hoffe ich, dass dir dieser schmeckt." Er nahm einen Schluck und nickte wertschätzend. „Eine der Subs im Shadowlands hat sich im letzten Monat verlobt und ihre Mutter hat dem zukünftigen Schwiegersohn eine Kiste Wein als Geschenk geschickt." Ein Bestechungsversuch, sodass sie die Hochzeit um einen Monat nach hinten verschieben, um der Mutter die Chance zu geben, bei der Planung beteiligt zu sein. Nolan war so großzügig gewesen, ein paar der Flaschen mit den anderen Mastern zu teilen.

Kimberly probierte den Wein und ein zufriedenes Lächeln erhellte ihr Gesicht. „Wirklich gut."

Raoul ging zu dem dunklen Fernsehunterschrank aus Walnussbaumholz, um sich für einen Film zu entscheiden. Nur für eine Reaktion zog er einen Film über den Zweiten Weltkrieg heraus. „Vielleicht ein paar Schlachten?"

„Muss das sein? Wie wäre es mit *Die Braut, die sich nicht traut?"* Sie brach bei seinem Gesichtsausdruck in Gelächter aus. „*Miss Undercover?* Sie ist eine FBI-Agentin. Das sollte dir gefallen."

Als er angewidert den Kopf schüttelte, kicherte sie unkontrolliert. War sie vor ihrem Trauma so gewesen? Das Menschen dazu fähig waren, einen hellen Stern wie sie zu verletzen, brach ihm das Herz. So voller Energie. Er hätte da sein sollen, um sie zu beschützen.

Er räusperte sich. „Wir sollten uns einen Chuck-Norris-Film ansehen. Vielleicht lernst du bei den Kampfszenen noch etwas dazu."

Filme mit Gewalt- und *Kampfszenen? Typisch Mann.* „Na ja, vielleicht sollten wir uns einen der Frauenfilme ansehen. Vielleicht lernst du noch etwas über Frauen." Kim grinste. *Damit sollte ich ihn doch bekommen.*

Master R zog die Augenbrauen hoch und kam ihr so nah, dass ihre nackten Brüste gegen sein Hemd rieben. Ihre Nippel richteten sich auf.

„Hast du das Gefühl, dass mein Wissen über Frauen Lücken aufweist, *Gatita?",* fragte er leise. Seine dunklen Augen fingen ihre ein und hielten sie gefangen, während sie innerlich dahinschmolz und das Versprechen in seinem Blick ihren Verstand mit Fantasien füllte. Als er ihr Kinn umfing und sie sanft küsste, eine Sekunde an ihren Lippen verweilte, bevor er sich zurückzog, explodierten ihre Nervenstränge wie Feuerwerk zum Unabhängigkeitstag. „Kimberly? Ich habe dich etwas gefragt."

„Mmm?" *Frage: Dachte sie, er müsse mehr Wissen über Frauen anhäufen? Würde er das tun, dann könnte nicht mal Gott ihr noch helfen.*

„Ähm." Sie schüttelte den Kopf und versuchte, den sinnlichen Nebel in ihrem Verstand abzuschütteln. Ihre Nippel pochten. „Ich glaube nicht, nein."

Er gluckste und reichte ihr eine DVD. „Was hältst du davon? *Chocolat – Ein kleiner Biss genügt*."

Eine seltsame Wahl. Sie blinzelte und nickte.

„Sehr gut." Er legte die DVD ein, setzte sich auf das Ledersofa und klopfte neben sich auf das Polster.

Sie kuschelte sich an ihn, so wie er es gern hatte. Mittlerweile fand auch sie Gefallen an diesen Momenten. Ihren Wein genießend schauten sie zusammen den Film.

„Ich weiß, dass viele Frauen verrückt nach Schokolade sind", sagte Master R nach einer Weile, „fast so wie Männer verrückt nach Sex sind." Er hob sie auf seinen Schoß und lehnte sie mit dem Rücken gegen seinen linken Arm. Zunächst erstarrte sie, aber schon bald schaffte sie es, dass sich ihre Muskeln wieder lösten. „Da du einen Schokoladenfilm wahrscheinlich mehr genießen wirst als ich, sollte ich jedes Mal einen Leckerbissen erhalten, wenn sie im Film an etwas Süßem knabbern."

„Deine Logik ist lückenh ..."

Er legte eine Hand auf ihre Wange und seinen Mund auf ihren. Auch daran hatte sie sich mittlerweile gewöhnt. An seine Küsse. Seine Zunge mischte sich ins Geschehen ein. Er schmeckte nach Wein und nach Mann. Ihre Hände packten ihn an den Unterarmen, als er mit seinen Küssen ein Feuer in ihr schürte.

Schließlich entriss er ihr die Lippen und lächelte sie an. Als er versuchte, seine Hand zu bewegen, erkannte sie, dass sie sich immer noch an seinen Arm klammerte. Sie musste sich zwingen, ihn loszulassen.

Er rutschte auf seinem Platz herum und machte sie damit auf seine Erektion aufmerksam, die sich unter ihrem nackten Arsch erhob. Ohne auch nur ein Wort zu verlieren, schenkte er ihr Wein nach. Sie wollte ihm zusehen, doch das Glas stand hinter ihr auf dem Beistelltisch. Nachdem er ihr den Drink gereicht hatte, konzentrierte er sich wieder auf den Film. *Okay ...*

Bevor Kim einen Schluck nehmen konnte, überredete die Hauptdarstellerin jemanden, ihre Ware zu probieren, und so küsste Master R sie erneut.

Wie viel Schokolade essen sie in diesem Film?

Sehr viel. Jeder Kuss fühlte sich berauschender an, feuchter, leidenschaftlicher. Anscheinend hatte er genug davon, sie nur zu necken, denn er beanspruchte ihren Mund mit einer sinnlichen Brutalität, bei der sich ihre Zehen anspannten und sich ihre Haut erhitzte.

Sie spürte die Nässe zwischen ihren Schenkeln. Die Finger ihrer rechten Hand schoben sich in seine schwarzen Haare. Die andere legte sie auf seine Brust und sie fühlte unter der Handfläche, wie seine Muskeln tanzten, als er sie näher an sich zog.

Nach einer Weile hob er den Kopf, seine Augen glasig und mit dem Beweis der Begierde gefüllt. Seine Lippen zierte ein Lächeln und er stoppte den Film. „Ich habe ein paar Spielzeuge, um den Abend interessant zu machen. Steh bitte auf."

Spielzeuge? Wenn ein Mann – ein Dom – Spielzeuge sagte, sprach er nicht von Stofftieren oder einem Baseball. Ein Schauer jagte durch ihren Körper. Seine Augen verengten sich warnend. Sofort sprang sie auf ihre Füße.

Er zog ein Paket aus der Schublade des Beistelltisches. „Öffnen." Sanft schlug er auf ihren Oberschenkel, sodass sie ihre Beine teilte. Es reichte ihm jedoch nicht, denn es folgte ein zweiter Klaps, um ihr deutlich zu verstehen zu geben, dass er ihre Schenkel noch weiter gespreizt haben wollte. Am Ende schaffte sie es kaum, ihr Gleichgewicht zu halten. „Du kannst dich auf meinen Schultern abstützen."

Sie legte ihre Hände auf seine harten, harten Schultern, sodass ihre Haare wie ein Schleier nach vorn fielen. Ihre Pussy fühlte sich so offen an. Entblößt. *Oh Gott*, was hatte er mit ihr vor? Sie biss sich auf die Lippe und versuchte, sich in Erinnerung zu rufen, dass sie darum gebeten hatte. *„Ich denke, dass es helfen würde, wenn du mich etwas berührst"*, hatte sie gesagt. *Du bist eine Idiotin, Kim.* Ihre Finger gruben sich in seine Haut.

„Gutes Mädchen." Das Paket enthielt einen kleinen Bullet-Vibrator. Er benetzte ihn mit ihrer Nässe – und sie erkannte, dass sie sehr feucht war.

Kurzzeitig bekam sie Angst, als seine schwieligen Finger sie so intim berührten. Im nächsten Moment schob er das Spielzeug jedoch in sie.

Sie schnappte nach Luft, woraufhin er den Kopf hob und sie musterte, seine Hand noch immer zwischen ihren Beinen. Seine dunkelbraunen Augen sprachen von Begierde – aber auch Sorge … für sie. Als er sie beobachtete, zeichnete sein Finger ihre Schamlippen nach, der Beweis ihrer Erregung nun überall, und sie erkannte, dass … er dazu das Recht hatte. Er markierte seinen Besitz.

Ihr gesamter Körper kribbelte unter seinen ausgiebigen Berührungen.

„Brave *Sumisa*", murmelte er. Er rieb über ihren Oberschenkel und deutete an, dass sie die Beine wieder schließen konnte. Ihre Schenkel schlossen sich über ihren geschwollenen Schamlippen.

„Jetzt zieh den hier an." Aus der Schublade holte er einen schwarzen Spitzentanga.

Was für eine seltsame Wahl. Als sie den Tanga anzog, bemerkte sie etwas Festes im Schritt. *Was zum …?* Sie öffnete den Mund und er schüttelte den Kopf.

Er stellte sein Weinglas und zwei kleine Kisten auf den Couchtisch und zog diesen zu sich. Mit dem Rücken an der Armlehne des Sofas streckte er seine Beine auf dem Polster aus. „Setz dich hier hin, sodass wir mit dem Film fortfahren können."

Sie spürte den Bullet-Vibrator in sich. Das Ding im Schritt des Tangas rieb gegen ihre Pussy, als er ihre Hand nahm und Kim auf seinen Schoß zog. Er lehnte sie mit den Schulterblättern an seine Brust, ihre Beine zwischen seinen. Seine dicke Erektion presste sich gegen ihren Po und ihr stockte der Atem. Dann holte sie Luft. *Master R, Master R, Master R.*

Er gab ihr den Wein zurück und drückte Wiedergabe auf der Fernbedienung.

Fünf Minuten vergingen. Langsam entspannte sie sich und sie musste sich eingestehen, dass sie es mochte, sich an ihn zu lehnen. Eine ziemlich unebene Sitzfläche, aber warm. Er hatte seinen rechten Arm um ihre Taille geschlungen, und der Couchtisch war nah genug, sodass er regelmäßig nach seinem Glas Wein greifen konnte. Sie sagte sich, dass es keinen Grund gab, nervös zu sein. Sie machte sich doch recht gut, oder? Und das trotz des unguten Gefühls in ihrer Magengegend und der Art, wie ihr Verstand sie ständig daran erinnern musste, dass er ihre Pussy berührt hatte. Als sie versuchte, einen Schluck von ihrem Wein zu nehmen, bemerkte sie, dass es leer war. Verwirrt starrte sie das Glas an.

Sogar sein Lachen schien einen spanischen Akzent zu haben. „Du hast keinen Grund, nervös zu sein ... noch nicht, *Sumisita*", flüsterte er ihr ins Ohr und schenkte ihr nach. Als sie das Glas entgegennahm, küsste er ihr Ohr und sie erschauerte. Mittlerweile spürte sie auch die Wirkung des Weines. Sie war nicht betrunken, aber ... leicht angesäuselt.

Als er sich wieder zurücklehnte, kitzelten die Haare auf seinen Armen die Unterseite ihrer Brüste.

Auf dem Großbildfernseher sah ein Mann seine Frau auf den Knien ein Badezimmer schrubben. Er schaute auf ihren schwankenden Hintern und nahm einen Schritt auf sie zu, seine Intention klar und deutlich zu erkennen.

„Vielleicht solltest du das Badezimmer auch auf Händen und Knien putzen", hauchte Master R. Der Gedanke, dass er hinter ihr auftauchte und sich über sie lehnte ... Sie nahm einen kontrollierten Atemzug.

Er fuhr mit dem Finger über ihren nackten Bauch, ließ die

Muskeln unter der Haut beben und griff dann nach einer weiteren kleinen Schachtel.

Der Vibrator in ihr erwachte mit einem leisen Summen zum Leben. Bei der seltsamen Empfindung zuckte sie zusammen. Ihr Wein schwappte in dem Glas, und sein Arm um ihre Rippen spannte sich an.

„Es tut nicht weh, *Gatita*", sagte er besänftigend. „Entspann dich und schau dir den Film an. Ich werde dich später zu der Handlung befragen."

„Was?"

Daraufhin knabberte er an ihrem Ohr. „Ruhe."

Der Vibrator in ihr summte vor sich hin. Sie war sich der Empfindung zu jeder Zeit ... bewusst, aber er löste nicht die Gefühle aus, wie es Master R mit seinem Arm unter ihren Brüsten schaffte. Seine Wange ruhte auf ihren Haaren und mit jedem seiner Atemzüge rieb er gegen ihre Brüste.

Das Summen hörte auf und sie entspannte sich. Johnny Depp erschien und der Film näherte sich − genau wie sie − dem Höhepunkt. Was hatte Master R geplant? Sie wäre wahrscheinlich damit einverstanden, aber verdammt, sie wünschte, sie wüsste es.

Er stellte seinen Wein auf den Couchtisch und eine Sekunde später setzte sich der harte Teil im Schritt ihres Tangas in Bewegung. Noch ein Vibrator, und *oh Gott*, er saß direkt an ihrer Klitoris.

Sie erstarrte, als er mit einer Hand um sie griff und sie plötzlich seine Finger an ihrer Pussy spürte, wo er den kleinen Vibrator fester gegen ihr Geschlecht presste.

Oh Gott, das konnte sie nicht ignorieren. „Nein ..." Es summte und vibrierte, ihre Muskeln spannten sich an und Panik erhob sich in ihr.

„Oh doch." Er entfernte seine Hand von ihrer Pussy und nahm ihr das Glas ab, bevor sie den Wein verschüttete. „Zeige mir eine Zahl."

Eine Zahl? Wofür? Panik, Panik. Sie wollte etwas sagen, erinnerte sich aber daran, dass sie es ihm mit den Fingern verständlich machen sollte. Sechs Finger – nein, nicht wirklich. Zittriger Atemzug. Drei Finger.

„Sehr gut. Siehst du dir den Film an?"

Der Tanga-Vibrator stoppte, ihr Nervenbündel bereits geschwollen und es pulsierte, als hätten die Vibrationen noch nicht aufgehört. „Ja, Sir."

Sein Lachen hallte an ihrem Ohr wider. „Was für ein gutes Mädchen du doch bist."

Heute Abend würde er mit ihr Sex haben. Das wusste sie. Oder vielleicht auch nicht? Er war hinterhältig. Schon in den letzten beiden Nächten hatte sie erwartet, dass er dies vorhatte. In beiden Fällen, am Strand und im Pool hatte er sich jedoch zurückgehalten. Gleichermaßen verängstigt und erregt hatte er sie ins Bett geschickt. Und ja, sie hätte sich gewünscht, dass er weiterging. Mehr Berührungen. Mehr von ihm.

Ich will es. Ich möchte mit meinem Leben fortfahren – ich möchte meine Angst überwinden.

Er streichelte ihren Bauch, die Unterseite ihrer Brüste, wanderte mit den Fingern über die Spitze ihres Tangas. Dann tiefer, bis er in Kontakt mit ihrer Spalte kam. „Du bist so artig. Immer rasierst du dich für mich. Es gefällt mir, wie glatt du dich anfühlst, Kimberly." Sein Finger bewegte sich nie tiefer, sondern neckte sie nur am oberen Ende. Ihre Klitoris pulsierte, wollte berührt werden. Von ihm.

Er nahm einen Schluck Wein und stellte das Glas auf den Couchtisch. Der Vibrator in ihrer Vagina schaltete sich ein und sie zuckte mit dem Becken nach oben. Mit seiner Hand auf ihrem Venushügel drückte er sie zurück nach unten. Er spreizte seine Finger, tänzelte über ihre Pussy. Die Vibrationen reichten nicht aus, um sie zu einem Orgasmus zu führen, aber er hatte die Intensität erhöht.

„Ah, jetzt spürst du es, oder, *Gatita*?", murmelte er ihr ins Ohr. „Schau, wie hübsch." Seine Hand schloss sich um eine ihrer

Brüste und ihr harter Nippel presste sich gegen seine Handfläche. Aufgerichtet und gierig. Mit dem Finger umkreiste er ihre Knospen.

„Du sollst doch den Film schauen, *mi pequeña Sumisa*."

Hitze brodelte unter ihrer Haut, als sie versuchte, zu gehorchen, aber alles, was die Schauspieler auf dem Bildschirm taten, sogar die Art, wie sie in die Schokolade bissen, machte sie nur noch heißer.

„Dich zu küssen, gestaltet sich jetzt als schwierig", flüsterte er, „aber ich habe eine Idee, um das Problem zu umgehen." Er rollte ihre rechte Brustwarze zwischen Daumen und Zeigefinger, und das Feuer, das er dabei in ihr schürte, bahnte sich einen direkten Weg zu ihrer Mitte.

Als Johnny Depp noch eine Süßigkeit aß, rollte Master R ihre linke Knospe zwischen seinen Fingern. Kim stöhnte. Begierde pulsierte in ihrem Blutkreislauf, aber es war nicht Schokolade, nach der sie gierte.

Der Vibrator in ihr schaltete sich ab.

Ihr ganzer Körper sackte auf ihm zusammen. Ihr entrang ein erleichterter Seufzer, den Master R als Anlass nahm, den Tanga-Vibrator zu aktivieren. „Verflucht seist du!" *Oh, scheiße.* „Es tut mir leid, Sir. Master. Bitte, ich ..."

„Deine Erregung macht dich wirklich mürrisch." Die Belustigung in seiner Stimme war nicht gerade hilfreich. Er konnte so fies sein, nur wusste sie noch nicht, wie fies. „Wie soll ich dich disziplinieren, *Gatita*?" Sein Daumen und Zeigefinger drückten von zwei Seiten ihren Nippel, fester und fester, bevor sie zu ihrer anderen Knospe wechselten. Schmerz ... die elektrisierende Empfindung schoss direkt zu ihrer Pussy. Ihre Hüften hoben sich, aber mit seiner rechten Hand auf dem vibrierenden Schritt ihres Tangas hielt er sie an Ort und Stelle. Er knetete und massierte ihre Brüste, zog Kreise um ihre Brustwarzenvorhöfe und zwickte in ihre Nippel. Umkreisen. Zwicken. Umkreisen. Zwicken. Er hatte sie in der Gewalt und ließ ihr keine andere Wahl, als zu akzeptieren, was auch immer er tun wollte.

Der Vibrator summte und sie wölbte den Rücken, wurde geneckt, betört, erreichte aber nie die erhoffte Erlösung. Es reichte einfach nicht. Sie lag in seinen Armen, wurde berührt, alles vibrierte und surrte und doch blieb der Orgasmus unerreichbar.

Langsam befürchtete sie, dass sie nie wieder kommen würde. Der Gedanke ruinierte ihr die Stimmung, ihre Muskeln lockerten sich und sie fiel schlaff gegen ihn, ihre Erregung wie weggeblasen.

Seine Hände hielten inne. Er küsste sie auf die Haare. „Da du den Tanga nicht magst, kannst du ihn ausziehen."

Ihre Unterlippe bebte und Tränen sammelten sich in ihren Augen. Er hatte sie auch aufgegeben. Weil er wusste, wie hoffnungslos es war.

Er half ihr auf die Füße, stellte sich neben sie und wartete, bis sie den Tanga auf den Couchtisch legte.

Dann musterte er sie. Sein Blick verweilte auf ihren Brüsten. Sie fühlte sich nicht nur nackt, sie fühlte sich entblößt, denn er behandelte sie nicht wie seine Dienerin, sondern wie eine Frau. Seine Augen schweiften auf erregende Weise über sie. Sie folgte seinem Blick und sah, wie ihre Klitoris zwischen ihren Schamlippen hervorlugte und mit dem Beweis ihrer Erregung glitzerte. Hitze stieg in ihre Wangen, und sie verlagerte ihr Gewicht, wollte sich vor ihm verstecken.

Die Falten neben seinen Augen vertieften sich. „Da ich beabsichtige, dich heute Abend zu einem Höhepunkt zu führen, und der Tanga keine Wirkung gezeigt hat, fürchte ich, dass du noch etwas länger unter meiner persönlichen Aufmerksamkeit leiden musst."

Er hatte sie also nicht aufgegeben. Ganz und gar nicht. *Oh Gott.* Ihre Augen weiteten sich, als er den Wein und die Fernbedienungen aus dem Weg schob. Dann hob er sie hoch und stellte sie auf den Couchtisch. „Master!"

„Ja, *Sumisa?*" Vor ihr nahm er Platz. „Öffne dich für mich." Er drückte gnadenlos ihre Beine auseinander, bis ihre Füße an den gegenüberliegenden Tischkanten zur Ruhe kamen. Er näherte sich, sein Gesicht genau ... *oh Gott*, genau auf der Höhe ihres Geschlechts. Eine Fernbedienung zog er zu sich, mit der er den Bullet-Vibrator erneut aktivierte. Das Summen in ihr startete und sie stöhnte.

„Master R, ich glaube nicht −" Sie biss sich auf die Lippe, fühlte sich wie ein Idiot, während das Ding in ihr ans Werk ging. „Ich kann nicht. Das wird nicht funktionieren."

Er lachte, oh ja, und wie er lachte. „Dann werde ich mich einfach mit dem Körper meiner kleinen *Sumisa* amüsieren." Seine Daumen teilten ihre Schamlippen, während sich seine Finger um ihre Hüften legten. Es fühlte sich an, als würde er den Anker setzen und ... sie fühlte sich sicher. Das Gefühl seiner Daumen, die ihr Geschlecht offenlegten, ließ die Wärme wieder in ihren Körper einkehren.

„Falls du dein Gleichgewicht verlieren solltest, darfst du dich gerne an meinen Schultern festhalten." Er schaute zu ihr auf, seine Lippen zierte ein Lächeln. „Ich dachte daran, nach einer Zahl zu fragen, jedoch sehe ich, dass dein derzeitiger Ausdruck nicht von Angst spricht."

Angst? Nein, aber die Situation war ihr sehr unangenehm. Sie hatte rein gar nichts mit dem zu tun, was die Sklavenhändler mit ihr getan hatten. Es war Master R, der sie berührte.

Als er sich nach vorn lehnte und gegen ihre Klitoris blies, schoss die Empfindung über die Nervenenden und ihre Zehen krümmten sich. Bevor sie sich daran gewöhnt hatte, schloss er die Lippen sanft um das Nervenbündel zwischen ihren Schamlippen.

„Oh Gott." *Heiß, oh so heiß.* Seine Lippen drückten zu und ließen von ihr ab, sodass um die Klitoris ein Kreis aus Hitze und Druck entstand. Er ging behutsam vor und doch übte er bei jeder Wiederholung mehr Druck aus. Mit der Zunge schnellte er über ihre gefangene Klitoris. Ihre Knie bebten und so packte sie seine Schultern, lehnte sich vor, damit sie nicht vom Tisch fiel.

„Genau so, *Cariño*. Gut festhalten." Sein Atem neckte ihre Pussy, und dann glitt er mit der Zunge rechts an ihrer Klitoris entlang, schnellte über die Perle und wanderte auf der linken Seite wieder nach oben. Blut sammelte sich an der Stelle, alles fühlte sich geschwollen an, als würde sie gleich bersten.

Ein Wimmern entrang ihr, und seine einzige Antwort darauf war, eine Hand von ihrer Hüfte zu nehmen und die Geschwindigkeit des Vibrators zu erhöhen.

„Nein ..." Sie wurde regelrecht durchgeschüttelt. Er legte seine Hand zurück, die Finger umfassten ihre Hüfte, und sein Daumen wand sich wieder der Aufgabe zu, ihre Schamlippen für seine erregenden Beweggründe zu öffnen. Als versuchte er, sich dem Rhythmus des Vibrators anzupassen, schnellte seine Zunge, bewegte die Vorhaut vor und zurück, nicht länger neckend und betörend, sondern eine Reaktion fordernd.

Der Druck in ihr baute sich auf, die ersehnte Erlösung näherte sich so unaufhaltsam wie die Flut. Ihre Zehen kribbelten und die Muskeln ihrer Oberschenkel zitterten, bis sie sich fragte, wie lange sie noch in dieser Position durchhalten würde. Trotzdem war ihr das egal. Alles in ihr stimmte sich auf die Bewegungen seiner Zunge ein, als sie seitlich an der Klitoris entlang strich und auf die andere wechselte. Seine Lippen schlossen sich um ihr Nervenbündel, hielten die Perle gefangen und übten Druck aus.

Ihre Fingernägel gruben sich in seine Schultern, ihre Hüfte zuckte. *Brauche ... mehr.* Sie wollte ihn näher zu sich ziehen, sehnte sich danach, aber er ließ sie nicht los und sorgte dafür, dass sie seinem Plan folgte.

Langsam presste er die Lippen um ihre Perle zusammen. Er saugte leicht, und seine Zunge schnellte sanft über das Nervenbündel. Das Rauschen der Brandung klang in ihren Ohren.

Er saugte – *oh Gott* –, saugte brutal an ihr, und die Empfindungen jagten durch ihren Körper. Dann explodierte sie. Wellenartig breitete sich der Orgasmus ausgehend von dem Vibrator in ihrer Mitte aus und schüttelte sie durch wie bei einem Erdbeben der Stärke acht.

Seine Daumen ließen von ihr ab und seine Hände fanden ihren Po, pressten sie an seinen Mund, während sie bebte und er die Ekstase in die Länge zog. Ihre Beine schafften es nicht mehr, sie zu halten, und das Lachen an ihrer Klitoris schickte sie in einen zweiten Orgasmus. Ohne jede Anstrengung hob er sie in seine Arme. „Leg deine Beine um mich", befahl er. Sie zitterte zu sehr, um sich gegen ihn aufzulehnen.

Orgasmen. Mehrzahl. Er hatte es tatsächlich geschafft. So sehr hatte sie befürchtet, dass dieser Teil ihres Lebens vorbei wäre. Aber er hatte getan, um was sie ihn gebeten hatte, und war sogar noch darüber hinausgegangen. Hatte sie erregt, sie befriedigt.

Seine Augen waren nun fast schwarz und sein Lächeln zeugte von männlicher Zufriedenheit. „Du schmeckst sehr gut, *Cariño.* Da wir diese Brücke nun überquert haben und dir noch einige Tage in meiner Gesellschaft bleiben, bedeutet das, dass mein Mund öfter in den Genuss deiner Pussy kommen wird."

Ein Schauer der Vorfreude jagte durch sie, und sein Mundwinkel zuckte amüsiert.

Als er sie auf das Sofa setzte und sie gegen die Lehne drückte, erkannte sie, dass der Vibrator in ihr ausgeschaltet war. Er schob ihre Beine auseinander. Sie war so feucht, dass seine Finger problemlos in sie glitten, obwohl sich die Wände ihres Geschlechts noch immer in regelmäßigen Abständen zusammenzogen. Er entfernte den Vibrator und legte ihn auf den Beistelltisch. Dann setzte er sich neben sie, zog sie an seine Seite und küsste sie auf die Haare. „Das hast du sehr gut gemacht, *Sumisita mía.* Ich bin stolz auf dich."

Die Freude, ihn zufriedengestellt zu haben, vermischte sich mit ihrer eigenen Befriedigung.

„Möchtest du weitermachen?" Er bewegte sich, um ihr ins Gesicht zu sehen. Entschlossen betrachtete er sie und wartete geduldig auf ihre Antwort ... und sie wusste, dass er eine ehrliche erwartete.

Weitermachen. Das bedeutet, er würde ... Ihr Mund fühlte sich ausgetrocknet an. „Nein. Ja. Ich weiß es nicht."

„Vertraust du mir, Kimberly?", flüsterte er.

Noch nie hatte sie einem Mann so vertraut, wie sie ihm vertraute. Wann war das passiert? „Ja, Sir." Sie legte den Kopf in den Nacken, berührte seinen angespannten Kiefer und spürte das leichte Kratzen seines Feierabendschattens. „Das tue ich."

„Dann lass uns mal schauen, wie weit wir gehen können."

Oh Gott. Nein. Ihre Atmung beschleunigte sich, und schließlich fragte er: „Was ist dein Safeword?"

Safeword. Er würde aufhören, sollte sie in Panik geraten. Sie schluckte schwer und sagte beherzt: „Krampf."

„Sehr gut." Er stand auf und machte sich daran, seinen Gürtel zu öffnen.

Ihre Angst versetzte sie in einen Schock, als Erinnerungen in ihren Verstand rauschten: *Männer überall. Gürtel wurden lautstark geöffnet. Und dann* ... Sie hob die Füße auf die Couch und presste sich in die Ecke.

Seine Hände stoppten in ihren Bewegungen, seine Augen auf sie fixiert. Es war so still. Nach einer langen Minute streckte er die Arme seitlich von seinem Körper aus. „Ich möchte, dass du mich mit deinen hübschen Händen auszieht, *Gatita.*"

Ich soll es tun?

Er bewegte sich nicht, wartete, ohne den Blick von ihr zu nehmen. Geduldig. Nach einer Weile sagte er: *„Es wird mir ein Vergnügen sein, Master.* Das ist doch, was du sagen solltest, oder?"

Mit Klamotten an seinem Körper konnte er nicht besonders viel Schaden anrichten, sagte sie sich. Mittlerweile hatte sich das berauschende Gefühl der Befriedigung vollkommen aus ihrem Körper zurückgezogen. *Ich wollte es. Ich will es. Ich kann es tun.* Sie schluckte schwer und flüsterte: „Es wird mir ein Vergnügen sein, Master." *Nicht wirklich.*

Gefühlt brauchte sie eine Stunde, nur um sich nackt vor ihm hinzustellen. Eine weitere Stunde verging, bevor sie ihn berührte. Sie hatte ihn schon einmal nackt gesehen, sagte sie sich. Schließlich hatten sie zusammen geduscht.

Sein Mundwinkel zuckte, als ihre Hand seinen Gürtel erreichte. „Du riechst nach Blumen, *Cariño*. Ich mag das Shampoo, das du mitgebracht hast. Nach was rieche ich?"

Sie blinzelte, nahm seine Frage als Ablenkung von ihrer Panik. Das Ende seines Gürtels rutschte heraus. Sie öffnete seinen Reißverschluss. „Ähm. Sauber. Nicht blumig, eher wie der Ozean. Nicht süß."

Seine Hand legte sich auf ihre Wange, sein Daumen strich sanft über ihre Lippen. „Ja, als süß würde ich mich auch nicht beschreiben, *mi pequeña Sumisa*." Seine Augen fingen ihre ein, dunkel und mit Absicht behangen. Entschlossen.

Ein angsterfüllter Schauer – zusammen mit einer Welle der Erregung – jagte bei dem Gedanken, ihn in sich zu haben, durch ihren Körper. Sein Schwanz sprang heraus, und sie erkannte, dass er keine Unterwäsche trug. Es passierte. Wie eine Statue stand sie vor ihm.

„Du hast eine Wahl, *Sumisa*", sagte er sanft. „Wir wurden beide getestet und deine Verhütungsmethode ist immer noch aktiv. Möchtest du, dass ich ein Kondom benutze oder nicht?"

Es stellte sich nicht länger die Frage, ob sie Sex haben würden, nein, nur wie es passieren sollte, war noch wichtig. Es fühlte sich an, als wäre sie in einen Strudel geraten. „Ähm." Erinnerungen wirbelten um sie herum ... das Gefühl der ... anderen. Sie hatten Kondome getragen. Ihre Schw ... hatten sich nicht real, sondern unwirklich und teuflisch angefühlt. „Nein. Kein Kondom."

Die Antwort schien ihn zu überraschen. Jedoch zögerte er nicht, hob sie hoch und nahm auf der Couch Platz. „Setz dich rittlings auf mich, Kimberly", sagte er, seine Stimme unfassbar sanft.

Ihre Hände waren taub geworden, ihre Lippen kribbelten, als

hätte sie zu lange an einem Eiswürfel gelutscht. Zu beiden Seiten seiner Oberschenkel platzierte sie ihre Knie und versuchte, die dicke Erektion unter ihr zu ignorieren, an der sein Piercing glitzerte. Er packte sie an den Rückseiten ihrer Oberschenkel und zog sie zu sich, bis ihr Schritt gegen seine Erektion stieß. „Sieh mich an, Kleines", flüsterte er. „Wer bin ich? Mein Titel, mein Name."

Ihr Verstand war wie leergefegt, bis seine Augen ihren Blick einfingen. „Master R."

„*Bueno.* An wessen Schwanz reibst du dich?" Ein Lächeln umspielte seine Lippen. „Wessen Schwanz hast du jeden Morgen unter der Dusche gewaschen?"

Das hatte sie. Sie hatte ihn berührt, ihn gewaschen. Unter seinem dunkelbraunen Blick fielen die Worte einfacher von ihren Lippen. „Master Rs."

„Sehr gut. Kimberly, hast du Angst vor Master R?"

„Manchmal."

Sein Lachen ertönte, so dunkel und männlich und hinreißend. Es bedeutete, dass sie ihn überrascht hatte. Sie hatte ihm dieses Lachen entlockt. Sein Grinsen blitzte auf. „Das war auf jeden Fall eine Antwort, die das Herz eines Doms zu erwärmen vermag." Seine Augen zeigten Belustigung und er nickte. „Die Zeit ist abgelaufen. Lass dich auf mich runter, *Chiquita.* Mach so langsam, wie du denkst ... solange du nicht aufgibst."

Seine Hände lagen noch an ihren Oberschenkelrückseiten, und abgesehen von seinen Daumen, die sie sanft streichelten, rührte er sich nicht. Sie zitterte unkontrolliert, aber sein Lachen hatte sie aus ihren düsteren Gedanken gerissen. Er hatte sie auf seinen Schoß gesetzt. Hatte sie in Position gebracht, weil er gewusst hatte, dass sie es nicht tun konnte. Jetzt ließ er sie ihr eigenes Tempo bestimmen. Ihre Angst, sexuell überwältigt, missbraucht und ruiniert zu werden ... Sie erschauderte.

„Augen zu mir, Kimberly."

„Ja, Sir", flüsterte sie. Sie griff nach unten, zwischen ihre

Körper, umfasste seinen Schaft, berührte das Piercing und runzelte die Stirn. „Warum konntest du nicht kleiner sein? Und ohne dieses ... Ding?"

Sein Lachen brach wieder aus ihm heraus und ermutigte sie so sehr, dass sie sich aufrichtete und ihn an ihrem Eingang positionierte. Sie war verdammt feucht, immer noch empfindlich, nachdem er sie mit dem Mund betört hatte. Erneut erschauerte sie, aber diese Reaktion hatte nichts mit Angst zu tun.

„So langsam, wie du willst −"

Hauptsache ich höre nicht auf. Sie senkte sich, nahm ihn in sich auf, fühlte, wie er sie dehnte. Für einen Moment verfing sich sein Piercing. Dann war er in ihr. Das Metall presste sich beim Eintauchen in ihre Hitze gegen sie. Es fühlte sich seltsam an. Gut seltsam. Der Rest von ihm folgte, heiß, hart, samtweich glitt er Schritt für Schritt in sie. Die Dehnung, das Gefühl war − sie erstarrte, ihre Haut kühlte ab.

Er räusperte sich, brach in ihre Gedanken ein und sie nickte. *Master R.* Sie senkte sich weiter. „Du bist so verdammt groß", flüsterte sie.

„Ich danke dir, *Cariño*", sagte er. Er bewegte seine Hände und knetete ihren Hintern auf eine Weise, die einen Schauer in ihr lostrat, der sich zu den überwältigenden Empfindungen in ihr gesellte. Sie nahm mehr von ihm auf.

Ihr Mund war auf gleicher Höhe mit seinem. Eine seiner Hände legte sich auf ihren Nacken und er zog sie für einen Kuss zu sich. Ein echter Kuss, bei dem er seine Zunge so aggressiv in sie schob, wie er das mit seinem Schwanz gerade nicht konnte.

Ihr Kopf drehte sich. Sie versuchte, alles aufzunehmen, jedes Gefühl, jede Empfindung: seine Hände auf ihrem Hintern, sein Schaft in ihr, sein Mund auf ihren Lippen. Sie verlor den Fokus und senkte sich schneller. Ihr überraschter Schrei erlaubte ihm mehr Zugang zu ihrem Mund. Diesen Moment nutzte er aus, tauchte tiefer und hob plötzlich sein Becken, um bis zum Anschlag in ihre Hitze zu stoßen.

Nein! Sie entriss ihm ihren Mund und erhob sich instinktiv, bis nur noch seine Eichel in ihr steckte.

Er sah sie aus halb gesenkten Lidern an. „Das hat sich sehr nett angefühlt. Gerne darfst du das wiederholen.“

„Du ...“ *Monster.* Zitternd hielt sie inne. Aber es war unmöglich, an ihrem Zorn oder sogar an ihrer Angst festzuhalten, als sie die Befriedigung auf seinem Gesicht sah, den Humor in seinen Augen. Sie packte seine Schultern und senkte sich wieder. *Gott,* er war so groß.

Und sie war so verdammt feucht. Auf und ab. Überwältigend voll. Nach dem dritten oder vierten Mal fühlte es sich ... gut an. Also zog sie das Tempo etwas an.

Er summte seine Anerkennung und fand mit seinen Händen ihre Brüste, streichelte die weichen Hügel und zwickte in die Nippel. Ein langsam ausgeführtes Zwicken schickte eine elektrisierende Empfindung an ihre Pussy und die Wände zogen sich um seine Länge zusammen.

„Sehr nett. Mach das nochmal − ziehe deine süße Pussy auf dem Weg nach oben um mich zusammen“, wies er an. Seine nachklingende Stimme hatte sich zu einem windenden, warmen Fluss verlangsamt, der auch die letzten Überreste ihrer Angst wegspülte.

Sie zog sich um ihn zusammen und erhob sich. Senkte sich langsam. *Gott,* sie spürte das Metall. Das Piercing rutschte über diesen bestimmten Bereich, der sie erschauern ließ.

„Nochmal.“

Keine Schmerzen, und das unerwartete Gefühl der Lust nahm weiter zu.

„Langsamer nach oben, schneller nach unten“, murmelte er. Er lehnte sich mit dem Hinterkopf gegen die Couch, sein Blick wanderte über ihre Augen, ihren Mund, ihren Körper, so kontrolliert, dass er im krassen Kontrast zu seiner offensichtlichen Begierde stand. Er wollte nicht auf eine Weise die Kontrolle verlieren, die zu ihrem Unwohlsein beitragen würde.

Aber er mochte, was sie tat. Die Erkenntnis erregte sie. Sie hatte etwas zu bieten – etwas zu geben. Und das wollte sie, danach sehnte sie sich. Sie hob sich, fiel dann hart auf ihn. Bei der plötzlichen Invasion zog sich ihre Vagina instinktiv um seine harte Länge zusammen.

Seine Pupillen weiteten sich und seine Iris war nun fast schwarz. „Genau so, *Cariño*. Reite mich."

Ihre Stimme kam belegt heraus: „Ja, Master." Sie packte seine Schultern und gehorchte, arbeitete auf seinen Höhepunkt hin, sehnte sich danach, ihm Vergnügen zu bereiten. Mit jedem Auf und Ab entfaltete sich auch wieder die Erregung in ihrem Körper. Dieses Piercing war zu ... zu ... Ihre Oberschenkel bebten, als sich die Hitze tief in ihrer Mitte einfand und Schweiß auf ihrer Haut ausbrach.

Die kleine Sub war unglaublich eng, heiß und feucht. Ihre Hände auf seinen Schultern fühlten sich ... genau richtig an. Er sah, wie seine Befehle Vorrang vor ihren Ängsten hatten, und fand diese Entdeckung noch erotischer als die Art und Weise, in der ihre Pussy seinen Schwanz mit feuchten Lauten bearbeitete. Sie beobachtete ihn mit dem Wunsch, eine Verbindung während des Liebesspiels zu teilen. Wie bei jeder Sub hielten auch ihre Augen so viel Verletzlichkeit und Notwendigkeit zu gefallen inne. Sie unterwarf sich ihm nicht aus Angst, sondern weil das Geben Erfüllung für sie versprach.

Sie war feuchter geworden, und seine Schamhaare waren mit ihrem Nektar durchtränkt. Ihr Gesicht war gerötet und die gelegentlichen Schauer zeigten ihm auf, wie sehr sie es wollte, als ihre Klitoris gegen sein Schambein stieß.

Höchst zufrieden lächelte er. „Ich hatte nicht vor, dich zu drängen, aber wenn du dich mir anschließen willst ..." *Dann wirst du ein weiteres Mal kommen, Gatita.*

Verwirrt sah sie ihn an und er seufzte. Sie hatte vollkommen das Gefühl für ihren eigenen Körper verloren.

Da er mehr Platz benötigte, rutschte er auf der Couch herunter, bis er so ziemlich lag und sie weiterhin auf ihm saß. Er ließ ihren Arsch los und bewegte seine Finger zu ihrer Vorderseite, berührte die Nässe um die Wurzel seines Schafts, dann ihre geschwollene Pussy. Plötzlich setzte sie sich kerzengerade hin, als hätte er sie elektrostimuliert und nicht nur mit seiner Hand betört. Mit seinem Finger bedeckt in ihrem Nektar fand er ihre Klitoris. Die Dicke seiner Erektion hatte die Perle komplett aus ihrem Versteck gedrängt und er umkreiste das Nervenbündel.

Ihr Atem stockte. Dann überschlug sich ihre Atmung und sie grub ihm die winzigen Fingernägel in die Schultern. Ihr Vertrauen in ihn – dass sie ihm erlaubte, sie auf diese Weise zu erregen – traf ihn bis ins Mark. Dennoch stoppte er nicht in seinen Bemühungen, betörte mit den Fingern auch weiterhin ihre Klitoris. In der Zukunft könnte man erotische Überraschungen ins Spiel bringen, für heute jedoch hatte sie genug. Er behielt einen stetigen Rhythmus bei und strich rechts an ihrer Klitoris vorbei, als sie sich von seinem Schwanz erhob, an der linken, sobald sie sich absenkte.

Das funktionierte, bis ihre Erregung durch die Decke ging. Nun bebte sie bei ihren Bewegungen und der Rhythmus war dahin.

Er grinste. Ihr Gezappel gab ihm das Gefühl, als würden seine Eier gleich explodieren, also sollte er wohl zum großen Ereignis übergehen. Mit einer Handfläche unter ihrem Arsch hob er sie hoch, bis nur noch die Eichel in ihr verharrte. Dann riss er sie nach unten, während er ihr mit dem Becken entgegenkam.

Sie stöhnte. Ihre Brüste schwangen bei dem Aufprall. Und sein Schwanz wurde so hart, dass es an Schmerz grenzte.

Beim nächsten Mal hielt er sie, die Spitze seines Schaftes küsste ihren Eingang und er benutzte die Finger seiner freien Hand, um sie mithilfe ihrer Klitoris zu einem Höhepunkt zu treiben. Sie keuchte und stöhnte und wimmerte. Als sie anfing, seine Schultern krampfhaft mit ihren Händen zu massieren, ließ er sie auf seinen Schaft fallen. Fest presste er bei dem Gefühl die Zähne zusammen, um nicht selbst zu kommen. Sie stand direkt an der Kante, als er sie erneut von seinem Schwanz hob, über ihre Klitoris schnellte und sie betörte.

Dann veränderte er den Winkel, um ihren G-Punkt perfekt mit seinem Piercing zu treffen, und ließ sie schließlich auf seine Länge fallen.

Ihr Rücken wölbte sich und sie warf den Kopf in den Nacken.

Er murmelte zu ihr: „Es ist Zeit für deinen Orgasmus, *Sumisita*." Als hätte sie nur auf seine Erlaubnis gewartet, zog sich ihre Pussy wie eine heiße Faust um ihn zusammen. Die Wände ihres Geschlechts massierten seinen Schwanz, als sie einen überwältigenden Höhepunkt durchlebte. Sie schrie nicht, nicht seine kleine missbrauchte Sklavin, nein. Nur ein sanftes Wimmern entrang ihr, als sie sich an seinen Fingern rieb, seine Länge tiefer in sich aufnahm und offensichtlich nicht wollte, dass die Ekstase zu einem Ende kam.

Er gab ihr mehr, bis sie ihre Hände von seinen Schultern löste und nach Luft schnappte. *Por Dios*, sie war wunderschön.

„Jetzt bin ich dran, *Gatita*." Ihre Augen waren immer noch glasig, als er ihre Hüften packte, sie nach oben hob und dann auf seinen Schwanz zog. Hoch. Runter. Ihre Vagina pulsierte mit jedem Stoß in ihre Nässe, der Beweis ihres Orgasmus, den er zudem in den geröteten Wangen ihres Gesichtes sah.

Hoch. Runter. Sein Hoden zog sich zusammen, seine Erektion schwoll an und stand kurz vor der Explosion. Er wandelte auf der Kante des Abgrundes, noch nicht bereit, die Erlösung zu akzeptieren. Der Druck am unteren Ende seiner Wirbelsäule nahm zu und dann sprengte ihre Enge seine Kontrolle, die Ekstase pumpte durch seinen Schwanz. Das Gefühl seines heißen Spermas, mit dem er ihre Pussy füllte, erschütterte ihn.

Als sich sein Verstand aufklarte, schaffte er es, sich zu bewegen. Er drehte sich auf die Seite und machte sich lang. Mit einem Kissen unter seinem Kopf sah er zu Kim. Sie saß immer noch auf seinem Schwanz, ihre Augen geschlossen, nur ihre Arme hielten sie aufrecht, als wäre sie in dieser Position eingefroren.

Oder fürchtete sie sich davor, sich auf ihn zu legen?

„Komm her, *Cariño*", flüsterte er. Er nahm ihre Hände von seinen Schultern und zog sie an seine Brust. Sie versuchte, sich wieder nach oben zu drücken.

„Ganz ruhig." Er legte eine Hand auf ihren Arsch und hielt sie nach unten gedrückt, sodass sein erschlaffender Schwanz in ihrer süßen Pussy blieb, als er sie dazu brachte, ihre Beine zwischen seinen zu positionieren. Schließlich lag sie flach auf ihm. Ja, er hätte sich aus ihr zurückziehen und sie so leichter auf sich arrangieren können, aber er wollte in ihr bleiben und sie an ihre Verbindung erinnern – an eine lustvolle, keine schmerzhafte.

Er platzierte seine Hand auf ihren Hinterkopf und schmiegte sie mit der Wange an seine Schulter. Als er seine Arme um sie legte und sie festhielt, sickerte auch der letzte Widerstand aus ihren Poren und ihr Körper gab sich seinem Wunsch hin. Heiß und verschwitzt passten sich die Kurven dieser weichen Frau perfekt seinem Körper an. Eine Perfektion, die er auch als Ingenieur nicht in der Lage wäre, zu entwerfen.

Er hob den Kopf. Ihre Augen waren geschlossen, die Sorgenfalten aus ihrem Gesicht verschwunden. „Ich bin gerne in dir, Kimberly", sagte er leise. „Du bist warm und weich, von innen und außen."

Sie rührte sich, und er sah das zaghafte Lächeln auf ihren Lippen.

Er streichelte ihre Haare. Das einfallende Licht glitzerte in ihren Wellen und zerstörte die Vorstellung, dass ihre Haare nur ein simples Schwarz darstellten. Einige Strähnen waren braun, andere wiesen eine rötliche Färbung auf. „Der Gedanke, dass ich beim Sex oben bin, hat dir Angst gemacht, oder?"

Sofort spannte sich ihr Körper an und das machte ihn traurig.

„Alles gut." Er behielt die langsame Bewegung seiner Hand bei, streichelte sie und küsste ihr auf den Haarschopf. „Antworte mir."

„Ja." Ihr Gesicht schmiegte sich enger an seinen Hals – wie ein kleines Kätzchen, das nach Schutz suchte.

Seine Arme festigten sich um sie und so erinnerte er sie daran, dass sie mit ihm nichts zu befürchten hatte. „Wegen der Art und Weise, in der sie dich ... misshandelt haben?"

Ein winziges Nicken. „Auf dem Rücken oder wie ein Hund. In beide ... Orte."

Anal und vaginal. „Dein Mund?"

Ihr höhnisches Schnauben sprach auch von herannahenden Tränen. „Ich habe ihn gebissen." Wieder erstarrte sie. „Und dann hat er ... er ... ähm ... benutzt."

Raouls Kiefer spannte sich an, bis seine Zähne knirschten. Natürlich. Das Arschloch hatte ihr eine Vorrichtung umgeschnallt, die ihren Mund offenhielt, um ihr Gesicht zu ficken. *Cabrón.* „Er ist unwürdig, sich selbst als Mann zu bezeichnen." Ihre Schultermuskeln lösten sich unter seiner behutsamen Massage. „Nach deinem kleinen Ausflug zu meinem Spielzeugschrank weißt du sicherlich, dass sich etwas Derartiges nicht in meinem Besitz befindet."

„Oh." Mehr Muskeln lösten sich. Ihre Atmung verlangsamte sich und sie entließ einen sanften Atem, der über seine Haut wehte.

„Obwohl ich gerne in dir bin ..." Er wackelte und erinnerte sie somit daran, dass sein Schwanz noch immer in ihr steckte. Ihre Pussy reagierte, indem sie sich zusammenzog und ihn schließlich aus ihrer Hitze entließ. Er grinste bei ihrem winzigen Laut des Verlustes. „Auch an dieser Stelle können wir meinen Schwanz zum Einsatz bringen und ein wenig Spaß haben." Er packte eine Arschbacke und entlockte ihr ein Quietschen. „Vertraust du mir, dass ich auch in dem Fall behutsam vorgehe, Kimberly?"

Er hatte beschlossen, dieses Thema jetzt anzusprechen, um sie auf den nächsten Schritt vorzubereiten. Nach einem Orgasmus war sie zugänglicher und sein Schwanz, der ihr gerade noch Befriedigung verschafft hatte, wirkte nun weniger bedrohlich.

„Ich –", seufzte sie. „Okay."

Er knurrte und wusste, dass sie seine Reaktion richtig zu interpretieren wusste.

„Okay, Sir." Eine Pause. „Master."

Wie ein sanfter Schauer an einem heißen Tag füllten ihn ihre Worte mit Zufriedenheit – berauschender als der Wein, den sie vorhin geteilt hatten. „Und?"

„Ich weiß." Ihre Stimme klang belegt. „Meinen Mund willst du auch."

Er schnaubte. „Nur, wenn du versprichst, mich nicht zu beißen."

Ihr Mundwinkel zuckte. „Ja, Master."

KAPITEL NEUN

Am nächsten Morgen ging Kim an den Strand. Die
Möwen kreischten über ihr und graubraune Schlammtreter
suchten im aufgewühlten Sand nach Nahrung. Die Flut kam
herein, die Wellen eroberten langsam den Strand zurück, während
Kim mehr von ihrem Leben zurückforderte.

Ich hatte Sex. Sie grinste in die Sonne. Die Sonnenstrahlen
wärmten ihre Haut, und sie sprudelte vor Leben, fühlte sich, als
hätte sie einen großen Schritt nach vorne gemacht.

Verdammt, das hatte sie. Sie schüttelte den Kopf und löste
ihren geflochtenen Zopf, sodass der Wind ihr Haar mit seinen
salzigen Fingern zerzausen konnte. Master R mochte ihre Haare.
Er mochte ihre Haut. Sagte, sie sei reizend, und sein Ausdruck
bestätigte, dass er die Wahrheit sagte.

Sie rollte mit den Augen. Er war ihr Master. Warum sollte
er sich die Mühe machen, zu lügen? Es war nicht so, dass er
seine besten Sprüche benutzen musste, um sie ins Bett zu
bekommen.

Er mochte sie. Noch nie hatte sich jemand so viel Mühe damit
gegeben, sie zu befriedigen. Und auch dann hatte er nicht aufgehört − er hatte sie dazu gebracht, ihm Befriedigung zu bringen,

und sie musste zugeben, dass das weitaus erfüllender gewesen war als ihr eigener Orgasmus.

Sie steuerte auf den Adirondack-Stuhl zu. In einem verwitterten Weiß herrschte der Stuhl über seinen Strandabschnitt. Sie ließ sich darauf fallen und quietschte. Ein wenig wund war sie.

Gott, sie war so hart gekommen, dass sie innerlich noch immer bebte. Und sie wollte es wieder tun. Wollte diese starken Hände auf ihr, wollte sein Sixpack nachzeichnen und wollte seine beeindruckenden Oberarme berühren und die Muskeln tanzen fühlen, wenn er sie hochhob. Heute Morgen, als er sie gewaschen hatte – intimer als je zuvor –, sagte er ihr, dass sie wieder gesünder aussah und ihm ihr weicher Hintern gefiel, die Pobacken genau die richtige Größe für seine großen Hände.

Er machte ihr Angst und doch erregte er sie und brachte sie dazu, ihn zu wollen.

... ihn zu wollen. Als die Sonne hinter einer Wolke verschwand und Schatten über den Strand fielen, führte die plötzliche Kälte zu Gänsehaut auf ihren Armen. Das Leben bestand nicht nur aus Sonne und sanften Wellen. Die Wolken kamen, Stürme rissen Schiffe in die Tiefe und trotz allem zogen die Menschen weiter.

Dir ist doch klar, dass er nur seinen Job macht, oder? Führe dich nicht wie ein Teenie auf, der das erste Mal in seinem Leben verliebt ist. Der Zwischenruf ihres inneren Zynikers war wie ein kaltes Bad im Wasser. Leider hatte er Recht.

Master R mochte sie, aber hatte sich nur darauf eingelassen, um die Sklavenhändler hochzunehmen und nicht, um eine Beziehung mit einer verkorksten Frau zu beginnen. Er hatte nie über eine mögliche Zukunft mit ihr gesprochen.

Sie beobachtete, wie ein winziger Einsiedlerkrebs aus seiner gestohlenen Muschel spähte und sich sofort in die Sicherheit seines Häuschens zurückzog. „Ja, mir geht's auch so, kleiner Kerl", flüsterte sie. *Ja nicht zu weit aus der Komfortzone wagen.* Sich Hals über Kopf in Master R zu verlieben, wäre ... so ziemlich ... das Schlimmste, was sie tun konnte.

Er wollte eine Sklavin.

Sie hasste sogar das Wort.

Sobald die Mission geschafft war, würde sie wieder nach Savannah fahren. Zurück in ihr wahres Leben.

Christopher Greville lehnte sich in seinem Bürostuhl zurück, als sein Hausmeier eintrat.

„Sie haben nach mir rufen lassen, Sir?"

„Dutton, bei der Buchhaltung ist mir eine große Summe auf dem Besitzer-Konto aufgefallen. Die Summe entspricht dem, was ich für eine bestimmte Sklavin bezahlt habe."

Das dunkelhäutige Gesicht des Hausmeiers errötete. Als einer der hinlänglicheren Gefolgsleute, die Greville beschäftigte, kümmerte er sich um die Haushaltsbuchhaltung, einschließlich des Kaufs von Sklaven und der für sie benötigten Ausrüstung, wie dem schweren Hundezwinger, den Peitschen und Knebeln.

Greville lächelte. Die neue Sklavin war vor zwei Tagen angekommen, eine großbusige Blondine mit einem so ohrenbetäubenden Schrei, dass er gezwungen gewesen war, sie am ersten Tag zu knebeln, um seine Ohren zu schonen. Nachdem er und seine Angestellten eine Weile mit ihr gespielt hatten, hatte sich ihre Stimme in einen angenehm heiseren Klang verwandelt.

„Es tut mir leid, Sir", sagte Dutton. „Ich vergaß, es zu erwähnen. Nach langem Hinhalten gewährte der Aufseher eine Rückerstattung für die schwarzhaarige Sklavin. Die Sklavin, die –" Er brach den Satz ab.

Die Sklavin, die es gewagt hatte, ihren Herrn anzugreifen. Mit dem Messer hatte sie ihn attackiert. Greville fuhr mit den Fingern über seinen grauen Anzug und spürte die anhaltende Empfindlichkeit an seiner Schulter. Die Erinnerung an den Schmerz, als das Messer durch seine Haut stieß, schockierte ihn noch immer. Das kleine Fickloch hatte – *Rückerstattung.* „Welche Rückerstattung? Dahmer hat dir eine Rückerstattung für eine tote Sklavin gewährt?"

„Oh, sie ist nicht gestorben, Sir. Es gab viel Blut, das ist wahr, aber bei der Übergabe war sie noch am Leben." Duttons Gesichtsausdruck zeigte nun Besorgnis. „Sie haben uns gesagt, dass wir uns ihr entledigen sollen, Sir."

Nicht tot. Sie hatte ihn mit dem Messer verletzt und verrottete nicht in einem Grab? „Ich meinte, dass du sie töten sollst. Fick sie zu Tode oder schlag sie zu Tode." Sein Temperament ging mit ihm durch. Er zwang sich, sitzen zu bleiben. „Sie lebt?"

Dutton erblasste und er trat einen Schritt zurück. „Es tut mir leid, Sir. Ich wusste es nicht."

Greville starrte ihn an und lächelte dann kalt. „Natürlich nicht. Ich habe mich anscheinend nicht deutlich genug ausgedrückt." Er nickte abweisend und beobachtete, wie der Hausmeier den Raum verließ. Inkompetenter Volltrottel. Noch vor Ende der Woche würde er anstelle der Sklavin als Wurmfutter unter der Erde dienen.

Das Fickloch lebte. Greville wandte sich dem Computer zu und suchte nach der Nummer der *Association*, die er sich mit anderen Premiumkäufern teilte. Nachdem er den Code verwendet hatte, um die richtige Telefonnummer für den heutigen Tag zu erhalten, tippte er die Zahlen ein.

„Ja." Dahmers Nummer. Dahmer war ein typischer Lakai, jedoch schätzte Greville seine Effizienz. Und er hatte die Qualität der Sklaven im Südost-Quadranten verbessert.

„Greville hier. Ich habe gerade entdeckt, dass ich eine Rückerstattung von dir erhalten habe. Als ich meine Angestellten dazu befragt habe, musste ich herausfinden, dass sie die Ware nicht wie befohlen entsorgt haben, sondern eine Rückgabe erfolgt ist."

„Stimmt genau."

„Diese Transaktion wurde entgegen meinem Wunsch ausgeführt. Sende die Ware zur ordnungsgemäßen Handhabung an mich zurück." Er würde sie zerstückeln. Erst einen Finger, dann ein Ohr, einen Zeh. Mal sehen, wie lange er sie am Leben halten konnte. *Vielleicht werde ich sie jeden Tag die Wahl treffen lassen, welcher Körperteil dran glauben muss.* Zuerst jedoch würde er ihr die Zunge entfernen. Und ihr die Zähne ziehen. Um ein wahres Fickloch aus ihr zu machen.

„Das ist nicht möglich. Die Ware wurde verkauft."

Grevilles Kiefer spannte sich an und seine Stimme kam harsch über seine Lippen. „Kauf sie zurück."

Eine Pause. „Ich kann es versuchen. Wie es der Zufall will, ist für morgen ein Nachgespräch mit dem Käufer geplant." Dahmer klang genervt. Greville interessierte das einen Scheißdreck. „Für den gleichen Preis wird er sie sicher nicht aushändigen. Das wird dich kosten."

Er wollte sie schreien hören. Wollte sehen, wie sich ihre Augen vor Schock weiteten und sie versuchte, dem Schmerz der Zerstückelung zu entkommen. *Er wollte sehen, wie das Licht in ihren Augen erlosch.* „Tu es."

Der Tag für den Besuch im Shadowlands war endlich gekommen.

Mitleid nagte wie ein Wurm an seinem Herz und so hatte er seine Sub den ganzen Tag mit Kochen und Putzen beschäftigt. Am Nachmittag hatte er sie dahingehend unterwiesen, wie sich eine Sklavin in der Öffentlichkeit zu benehmen hatte. Sie hatten geübt, bis er zufrieden war und sie sich vorbereitet gefühlt hatte.

„Wir müssen los, Kimberly", rief er. Eine Minute später hörte er ihre Schritte auf der Treppe.

Sie sah bezaubernd aus. Das schwarze Kleid war eng geschnürt und drückte ihre Brüste nach oben, ihre Nippel von der weißen Spitze am Saum kaum verdeckt. Die Rüschen an dem winzigen Röckchen vermochten es nicht, ihren Hintern vollständig zu umhüllen. Die weiße Schürze vorne hatte nur symbolischen Charakter. Weiße Netzstrümpfe bedeckten ihre schönen Beine, gehalten von Strumpfbändern, während sie an den Füßen hochhackige Fetischschuhe trug. Er wusste, dass ihre Pussy nackt war, und er hatte das starke Bedürfnis, sie auf den Tisch zu werfen und sie von hinten zu nehmen.

Vielleicht würde er das Kostüm von Z kaufen. Aber ... nein. Sie gehörte nicht ihm. Das Wissen, dass sie ihn bald verlassen würde, riss ihn weiter in ein Stimmungstief. „Du siehst wunderschön aus, *Cariño*."

Sie wagte ein Lächeln. Er beobachtete, wie sie die letzten Stufen nahm und schließlich vor ihm zum Stehen kam. Ihr Körper präsentierte sich ihm stocksteif. Ihre Arme mit den Lederfesseln an ihren Seiten, die Hände zu Fäusten geballt. Sichtlich gegen den Instinkt ankämpfend, nicht zu fliehen. Es war nicht er, den sie fürchtete. „Kimberly."

„M-Master?"

Er seufzte, als er die Rückkehr ihres Stotterns vernahm. „Trägt der Aufseher Waffen bei sich?"

Verwirrt blinzelte sie. „Nein. Das Risiko würde er nicht eingehen. Schließlich könnte ein Sklave danach greifen und die Waffe gegen ihn verwenden."

„Wird er seine Wachen mit ins Shadowlands bringen?"

„Du hast gesagt, dass nur er kommt."

„Okay, *Chica*, falls es dir also in einem Notfall nicht gelingen sollte, ihn außer Gefecht zu setzen – und mittlerweile könntest du das –, denkst du, dass er mich in einem Kampf Mann gegen Mann bezwingen könnte?"

„Ich –" Ihr Blick schweifte über ihn, als ob sie ihn im Geiste mit dem Aufseher verglich. Raoul war vielleicht ein paar Zentimeter kleiner, aber viel durchtrainierter. Ein Paar der Sorgenfalten verschwanden von ihrem Gesicht. „Nein. Dazu wäre er nicht in der Lage."

„Ja, so denke ich ebenfalls. Also müssen wir lediglich für eine Weile seine Anwesenheit ertragen und höflich sein. Was auch immer passiert, *Cariño*, er wird allein wieder gehen, und du wirst weiterhin bei mir sein." Raoul tippte mit einem Finger gegen ihr Kinn. „Das verspreche ich."

Ihre Unterlippe bebte. Als sie versuchte, zu lächeln, brach ihr Mut ihm das Herz. „Danke. Master."

Er nickte. „Sehr gut. Bringen wir es hinter uns." Er nahm das schwarze Lederhalsband von der Arbeitsfläche in der Küche. Der Moment der Abscheu und die Erinnerung an Alicia verschwanden, als er in Kimberlys klare blaue Augen schaute. Das beunruhigende Bedürfnis, sie vor ihm knien zu lassen und ihr dann die Worte zu entlocken, dass sie sich wünschte, das Halsband von ihm umgelegt zu bekommen, von ihm geküsst zu werden, war so überwältigend, dass seine Hände leicht zitterten.

Nein, das war nur ein Teil des Kostüms. *Nicht echt, Sandoval.*

Ihre großen Augen richteten sich auf sein Gesicht, als er das Leder um ihre Kehle schnallte. Z hatte ihm sogar ein winziges goldenes Vorhängeschloss zur Verfügung gestellt. *Verflucht sei er.* Er klickte es zu, das berauschende Geräusch der Unterwerfung viel lauter in seinem Kopf als in der Realität.

Als er zurücktrat, sah er, dass sie bebte. Anscheinend hatte der Akt des Anlegens auf sie eine gänzlich andere Wirkung als auf ihn. „Ah, *Gatita*." Er tippte ihr gegen die Nase, die Geste ausreichend, um sie aus ihrer Starre zu ziehen. Er drückte den Schlüssel in ihre kalte Hand. „Deine Schürze hat eine Tasche. Dort bewahrst du ihn auf." Er lehnte sich vor und flüsterte: „Stelle sicher, dass Dahmer davon nichts erfährt."

Ihre Finger schlossen sich um den Schlüssel und sie nickte ihm ruckartig zu. Im nächsten Augenblick zeigte sich ein Lächeln auf ihrem Gesicht, das ihn an die Sonne erinnerte, die endlich die Wolken abgeschüttelt hatte.

Leider hielt das Lächeln nicht lange an, und die Fahrt im Dunkeln zum Club schien sich ewig hinzuziehen. Mit jeder Sekunde wirkte sie angespannter. Alles, was er tun konnte, war, ihre Hand zu halten und sie an seine Anwesenheit zu erinnern.

Auf dem Parkplatz beleuchteten die Scheinwerfer von Raouls Auto einen wartenden Dahmer. Er stand neben seinem eigenen Fahrzeug, das wahrscheinlich mit der technischen Ausrüstung ausgestattet war, um das FBI zu frustrieren. Die Agents hatten entschieden, sich bis zur Auktion im Hintergrund zu halten.

Mit aller Kraft kontrollierte Raoul seine Emotionen. Er hatte eine Rolle zu spielen: Master der Sklavin. Einer Sklavin, die er nur Mädchen nennen würde und sonst nichts, sodass sie beide ihre Aufgabe nicht vergaßen.

Er stieg aus und nickte Kimberly zu, um ihr zu verstehen zu geben, dass sie ihm folgen sollte. Als er seine Spielzeugtasche aus dem Kofferraum nahm, zwang er sich ein Lächeln auf das Gesicht, bevor er sich umdrehte. „Dahmer. Freut mich, dich zu sehen."

„Gleichfalls." Der Mann trug lässige Dom-Kleidung. Schwarze Khakis, schwarzes T-Shirt. Er warf einen Blick auf das Anwesen. „Nett hier."

„Das ist es." *Und du befleckst es mit deiner Anwesenheit.* „Lass uns reingehen."

Raoul lief zum Gebäude und blickte einmal zurück, um nach Kimberly zu sehen. Sie folgte einen Schritt hinter ihm, die Augen gesenkt, bezaubernd in ihrem stillen Gehorsam. Er sah, wie sie zittrig ausatmete. *Halte durch, Sumisita.*

„Keine Einschränkungen oder Knebel für deine Sklavin?"

„Nicht nötig. Sie wird keinen Fluchtversuch wagen." Er warf Dahmer ein grausames Lächeln zu. „Nicht mehr."

„Ah ja. Ich habe von deinen Kontrollmethoden gehört. Ich bin überrascht, wie schnell sie wieder auf den Beinen ist."

Welche Methoden? Raoul zuckte mit den Schultern. Er wollte es nicht wissen. „Ich achte darauf, dass sie sich gut ernährt."

„Das ist ein schönes Kostüm – obwohl ich überrascht bin, dass sie nicht nackt ist."

„Nur zuhause, nicht in der Öffentlichkeit." Neben Dahmer lief Raoul zum vorderen Eingang des Shadowlands. „Ich behalte mein Spielzeug für mich. Sind wir allein, bevorzuge ich sie nackt – für die Aussicht, den einfachen Zugang und natürlich für Bestrafungen."

Der Aufseher lachte. „Ja, du hast Erfahrung." Er blieb stehen und ließ den Blick über das schwach beleuchtete Gelände schweifen. „Ich mag, wie abgeschieden der Club ist."

„Keine Nachbarn, die sich über Schreie beschweren können." Raoul drehte die Handfläche zum Boden und Kimberly sank auf die Knie. „Sehr hübsch, Mädchen."

Sie blickte lange genug nach oben, um seinen Augen zu begegnen. Seine Anerkennung gab ihr Kraft.

„Du lobst sie?"

„Natürlich." Raoul sagte dem Mann die absolute Wahrheit. „Das Kennzeichen einer wahren Sklavin ist ihr Wunsch, ihrem Master zu gefallen. Wenn ich ihr nicht sage, dass sie etwas gut gemacht hat, wie weiß sie dann, dass sie es wiederholen soll? Für ein Lob von mir arbeitet sie hart."

„So habe ich das noch nie gesehen. Andererseits gefällt es den meisten Käufern, Schmerz zuzufügen. Sie finden kein Interesse daran, einen Sklaven für mehr als Sex und Schmerzensschreie auszubilden."

„Eine Schande."

Da sich ihre Beine anfühlten wie der Körper einer Qualle, war Kim dankbar, dass Master R ihr befohlen hatte, sich hinzuknien. Mit seinen Beinen neben ihr fühlte sie sich beschützt. Sie behielt ihre Position aufrecht, ihr Rücken kerzengerade. Zudem versuchte sie, ihre Atmung ruhig zu halten und die Übelkeit und Panik zu überwinden, die unvermeidbar waren, wenn der Aufseher in ihrer Nähe war und sie seine schreckliche Stimme hörte.

Gott, sie wusste, dass sie Angst haben würde. Ihre körperlichen Reaktionen jedoch hatte sie nicht erwartet. Ihre Hände und

Beine zitterten, kalter Schweiß bildete sich trotz der schwülen Luft auf ihrer Haut. All das verschlimmerte ihre Ängste.

Wirklich überraschend war die Wut, die wie ein glühender Hammer gegen ihre Brust schlug. Sie starrte auf einen weißen Felsen, der den Mittelpunkt des Grundstückes markierte. Ihre Finger verkrampften sich, als sie sich vorstellte, wie sie den Felsen aufhob und ihn auf den Kopf des Monsters schlug. Sie versuchte, sich vorzustellen, wie es sich anfühlen würde, wenn er nach vorn fiel und welchen Laut er von sich geben würde ...

Aber dann wäre Master R wütend auf sie, denn damit würde sie den Einsatz ruinieren. Sie seufzte. *Nein, er wäre nicht wütend, Kim.* Er wäre enttäuscht von ihr, und der Gedanke, diese Enttäuschung in seinen Augen zu sehen, legte den Sturm in ihr. Irgendwann bekam der Aufseher noch seine Strafe. Im Moment war es wichtiger, dass sie die anderen aus seinen Klauen befreite. *Reiß dich also zusammen, Weichei.*

Ich will nachhause. Sie drückte ihre Sehnsucht nach der Heimat nieder und konzentrierte sich auf ihre Atemzüge. Der glatte Beton fühlte sich warm an ihren Beinen an und die dunkle Stimme von Master R beruhigte ihre Nerven. Sie hielt ihren Blick gesenkt, ihren Kopf leicht schräg, sodass sie nicht verpasste, wenn er sie zu etwas aufforderte.

Sogleich folgte eine winzige Geste seinerseits und sie erhob sich, bevor sie überhaupt darüber nachdenken konnte, und sie erkannte, dass der FBI-Agent Recht behielt. Jeder, der sie mit ihm beobachtete, würde sofort sehen, wie sehr sie auf Master R eingestimmt war. Die Zeit, die sie mit ihm verbracht hatte, war nicht nutzlos gewesen. Er hatte sie korrigiert und ihr beigebracht, auf die unterschwelligen Bewegungen zu achten, die er benutzte, um sie zu lenken.

Als sie die letzten Schritte zum Shadowlands nahmen, riskierte sie eine Rüge und schaute sich um. Die anderen Subs hatten sie mit Geschichten über diesen Club unterhalten und nun war sie hier.

Die Lichter des Gartens glitzerten an den dicken Steinmauern. Die schwarzen Gusseisentüren und die schweren Wandleuchter schafften es nicht, das Gebäude freundlicher erscheinen zu lassen.

Ebenso wenig der riesige Türsteher, dessen brutale Gesichtszüge eher einem mittelalterlichen Folterer angemessen wären. Er warf einen Blick auf sie, dann auf den Aufseher. „Guten Abend, Sir", sagte er, seine Stimme passend zu seiner Größe. „Haben Sie sich verlaufen?"

Von hinten kam Master R in den Eingangsbereich. „Nicht verlaufen, Ben. Das sind meine Gäste für den heutigen Abend. Ich habe alles mit Z abgesprochen."

„Master Raoul." Das zufriedene Lächeln des Mannes verwandelte ihn von erschreckend zu etwas ganz anderem − wie ein Hund, der gleichzeitig so hässlich und süß war, dass man ihn einfach liebhaben musste. „Es ist schon eine Weile her, dass du hier warst."

Master R fuhr mit einem Finger über Kims Halsband und streifte dabei ihre Haut. „Es gibt jemanden, der mich zuhause gehalten hat."

„Das wurde auch Zeit." Der zufriedene Ausdruck Bens entlockte ihr ein Lächeln, bevor sie sich an ihre Rolle erinnerte. Ruckartig senkte sie den Blick.

„Dahmer wird keine Sessions spielen, aber Z möchte, dass beide die Papiere unterschreiben." Er sah zu dem Aufseher. „Als Gast musst du keinen Ausweis vorzeigen, aber spielen darfst du auch nicht."

„Sehr vorsichtig", sagte Dahmer. Er blätterte durch die Papiere, die Ben ihm reichte und unterschrieb. Kim folgte seinem Beispiel. Die Dokumente waren ähnlich zu anderen Clubs, wenn auch ausführlicher mit Listen möglicher Verstöße und Bestrafungen.

Sie hob den Blick und sah, dass Ben sie musterte. „Tolles Kostüm. Deine Schuhe kannst du anbehalten."

Master R sagte dem Aufseher: „Der Besitzer mag die Subs entweder barfuß oder in eklatanten Fick-Mich-Stilettos."

Kein Club, den sie in der Vergangenheit besucht hatte, war so streng gewesen. Andererseits hatte sie noch nie einen exklusiven Club wie diesen besucht.

Sie traten durch die Innentür ins Chaos. Kim erstarrte bei der geräuschvollen Kulisse aus Schmerz und Schreien und den Peitschenschlägen auf nacktes Fleisch. Kein Parfum kam gegen die Düfte von Leder, Schweiß und Sex an.

Nicht weit von ihr wurde eine Frau mit über dem Kopf gefesselten Armen von zwei Männern penetriert. Kim schluckte schwer. *Oh Gott*, anscheinend war Sex im Club erlaubt. Die Luft verdichtete sich und beeinträchtigte ihre Sauerstoffzufuhr.

Master R legte seinen Arm um ihre Taille. „Ganz ruhig, *Gatita*", murmelte er ihr ins Ohr. „Der letzte Dom, der versuchte, eine Sub gegen ihren Willen zu nehmen, wurde im hohen Bogen aus der Tür geworfen. Ich glaube, dass ihm jemand vor dem Rauswurf, die Finger mit dem Rohrstock gebrochen hat – ich schätze Z oder Nolan. Hier ist alles einvernehmlich. Okay?"

Einvernehmlich. Keine Sklaverei. Nur das, was die Parteien vereinbaren. Sie nickte.

„Sehr gut. Darf ich jetzt meinen Arm zurückhaben?" Seine Belustigung kippte ihre Angst auf die überschaubare Seite und sie erkannte, dass sie sein Handgelenk so fest packte, dass sie mit den Nägeln Abdrücke hinterließ. „Tut mir leid, M-Master", flüsterte sie.

Er zuckte zusammen und seufzte. Nach einem flüchtigen Blick zum Aufseher, der ein paar Meter entfernt stand und beobachtete, wie eine Domina eine Kette zwischen dem Halsband ihrer Sub und der Klitorisklemme befestigte, sagte Master R: „Gib mir eine Zahl, Kimberly."

Ihre Panik verflüchtigte sich etwas. Er würde daran denken, ihre Ängste im Blick zu halten. Er hatte es nicht vergessen. Sie öffnete ihre Finger auf ihren nackten Oberschenkeln und zeigte eine Sechs. Nachdem sie einmal tief eingeatmet hatte, nahm sie einen Finger weg.

Er lächelte sie an. „Tapfere *Sumisita*." Er wies mit einem Nicken zu den Tischen mit Speisen und Getränken in der linken Ecke. „Dort drüben steht Essen, dem wir uns später zuwenden werden."

Sie bezweifelte, dass sie jemals wieder hungrig sein würde.

Rechts von ihr befand sich eine überfüllte Tanzfläche, die mit den Liedern der Gothic-Rock-Band *The Sisters of Mercy* pulsierte. Eine riesige Bar stand in der Mitte des Raumes, die von einem ebenso großen Barkeeper gemanagt wurde. Die abgesperrten Sessionbereiche reihten sich an der linken und rechten Wand aneinander. In jeder Raumecke entdeckte sie edle Wendeltreppen. „Was ist oben?"

„Private Räume für Leute, die nicht in der Öffentlichkeit spielen wollen – oder die danach einen ruhigeren Ort bevorzugen." Sein Kinn wies auf eine Domina, die einem verschwitzten und von Peitschenabdrücken bedeckten Sub die Treppe hinaufhalf. Der Mann überragte die schlanke Frau, dennoch war deutlich zu erkennen, wer das Sagen hatte. „Z und Jessica wohnen im zweiten Obergeschoss."

War das nicht etwas beengt? Allerdings war der Clubraum riesig. Wahrscheinlich war die dritte Ebene damit zehnmal so groß wie ihr Haus.

„Master Sam scheint bereits angefangen zu haben", sagte Master R zu Dahmer. „Wie wäre es mit einem Drink, bevor wir uns die Show anschauen? Danach kann ich euch einander vorstellen."

„Eine gute Idee." Der Aufseher sah sie herablassend an. „Solltest du sie nicht knebeln?"

„Für den Fall habe ich etwas Passendes dabei", sagte Master R und tätschelte die Spielzeugtasche über seiner Schulter. „Wird es nötig sein, Mädchen?"

Sie schüttelte den Kopf und sie musste ihre Angst nicht

einmal vorspielen.

„Stell sicher, dass es so bleibt", zischte er, seine Stimme kalt genug, um ihr Gänsehaut zu bereiten. Zu ihrer Bestürzung hakte er die Fesseln an ihren Handgelenken vor ihrem Bauch zusammen. Beunruhigend war, dass sie sich besser fühlte, als er an ihrem Halsband eine Leine befestigte. Eine Leine bedeutete, dass sie an ihn gebunden war. Er wäre nicht in der Lage, sie zu verlassen.

„Danke, Master", flüsterte sie, und die Falten in seinen Augenwinkeln zeigten, dass er verstand.

Hinter der Bar hatte der harsche Barkeeper seine Arme um eine große Sub geschlungen, deren goldbraunes Latexkleid zu ihrem Haar passte. Er ließ sie los und grinste, als sie sich näherten. „Was kann ich dir bringen, Raoul?"

„Ein Glas Rotwein für mich und eine Flasche Wasser für das Mädchen." Master R deutete auf den Aufseher. „Und einen Martini für meinen Gast. Dahmer, das ist Cullen, einer der Master hier."

„Willkommen im Shadowlands", sagte Cullen und sah zu seiner Sub. „Andrea, kümmere dich bitte um die Bestellung."

„Ja, *Señor*."

Als der Barkeeper Master R und den Aufseher in ein Gespräch über die lokale BDSM-Szene verwickelte, bereitete die Frau die Bestellungen zu. Eine Minute später stellte sie vor Kim eine Flasche Wasser hin.

„Danke –" Kim brach den Satz schnell ab.

Master Rs Blick landete auf ihr. „Muss ich dir einen Ballknebel umlegen, Mädchen?"

Mit weit aufgerissenen Augen schüttelte sie den Kopf.

Er ignorierte das Stirnrunzeln der großen Sub und wandte sich erneut den Männern zu.

Kim sackte gegen die Theke. *Wie konnte ich das vergessen?* Wenn sie es wieder vermasselte, müsste er sie knebeln. Sie starrte auf die Wasserflasche und wusste, dass sie sich übergeben würde, sobald sie auch nur einen Schluck zu sich nahm.

„Hast du noch Glenlivet vorrätig?"

Kim erstarrte bei der vertrauten Stimme. *Jessica. Oh Gott. Bitte sprich mich nicht an!*

Das tat sie nicht. Die kleine Blondine nickte Kim zu, als wären sie sich noch nie begegnet und nahm auf einem Barhocker Platz. „Hey, Andrea, Master Z hat mich geschickt, um Getränke zu holen." Sie runzelte die Stirn. „Er möchte seine übliche Bestellung. Für mich bitte nur Wasser."

Die Barkeeperin schnaubte. „Du verdienst wahrscheinlich nur Wasser." Vor Kim stützte sie einen Ellbogen auf die Bar, ihr Blick auf Jessica, während sie Master R und dem Aufseher in dieser Position den Rücken zukehrte. „Hi, Kim", flüsterte sie, ohne sie anzusehen.

Kims Augen weiteten sich, als sie erkannte, dass die Sub ihren Namen kannte.

„Ja, wir wissen genau, was los ist." Andrea lachte laut und stieß Jessica gegen die Schulter. „Ich kann nicht glauben, dass du das gemacht hast." Ihre Stimme sank wieder zu einem Flüstern: „Die Master fanden schnell heraus, dass sie vor ihren Subs keine Geheimnisse bewahren können." Sie und Jessica tauschten sardonische Blicke aus und Kim erinnerte sich an Gabis haarsträubende Geschichten. „Ich wollte dich nur wissen lassen, dass auch wir auf dich aufpassen."

Jessica nickte, ihre Stimme ebenso leise. „Einer von uns wird in deiner Nähe sein, wenn Raoul aus irgendeinem Grund verhindert ist."

Das war Kims größte Angst gewesen, schutzlos und ausgeliefert zu sein. Tränen brannten in ihren Augen.

„Nicht", sagte Jessica, eine Mischung aus Befehl und Mitleid. Dann schlug sie auf die Bar und sagte in einer normalen Lautstärke: „Beeil dich mit den Getränken, sonst denkt Master Z noch, dass ich mich wieder verquatscht habe."

Andrea grinste und stellte eine Flasche Wasser auf die Theke. „Hat er damit nicht Recht?" Sie schnappte sich eine Flasche

Glenlivet, goss einen Schuss ein und sagte leise: „Master Nolans Sub Beth ist auch hier."

Jessica öffnete das Wasser. „Ich weiß." Im Flüsterton: „Du bist jetzt Teil unseres Clubs. Also geben wir dir Rückendeckung, ob du willst oder nicht." Sie trank einen Schluck von dem Wasser, nahm Zs Glas und sagte zu Andrea: „Bis später." Anschließend stolzierte sie durch den Raum.

Ohne die Lippen zu bewegen, flüsterte Andrea: „Sie ist ein weichherziges Zwerghuhn."

Das Lachen, das Kim zu unterdrücken versuchte, klang wie ein Niesen.

Stirnrunzelnd sah Master R zu Andrea. „Belästige nicht mein Mädchen."

„Natürlich nicht, Sir", sagte Andrea. „Das würde mir nicht im Traum einfallen, Sir."

Der große Barkeeper streckte einen langen Arm aus und packte ein Bündel ihrer Haare. „Respektvoller, Liebes."

Andrea verzog das Gesicht zu einer Grimasse. „Ja, *Señor*." Ihre goldbraunen Augen richteten sich auf Master R. „Bitte verzeih mir mein unhöfliches Benehmen, Master Raoul."

Master R bedachte sie mit einem finsteren Blick. „Vielleicht solltest du deiner nächsten Session mit ihr eine Bestrafung hinzufügen – mit schmerzlichen Grüßen von mir, Cullen."

„Das wäre mir eine Freude, Kumpel", sagte Cullen mit einem Grinsen. „Ich denke, ein extra großer Analplug wäre angemessen."

Andreas Augen weiteten sich vor Nervosität.

Master R führte den Weg in den hinteren Bereich des Clubs. Kim war froh, dass sie die Kappe auf ihrem Getränk gelassen hatte, da er immer wieder an der Leine riss und damit das Wasser in der Flasche aufwirbelte. Sie blickte sich unauffällig um und versuchte, bei den Lauten nicht zusammenzuzucken. Ein Stöhnen von rechts, wo eine schlanke Domina in einem roten Latexkleid Wachs auf den geschwollenen Schwanz eines Mannes tropfte. Weiter entfernt das rhythmische Schlagen eines Rohrstocks und dann das Wimmern, als ihr Dom eine andere Stelle traf und anschließend ihre Brüste als Ziel wählte.

Recht weit hinten im Raum hielt Master R inne. Im Separee bearbeitete ein silberhaariger Mann in abgenutztem Leder eine Sub an einem Andreaskreuz mit dem Flogger. „Das ist Sam."

„Sehr gut. Mal sehen, wie er sich macht." Der Aufseher setzte sich in der Nähe des abgesperrten Bereichs auf einen Stuhl, gleich daneben nahm Master R Platz. Kim kniete zu seinen Füßen, mit dem Hintergedanken, dass ihr Master als Barriere zwischen dem Aufseher und ihr herhielt.

Master R nahm ihr die Flasche ab, öffnete den Deckel und gab sie zurück, ohne sie anzusehen. Zumindest wirkte es so.

Sie rutschte näher, bis sich sein Bein von ihrer Schulter bis zu ihrer Hüfte an sie schmiegte. Allein das Gefühl des körperlichen Kontakts löste den nervösen Knoten in ihr, der sich jedes Mal festigte, wenn sie die schmierige Stimme des Aufsehers hörte.

Während die Männer schweigend die Session beobachteten, hatte Kim Mühe, das Geräusch der Peitsche und die weinende Sub zu ignorieren. *Ich bin nicht hier. Gas geben. Den Lauten des Bootes lauschen. Die Gischt kühlt mein Gesicht, der Wind zerzaust meine Haare.*

Nach einer Weile hob sie ihren Kopf, um die Session aus den Augenwinkeln zu beobachten.

Mit der winzigen Bewegung zog sie die Aufmerksamkeit des Aufsehers auf sich. Sein Blick fühlte sich wie Schmutz auf ihrer Haut an. „Sie sieht sehr gut aus, Raoul. So gut, dass ich sie dir am liebsten abkaufen würde. Nach deiner Ausbildung könntest du einen guten Gewinn mit ihr machen."

Er wollte sie zurück? Ein Angstschauer jagte durch ihren Körper und ihr Mund trocknete aus. Sie versteigern ... Ihre Atmung beschleunigte sich trotz ihrer Versuche, sich zu –

Ein ruckartiges Ziehen an ihren Haaren riss sie aus dem zerstörerischen Wirbel. Ihre Kopfhaut brannte und Kim spitzte die Lippen, als sie ausatmete. *Langsam. Ganz langsam.* Sie sackte gegen das Bein von Master R. Obwohl er den Blick abgewandt hielt, hatte er gespürt, dass die Panik überhandnahm.

Er streichelte ihr über die Haare. „Tut mir leid, aber ich habe zu viel Zeit damit verbracht, sie nach meinen Ansprüchen auszubilden. Auf keinen Fall möchte ich von vorn anfangen."

„Aber mit dem Geld, das du mit ihr verdienst, könntest du dir eine wahre Schönheit holen."

„Nicht interessiert", sagte Master R, ein genervter Unterton in seiner Antwort. Als er sich stattdessen der Session zuwandte, gab der Aufseher auf und tat es ihm gleich.

Kim zwang ihre Fäuste, sich zu öffnen, damit ihre Hände in der angewiesenen Position auf ihren Oberschenkeln lagen.

Das Auspeitschen dauerte viel zu lange und das Schluchzen der Sub formte sich zu einem Schreien, während sie versuchte, dem Schmerz zu entgehen. Es hörte nicht auf. Als die arme Frau schließlich in das Subspace abhob und den Schmerz nicht mehr spürte, konnte Kim sich entspannen.

Nachdem er die Sub mit dem gläsernen Blick befreit hatte, wickelte der Dom sie in eine Decke und platzierte sie auf dem Boden. Unbeirrt gab er ihr etwas Wasser und fütterte sie mit einem Stück Schokolade. „Kommst du kurz allein klar, Mädchen?" Er sah aus wie ein alter Cowboy, seine Stimme so rau wie seine Erscheinung.

„Ja. Vielen Dank, Master Sam." Die Sub küsste seine Hand. „Das war wundervoll. Ich fühle mich wieder ... offen."

Während sie die Schokolade aß, wischte der Dom den Spielbereich ab und packte seine Spielzeuge weg.

Kim konzentrierte sich auf ihn und versuchte, zu ignorieren, was der Aufseher über die Session zu sagen hatte. Versuchte, zu ignorieren, dass es schon bald sie war, die er beobachten würde. Und Master R hatte ihr nie gesagt, was genau er geplant hatte.

„Fertig?", fragte Sam die Sub. Er half ihr auf die Beine, fuhr mit der Hand über ihren misshandelten Rücken und grinste, als sie zusammenzuckte. „Dann kannst du gehen."

Sie küsste seine Hand erneut und entfernte sich auf wackeligen Beinen von der Szene.

„Kommt sie allein klar?", fragte Master R mit offener Besorgnis in seiner Stimme. Kim wollte ihn umarmen. Wenn er könnte, würde Master R wahrscheinlich die ganze Welt retten.

Sam betrachtete den blassen Mann, der neben Raoul saß. Wie es schien, kam das Sackgesicht nicht oft in die Sonne. Wie ein Vampir. „Sie kommt klar. Sie genießt es, nach einer Session in der Nähe anderer Subs zu sein, und lauscht ihren Gesprächen." Er grinste. „Sie ist ein bisexueller Switch. Es ist also sehr wahrscheinlich, dass sie später eine Sub in einen Privatraum führt."

Er entdeckte eine Shadowlands-Auszubildende und hielt einen Finger hoch. Die Brünette nickte und kehrte zur Bar zurück, um ihm einen Drink zu holen.

Sam zog ein Handtuch aus seiner Spielzeugtasche, wischte sich den Schweiß von Gesicht und Hals und ließ sich gegenüber von Raouls Gast auf einen Stuhl fallen.

„Sam, das ist Dahmer", stellte Raoul die beiden vor.

Der Mann lehnte sich für einen Handschlag vor und sagte: „Du bist ziemlich talentiert. Es war eine Freude, dir zuzusehen."

Sam zuckte mit den Schultern. „Es war okay." Er hatte sich absichtlich für eine laute Sub entschieden. Obwohl einige Tops es bevorzugten, dass die Subs ihre Schreie kontrollierten, wussten seine Bottoms, dass er die Laute des Schmerzes genoss. Dieses Mal hatte er sie so laut schreien lassen, wie er konnte. „Aber die Schlampe ist zu schnell ins Subspace abgehoben. Tun sie das nicht, benutzen sie oft ihr Safeword und beenden damit die Session." Er schnaubte. „Irgendwann tun sie das alle."

Der Aufseher nickte, als ob er jetzt verstand, warum Sam eine Sklavin haben wollte. „Na ja, es gibt Möglichkeiten, dieses Problem zu umgehen."

„Ja, das ist mir zu Ohren gekommen." Sam blickte zu der

kleinen Sklavin seines Freundes und sah ein blaues Aufflackern in ihren Augen, bevor sie schnell den Kopf senkte. Mutige Frau und so hinreißend in ihrem französischen Dienstmädchenkostüm. „Aber ich bin nicht an einer wie Sandovals interessiert. Ich brauche niemanden, der für mich kocht oder putzt, und mit dem, was ich gerne mit ihr tun würde, kann ich sie nicht herumwandern lassen."

„Den meisten von unseren Käufern geht es ähnlich. Obwohl Raouls Resultate mit seiner Sklavin beeindruckend sind, haben wir viele zufriedene Sadisten auf unserer Käuferliste, und sie neigen dazu, ihre Spielzeuge einzusperren. In Schränken oder einem Raum, bei dem die Fenster und Türen ausbruchsicher gemacht wurden." Der Mann lächelte und fügte hinzu: „Auch Hundezwinger kommen zum Einsatz."

Als das Mädchen bei den Worten des Aufsehers sichtlich zuckte, legte Raoul seine Hand auf ihren Kopf, und Sam bemerkte den verstörenden Blick in den Augen seines Freundes. Der Dom hatte ein zu weiches Herz. Das wäre etwas, wenn er sich in eine Ex-Sklavin verlieben würde. *Sei kein Idiot, Mann. Keine entführte Sklavin will nach diesem Albtraum einen Master haben.*

„Dahmer." In der Hoffnung, die Aufmerksamkeit des Arschlochs von Raoul wegzuziehen, lehnte sich Sam zurück und sagte: „Ich bin interessiert. Was muss ich beachten?"

Der selbstgefällige Gesichtsausdruck des Aufsehers würde jedem anständigen Mann den Magen umdrehen. „Zuerst –"

„Entschuldigt mich", unterbrach Raoul. „Ich lasse euch allein. Ich habe den Büro-Themenraum für meine Session reserviert und sollte alles vorbereiten." Er stand auf, nahm seine Spielzeugtasche und zerrte an der Leine, sodass seine Sklavin ihm folgte.

Der Aufseher nickte. „Ich werde in Kürze nachkommen, um sie mir anzusehen."

Das Mädchen zuckte. Als sie tapfer ihre Schultern durchdrückte und hinter Raoul herkam, musste Sam gegen den Drang angehen, Dahmer einen Schlag zu versetzen.

Der Aufseher beobachtete, wie sich das Paar entfernte und murmelte: „Es war ein Vergnügen, sie zu ficken. Ich genieße es, wenn sie sich bis zum Schluss wehren. Egal, was dein Kumpel denkt, am Ende war es der Käfig, der sie gebrochen hat."

„Er ist ein guter Ausbilder. Im Gegensatz zu mir steht er jedoch nicht darauf, Schmerz zuzufügen."

„Ja, das stimmt wohl." Der Aufseher schwieg, als Sally mit Sams Getränk kam.

„Danke, Mädchen", sagte Sam und lächelte, als die Sub davonlief. Ihr kurzer Rock schwang bei jedem Schritt und entblößte immer wieder ihre saftigen Pobacken.

„Die hätten wir uns fast geschnappt." Der Aufseher wies auf Sally. „In der Woche hat sie jedoch unerwartet die Stadt verlassen. Vielleicht wird sie nochmal interessant. Für diese Auktion ist sie allerdings nicht geeignet. Habe ich erwähnt, dass die kommende Veranstaltung speziell für Sadisten angelegt ist? Alle angebotenen Sklaven sind Masochisten."

„Perfekt." Sam hielt seine Stimmlage gleichmäßig, obwohl der Gedanke, dass die Bastarde Sally in die Hände bekamen, nur vergleichbar damit war, Zeuge davon zu werden, wie ein Welpe zu Tode getreten wurde. „Ich genieße es, eine Masochistin an ihre Grenzen und ... darüber hinaus zu bringen."

Dahmer lehnte sich vor und erklärte das Verfahren.

Sam hörte aufmerksam zu, seine Gesichtszüge entspannt, während die Wut in ihm brodelte. Als Raoul um Hilfe gebeten hatte, hatte Sam nicht gezögert und sofort zugestimmt. Sklaverei, die Idee allein, war ein Verstoß gegen alles, an was er glaubte. Da er Dahmer jetzt kennengelernt hatte, war seine Abneigung nun persönlicher Art. Er wollte den Kerl hinter Gitter bringen. Viel lieber wäre es ihm, an dem Arschloch seine Bullenpeitsche zu verwenden und ihn zu zerfetzen, bis von ihm nur noch ein Fleischhaufen übrig blieb.

. . .

Gehorsam folgte Kim Master R durch den Raum. Hin und wieder riss er sanft an der Leine – eine Leine, die in einem Meer der Angst schnell zu ihrer Rettungsleine avanciert war. Je weiter sie sich vom Aufseher entfernten, umso ruhiger wurde die See in ihrem Inneren. Sie blickte über ihre Schulter. Mitglieder des Clubs versperrten den Blick auf ihn.

Wenn es doch nur möglich wäre, seine gesamte Existenz zu sperren. Sie seufzte.

Irgendwie hörte Master R ihre Gedanken über die Musik, die Gespräche und die Laute von den verschiedenen Sessions. Nachdem er seine Tasche abgestellt hatte, legte er den Finger unter ihr Kinn, hob ihr Gesicht und musterte sie. Eine Minute verging, bevor er die Fesseln vor ihrem Bauch löste. Er schlang die Arme um sie, seine Lederweste weich unter ihrer Wange, sein Körper beständig und solide. Stark. Er legte sein Kinn auf ihren Kopf. „Das hast du gut gemacht, *Cariño*. Ich bin stolz auf dich."

Oh, die Art, wie ihr Herz bei diesen einfachen Worten einen Salto schlug, war beunruhigend. Extrem beunruhigend. Sobald diese Sache vorbei war, würde sie nachhause gehen, zurück in ihr altes Leben. So sehr würde ihr dieser Mann fehlen, dieser Master, der ihre Gefühle so gut lesen konnte wie die Reaktionen ihres Körpers. *Nicht jetzt. Denk später darüber nach.*

Im Moment brauchte sie alle Sorgen, die sie aufbringen konnte, für die bevorstehende Session. Eine echte Session. In den letzten Tagen hatte er mit ihr in seinem Kerker gespielt. Nur ein wenig, um sie an das Setting, an das Gefühl der Hilflosigkeit und an die Geräusche und Düfte zu gewöhnen. Ihre Panikattacken waren nun weniger überwältigend, sodass er sie – in der Regel – fesseln konnte, ohne dass sie schrie und sie sich in ihren Erinnerungen verlor. Aber er hatte ihr nicht erzählt, welche Art von Session er mit ihr vorführen wollte. „Was hast du für mich geplant, Master?"

„Du bist so nervös." Beim Klang seiner Stimme schreckte sie zusammen. Er schien überhaupt nicht besorgt zu sein, und sein schieres Selbstvertrauen war etwas, auf das sie sich stützte. „Wir werden eine Fireplay-Session machen, *Gatita*."

Sie erstarrte. *Auf keinen Fall. Oh nein.* Mit Entsetzen stellte sie fest, dass sie Feuer auf der Liste für ihre Grenzen nicht angekreuzt hatte. Eigentlich störte sie der Gedanke auch nicht. Nicht direkt, aber es blieb eine gewisse Abneigung, es mit Feuer zu tun zu bekommen. *Feuer. Feuer! Sie sollte den Mann wirklich ertränken.*

Er hob seine Tasche auf und ging weiter. Seinen Arm hatte er um sie geschlungen. Eine gute Sache, da sie es wahrscheinlich nicht ohne Hilfe schaffen würde, ihm zu folgen. In Gedanken befand sie sich in Savannah. *Dort will ich hin. Jeder Ort auf diesem Planeten wäre akzeptabel, nur hier möchte ich nicht sein.*

„Dahmer hat mir in dem Punkt nicht wirklich eine Wahl gelassen." Mit dem Zeigefinger stupste er gegen ihre Nasenspitze. „Die gute Nachricht ist, dass ich dich nicht fesseln werde."

„Keine Fesseln? Ernsthaft?" Ihr fiel ein Stein vom Herzen. Der Gedanke, in der Nähe des Aufsehers hilflos zu sein, war wirklich … furchtbar gewesen.

„Ja. Da dies die einzige Session ist, die wir in der Öffentlichkeit machen werden", – er lächelte sie an – „möchte ich dafür sorgen, dass du deine Zeit genießt."

Genießen? „Ähm. Master. Keine Einschränkungen – das ist gut, aber ich weiß nicht, was ich so toll daran finden soll, dass du mich ankokeln willst."

Er lachte. Den satten Klang zu hören, war wie in einem Außenaufzug zu sein, der aus dem dunklen Gebäude ins Licht aufstieg. „Ich habe nicht vor, dich in Brand zu setzen, Kimberly." Er ging weiter, grüßte auf dem Weg zum hinteren Teil des Raumes verschiedene Clubmitglieder. Gab es jemanden, der ihn nicht kannte und mochte?

Ihr fiel Master Z auf. Sein dunkler Blick traf auf ihren. Er schenkte ihr ein kleines Lächeln und hob sein Kinn, als wollte er ihr Mut machen.

Erfolgreich. Sie nahm einen tiefen Atemzug und folgte Master

R in den Flur. Große Glasfenster zu beiden Seiten erlaubten anderen, die Sessions in den Themenräumen zu beobachten. Er entfernte ein Schild mit dem Wort *RESERVIERT* von einer Tür und trat ein.

Der Raum gab vor, ein Büro zu sein. An der Wand stand ein zwei Meter hoher Aktenschrank, gegenüber davon eine Couch mit einem dazugehörigen Tisch. Den Großteil des Raumes nahm der riesige Eichenschreibtisch in der Mitte ein.

„Alles ablegen, einschließlich der Handfesseln. Anschließend kniest du dich neben den Schreibtisch", befahl Master R. Er wartete, seine Augen auf sie gerichtet, und sie überwand ihr Zögern durch das Selbstbewusstsein in seinem Ausdruck, denn er schien zu wissen, dass sie gehorchen würde.

Ihre Hände fühlten sich taub an, ihr Mund trocken, aber sie tat, was er befohlen hatte, und legte die Schürze und ihr Kleid gefaltet auf den Couchtisch. Auf dem glänzenden Hartholzboden kniete sie sich in seiner bevorzugten Position hin, die Hände hinter dem Rücken, die Knie gespreizt. Widerwillig senkte sie den Kopf.

„Du darfst zuschauen, *Gatita*", flüsterte er.

Er zog einen stabilen quadratischen Tisch aus der Ecke und positionierte ihn neben dem Schreibtisch. Dort legte er verschiedenste Werkzeuge drauf. Dann ging er zum Aktenschrank. Ein Stab mit einem weißen Kopf kam aus seiner Tasche. Drei weitere folgten. In eine tiefe Metallschüssel kippte er eine klare Flüssigkeit. Eine dicke Kerze stellte er auf eine schwere Metallschale.

Als er sie anzündete, wurde sie von einem Schauer erfasst. Sie presste die Zähne aufeinander und schaute nach unten.

„Hast du dich nach dem Duschen wie befohlen eingecremt?" Seine Stimme klang beiläufig, als hätte er von ihr verlangt, ein Gericht mit Pfeffer zu würzen.

„Ja, Sir."

„Ausgezeichnet. Die Creme wird deine Haut schön feucht halten." Er tränkte ein Handtuch im Waschbecken und wrang es aus. Das Handtuch, ein Krug Wasser und ein Feuerlöscher platzierte er am anderen Ende des Schreibtisches auf dem Boden.

„Hast du vor, das ganze Gebäude in Brand zu stecken?" *Und dazu noch mich?* Ihre Stimme kam als hohes Wimmern heraus.

„Denke an Murphys Gesetz. Wenn du nicht vorbereitet bist, werden schlimme Dinge passieren. Wenn du es bist, läuft nichts schief." Er zog ein mit Stoff bezogenes Blockkissen aus dem Schrank. Er legte es auf den Schreibtisch. Es war so dick, dass es mit seiner Hilfe nun Master Rs Hüfte erreichte. Er lächelte sie an. „Dieses Material wird nicht brennen, *Gatita*. Und jetzt komm zu mir."

Lieber nicht. „Ja, Sir." Sie erhob sich und strebte nach Gelassenheit, da sich bereits drei Menschen vor dem Fenster eingefunden hatten. Noch nie hatte sie weniger Lust gehabt, eine gute Show abzuliefern.

Er folgte ihrem Blick, packte sie dann an der Taille und setzte sie auf den Schreibtisch. Das Blockkissen fühlte sich kalt an ihrem Hintern an, jedoch war das Innere gut gepolstert. „Leute werden zusehen, und es ist schön zu wissen, dass sie genießen, was wir tun, aber diese Session, Kimberly, beinhaltet nur dich und mich." Er gab ihr einen kleinen Kuss und sie atmete den schwachen Duft seines Eau de Cologne ein, der sie an das Meer und Testosteron erinnerte.

Er positionierte sich hinter ihr, sammelte ihre Haare im Nacken und …

„Du weißt, wie man Haare flechtet?", fragte sie, als ihr bewusst wurde, was er tat.

„Mmmhmm. Früher habe ich immer die Haare meiner *Mamá* gebürstet und geflochten." Er summte zu der Musik, und sie bemerkte, dass es sich dabei nicht um die Gothic-Band von der Tanzfläche handelte. Der Raum hatte ein eigenes Soundsystem und spielte ein Album von *Secret Garden*. Eine ihrer Lieblingsbands. Entspannend.

„Du versuchst, mich zu beruhigen, bevor du mich in Brand setzt."

Es folgte ein härteres Ziehen an ihren Haaren. „Bei der Session kann ich dich nur verletzen, wenn ich entscheide, dies zu tun." Er zwickte ihr in den Arm. „Schlimmer als das wird es nicht werden."

Sie entließ den Atem. „Sicher?"

„Ich mache das schon seit vielen Jahren, *Sumisita*." Er band eine Schnur um ihr Haar. Dann trat er vor sie und nahm ihr Gesicht zwischen seine einschüchternden Handflächen. Seine Augen waren so ernst und fürsorglich und doch ... streng. Sicher, sie hatte Angst, aber sie würden es dennoch durchziehen. Er würde nicht nachgeben – und war das nicht gleichermaßen beruhigend und erschreckend? Manchmal ergaben ihre Gedanken wirklich keinen Sinn.

„Wie bei so vielen Sessions geht es auch heute um Vertrauen, *Cariño*. Der Instinkt sagt uns, die Flamme zu fürchten. Nun werden wir sehen, ob dein Vertrauen in mich diesen Instinkt ausschalten kann."

Wenn er so redete, wusste sie, dass er ihr niemals wehtun würde. „Ich vertraue dir", flüsterte sie.

„Mutige *Gatita*", murmelte er. „Ich weiß, dass du das tust. Jetzt möchte ich dich auf den Knien sehen, den Arsch in die Höhe gestreckt und auf den Unterarmen lehnend."

Was? Plante er, ihren Hintern zuerst in Brand zu stecken?

Sobald sie sich in Position gebracht hatte, fuhr er mit den Händen über sie, sensibilisierte ihre Haut. Im Geiste verfluchte sie ihn, als er sich von ihren Schultern, zu ihrer Taille und langsam nach unten bewegte. Für eine lange Zeit streichelte er ihren Hintern, und ohne die bedeutenden Stellen zu berühren, pulsierte bereits ... alles an ihr. Ihre Finger bohrten sich in das Blockkissen, denn ihr wurde bewusst, dass er sie absichtlich erregte.

Als er ihre Beine leicht auseinander drückte, spürte sie die verräterische Nässe auf ihrer Schenkelinnenseite. Eine Sekunde später benutzte er seine Finger, um ihre Schamlippen zu teilen. Sie vernahm einen zufriedenen Laut aus seiner Richtung.

Verdammt, nach den letzten Tagen wusste er genau, was er zu tun hatte. Mittlerweile musste er nur mit dem Finger schnippen und sie war bereit für ihn. Zu leicht. Ihr Kopf senkte sich und sie schloss die Augen. *Schlampe. Ich bin eine dreckige ...*

Eine Hand traf auf Fleisch – der Laut so schockierend wie das brennende Gefühl auf ihrem Hintern. „Aua!"

„Ich erlaube dir nicht, diese bösen Gedanken über meine *Sumisita* zu haben, Kimberly." Bei dem zweiten Klaps verzog sie das Gesicht zu einer Grimasse, als der Schmerz durch ihren Körper jagte.

Sein langer Finger berührte ihre Pussy und presste sich tief in sie. Sie schnappte nach Luft. Ihr Bedürfnis, sich zu bewegen, wurde durch die schwere Handfläche auf ihrem Arsch unterbunden. Er schob seinen Finger rein und raus und gluckste. „Wenn du länger bei mir bleibst, sollten wir ein paar Spanking-Sessions in die Routine einbauen. Nur zum Spaß."

Ihre instinktive Ablehnung wurde durch die Art und Weise widersprochen, in der sich ihre Pussy um ihn zusammenzog.

„Beine weiter spreizen", sagte er, und als sie sich für ihn öffnete, bahnte sich seine andere Hand einen Weg zwischen ihre Schamlippen und verteilte ihre Nässe. Als ein schwieliger Finger über ihre Klitoris streifte, feucht und brutal, stöhnte sie bei der schockierenden Empfindung.

„Fühle, *Gatita*. Das ist A." Sein Finger wanderte in einem seltsamen Muster nach oben und um ihre Klitoris. „B." Ein anderes Muster. „C." Er schnellte brutal über ihr Nervenbündel. Niemals berührte er dieselbe Stelle zweimal. Aber mit jedem neuen Buchstaben im Alphabet und den müßigen Bewegungen seines Fingers machte ihre Begierde einen Sprung.

„G ..."

Nein. Aufhören. Sie spürte, wie das Blut in ihre Pussy schoss und sie anschwoll, bis ihre untere Hälfte im Takt ihres Herzens pulsierte.

Zwei Finger glitten in sie, füllten und dehnten sie. „L."

„Ich will nicht kommen. Bitte, Master, nicht. Nicht hier."

„Heute hast du keine Wahl, *Cariño*", sagte er geradeheraus. Sein Tempo ließ nicht nach und er presste sich tiefer in sie. „Da du deine Lust nicht mit unserem Publikum teilen willst, mache ich dir einen Vorschlag: Wenn du kommst, darfst du dich nicht bewegen und keinen Laut von dir geben. Missachtest du diesen Befehl, werde ich dir ein Spanking verpassen."

Oh Gott, das machte sie nur noch panischer – und er wusste es. *Ertränke ihn.* Ihre Finger packten das Schaumstoffpolster, als sich ihre Willenskraft davonmachte. Ohne ein Boot in Sicht trieb sie auf das offene Meer hinaus.

„R." Nachdem er ihr einen Kuss auf den Rücken gegeben hatte, knabberte er an ihrem Hintern. Der resultierende Schmerz ließ sie erschauern.

Nicht bewegen, keinen Lärm machen. Sie zitterte, gab ihr Bestes, still zu halten. Jedoch fühlte sie, dass sich ihre Vagina um seine Finger zusammenzog, je näher sie dem Orgasmus kam. *Nein, ich will nicht.* Ihre Welt konzentrierte sich auf sein Alphabet, bis jeder Nerv um ihre Klitoris in Erwartung seiner Berührung elektrisierende Empfindungen an sie weitergab. *Oh Gott*, sie brauchte mehr. *Mehr.* Ihr Puls hämmerte in ihren Ohren und zwischen ihren Beinen. Als die Muskeln in ihrer Pussy in kürzeren Abständen flatterten, neigte sie ihren Hintern ein wenig nach links.

„V." Er gluckste – ein tiefer Laut, der sie beinahe über die Kante geschubst hätte. Und dann, zu ihrem Schock, fügte er einen weiteren Finger hinzu und stieß hart in sie. Sie schnappte nach Luft, als sich jeder Muskel um ihn herum zusammenzog und so das Gefühl der Fülle erhöhte.

Ihr Körper bereitete sich vor, ihre Atmung verlangsamte sich zu … nichts. *Nicht mehr lange. Oh, bitte.*

„Demnächst sollten wir hier eine Klemme ansetzen." Seine Worte ergaben keinen Sinn ... bis er mit Daumen und Zeigefinger in ihre Klitoris zwickte.

Oh, oh, oh! Explosion. Bewusstseinsverändernde Ekstase sprengte nach außen, als jeder Nerv in ihrem Körper auf einmal feuerte. Sie bebte – *nicht bewegen!* – und ihre Unbeweglichkeit verstärkte jede einzelne Empfindung, bis ihre Haut selbst zu pulsieren schien. Sie schob ihre Hand in den Mund und versuchte so, die Schreie zu ersticken.

„Hübsche *Sumisita*." Als er lachte und ihre geschwollene Perle entließ, rauschte das Blut an die Stelle zurück und der Ansturm aus Empfindungen ergriff Besitz von ihrem Körper, sodass sie wild durchgeschüttelt wurde.

Er entfernte seine Finger aus ihrer Hitze, packte ihre Hüften und hielt sie fest. Ihr Herz hämmerte gegen ihre Rippen, als sie nach Luft schnappte.

„Du hast Laute von dir gegeben und bewegt hast du dich auch", sagte er. Bevor sie die Chance hatte, wieder zu Atem zu kommen, landeten vier Schläge auf ihrem Hintern.

Die Wände ihres Geschlechts bebten, als das entstehende Brennen eine neue Welle der Lust ankündigte. Sie versuchte, nicht zu stöhnen. Wer wusste schon, was er dann tun würde?

Seine beharrlichen Hände rieben über ihre zwiebelnden Pobacken und linderten den Schmerz. Tröstend. Ihre Atmung normalisierte sich.

„Und runter mit dir", sagte er, zog ihre Beine nach hinten und legte sie so flach auf das Polster.

Oh Gott. Ihr Hintern pochte und ihr Körper bebte noch immer von dem überwältigenden Orgasmus. Und er war noch nicht fertig. *Ich will das nicht tun.*

Er ließ ihren Zopf seitlich baumeln, legte ein feuchtes Handtuch über ihre Haare und zog den Tisch mit den verschiedenen Folterwerkzeugen näher zu sich. Als er die Kerze anzündete, entflammte sie wie eine Fackel und Kim erschreckte sich. Mit einem Grunzen zog er etwas aus seinem Stiefel und kürzte den Docht. Die Flamme war nun kleiner und weniger bedrohlich. *Flamme.*

Sie unterdrückte ein Wimmern.

Das Werkzeug aus seinem Stiefel kehrte zurück an seinen Platz. Dann lehnte er sich über den Tisch, seine Hand auf ihrem Rücken. Er drückte ihre Schulter ermutigend und küsste ihre Wange. Sie sah, wie angespannt sein Kiefer war. Seine dunkelbraunen Augen schauten in ihre. „Vertraust du mir, *Cariño*?"

Die Frage schmolz auch den letzten Widerstand in ihr dahin, nachdem er demonstriert hatte, wie leicht er ihren Körper zu kontrollieren wusste. „Das tue ich", flüsterte sie.

Er wartete.

„Das tue ich, Master." Er hatte gezeigt, dass ihr Körper ihm gehörte; jetzt wollte er auch ihre Seele – er schien nicht zu wissen, dass er sie bereits hatte. *Gott steh mir bei*, aber es stimmte.

Seine Fingerknöchel streichelten ihre Wange, rieben über ihre Lippen. „Du machst mich sehr glücklich, *Gatita*", sagte er leise.

Oh, und genau das wollte sie, ihn glücklich machen. So sehr.

Er entfernte sich von ihr, um das Licht im Raum zu dimmen, bis die Beleuchtung an einen Sonnenuntergang erinnerte. Dann lehnte er sich über den Schreibtisch, sodass sein Körper an ihrem rieb. „Atme, Kimberly, und lausche der Musik. Ich habe sie allein für dich gewählt."

Als seine schwielige Hand über ihren Rücken streichelte, lösten sich ihre Muskeln und sie entspannte sich auf dem Polster. Ihre Atmung hielt Schritt mit dem Rhythmus des Liedes, den behutsamen Berührungen seiner Hand.

Sie fühlte etwas anderes – eine kühle Reibung und eine aufblitzende Wärme, die fast gleichzeitig auftraten. Dann glitt seine Hand über dieselbe Stelle. Wieder und wieder. Sie erkannte, dass es nicht wehtat. Es fühlte sich kühlend an. Eine Sekunde später folgte Hitze, die unter seiner Handfläche verschwand. Ein Kreis um ihren Hintern. Ihre Beine runter und wieder zu ihrem

Rücken. Sein Rhythmus kam den rauschenden Wellen am Strand gleich – nicht ganz regelmäßig, aber so natürlich und besänftigend. Wärme, Berührung seiner Hand.

Ihre Augen waren geöffnet und sie beobachtete die Schatten an der Wand, die die Flamme kreierte, bevor die Finsternis einkehrte. Sie konnte hören, vernahm die Gespräche außerhalb des Raumes, die Stimmen wie Möwen in der Ferne.

Die Hitze verstärkte sich und knisterte über ihre Haut, doch ihre Sorge verflüchtigte sich, als ihr Körper und ihr Geist zu schwer wurden, um sich weiterhin auf die Gegenwart zu konzentrieren.

Sein Bariton brach in ihre Stille. „Du bist so ein braves Mädchen, *mi pequeña Sumisa*. Und jetzt dreh dich um."

Wie schaffte er es, dass seine Stimme wie eine starke Strömung an ihr zog? Mit seinen Händen drehte er sie um und kühle Luft wehte über ihre Vorderseite. Er legte ihre Arme an ihre Seiten und zog ihre Haare wieder über die Kante des Schreibtisches und damit außer Reichweite des Feuers.

„Willst du die Flamme sehen, *Gatita?*", fragte er mit dieser sanften Stimme.

„Ich liebe deinen Akzent", sagte sie leicht benebelt. Sie wusste nicht, ob sie gerade träumte.

Etwas dieser Art laut auszusprechen, war merkwürdig, oder? Dennoch vertieften sich die Falten neben seinen Augen und er wiederholte die Frage unbehelligt: „Willst du zuschauen?"

„Okay." Ihr Rücken tat nicht weh, kein bisschen. Nur ihr Hintern, wo er sie … „Du hast mir den Arsch versohlt", hauchte sie.

„Das habe ich." Er hob ihre Schultern an, sodass er ein Keilkissen unter das Polster schieben konnte. „Und ich habe das Spanking sehr genossen. Dein Arsch ist dafür wie gemacht, findest du nicht auch?"

Ihr Kichern klang seltsam. Sie fühlte sich wie eine Blase, die mit dem Ziel aus dem Ozean aufstieg, die Wasseroberfläche zu erreichen.

Er wandte sich ab, der kleine Stab mit dem weißen Dochtmaterial in seiner Hand. Er folgte damit der Länge ihres Oberschenkels, der brennende Pfad bereits wieder verschwunden und doch folgte er mit der Hand, um sicherzustellen, dass das Feuer vollständig gelöscht war.

„Oh, sieh dich nur an. Hinreißend."

Genau wie dein Lächeln. Dann ging er wieder zu einem Rhythmus über. Kälte, Hitze, seine große Hand, die die Flamme löschte, sodass es nicht zu Verbrennungen kam ... warm, sicher, manchmal fühlte es sich auch an, als würden kleine Zähne an ihr knabbern, aber lähmender Schmerz? Nein.

Er tauschte den Stab gegen einen anderen aus, gab ihr einen langsamen Kuss, worüber sie nicht glücklicher sein konnte. Er arbeitete sich über ihren Bauch vor und näherte sich ihren Brüsten.

Eigentlich sollte sie besorgt sein, doch ihre Angst blieb fern. Im nächsten Moment wurde ihre Brust von einem tanzenden Feuer eingenommen und, wie Zauberei, war die Flamme plötzlich verschwunden. Ihre Haut kribbelte, ihr Nippel richtete sich auf, obwohl ihr Körper nicht wusste, ob sie erregt sein sollte oder nicht. Er hielt die Fackel auf Abstand und lehnte sich vor, um über die Knospe zu lecken.

Dann schloss er seine Lippen über ihrem anderen Nippel und brach damit das Muster – heißer Mund, kühle Luft. Feuer.

Außen an ihren Brüsten entlang. In der Mitte nach unten. Flammen tanzten über ihren Körper ...

Er lächelte, in seinen Augen leuchtete das Feuer, und sie erkannte, dass das Flackern nicht länger den Raum erhellte. Nur seine Hände waren geblieben – seine Hände an ihren Brüsten, sein Mund an ihrer Klitoris – und ihre Erregung erreichte neue Höhen. Die Lustwellen brachen an dem felsigen Ufer und ließen ihr keine Wahl, als die Erlösung zu akzeptieren.

KAPITEL ZEHN

Keine Sub hatte ihm bisher so bedingungslos vertraut oder war durch seine Hand so hinreißend gekommen. Noch wurde Raoul von dem exquisiten Bedürfnis nach Zärtlichkeit eingenommen … bis er sich der Scheibe zuwandte.

Während der Session war er so weit ins Topspace eingetaucht, dass er die Ankunft des Aufsehers nicht bemerkt hatte. Doch da stand der *Cabrón*. Raoul nickte ihm zu.

Dahmer wies mit dem Kopf zum Clubraum und bewegte sich außer Sichtweite. Nicht gerade davon begeistert, dass er diesen Moment mit diesem Bastard hatte teilen müssen, runzelte Raoul die Stirn. Es war höchste Zeit, dass er sich ein letztes Mal mit Dahmer auseinandersetzte und ihn dann aus dem Shadowlands entfernen ließ. Leider bedeutete das, dass er Kimberly erneut seiner Anwesenheit aussetzen musste.

Ohne Dahmer wären er und Kimberly überhaupt nicht hier. Oder zusammen. Sie war es wert.

Er lächelte, als er sah, dass sie noch immer nicht in die Realität zurückgekehrt war. Er fuhr mit den Fingern über ihre Haut. Trocken und warm wie bei einem leichten Sonnenbrand. Blasen sah er keine. Sehr gut. Nachdem er die feuchte Decke benutzt hatte, um ihre Haut abzuwischen, trug er Aloe-vera-Gel auf und wickelte sie in eine kuschelige Decke. Als er den Raum säuberte, machte er regelmäßig eine Pause und streichelte sie sanft, um sie daran zu erinnern, dass sie nicht allein war.

Ein Klopfen an der Tür erregte seine Aufmerksamkeit. Eine Reinigungskraft wartete auf der Türschwelle. Sie zeigte auf sich selbst, dann auf das Zimmer, was darauf hindeutete, dass sie die Säuberung übernehmen würde. Z hatte sie wahrscheinlich geschickt.

Raoul nickte. Er würde sich ohnehin lieber um Kimberly kümmern und sie in seine Arme nehmen. Er wickelte die Decke enger um sie, hob sie hoch und sah zu der fein säuberlich gefalteten Kleidung.

Peggy flüsterte: „Ich werde die Kleidung und deine Tasche zur Bar bringen, sobald ich hier fertig bin, Master Raoul."

„Danke."

Kimberlys Augen öffneten sich, immer noch ein wenig vernebelt. Sie lächelte die Frau an und wiederholte seine Worte: „Danke."

Peggy strahlte.

„Ah, da bist du ja wieder, *Gatita*." Raoul küsste sie auf die Stirn.

Sein schläfriges Kätzchen rieb ihre Wange an seiner Brust. „Ich mag es, wenn du mich hältst."

Dios, wenn sie so weitermachte, brach sie ihm noch das Herz. „Ich mag es, dich zu halten."

Er lief durch den Flur und in den Hauptraum des Clubs, wo die Klänge von *Alice in Chains* gegen sein Gehirn hämmerten. Clubmitglieder, die seine Fireplay-Session beobachtet hatten, gaben ihm einen Daumen nach oben. Ein paar wollten mit ihm sprechen, erkannten aber schnell, in welchem Zustand sich Kimberly befand, sodass sie zumeist nur im Vorbeigehen sagten: „Großartige Session, Raoul."

Er nickte und lächelte. In der Nähe der Bar sah er Dahmer

und Sam an einem Tisch, von dem sie eine Suspension-Session beobachteten. Zurück in der Realität. Aber sie sahen so vertieft aus, dass er sich mit Kimberly Zeit nehmen konnte, bis sie wieder vollkommen zu sich gefunden hatte. Er fing Sams Blick ein und nahm dann in einem ruhigen Eckchen Platz, wissend, dass sie sich ihm anschließen würden, wenn die Session zu einem Ende kam.

Eine hübsche Sub erschien und stellte ein Bier und eine Flasche Wasser auf den Tisch. Sie flüsterte: „Von meiner Mistress."

Raoul sah, dass Olivia die Bar übernommen hatte. Sie schickte ihm einen Gruß und wandte sich dann wieder ihren Bestellungen zu.

Kim fühlte sich ... wundervoll, vollkommen entspannt und gelöst.

„*Gatita.*" Eine tiefe, volltönende Stimme, die sie zu umschlingen vermochte, wie es seine Arme taten.

Sie blinzelte und schaute mit einem trägen Lächeln in dunkle Schokoladenaugen. Ihr Herz schwoll an, füllte sich mit Wärme und erinnerte damit an einen unendlich dehnbaren Ballon. Ihr Arm wollte sich nicht bewegen, aber das Bedürfnis, ihn zu berühren, war überwältigend und ließ ihr keine andere Wahl. Sie legte ihre Handfläche auf seine Wange und spürte, wie sich seine Haut zu einem Lächeln verzog.

„Bist du wieder bei mir?"

Immer. Sie öffnete den Mund, um ihm zu sagen, wie sehr sie ihn liebte, jedoch wurde sie von einer Bewegung gestoppt, die sie aus den Augenwinkeln wahrnahm. Leute. Sie erstarrte und es bohrte sich ein Eiszapfen in ihre entspannten Muskeln.

„Nein, sieh mich an, Kimberly", murmelte Master R und zog ihren Blick wieder auf sich. „Du warst wundervoll, *Sumisita,* und ich bin sehr zufrieden mit dir."

Wärme schwappte über sie, eine zurückkehrende Flut. *Gott,* sie liebte ihn so sehr.

„Aber wir sind nicht allein. Wir sind immer noch im Shadowlands und die anderen beiden Männer werden sich uns bald anschließen. Ich erwarte von dir, dass du schön leise bist." Er liebkoste ihre Wange. „Ich hatte nicht vor, dich so tief ins Subspace zu schicken. Ich verspreche, ich werde dich nicht allein lassen."

Leise sein. „Ja, Master."

Er schenkte ihr ein Lächeln. „Gutes Mädchen."

Als er sie hielt, rieb sie ihre Stirn an seiner muskulösen Brust und wunderte sich gedankenverloren, wie es passieren konnte, dass sie sich so wohl in seinen Armen fühlte.

„Das war eine beeindruckende Session, Raoul. Genau, was ich für die Auktion brauche." Die herannahende Stimme war schrecklich, schmierig und löste unschöne Gefühle in ihr aus ... hässliche ... Am liebsten würde sie davonrennen. Sie wollte sich verstecken. *Der Aufseher.*

Sie gab einen Laut von sich und Master R festigte die Arme um ihren Körper. Er hob sie etwas höher und platzierte sein Kinn auf ihren Haaren. Sie drückte ihr Gesicht an seinen Hals und atmete seinen sauberen Duft ein, der sie an den Wind eines stürmischen Tages auf dem Meer erinnerte. Männlich. Sicher.

Um sie herum wurde das Gespräch fortgesetzt. Sie drehte den Kopf und gab dabei alles, den Blick auf den Sklavenhändler zu vermeiden. Mit ihrer Wange auf Master Rs Schulter beobachtete sie die Mitglieder und die verschiedenen Sessions.

In dem Separee, das ihnen am nächsten war, peitschte ein olivhäutiger Dom seinen Sub aus. Daneben benutzte eine dunkelhäutige Domina Vampirklauen an einem männlichen und einer weiblichen Sub, die beide von Lust und Schmerz eingenommen waren.

Dahinter folgte ein Spinnennetz mit einem Durchmesser von zwei Metern, auf dem eine hübsche Brünette gefesselt war. Als sie einen Fuß aus den Einschränkungen befreite, erstrahlte ihr

Gesicht vor Lachen, und sie sagte etwas – zweifellos etwas Freches – zu ihrem älteren Dom. Ohne Vorwarnung schlug er ihr bösartig ins Gesicht, sodass ihr Kopf zur Seite flog. Die Sub wandte sich ihm wieder zu, ihre Lippe blutig und ihr Ausdruck sprach von wahrem Entsetzen. Und dann fing sie an, zu weinen.

Kim versuchte, sich aufzusetzen, doch Master Rs Arme wickelten sich wie Stahlträger um sie. „Ganz ruhig", flüsterte er ihr ins Ohr.

Jessica stürmte herbei. Die kleine Blondine betrat sofort den Bereich, sagte etwas zu dem Dom und machte sich daran, die Fesseln der Sub zu lösen. Der Mann, ein schlanker, englisch aussehender Typ, stieß sie weg. Das ließ sich Jessica nicht gefallen, schubste ihn zurück und sagte ihm schreiend, was sie von ihm hielt. Plötzlich packte er sie am Arm.

„Nein." Kim setzte sich gegen die Arme um sie zur Wehr.

„Hör auf damit. Sofort!", knurrte ihr Master R ins Ohr.

Instinktiv gehorchte sie ihm, was sie mehr als erschreckte. *Ich bin eine Idiotin. Was mache ich denn?* Sie erschlaffte in seinen Armen.

„Und ich dachte, dass wir es ihr ausgetrieben hätten, sich einzumischen", sagte der Aufseher in einem giftigen Ton.

„Nach einer Session dauert es ein bisschen, bis das Mädchen wieder klar denkt." Mit eiskalter Stimme fügte er hinzu: „Das wird sie noch lernen."

„Es tut mir leid, Master", hauchte sie an seinem Hals.

Ein sanftes Zwicken in ihre Pobacke sagte ihr, dass er nicht wütend war.

Ein kräftiger Dom in einer goldbesetzten Weste näherte sich dem Bereich – wahrscheinlich ein Aufseher, der den Namen auch verdient hatte. Der grausame Dom unterhielt sich mit ihm und trug dabei einen Ausdruck, der Bände sprach. Jessica ignorierte die Männer und versuchte, die kleine Sub so schnell wie möglich von ihren Fesseln zu befreien.

Als Master Z auftauchte, kam jede Aktivität im Umkreis von

zehn Metern zum Stillstand. *Wow*, er war effektiver als eine Polizeisirene.

Erleichtert sah sich Kim um. Master Sam hatte sich zu der unschönen Szene aufgemacht. Der Sklavenhändler beobachtete das Geschehen mit einem ... seltsamen ... Ausdruck auf dem Gesicht.

Kim folgte seinem Blick. Es hatte sich nicht viel getan. Der englisch aussehende Dom zeigte auf Jessica. Ihr Gesicht war vor Wut rot angelaufen und sie brüllte ihn an.

Master Z bedeckte ihren Mund. Eine Sekunde später zuckte seine Hand weg und sein Gesichtsausdruck verhärtete sich zu Granit. Er bewegte sich und Jessica ließ sich augenblicklich auf ihre Knie fallen. Mit einer Hand packte er ein Bündel ihrer Haare und riss ihren Kopf an seinen Schenkel. *Oh je.* Hatte sie Master Z gebissen? *Gott*, nun hatte sie sich wirklich Schwierigkeiten eingehandelt.

Master Z blickte nicht nach unten. Nein, sein kompromissloser Ausdruck haftete auf dem Arschloch-Dom. Der Mann nahm einen Schritt zurück.

„Offenbar ist die Situation unter Kontrolle“, sagte Dahmer. Als er zu Kim sah, schloss sie ihre Augen und vergrub ihr Gesicht wieder an Master Rs Hals. Sie ignorierte jede einzelne Emotion und konzentrierte sich nur auf die Kraft, die er ihr spendete. *Einatmen. Ausatmen.*

„Das war ein interessanter Abend“, sagte der Aufseher. „Besonders interessant finde ich, wie gehorsam deine Sklavin ist. Wirklich, Raoul, du würdest einen zufriedenstellenden Gewinn erzielen, wenn du sie an mich zurück verkaufst.“

Master R gluckste. „Nicht die Arbeit wert, die es braucht, um von vorne anzufangen.“

Dahmer schien seine Gedanken zu sammeln, um einen neuen Versuch zu wagen: „Ja, die Ausbildung ist nichts für Weicheier, oder? Ich musste mich seit der letzten Veranstaltung auch vermehrt dieser Aufgabe annehmen, da wir noch immer eine der

Sklavinnen haben, die du kennengelernt hast. Die Rothaarige wurde nicht verkauft. Ältere Sklaven gehen nicht so gut, daher kann ich nur hoffen, dass sie durch die Ausbildung das Interesse eines Käufers weckt."

Linda muss an der Auktion teilnehmen? Oh Gott. Aber vielleicht war das gut. Wenn das FBI es schaffte, die Verantwortlichen hochzunehmen, könnte sie gerettet werden.

„Kann nicht schaden", sagte Master R. „Ich schätze, das junge Mädchen wurde verkauft?"

„Leider ..."

Holly. Er redet von der süßen, hoffnungsvollen Holly. Kim versuchte, sich aufzusetzen, doch Master R ließ sie nicht, wickelte die Arme nur fester um ihren Körper, sodass ihr das Atmen schwerfiel.

„Oh?", fragte Master R höflich. „Was ist passiert?"

„Soweit ich das beurteilen kann, ist der idiotische Besitzer in einen Blutrausch geraten. Er hat sie zu Tode gepeitscht." Der Aufseher entließ einen genervten Seufzer. „Wir haben natürlich einen Gewinn gemacht, aber –"

„Ja, wirklich eine Verschwendung." Master R klang, als ob es ihm egal wäre, und Kim hasste ihn dafür. Tränen sammelten sich unter ihren geschlossenen Augenlidern. Wie konnte er nur so kalt sein?

Nach einer Weile bemerkte sie, wie angespannt er sich unter ihr anfühlte. Er hielt sich in Schach und damit auch sie. Nun war seine Wut regelrecht greifbar.

„Wir sehen uns bei der Auktion", sagte der Aufseher. „Ich werde einen Bereich nach deinen Wünschen vorbereiten lassen." Er stellte seinen Drink härter ab, als das notwendig gewesen wäre. „Ich rufe dich spätestens vierundzwanzig Stunden vor der Veranstaltung an, um dir das genaue Datum und die Uhrzeit mitzuteilen. Ich freue mich darauf, bei deiner Performance die beeindruckten Blicke der Käufer zu sehen."

Dann ... Stille. Sie versuchte, herauszufinden, ob er gegangen war, aber dafür war es im Club zu laut. Also hielt sie still und gab keinen Mucks von sich. Geduldig wartete sie.

Eine Minute später lockerte Master R die Arme und entließ eine Aneinanderreihung spanischer Flüche.

So kannte sie ihn nicht, so wütend und zügellos.

Als sie sich bewegte, schloss er den Mund und der wütende Ausdruck schmolz dahin. „*Gatita*, deine Freundin ... es tut mir so leid." Er wischte die Tränen weg, die leise über ihre Wangen rollten.

Ohne seine Arme um ihren Rücken brach der Damm und der erste Schluchzer löste sich. *Oh Gott, Holly. Bitte, Gott, nicht Holly!* Sie war noch so jung. Sie hatte Kim immer mit Geschichten über ihre Zeit im Studentenwohnheim unterhalten. Hatte ihr von ihrer Mutter erzählt, die in Alaska wohnte. Sie hatte so sehr unter Heimweh gelitten, war so verängstigt gewesen und hatte sich jede Nacht in den Schlaf geweint ... Wie konnte sie tot sein?

Kim versuchte, wie Master R zu fluchen, konnte aber nur weinen. Sie wollte gehen, wollte sich an einem ruhigen Ort verstecken, doch er ließ sie nicht. Wut kochte in ihr über und vereinnahmte sie. Er hatte Holly nicht gerettet und er war ein Mann. *Warum hat er mich gerettet und nicht sie? Ich hasse dich!* Mit geballten Händen schlug sie auf ihn ein, härter und immer härter. Sie erstickte sich an den Beschimpfungen, mit denen sie ihn bewarf. Gedämpft von seiner Lederweste schrie sie. Dann brachte sie ihren Verlust weinend, schluchzend und wimmernd zum Ausdruck.

„Was zur Hölle ist passiert?" Eine Männerstimme.

Kim versuchte es, sie versuchte es wirklich, mit dem Weinen aufzuhören, versuchte, die Lippen fest aufeinanderzupressen, aber ... nein, nichts half.

Master R jedoch befahl ihr nicht, zu schweigen. Nein, er hielt sie einfach nur fester. „Der Bastard hat uns gerade erzählt, dass eine Sklavin zu Tode gepeitscht wurde. Die beiden waren befreundet."

Kim bebte am ganzen Körper. Sie wusste, wie sich eine Peitsche anfühlte, kannte das Gefühl, wenn die Haut unter dem Leder zerfetzte und die nie zuvor gekannten Schmerzen. Schmerzen über Schmerzen. Holly musste in ihren letzten Minuten Todesangst gelitten haben. *Ich hätte an ihrer Stelle sterben müssen.*

„Zur Hölle nochmal." Der Mann hielt inne. „Willst du sie aus dem Club bringen?"

„Nein. Ich kann nicht fahren und sie gleichzeitig halten. Im Moment ist es wichtiger, dass ich sie in den Armen halte."

Kims Weinen ließ nach und sie lehnte sich mit einem verbliebenen Schluckauf erschöpft an ihn.

„Sei vorsichtig, Kumpel. Du zeigst für eine ... Sklavin zu viel Besorgnis und alle in der näheren Umgebung haben dich fluchen hören." Seine Stimme senkte sich. „Vergiss nicht, dass wir immer noch nicht wissen, wer unsere Subs für die *Harvest Association* ausgewählt hat. Er ist vielleicht heute Abend nicht hier, aber ..."

„Du hast Recht", flüsterte Master R. „Danke, mein Freund. Das habe ich kurzzeitig vergessen."

Kim sog einen zittrigen Atemzug in ihre Lungen und setzte sich auf.

Der riesige Dom von der Bar blickte mit gerunzelter Stirn auf das Paar. Er legte die Spielzeugtasche ihres Masters und ihre Kleidung auf einen Stuhl und traf dann auf ihren Blick. „Bist du wieder bei uns, Liebes? Sehr gut. Sorge dafür, dass dein Master nicht erneut die Fassung verliert."

Dass er glaubte, dass sie diese Macht hatte, war wie ein Sprungbrett weg von ihrem Kummer. Sie musste ihrer Rolle treu bleiben, ihrer Rolle als Sklavin, und sie musste sich um ihren Dom kümmern. „Ja, Sir", flüsterte sie. Als sie sich die Tränen von den Augen wischte, sah sie ganz klar die Wut von Master R.

Der große Dom hatte Recht. Master R hatte Schwierigkeiten, sein Pokerface aufrecht zu halten.

„Master", sagte sie leise. „Wir sollten gehen. Wirst du mir die Leine anlegen und mich führen, sodass ich dir ... folgen kann?"

Er sah ihr in die Augen. Seine Finger waren unendlich sanft, als er ihre Wange berührte. *„Tesoro mío"*, hauchte er. „Ja, lass uns nachhause gehen."

„Hast du meine Ware zurückbekommen?" Christopher Greville sprach höflich in sein Handy. Sicher, für einen Anruf war es bereits spät, aber er hatte einfach wissen müssen, ob Dahmer erfolgreich war.

In den letzten Stunden hatte er entschieden, dass er froh war, dass die Schlampe noch am Leben war. Auf diese Weise konnte er selbst mit ihr verfahren – könnte ihr einen sehr langsamen, unerträglich schmerzhaften Tod bereiten.

„Nein, der neue Besitzer ist an einem Verkauf nicht interessiert." Dahmer klang genervt. „Ich dachte wirklich, dass er bei dem Versprechen an einen beträchtlichen Gewinn anbeißen würde."

Zorn brach über Greville zusammen. Sein Puls pochte schmerzhaft in seiner Schläfe. Wer war dieser verdammte Käufer? „In diesem Fall wirst du meine Ware einfach abholen." *Entführe die Schlampe.* „In dem Bereich bist du schließlich ein Experte."

„Das ist der Plan. Aber nur, wenn ich das schaffe, ohne unnötig Ärger heraufzubeschwören."

„Es ist mir scheißegal, wenn –"

„Das Management schätzt öffentliche Aufmerksamkeit nicht."

Greville zögerte. Erst letzten Monat hatte sich ein Käufer in seinen Sklaven verliebt und daraufhin versucht, Informationen an die Polizei weiterzugeben. Die Reaktion der *Association* war brutal ausgefallen. Es wäre angemessen gewesen, die Bedrohung aus dem Weg zu schaffen. Mit einer Kugel vielleicht. Ganz einfach. Aber ... nein. Stattdessen hatten sie Käufer und Sklave auf dem Bett übereinander gefesselt, bevor das Haus in Brand gesteckt wurde. Noch vor Ankunft der Feuerwehr hatte die gesamte Nachbarschaft die Schreie gehört, als das Paar bei lebendigem Leib verbrannt war.

Nicht die angenehmste Art, das Zeitliche zu segnen. Er hatte es damals lustig gefunden, aber er sollte Dahmers Warnung wohl ... ernst nehmen. „Tue, was du kannst."

„Das werde ich. Wenn ich die Ware nicht ohne großes Aufsehen heranschaffen kann, habe ich eine andere Möglichkeit, auf die ich bei Bedarf zurückgreifen werde. Beweise Geduld."

Geduld! Greville presste die Auflegen-Taste, als die Wut überhandnahm. Das Bedürfnis, etwas zu verletzen, war so übermächtig, dass er es schmeckte, aber er zwang sich, an seinem Schreibtisch zu bleiben. Wenn er jetzt anfing, die neue Sklavin auszupeitschen, würde er nicht aufhören, bis sie tot war.

Da er ein Premiumkäufer war, bestand die *Harvest Association* bei ihm nicht auf eine Pause, wenn er eine Sklavin tötete. Zwei tote Schlampen innerhalb so kurzer Zeit wäre jedoch nicht klug.

Er wartete, bis sich seine Wut etwas verflüchtigt hatte. Das sollte reichen. Er stand auf und machte sich auf den Weg in den Keller. Er musste sie verletzen, musste ihre verzweifelten Schreie hören, die mit jedem Schlag schriller und schriller wurden.

Seine *Gatita* war erschöpft. Nachdem er sie ins Haus getragen hatte, legte Raoul sie ins Bett und wechselte dann in normale Klamotten.

Als er auf die seidenweichen, schwarzen Haare hinunterblickte, die ihr blasses Gesicht umgaben, spürte er, wie sich in ihm ein Fundament formte. Ein Fundament für mehr. Er mochte sie. Zu sehr. Mit seiner Vergangenheit – mit ihrer – konnte diese Zuneigung zu nichts führen. Mehr zu wollen, war so töricht wie der Bau einer Brücke, ohne den Einfluss des Windes einzuberechnen. Er musste sich zurückziehen, solange er noch konnte.

Ihre Augen öffneten sich. Sie sah sich in seinem Schlafzimmer um und es war offensichtlich, wie erleichtert sie war, nicht mehr im Club zu sein. Von Hollys Schicksal zu erfahren, war zu viel für sie gewesen.

„Wie fühlst du dich?", fragte er. Am liebsten würde er sie berühren. Sie trösten. Hatte er sich nicht gerade erst das Ziel gesetzt, auf Abstand zu bleiben? *Dämlicher Sandoval.* Sie war so leicht an seinen Schutzmauern vorbeigeschlüpft.

„Es geht ..." Ihr Kinn hob sich. „Es geht mir gut."

Dass sie versuchte, stark zu erscheinen, und sie ihn mit ihrem Körper und ihren Worten anlog, nervte ihn gewaltig. „Sagst du mir auch die Wahrheit?"

„Ich −" Ihre Brauen zogen sich zusammen und sie schlang die Arme um ihre Taille, tröstete sich selbst. Dachte sie etwa, dass er dazu nicht in der Lage war? „Ich denke, dass ich meine Gefühle am besten einschätzen kann."

„Warum vertraust du mir nicht genug, um ehrlich zu sein?" Er spannte den Kiefer an. Natürlich wusste er, dass sie beide gerade nicht klar denken konnten − aber nach dem, was sie zusammen durchgemacht hatten, fühlte sich ihre Lüge wie ein Stich in den Rücken an.

Als sie die Lippen fest aufeinanderpresste, bereitete er sich auf eine weitere Unwahrheit vor. Vielleicht wäre das nicht das Schlimmste. Wenn sie nicht fähig war, ehrlich mit ihm zu sein, sich ihm vollständig zu unterwerfen, dann hätte er eine Ausrede, sie hier liegen zu lassen und auf Abstand zu gehen, so wie er es sich vorgenommen hatte. Schließlich wusste er, dass er sie nicht für immer in seinem Leben haben würde. Der Moment war gekommen, sich zurückzuziehen, denn er wollte keinesfalls, dass beide verletzt wurden. Entschlossen wandte er sich von ihr ab, als −

„E-Es tut mir leid." Ihre Finger packten die Decke, bevor ihr bewusst wurde, was sie tat. Dann strich sie das Material glatt, seufzte und sagte: „Mama hat nicht − mein Vater war grausam, machte sich immer über sie lustig, wenn sie ein Problem hatte.

Nach einer Weile ging sie nicht mehr zu ihm, wenn ihre Emotionen überhandnahmen. Ich habe also schnell gelernt, dass –" Sie biss sich auf die Lippe und starrte auf die Decke. Packte zu. Glättete das Material. „Ich will dich nicht anlügen. Es rutscht einfach heraus."

Dios. Raoul machte einen Schritt auf sie zu, obwohl sein Verstand ihm befahl, das Zimmer zu verlassen. Auf Abstand zu gehen, bevor es noch mehr gab, was sie verband, und er nicht länger in der Lage wäre, sich loszureißen. „Kimberly ..."

„Es geht mir nicht gut, Master. Kein bisschen." Schließlich fand sie seinen Blick und Tränen schwammen in ihren Augen. „Ich habe Angst, allein zu sein. Ich muss dich aber warnen: Ich werde weinen und ich wollte nicht ..."

„Du willst mein T-Shirt nicht durchtränken?" Nichts auf der Welt hätte ihn davon abhalten können, sich auf das Bett zu setzen und sie in seine Arme zu ziehen. *„Sumisita,* weine. Ich werde dich halten und dich nicht allein lassen."

Ihre Schultern bebten bereits. Zu zerbrechlich, um zu verarbeiten, was sie erlebt hatte, und nun kam zu dieser explosiven Mischung auch noch der Tod einer Freundin dazu. Sein eigenes Herz schmerzte, als er sich an das junge Opfer – an Holly – erinnerte. Bekäme er jemals die Gelegenheit, gegen die Sklavenhändler zu kämpfen, würden einige von ihnen mit dem Leben bezahlen. Für den Moment war es aber seine Pflicht, seine Sub zu trösten und für sie da zu sein.

Sie weinte bitterlich und durchtränkte wie angedroht sein T-Shirt. Sie schluchzte und wimmerte und erstickte sich gelegentlich auch an ihrer Trauer, verlor sich darin, bis er sie schüttelte und sie in die Realität zurückholte.

Als ihr Weinen schließlich nachließ, waren Raouls Arme immer noch fest um sie gewickelt. Ihre Muskeln hatten sich gelöst, der Schrecken war aus ihren Augen verschwunden. „Besser?"

„Es geht mir g –" Sie schluckte und versuchte es erneut: „Ja, es geht mir besser. Danke."

„Das freut mich." Er hob ihren Kopf zu sich und küsste sie, schmeckte das Salz ihrer Tränen, die Süße ihrer Lippen. Unter seinem behutsamen Ansturm erschlaffte ihr Körper und schließlich erwiderte sie seinen Kuss, als ob sie die Ablenkung – die Bestätigung, dass sie noch lebte – so verzweifelt brauchte wie er.

Er schob sie von seinem Schoß, legte sie auf die Matratze und fand zu ihrem Mund zurück. Seine Finger vergruben sich in ihre Haare, packten fest genug zu, um sie daran zu erinnern, mit wem sie es zutun hatte. Dabei ging er nicht brutal vor und so konnten keine bösen Erinnerungen den Moment ruinieren. In den letzten Wochen hatte er diesen Drahtseilakt perfektioniert. Als sein Schwanz hart wurde, vertiefte er den Kuss.

Sie trug nichts, lag nackt unter ihm. Die Überzeugung, dass der Körper einer Sub zu jeder Zeit dem Master zugänglich sein sollte, hallte durch ihn. Zumindest heute Abend würde er seine Rolle akzeptieren.

Er fuhr mit dem Finger über die Narbe an ihren Rippen und dann nach oben. Ihre Brust füllte seine Handfläche, üppig und weich. Er zog sich weit genug zurück, um sie zu beobachten. Er konnte ihr nicht trauen, dass sie ihm sagte, wenn sie Angst hatte oder Abscheu empfand. Auch war er kein Gedankenleser wie Z. Musterte er sie aber, würden ihm die Veränderungen ins Auge fallen, dann würde er sehen, ob sie ängstlich oder erregt war.

Heute Abend sprach alles, was er sah, von Begierde: Ihre Lippen und Brustwarzen waren gerötet, genau wie ihre Wangen. Ihr Atem stockte, als er ihre Brust knetete. Seine *Gatita* hatte empfindliche Nippel, aber nicht überempfindlich. Die perfekte erogene Zone. Er leckte einen Kreis um eine Knospe und blies dann dagegen. Der Nippel richtete sich vor seinen Augen auf und er lächelte.

„Was hat dich zum Lächeln gebracht?", fragte sie, ihre Augen so sanft wie die Hand in seinen Haaren.

„Die Brüste einer Frau sind faszinierend. Wie sie sich verlockend bewegen. Wie sich deine Nippel aufrichten und mich damit um den Verstand bringen."

Sie rollte die Augen und schnappte nach Luft, als er in den vernachlässigten Nippel zwickte.

„Natürlich haben auch Männer ihren ganz persönlichen Körperteil, der scheinbar allein agiert." Er rieb seinen harten Schwanz gegen ihren Oberschenkel.

Ihr Kichern wärmte ihm das Herz und raubte es ihm schließlich, als sie ihre Hand auf seine Wange legte und fragte: „Wie schaffst du es nur, mich zum Lachen zu bringen, selbst wenn ich nackt und ein wenig verängstigt bin?" Sie zog sein von Tränen getränktes T-Shirt von seiner Haut weg. „Von mir scheinst du nur nasse Kleidung zu bekommen."

Er zog sich lange genug von ihr zurück, um sich das T-Shirt über den Kopf zu ziehen und es zur Seite zu werfen. Anschließend folgte seine Hose. Er legte ihre Hand wieder auf seine Schulter. „Berühre mich, *Cariño*."

Ihre weiche Handfläche wanderte über seine Brust und stoppte abrupt, als er ihre Beine auseinander drückte.

„Sieh mich an." Er hatte darauf geachtet, die Missionarsstellung zu meiden. Niemals wollte er ihr das Gefühl geben, dass er sie mit seiner Größe und seinem Körper zu überwältigen suchte. Heute, mit ihren angeheizten Emotionen und der Verbindung nach der Session noch immer vorherrschend, kratzte er an ihrer Grenze und versuchte so, die schmutzigen Erinnerungen durch erfreulichere zu ersetzen.

Er schob seinen Körper über ihren, schwebte über ihr und vermied es zunächst, sein Gewicht auf sie herabzulassen. Vor Angst weiteten sich ihre Augen. Mit dem Gedanken, ihn wegzustoßen, legte sie ihre Hand flach auf seine Brust.

„Sieh mich an, *Sumisita mía*", wiederholte er leise.

Ihr Blick traf auf seinen, und augenblicklich entspannte sich ihr Körper. „Master R", flüsterte sie und bestätigte damit, was er in ihren Augen sah.

„Ja." Er lächelte und biss ihr Kinn, genoss, wie sie sanft nach Luft schnappte. „Ich will deine Hand um meinen Schwanz spüren. Berühre mich, *Gatita*."

Ohne den Blickkontakt zu ihr zu unterbrechen, nahm er ihre Hand und legte sie auf seinen Schaft. Bei dem Gefühl ihrer kleinen Finger auf seiner Haut zuckte sein Schwanz und füllte sich mit Blut. „Deine Hände fühlen sich so gut an. Streichle mich", befahl er.

Sie schaute nicht weg, bewegte ihre Hand nach oben, bis sie sein Piercing erreichte. Ihr Daumen spielte mit dem Schmuckstück.

Die Empfindung war so berauschend, dass er die Augen für einen Moment schloss, um nicht die Kontrolle zu verlieren. Diese Frau, die seine Selbstbeherrschung am meisten brauchte, war es auch, die es ihm mehr als jede andere erschwerte, diese auch zu bewahren. Er schaffte es, sich dem Gefühl ihrer Hände auf seinem Schwanz zu entziehen, balancierte auf einem Arm und seinen Knien, um mit der freien Hand zwischen ihre Schenkel zu greifen. Noch senkte er sein Gewicht nicht auf sie ab. Für den Moment reichte es, dass sie sich mit seiner schieren Größe über ihr auseinandersetzen musste.

Er lächelte, als seine Finger ihre Pussy berührten. Dass sie sich für ihn rasierte, ohne dass er es ihr immer wieder sagen musste, erfreute ihn ungemein. Seine Stimme kam tief und belegt über seine Lippen. „Du bist so feucht für mich, *Gatita*."

Ihre olivfarbenen Wangen erröteten, sodass auch er es bemerkte. Obwohl ihre Klitoris feucht war, versteckte sie sich noch immer hinter der Vorhaut. Ihm kam der Gedanke, sie mit einem Spielzeug zu necken und zu betören, wusste aber, dass er nicht die Kraft aufbringen konnte, sie auch nur für zwei Sekunden zu verlassen. Heute ging es nur um ihren Körper. Keine Fesseln, keine Einschränkungen, keine Spielzeuge.

CHERISE SINCLAIR

Natürlich bedeutete der Mangel an Equipment nicht, dass er sie nicht mental knechten konnte. „Spreiz deine Beine weiter auseinander", befahl er.

Kim starrte auf Master R und ein Lustschauer jagte durch ihren Körper. Er war so groß, so stark, und war in der Lage, ihr wehzutun. Und nun –

„Muss ich mich wiederholen?", fragte er mit einem bedrohlichen Unterton. Seine braunen Augen hatten sich verdunkelt.

Ihre Knie teilten sich, ihre Schamlippen entblößten, was sich dahinter befand. Er lächelte und umkreiste mit dem Finger ihre Öffnung und verteilte die Nässe. So feucht. Sie erschauerte, als er seinen Kopf auf einen ihrer Nippel senkte und ihn in seinen Mund nahm, während er sich weiter unten ihrem Nervenbündel näherte. Sie brauchte mehr. Ihr Becken zuckte nach oben.

Sein Kopf hob sich. Für eine Weile musterte er sie. „Nein, du bekommst nur das, was ich entscheide, dir zu geben. Ich werde dich heute nicht fesseln, *Sumisita mía*, aber ich erwarte, dass du deine Hand hier liegen lässt." Er packte ihre Finger und legte sie um einen Metallring am Kopfende. „Und egal, was ich tue, lass die Beine weit gespreizt." Er lächelte sie an. „Mit deiner anderen Hand darfst du mich gerne weiter betören, bis ich etwas Gegenteiliges sage."

Ihr Puls beschleunigte sich.

„Verstanden?"

Ihr Mund war vollkommen ausgetrocknet und so schaffte sie nur ein Nicken.

„Kimberly?"

„Ja, Sir?"

Er schüttelte den Kopf.

Ihre Stimme kam belegt heraus: „Ja, Master."

„Viel besser." Er belohnte sie mit einem langen Kuss, leidenschaftlich und fordernd. Als seine Zunge sie in Besitz nahm, konnte sie nur daran denken, wie es sich das letzte Mal angefühlt hatte, als er sie mit seinem Schwanz gedehnt und sie gefüllt hatte. Er entriss ihr seinen Mund und bahnte sich einen Weg ihren Körper runter. Ein sanfter Biss in ihren Nippel fegte ihren Verstand leer. Ein leichtes Zwicken an ihrer Klitoris raubte ihr den Atem. Diese Empfindungen schmerzten, sodass er eine Flutwelle zwischen diesen beiden Punkten lostrat. Ihre Pussy war von der Session noch empfindlich. Seine Finger fühlten sich rau an und so dauerte es nicht lange, bis sie stöhnte.

Arm über dem Kopf, sagte sie sich. *Beine gespreizt halten.* Kaum merklich bewegte sie die Hüfte und er bestrafte diese Reaktion, indem er ihr in die Unterseite der Brust biss. Bei dem Gefühl schnappte sie nach Luft. Gleichzeitig führte es dazu, dass die Lust sie mitriss.

Sein Finger schob sich in ihre Öffnung, dehnte sie für einen Moment, bevor er nach oben zu ihrer Klitoris glitt. Dieses Muster wiederholte er ein paar Mal. Ihre Schamlippen schwollen an und pochten. Ihr Nervenbündel verhärtete sich. Jede Runde fühlte sich intensiver an. Bei dem neckenden Finger in ihrer Vagina erinnerte sie sich daran, wie groß sein Schwanz war, wie komplett er sie ausgefüllt hatte. Sie brauchte es, sie brauchte ihn ... Wieder bewegte sie sich.

Er hob den Kopf und gab ihr diesen kompromisslosen Blick eines Doms, bei dem sie innerlich bebte und dahinschmolz. Sein Mundwinkel zuckte. „Gibt es ein Problem, *Gatita*?"

Wenn Blicke töten könnten, dann wäre er jetzt ... „Würdest du mich bitte endlich ficken?"

Sein sexy Lachen war so ansteckend, dass sie ihr Kichern nicht zurückhalten konnte.

Nachdem er sich aus ihrem Griff befreit hatte, senkte er sich mit der Hüfte auf sie herab. Sein Schwanz fand ihre Pussy, sein Becken lag an ihrem, sein Oberkörper an ihren Brüsten. Plötzlich krachte die Panik in sie und ...

„Sieh mich an, Kimberly", knurrte er.

Sie erkannte, dass sie ihre Augen geschlossen hatte. Sie öffnete die Lider, um seinem unbeugsamen Blick zu begegnen.

„Halte deine Augen geöffnet und wende niemals den Blick von mir ab. Und beide Hände zum Kopfteil."

In dem Moment erkannte sie, dass sie versuchte, ihn wegzustoßen. *Oh*. Sie hob ihren Arm und griff nach einem zweiten Metallring. In dieser Position wölbte sie den Rücken, bot ihm ihre Brüste dar und so rieben ihre Nippel durch seine Brusthaare. Eine Empfindung, bei der sich ihre Zehen anspannten.

Dann drang er in sie, das Piercing wie ein zusätzlicher Finger in ihrer Enge, das Gefühl so überwältigend, dass ihr Sichtfeld verschwamm.

„Öffne. Deine. Augen."

Oh Gott. Er hielt ihren Blick gefangen, als er in sie glitt, sie dehnte und mit jedem weiteren Millimeter ihre Begierde in ungeahnte Höhen führte. Ihre Hüfte bewegte sich kaum merklich.

„Wenn du das nochmal machst" – sein Flüstern ließ die Warnung noch realer wirken – „werde ich dich fesseln und dich allein zurücklassen."

„Tut mir leid. Ich gebe ja mein Bestes, Master!" Ihr Wimmern erschreckte sie und entlockte ihm ein Lächeln. *Ertränke ihn.*

„Ja, das tust du." Er hielt inne, um über ihre Nippel zu lecken, rieb sich mit dem Oberkörper an ihr, und er schien von dem Gefühl ihrer harten Knospen an seiner Haut wie gebannt zu sein.

Nur seinen Oberkörper bewegte er, seine untere Hälfte unbeweglich, was dazu führte, dass sich ihre Begierde nach ihm verstärkte. Sie wollte sich an ihm reiben, wollte ihm ihr Becken entgegenheben und ... *Nein, nein, nicht bewegen!*

Sie zwang sich dazu, ihre Muskeln zu entspannen. Vollkommene Bewegungslosigkeit, obwohl sie innerlich brannte und sich nach Erlösung sehnte. Die Notwendigkeit, einen Teil ihres Verstandes damit zu beauftragen, stillzuhalten, verlangte ihr alles ab und gleichzeitig machte es sie feuchter. Ihre Klitoris fühlte sich riesig an und bettelte darum, von ihm berührt zu werden.

Er beobachtete sie, ein zufriedenes Lächeln auf seinen Lippen, bevor er sich schließlich in Bewegung setzte. Er zog sich langsam aus ihr heraus, wobei das Piercing auf exquisite Weise, beinahe schmerzhaft über die Wände ihrer Pussy glitt.

Es folgte ein gemächlicher Stoß in sie, mit dem er einen Schauer in ihr auslöste. *Nicht bewegen, nicht bewegen. Oh Gott, ich werde sterben.* „Oh, bitte."

„Bitte ist ein nettes Wort", stimmte er zu. Wieder schob er sich in sie, geringfügig schneller, seine Augen auf ihre gerichtet, über ihr Gesicht schweifend, über ihre Arme bis zu ihren Händen.

Mehr, mehr, mehr! Sie wollte ihre Hüfte heben, wollte ihn tiefer in sich aufnehmen, wollte ihn antreiben, sie endlich zu nehmen.

„Sprich mit mir, *Gatita*. Du musst daran arbeiten, deine Emotionen zu kommunizieren, und heute ist dafür ein guter Anfang." Er glitt aus ihr heraus, änderte den Winkel, sodass er mit dem verdammten Piercing über eine bestimmte Stelle in ihr strich. Dies führte dazu, dass sich die sanften Wogen ihrer Erregung in eine tosende Brandung verwandelten.

Das aufgewühlte Wasser schüttelte sie durch. „Härter. Mehr. Gott ..."

Das Aufblitzen seines Lächelns motivierte ihr Herz zu einem Salto. Eine Sekunde später drang er mit einem Stoß tief in sie.

Oh ja, genau so! „Mehr, mehr, mehr!"

Er lachte. „Sehr ausdrucksstark." Aber er folgte ihrer Aufforderung und hämmerte in sie. Ein kleiner Teil von ihr bestand darauf, dass sie panisch werden sollte, jedoch war sie einem Orgasmus so nah, dass sein erregender Rhythmus sie nur weiter anheizte. Seine große Hand rutschte unter ihren Po, hob sie an, sodass er mit dem Schambein bei jedem Rückzug aus ihrer Hitze über ihre Klitoris rieb.

„Oh, oh −" Ihre Atmung stoppte. *Mehr, bitte! Mehr!* Sein Schwanz rammte in sie, drang tief in sie und das Piercing fand ihren G-Punkt. Gleichzeitig rieb sein Schambein über ihr geschwollenes Nervenbündel. Er war so groß, und alles, was sie fühlte, alles, was er tat, bündelte sich zu unbändiger Lust. Schließlich explodierte sie, die Ekstase jagte durch ihren Körper, heiß und strahlend breiteten sich die Wellen in ihr aus.

Sie schnappte nach Luft, keuchte schwer, als sie von einer zweiten Lustwelle erfasst wurde. Sterne tanzten vor ihren Augen. Ihre Finger und Zehen kribbelten.

Sanft glucksend knabberte er an ihrem Hals und drang tief in sie, tiefer und tiefer, härter und immer härter vergrub er sich mit seinem harten Schwanz in ihrer pulsierenden Hitze.

Er war über ihr, um sie herum, füllte sie, seine Hitze, sein Atem, sein Geruch und sie verlor sich in ihm.

Ihr Herz schäumte über. „Gott, ich liebe dich."

Stille. Eine schlechte Stille, die mit jeder weiteren Sekunde dramatischer schien. Er hob den Kopf und der träge Ausdruck verschwand aus seinen Augen, wurde durch Besorgnis ersetzt. Er stützte sich auf seinen rechten Arm, fixierte sie mit der Hüfte und schob ihr mit der freien Hand die feuchten Strähnen aus dem Gesicht. „Das ist nicht ... weise, *Gatita.*" Er seufzte und streichelte mit einem Finger über ihre Wange. Er wich ihrem Blick nicht aus, versuchte nicht, so zu tun, als hätte er sie nicht gehört – nicht Master R.

„Warum nicht?", flüsterte sie, obwohl sie die Antwort bereits kannte. Zum Teil.

„Du bist noch nicht wieder ... gesund. Noch kannst du deinem Herz nicht vertrauen." Sein flüchtiges Lächeln spiegelte sich nicht in seinen Augen wider. „Es wäre falsch von mir, dies zu fördern."

Könnte ein Master ihr Herz kommandieren?

Aber er wollte sie nicht. Das wusste sie nun. Wie war es möglich, dass ihr Körper vor Erregung Funken sprühte, während ihre Emotionen in einem schwarzen Loch verschwanden? Ihr sanftes Lächeln glich seinem. „Is' okay. Ich schiebe es auf die Hitze des Augenblicks."

„Natürlich." Sanft küsste er sie. Dann rollte er sie beide

herum, seine Hand an ihrem Hintern, sodass sie verbunden blieben. Er platzierte sie auf sich und führte ihren Kopf an seinen Hals. „Schlaf. Wir werden das morgen früh besprechen."

Nein. Nein, ich glaube nicht, dass wir das tun werden. Seine Haut war warm und feucht unter ihrer Wange. Tief atmete sie ein, nahm nur ihn wahr und den Beweis dafür, was sie gerade geteilt hatten. Sie hatte eine Entführung überlebt, Sklaverei und den Verlust mehrerer Freunde. Auch diesen Moment würde sie überstehen. Darüber reden würde sie aber ganz sicher nicht.

KAPITEL ELF

„*Ich liebe dich.*" Mit Kimberlys sanftem Geständnis im Kopf ließ Raoul die Kaffeemaschine ihre Arbeit machen und trat auf die Terrasse, um auf das Wasser zu blicken. Die frische Morgenluft wehte durch seine Haare, brachte ihm aber keine Klarheit. Wie hatte er es zulassen können, dass sie sich emotional an ihn band? Das war nicht – Sie sollte ihn nicht lieben. *Dios*, sie sollte in die andere Richtung laufen.

Nur wusste er es besser. Sie war zäh, mutig und belastbar. Er kannte Frauen, die bei den kleinsten Schwierigkeiten in Hysterie verfielen. War sie durch ihren Vater so widerstandsfähig? Oder ihre Mutter? Hatte Kimberly durch ihre Eltern gelernt, wie sie am besten mit Missbrauch umgehen musste?

Er rieb sich mit der Hand über den Mund. Sie verwechselte emotionale Abhängigkeit und körperliche Begierde mit Liebe. Wie sollte er damit umgehen? *Behutsam, Sandoval.* Als würde man einen Stahlträger ohne Sicherheitsleine führen.

Das Problem war, dass sie unter seiner Obhut stand, und er hatte nicht die Entschuldigung, misshandelt worden zu sein. Nein, sein Fehler war es gewesen, sie in sein Haus und in sein Leben zu lassen. Sein Herz. Er hatte sie so sehr ins Herz geschlossen, dass er sich sein Zuhause ohne ihre lebhafte Präsenz nur schwer vorstellen konnte.

Tue das nicht, Sandoval. Sie würde gehen, sobald die Auktion vorbei war, und laut dem Aufseher, könnte das bereits in einer Woche sein.

Diese Erkenntnis traf ihn wie ein Schlag in die Magengegend. Er würde es vermissen, mit ihr zu duschen. Die Workouts im Kraftraum. Die Kämpfe, um ihr zu lehren, wie sie Gegner lähmen und verstümmeln konnte, und das Strahlen in ihren Augen, wenn sie eine Technik perfektionierte. Die Abende, an denen sie Fernsehen schauten oder nur mit Schwierigkeiten einen Film fanden, der ihnen beiden gefiel. Ihre frechen Widerworte und dass sie stets versuchte, zu verbergen, wie sehr sie es genoss, ihm zu dienen.

Die Art, wie sie unter seinen Händen dahinschmolz, wenn er sie küsste. Er fühlte, wie er hart wurde. *Gut gemacht, Sandoval.*

Er würde es durchziehen. Und versuchen, sie beide davon abzuhalten, etwas Dummes zu tun.

Als er sich umdrehte, um wieder hineinzugehen, fragte er sich, ob sie bei ihm bleiben wollte, wenn die ganze Sache vorbei war. *Nein.* Sie war unterwürfig, aber sie hatte stets deutlich gemacht, dass sie den Lifestyle nicht leben wollte. Zuerst musste sie heilen. Sobald sie klar denken konnte, würde ihr schnell bewusst werden, dass sie an einem Master kein Interesse hatte. Nicht in naher Zukunft, wahrscheinlich nie.

Selbst falls ein Wunder geschehen sollte, war auch er nicht bereit für eine Beziehung. Es war noch zu früh. Und dieses Mal würde er sich nur mit einer Vollzeitbeziehung zwischen einem Dom und seiner Sub zufriedengeben, und zwar mit jemandem, der sich so sehr danach sehnte, wie er das tat.

Über den Wellen kreischte eine Möwe, als eine andere ihren Fisch stahl. Er ging ins Haus. Er brauchte Koffein, um herauszufinden, wie er ihr in den nächsten Tagen aus dem Weg gehen konnte, ohne zu riskieren, sie noch mehr zu verletzen.

. . .

Kim kniff die Augen bei dem einfallenden Sonnenlicht zusammen, das ins Balkonfenster strömte, und blickte dann auf die Uhr auf dem Nachttisch. Mittag? Kein Wunder, dass Master R schon aufgestanden war.

Bei der leeren Seite im Bett schmerzte ihr Herz. Sie wachte gerne mit Master Rs Körper an ihrem auf. Auch gefiel es ihr, wie er sie jeden Morgen aufweckte, seit sie echten Sex ins Programm aufgenommen hatten. Mit wandernden Händen, die ihre Brüste streichelten, während sich sein Schwanz einen Weg zwischen ihre Schenkel bahnte. Er hielt sie fest, sanft und doch beständig, wenn er in sie drang. Am Anfang war sie noch schläfrig, aber sobald seine talentierten Finger ihre Klitoris fanden, war sie mit Morgensex an Bord. Wer hätte gedacht, dass es so viel Spaß machen könnte?

Heute jedoch nicht. Seufzend stieg sie aus dem Bett.

Letzte Nacht musste sie ihm ja unbedingt sagen, dass sie ihn liebte. Begeisterung sah anders aus.

Mit einem Stirnrunzeln trat sie in die Dusche und vermisste auch dort seine Anwesenheit. Sein Necken, sein Lachen. An dem einen Morgen, an dem er sie nicht im Bett genommen hatte, hatte er die verlorene Ekstase ein paar Minuten später wieder gut gemacht.

Ihr Mundwinkel zuckte. An dem Tag hatte sie ihm mitgeteilt, dass sie an Sex in der Dusche kein Interesse hatte. *Nicht heute,* hatte sie zu ihm gesagt. Nicht unbedingt etwas, das man zu einem Dom sagen sollte.

„Ach, tatsächlich?", hatte er mit diesem amüsierten – und strengen – Ton reagiert. *„Seit wann entscheidet das die Sub?"*

Bevor sie bemerkt hatte, dass sie in ein Fettnäpfchen getreten war, hatte er bereits die Arme um ihre Taille geschlungen, sie in seinen Armen aus der Dusche getragen und sie neben das Waschbecken gesetzt. Nachdem er ihre Beine auf seine

Schultern gelegt hatte, presste er den Mund an ihre Pussy und lockte einen Orgasmus aus ihr, gab ihr eine Sekunde und tat es noch einmal. Ihr Kopf drehte sich noch immer von den Orgasmen, als er sie zurück in die Dusche zog. Und dann, als wahrer Dom, hatte er sie vorgebeugt und sie von hinten genommen. Hart.

Warum erregte es sie, wenn er sie auf diese Weise kontrollierte? Sie seifte ihren Körper ein und schnaubte, als sich ihre Nippel aufrichteten. Ja, es reichte bereits aus, nur an ihn zu denken.

Aber er will meine Liebe nicht.

Stimmte es, was er über sie sagte? Bildete sie sich ein, in ihn verliebt zu sein, obwohl es nur Lust war? *Vielleicht.* Sie trocknete sich ab. War sie einfach nur notgeil? Na ja, vielleicht ein bisschen.

Eine Jeans, Unterwäsche und ein Tanktop hingen über der Handtuchstange. Anscheinend hatte Master R beschlossen, dass sie heute Kleidung tragen könnte. Ihre Hand zögerte über der Kleidung. Heute – oder von nun an jeden Tag? Ihr Job war erledigt, oder? Die Scharade hatte zum Ziel gehabt, Sam beim Nachgespräch dem Aufseher zu empfehlen.

Selbst wenn Sam scheiterte und Master R an der Auktion teilnehmen musste, würde er einen weiblichen FBI-Agent als seine Sub mitnehmen. *Nicht mich.*

Ihre Erleichterung wurde von der Vorstellung abgelöst, dass Master R mit einer anderen Frau spielte. Würde er der Sub ein Spanking verpassen? Sie zu einem Orgasmus führen? *Natürlich würde er das.* Die Flut reiner Eifersucht entsetzte sie. *Gott, ich muss unbedingt weg von hier.*

Als sie einige Minuten später die Küche betrat, saß Master R auf einem Barhocker an der Kücheninsel, eine Zeitung und einen Kaffee vor ihm. Sie öffnete die Lippen, um etwas zu sagen, sah aber das Telefon an seinem Ohr.

„Das ist richtig", sagte er. „Sam meinte, dass Dahmer vor ein paar Minuten angerufen hat. Den Backgroundcheck hat er bestanden, und er sollte noch diese Woche eine Einladung zur Auktion erhalten."

Das bedeutete, dass der Job erledigt war. Kim schlang die Arme um sich und versuchte, ihre Emotionen zu verarbeiten. Nach ihrem ersten Tauchgang hatte sie sich die Leiter des Bootes hinaufgezogen, den schweren Lufttank abgestellt und den Gürtel mit zehn Kilogramm Bleigewichten fallen gelassen. Danach hatte sie das Gefühl gehabt, gleich abzuheben und davonzuschweben. So wie jetzt. *Ich bin hier fertig. Meine Aufgabe ist erledigt.*

Master R hörte zu und grinste. „Ja, er hat eine ziemlich gute Show hingelegt. Für die Session hat er sich extra eine Sub dazu geholt, die für ihre lauten Schreie bekannt ist." Er blickte zu ihr, seine Augen im Schatten, aber er sah zufrieden mit ihrer Erscheinung aus. „Auch Kimberly hat ihre Sache sehr gut gemacht."

Ein Funke flackerte in ihr auf, der sogleich von seinen nächsten Worten ausgepustet wurde. „Da Sam akzeptiert wurde, sollte sie wieder zu Gabi ziehen."

Kim starrte ihn an. Ein Schlag ins Gesicht hätte nicht so wehgetan. Was hatte sie falsch gemacht?

„Nein, sie hat nichts falsch gemacht. Sie aber in einer Master/Sklave-Beziehung zu halten, wenn sie sich von einer Entführung erholen sollte, ist nicht besonders klug. Sie wird von mir abhängig, Kouros." Er sah ihr direkt in die Augen, versuchte nicht, irgendetwas vor ihr zu verbergen.

Der Zorn in ihr schaffte es, den Schmerz zu überwältigen. Ja, gerade hasste sie ihn ein bisschen.

„Nein, es gibt keinen Grund für sie, noch länger bei mir zu bleiben. Ihr Job ist erledigt. Falls Sam ausgeladen werden sollte, würde ich nicht Kimberly, sondern einen deiner Leute für die Vorführung bei der Auktion benutzen. Ich würde sie nie zu einer Sklavenauktion mitnehmen. Das haben wir doch bereits besprochen." Seine Augen kühlten ab. „Schick sie zu Gabi. Sie hat genug getan."

Gut zu wissen. In dem Versuch, ihn nicht genervt anzufunkeln, schenkte sie sich einen Kaffee ein.

Plötzlich drückte Master R die Schultern durch. „Wann genau war das?"

Die Härte in seiner Stimme ließ Kim zusammenzucken und sie zischte, als Kaffee ihre Finger verbrannte. Sie stellte die Tasse hastig ab und schüttelte die Hand. *Autsch.*

„Kimberly!" Master R zeigte auf den Wasserhahn.

Sie zögerte. *Ich will alles hören.* Sie gab nach und ließ kaltes Wasser über ihre geröteten Finger laufen. Über dem Rauschen des Wassers hörte sie ihn sagen: „Ich stelle dich auf Lautsprecher. Sie hat ein Recht darauf, es zu wissen." Er legte das Handy auf die Kücheninsel.

Was soll ich wissen?

„Du bist ein sturer Bastard, Sandoval", kam die volltönende Stimme eines Mannes, der den Buchstaben A auf eine Weise betonte, die auf den Bundesstaat Maine hinwies. „Miss Moore, ich habe Ihrem Master gesagt, warum ich nicht möchte, dass Sie zu Gabis Haus zurückkehren."

Sie schluckte schwer. *Ich kenne diesen Mann nicht.* „Warum ist es keine gute Idee?"

„Ich weiß nicht, ob Raoul es Ihnen erzählt hat, aber wir haben Überwachungskameras installiert. Eine Vorsichtsmaßnahme, um Sie zu schützen."

Ihre Kinnlade klappte herunter und sie starrte auf die Wand hinter Master R. Was hatten sie gesehen?

„Nein, *Gatita*", sagte Master R. „Nur draußen sind Kameras – an der Vorderseite und an den Seiten des Hauses, und eine auf der Terrasse, die auf den Strand zeigt."

Der FBI-Agent schnaubte. „Mehr hätte er nicht zugelassen. Uns sind ein paar zwielichtige Gestalten aufgefallen, die das Haus beobachten, seit Raoul Sie gekauft hat. Recht unauffällig. Heute Morgen allerdings wurden Sie von einem Privatdetektiv fotografiert."

Kim schlang ihre Arme um sich, als sie von einem Angst-schauer durchgeschüttelt wurde. Die Welt war kein sicherer Ort. Das wusste sie bereits.

„Mit der Überwachung, die sie vorgenommen haben, wissen sie, dass du viel Zeit draußen verbringst. Verschwindest du plötz-lich, obwohl Raoul noch immer im Haus wohnt, würde das verdächtig aussehen."

Sie hielten das Haus im Blick. Eis kroch ihre Wirbelsäule hinauf. „Was, wenn sie versuchen, mich zurückzuholen?" Nein, das war dämlich. Sicher würden sie nicht von ihren eigenen Käufern die Sklaven stehlen.

„Einen Sklaven zu entführen, den sie verkauft haben, wäre nicht gut fürs Geschäft." Der FBI-Agent hielt inne. „Falls es hilft: Die Nachbarschaft ist generell sehr sicher und verfügt über eine Nachbarschaftswache. Raoul hat ein erstklassiges Sicherheitssystem, sowohl im Haus als auch auf dem Grund-stück, viel besser als das von Marcus. Niemand, der bei klarem Verstand ist, würde versuchen, daran vorbeizukommen."

Master R schenkte ihr ein kleines Lächeln und flüsterte: „Ich bin auf der Straße aufgewachsen, erinnerst du dich?"

Oh? Sie hatte gesehen, wie er vor dem Schlafengehen eine Runde durch das Haus drehte, bestimmte Ecken genauer unter die Lupe nahm. Sie hatte nie daran gedacht, ihn nach dem Grund zu fragen. Sie war also sicher hier. Aber wäre es auch klug, zu bleiben?

Master R schwieg und ließ sie entscheiden. *Ich hasse es, Entscheidungen zu treffen.* Sie wollte zu Gabi gehen. Das Problem: Obwohl er an ihr kein Interesse hatte, wollte sie ihm trotzdem nah sein.

Mit aller Kraft schob sie ihre Emotionen zur Seite. Was sie sich wünschte, war nicht von Bedeutung. Was auch immer sie für Master R empfand, sie durfte nicht zulassen, dass diese Gefühle dazu führten, dass die Ermittlung durch verdächtiges Verhalten in

Gefahr geriet. „Ich schätze, dann werde ich noch ein paar Tage länger hier bleiben."

„Danke, Miss Moore. Ich freue mich darauf, Sie später in dieser Woche persönlich kennenzulernen."

Mit einem leisen Fluch legte Master R auf. Dann verengte er die Augen und richtete diesen Blick auf sie. „Wirst du damit klarkommen?"

Das werde ich vielleicht nie wieder. „Natürlich." Sie zuckte zusammen, als er die Augenbrauen zusammenzog. *Die Wahrheit zu sagen, war manchmal wirklich ätzend.* „Okay, ja, es ist schwierig, wenn man nicht weiß, wie es weitergeht. Ich möchte nachhause und mit meinem Leben weitermachen. Ich will meine Mutter sehen." *Ich will bei dir bleiben. Von dir wegrennen. Dich lieben.*

„Verständlich." Er nahm einen Schluck von seinem Kaffee. Sein durchdringender Blick wandte sich von ihr ab und es fühlte sich an, als wäre sie gerade einer Sturzflut entkommen. „Du musst deine *Mamá* sehr vermissen."

Seine Stimme machte deutlich, wie gut er das Gefühl nachempfinden konnte. Er sprach das Wort *Mamá* so sanft aus, dass es vielsagend war. Was Fragen aufwarf. Sie runzelte die Stirn. „Ich dachte, deine Familie lebt in Tampa. Hast du ihnen gesagt, dass sie dich nicht besuchen sollen?"

Seine Lippen pressten sich fest aufeinander. „Wir haben ... keinen Kontakt."

„Wieso nicht?"

„Sie wollen nichts von meinem BDSM-Lifestyle wissen. Rein gar nichts. Als sie es herausfanden ... Sie hätten wahrscheinlich besser reagiert, wäre ich schwul." Er rieb sich über das Gesicht. Er mag seinen Gesichtsausdruck für unlesbar halten, aber das war er nicht. Von seiner Familie entfremdet zu sein, verletzte ihn.

„Das tut mir leid." Er war so warmherzig. Dass seine Familie ihn auf Abstand hielt, musste schrecklich für ihn sein.

„Es ist nicht dein Problem, *Gatita*."

„Ich schätze nicht." Sie musterte den Kaffee in ihrer Tasse und ließ die schwarze Flüssigkeit im Kreis wirbeln. *Wie mein Leben.* Er hatte gesagt, dass sie nicht in einer Master/Sklave-Beziehung sein sollte, da sie sonst von ihm abhängig werden würde. Vielleicht hatte er Recht. „Master R?"

Er neigte den Kopf. „Ja?"

„Können wir zusammenleben als ... als Freunde? Nichts mehr von dem Master/*Sumisita*-Zeug?"

Sein Stirnrunzeln legte sich. „Das können wir. Guter Plan." Er tippte mit den Fingern auf seine Papiere und sah sie dann erneut an. „Du kannst wieder ins Gästezimmer ziehen."

Nachts nicht mehr in seinen Armen liegen? Die Küche schien sich zu verdunkeln. „Prima. Ich hole meine Sachen."

Ihre Beine schafften es bis zum Schlafzimmer ihres Masters – nein, Raouls. Sie packte die Kleidung zusammen, die Gabi ihr gegeben hatte, und ließ das französische Dienstmädchenkostüm im Schrank, damit er es Z zurückgeben konnte. Nachdem sie alles auf das Bett im Gästezimmer geworfen hatte, holte sie noch ihre Badezimmmerartikel.

Sie wandte ihre Augen von der Dusche ab und weigerte sich, sich daran zu erinnern, wie sich seine großen Hände anfühlten und sich über ihren eingeseiften Körper bewegten. Warm und fest. *Nein.* Noch eine Woche. Dann wäre es vorbei. Dann würde sie nachhause gehen und ... was tun? Abgesehen davon, dass sie ihre Mutter sehen wollte, hatte sie sich sonst keine Gedanken gemacht, wie ihre Zukunft aussehen sollte.

Ihre Knie bebten und sie stützte sich auf das Waschbecken und starrte sich im Spiegel an. *Ich sollte nachhause wollen. Um mein Leben wieder aufzunehmen.* Ihre Freunde würden sich freuen, sie endlich wiederzusehen.

Hatte sie noch ihre Stelle im Forschungsinstitut? Wahrscheinlich – die Personalabteilung war nicht die schnellste. Dort würde sie zuerst hingehen, wenn sie wieder ... Ein Schauer durchfuhr sie. Was, wenn sie aus dem Büro oder ihrem Haus trat und sie erneut entführt wurde? *Ich muss zurück auf die Arbeit. Habe keine Wahl.* Irgendwie würde sie das hinkriegen. Das tat sie immer.

Aber sie wäre so weit von Tampa entfernt. Wie sollte sie den Alltag ohne Master R bewältigen?

Ihre Hände ballten sich zu Fäusten. *Bist du doch ein wenig von ihm abhängig, Missy? Oder in ihn verliebt?* Ihre innere Zynikerin war so sarkastisch, dass sie ihr, wenn es eine Person gewesen wäre, ins Gesicht geschlagen hätte. Denn die Antwort auf beide Fragen lautete: ja.

Er ... ließ ihr Herz singen. Sie wollte sich um ihn kümmern, dieses besondere Lächeln auf sein Gesicht zaubern, für ihn da sein, so wie er für sie da war. Und warum auch nicht? Er schien sie zu mögen. *Das tut er.*

Nur ... er hatte ihre Liebeserklärung nicht gerade erwidert.

Selbst wenn er es tun würde, erhofften sie sich andere Dinge. Er war ein Master. Er wollte eine wahre Sklavin und nicht jemanden, der nur für eine kurze Zeit in die Rolle schlüpfte. Kälte sickerte wie der Nebel am frühen Morgen in ihre Knochen.

Ich bin keine Sklavin. Das war nicht die Beziehung, von der sie träumte – zu den Füßen eines Mannes niederzuknien, seine Befehle entgegenzunehmen, ihm zu dienen. Zittrig atmete sie ein. *Ich gehöre nicht hierher. Nicht wirklich.*

Sie durfte sich nicht nach etwas sehnen, das keine Zukunft hatte. *Freunde. Mehr nicht.*

Nachdem sie ihre Sachen ins Gästezimmer gebracht hatte, ging sie wieder nach unten. Master R – *Raoul, verdammt nochmal* – war immer noch in der Küche und schrieb in ein Notizbuch. Warum musste er so ... so wundervoll sein? Die breiten Schultern, die starken Hände, der markante Kiefer. Warum war das Leben so unfair?

Er hob den Blick und sein Lächeln verblasste. Stattdessen zeigte sich ein Ich-kann-dir-direkt-in-deine-Seele-blicken-Ausdruck auf seinem Gesicht. „*Gatita*, was ist los?"

Sie zuckte mit den Schultern. „Ich habe wohl meine Angst von gestern noch nicht ganz abgeschüttelt, schätze ich." Sie rieb mit der Schuhspitze über einen Fleck auf dem Boden und fragte beiläufig: „Haben wir irgendwelche Pläne für diese Woche?"

„Nur einen: Dich zu beschützen, bis du nachhause gehen kannst."

Nachhause gehen. Wie seltsam, dass er das erwähnte, nachdem sie erst vor wenigen Minuten darüber nachgedacht hatte. Nachhause zu was?

„Für heute dachte ich, könnten wir feiern, dass wir den Abend mit dem Aufseher überstanden haben. Ich habe ein Segelboot im Yachthafen. Auf dem Weg können wir uns etwas für ein Picknick holen."

Wieder auf dem Wasser sein und das mit Master R? Was könnte besser sein? „Oh! Ja! Gerne."

Er musterte sie. „Gut genug. Nachdem ich mich umgezogen habe, können wir uns auf den Weg machen. Kannst du in der Zwischenzeit meine Spielzeugtasche aus dem Auto holen?" Er warf ihr seine Schlüssel zu. „Ich mag es nicht, damit herumzufahren, falls ich in einen Unfall gerate oder von der Polizei angehalten werde. Das Auto steht am Ende der Einfahrt."

Sie schaffte es, das *Ja, Master* zurückzuhalten, und sagte: „Okay, das kann ich machen." Warum hatte er letzte Nacht nicht in der Garage geparkt? Weil er sie nach oben tragen musste. *Logisch.* Und die Garage befand sich auf der anderen Seite des Hauses.

Als sie das Wohnzimmer durchquerte, betrat Master R die erste Stufe ins Obergeschoss.

Sie stoppte. *Warte. Ich soll nach draußen? Ganz allein?* „Ähm. Ich … Ich bin mir nicht sicher, ob ich weiß, wie deine Tasche aussieht." Ihre Brust fühlte sich an, als würde jemand Seile um ihre Rippen wickeln und sie mit jeder Sekunde fester ziehen.

Er lehnte sich mit der Hüfte gegen das Treppengeländer. „Es ist die einzige Tasche im Auto."

„Aber –"

„Hol die Tasche, *Gatita*."

Sie rührte sich nicht.

Seine Augen verengten sich, und dann kam er wieder die Treppe hinunter.

Sie entspannte sich. „Du wirst mich zu deinem Auto begleiten?"

„Nein, das werde ich nicht." Seine Hand schloss sich um ihren Oberarm. Er führte sie zur Tür und schubste sie ins Freie.

Entsetzt von seiner Handlung stand sie regungslos da. Ihr Blick lag auf der gewundenen Einfahrt. Sie konnte die *Straße* sehen – die Straße, wo Gott weiß wer lauern könnte. Wo jemand sie erschießen und verletzen und entführen könnte. „Nein!" *Nein, nein, nein.* Sie wirbelte herum und rannte in einen unbeweglichen Körper.

Er stand in der Tür, blockierte den Weg ins Haus. Das Licht umrahmte ihn. Ein dunkler Engel. „Kimberly."

„Nein. Nein, ich kann nicht." Sie bebte so heftig, dass ihre Knie einknickten.

Seine Arme schlossen sich um sie und er hielt sie aufrecht. „Atme tief ein, *Gatita*. Jetzt."

Ihr war so, so kalt. Deshalb zitterte sie. Ihre Finger fühlten sich taub an.

„Ein weiterer Atemzug. Langsam ausatmen." Er zwang sie, noch ein paar Mal Luft zu holen.

Ihr Herz verlangsamte sich. Und sie erkannte, dass sie gerade eine erneute Panikattacke hatte, die sie sich nicht wirklich erklären konnte.

„Sieh mich an."

Der Befehl konnte nicht missachtet werden. Sie hob ihren Blick und sah in seine durchdringenden dunkelbraunen Augen. Sein Gesichtsausdruck wirkte seltsam. Sorge und Wut und ... Mitleid?

Was erlaubt er sich, mich zu bemitleiden? In seinen Armen drückte sie die Schultern durch und machte einen furchterregenden

Schritt nach hinten. „Der gestrige Abend hat mir zugesetzt. Das ist alles. Tut mir leid."

„Dann solltest du es vielleicht noch einmal versuchen?"

Nein!

Dieses Mal jedoch streckte er seine Hand aus und sie legte ihre Finger auf seine.

Zusammen liefen sie zum Auto. Alles war gut. Ja, es ging ihr gut.

Er ließ ihre Hand los. „Bleib einen Moment hier stehen, *Gatita*."

Als er sich auf das Haus zubewegte, war sie plötzlich an seiner Seite – so nah, dass sie ihn riechen konnte.

„Hmm." Ohne etwas zu sagen, führte er sie durch das Haus und zur Terrasse. Neben dem Pool hielt er an und musterte sie aufmerksam. Sie schlang ihre Arme um sich und versuchte herauszufinden, warum sie immer noch zitterte und warum sie nicht in der Lage war, nach draußen zu gehen. Es wäre nicht das erste Mal.

Er zeigte auf den Strandball auf der anderen Seite des Pools. „Bring ihn zu mir."

Kein Problem. Sie war erst die Hälfte der Strecke gegangen, als er sie zurückrief.

„Du hast Angst, draußen zu sein. In der Nähe der Straße und allein?"

„I-Ich –" Sie atmete die salzige Luft ein und wandte sich von ihm ab. Die Wellen rollten an den Strand, über ihnen schwebten die Wolken hoch am Himmel. Normale Welt. *Abnorme Kim.* Ihre Stimme klang so schwach, dass er sich nach vorn lehnen musste, um sie zu hören. „Als ich aus der Eingangstür musste, war ich mir sicher, dass dort jemand lauern würde. Sie würden mich zurückbringen. Draußen ist es nicht sicher." Alles in ihr sagte ihr, dass das die Wahrheit war.

„Die Terrasse ist aber in Ordnung? Und der Strand?", fragte er sanft, während er eine ihrer Hände in seiner hielt.

„Ich ... schätze. Hier ist ein Zaun. Ein Ozean. Keine Fahrzeuge. Hier kriegen sie mich nicht so einfach." Sie blies sich eine Strähne aus dem Gesicht. „Das klingt wirklich dämlich."

„Kimberly, wo haben sie dich entführt?"

Sie erinnerte sich nur zu gut. Jeden Monat fuhr sie von Savannah nach Atlanta, um den Tag mit ihrer Mutter zu verbringen. Am Abend ging sie dann in den BDSM-Club. Das Highlight ihres Monats. „Vor einem Club. Als ich die Hand nach dem Griff meines Autos ausgestreckt habe, wurde ich ... Ein Mann. Mit dem Taser." Schreckliche Schmerzen, jeder Muskel hatte sich angespannt, still gelitten, atemloser Schrei. „Sie warfen mich in einen Lieferwagen."

Er streichelte ihre Haare. „Hilft es dir, zu wissen, warum du in Panik gerätst?"

„Ein wenig." Nichtsdestotrotz ließ sie der Gedanke, jemals wieder durch eine Tür ins Freie zu gehen, am ganzen Körper erstarren. Sie schaffte es, entschlossen das Kinn zu heben. „Nochmal versuchen?"

„Tapfere *Gatita*." Als wäre sie blind, führte er sie mit der Hand um ihren Arm zur Haustür. „Mal sehen, wie weit du kommst."

Sie zwang sich, mit einem Fuß über die Türschwelle zu treten. Die lange Einfahrt. Die Straße. Eine Faust legte sich um ihr Herz, alles wurde dunkel.

„Kimberly!" Der Befehlston in seiner Stimme war so effektiv wie eine Ohrfeige.

Sie zuckte und sah über die Schulter.

„Ich bin bei dir. Dir kann nichts passieren." Wellenartig traf die Wut von ihm auf sie, obwohl die Emotion nicht auf sie gerichtet war. „Mach drei Schritte. Dann gehen wir zurück ins Haus. Kannst du das tun?"

Sie schüttelte den Kopf. Zu weit.

„Kimberly." Er blickte ihr direkt in die Augen und hob fordernd sein Kinn. „Tu es. Für mich."

Für Master R. Ihr Bedürfnis, zu gefallen, trug mit ihrer Angst einen Kampf aus. Sie ließ den Blick über die weite Fläche schweifen, der sie ausgesetzt sein würde. Überall gab es mögliche Verstecke. Etwas in ihr weigerte sich und doch nahm sie ihren ersten Schritt. Einen zweiten. Ihr Mut erlosch. Sie konnte nur stehen und beben.

„Noch einen, *Gatita*.“

Sie bekam keine Luft mehr und der Rasen zeigte sich in Rot, als sie den dritten Schritt nahm.

„Sehr gut. Augen zu mir.“ Blitzschnell stand er vor ihr und sie erkannte, dass er jeden Schritt mit ihr gegangen war. Sein Gesicht blockierte ihren Blick auf die weite Rasenfläche. „Ich bin sehr stolz auf dich, Kimberly.“

Sein Lob löste auch den letzten Druck in ihrer Brust und sie atmete tief ein.

„Beim nächsten Mal gehst du vier Schritte. Und jetzt“ – er streckte seine Hand nach ihr aus – „holen wir meine Tasche aus dem Auto. Gemeinsam.“

Nach drei Tagen Freundschaft musste sie sich eingestehen, dass das vielleicht nicht ihre beste Idee gewesen war. Mit einem stillen Seufzer beobachtete Kim, wie sich die Morgensonne über den Schlafzimmerteppich ausbreitete, während ihre Hand auf seiner lag, die wiederum ihre Brust umfasste. In Master Rs Armen fand sie Glückseligkeit.

Aber ... sie wäre nicht hier, wenn sie nicht mitten in der Nacht in sein Bett gekrochen wäre.

Dann hatte er Liebe mit ihr gemacht. Sie grinste. Sie hatte die Sache ins Rollen gebracht, als sie zu ihm unter die Decke geschlüpft war, mit den Händen über seine Oberschenkel fuhr und seinen Schwanz mit ihrer Berührung hart gemacht hatte. Zuerst hatte sie gedacht, dass er schlief, aber nach ein paar Minuten erkannte sie, dass er die ganze Zeit wach gewesen war und abwartete, was sie als Nächstes tun würde.

Sehr viel. Kichernd hatte sie sich rittlings auf ihn gesetzt, und es hatte ihr Spaß bereitet. Er hatte sie geküsst und gestreichelt, hatte an ihren Nippeln gesaugt. Die Kontrolle jedoch hatte er nicht an sich gerissen, hatte keine Befehle ausgesprochen. Seine Hände waren sanft mit ihr verfahren, nicht fordernd. Sie waren beide gekommen, aber ... Sie seufzte. Der Sex war überhaupt nicht aufregend gewesen. Zu vergleichen mit dem Steuern eines Motorbootes, anstatt mit dem Segelboot den starken Wind zu meistern. Eines davon brachte dich schnell zum Ziel, sicher, aber das andere konnte nur als ekstatisch bezeichnet werden.

Ich will diese Art von Sex zurück.

Master R schlief noch. Mit einem Arm um ihren Körper geschlungen, presste er sich von hinten an sie. Seine Morgenlatte spürte sie direkt an ihrem Po.

Sicher, sie könnten langweiligen, wir sind nur Freunde Sex haben, aber ... sie wollte mehr. Wie weit könnte ein Mädchen einen Master treiben, bevor er seine Beherrschung verlor?

Leicht war es nicht, ihn wütend zu machen. Nervös biss sie sich auf die Lippe. Schließlich löste sie sich entschlossen aus seinem Griff. „Nein!", zischte sie, als sich seine Augen öffneten. „Kein Sex. Du kannst mich nicht zwingen. Ich will es nicht."

Als sein dunkel gebräuntes Gesicht den entspannten Ausdruck verlor und an Härte gewann, rebellierte ihr Magen. Gleichzeitig beruhigte sie, was sie sah. „Ich werde dich zu nichts zwingen, das du nicht willst, Kimberly." Er legte seine Hände hinter den Kopf, obwohl sie deutlich sah, wie angespannt sein Körper war. „Geh dich duschen. Ich werde dir aus dem Weg gehen."

Mist! Nachdem sie ihren Zopf aus dem Weg gebracht hatte, stupste sie so hart mit dem Finger gegen seine Schulter, sodass dieser fast gebrochen wäre. „Du sagst mir nicht, was ich tun soll, *Ra-oool*. Ich bin nicht mehr dein Eigentum." Sie hatte das bekannte Feuer in seinen Augen erwartet. Wie sehr es sie schmerzte, diese Worte auszusprechen, kam jedoch überraschend.

Ich gehöre nicht ihm. Sie stupste ihn ein zweites Mal, noch härter, um das Gefühl des Verlustes loszuwerden.

Er packte ihre Hand, verhinderte weitere Attacken von ihr und setzte sich auf. „Das ist genug. Verlasse das Bett, bevor mir bei deinem unhöflichen Benehmen der Kragen platzt." Seine Stimme war leiser geworden, und tief in ihr erhob sich die Begierde.

Sie spürte, wie ihre Nippel hart wurden. Im nächsten Moment landete sein Blick auf ihren Brüsten, und sie konnte bei der Hitze in seinen Augen nicht glücklicher sein. „Hör auf, mich herumzukommandieren." Sie nahm eine bewusste Position ein, kniend auf dem Bett und ihr Po auf den Fersen. „Ich werde nichts tun, was du mir befiehlst. Nie wieder. Auch nicht, wenn du mich anflehst."

„Und was, wenn du mich anflehst?", fragte er leise. Je ausgeprägter sein spanischer Akzent klang, umso bewusster wurde ihr, wie es um sein Temperament stand. „Wenn du in diesem Bett bleibst, werde ich dich ficken, Kimberly. So hart, wie ich will – solange du nicht dein Safeword benutzt."

Seine dunkle Stimme betätigte einen Schalter in ihr und sie war plötzlich sehr feucht, ihre Klitoris pochte, als hätte er das Nervenbündel mit seiner Zunge statt mit seinen Worten gestreichelt.

Seine Drohung jedoch vermochte es, dass sie kein Wort herausbrachte. Er würde ... Er könnte ihr wehtun. Nur wollte sie das. Irgendwie. Sie atmete tief ein. Außerdem würde ein Rückzieher sie zu einem Feigling machen. „Mich ficken, *Ra-oool?* Pfft. Nur Gerede und nichts dahi ..."

Er packte sie. Sie quietschte, als er sie flach auf den Bauch legte, ihr Gesicht auf der Matratze und nur wenige Zentimeter von dem gusseisernen Kopfteil entfernt. Sie spürte einen Zug an ihren Haaren.

„Das sollte dich vor Ärger bewahren." Er positionierte sie auf ihren Händen und Knien.

Es ging zu schnell. Sie konnte nicht anders und versuchte, zu buckeln. Erfolglos. Dann wollte sie ihren Kopf heben, aber ihr Zopf hatte sich an etwas verfangen. Sie starrte auf die Matratze, fünf Zentimeter von ihrer Nase entfernt, und tastete das Kopfteil ab, um zu finden, was sie einschränkte.

Seine rücksichtslosen Hände schlossen sich um ihre Handgelenke und so fixierte er ihre Arme hinter ihrem Rücken.

„Verflucht seist du!" Sie kämpfte, merkte jedoch schnell, dass er sie außer Gefecht gesetzt hatte. Kopf unbeweglich, Hände hinter dem Rücken. Er schob seine Knie zwischen ihre Beine, drückte ihre Schenkel auseinander und entblößte sie. Mit seiner freien Hand erkundete er ihren Intimbereich und summte erfreut. „Du bist geschwollen, *Gatita*. Und so verdammt feucht."

Seine Finger bewegten sich über ihre Klitoris. Er war sich in seinen Berührungen so sicher, wusste genau, was sie anmachte. Sie wehrte sich noch immer, denn je angestrengter sie versuchte, ihm zu entkommen, desto heißer wurde sie. Sein Lachen zeigte, dass er genau wusste, was vor sich ging – und auch seine Fähigkeit, sie so leicht zu durchschauen, erhöhte ihre Erregung. *Verdammt.*

Er positionierte seinen Schwanz an ihrem Eingang und glitt durch ihre Nässe. Sein Griff an ihren Handgelenken festigte sich. Eine Warnung. Im nächsten Augenblick drang er mit einem Stoß in ihre Hitze.

Ihr Körper erstarrte vor Schock und sie schnappte nach Luft, als ihre Pussy versuchte, seine Länge zu akzeptieren. *Ja, ja, und nochmals ja!* Sie legte die Stirn auf die Matratze und ließ sich von ihm ficken.

Und das tat er. Hart nahm er sie, hämmerte mit seinem Schwanz in sie, so tief, dass es an Schmerz grenzte.

Nach einer Weile ließ er ihre Hände los, packte sie an den Hüften, um sie tiefer und härter nehmen zu können. Doch die Brutalität, mit der er vorging, zusammen mit dem daraus resultierenden Unbehagen, verstärkte ihre Erregung und trieb sie auf eine Weise dem Orgasmus entgegen, wie sie es noch nie zuvor erlebt hatte. Dabei ignorierte er ihre Klitoris, die Stimulation rührte einzig und allein von seiner dicken Erektion in ihrer Enge. Alles in ihr pulsierte, ihre ganze untere Hälfte ein feuriger Ball aus Empfindungen.

Als er sie immer wieder auf seinen Schwanz riss, spürte sie, wie sich ihr Zopf anspannte. Ihre Kopfhaut brannte und so vergaß sie nicht, dass er sie gefesselt und damit in seiner Gewalt hatte. Ihre Hände packten die Bettdecke, als der Druck in ihrem Inneren wuchs. Die Luft verdichtete sich, bis sie mit jedem fordernden Stoß einen Schrei entließ. Sein Rhythmus war perfekt, um sie für eine Weile an der Klippe hängen zu lassen.

Dann zog er sich aus ihr heraus, umkreiste mit seinem Schaft ihren Eingang, neckte ihre Klitoris. Das Feuer in ihr bündelte sich. Eine Walze schierer Empfindungen rollte über ihre Schutzmauern und riss alles mit sich. Die Lustwelle breitete sich in ihr aus und erreichte auch die letzte Zelle in ihrem Körper. Im Zimmer hallte ihr Schrei wider, dann der Laut, als sie nach Luft schnappte.

Sie verstand nicht, wie es möglich war, aber er wurde noch härter, schwoll in ihr an. Kurze, brutale Stöße schickten mehr Wellen durch sie, und dann presste er sich tief, tiefer, bis die Wände ihres Geschlechts um seine Länge kollabierten.

Sein Griff an ihren Hüften löste sich. Morgen würden sich dort sicher blaue Flecke zeigen. Sie konnte es nicht erwarten. Der Gedanke, den Beweis auf ihrer Haut zu tragen, wie leidenschaftlich er sie genommen hatte, war berauschend. Jede Zelle in ihrem Körper pulsierte und brachte Glückseligkeit mit sich. Unbändige Freude. Nicht nur, weil sie einen Höhepunkt erlebt hatte, nein, es lag an dem Gefühl seiner Hände auf ihr. Fordernde Hände. Kontrollierende Hände. Gnadenlose Hände. *Verdammt*, wie war das möglich?

Es war nicht das erste Mal, dass sie jemand dominierte, doch er gab ihr ... mehr. Oder vielleicht schaffte sie es bei ihm, sich wirklich und wahrhaftig hinzugeben, sich zu unterwerfen. Der

Gedanke war beängstigend. Wie weit würde ihre Bereitschaft, sich ihm zu unterwerfen, gehen?

Er streichelte seitlich über ihre Haut nach oben, fand ihre Brüste und knetete die weichen Hügel. Als sich ihre Vagina als Reaktion erneut um seine Länge zusammenzog, lachte er. Schließlich zog er sich aus ihr zurück und sie stöhnte bei dem Verlust. Ohne zu sprechen, presste er sie auf die Matratze, löste den Zopf vom Kopfteil und rollte sie dann wie einen hilflosen Welpen auf den Rücken.

Kehle entblößt, Bauch nach oben. Seiner Gnade unterlegen. Ihre Angst nahm zu, als sie sah, wie angespannt sein Kiefer war.

Er umfasste ihr Kinn und fragte: „Ist es das, was sie Freunde mit bestimmten Vorzügen nennen?"

Sie spürte, wie sich ihre Wangen erhitzten, und schloss die Augen.

„Sieh mich an", knurrte er.

Ihr Blick traf auf seinen und sie konnte dem Zorn in seinen Tiefen nicht entkommen. Sie schluckte schwer.

„Wenn du groben Sex oder D/S-Sex wünschst, dann sag es mir. Ich habe dich diesmal hart genommen, um zu sehen, wie du reagierst." Sein Blick wurde sanfter, sein Daumen streichelte über ihre Unterlippe. „Deine Antwort war eindeutig. Jetzt wirst du darüber nachdenken und herausfinden, was du willst."

Er rutschte aus dem Bett, stand auf und drehte sich mit einem gefährlichen Ausdruck ihr zu. „Und dann wirst du ehrlich und offen mit mir reden."

Verdammt.

———

An diesem Nachmittag schob sich Raoul von seinem Schreibtisch zurück und rieb sich die erschöpften Augen. Wenn er weiterhin von zuhause arbeiten wollte, brauchte er einen größeren Bildschirm.

Links von ihm arbeitete sich Kimberly durch die Stapel an Akten, die er angesammelt hatte. Er hasste Papierkram. Normalerweise beorderte er in dem Fall seine Sekretärin zum Haus, sodass sie die mühsame Aufgabe erledigen konnte. Für den Moment konnte er damit Kimberly beschäftigen.

Meine gute Freundin Kimberly. Mit einem kleinen Lächeln beobachtete er, wie sie ein Dokument musterte und es in eine Akte heftete. Auch ohne die Rollenverteilung in Master und Sklavin hatte er Gefallen daran, sie in seinem Haus zu haben.

Nachdem sie letzte Nacht in sein Bett gekrochen war, musste er zugeben, dass er es wirklich genoss, Sex mit ihr zu haben. Andererseits war er ein Mann. Ficken war immer eine gute Sache. Ja, der *normale* Sex mit Kimberly war angenehm gewesen, aber es hatte an Biss gefehlt, an Würze, als ob jemand Tacos gemacht hätte, ohne Cayennepfeffer oder Kreuzkümmel hinzuzufügen.

Auch sie hatte den Unterschied gemerkt. Er grinste, als er sich in Erinnerung rief, wie sie alles versucht hatte, sodass er die Beherrschung verlor. Das hatte er nicht – und doch hatte er sie hart und fordernd genommen, denn danach hatte sie sich gesehnt. Wie ein Traum war sie gekommen.

Er schüttelte den Kopf. Es war erstaunlich, dass sie Sex nach ihren Erfahrungen überhaupt tolerierte, geschweige denn mit einem Mann, der sie dominierte. Würde sie zugeben, dass sie seine Kontrolle im Schlafzimmer haben wollte? Könnte sie so ehrlich zu sich selbst sein – und zu ihm?

Für eine Minute musterte er sie. Hübsche *Gatita.* Ihr schwarzes, glänzendes Haar fiel locker um ihre Schultern, ihr kurviger Arsch, der ihre Shorts erregend ausfüllte, erinnerte ihn an das Gefühl ihrer weichen Hüften unter seinen Händen. Seine Augen verengten sich, als er sie genauer betrachtete.

Hübsch ... aber nicht glücklich. Die ruhige Zufriedenheit, die sie in den Wochen vor der Session im Shadowlands gezeigt hatte, war in den letzten drei Tagen erodiert. Ihrem Körper mangelte es nun an ... Anmut – als würde sie sich in seiner Nähe nicht länger wohl fühlen. Ihre Bewegungen zeugten von Anspannung.

Trotz allem sah sie sich nicht nervös um. Er öffnete und schloss eine Schublade. Lautstark. Sie zuckte nicht. Auf Angst war ihre angespannte Haltung also nicht zurückzuführen.

Er lehnte sich in seinem Stuhl zurück und dachte nach. Ihrem Dom und anderen zu dienen, erfüllte ein Bedürfnis in ihr – ob sie es nun zugeben wollte oder nicht. Gleichzeitig fühlte sie sich wohler, wenn sie Regeln zum Befolgen hatte. Grenzen. Konsistenz. Anscheinend war ihr Vater erst liebevoll und dann unberechenbar gewesen, je nachdem, ob er betrunken oder nüchtern war. Sie hatte nie gewusst, was sie zu erwarten hatte. Regeln waren für sie gleichzusetzen mit Sicherheit.

Als sie darum gebeten hatte, Freunde zu sein, hatte sie nicht nur seine Dominanz verloren, sondern auch die Konsequenz, die damit einherging.

Sie blickte über ihre Schulter und seine Augen trafen auf ihre. Er hielt ihren Blick gefangen, suchte nach – *Dios, hör auf, Sandoval.* Angewidert von sich selbst, wandte er sich ab. Ihre Sehnsucht rief nach ihm, aber sie hatte Nein gesagt. *Nein bedeutet nein.*

Die Tatsache bestand jedoch, dass sie weder glücklich noch mit sich und der Welt im Einklang war, und leider hatte er keine Ahnung, wie er das in Ordnung bringen sollte. Als Freunde ganz sicher nicht. Hoffentlich würde sie das Problem mit Gabi oder Faith besprechen. Da er Kim mittlerweile kannte, konnte er sich gut vorstellen, dass sie Themen wie Dominanz und Unterwerfung wohl mied.

Aus den Augenwinkeln nahm er eine Bewegung wahr.

Sie kniete zu seinen Füßen, den Kopf gesenkt, ihr Nacken erregend entblößt. *Um ein Halsband bettelnd. Nein, hör auf zu träumen.*

„Du musst dich nicht hinknien, wenn du mit mir reden willst, Kimberly", sagte er. „Wir sind Freunde, oder?"

„Ja. Irgendwie." Anstatt ihre Hände auf den Schenkeln zu

platzieren, hatte sie die Finger vor sich so brutal verschränkt, dass die Knöchel weiß anliefen. „Ich ... ich weiß wirklich nicht, was mit mir los ist, aber nur mit dir befreundet zu sein, funktioniert nicht."

Wie es aussah, lernte sie nun, ihre Emotionen zu teilen. Er lächelte reumütig und legte einen Zeigefinger unter ihr Kinn. „Willst du mich etwas fragen?" Er zuckte zusammen und würde sich am liebsten selbst eine Ohrfeige verpassen. Sogar wenn er sich vornahm, es nicht zu tun, schaffte er es nicht, die Finger von ihr zu lassen oder sie zu dominieren. Besonders bei dieser kleinen Sub schien er damit Schwierigkeiten zu haben.

„Können wir wieder zu der Abmachung vom Anfang zurückkehren?"

Er erstarrte. „Was genau meinst du, *Gatita*? Erkläre mir klar und deutlich, was du von mir brauchst."

„Ich will ... wieder deine Sub sein. Wie zuvor. Bis das FBI mich nachhause oder zu Gabi gehen lässt." Ihre blauen Augen strahlten vor Aufrichtigkeit und er konnte keine Zurückhaltung erkennen.

Die aufsteigende Freude kämpfte mit seinem sinkenden Gefühl der Bestürzung. Wie schmerzhaft wäre es, sie gehen zu sehen, nachdem sie seine willige Sub gewesen war? „Warum?"

„Ich ... Es ist albern, aber ich kann mich einfach nicht entspannen. Wenn ich zum Beispiel tue, was du mir befohlen hast, fällt mir ein Stein vom Herz, in dem alle meine Sorgen gebündelt waren. Dann kann ich mich auf das konzentrieren, was du mir aufgetragen hast." Sie zuckte mit den Schultern. „Ich denke, die Ereignisse der letzten Zeit sind daran schuld und auch, dass ich nicht weiß, was in der Zukunft auf mich wartet. Die Sache ist nur, dass ..." Sie entließ ein unglückliches Schnauben. „Es hat mir besser gefallen, als du das Sagen hattest."

. . .

Kim starrte zu Master R auf. Sein Gesichtsausdruck wies darauf hin, dass er nachdachte. Sie liebte es, wie er sich die Zeit nahm, die Dinge zu durchdenken. *Verdammt.* Wäre er nicht so klug und würde er übereilte oder schlechte Entscheidungen treffen, hätte sie sich nicht zu seinen Füßen hingekniet. Sie vertraute darauf, dass er wusste, was am besten war.

Sie wagte es, sich nach vorn zu lehnen, schlang ihre Arme um seine Beine und legte ihre Wange auf seine Knie. Ihr Herz quoll vor Freude über. Er konnte so lange nachdenken, wie er wollte. Hauptsache er ließ sie bleiben. Genau hier. In seiner Nähe. Seine Wärme an ihrer Haut. Als er ihr Haar streichelte, schloss sie die Augen und seufzte genussvoll.

Sicher, die Sorge nagte an ihr. Manchmal kam ihr der Gedanke, dass er oder die Sklavenhändler sie einer Gehirnwäsche unterzogen hatten, um eine willensschwache Sklavin zu kreieren, aber im Moment war ihr das egal. Sobald ihre Zeit mit ihm vorbei war und sie nachhause ging, würde sie ihr Leben in Ordnung bringen. Und bis dahin ... Na ja, bis dahin würde sie diesen Master als ihre persönliche Wunderpille sehen – als Beruhigungsmittel.

„Du brauchst das so dringend?", fragte er sanft.

„Ja, bitte." Sie behielt das instinktive Anhängsel *Master* zurück, da er noch nicht zugestimmt hatte, die Rolle wieder zu übernehmen. Aber innerlich wimmerte sie: *Bitte, Master, ja, so sehr. Bitte.*

Würde er zustimmen? Er mochte es, die Kontrolle zu haben. Sie biss sich auf die Lippe. Bat sie um mehr, als sie sollte? Die Stille schien sich auszudehnen und bis zum Horizont zu reichen. *Bitte.*

„Also gut." Pause. „Ich bin einverstanden, *Sumisita*, und ich denke, dass du zu viel Kleidung trägst."

Lächelnd stand sie auf. Aber die Angst, die Sorgen ... verschwanden nicht einfach. Sicher, sie war erleichtert und das warme Gefühl in ihren Venen breitete sich aus, und doch fühlte es sich an, als läge ein Seil um ihre Kehle, das sie davon abhielt, tief einzuatmen. Aber bestimmt würde sich alles beruhigen. Bestimmt war dies genau, was sie brauchte. „Ja, Master." Sie zog ihre Kleidung aus, faltete sie und legte sie auf einen Stuhl.

Er lehnte sich zurück, ein Arm auf dem Schreibtisch. Mit den Fingern rieb er sich nachdenklich über die Lippen, während er sie aufmerksam musterte. Sie stand neben ihm, verlagerte ihr Gewicht und ... wenn sie ehrlich war, fühlte sie sich nun noch schlimmer. *Was habe ich getan?* Vielleicht war das die falsche Entscheidung gewesen. Sie bemerkte, dass ihre Hände vor ihr gefaltet waren. Sollte sie –

„Kimberly, hör auf." Er schob seinen Stuhl vom Schreibtisch weg und klopfte auf seinen Schoß. „Komm zu mir."

Ja, sie musste in die Arme genommen werden. Das war's. Sie senkte sich gerade auf seinen Schoß, als er sie plötzlich packte und sie kopfüber auf seinen Schoß legte.

„Was ..." Sie versuchte, sich hochzudrücken. „Nein ... ich habe doch gar nichts gemacht. Was ist denn los mit dir?"

Seine linke Hand drückte auf ihren Rücken und hielt sie an Ort und Stelle. „Nein, du hast nichts falsch gemacht, *Gatita*. Das ist keine Bestrafung." Seine rechte Hand strich über ihren Po. „Hier geht es darum, die Bedürfnisse einer kleinen Sub zu erfüllen." Er teilte einen Klaps aus. Es brannte kaum. Dann folgten fünf Schläge kurz hintereinander, bevor er innehielt und ihren Hintern liebevoll rieb.

Scharf sog sie den Atem ein und ihr Körper bebte. „Willst du, dass ich zähle?"

„Nein. Da es sich nicht um eine Strafe handelt, musst du nicht zählen. Ich mache weiter, bis ich entscheide, aufzuhören."

„Aber –"

Die nächsten Schläge taten weh. Er schlug auf eine Pobacke, dann auf die andere und wartete nur darauf, dass das Brennen nachließ, bevor er erneut wechselte. Sie wehrte sich, trat um sich und versuchte, zu entkommen. Ihre Augen füllten sich mit Tränen, als sich der Schmerz verschlimmerte.

Pause. Wieder rieb er sanft über ihren Hintern. So sanft. Wie konnte er gleichzeitig liebevoll und grausam sein? Ihr entrang ein frustrierter Schluchzer.

„*Bueno*", hauchte er, bevor er fortfuhr. *Schlag, Schlag, Schlag, Schlag.* Jeder einzelne schmerzte. So sehr. Schmerz bei jedem Schlag seiner großen Hand, und dann trat und schrie sie, als eine übermächtige Welle des Schmerzes über sie rollte. Trotzdem machte er weiter. Und immer weiter.

Als sich der Albtraum endlos in die Länge zu ziehen schien, wurde sie von Schluchzern durchgeschüttelt. Sie schlug gegen seine Beine und schrie hysterisch, bis sie schließlich erschlaffte. Er hatte ihr die Kraft genommen, sich zu wehren. Sie konnte nur noch da liegen und den Schmerz ertragen.

Er stoppte, *oh Gott*, er hörte auf und streichelte über ihre miss- handelte Haut, seine Hand zärtlich auf ihrem brennenden Fleisch. „Sehr gut, *Sumisa mía*." Als die Tränen überliefen, half er ihr auf die Beine und zog sie auf seinen Schoß. Er drückte ihr Gesicht gegen seine Brust, wickelte die Arme fest um sie und hüllte sie in Geborgenheit.

Der Schmerz hatte sich in bloßes Pochen verwandelt, aber sie konnte nicht aufhören zu weinen. Was war nur los mit ihr? Tränen und Schluchzer und Wimmern und dann ... löste sich ihre Sorge auf. Der Lärm und die Anspannung in ihr gingen mit der Flut zurück und hinterließen nur eine gereinigte Leere.

Sie lag still, ließ sich von seinem Herzschlag einlullen. Nie wieder wollte sie sich bewegen. Nach einer Weile atmete sie tief ein. Ein zweites Mal. Das enge Band um ihre Brust war verschwunden, vom Sturm weggespült. Sie schniefte, hob den Kopf und fühlte, wie sich der Stuhl drehte. Ein Taschentuch wurde ihr in die Hand gedrückt.

Sie wischte die Nässe von ihren Augen, putzte sich die Nase und schob sich mit einem Seufzer des Bedauerns in eine sitzende Position, um das Taschentuch in den Papierkorb zu werfen. Ihre Wangen waren wahrscheinlich rot, ihre Augen geschwollen. „Tut mir leid. Ich konnte einfach nicht aufhören, zu weinen." Sie fühlte sich gedemütigt und sah durch die Wimpern zu ihm auf.

„Ich weiß. Das war mein Ziel."

Sie runzelte die Stirn. „Du hast mir ein Spanking verpasst, damit ich weine?"

„Sí, Sumisita." Er küsste sie auf den Kopf. „Schmerz kann für verschiedene Zwecke verwendet werden." Sie vernahm den Ton in seiner Stimme, den er immer bei Lektionen verwendete. Anders als ihre pompösen Professoren − *vielleicht kann mir doch noch etwas beigebracht werden* − schwang bei Master R ein gewisser Humor mit, als wünschte er sich nichts sehnlicher, als eine Person zum Lernen zu verleiten. „Wie du wahrscheinlich aus den Clubs weißt, kann Schmerz erotisch sein." Er zog sie enger an seine Brust und sie schmiegte sich mit einem zufriedenen Seufzer an ihn. Ihm zuzuhören und von ihm gehalten zu werden, war himmlisch.

„Oder als Bestrafung", fuhr er fort. „Manche Menschen unterdrücken ihre Gefühle, ihre Sorgen, ihre Ängste und Emotionen. Wenn ihnen dann körperlicher Schmerz zugefügt wird, dient das Weinen als Ventil. So können sie die ganzen angestauten Emotionen entlassen."

Angestaut? Ich? Ja, vielleicht. Sie war als lebensfroher Mensch bekannt, aber ihre Gefühle waren ihre eigenen. Es fiel ihr schwer, ihre Gedanken zu teilen. Deswegen waren auch die Sitzungen mit der Therapeutin nicht einfach für sie. Und mit Gabi ging es ihr nicht anders. Sie atmete langsam ein und genoss den Duft von Seife und Mann. Vielleicht unterdrückte sie vieles. Ihr Vater hatte nach Perfektion verlangt, nicht nach emotionalen Ausbrüchen.

„Ein Moore zeigt keine Angst."

„Hör mit dem Geflenne auf."

„So schlimm kann es nicht wehgetan haben."

„Das ist grässlich. Es sieht so aus, als hätte es ein Fünfjähriger gemalt. Das kannst du besser."

Wie ihre Mutter hatte sie gelernt, ihre Gefühle zu begraben.

Ihre Therapeutin war davon wenig begeistert gewesen. Kim kicherte.

„Teile diesen Gedanken mit mir."

„Faith meinte zu mir, dass ich Gefühle in mich reinfresse und lernen muss, sie rauszulassen. Vielleicht sollte ich den Vorschlag bei ihr vorbringen, dass sie ihren Patienten ein Spanking verpasst."

Er lachte. „Das ist wahrscheinlich direkter, als ihr lieb ist." Er setzte Kim auf und so sah sie, dass er die Stirn runzelte. „Ich erwarte, dass du lernst, diesen Punkt erst gar nicht zu erreichen. Und wir, du und ich, werden daran arbeiten, dass du diese Emotionen teilst, bevor du verletzt werden musst, um sie endlich herauszulassen."

Sein Lächeln erreichte seine Augen. „Schreibe darüber in deinem Tagebuch. Ab heute wirst du wieder täglich eine Seite für mich verfassen."

Verdammt, zurück zu den Hausaufgaben. Aber okay. Es war möglich, dass sie die abendlichen Gespräche vermisst hatte, als sie mit ihm teilte, was sie für ihn verfasst hatte. Langjährige Partner, sogar ihr Verlobter, hatten sie nie so gut gekannt, wie Master R das tat.

„Das erinnert mich an etwas: Ich will, dass du deine gelernten Tänze übst. Einen möchte ich heute vor dem Schlafengehen sehen." Er rieb die Wange über ihre Haare und murmelte: „Bin ich mit deinem Auftritt zufrieden, werde ich dich ficken und uns beiden Erlösung verschaffen. Wenn nicht, werde ich dir erst den Hintern versohlen und dich dann trotzdem ficken."

Sie entließ einen Seufzer purer Zufriedenheit und kuschelte sich wieder an ihn. „Ja, Master."

KAPITEL ZWÖLF

S chwarze Wolken blockierten die Sonne an diesem späten Nachmittag, als Regentropfen auf die Windschutzscheibe rieselten. Eine Böe schüttelte das Auto regelrecht durch, sodass Kim instinktiv die Finger um den Sicherheitsgurt legte. Sie beobachtete, wie Trümmer über die Landstraße fegten. „Beim letzten Mal habe ich nicht bemerkt, wie abgelegen das Shadowlands ist."

„Es war dunkel", sagte Master R. „Und du warst damit beschäftigt, dir Sorgen zu machen."

„Ja. Das stimmt wohl." Ihre Augenbrauen zogen sich zusammen, als sie durch den Regen auf die Palmettos und den Sumpf starrte. „Wie viele Mitglieder verliert ihr an Alligatoren?"

„Keine. Abgesehen natürlich von den klugscheißerischen Subs, die wir den Alligatoren zum Fraß vorwerfen." Er fuhr durch die offenen Eisentore und die lange Einfahrt gesäumt von Palmen hinauf. Oben angekommen parkte er auf dem Grundstück neben einem drei Meter hohen Holzzaun. „Lass uns rennen, *Gatita*."

Ein Regenschirm würde nichts bringen, da der Regen von der Seite kam. Sie rannten durch ein Tor und traten in einen riesigen, gut gepflegten Garten.

Etwa zehn Menschen versammelten sich unter der überdachten Terrasse und beobachteten den Sturm. Der FBI-Agent Vance Buchanan und ein schwarzhaariger Mann mit olivfarbenem Teint saßen an einem Tisch. Der Rest hatte auf Stühlen um einen langen Couchtisch aus Eiche Platz genommen.

„Wird auch Zeit, dass ihr auftaucht", brüllte der riesige Barkeeper des Shadowlands. Weitere Grüße folgten, eine Mischung aus männlichen und weiblichen Stimmen.

Als Kim anhielt, überwältigt davon, im Mittelpunkt der Aufmerksamkeit zu stehen, zog Master R sie an sich, als wollte er sie daran erinnern, dass sie nicht allein war. Nach einer Sekunde wurde ihr klar, dass sie die meisten von ihnen bereits kannte. Am Couchtisch saß der Barkeeper Cullen. Neben ihm waren Gabi und Marcus. Als Gabi versuchte, von Marcus' Schoß zu rutschen, legte er seinen Arm um sie und hielt sie an Ort und Stelle. Sie verdrehte die Augen und lächelte Kim herzlich zu.

Kari saß neben ihrem Mann und sah noch schwangerer aus als beim letzten Mal. Sie grinste und winkte, ohne zu versuchen, sich von dem Stuhl zu erheben. Neben ihr saß Master Z und dann landete ihr Blick auf einem gemein aussehenden Mann.

Master R nickte den Männern am Tisch zu. „Erinnerst du dich an Vance vom FBI?"

Ihr Magen zog sich zusammen, als sie an den Grund für das Treffen erinnert wurde. „Leider ja."

Raoul biss sie in den Hals. „Solange du unter meinem Dach wohnst, *Sumisita mía*, wirst du Respekt bewahren."

Seine Sub. Ein unerwarteter Knoten in ihrem Magen löste sich. „Es tut mir leid, Master. Ja, Sir."

Der Fremde am Tisch betrachtete sie mit Augen, die noch dunkler waren als die von Master R. Das weiße Hemd des Mannes schaffte es nicht, seine definierte Form zu verbergen. Jedoch war er kleiner als der andere FBI-Agent, der wie ein Wikinger gebaut war. Ja, sie konnte sehen, wie Vance mit einer schweren Axt in der Hand von einem Boot sprang. Oder – mit einem Namen wie Buchanan – vielleicht einen Kilt trug und ein Zweihandschwert schwang.

Der dunkelhaarige Mann erhob sich und kam gestützt auf einen Stock zu ihnen. „Miss Moore, ich bin Galen Kouros. Wir haben vor ein paar Tagen telefoniert, aber es ist schön, Sie persönlich kennenzulernen. Vance und ich leiten diesen Einsatz." Nach einem Blick auf Master R bot er ihr seine Hand an.

„Es freut mich, Agent Kouros."

„Lass uns zum Du wechseln. Galen reicht vollkommen." Er hielt ihre Hand eine Minute lang in seiner und musterte sie. „Ich kann dir nicht sagen, wie leid es mir tut, was du durchmachen musstest. Es freut mich jedoch, wie gut du aussiehst."

„Danke." Wow. Echte Komplimente. Und alle trugen Freizeitkleidung, keine Halsbänder in Sicht, kein BDSM-Equipment, nicht ein Flogger. In der normalen Welt zu sein, schien unwirklich.

Galen drückte ihre Finger, lächelte Master R zu und humpelte zurück zum Tisch. Zwar war er höflich, aber seine Art war in natura genauso intensiv wie am Telefon.

„Alle Anwesenden heute Abend gehören entweder zum FBI oder sind Master und Subs des Clubs Shadowlands", flüsterte ihr Master R ins Ohr. „Da Karis Ehemann Dan Polizist ist, bat Galen ihn, bei der Koordination der Razzia zu helfen."

Dans Augen wanderten abschätzend über sie, als würde der kaltschnäuzige Polizist jeden Millimeter von ihr abspeichern. Er nickte, blieb aber bei seiner Frau.

Master Z sagte etwas zu den anderen und überquerte dann die Terrasse. Auch er warf einen Blick auf Master R und hielt ihr erst dann seine Hand hin.

Ihre Finger waren in seinen, bevor sie Zeit hatte, darüber nachzudenken. *Verdammt.* Wie Master R strahlte der Mann einfach Macht aus.

„Schön, dich wiederzusehen, Kimberly." Seine grauen Augen hielten ihre für einen Moment gefangen. Dann verengten sie sich und er warf Master R einen unlesbaren Blick zu, bevor sich ein Lächeln auf seinen Lippen formte. „Wie ich sehe, habt Raoul und du euch ... aneinander gewöhnt. Ihr seht gut zusammen aus."

„Du bist hier!" Jessica trabte die Stufen aus dem zweiten Obergeschoss herunter, gefolgt von Andrea und einer schlanken rothaarigen Frau. Die kleine Blondine kam auf Kim zu, änderte jedoch die Richtung, um ein Tablett mit allen Zutaten für Sandwiches auf den Tisch vor den FBI-Agents abzustellen.

Andrea trug eine große Schüssel Chips. Der riesige Barkeeper packte sie und zeigte auf den Couchtisch vor sich. „Stell sie dorthin, Liebes. Wenn etwas übrig bleibt, können sich die anderen bedienen."

Andrea folgte seiner Anweisung und quetschte sich direkt neben ihn auf den Liebessitz.

Die Rothaarige trug die Dips, stellte sie ab und bewegte dann die Chips in die Mitte des Tisches.

„Beth, das sind meine!"

Mit einem breiten Grinsen und den Barkeeper ignorierend kniete sich die schlanke Frau zu den Füßen des gemein aussehenden, vernarbten Mannes. Kims Herz setzte einen Schlag aus, als sie darauf wartete, dass er die Frau bestrafte. Stattdessen zog er sanft an Beths roten Haaren. Ein Lächeln erhellte sein dunkel gebräuntes Gesicht, als sie sein Handgelenk küsste.

Kim entspannte sich.

„Komm her, Freundin." Jessica zog sie von Master R weg und umarmte sie. „Ich wollte dich besuchen, aber die Agents haben es mir verboten." Sie warf den beiden Männern einen genervten Blick zu.

Galens Stirnrunzeln verlor an Wirkung, als sein Mundwinkel amüsiert zuckte. „Neue kleine Sklaven wie Kim empfangen noch keine Freunde", sagte er. „Wenn bei Raoul nicht öfter mal Angestellte von ihm anklopfen würden, hätte auch Gabi nicht die Erlaubnis bekommen, Kim zu besuchen."

„Pfff", schnaubte Jessica.

Master R grinste und murmelte: „Du darfst dich gerne für eine Weile mit ihr unterhalten, Kimberly." Er küsste sie auf die Stirn und schloss sich den anderen an.

Kim verschränkte die Hände vor der Brust und ärgerte sich darüber, dass sich bei dem Gedanken, von ihm getrennt zu sein, die Angst in ihr meldete. *Abhängig. Langsam fühle ich mich wie ein Clownfisch, der bei jeder Kleinigkeit in einer Anemone Schutz suchen muss.* Zittrig atmete sie ein. *Ich bin eine starke, unabhängige Frau …* Zumindest gab sie ihr Bestes, diesen Punkt wieder zu erreichen.

Entschlossen wandte sie ihm den Rücken zu, um mit Jessica zu sprechen. „Hey, ich habe dich im Club gesehen, als dieser Dom die Brünette geschlagen hat. Ich kann nicht glauben, dass du die Session unterbrochen hast."

„Hach ja. Ich hätte den Kerkeraufseher rufen sollen, aber ich war so wütend und konnte nicht warten." Jessica zog die Augenbrauen zusammen. „Sally gehört zu den Auszubildenden, und als ich sie weinen sah, habe ich meine Beherrschung verloren. Sie steht nicht auf Schläge ins Gesicht."

Das konnte Kim nachvollziehen. Ein Schlag ins Gesicht war ein Schock. Wirklich erschreckend. Ihr Magen rebellierte, als sie sich erinnerte, wie Lord Greville sie ständig ins Gesicht geschlagen hatte. Sie konnte nicht anders und sah über ihre Schulter, um zu sehen, wo Master R war. Allein sein Anblick beruhigte ihre Nerven. „Was hat Master Z mit ihm gemacht?"

„Oh, du meinst meinen Master, der dafür bekannt ist, stets gelassen und besonnen zu sein? Er war stinksauer auf den Dom, da Sally sich mit Schlägen ins Gesicht nicht einverstanden erklärt hatte. Allerdings hatte sie auch nicht ihr Safeword benutzt. Sie meinte, dass sie zu schockiert war, um zu reagieren. Beim nächsten Mal wird sie ihre Grenzen sicherlich klar und deutlich verständlich machen. Z hat dem Dom eine Entschuldigung entlockt, konnte aber sonst nicht viel unternehmen."

„Äh … es sah so aus, als hättest du Master Z gebissen. Das hast du nicht getan, oder?"

„Na ja." Schamesröte breitete sich auf den Wangen der Blondine aus. „Ich hab vielleicht ein bisschen an ihm geknabbert. Er hat noch nicht mal geblutet. Ich hasse es, geknebelt zu werden."

„Gott, Jessica. Du brauchst Nachhilfe in den Verhaltensregeln." Kim biss sich in die Wange, um nicht zu lachen, und wagte einen Blick auf Master Z. Etwas älter als die anderen und mit dem eleganten Auftreten eines Mannes, der wohlhabend und daran gewöhnt war. „Was hat er mit dir angestellt?"

Jessica senkte ihre Stimme. „Er hat mir befohlen, mich nackt auszuziehen und mich auf die Bar gelegt." Sie schickte einen finsteren Blick auf die andere Seite der Terrasse, wo Z stand. „Natürlich habe ich mich bei ihm beschwert: *Wir sind verlobt! Du solltest mich nicht mit anderen teilen wollen.* Daraufhin hat er gelacht und gemeint, dass es ihm noch nie etwas ausgemacht hat, meine Schönheit oder meine Bestrafungen mit den Clubmitgliedern zu teilen. Gott."

In Gabis Haus hatte Jessica bereits von Zs erfinderischen Bestrafungen gesprochen, aber immer mit einem sehnsüchtigen Ausdruck und nicht wie eine Frau, die Leid erfuhr. Zu grausam konnte er also nicht gewesen sein. Oder vielleicht doch? „Erzähl weiter, bevor ich noch vor Neugierde platze."

„Nach Mitleid klingt das aber nicht." Jessica runzelte die Stirn. „Ich erwarte, dass du mich bedauerst."

„Oh. Natürlich. Für einen Moment habe ich vergessen, dass ich immer eine Tüte Mitleid mit mir herumtrage." *Nicht lachen!* Kim legte ihren Arm um Jessicas Schultern. „Du arme Kleine. Welche verwerflichen Dinge hat dir dein gemeiner Master noch angetan?"

„Viel besser. Ich wusste doch, dass ich dich mag." Jessica grinste. „Wo war ich? Ah ja. Ich lag also auf der Bar und dort sind überall Ringe und so angebracht. In diese hat er meine Haare eingefädelt, so dass ich meinen Kopf nicht heben konnte. Dann verband er mir die Augen und benutzte Kniefesseln, um meine Beine zu spreizen und mich zu präsentieren."

Kim konnte sich nicht entscheiden, ob sie entsetzt oder erregt sein sollte. Sie sah zu Master R. Er sprach mit Z ... und sein Blick lag auf ihr und Jessica, seine Augen mit Belustigung gefüllt. Was hatte Z ihm erzählt? Sie wandte sich wieder Jessica zu. „Mmmhmm. Bitte fahre fort."

„Er hat diesen Miniflogger mit drei weichen Strängen – eine Pussy-Peitsche. Dieses Spielzeug hat er an jeden Dom an der Bar ausgeliehen, die dann fünf Schläge auf meinen Intimbereich austeilen durften."

„Was für ein Arschloch", zischte Kim. Ihre Stimmung war eindeutig gekippt.

„Nein, nein, es hat nicht wehgetan." Jessica zog Kim weiter von der Gruppe weg. „Verdammt, genau das war ja das Problem. Auf diese Weise ausgepeitscht zu werden, macht mich heiß. So heiß. Gott, ich glaube, die Bestrafung zog sich über eine Stunde hin. In der Zwischenzeit saß er auf einem Barhocker und hat mich über das angemessene Verhalten einer Sub belehrt – dass ich kein Recht dazu habe, mich in Sessions einzumischen und dafür die Aufseher da sind. Sich darauf zu konzentrieren, war nicht einfach, wenn du von den anderen Doms auf der Klippe zu einem Orgasmus gehalten wirst. Ich bin mir sicher, dass er sie jedes Mal weggescheucht hat, wenn ich nah dran war, endlich zu kommen."

Kim legte ihre Hand an ihre Kehle und versuchte, sich vorzustellen, so entblößt zu sein. Mit einem Spielzeug dieser Art betört zu werden. *Oh je.*

„Schau dir die Dödel nur an", murmelte Jessica. „Garantiert erzählt er es ihnen, denkst du nicht auch?"

Kim sah über ihre Schulter. Master R lehnte sich in seinem Stuhl zurück und musterte sie. Er hatte eine Erektion, die er nicht gedachte, zu verstecken, und er lachte, als Z eine Handbewegung machte, die eine ... Peitsche imitieren sollte. *Oh Gott, bring meinen Master nicht auf dumme Gedanken!* „Ähm ..." Was hatte sie sagen wollen? *Oh, richtig.* „Hat einer von ihnen endlich, ähm, dafür gesorgt, dass du ...?"

„Als ich einem Herzinfarkt nahekam, hat Z übernommen." Jessica erschauerte. „Seine kleine Peitsche wurde aus einem anderen Leder hergestellt. Nicht annähernd so weich, und seine Treffsicherheit –" Ihre Wangen erröteten. „Ich bin so hart gekommen, dass es wahrscheinlich alle Anwesenden gehört haben."

Selbst als ihr Körper von einer Hitzewelle überrannt wurde und ihre Klitoris pochte, hoffte sie, ein Lachen unterdrücken zu können.

„Oh, nur zu, alle anderen haben auch gelacht." Mit gerunzelter Stirn entließ Jessica ein Kichern. Eine Sekunde später nahm sie einen ernsten Ausdruck an. „Manchmal frage ich mich, was für eine Schlampe ich doch bin, dass ich mich auf etwas so Öffentliches einlasse."

Kim blinzelte. Sie kannte diese Selbstzweifel nur zu gut. Dass diese hochintelligente und herzliche Frau sich auch so ihre Gedanken machte, war unglaublich beruhigend. Sie legte die Hand auf Jessicas Schulter. „Du bist keine Schlampe. Vor dieser ... Sache habe ich viel in Clubs gespielt, und das Wissen, dass Menschen zuschauen, kann sehr erregend sein."

„Ich schätze. Danke." Sie legte den Kopf auf die Seite. „Weißt du, als du noch bei Gabi gewohnt hast, hättest du so etwas nie gesagt. Zu der Zeit warst du zu beschäftigt damit, in Panik zu geraten. Ich denke, du bist auf einem guten Weg."

Kim blinzelte. Sie hatte in den vergangenen Wochen nicht auf ihre Fortschritte geachtet. Sie fühlte sich manchmal immer noch unwohl, das lag jedoch wohl eher daran, dass Master R ständig den Einsatz erhöhte. *Langsam aber sicher wird es.* Sie hatte Sex gehabt. Hatte eine öffentliche Session gespielt. Konnte nun über bestimmte Dinge sprechen. Ja, definitiv ein Fortschritt. „Da hast du wohl Recht."

„Ja, das habe ich." Jessica sah sie selbstgefällig an. „Ich habe immer Recht. Da kannst du jeden fragen ... na ja, jeden außer Z." Mit einem Blick zu ihrem Dom rümpfte sie die Nase und er schenkte ihr ein Grinsen, das es schaffte, seine unheimliche

Erscheinung zu hinreißend zu verwandeln. „Okay, was wollen du und dein Herr und Gebieter trinken?"

Das war leicht zu beantworten. „Mir ist zu Ohren gekommen, dass Z von einer Brauerei mit dem Namen *Swamp Head* Ale gekauft hat."

„Oh, das 10-10-10. Es ist ein Malzgebräu. Sehr aromatisch. Bin gleich zurück." Jessica grinste und nahm die Stufen ins zweite Obergeschoss. Die Blondine mochte kurvenreich sein, aber ihre Beine waren in guter Form. Kim schüttelte den Kopf und begab sich auf direktem Weg zu ihrem ... Herrn und Gebieter.

Er schaute auf, und sein Lächeln, das nur für sie gedacht war, feuerte ihre Lebensgeister an. *Oh, das ist ein Problem.* Gott, sie liebte ihn. Als sie bei ihm ankam, zögerte sie. Wollte er, dass sie sich hinkniete oder sollte sie auf einem Stuhl Platz nehmen. Vielleicht –

Er wies auf ein großes flaches Kissen, das zwischen seinen Füßen lag.

Als sie sich in der angemessenen Position hinkniete, lehnte er sich vor und flüsterte in ihr Ohr: „Mach es dir bequem, *Cariño*. Du musst nicht knien. Sam hat angerufen, um Bescheid zu geben, dass er in etwa zehn Minuten hier sein wird."

Als sie sich umpositionierte, schlossen sich seine Beine und legten sich an ihre Schultern. In Sicherheit. Begleitet von einem glücklichen Seufzer lehnte sie sich gegen seinen Oberschenkel.

Und dann, als wäre es das Normalste der Welt, fütterte er sie und auch sich selbst abwechselnd mit Chips und Dips.

Sie flüsterte ein Dankeschön und er belohnte sie mit einem Kuss auf ihren Haarschopf.

Bei Gabis ungläubigem Blick senkte Kim den Kopf, sodass sie beobachten konnte, wie der Dom die schlanke Rothaarige mit winzigen Sandwiches fütterte. Die Sub wirkte ungemein zufrieden.

Kim betrachtete die Frau etwas länger. Sie schien keine

Fußabtreter-Sklavin zu sein. Sie war es auch gewesen, die dem Barkeeper die Chips geklaut hatte.

Nachdem Jessica das Bier in Milchglasgläsern serviert hatte, übergab Master R eines davon an Kim. Bevor sie trinken konnte, lehnte er sich vor und flüsterte ihr ins Ohr: „Was ist los, *Gatita?*"

Wie sollte sie ihm das sagen?

„Sag schon."

Die anderen sprachen über die Vorteile der Einbeziehung der verschiedenen Strafverfolgungsbehörden. Niemand schenkte Kim oder Raoul Aufmerksamkeit. „Ist die rothaarige Frau eine Sklavin? Eine Hausfrau?"

Master R rieb seine stoppelige Wange an Kims. „Beth ist keine Sklavin, aber sie ist definitiv eine Sub. Ich denke, sie haben im Schlafzimmer angefangen und dann expandiert. Mittlerweile leben sie den Lifestyle den Großteil des Tages. Sie ist keine Hausfrau. Sie hat eine Firma zur Landschaftsgestaltung. Sie hat die Gärten für Z entworfen und ihre Pläne umgesetzt."

Von ihrem Platz aus sah Kim Andeutungen von Blumenbeeten, hoch aufragenden Hecken und Steinpfaden. Der Klang mindestens eines Brunnens trat an ihre Ohren. Der Garten war so wunderschön wie sein Besitzer. Also besaß diese Beth ihre eigene Firma, hatte ein unabhängiges Leben außerhalb der Beziehung mit ihrem Dom ... so wie das auch bei den Sklavinnen von Master R aus der Vergangenheit der Fall gewesen war.

Er drehte ihr Kissen − und somit auch sie −, sodass sie ihm zugewandt war, stützte die Unterarme auf seinen Schenkeln ab und konzentrierte sich einzig und allein auf sie. „Stört es dich, bei diesem Treffen zu meinen Füßen zu sitzen?"

„Ich −" Sie biss sich bei dem beunruhigenden Ausdruck in seinen Augen auf die Lippe. Er war sich ihrer immer bewusst, beobachtete sie häufig, aber als er eine Antwort, eine ehrliche Antwort wollte, war seine durchdringende Art regelrecht greifbar. Der Druck auf sie stieg an − wie der Unterschied zwischen dem Rumplanschen im Pool und einem Tauchgang in zwanzig Metern

Tiefe. „Nein. Es stört mich nicht", flüsterte sie schließlich. „Es ist nur verwirrend. Eigentlich bin ich so nicht. Wirklich nicht."

Ein Schatten fiel über sein Gesicht. „Ich verstehe."

„Bin ich durch meine Entführung so geworden? Durch meine Versklavung?"

Er seufzte. „Das besprechen wir später. Aber ... Kimberly, Dominanz und Unterwürfigkeit – oder das Bedürfnis zu dienen – werden typischerweise nicht durch Umstände geschaffen. Es ist Teil der Persönlichkeit eines Menschen."

Sie erstarrte. Wollte er damit sagen, dass sie eine Sklavenmentalität hatte?

Bevor Kim es schaffte, die Frage zu formulieren, betrat Master Sam die Terrasse. Gekleidet war er in eine abgetragene Jeans, Stiefel und ein hellblaues Baumwollhemd in der Farbe seiner Augen. Er war älter als alle anderen, mit silberfarbenem Haar und ledriger Haut von der Sonne. Er grüßte die Männer mit einem Nicken und lächelte den Frauen zu, bevor sein Blick auf ihr landete.

„Ihr zwei habt neulich Abend keine Chance bekommen, euch zu unterhalten", sagte Master R zu ihr, als der Mann sich ihnen näherte. „Sam, das ist Gabrielles Freundin Kim. Kimberly, das ist Sam."

Der Sadist, der die Sub so gnadenlos ausgepeitscht hatte, dass sie geschrien hatte. Kim schluckte schwer.

„Freut mich." Sam streckte seine Hand aus und wartete. Als ihre Finger mit seiner Haut in Kontakt kam, drückte er sie sanft. „Du bist ein mutiges Mädchen. Raoul ist sehr stolz auf dich. Ich hoffe, dass du das weißt."

Als ihr Mund aufklappte, zwinkerte er ihr zu und setzte sich neben Raoul auf einen Stuhl.

„Meine Freunde", sagte Master R, sodass die Gespräche zu einem Halt kamen. „Da Sam an der Auktion teilnehmen wird, plane ich, Dahmer zu sagen, dass ich an diesem Wochenende nicht in der Stadt sein werde."

„Wir haben das als Möglichkeit besprochen." Galens Finger trommelten auf die Tischplatte. Sein schwarzer Blick hielt ihren für einen Moment. „Obwohl ich bei einem Einsatz gerne von verschiedenen Punkten arbeite, würde ich es bevorzugen, keine Zivilpersonen in Gefahr zu bringen." Er warf einen Blick auf Vance, der ihm zunickte.

Galen grinste und klopfte mit den Fingerknöcheln einmal auf den Tisch. „Okay, geht klar."

Da Kim wusste, dass sie nicht involviert sein würde, nippte sie an ihrem Bier und schenkte dem Gespräch um sie herum nur wenig Aufmerksamkeit. Mit dem Dom Dan, der als Polizist tätig war, wurden verschiedene Pläne diskutiert, und er gab gelegentlich seine Meinung dazu. Außerhalb der Terrasse nahmen Regen und Wind zu, schüttelten die Palmen und Büsche durch und wehten die bunten Blütenblätter von den Beeten auf den Rasen. Sie hatten nicht ihren Tag in der Sonne gehabt. Ihre gemeinsame Zeit war verkürzt worden, dachte sie. *Oh, Holly.* Ihre Kehle schnürte sich zu und sie konzentrierte sich wieder auf das Gespräch.

„Könnt ihr nicht früher dorthin kommen?", fragte Sam die FBI-Agents in seiner rauen Stimme. „Dahmer meinte, dass die Vans für die Käufer recht früh kommen, sodass wir uns die *Ware* in aller Ruhe ansehen können, sie testen und vielleicht sogar fic –" Er brach den Satz ab.

„Wirst du in der Lage sein, es durchzuziehen?", fragte Vance. „Dir scheint der Gedanke noch mehr aufzuschlagen, als das bei Sandoval der Fall war."

„Ich habe einige Grenzen, die ich niemals überschreiten würde", knurrte Sam. „Was der Grund dafür ist, warum ich möchte, dass die Razzia früher erfolgt."

„Auch wir würden das bevorzugen." Galen rieb sich über das Gesicht. „Das Ding ist: Nachdem du uns zu dem Ort geführt hast, an dem die Auktion stattfindet, brauchen wir Zeit, um Straßensperren zu errichten."

Vance fügte hinzu: „Viele der Käufer werden nach einem erfolgreichen Einkauf, die Veranstaltung verlassen wollen. Sie auf der Straße zu verhaften, bedeutet, dass weniger Leute im Auktionshaus sind. Damit sind die Chancen geringer, dass Unschuldige verletzt werden."

„Habt ihr vergessen, dass die Käufer ihnen wehtun, wenn sie die ... Ware testen", knurrte Sam.

Das Telefon von Master R klingelte. Er zog es aus seiner Tasche und runzelte die Stirn. „Unbekannt." Er hielt seinen Finger hoch, sodass alle schwiegen. „Sandoval." Er hörte zu und sagte dann: „Gib mir eine Sekunde, meine Hände sind nass. Ich muss das Handy kurz zur Seite legen." Er wechselte zum Lautsprecher.

„Kein Problem, Raoul." Die Stimme des Aufsehers wirkte sich auf Kim wie der Biss einer Feuerkoralle aus und ließ sie an verwesende Fische denken.

Ihr wurde schlecht und sie stellte schweigend ihr Bier ab.

Nachdem er das Telefon auf den Couchtisch gelegt hatte, lehnte er sich vor, schlang seine Arme um Kim und hütete sie in dem Sicherheitsgefängnis zwischen seinen Beinen.

Jede einzelne Person hielt den Atem an.

„Am Samstag ist es soweit", sagte der Aufseher. „Ich kann es nicht erwarten, deine Session erneut zu sehen. Ich denke, auch den Käufern wird sie gefallen."

„Diesen Samstag?" Master R hielt inne. „*Dios*, Dahmer. Ich habe auf Freitag gehofft. Ich werde Samstag und Sonntag nicht in der Stadt sein. Ich muss für ein Meeting nach Venezuela."

Stille.

„Ich fürchte, ich kann deine Abwesenheit nicht akzeptieren, Raoul. Es ist zu spät, um mich um einen anderen Performer zu kümmern." Dahmers Stimme klang nun schneidender und Kim erschauerte. Das war der Ton gewesen, wenn er befohlen hatte, dass eine Sklavin ausgepeitscht werden sollte. *Oh Gott.*

Die Arme von Master R zogen sich enger um ihren Körper.

„Tut mir leid, aber ich habe keine Wahl. Erst die Arbeit dann das Vergnügen."

„Ich verstehe." Die Stille zog sich in die Länge. „Nun ja, ich verstehe, wie umständlich es sein kann, Termine neu zu vereinbaren. Lass mich dir die Sache versüßen, angefangen bei deinem Freund."

Galens Augen verengten sich.

„Fahre fort", sagte Master R.

„Eine der ... Lieferungen ist uns ... abhandengekommen, was bedeutet, dass diese Woche weniger Auswahl zur Verfügung steht. Die letzte Gruppe an Käufern – einschließlich Sam – muss demnach auf die nächste Auktion warten. Da ich an eine Hand wäscht die andere glaube ... Ziehst du die Session durch, setze ich deinen Kumpel wieder auf die Liste, damit auch er zu seiner gewünschten Ware kommt. Zur Hölle nochmal, du hast mich an einem guten Tag erwischt. Ich packe noch zwanzig Prozent Rabatt drauf – auf alles, was ihr an dem Abend kauft."

Master R atmete langsam ein. Nach einer Sekunde sagte er: „Das ist verlockend, Dahmer. Ich könnte es schaffen, aber es wird wohl eng werden. Nach der Landung hätte ich keine Zeit, mein ... Haustier ... zu holen. Wenn ich also einigermaßen pünktlich sein will, muss ich mit einem anderen kommen."

„Auf keinen Fall. Nur bereits gekaufte Ware kann zu Auktionen gebracht werden."

Kim hob beide Hände zu ihrem Mund. Er müsste sie mitbringen? Nicht einen FBI-Agent? Ein Angstschauer jagte durch ihren Körper.

Master R wollte antworten, aber Galen ließ ihn mit einem Finger, den er über seine Kehle strich, wissen, dass er reden wollte.

„Also das verkompliziert die Sache. Gib mir ein paar Sekunden, um herauszufinden, wie ich die Dinge jonglieren kann", entgegnete Master R. Er stellte das Handy in den Mute-Modus.

Kim bebte am ganzen Körper.

Galens Augen trafen auf sie, doch er sagte nichts.

„Ich muss es tun", flüsterte sie.

Master R knurrte etwas Übles auf Spanisch. „Nein. Nein, das wirst du nicht. Du hast genug getan. *No más.*"

Wenn er komplett die Beherrschung verliert, wechselt er dann ganz zu Spanisch?

In welcher Sprache auch immer, sie hatte keine Ahnung, was sie sagen sollte. Kim wollte nicht nachdenken und starrte ohne zu blinzeln auf den Boden. Eine Ameise versuchte, ein kleines Stück von einem Chip nachhause zu schleppen. Das Stück war zu groß, dennoch gab sie nicht auf. So dickköpfig.

Sam brach das Schweigen. „Galen, ich denke, das würde das Mädchen zerstören." Seine blassen Augen waren kalt wie Eis, aber er schenkte Kim ein sanftes Lächeln. „Ich mag sie. Schließlich schafft sie es, dass Raoul in Spanisch flucht."

„Ich verstehe nicht, warum Dahmer so hartnäckig darauf besteht, dass Sandoval diese Session vorführt", murmelte Vance.

Galen schwieg.

„Nein", sagte Master R, obwohl niemand eine Frage gestellt hatte. „Dan, du weißt, wie oft bei solchen Einsätzen etwas schief geht. Ich habe kein Problem damit, mein Leben zu riskieren. Aber nicht Kimberlys. Ich werde nicht ihre Freiheit oder ihr Wohlergehen aufs Spiel setzen. Würdest du Kari zu so etwas mitnehmen?"

Dans Hand spannte sich an, womit er Raoul ein Zugeständnis machte.

Eine Auktion voller Sklavenhalter und hilfloser Frauen, die verkauft werden sollten. *Ich werde nie entkommen, oder?* Kim lehnte ihre Stirn an Master Rs Oberschenkel. Jede einzelne Zelle in ihr kämpfte dagegen an, ertrank in Angst, ihr Magen befand sich auf einem Sturzflug. Tief im Ozean verblassten die Farben, bis alles grau wurde. Kalt, so kalt. Wie der Tod.

Ich kann nicht. Aber könnte sie nachts noch schlafen, mit sich selbst leben, wenn ihre Abwesenheit bedeutete, dass eine Frau von einem anderen Lord Greville gekauft würde? Sie hob den Kopf; er fühlte sich zu schwer an, um ihn auf den Schultern herumzutragen.

Master R blickte über den Tisch. „Z?"

Z hatte eine tiefe Stimme, so geschmeidig wie die von Master R, aber ohne den Akzent, der Kim stets heißmachte. „Nein, Raoul, ich könnte es nicht erlauben." Seine Arme festigten sich um Jessica und seine Augenbrauen zogen sich zusammen. „Allerdings weiß ich auch, dass es Subs gibt, die ein Rückgrat aus Stahl haben."

Raoul erinnerte sich nur zu gut daran, wie Gabi die FBI-Agents gezwungen hatte, sie undercover einzusetzen, um die Sklavenhändler dingfest zu machen. Obwohl Kimberly vielleicht Angst hatte, war sie nicht weniger mutig als ihre Freundin. Aber sicherlich würde sie nicht darauf bestehen, an diesem Einsatz teilzunehmen.

Sie erhob sich auf die Knie und drehte sich zu ihm um, ihre Hände auf seinen Oberschenkeln.

Ihre großen blauen Augen waren in der Lage, das Herz eines Doms zu verzaubern. „*Gatita*, nein."

Sie schluckte schwer. „Sam nannte mich mutig. Es ist nicht mutig, sich zu verstecken, wissend, dass andere Frauen leiden werden. Dass sie sterben könnten." Ihre Unterlippe bebte. „Linda wird bei der Auktion sein. Wird sie verkauft, kommt sie vielleicht nie wieder frei." Ihre kalten Hände ballten sich auf seinen Beinen zu Fäusten.

Raoul schüttelte den Kopf. „Nein." Als sie die Lippen fest aufeinanderpresste, schüttelte er sie. Es war ihm egal, ob jeder Sklave auf der Welt starb. Sie würde das nicht tun – er würde es nicht erlauben. „*No*", presste er in Spanisch heraus.

Bei dem Verlust seiner Unterstützung schlang sie die Arme um sich selbst. Knurrend zog er sie auf seinen Schoß. Sein ganzes

Leben hatte er daran gearbeitet, stark und unbezwingbar zu werden, damit er die Menschen beschützen konnte, die er liebte und doch schaffte er es nicht, diese winzige Frau vor sich selbst zu beschützen?

Sie vergrub ihr Gesicht an seinem Hals. „Wir müssen es tun", hauchte sie.

Kouros räusperte sich. Raoul hätte ihm eine verpasst, wenn er den Schmerz in den Augen des Mannes nicht gesehen hätte. Der Agent war genauso wenig begeistert wie er, aber er würde zustimmen – so wie er auch Gabi erlaubt hatte, sich am Einsatz im Shadowlands zu beteiligen.

Raoul hielt Kimberly an seine Brust gedrückt und wünschte sich nur, sie vor allen Gefahren zu bewahren. Aber er erinnerte sich daran, was seine Mutter gesagt hatte, als er versucht hatte, seine jüngere Schwester Lucia davon abzuhalten, allein ins Einkaufszentrum zu gehen ... als sie das erste Mal mit einem Jungen ausgegangen war oder ihren Führerschein gemacht hatte. *Du kannst sie nicht gegen ihren Willen beschützen, Raoul. Es ist ihr Leben; du besitzt sie nicht.* Kimberly gehörte nicht ihm.

„*Gatita mía*, bist du dir sicher?", flüsterte er.

„Ja." Schauer erfassten ihren zerbrechlichen Körper.

„Bist du noch da, Raoul?", kam Dahmers Stimme aus dem Telefon.

Kouros sah aus, als würde er ihn gerne hier und jetzt umbringen. Er nickte.

Raoul hob den Mute-Modus auf. „Ich bin hier. Wenn ich meine Termine etwas umlege, sollte es funktionieren", sagte Raoul, der nicht in der Lage war, einen freundlichen Ton anzuschlagen. „Ich hoffe, diese Unannehmlichkeit wird sich für mich lohnen."

„Oh, dafür werde ich sorgen. Ich gebe dir mein Wort." Dahmer gluckste. „Samstag melde ich mich erneut mit den Einzelheiten."

„Bis dahin." Raoul legte auf und hielt sich gerade so davon ab, das Handy im hohen Bogen in den Garten zu werfen.

Kimberly war an diesem Abend sehr still und zog sich von ihm zurück, als ob sie es nicht ertragen könnte, ihn in der Nähe zu haben. Ging sie jedoch auf Abstand, fand sie seinen Blick und gab den Anschein, ihn nicht verlieren zu wollen. Er konnte die Panik in ihren Augen sehen. Schließlich brachte er sie in das Turmzimmer, um mit ihr die Sterne am dunklen Firmament zu betrachten.

„Es tut mir leid, *Sumisita*. So habe ich das nicht geplant", murmelte er an ihren Haaren. Er hatte kein gutes Gefühl dabei. Im Moment wünschte er sich jedoch nichts sehnlicher, als sie in den Armen zu halten. Weich, warm, mit einem berauschenden Duft und entsetzlich mutig.

„Es ist nicht deine Schuld. Tut mir leid, dass ich mich komisch verhalte." Sie rieb ihre Wange an seinem Hemd. „Die Erinnerungen kommen zu mir zurück. Ich habe mich so hilflos gefühlt. Eingesperrt. Ich wünschte, Samstag käme schneller. Kannst du mich morgen beschäftigen?"

„Das kann ich."

Ihre Augen schlossen sich. „Ich hoffe, dass Gabi morgen vorbeikommt. Etwas Lärm wäre gut. Sie ist wie eine Ein-Frau-Party."

Eine Party. Während er seine kleine *Sumisa* hielt, dachte Raoul über verschiedene Möglichkeiten nach. Bei der Auktion müsste Kimberly eine weitere öffentliche Demonstration über sich ergehen lassen. Wenn sie sich wohler fühlte, auf diese Weise präsentiert zu werden, würde es ihr vielleicht leichter fallen, alles um sich herum auszublenden und sich einzig und allein auf ihn zu konzentrieren.

Eine Party klang nach einer guten Idee.

KAPITEL DREIZEHN

Raoul schlenderte mit zwei Strandtüchern in die Küche und entdeckte Kimberly mit ihren Armen über ihren nackten Brüsten in den gefüllten Gefrierschrank blickend.

Sie runzelte die Stirn. „Hast du vergessen, mir etwas zu sagen? Gehen wir irgendwohin?"

„Kimberly."

„Was?"

Er hielt seinen Blick auf sie gerichtet und wartete.

Stille. „Es tut mir leid, Master", murmelte sie nach viel zu langer Zeit.

„Hast du das Bedürfnis, bestraft zu werden?", fragte er sanft.

Ein Schritt zurück. „Nein. Nein, Master."

War ihr bewusst, warum sie dieses Benehmen an den Tag legte? Sein Mitleid ihr gegenüber brachte ihn dazu, es ignorieren zu wollen, aber sie brauchte keine Sympathie; es verlangte ihr nach Konsequenz und Regeln. Da nichts anderes in ihrer Welt von Stabilität geprägt war, musste er dies für sie sein. Ohne sie zu berühren, trat er in ihren persönlichen Bereich und ließ seine einschüchternde Größe ihr Werk tun. „Wie wäre es dann mit einer Erklärung?"

„Ich –" Ihre Finger festigten sich um ihre Tasse. „Ich ... Es ist einfach so furchtbar. Diese Monster kaufen Frauen, um sie zu Sklaven zu machen und was tue ich? Ich melde mich freiwillig, um dir als Sklavin zu dienen. Aber eigentlich bin ich das gar nicht und ich möchte mich auch nicht wie eine benehmen." Ihr Kinn zuckte höher, bevor sie ruckartig den Kopf senkte. „Aber ... manchmal möchte ich das schon."

Die meiste Zeit tust du das, kleine Sumisa. Er umfasste ihre Wange. Mit dem Daumen an ihrem Kinn sorgte er dafür, dass sie den Blick zu ihm hob. Der Schauer, der bei seiner Fürsorge und seiner Kontrolle durch ihren Körper jagte, bestätigte ihr Geständnis. Sie befand sich im Konflikt, und er kannte das Gefühl gut, besonders wenn es um sie ging. „Jeder anständige Mensch, Master oder Sklave, ist empört über Entführung, Brutalität und Vergewaltigung." Er rieb seinen Daumen über ihre weichen Lippen. „Abgesehen von der Tatsache, dass die Verbrechen der Sklavenhändler uns zusammengebracht haben, mit dem, was sich zwischen uns entwickelt, haben sie nichts zu tun."

Ihr Mund öffnete sich.

Er schüttelte den Kopf und es freute ihn, als sie gehorchte. „Du bist nicht meine Sklavin, Kimberly. Obwohl die Definitionen variieren, gibt eine Sklavin meiner Meinung nach die Fähigkeit auf, *Nein* zu sagen – es ähnelt dem Beitritt zur Armee. Sie entscheidet bewusst, dass ihr Leben von einem anderen gesteuert werden soll – oftmals weil ihr Bedürfnis nach Zugehörigkeit so tief in ihr vergraben ist, dass sie von jemandem besessen werden möchte. Kannst du mir bis hierher folgen?"

Unter seiner einschränkenden Hand nickte Kimberly.

„Im Gegensatz dazu gibt eine Sub Kontrolle ab, jedoch auf eine weitaus abgeschwächtere Weise. Vielleicht eher wie bei einer normalen Angestelltenbeschäftigung anstelle des Militärs. Eine Sub will mehr als eine arrangierte Session. Dabei kann es sich von erotischer Dominanz bis zur Vollzeit-Sub bewegen. In jeder

Beziehung entscheiden die Parteien, wie die Vorlieben, Bedürfnisse und Wünsche umgesetzt werden."

In einer Imitation eines Schwanzes drückte er seinen Daumen zwischen ihre Lippen. Ihre Atmung beschleunigte sich, als sich ihre weichen Lippen um ihn schlossen. „Du bist unterwürfig, Kimberly. Das wusstest du, noch bevor du dich vor Jahren mit Gabi angefreundet hast." Er lächelte. „Und du sehnst dich nach mehr als der Kontrolle im Schlafzimmer. Einem Master zu dienen, erfüllt ein Bedürfnis in dir, das so groß ist wie das Bedürfnis, dominiert zu werden, um Sex wirklich genießen zu können."

Sie funkelte ihn aufgebracht an.

„Du weißt, dass es stimmt, *Gatita*. Du bist keine Sklavin, die will, dass ihr alle Entscheidungen abgenommen werden, aber gegen die Rolle einer Vollzeit-Sub hättest du nichts einzuwenden." Er trat noch näher und hielt ihren Blick mit seinem gefangen. „Und jetzt benutze deine Zunge an meinem Daumen, so wie du es an meinem Schwanz tun würdest."

Ihre Wangen erröteten, als sie mit ihrer Zunge sanft über ihn fuhr.

„Saug."

Sie folgte dem Befehl und ihre Pupillen weiteten sich.

Er wurde hart. „Sehr gut. Später belohne ich dich mit der echten Sache."

Ihre Lippen waren feucht und er konnte sich gut vorstellen, wie sie um seinen Schaft herum aussehen würden.

Nachdem er seinen Daumen mit seinen Lippen ersetzt hatte, küsste er sie leidenschaftlich und berauschend, bevor er sagte: „Heute ist ein guter Tag, um dich an die Freuden der Dominanz zu erinnern. Daran, dass es Spaß machen kann. Deswegen habe ich entschieden, heute ein paar Leute einzuladen."

Jegliche Farbe wich ihr aus dem Gesicht und sie trat einen Schritt zurück.

„Nein, *Gatita*. Das hat nichts mit den Sklavenhändlern zu tun. Marcus und Gabi. Andrea und Cullen. Jeder Dom spielt mit seiner eigenen Sub." Er fuhr mit seinen Fingerknöcheln über die Außenseite ihrer nackten Brust. „Und ich werde mit dir spielen."

„Oh." Die Art und Weise, wie Hitze die Angst in ihren Augen ersetzte, gefiel ihm. Sie vertraute ihm. „Soll ich irgendetwas vorbereiten?", fragte sie.

Raoul schüttelte den Kopf. „Zieh dich an. Wir fahren mit dem Segelboot raus."

Als ihr Gesicht erstrahlte, erkannte er, dass er weise gewählt hatte. Wasser hatte eine beruhigende Wirkung auf sie. Als er sie die Treppe hinaufspringen sah, lächelte er. Der Ausdruck in ihren Augen hatte gezeigt, dass sie wusste, dass es heute anders sein würde.

Obwohl sie häufig Sex hatten, trieb er sie nicht an ihre Grenzen, da ihm klar war, dass die Begegnung mit dem Aufseher zuerst verblassen musste. Aber es schien ihr besser zu gehen und jetzt konnte er etwas Neues einführen. Etwas, das sie von der Auktion ablenken und sie daran erinnern würde, dass BDSM zuweilen erschreckend war, jedoch auch Spaß machen konnte.

Auf dem zehn Meter langen Katamaran breitete sich Kim mit Gabi und Andrea auf dem Trampolin aus. Die kühle Gischt spritzte auf ihre Haut, als das Boot mit einem rauschenden Geräusch und einem gelegentlichen Schnappen der Segel durch das Wasser glitt. Einfach wundervoll. So anders als die motorisierten Boote, mit denen sie aufgewachsen war. Sauber und leise.

Sie konnte sogar die Männer im Cockpit hören. Sie lächelte und dachte daran, wie sie sich gegenseitig auf diese seltsame Art, die nur Männer an den Tag legten, neckten.

Es war interessant zu sehen, wie Master R mit seinen Freunden interagierte. In der Gegenwart desselben Geschlechts benahmen sich Männer oft, als würde die Freundin nicht existieren – als würde es ihnen die Männlichkeit rauben, wenn sie Zuneigung zeigten.

Aber Master R verhielt sich in der Öffentlichkeit genauso wie im Privaten. Und es war offensichtlich, wie sehr er seine Freunde schätzte. *Verdammt*, kein Wunder, dass sie ihn so gern hatte. *Ich muss nachhause. Bald.*

Gabi stieß mit der Schulter gegen ihre. „Wie schlägst du dich?"

„Ähm, ganz gut. Ich will nur, dass es endlich vorbei ist, weißt du?"

Andrea neigte ihr Gesicht nach oben und die Sonne glitzerte in ihren goldbraunen Haaren. „Das glaube ich dir sofort." Eine große Frau mit unendlich vielen Kurven. Sie war perfekt für Cullen.

Kim lächelte sie an. „Danke, dass du mir neulich im Shadowlands zur Seite gestanden hast. Es half, zu wissen, dass ich nicht auf mich allein gestellt bin."

So wie es Gabi getan hatte, stieß auch Andrea mit der Schulter gegen Kim. „Gern geschehen. Shadowlands-Subs passen aufeinander auf. Es hat eine Weile gedauert, bis ich das wirklich verstanden habe."

„Das kannst du laut sagen." Gabi rollte verspielt mit den Augen und sah dann zu Kim. „Als Miss Ich-bin-ja-so-unabhängig Beth gefragt hatte, ihr beim Pflanzen eines Gartens zu helfen, dachte ich, die ganze Gruppe würde vor Schock tot umfallen." Gabi legte den Kopf in den Nacken und ließ die Brise ihr Haar zerwühlen. „Ich bin froh, dass Raoul uns für heute eingeladen hat. Marcus ist gerade mit einem furchtbaren Mordfall beschäftigt und ich weiß, wie sehr ihm dieser Fall zu schaffen macht. Es ist gut, mal rauszukommen."

Kim lächelte und genoss es, wie normal der Tag bisher verlaufen war. Blauer Himmel mit flauschigen Wolken, Ozeannebel, mittelmäßige Luftfeuchtigkeit. Die Albträume schienen jemand anderem zu gehören. Sie blickte auf, als aus den Segeln der Wind gelassen wurde und sich das Boot verlangsamte.

„Wir werden hier zum Mittagessen und Schwimmen vor Anker gehen", rief Cullen.

„Guter Plan", antwortete Andrea. „Habt ihr Hunger? Was machen wir zuerst – Essen oder Schwimmen?"

Als das Boot zu einem Halt kam, wurde sie sich der schwülen Hitze erst richtig bewusst. „Schwimmen", entschied Kim. Sie zog sich bis auf ihren pinken Bikini aus und sprang vom Heck ins kühle Nass. Blasen bildeten sich um sie herum, als der endlose Ozean sie aufnahm.

Ein aufgeregter Schrei ertönte und Andrea tauchte in das Wasser.

Gabi folgte ihr und landete auf Kims anderer Seite. „Einfach perfekt."

Für eine Weile genossen sie das Wasser, plantschten und tratschten, teilten Rezepte und Dom-Geschichten, Fernsehsendungen und Tampa-Klatsch.

„Werden die Jungs nicht ins Wasser kommen?", fragte Kim schließlich.

„Es sind Männer. Schnell sind sie nur, wenn sie Sex wollen." Andrea grinste. „Wollt ihr versuchen, schneller in den Genuss ihrer Gesellschaft zu kommen?"

Als Marcus und Cullen über eine Brandermittlung sprachen, schlürfte Raoul seinen Eistee und dachte an Kimberly. Er sah es gern, dass sie sich mit den beiden Frauen entspannen konnte. Es war wichtig, einfach mal zu reden und zu lachen. Im Gegensatz zu einigen der Subs, die er in den letzten Jahren zu Treffen mitgebracht hatte, passte sie gut in die Gruppe und stellte damit sicher, dass es ein guter Tag wurde.

Raoul setzte seinen Drink ab und hoffte, ihr ansteckendes Kichern zu vernehmen. Er hörte nur die Stimmen der Männer, das Klirren der Leinen, das gedämpfte Flattern des Segels und die Wellen, die gegen das Boot trafen. Keine Frauenstimmen. Nicht mal ein Spritzen. Er stand auf, um in die Richtung zu schauen, in der sie sich gesonnt hatten. Niemand zu sehen. „Warum höre ich nichts? Wo sind unsere Frauen?"

Cullen hielt in seiner Geschichte inne und auch er stellte sein Getränk ab. Er blickte über die Steuerbordseite und schüttelte den Kopf.

„Was −" Marcus ging auf die Backbordseite. „Nichts."

Ein Schauer der Besorgnis schoss durch Raoul. Die Gegend hatte keine starken Strömungen − und bei Problemen hätte er die Subs schreien hören. *Ich hätte genauer hinschauen sollen.* „Ich werde hier lang gehen." Oberkörperfrei balancierte er für eine Sekunde auf der Bootskante und tauchte ins Wasser.

Nichts.

Kein Laut zu hören. Niemand konnte im Wasser so leise sein … es sei denn, sie wollten es so. *Ah.* Er runzelte die Stirn, betrachtete das Boot und die Wellen, die nicht hoch genug waren, um eine Person zu verbergen. Sicherlich wären sie nicht so töricht … Er schwamm los und näherte sich dem Heck.

Die drei Frauen versteckten sich unter dem Trampolin. Kimberlys Hände lagen über ihrem Mund, um ihr Lachen zu unterdrücken.

Er runzelte die Stirn. „Ihr habt alle so viel Ärger am Hals." Er rief die beiden Doms herbei.

Cullen näherte sich schwimmend von der anderen Seite, sah die Frauen und fluchte. „Hinterlistige kleine Sub. Ich hätte es wissen müssen." Er griff nach Andrea und packte sie am Arm.

Sie quietschte und trat um sich, ihr Fuß traf Cullens Bauch. Wasser gelang in seinen Mund, sodass sie es schaffte, sich aus seinem Griff zu lösen und wegzuschwimmen.

Als Marcus das Heck umrundete, floh Gabi.

Kimberly folgte ihr und Raoul jagte ihr nach.

Seine kleine Sub konnte schwimmen − sogar besser als er. Schließlich erwischte er sie, wahrscheinlich weil sie mit dem

Lachen nicht aufhören konnte. Er liebte den Laut zu sehr, um zu wollen, dass sie damit aufhörte.

Kim grinste und fühlte, wie Master R sie bedrängte, als sie vor ihm die Leiter hinaufstieg. Vielleicht, weil sie ihn beim ersten Mal ins Wasser gestoßen hatte? *Gott*, er würde sie umbringen. Ihre Seiten schmerzten vom Lachen, als sie sich den anderen anschloss.

Der flache Trampolinbereich zwischen den Katamaranrümpfen, auf dem Kim und die beiden Frauen gelegen hatten, wurde nun von wütenden Männern dominiert.

Kim versuchte, das Kichern zu stoppen, lehnte sich an das Geländer und beobachtete, wie ihr Master auf das Deck trat. *Oh, mein Gott, seht ihn euch nur an!* Wassertropfen rannen über seine Brust, bahnten sich einen Weg an seinen Muskelbergen vorbei, die aussahen, als wären sie aus Zedernholz geschnitzt worden. Seine nasse Shorts hing tief auf seinen Hüften und zeigte seinen definierten Bauch. Als er seine Arme vor der Brust verschränkte, war es ihr kaum möglich, den Blick von seinem Bizeps zu nehmen. Auch die anderen beiden Männer waren gut in Form, aber Master R erinnerte doch stark an einen Kriegsgott.

Und, oh je, er sah auch so wütend aus wie einer. Als sich seine dunklen Augen auf sie fixierten, brach ihr Lachen ab und ihr Mund trocknete aus.

„Kimberly. Ich bin sehr unglücklich mit dir."

Ihre Kehle schnürte sich bei dem Gedanken zu, ihn wirklich verärgert zu haben. Instinktiv fiel sie auf dem Netz auf die Knie. Sie senkte den Kopf. „Es tut mir leid, Master."

Stille.

Sie blickte durch ihre Wimpern auf und sah die Belustigung in seinen Augen. Er war nicht wirklich sauer. *Ertränke ihn.* „Es ist nicht nett, zu lügen, Master", murmelte sie. Was war aus der Ehrlichkeit geworden?

Eine warme Hand umfasste ihr vom Meer gekühltes Kinn, und er neigte ihren Kopf. „Du hast Recht, *Gatita*. Ich sollte dich nicht glauben lassen, dass ich wütend bin, wenn ich das nicht bin." Seine Lippen formten sich zu einem teuflischen Lächeln. „Eigentlich wollte ich dir sagen, dass du ungehorsam warst und du daher eine Bestrafung verdienst, aber das wäre falsch."

Oh gut. Erleichtert atmete sie aus.

„Allerdings plane ich trotzdem, dich zu bestrafen ... nur weil mir danach ist. Ich bin dein Master – einen anderen Grund brauche ich nicht."

Ihre Kinnlade klappte herunter. „Du willst mir wehtun ... zum Spaß?"

„Auf jeden Fall." Er packte ihre Oberarme und zog sie auf die Füße.

Kim schaute sich um und begann zu erkennen, was passiert war. Der harmlose Spaß, den sie sich mit den anderen Frauen gemacht hatte, hatte entspannte Männer in Doms verwandelt. Das Klima des Bootausfluges hatte sich geändert.

Cullen hatte Andrea bereits zurück ins Cockpit geschleppt. Sie konnte hören, wie er mit seiner riesigen Hand einen Klaps auf nacktes Fleisch austeilte. Der Laut war ... erotisch.

Marcus hatte Gabi auf die Knie gezwungen. Kim starrte ihn an. Er erinnerte nicht länger an den gastfreundlichen Südstaatler, bei dem sie für eine Zeit untergekommen war. Seine blauen Augen waren eisig, als er Gabi sagte, dass durch sie sein Bier warm geworden war.

„Dein Bier ist warm geworden?" Mit einem genervten Ausdruck schob sich Gabi die Haare aus dem Gesicht. „Gott, du bist verklemmt. Haben die Aliens vielleicht vergessen, deine Analsonde zu entfernen?"

„Nun reicht es." Er packte ihre Haare und schob sie zum Cockpit.

Kim grinste. Die verwöhnten Doms wollten eine bequeme Bank, auf der sie ihre Subs bestrafen konnten.

Noch immer lächelnd sah sie Master R an. Er musterte sie mit einem spekulativen Blick in seinen Augen, als ob er abschätzte, wie weit er mit ihr gehen konnte. Sie schluckte schwer. „Was hast du mit mir vor, Master?"

„Zieh dich bitte für mich aus."

Oh je. Er schien Spaß zu haben, aber sein Ton sagte, sie sollte sich besser in Acht nehmen. In ihrer Mitte wurde eine kleine Flamme der Erregung gezündet. Sie zog sich das Bikinioberteil aus und trat dann aus dem knappen Höschen. Als er seine Hände hinter dem Rücken verschränkte, wusste sie sofort, was er von ihr erwartete. Sie nahm die Position ein, die er verlangte, wenn er sie genau mustern wollte. Die Beine auseinander, die Hände hinter dem Kopf, die Brüste angehoben. Kalte Wassertropfen liefen von ihren Haaren auf ihren Rücken. Das Netz fühlte sich unter ihren nackten Füßen warm an, die Brise kühl auf ihrer feuchten Haut.

Langsam umkreiste er sie, sein Blick wärmer als die Sonne, die von hinten auf ihre Schultern traf. „Ich bevorzuge deine Nippel etwas farbenfroher", sagte er schließlich. „Das Wasser hat sie blau gemacht."

Was war das für eine Beschwerde?

Er schüttelte den Kopf, als sie versuchte, etwas zu sagen. „Bleib in Position, *Sumisita*." Er verschwand für einen Moment und kehrte mit dem Picknickkorb und einigen Kissen zurück, die er in dem Bereich um sie verteilte. Nachdem er im Korb gestöbert hatte, zog er ... ein Päckchen Zahnstocher heraus? Gummibänder? Und einen braunen Beutel.

Was zum Teufel?

Er öffnete die Packung und entnahm zwei Zahnstocher. Sie runzelte die Stirn. Sie sahen verdammt spitz aus.

„Denkst du, sie sind zu spitz?", fragte er in einem milden Ton, als er sie in zwei Hälften zerbrach, um eine Länge von ungefähr zwei Zentimetern zu erreichen. Er richtete das spitze Ende nach oben aus, wickelte seine Finger um alle vier und ... drückte sie oberhalb eines Nippels sanft gegen eine Brust. „Sind sie spitz?" Er gab vor, lediglich neugierig zu sein.

Die Empfindung, die bereits an Schmerz grenzte, raubte ihr den Atem. „Ähm. Ja."

„Gut." Sanft tippte er damit gegen ihre Haut, umkreiste ihre Brüste und hinterließ Spuren, die an Mäuseabdrücke erinnerten. Sie erstarrte bei dem leichten Schmerz, der schnell in Erregung überging. Ihre Brustwarzen konnten nicht noch härter werden, und ihre Klitoris trat aus ihrer Vorhaut, nach Aufmerksamkeit flehend.

Master R näherte sich ihrem Brustwarzenvorhof, während sich seine freie Hand zwischen ihre Schenkel schob. Er glitt mit den Fingern durch ihre feuchte Spalte und schnellte fordernd über ihr Nervenbündel.

Ihre Hüfte zuckte nach vorn, als er mit dem Mittelfinger bis zum ersten Knöchel in sie drang. Tiefer und tiefer, bis zum zweiten Fingerknöchel.

„Ich denke, wir werden heute den Schmerz genauer erforschen", sagte er und seine sanfte Stimme attackierte ihre Nerven. „Du scheinst bereit zu sein."

Schmerz. Die Wände ihres Geschlechts zogen sich zusammen und sein Finger spürte ihre Reaktion. *Verdammt.* Der Gedanke an Schmerz erschreckte sie ... und törnte sie gleichermaßen an.

Und er wusste es. Die kleinen spitzen Stocher machten sich zu ihrer linken Brust auf, kehrten um, noch bevor er den Warzenhof erreichte. Er neckte sie. Sie spürte, wie ihre Brüste schwer wurden und anschwollen, wie sie schmerzten.

Er tippte mit den Spitzen direkt auf ihren Nippel.

Der plötzliche beißende Schmerz schickte elektrisierende Empfindungen zu ihrer Klitoris.

Als sie versuchte, einen Schritt nach hinten zu treten, schob er seinen Finger tiefer in ihre Pussy und verankerte sie so an Ort und Stelle. Die Zahnstocher bewegten sich zu ihrer anderen Brust. *Oh Gott*, zu wissen, wie es sich anfühlte, verstärkte das

Gefühl der erregenden Vorfreude. Ihr linker Nippel kribbelte noch immer, als er ihre rechte Brust umkreiste.

Ihr Nervenbündel pulsierte unkontrolliert und als sich die Spitzen sanft in ihren Nippel bohrten, hätte sie das fast zu einem Orgasmus getrieben.

Aber nur fast. Ihr ganzer Körper brannte vor Begierde. Sie wimmerte, als er sich aus ihrer Pussy zurückzog und nur Leere zurückließ.

Seine ernsten Lippen verzogen sich zu einem Lächeln. „Ich liebe die Laute, die du von dir gibst, *Cariño*." Er gab ihr einen süßen Kuss, zwickte dann in einen Nippel und zog so hart daran, dass sie wimmerte.

Süße Küsse. Gemeine Finger. Ihr Kopf drehte sich.

Er platzierte jeweils ein Holzstäbchen über und unter der Knospe und klemmte sie dazwischen ein. Ihr Mund klappte auf, als er an beiden Enden ein Gummiband um das Holz wickelte. Selbstgemachte Nippelklemmen.

Er erhöhte den Druck und der Schmerz nahm zu. „Mmm", protestierte sie, anstatt ihren Schmerz hinauszubrüllen.

„Atme durch den Schmerz. Einatmen. Ein zweites Mal." Er hielt ihr Kinn und zwang sie, ihn anzusehen. „Akzeptiere den Schmerz – für deinen Master."

Für Master R. Sie saugte Luft durch ihre Nase, knirschte mit den Zähnen.

„Gut gemacht, *Gatita*." Die Zärtlichkeit in seiner Stimme verstärkte ihre Entschlossenheit, den Schmerz für ihn zu ertragen.

Langsam verblasste er. Nun war nur noch ein leichtes Zwicken spürbar, das sie ihr Unbehagen dennoch nicht vergessen ließ.

Er wiederholte den Prozess mit ihrem anderen Nippel und beobachtete aufmerksam, wie sie die Zähne aufeinanderpresste, bevor der gedämpfte Schmerz ihr erlaubte, wieder zu Atem zu kommen.

„So eine brave *Sumisa*." Einen Schritt zurücknehmend bewunderte er seine Arbeit. „Sehr nett. Du kannst dich jetzt entspannen."

Sie legte ihre Hände an ihre Seiten und zischte, als die Bewegung ihre Brüste durchschüttelte.

„Das sieht toll aus." Cullens raue Stimme. Er und Andrea waren zurückgekehrt. Seine Sub war so nackt wie Kim. Andreas Augen weiteten sich, als sie sah, was Master R getan hatte. Sie warf einen argwöhnischen Blick auf Cullen.

Er grinste. „Diese großen Nippel von dir würden so gut aussehen." Als Andrea etwas auf Spanisch murmelte, fragte er Raoul: „Hast du noch mehr davon, Kumpel?"

Master R übergab das Päckchen mit den Zahnstochern und die Tüte mit den winzigen Gummibändern an Kim. „Bring das zu Master Cullen", befahl er.

Kim überquerte das Trampolin und legte das gemein gefährliche, zweckentfremdete Equipment auf seine große Handfläche.

„Danke, Süße. Jetzt geh wieder zu Master Raoul."

Ich bin mir nicht sicher, ob ich das will. Kim schaute auf das Wasser. Sollte sie wegrennen? Nein, damit würde sie ihn erst recht wütend machen, wenn er sie erneut einfangen müsste. Mit einem Seufzer kehrte sie zu ihm zurück und fiel vor Master R auf die Knie.

Das Trampolin vibrierte, als Marcus gefolgt von einer pflichtbewusst aussehenden Gabi zurückkehrte. Er zeigte auf seine Füße und Gabi kniete sich hin.

Kim tauschte einen kleinlauten Blick mit ihrer Freundin aus. Die Dinge hatten sich wirklich verändert. Als sie zusammen BDSM-Clubs besucht hatten, waren die Sessions erotisch und spaßig gewesen.

Heute waren diese Sessions so viel mehr. Unter Master Rs neckendem Ton hörte Kim eine Warnung, den unbestreitbaren Willen eines Masters. Vielleicht war das der Unterschied zwischen einem Dom, der sie nicht wirklich kannte, und einem

Dom, der genau wusste, wo ihre Grenzen lagen, und beabsichtigte, diese zu testen.

Nicht nur das Boot brachte sie zum Schwanken. Sie traf auf seinen nachdenklichen Blick.

„Raoul." Marcus musterte Kims Brüste, Belustigung in seinen blauen Augen. „Darf ich fragen, ob du noch etwas Interessantes dabei hast?"

„Hätte ich gewusst, dass uns die Subs so viel Ärger machen würden, hätte ich meine Spielzeugtasche mitgebracht. Küchenutensilien sind noch im Picknickkorb."

Marcus tätschelte Gabis Kopf. „Dann wollen wir mal sehen, was ich finde, Süße." Er lief um sie herum und hob den Deckel.

Kim biss sich auf die Lippe und versuchte, nicht zu lachen, als Gabis Augen zu funkeln begannen. *Gabrielles Temperament.*

„Cullen, der Mann hat Seile eingepackt." Marcus warf eine Handvoll vorgeschnittener Seile und eine Schere in den Bereich und kramte weiter. „Ah, na bitte." Er richtete sich auf und hielt Gummibänder und zwei Plastikklammern hoch, die etwa anderthalb Zentimeter lang waren und gezackte Kanten aufwiesen.

Gabis Augen sprühten Feuer. „Die wirst du mir nicht anlegen. Du Dummkopf, die sind für Chipstüten gedacht und nicht für Brüste."

„Hände hinter den Rücken."

Sie schaute auf seinen angespannten Kiefer und schon brachte sie die Hände hinter ihrem Rücken zusammen.

„Sehr hübsch, Süße."

Bei der ersten Klammer schrie Gabi und zischte, als er ein Gummiband um den Griff wickelte, um den Druck zu verringern.

Kims Augen verengten sich, als sie bemerkte, dass ein Teil der Griffe bereits fehlte. Abgebrochen. Master R hatte diese Klammern schon einmal benutzt, oder? Sie funkelte ihren Master an. *Trickreicher Dom.*

Grinsend lehnte er sich zu ihr und flüsterte: „Gleich wird sie einen Wutanfall bekommen."

Kim erstickte sich an einem Lachen. Als sie bei dem Paar gewohnt hatte, waren ihr einige beeindruckende Beleidigungen zu Ohren gekommen. Gabis Stimme hatte eine große Reichweite.

Marcus legte ihr die zweite Klammer an und Gabi entließ ein Geräusch, das verdächtig an einen Teekessel erinnerte.

Lächelnd packte er ihre Oberarme und hielt sie so davon ab, sich zu bewegen. Nach einer Minute fragte er: „Besser?"

Gabi sah ihn genervt an. „Wenn du deinem Sexualleben etwas Abwechslung verleihen willst, warum benutzt du nicht einfach mal deine linke Hand?"

Marcus brach in Lachen aus. Er schob ihre Beine auseinander, fand ihre Pussy und hielt dann seine feuchten Finger hoch. „Dir scheint diese Art der Abwechslung zu gefallen, Süße." Er lächelte, als sie rot wurde und etwas Unverständliches murmelte, offensichtlich auf der Suche nach einer schlagkräftigen Beleidigung.

Kims Augen brannten mit Tränen.

Master R drehte ihr Gesicht zu ihm und sah sie stirnrunzelnd an. „Er wird ihr nicht wehtun, *Chiquita*. Das verspreche ich. So spielen sie am liebsten."

„Das ist es nicht." Kim blinzelte und lächelte ihn an. „Ich freue mich einfach so sehr für sie. Ich wollte immer, dass sie jemanden findet, der ihr die Freiheit gibt, sie selbst zu sein und nicht eine perfekte Person, wie es ihre Eltern wollen."

„Süße *Gatita*." Master R küsste sie auf die Stirn. Er schaute zum anderen Paar, schnaubte bei einer weiteren lautstarken Beleidigung von Gabi und warf Kim dann einen warnenden Blick zu. „Nur für den Fall, dass du denkst, dir an deiner Freundin ein Beispiel nehmen zu können: Ich finde keinen Gefallen an Respektlosigkeit."

Das wusste sie bereits. Er gab ihr viel Spielraum, aber sie hatte gelernt, wie weit sie gehen konnte, wenn sie den Mund öffnete. Würde sie es Gabi gleichtun, würde ihr Hintern von seiner Hand Blasen schlagen. Sie musste zugeben, dass sich diese Gewissheit beruhigend auf sie auswirkte. Das Gefühl erinnerte sie an den

Wind, der sich irgendwann entschied, beim Segeln von Hilfe zu sein. „Ja, Master."

„Jetzt wirst du mir mit deinem weichen Mund Befriedigung verschaffen. Wenn du dich gut machst, wird deine Strafe nicht ... zu hart ausfallen."

„Was ist meine Strafe, Master?"

Die Falten neben seinen Augen vertieften sich, aber er antwortete nicht, öffnete einfach seine Shorts und nahm seinen Schwanz heraus. Das Piercing glitzerte in der Sonne. *Oh Gott*, das hatte sie seit ... Lord Greville nicht mehr gemacht und ... Ein Schauer durchfuhr sie.

„Ganz ruhig, *Gatita*." Er streckte ihr seine Hände entgegen und sie gab ihre in seine. Ermutigend drückte er ihre Finger und legte sie dann um seinen Schaft. Heißer als die Sonne, stahlhart und doch samtweich.

Sie öffnete ihren Mund, um ihn aufzunehmen – und erstarrte. *Hände hinter ihrem Rücken gefesselt. Das ... Gerät hält ihren Mund weit geöffnet. Sie stoßen in ihre Kehle. Sie würgt. Keine Luft.*

„Kimberly." Ein Ziehen an ihren Haaren erinnerte sie daran, wo sie war. „Konzentriere dich auf mich und nicht auf die Vergangenheit."

Sie bündelte ihre Gedanken, bewältigte die Angst, wie Faith es ihr beigebracht hatte, wissend, dass er ihr die nötige Zeit geben würde. Nach einer Minute nickte sie. *Los geht's.* Sie rief sich in Erinnerung: *Das ist Master R.*

„Benutze deine Hände."

Sie lächelte und erinnerte sich an das erste Mal, als sie Liebe gemacht hatten, wie er ihr so lange Zeit gegeben hatte, wie nötig war. So geduldig und gelassen. Er kannte sie vielleicht gut, aber sie kannte ihn auch, und *Gott*, dieses Wissen half.

Er machte ein Geräusch in seiner Kehle, einen dominanten Laut der Ermutigung.

Schalte dein Gehirn ab. „Ja, Master." Sie ließ ihre Hände über seinen Schwanz gleiten. Er war so geschwollen, dass die Haut straff über seiner Länge lag und die Venen bereitwillig hervortraten. Das Equipment der Männer schien nie besonders attraktiv zu sein, aber sie musste zugeben, dass Master Rs Schwanz wirklich hinreißend und so potent war. Sie fuhr mit einem Finger über die Eichel, berührte das Piercing, umfasste seinen Hoden und spürte, wie das drahtige Haar ihre Handfläche kitzelte. Sie rieb die Wange an seinem Intimbereich, die Nase, und atmete tief ein. Sein männlicher Duft vermischte sich mit dem des Ozeans. Ihre Muskeln lösten sich.

„Jetzt deine Zunge", murmelte er.

Sie lehnte sich vor und fuhr mit ihrer Zunge über seine Länge nach oben und benetzte ihn so mit ihrer Speichelflüssigkeit. Er summte seinen Genuss und der Laut wärmte sie von innen. *Gott,* sie liebte die Geräusche, die er machte. Sie leckte, bis sein Schaft nass war und sie jede Vene nachgezeichnet hatte. Dann hob sie den Blick.

Als er zustimmend nickte, nahm sie ihn in den Mund und versuchte, ihn tief –

„Nein, *Tesoro mío.*" Er wickelte ihre Hände um die Wurzel seines Schaftes und hinderte sie daran, ihn vollständig aufzunehmen. „Wenn ich deinen Hals ficken wollte, würde ich zuerst das Piercing entfernen – zumindest am Anfang, bis du mehr Erfahrung hast. Für heute möchte ich, dass du mich erkundest. Und sei vorsichtig – Metall ist unversöhnlich mit Zähnen."

Ohhh. Sie fuhr mit der Zunge über ihre Zähne. *Vermeide das Piercing, Kim.* Er war immer noch besorgt um sie; das sah sie ihm an. Wenn sie ehrlich war, hatte sie davon geträumt, seinen Schwanz in ihrem Mund zu haben. Sie war bereit. *Oh ja,* das war sie. Sie nahm ihn vorsichtig auf und stellte sicher, dass ihre Zähne nicht in Kontakt mit dem Piercing kamen ... und dann erkundete und spielte sie mit ihm, wie er es befohlen hatte. Sie fuhr mit ihrer Zunge um ihn herum und saugte kräftig genug an ihm, sodass sie ihm ein leises Stöhnen entlockte.

Sie umfasste seinen Hoden mit einer Hand und genoss das

Gewicht und die Größe. *Mmm.* Er würde ihr wahrscheinlich den Arsch versohlen, wenn sie ihn Master Bulle nennen würde.

Sie hob ihren Kopf, nahm die Eichel zwischen ihre Lippen und neckte das Piercing mit der Zunge. Behutsam zog sie mit den Zähnen an dem Schmuckstück und wurde mit einem kehligen Stöhnen belohnt.

Seine Hand fuhr in ihr Haar und sie erstarrte. Da er keinen weiteren Laut von sich gab, machte sie einfach weiter. Er wurde härter und es fühlte sich berauschend an, weil sie dafür verantwortlich war.

„Okay, kleiner Folterer." An ihren Haaren zog er sie sanft weg. „Kommen wir nun zu der Strafe, die ich dir versprochen habe."

„Was hast du vor?"

Sein fieses Grinsen war nicht gerade beruhigend. „Arsch in die Luft, bitte."

Ein Spanking? Sie nahm die angewiesene Position ein und achtete dabei auf ihre Brüste, die weiterhin schmerzten und brannten, vor allem wenn sie mit den provisorischen Nippelklemmen irgendwo dagegen stieß. Nachdem sie ihren Kopf auf ihre Unterarme gelegt hatte, streckte sie ihm den Hintern entgegen.

Er hob den braunen Beutel auf und zog ... *Oh, heilige Scheiße,* der Analplug, den sie selbst gewählt hatte, nachdem ihr Diebstahl aufgefallen war. Sie hatte wirklich gehofft, er hätte es vergessen. Sie schloss die Augen und hätte am liebsten gewimmert. Der Plug war wie ein praller, runder Goldfisch geformt ... auf Steroiden. Zu groß. Er hatte sie mit seinen Fingern ein wenig vorbereitet, einmal war ein kleinerer Analplug in der Dusche zum Einsatz gekommen, aber das Ding ...

Er benetzte es und auch ihre Pospalte mit Gleitgel. Die Muskeln ihres verletzlichen Lochs zogen sich zusammen und sie versuchte, ihren Hintern wegzudrehen.

Zur Strafe landete ein Klaps auf ihrer rechten Pobacke, bei dem sie zusammenzuckte. „Nicht bewegen."

„Es tut mir leid, Master."

„*Gatita*." Seine Stimme war so beruhigend, dass sie in seinen Schoß krabbeln wollte. „Ich denke, es wird dir gefallen, sobald der Plug drin ist. Bis dahin wirst du das Unbehagen für deinen Master ertragen, oder?" Seine Hand streichelte die Stelle, die er geschlagen hatte, und schaffte es so, den Schmerz in Lust umzuwandeln.

Der Beweis ihrer Erregung fand sich auf ihren Schenkelinnenseiten und sie wollte ihn bitten, sie stattdessen einfach zu ficken. Aber seine schwielige Hand auf ihrem Po – so entschlossen, so vorsichtig – machte einen Knoten in ihre Zunge.

„Drück dich gegen meine Finger." Er umkreiste ihr Loch mit einem feuchten Finger und drang beherzt in sie.

Sie wimmerte, als sie sich um ihn dehnte. Es war nicht schmerzhaft, aber ... unbehaglich.

Er fügte einen weiteren Finger hinzu, stieß langsam in sie und wieder raus. „So ein hübsches Arschloch. Vielleicht gehen wir heute Abend etwas früher ins Bett, ja? Ich würde es genießen, mich hier in dir zu vergraben."

Ein Lustschauer, in dem ein wenig Nervosität mitschwang, jagte durch ihren Körper. Er zog sich zurück und setzte dann den Analplug an. Er schob die Spitze bei jedem Vorstoß tiefer in sie. Das Ding war größer als sein Finger, dehnte sie und es brannte. Die Hand auf ihrer Hüfte hielt sie davon ab, von ihm zurückzuweichen, als er den Plug langsam in sie schob. Weiter und weiter wurde sie gedehnt.

Stöhnend presste sie die Stirn gegen ihre Arme, versuchte, die Erinnerung auszublenden ... die Erinnerung an ... alle. Die Schmerzen. Sie erstarrte.

„Ganz ruhig. Fast geschafft, *Chiquita*." Und dann mit einem leisen Pop steckte der Plug in ihr und ihre Muskeln schlossen sich um das Objekt.

Sie blieb in Position, keuchte und spürte, wie seine starke Hand ihren Po besänftigend rieb. Ihre Erinnerungen verblassten unter seiner Berührung. Bisher hatte es diese Stelle noch nie geschafft, Erregung in ihr zu wecken. Wie konnte etwas so Unbehagliches ihre Klitoris anheizen?

„So artig. Ich bin stolz auf dich", murmelte er. Begleitet von dem Lob streichelte er ihren Rücken und ihren Po. In dem Moment wurde ihr bewusst, dass sie für die Anerkennung in seiner Stimme noch viel mehr ertragen würde.

„Nochmal wirst du meine Spielzeuge nicht verstecken, oder, *Chiquita?*"

„Nur noch die Kleinen."

Eine Sekunde verging, und dann lachte er, der Klang so sexy und immer wieder in der Lage ihr ein Grinsen zu entlocken. In einem strengen Tonfall sagte er: „Böse *Gatita*. Spielzeuge verstecken verboten." Der leichte Klaps auf ihren Hintern sorgte dafür, dass sich der Plug tiefer in sie schob und unbekannte Empfindungen in ihr hervorrief.

„Ja, Master." Sie drehte den Kopf und musterte den braunen Beutel neben ihm. Er war nicht leer. Was hatte er noch mitgebracht?

Er half ihr auf die Beine, und das Folterinstrument in ihrem Loch fühlte sich riesig an, als sich ihre Pobacken darum schlossen. Sie verlagerte ihr Gewicht und versuchte, eine bequeme Position zu finden.

Master R grinste. „Keine Bange. Du wirst dir dem Plug nicht lange bewusst sein." Er zeigte auf eine Ecke des Trampolins. „Leg dich dort auf den Rücken."

Jeder Schritt bewegte das Ding in ihr. Gleichzeitig wurde sie daran erinnert, wie feucht sie war und wie geschwollen ihre Pussy. Ihre Klitoris flehte pulsierend um Aufmerksamkeit. Aber sich selbst zu berühren, wäre ein Vergehen, das mit einem Spanking bestraft wurde. Den Arsch versohlt zu bekommen, während der Analplug in ihr steckte? *Nicht unbedingt, was ich unter einem unterhaltsamen Nachmittag verstehe.* Wie befohlen legte sie sich hin.

Er nahm sich von dem Haufen ein Seil, band ihre Handge-

CHERISE SINCLAIR

lenke zusammen und hob sie dann über ihren Kopf an die Reling.
Ein Kissen fand seinen Weg unter ihre Hüfte, sodass ihr Becken
angehoben wurde. Nachdem er ihre Beine weit gespreizt hatte,
setzte er sich zurück auf seine Fersen. Er ließ den Blick über sie
schweifen, musterte sie von Kopf bis Fuß, verweilte auf ihren
Brüsten und landete schließlich auf ihrer Pussy.

Noch nie hatte sie sich so entblößt gefühlt. So verfügbar.

„Du bist wunderschön, Kimberly.“

Is' klar. Sie wusste selbst, dass sie nur passabel war. Sah er sie
aber so an, fühlte sie sich absolut unwiderstehlich. Und bereit.
Bereit von seinem Schwanz genommen zu werden. *Jetzt sofort.* Sie
zappelte.

„Nein, du wirst mich nicht dazu verleiten, schneller zum
nächsten Punkt überzugehen.“ Mit schweren Lidern betrachtete
er sie, als er seine Finger über ihren Venushügel und dann über
ihre Schamlippen bewegte. Er ruckelte an dem Analplug, sodass
er elektrisierende Empfindungen in ihr lostrat, die sich direkt auf
ihre Klitoris auswirkten. Ihre Hüfte zuckte instinktiv nach oben
und auf seinen Lippen zeigte sich ein selbstgefälliges Grinsen.
„Ich dachte mir doch, dass dir der Plug gefallen würde.“

Sein Lächeln wurde breiter. „Ich habe noch ein neues Spielzeug für dich.“ Er zog einen weiteren Gegenstand aus dem Beutel.
Weich und in der Größe von zwei Fingern und einem Daumen,
die zusammen ein C formten. „Ich glaube nicht, dass du Gleitgel
brauchst.“ Ein Ende des Cs schob er in ihre Pussy, während er das
andere Ende an ihrer Klitoris positionierte. Das Ding tat nichts,
verdammt, aber da sie bereits mit dem Monster-Analplug zu tun
hatte, schien sie dieses Spielzeug bis zum Bersten auszufüllen. Zu
viel.

Ihr Puls beschleunigte sich, ihr Körper bebte. Penetriert und
ausgefüllt. Mit einem Wimmern schloss sie die Augen und
versuchte, sich zu entspannen. Wellen brachen gegen den Rumpf
und Wasser spritzte auf das Deck. Das Geräusch eines entfernten
Motors vermischte sich mit dem Keuchen einer der Frauen und

dem leisen Knurren eines Mannes. Die Sonne schien auf sie herab und erwärmte ihre Haut auf die Temperatur, die in ihrem Inneren vorherrschte.

Sie zog an den Fesseln. Es gab kein Entkommen, und sie spürte, wie ihr auch die restliche Kontrolle genommen wurde. Hilflos. Verletzlich. Sie öffnete die Augen und schaute auf.

Er stand neben ihr und beobachtete, wie sie mit sich selbst rang, wobei sein Blick von einer Überzeugung erzählte, dass sie sich sowohl emotional als auch körperlich für ihn öffnen würde. Dass sie sich schon bald hingab.

Unter der Last seines Blicks, seiner Autorität, spürte sie, wie sich ihre Muskeln lösten. Und dann gab sie nach.

Seine Augen wärmten sich mit Anerkennung. *„Sumisita mía"*, hauchte er. Dann senkte er sich auf ein Knie und streichelte zärtlich mit den Fingerknöcheln über ihre Wange.

Sie drehte den Kopf und küsste seine Finger. Es fühlte sich einfach so ... richtig an.

So war auch der Kuss, der daraufhin folgte.

Nach einer Minute lehnte er sich zurück und sein Gesichtsausdruck änderte sich. Hitze. Erotische Erwartung. „Ich mag diese Position. Du siehst aus wie eine heidnische Opfergabe, nur darauf wartend, einem Gott vorgeworfen zu werden."

Opfergabe hörte sich nicht gut an. „Master R." Sie hatte den strengen Ton einer Lehrerin versucht, aber ihre Stimme klang eher wie der einer nervösen Erstklässlerin, die sich in die Hose gemacht hatte. Was könnte er vorhaben? Er hatte keine Peitschen oder Flogger an Bord und der braune Beutel war leer.

Sein Gesichtsausdruck hatte etwas von der Strenge, die sie sah, wenn sie einen Fehler beging. Er war definitiv erregt – seine Erektion beulte die Vorderseite seiner Shorts aus. Und seine Augen strahlten vor Belustigung. Das beunruhigte sie am meisten.

Sie leckte sich über die Lippen und schmeckte ihn.

Rittlings setzte er sich auf ihre Hüfte. Ohne sich auf sie abzusenken, hielt er sich kniend über ihr. Sanft fuhr er mit den

Fingern über die Innenseite ihrer Arme, ihre Achseln, was sie zusammenzucken ließ. Es ging weiter über ihre Rippen nach unten. Seine Berührung war sanft, beinahe zu sanft. Wieder nach oben.

Ihre Haut wurde sensibilisiert. Er blieb unter ihren Achseln stehen, tanzte mit den Fingerspitzen höher und ... es kitzelte. Sie versuchte, zu entkommen, aber er hatte sie zur Unbeweglichkeit gezwungen. Er neckte sie mit seinen Fingern.

Kichern brach aus ihr und sie konnte nicht still halten. „Hör auf damit. Das kitzelt!"

Seine Zähne standen im starken Kontrast zu seiner gebräunten Haut. „*Cariño*, ich weiß." Er tat es wieder, brachte sie zum Lachen. Nicht mal, als sie ihn beschimpfte, stoppte er.

„Verdammt", keuchte sie, als er sich zurücksetzte. „Hör auf damit. Das gefällt mir nicht."

„Ich sagte doch, du würdest bestraft werden, *mi pequeña Sumisa*. Dachtest du, ich mache Witze?"

„Aber doch nicht so." *Guter Gott.* „Es wäre mir lieber, du verpasst mir ein Spanking."

Er grinste und sagte leise: „Ich weiß."

Sie funkelte ihn aufgebracht an. „Bist du fertig?"

„Oh nein. Ich erkunde dich noch."

Sie stöhnte.

„Aber ich werde einige Empfindungen miteinander mischen, um zu sehen, wie du dich machst." Er streckte die Hand nach dem Spielzeug aus, das an ihrer Klitoris lag und sie vernahm ein leises Klicken. Auf dem Nervenbündel und auch in ihr drin spürte sie Vibrationen. Zu sanft, zu langsam, um viel anzurichten. Es war jedoch eine Ablenkung. Gerade genug Vibration, um sie zu frustrieren. Vergleichbar mit dem Ritt auf einer Harley, aber nicht stark genug, um ihr einen Orgasmus zu entlocken.

Master R beobachtete sie, seine Hand rieb über ihren Arm und ihre Begierde wuchs. Er ließ sie regelrecht schmoren. „Einatmen, *Chiquita*. Du hast die Bestrafung noch nicht ganz überstanden." Er grinste. „Zum Schwitzen habe ich dich jedoch schon gebracht."

Gott, Schweiß rann zwischen ihre Brüste und ihre Schläfen entlang. „Bitte hör auf." Ihre Hüfte zuckte unkontrolliert.

„Ah, aber ich mag es, dich auf diese Weise zappeln zu sehen. Und lachen. Du lachst nicht genug." Er klickte den Vibrator mehrmals durch die verschiedenen Stufen und blieb schließlich auf einer mit einem unregelmäßigen Rhythmus stehen. Schnell, dann langsam. Das brachte sie einem Orgasmus sehr nah, der sich jedoch schnell wieder zurückzog. Es trieb sie in den Wahnsinn. *Gott, er wird mich noch umbringen!*

Er bewegte sich zwischen ihre Beine, seine Knie pressten sich gegen die Innenseiten ihrer Oberschenkel. Als die Vibrationen zunahmen und sie sich bei der Ankündigung eines Höhepunktes anspannte, streichelten seine Finger die Innenseiten ihrer Unterarme wieder hinunter – ein besonders empfindlicher Bereich – und betörte sie mit sanften Berührungen. Sie schnappte nach Luft, bebte und krümmte sich hilflos. Lachen, stöhnen, lachen, während seine Finger über ihre zunehmend sensibilisierte Haut fuhren.

Er ließ von ihr ab, seine Finger bewegten sich gerade genug, sodass sie sich seiner stets bewusst war. Indessen stellte er den Vibrator auf eine brutale Stufe ein, die sie wieder direkt an die Klippe brachte.

Oh Gott, ich muss kommen. Ihre untere Hälfte zog sich zusammen, das Gefühl überwältigend. Mit dem Summen gegen ihren G-Punkt und dem Beben an ihrem Nervenbündel entstand eine Verbindung, die versprach, sie zu überrollen. Der Druck in ihr baute sich auf ... höher, höher und noch höher ...

Für eine Sekunde zog sich alles in ihr zusammen, die Welt stoppte und dann explodierte sie. *Gott, Gott, Gott!* Während sie sich bei dem Höhepunkt wölbte, strich Master R mit den Fingernägeln sanft über ihre Rippen. Sie krümmte sich bei den neuen Empfindungen, die über sie hinwegschwappten, sie zum Lachen, sie zum Schreien brachten und sie auf eine ekstatische Reise geschickt wurde, die Folter und Lust verschmolz.

Schließlich erschlaffte ihr Körper. Es dauerte einen Moment, bis sie erkannte, dass er aufgehört hatte, sie zu kitzeln und bereits den Vibrator entfernt hatte. Grinsend lehnte er sich vor und küsste sie auf die Wange.

„Du Bastard", keuchte sie.

„Ich muss dich enttäuschen. *Mamá* besteht darauf, dass ich ehelich auf die Welt gekommen bin", protestierte er und forderte einen heißen, nassen Kuss ein, der sie wieder in seinen Bann zog.

Okay, sie hasste ihn, und sie liebte ihn, auch wenn er ein sadistisches Arschloch war.

Er lehnte sich zurück und fuhr mit den Händen über ihre Oberschenkel, streichelte sie sanft und gab ihr das Gefühl, wunderschön zu sein, selbst als weitere Schauer durch ihren Körper jagten.

„Weißt du, Kumpel", sagte Cullen eine Minute später. „Ich habe noch nie eine so heiße Kitzel-Session gesehen. Ich bin mir nicht sicher, ob es eine wirkliche Bestrafung war, aber verdammt." Er musterte Andrea spekulativ.

Mit weit aufgerissenen Augen schüttelte sie den Kopf. „Nein. Auf keinen Fall. Ich hasse es, gekitzelt zu werden. Denk nicht mal daran!"

Master R flüsterte Kim ins Ohr: „Hier wirst du mit eigenen Augen Zeuge einer Lektion. Es ist niemals klug, das einem Dom zu sagen."

Kim erstickte an einem Lachen. Von dem Ausdruck auf Cullens Gesicht zu urteilen, gefiel ihm die Idee mit dem Kitzeln jetzt sogar noch mehr. Er hatte Andreas Hände bereits vor ihrem Bauch gefesselt und nun schränkte er auch ihre Beine ein. Er drehte sie dem Meer zu, platzierte ihre Hände auf der Reling und zwang sie, sich vorzubeugen, sodass er ihre Knöchel in einem großzügigen Abstand voneinander anbinden konnte.

„Nein, Cullen. Bitte nicht, *Señor*."

„Einen Vibrator habe ich nicht, aber wir kommen auch so klar, kleiner Tiger." Sein Lachen ertönte. Er trat aus seiner Shorts und war nun vollkommen nackt. „Schmeiß mir das Gleitgel rüber, Raoul." Er fing die Flasche auf und tropfte etwas zwischen die Pobacken seiner Sub, dann auf seinen Schwanz.

„Oh Gott, du wirst doch nicht", keuchte Andrea.

Er betrachtete den Körper vor sich und runzelte die Stirn. „Zuerst muss ich dich etwas heißmachen, oder?" Seine Finger betörten sie von den Achseln bis zu ihrer Klitoris und wieder zurück.

Als er Andrea fluchen und lachen hörte und sie ihr Zappeln nicht länger zurückhalten konnte, stieß er seinen Schwanz in ihren Anus, langsam, langsam, bis er sie vollständig ausfüllte. Sie stöhnte, stöhnte erneut, als er mit sanften Stößen begann. Seine Hand griff um sie herum und ausgehend von Andreas Stöhnen, spielte er mit ihrer Klitoris.

„Das klingt ziemlich gut, Liebes." Cullen schlang seinen freien Arm um ihren Bauch, stabilisierte sie beide und wechselte von ihrem Nervenbündel zu dem empfindlichen Bereich unter ihren Armen. Kichern und Stöhnen erfüllten die Luft.

Gott, täten sie das in der Stadt, dachte Kim, würden die Bullen die Tür einschlagen.

Andrea bettelte und fluchte, meistens auf Spanisch.

Kim lächelte. Sie könnte Kim also bitten, Master Rs Schimpfwörter für sie zu übersetzen.

Ausgehend von den Lauten auf der anderen Seite des Segelbootes hatte Marcus seine Gabi wieder ins Wasser gezogen und er schien seine Zeit mit ihr zu genießen. Eine Reihe von Beleidigungen wurde abrupt abgeschnitten. Eine Sekunde später verfiel Gabi ins Stottern. Eine sehr gelassene Südstaatenstimme sagte: „Süße, du wirst ertrinken, wenn du so weitermachst. Und jetzt blase mir einen."

Gott, diese Doms. Kim schüttelte den Kopf und schaute auf. Master Rs Gesichtsausdruck war zärtlich, als er mit dem Finger ihre Lippen nachzeichnete. „Du lächelst immer noch, *mi Tesoro*", murmelte er. „Es gefällt mir, dich glücklich zu sehen." Er küsste sie so sanft, dass sich ihr Herz auf links drehte.

„Ich denke, die hast du jetzt lange genug getragen. Lass sie uns abnehmen." Er lehnte sich vor und schnappte sich die Schere vom Deck.

Die?

Als seine Finger ihre linke Brust berührten, erkannte sie, was er meinte. Die Klemmen. *Oh nein.* Er schnitt durch die Gummibänder. Als die Zahnstocher fielen, schoss das Blut in ihre linke Brustwarze.

Sie knirschte mit den Zähnen. In ihrer Brust entflammte ein Feuer. Ein Wimmern kam ihr über die Lippen, das schriller wurde, als die Zunge von Master R über die pochende Knospe leckte. Der Schmerz verschlimmerte sich, fühlte sich nun erotisch an. Er fuhr fort, zog Kreise um den Nippel und blies dagegen.

Ihre Klitoris erwachte bei der Empfindung und dann löste Master R die andere Klemme.

„Au, au, aua. Verdammt!"

Er gluckste und leckte über die brennende Stelle. Sie erschauerte. Er weckte Empfindungen in ihr, die wie eine Marschkapelle direkt zu ihrer Klitoris marschierten. Er bewegte sich nach unten, knabberte an ihren Hüften, umkreiste mit der Zunge ihren Bauchnabel und schnellte über ihre Klitoris.

Heiß und feucht. Die unterschiedlichen Einflüsse sorgten dafür, dass sie den Rücken wölbte. Seine Zunge umkreiste und neckte ihre Vorhaut. Funken sprühten, als hätte er sie unter Strom gesetzt.

Die Wände ihres Geschlechts zogen sich zusammen und sie erinnerte sich, dass er den Analplug noch nicht entfernt hatte. Vielleicht könnte sie fragen?

Er hob den Kopf lang genug, um sie anzulächeln. „Du bist ein so braves Mädchen, Kimberly. Ich denke, du verdienst eine Belohnung." Er leckte über ihre Perle, auf und ab, langsam, und brachte sie damit an den Rand des Wahnsinns. Bei jeder entschlossenen Berührung baute sich der Druck weiter auf.

Völlig erregt – *verflucht soll er sein* – gab er ihr das Gefühl, als hätte sie keine Kontrolle mehr über sich. Gefesselt, sie konnte sich nicht bewegen, riesiger Analplug. Sie hatte bereits einen Höhepunkt erlebt und nun wollte er ihr beweisen – erfolgreich –, dass er sie erneut kommen lassen konnte.

„Mit deinem liebsten Spielzeug noch in dir werde ich jetzt testen, wie eng du bist", sagte Master R. Er setzte sich auf und ihre Augen weiteten sich, als er seine Erektion gegen ihren Eingang drückte und sich allmählich in sie schob.

Oh nein. Zu groß. Viel zu groß. „Warte. Nein."

Sein Piercing traf auf sie und stoppte ihn. Er änderte den Winkel und das Metall drang in sie und der Druck in ihrer Enge erhöhte sich.

„Niemals wird das funktionieren. Du bist zu groß!"

„Nein, Kimberly. Das Spielzeug, das du versteckt hast, ist groß. Ich habe genau die richtige Größe." Er lehnte sich auf seine Unterarme und küsste sie, neckte ihre Lippen mit seinen Zähnen. Gleichzeitig hatte er mit seinem Vorstoß eine Pause eingelegt, um ihr eine Minute zu geben.

Seine große Hand streichelte ihre Brüste. Bei dem Zwicken in ihre Nippel wölbte sie sich ihm entgegen.

Nach einer Weile konzentrierte er sich wieder darauf, seinen Schwanz in ihre Hitze zu bekommen. Unaufhaltsam wie ein Tanker, der sich durch den Ozean schob. Er beobachtete ihr Gesicht und lächelte ein wenig, als sie versuchte, von ihm wegzukommen. „Tut es denn wirklich weh, *Sumisita?*"

„Ja!" Unter seinem strengen Blick sagte sie in einem mürrischen Ton: „Irgendwie. Nein. Aber angenehm ist es auch nicht."

Die Falten neben seinen Augen vertieften sich und er flüsterte: „Dachte ich's mir doch." Und dann war er endlich in ihr. Sein Hoden lag an ihrem Hintern. *Gott*, sie war so voll, dass sie kaum Luft bekam. Gedehnt, pulsierend und nach mehr gierend.

Sie schloss die Augen und erschauerte. Er lag auf ihr, war in ihr, und das Gefühl von ihm genommen zu werden, war erschreckend. Aber nicht wirklich, denn er beobachtete sie zu jeder Zeit und sie spürte stets den heißen Blick auf sich.

„Sieh mich an, *Gatita*." Seine Stimme klang nun rauer.

Ihre Augen öffneten sich und ließen sich von seinen einfangen. Intensiv.

Schließlich zog er sich zurück und mit jedem Zentimeter steigerte sich die Lust. Sie schnappte nach Luft, als die Wände ihres Geschlechts um seinen Schwanz pulsierten. Ohne den Blick von ihr zu nehmen, drang er wieder in sie, dann raus, kontrolliert und gelassen. Rein und raus, und langsam gewöhnte sie sich an das überwältigende Gefühl.

„*Bueno*", murmelte er, und seine Stöße änderten sich, als er sich nur teilweise in ihr vergrub. Mit dem Analplug rieb sein Piercing deutlich härter über ihren G-Punkt. Er würde sie noch umbringen!

Der Druck in ihrer unteren Hälfte wuchs und wuchs und wuchs, bis sie nur noch beben konnte. „Ich muss aufhören. Ich muss aufs Klo."

„Oh, ich denke, das ist etwas anderes, *mi Tesoro*." Er griff nach unten und fand ihre Klitoris, ohne den Rhythmus seiner Stöße zu verlieren.

Zu viel. Der Analplug schickte seltsame Empfindungen durch sie. Sein rücksichtsloser Finger betörte sie von außen, sein dicker Schwanz von innen, als hätten sie ihre erogenen Zonen unter sich aufgeteilt. Gnadenlos stieß er in sie, bis sich alles in ihr bündelte, ihre Sinne in Erwartung eines mächtigen Tsunamis.

Keine Pause. Jetzt nicht mehr necken. Schneller, schneller, und dann passierte es: Sie explodierte, zerschmetterte, ihr ganzes Sein wurde von dem Orgasmus mitgerissen. Sie schrie und explodierte erneut, bebte und zitterte unter ihm. Sie fühlte überall Nässe. Master R lachte und stieß tief und hart in sie, und so kam und kam und kam sie, konnte einfach nicht aufhören.

Schließlich spannte er sich an, presste sich ein letztes Mal in sie und dann spürte sie das unverwechselbare Gefühl der männlichen Erlösung, während er an ihrem Ohr sanft stöhnte.

Sein Gewicht drückte sie gegen das Netz. Er strahlte eine solche Befriedigung aus, dass ihre Augen mit unvergossenen Tränen brannten. Dann, mit einem Stöhnen, griff er nach oben, um die Seile an ihren Handgelenken zu lösen.

Sie schluckte schwer, versuchte zu sprechen, doch es kam nichts heraus. Sie schluckte ein weiteres Mal. „Du bist so fies!" Ihre Stimme war heiser vom Lachen und den Schreien.

„*Sí.*" Er küsste ihr Ohr, knabberte an ihrer Schulter und lachte, als sich ihre Vagina um ihn zusammenzog.

Ihre Arme waren nun frei, ihre Handgelenke jedoch noch immer verbunden, sodass sie die Arme in seinen Nacken legte und sich dann an ihm hochzog, um ihn zu küssen.

Er erwiderte den Kuss und nahm ihren Mund, holte sich alles, was sie zu bieten hatte, bis sie sich wie geschmolzenes Wachs auf dem Boden fühlte. Nichts Neues mit ihm. *Gott.*

Schließlich seufzte er und zog sich aus ihr heraus. In dem Moment wurde ihr erneut bewusst, wie feucht sie war. Nachdem er ihre Beine gelöst hatte, half er ihr in eine sitzende Position und hielt sie, bis sie ihr Gleichgewicht fand.

Sie kam nicht darüber hinweg, wie nass es dort unten war. Das war nicht normal und sie spürte, wie sich Schamesröte auf ihren Wangen ausbreitete. Wow, eine wahre Pfütze. Wenigstens war ein Netz unter ihr. Aber trotzdem ... „Ich ... Es tut mir leid." *Verdammt*, schließlich hatte sie ihm ja gesagt, dass sie aufs Klo musste.

„Ah, Kimberly, das ist kein Urin." Er umfasste ihre Wange und zwang sie, ihn anzusehen. „Du hattest eine weibliche Ejakulation – etwas sehr Erotisches. So heiß. Frauen kommen auf viele verschiedene Arten – das ist nur eine davon." Er küsste sie mit Belustigung in den Augen. „Hast du es genossen?"

Sie lehnte ihren Kopf gegen ihn. „Ich war mir nicht sicher, ob ich es überleben würde, aber ... ja."

„Dann werde ich mich bemühen, dir mehr davon zu geben."

Als er aufstand, runzelte sie die Stirn. „Ähm, Master? Ohne das Kitzeln beim nächsten Mal?" Ja, vielleicht hatte das ihren ganzen Körper empfindlicher gemacht und ihr einen tollen Höhepunkt entlockt, aber ... *Bitte, Gott, das Kitzeln sollten wir überspringen.*

Er tippte gegen ihre Nasenspitze. „Das, *mi pequeña Sumisa*, wird davon abhängen, wie gehorsam du bist, oder?"

KAPITEL VIERZEHN

Der **Moment war** gekommen.

Kimberly starrte im Schlafzimmer auf ihr Spiegelbild und fuhr mit den Fingern über ihr neues Halsband. Master R hatte es extra für sie bestellt. Die Innenseite fühlte sich sehr weich an. Auf der Außenseite rühmte sich das schwarze Leder mit einer silbernen Gravur: *Master Raouls Gatita*. Er hatte kein Vorhängeschloss hinzugefügt. Mit der Begründung, dass sie sich besser fühlen würde, wenn sie wusste, dass sie das Halsband jederzeit entfernen konnte. Indessen würde die Gravur deutlich machen, dass sie jemandem gehörte. Sie berührte das Leder. Beruhigend. Besänftigend. Tröstend.

Ich bin Master Rs Kätzchen. Ich habe Krallen, und ich weiß, wie man sie benutzt. Nehmt euch in Acht, ihr Bastarde.

Was den Rest ihres Outfits anging ... *Kotz.* Ein Mikromini aus Leder, so kurz, dass, wenn sie sich vorlehnte, jeder mehr sehen konnte, als ihr lieb war. Das Oberteil war noch schlimmer, da der dekorative Lederharness ihre Brüste nicht bedeckte.

Schweren Herzens hatte sie Make-up aufgelegt, in der Hoffnung, die Angst in ihren Augen zu maskieren. Angst vor der Auktion, dem Aufseher und den Sklavenhaltern.

Nicht vor Master R. Nach dem gestrigen Tag auf dem Boot fühlte sie sich ihm näher als je zuvor. Er war ihre Sicherheit, ein Rettungsboot auf dem Ozean ohne Land in Sicht.

Hinter ihr näherte er sich und sie sah ihn zuerst in dem deckenhohen Spiegel. Er trug eine hautenge Lederhose und eine passende schwarze Weste. Sein Gesicht war angespannt und nachdenklich. Mit diesem Ausdruck erinnerte er sie an die Nacht, in der er sie gekauft hatte. Noch nie hatte er ihn hier aufgelegt ... in seinem Schlafzimmer.

Sein Blick schweifte über sie und seine Züge wurden sanfter. „Wunderschön siehst du aus, *Gatita*. Mit dem Outfit bist du dir der Aufmerksamkeit aller sicher. So wie geplant." Er legte ihr einen Umhang über die Schultern. „Sie haben angerufen und sind nur noch wenige Minuten entfernt. Wir müssen jetzt runter auf die Straße. Erinnerst du dich an deine Rolle?"

„Ja, Master." *Oh Gott.*

Der schwarze, fensterlose Van stoppte vor dem Haus, in dem Raoul mit seinem Arm um seine tapfere Sub wartete. Gelegentlich wurde sie von einem Angstschauer durchgeschüttelt; ansonsten hielt sie sich besser, als er gedacht hatte.

Ein Angestellter der *Harvest Association* sprang heraus, schob die Seitentür auf und ließ eine eingebaute Treppe herunter. „Wir können, Sir." Er deutete zur Tür.

Raoul stieg die wackeligen Stufen hinauf und blickte mit einem genervten Ausdruck zu Kimberly. „Komm, Mädchen. Nicht trödeln."

Sie trug die hohen Fetischschuhe, und als sie hastig seinem Befehl nachkam, stolperte sie und fiel auf die Knie. Mit einem lauten, ungeduldigen Seufzer legte Raoul seinen Arm auf den Van und sah zu dem Fahrer. „Hilf der tollpatschigen Schlampe."

Als der Mann Kimberly auf die Füße half, leerte Raoul die

Ampulle, die er in seiner Hand versteckt hielt und schmierte den Inhalt in langen Zügen über das Dach des Lieferwagens. Zufrieden stellte er fest, dass sich nichts zeigte. Kouros hatte gemeint, dass die Flüssigkeit nur durch spezielle Brillen sichtbar wurde. Da die Sklavenhändler GPS-Störer in ihren Häusern und Fahrzeugen verwendeten, waren die Ortungsgeräte des FBI nutzlos. Nun war es hoffentlich möglich, dass sie ihnen mit dem Hubschrauber folgen konnten. Auch Sam hatte eine Ampulle und würde es Raoul gleichtun.

Raoul warf unauffällig das leere Fläschchen in die Büsche und half Kimberly mit einem verärgerten Laut die letzte Stufe hoch. Im Van besetzten drei Männer die luxuriösen Sitzgelegenheiten in der Nähe der Tür und schauten auf einen Bildschirm, der im Van eingebaut war. Zwei von ihnen ließen die Blicke anzüglich über Kimberly schweifen, sodass Raoul ihr den Umhang enger um den Körper wickelte.

Sie holte tief Luft und drückte die Schultern durch. *Tapfere Gatita.*

„Können Sie mir bitte Ihre persönlichen Gegenstände überreichen, Sir?", fragte der Angestellte, der auf den Stufen wartete.

Raoul gab ihm seine Brieftasche, sein Handy und seinen Schlüssel, um alles einzuschließen, und wurde dann abgetastet. Das Multifunktionswerkzeug in seinem Stiefel wurde überprüft und zurückgeschoben, als Raoul erwähnte, dass es eine Vorführrung geben würde.

Das Licht der Taschenlampe landete auf Kimberly. Sie öffnete ihren Umhang und jeder konnte sehen, dass sie nichts – rein gar nichts – zu verbergen hatte.

Als der Mann heraussprang und die Tür schloss, wählte Raoul einen Sitz im hinteren Teil, weit weg von den drei Männern. Er zog Kimberly auf seinen Schoß, schob die Hand in ihren Umhang und umfasste eine Brust.

Ihr erschrockener Blick traf auf seinen, und er küsste sie sanft und murmelte in ihr Ohr: „Wenn ich mit dir spiele, habe ich einen

Grund, dich auf meinem Schoß zu halten, aber wenn du lieber zu meinen Füßen knien möchtest, kannst du das gerne tun."

Sie schüttelte kaum merklich den Kopf. Zuhause hätte sie ihn verschmitzt angesehen und ihm so gezeigt, wie sehr sie es genoss, in seinen Armen zu sein. Nicht hier.

„Bleib immer neben mir, Kimberly. Wir werden die Leine wieder benutzen, aber trotzdem möchte ich, dass du so nah wie möglich bei mir bist. Ich will dich zu jeder Zeit fühlen. Ist das klar?"

„Ja, Master."

Er legte die Hand auf ihre Wange und fuhr mit dem Daumen über ihre Lippen. „Ich bin sehr stolz auf dich, *Cariño*", flüsterte er.

Wenig sklavenhaft schmiegte sie sich an ihn und er brachte es nicht über das Herz, ihr den Trost zu verweigern.

Eine undefinierbare Zeit später traten sie aus dem dunklen Van und gingen den Bürgersteig hinauf zu einem Anwesen, bei dem in jedem Fenster das Licht brannte. Raoul spitzte die Ohren und dachte, in der Ferne die Laute eines Hubschraubers zu hören. Er betete, dass es nicht nur Wunschdenken war.

Als sie sich der Tür näherten, wo die Türsteher Fotos mit den ankommenden Käufern abglichen, befestigte Raoul seine Leine an ihrem Halsband. „Bleib bei mir, Kimberly."

„Ja, Master", flüsterte sie. „Danke." In der Außenbeleuchtung erschien ihre Gesichtsfarbe grau.

Er hob ihr Kinn und zwang sie, seinem Blick zu begegnen. „Du gehörst mir, Kimberly. Niemand wird dich anrühren."

Unter seinen Fingern lockerten sich die Muskeln ihres Kiefers. Sie nickte ihm ruckartig zu.

Er fuhr mit den Fingern entlang ihres Kiefers und zu ihrem anmutigen Hals. „Ich sehe gerne mein Halsband an dir", murmelte er.

Ihrem Lächeln der Zustimmung folgte Verwirrung. Das verstand er. Sie wollte keine Sklavin sein – jemandes Sklave.

Er streichelte einmal über ihre Haare und bewegte sich dann

arroganten Schrittes auf die Tür zu. Sie blieb rechts von ihm und stets einen Schritt hinter ihm. Näher als normal, aber er brauchte sie für seinen eigenen Seelenfrieden bei sich.

Die zwei breiten Türsteher prüften eine Liste von Fotos und hielten bei einem an. „Master R."

Raoul nickte.

Der Türsteher sprach in eine Gegensprechanlage. „Sag dem Aufseher, dass Master R hier ist."

Ein Sklave eilte herüber, um Raoul den Mantel und Kimberly den Umhang abzunehmen. Im gleichen Moment kam Dahmer zu ihnen.

„Willkommen zu der Auktion, Raoul." Als der Mann seinen Blick auf Kimberly richtete, musste Raoul sich zwingen, gelassen zu bleiben. „Sehr nett. Ich mag den Harness. Mit Sicherheit wirst du heute Abend einige Angebote bekommen, sie zu teilen."

„Ich teile nicht." Raoul vergrub seine Hand in Kimberlys Haaren und zog sie grob an seine Seite. „Meine Mutter meinte schon immer, dass ich ziemlich egoistisch bin."

„Verstanden." Der Aufseher wagte ein Lächeln. „Während dein Bereich vorbereitet wird, wie wäre es, wenn wir die Zeit nutzen, die neue Ware zu begutachten? Wir haben dieses Mal ein paar schöne Stücke. Ich wage zu behaupten, dass du ein oder zwei finden wirst, die dir mehr Freude bereiten würden als diese beschädigte Sklavin."

Was zur Hölle soll das heißen? Raoul zog an Kimberlys Leine und folgte Dahmer. Irgendwie kam ihm gerade der Gedanke an eine Brücke, die vor dem Zusammenbruch zuerst schwankte. Etwas in Dahmers Verhalten gab Raoul das gleiche Gefühl einer drohenden Katastrophe. Sein Griff festigte sich an der Leine.

Das Foyer beeindruckte mit einem Marmorboden und einer breiten Treppe, die sie direkt aus dem Film *Vom Winde verweht* gestohlen zu haben schienen. Anstatt die Stufen emporzusteigen, führte Dahmer sie auf der rechten Seite in einen Ballsaal. Strukturierte Tapeten in Rot und Gold wärmten den Raum, und kunstvolle Kristallleuchter versuchten, ein Gefühl von Romantik zu vermitteln. An den Klängen, den Schluchzern und Schreien, die die Musik aus den Lautsprechern übertönten, war nichts romantisch.

Raoul blieb stehen, zu wütend, um sich zu bewegen. Dies war ein Sklavenmarkt. Dabei spielte es auch keine Rolle, wie niveauvoll sie den Abend zu verkaufen suchten. Kleine Tische und Stühle füllten die Mitte des Raumes. Die angebotenen Sklaven säumten die Wände. Eine schwere Kette führte durch den Raum, an der die Sklaven durch eine Fußfessel befestigt waren. Raoul grunzte. Laut Buchanan wechselten die Sklavenhändler bei jeder Auktion ihre Standorte, und keinem Vermieter würde es gefallen, nach dem Verlassen Bolzen für Fesseln in den Wänden zu finden.

Die Käufer passierten die Sklaven, manövrierten sich an Tischen vorbei und machten Notizen in Blöcke, die ihnen zuvor überreicht worden waren. Vor jedem Mädchen stand ein Aufsteller mit einer Nummer – die Artikelnummer – sowie ihren biografischen und physischen Informationen für die Käufer zur Durchsicht bereit. Als Raoul den Schlag einer Hand auf Fleisch hörte, drehte er sich nicht um. Er stand ohnehin kurz davor, seine Fäuste gegen den Mann neben ihm zum Einsatz zu bringen. „Wirklich beeindruckend, Dahmer."

„Danke. Ich habe Dinge zu tun, also geh auf Erkundungstour und sieh dich um. Wenn dir Sklaven gefallen, merke dir die Nummern. Schon bald wirst du den Grund dafür verstehen."

Die Haare in Raouls Nacken stellten sich auf. Ja, etwas ging vor sich.

Als Dahmer den Ballsaal verließ, warf Raoul Kimberly einen Blick zu. Schnelle Atemzüge. Hände geballt. Er wollte sie in seine Arme nehmen, einen Lieferwagen kurzschließen und sie verdammt nochmal aus diesem Albtraum holen. Stattdessen drückte er ihre Schulter. „Du machst dich sehr gut, *Gatita*. Ich bin stolz auf den Mut, den du zeigst."

In ihren Augen schimmerten für einen kurzen Moment die

Tränen. Dann hob sie ihr Kinn und nickte ihm entschlossen zu. „Vielen Dank, Master. Deine Worte bedeuten dieser Sklavin sehr viel."

Dieser Sklavin? Sie hatte von sich selbst in der dritten Person gesprochen und versuchte zweifellos, für den Abend die Rolle einer gewöhnlichen Sklavin anzunehmen. Sie war einen Schritt zu weit gegangen.

Kim sah, wie sich die Wut in Master R erhob und er um Kontrolle rang.

„Mir ist klar, dass du gute Absichten hattest, aber sprich nie wieder in der dritten Person von dir selbst. *Du bist kein Objekt.* Versuch es noch einmal."

Bei seinem brutalen Ausdruck machte sie einen unfreiwilligen Schritt zurück, doch der überschäumende Zorn in seiner Stimme war nicht gegen sie gerichtet. Die Gewissheit, dass er das totale Gegenteil der gaffenden Käufer war, dämpfte ihre Panik. „Ja, Sir. Es freut mich, das zu hören, Master."

Sein Mundwinkel zuckte, was ihr das Herz wärmte.

Ihn zufriedenzustellen, fühlte sich ... richtig an. Zu richtig. Sie presste die Lippen fest aufeinander, wandte sich von ihm ab und starrte auf die angeketteten Frauen. *Das wünscht er sich.* Aber nicht von mir. Er behandelte sie mit Respekt, nicht wie ein Nichts, und er fand sie sexy. Er war sich ihrer Gefühle bewusster als sie – und hatte ihr dabei geholfen, sich zu erholen.

Jedoch sehnte er sich danach, ihr Entscheidungen abzunehmen. *Ich bin so verwirrt.*

Die Leine spannte sich an. Er hatte einen Schritt gemacht und wartete darauf, dass sie ihre Aufmerksamkeit wieder auf ihn richtete. Seine Augen waren sanft, als ob er genau wusste, mit was sie gerade zu kämpfen hatte.

Hör auf, dir so viele Gedanken zu machen, Kim. Sie hatten einen Job zu erledigen. Sie folgte ihm gehorsam, ihre Augen zunächst auf den Boden gerichtet. Nach einer Weile betrachtete sie stattdessen die Frauen und prägte sich ihre Gesichter ein. Wenn die Operation fehlschlug, wüssten zumindest ihre Familien, wo sie anfangen sollten zu suchen. Sie fand die Augen der Frauen und versuchte, ihnen wortlos Kraft zuzusprechen. *Bleibt stark. Der Albtraum ist vielleicht schon bald vorbei.* Galen und Vance mussten nur wie geplant auftauchen. *Oh Gott, bitte.*

Ein schriller Schrei hob sich über den Rest des Lärms und Kim drehte sich um. Eine Frau gefesselt an ein Kreuz. Ein roter Streifen entstellte ihren weißen Rücken. Der Käufer schwang eine kurze Peitsche. Ein knallender Laut. Ein erschrockener, schmerzerfüllter Schrei. Ein weiterer blutiger Schlag.

Kim versuchte, wegzusehen, und konnte es nicht.

Ein Angestellter in roter Uniform eilte zum Käufer „Sie dürfen die Ware nicht beschädigen, Sir", schimpfte er mit größter Ehrerbietung.

Der Käufer, ein fettleibiger Mann, rotgesichtig von der Anstrengung, eine Peitsche zu benutzen, lachte. „Ich bin sowieso fertig. Für mein Vorhaben ist sie perfekt." Er prüfte die Nummer auf dem Metallständer. „Achtzehn."

Kim konnte die Frau wimmern hören. Weiter entfernt war der nächste Peitschenknall zu vernehmen. Schluchzer. Männerstimmen voller Lust. Todesangst in der Form eines Schreis. Hitze fegte über sie, dann eine klamme Kälte. Selbst als sich ihre Atmung beschleunigte, schien sie nicht genug Luft zu bekommen.

„Kimberly?" Master Rs Stimme schaffte es an dem Rauschen in ihren Ohren vorbei.

Sie öffnete ihre Finger, alle zehn für eine Panikattacke, wissend, dass es keine Rolle spielen würde. Er konnte nicht –

Er zog sie in seine Arme, umhüllte sie mit seiner Stärke und seinem sauberen Duft. Seine dunkle Stimme murmelte besänftigend in ihre Ohren und blockierte damit die anderen Geräusche. Er verankerte sie.

Bei ihrem ersten Ausflug zu einem Strand war sie mit unsicheren Schritten ins Wasser gegangen. Eine Welle hatte sie umgehauen und als sie versucht hatte, sich hinzustellen, folgte eine weitere Welle und riss sie wieder um. Ihre Welt hatte nur noch aus aufgewühltem Sand und Wasser und Ersticken bestanden. Das Nächste, an was sie sich erinnerte, war ihre Mutter, die sie in Sicherheit getragen hatte.

So wie Master R es immer und immer wieder getan hatte.

Sie sackte gegen ihn, das enge Band um ihre Brust lockerte sich und ihre Lungen funktionierten wieder. „Okay", flüsterte sie. „Tut mir leid."

„Kein *problema*." Er küsste ihr auf die Haare und schien nicht daran zu denken, sie loszulassen. „Aber ich muss reagieren, damit die *Cabrones* nicht den falschen Eindruck gewinnen, *sí?*"

Oh, er musste kurz davorstehen, die Beherrschung zu verlieren, wenn er auf Spanisch zurückgriff.

„*Sí, Señor*", flüsterte sie und erntete sich dafür ein ersticktes Lachen.

Seine kräftigen Hände schlossen sich unter dem winzigen Rock um ihre Pobacken. Er zeichnete die Spalte nach und hielt sie fest an sich gedrückt. *Oh Gott*, sie liebte seine Berührungen, und dabei spielte es auch keine Rolle, wo sie sich befanden. Mit einem Arm um sie gelegt, kippte er sie nach hinten, damit er ihre Brüste necken konnte. Ihre Knie bebten und sein Arm spannte sich an. Er zog an ihren Haaren, riss ihren Kopf zurück und küsste sie brutal, knabberte an ihren Lippen.

Als er sie losließ, wusste sie, dass ihr Mund geschwollen und ihre Brüste und ihr Hintern rote Abdrücke aufwiesen. Er grinste. „Jetzt siehst du ausreichend benutzt aus, *mi pequeña Sumisa*."

Sie warf ihm einen bösen Blick zu, der ihn zum Lachen brachte. Schließlich schaute sie wieder unterwürfig auf den Boden. Er zerrte an der Leine und so durchquerten sie den Raum. Sie beobachtete erneut die Sklaven. Eine Blondine mit weit aufgerissenen blauen Augen – zu jung, um hier zu sein. Zwei zitternde Brünette, eine bereits mit Peitschenspuren. Eine Frau, die nicht aufhören konnte zu weinen, stand neben einer älteren Frau, die stolz ihr Kinn in die Luft streckte.

„Linda." Kim blieb stehen und riss Master R damit die Leine aus der Hand.

„Böses Mädchen!" Er wies auf den Boden.

Aber ... Ihre Ausbildung zeigte sich und sie sank auf die Knie. Da sie wusste, dass sie es königlich vermasselt hatte, beugte sie sich vor, streckte die Arme aus, die Handgelenke verschränkt, die Stirn auf dem Boden. Ihre Kapitulation.

Er schwieg für mehrere Minuten.

Ein Mitarbeiter erschien und fragte, ob es ein Problem gäbe. Master R gestand, dass sie immer noch in der Ausbildung steckte, er sie aber für eine Vorführung brauchte, um die ihn der Aufseher gebeten hatte. Die Stimme des Mannes gewann an Ehrerbietung, und er verweilte, um sich mit Master R über ihren Harness auszutauschen.

Der polierte Holzboden presste sich kühl an ihre Stirn und sie wünschte, sie könnte für den Rest des Abends in dieser Position bleiben. *Ich weiß nicht, wie viel ich noch aushalten kann.*

Als der Mitarbeiter sich schließlich entfernte, schnippte Master R mit den Fingern und Kim erhob sich, hielt ihren Blick jedoch weiterhin auf den Boden gerichtet, denn sie wusste, dass sie sich verraten würde, blickte sie erneut zu Linda.

„Ich habe sie erkannt, *Gatita*", flüsterte Master R. „Wenn wir Sam sehen, werden wir ihn bitten, sie − wenn möglich − im Auge zu behalten." Seine Sorge um sie und Linda war herzerweichend.

Gott, sie liebte ihn. Als er an ihrer Leine zerrte, folgten sowohl ihr Herz als auch ihr Körper.

Sie passierten eine hysterische Frau. Als der Mitarbeiter sie schlug und sie anfing, zu weinen, ballte Kim die Hände zu Fäusten. *Hol mich hier raus! Gott, hol uns alle hier raus. Nachhause zu unseren Müttern und Ehemännern und Freunden.*

„Raoul." Sams raue Stimme. „Was für ein Angebot, oder? Drei der Schönheiten habe ich schon ins Auge gefasst."

„Du bist ein Glückspilz", sagte Master R beiläufig. „Nachdem ich die hier ausgebildet habe, komme ich vielleicht zurück und kaufe noch eine." Er senkte seine Stimme. „Eine von Kimberlys Freundinnen ist hier. Wir würden es schätzen, wenn du ... sie im Blick behältst. Vor allem, wenn es interessant wird."

Kim wagte es, durch ihre Wimpern aufzublicken, um seine Reaktion zu sehen. Würde er zustimmen?

„Ja, ich mag sie auch temperamentvoll." Sam lachte laut und zeigte auf eine Sklavin nicht weit von ihm. „Diese wurde für ihr freches Benehmen ausgepeitscht. Das stärkt meine Überzeugung, die Ware zu testen, bevor ich mein Geld investiere."

Master R grinste. „Wenn du es übertreibst, kriechst du am Ende aus der Tür." Er deutete auf Linda. „Auf dieser Seite findest du eine ältere Sklavin, die sogar für dich eine Herausforderung sein sollte." Er flüsterte die nächsten Worte: „Nummer Zehn. Rote Haare. Linda."

„Verstanden." Sam warf Kim einen Blick zu und seine hellblauen Augen erinnerten an einen zugefrorenen See. „Ich mag deinen Harness, Mädchen." Anschließend ging er den Gang entlang und hielt einen Moment inne, als ein Angestellter einem Käufer eine Auswahl an Rohrstöcken anbot.

Als Sam mit den Händen in den Taschen vor Linda stoppte und sie abschätzte, atmete Kim erleichtert aus.

Okay, wie sollte er in diesem Fall verfahren? Sam überlegte und ließ dabei den Blick über Kims Freundin schweifen. Im Vergleich zu den anderen Sklaven war die Nummer Zehn eine ältere Frau, wahrscheinlich Mitte vierzig. Sie gehörte zu der Sorte, die erst spät im Leben runder und weicher wurde. Weich auf eine erregende Weise. Ihr kinnlanges rotes Haar war ihr auf elegante Art und Weise aus dem Gesicht gegelt worden und offenbarte an den Schläfen graue Stellen. Sommersprossen auf ihren Unterarmen, leicht gebräunte Beine. Der Rest ihres Körpers zeigte sich in

Cremeweiß, was einem Sadisten das Wasser im Mund zusammen-
laufen ließ. Sie war wie eine leere Leinwand für einen Maler.
Allein die Spuren, die er auf ihr hinterlassen könnte.

Neben ihren satten braunen Augen waren ein paar Falten zu
sehen. Würden sich diese vertiefen, wenn sie alles gab, den zuge-
fügten Schmerz zu ertragen? War sie wirklich eine Masochistin,
wie es in ihren Daten stand?

Wie auch die anderen Sklaven war sie nackt, ihre Handgelenke vor ihrem Bauch zusammengebunden, ein Bein an eine
schwere Kette gefesselt, die an der Wand durch den gesamten
Raum verlief. Sie warf ihm einen ruhigen Blick zu, der seinen
Schwanz zum Aufhorchen brachte. Er konnte ihre Todesangst
sehen. Trotz der Art, wie sie ihre Finger verschränkt hatte, konnte
er erkennen, dass sie zitterte. Wenn sich ihre Atmung beschleunigte, ließ sie den Blick durch den Raum schweifen und schaffte
es, sich wieder zu fangen. Dann verlangsamte sich ihre Atmung
und sie senkte den Kopf. So bezaubernd in ihrer Kontrolle.

Mit Hilfe von Schmerz könnte er sie abheben lassen und sie
dazu bringen, diese Kontrolle aufzugeben – anschließend würde
er sich um sie kümmern. Seine sadistische und seine dominante
Seite wiesen ihn an, endlich zu handeln.

Jetzt wusste er, wie Raoul sich gefühlt hatte, als er seine
Sklavin gekauft hatte. So sehr wünschte er sich, ihr erklären zu
können, dass er nicht wie die anderen war und er normalerweise
nur einvernehmlich agierte.

Aber ein Mann musste die Karten spielen, die ihm ausgeteilt
worden waren. Er trat nach vorn. „Mädchen."

Ihr Kopf blieb gesenkt. „Ja, Sir?" Ihre Stimme war die einer
Frau, tief und nachklingend. Aus ihr würden keine schrillen
Schreie kommen.

„Sieh mich an."

Sie hob ihren Blick und er sah in ihre braunen Augen. Sanft.
Sie hatte wahrscheinlich nichts Raues an sich, nicht an ihrem
Körper, in ihren Augen oder in ihrer Stimme. Der Gedanke, sich

in all dieser Weichheit zu verlieren ... Sein Schwanz war bereits so hart, dass er die Zähne an dem Reißverschluss seiner Jeans zählen konnte.

„Bist du ein Masochist?", fragte er, um herauszufinden, wie es um ihre Ehrlichkeit beschaffen war. Das Schild auf dem Ständer enthielt ihre Informationen, einschließlich ihrer Erfahrungen und Vorlieben. Nicht, dass es die Sklavenhändler interessierte. Ihnen ging es nur darum, etwas anzubieten, das Käufer anlockte.

„Ja, Sir", flüsterte sie. Erneut senkte sie ihren Blick und ihre Wangen erröteten. War es ihr unangenehm, diese Vorliebe zuzugeben?

„Behalte deine Augen auf mein Gesicht gerichtet, Mädchen." Er näherte sich, trat vor sie, bis er ihren Duft nach Seife riechen und die goldenen Sprenkel in ihren braunen Augen sehen konnte. Ihre schweren Brüste streiften gegen sein Hemd.

Er hatte sich direkt vor ihr positioniert, damit er frei sprechen und sie reagieren konnte, ohne das Gefühl zu haben, beobachtet zu werden. Nicht, dass er irgendetwas jenseits der Grenzen des gesunden Menschenverstandes preisgeben würde. Jedoch wäre es einfacher, wenn sie ihn nicht als Feind betrachtete. „Deine Freundin Kim hat mich zu dir geschickt." Mit einem Nicken wies er auf den Eingangsbereich.

Ihre Augen folgten den seinen.

Kim, Raoul und der Aufseher standen vor der Bühne, auf der die Frauen versteigert werden sollten. Der Auktionator tippte bereits auf das Mikrofon, und zwei Mitarbeiter schnappten sich die erste Sklavin. Eine Tafel rechts von der Plattform kündigte SKLAVE #30 an.

Frauenhandel. Sams Magen fühlte sich an, als hätte er ein Distelfeld verschluckt.

Während Raoul mit dem Bastard eines Aufsehers sprach, fing Kim Lindas Blick ein und schenkte Sam ein kleines Nicken.

Nicht die beste Empfehlung seines Lebens. Nichtsdestotrotz

entließ die Rothaarige erleichtert den Atem. Ihre Muskeln entspannten sich ein wenig. Schon besser.

Er vermutete, dass die Agents für die Vorbereitungen eine Stunde brauchen würden. Mit der Nummer Zehn gehörte diese Frau zu den letzten, die versteigert werden sollten. Leider konnten Käufer sie bis dahin missbrauchen ... es sei denn, Sam beschlagnahmte sie für sich. Wie viel Zeit könnten sie damit schinden?

Würde sie das wollen? „Ich kann mit dir spielen, bis ...“ *Die Agents kommen, aber das kann ich nicht sagen.* „... du verkauft wirst. Oder du kannst dein Glück mit den anderen Käufern versuchen. Es ist deine Entscheidung.“

„Du wirst mich verletzen.“ Keine Frage.

Ohne den Blick von ihr zu nehmen, nickte er. „Das werde ich. Das liegt in meiner Natur.“ Er hielt eine Sekunde inne. „Und es ist, was du brauchst – obwohl dies nicht der richtige Ort dafür ist. Aber ich werde dich nicht über deine Grenzen hinaus verletzen.“

Ihr Mund verzog sich leicht. „Und wie würdest du meine Grenzen ausmachen?“ Sie zuckte zusammen und senkte den Kopf. „Bitte vergib mir, Master.“

Er brach in Lachen aus, sodass ihre Augen wieder zu ihm schossen. „Ich mag Klartext. Ehrlichkeit.“ Er packte ihr Kinn hart genug, um sich ihrer Aufmerksamkeit sicher zu sein, und sah – fühlte – die kleinste Entspannung in ihren Muskeln. Oh ja, sie war eine Masochistin und zudem eine Sub. Seine liebste Kombination. Wenn sie sexuell auf Schmerz und Dominanz reagierte, dann ... nun ja, zur Hölle, dann wäre sie perfekt.

Benutze dein Gehirn, Davies. Du bist von einem Haufen Sklaven umgeben. Gibst du ihr die Chance, würde sie mit einem Messer zustechen und anschließend in die Wunde spucken. „Ich weiß das, weil ich deine Reaktionen deuten kann, kleines Mädchen. Bis hin zu deinen Fußnägeln.“ Er lehnte sich vor, ihr Kinn noch immer zwischen Daumen und Zeigefinger, und senkte den Mund auf ihren. Er beanspruchte ihre Lippen, kein Necken, nur schiere Dominanz.

Sein Ziel war es, ihre Antwort zu erzwingen und diese zu fühlen, bevor sie sich zurückzog.

Ohne Kims Zustimmung und ohne die Entscheidung selbst getroffen zu haben, würde diese selbstbeherrschte Frau nicht einmal daran denken, auf ihn zu reagieren. Und doch ... tat sie das.

„Ich werde dich nicht mit Narben versehen. Ich werde nicht über das hinausgehen, was du ertragen kannst. Wenn du mir so weit vertraust, wird es für dich viel einfacher sein." Er sah ihr direkt in die Augen und ließ ihr Zeit, ihn gleichermaßen zu deuten. Er hoffte, dass sie die Aufrichtigkeit in seiner Stimme hören konnte. „Aber, Linda, ich werde dir wehtun. Du wirst mich hassen, wenn ich dich dazu bringe, es zu ertragen, und du wirst es noch mehr hassen, dass du es brauchst. Dass es eine Leere in dir füllt und das Chaos beseitigt."

Ein Schauer durchfuhr sie, was ihm sagte, dass sie ihn auf allen Ebenen gehört hatte. Ihre Muskeln waren immer noch ange-spannt, ihre Augen glühten, doch er konnte schwören, dass er den subtilen Duft der Unterwerfung wahrnahm.

Unterwerfung. Was bedeutete, dass er ihr nun geben würde, was sie wollte und diese Kapitulation ins Ziel bringen würde.

KAPITEL FÜNFZEHN

Raoul war dankbar, als Dahmer schließlich im Ballsaal auftauchte. Dem Aufseher folgend steuerte er Kimberly zu den Türen. Sie brauchte nichts mehr davon zu sehen. Die Versteigerung der Sklavin Nummer Dreißig hatte begonnen. Mit ihren Schreien und ihrem Kampfeswillen hatte sie die Aufmerksamkeit der Käufer erregt, wie das Blut bei Haien tat. Als er in das ruhige Foyer ging, entließ Raoul einen leisen, erleichterten Seufzer. Die weinenden Sklaven hatten seinen Beschützerinstinkt geweckt, sodass er erst jetzt ein wenig entspannen konnte, um seine Rolle überzeugend zu spielen.

„Bevor du dich für deine Vorführung vorbereitest, möchte ich dich kurz in das erste Obergeschoss entführen." Der Blick in Dahmers Augen war noch immer ... merkwürdig.

Raoul festigte den Griff um Kimberlys Leine und zog sie näher zu sich. „Gibt es ein Problem?"

„Nein. Nun ja, in gewisser Weise gibt es ein Problem." Dahmer führte sie die breite Treppe hinauf, der dunkelrote Teppich wie ein Wasserfall aus Blut. Gegenüber von der Treppe öffnete er eine Tür und winkte sie hinein.

Raoul ließ den Blick über den üppig ausgestatteten Salon

schweifen. Rechts standen ein kleiner Tisch und Stühle auf einem orientalischen Teppich. An der hinteren Wand befand sich ein handgeschnitzter Geschirrschrank mit einem Serviertablett und den Resten einer Mahlzeit. Was herausstach, war der tragbare Hundezwinger in der Ecke. Zu seiner Linken ... ah ja. Ein schlanker Mann wartete in einem Sessel am Fenster. Das Lampenlicht glitzerte in seinen gestylten, hellbraunen Haaren. Hinter ihm standen zwei Männer, die an Bodyguards erinnerten. Er war also der Grund für Dahmers Planänderung.

Als Kimberly das Zimmer betrat, schnappte sie nach Luft und entließ ein ersticktes Wimmern.

Raoul drehte sich ihr zu und packte ihre Schultern. „Was ist los?"

„Lord Greville", flüsterte sie. Ihre Augen verloren den Fokus und sie keuchte bereits wie eine Dampfmaschine.

Raoul gab ihr eine Ohrfeige, bei der sie auf ihren Sohlen nach hinten schaukelte. Dann packte er ein Bündel ihrer Haare, riss ihren Kopf in den Nacken, sodass er die einzige Person war, die sie sehen konnte. „Du gehörst mir. Du reagierst nicht auf einen anderen Master", sagte er ihr mit zusammengebissenen Zähnen ... und sah, wie die Vernunft in ihre Augen zurückkehrte.

Sie blinzelte Tränen aus ihren Augen und er erlaubte ihr, den Kopf zu senken. „Es tut mir leid, Master."

„Besser", grunzte er. Er warf einen Blick auf Dahmer und machte ihm damit klar, was er von diesem unerwarteten Treffen hielt. „Worum geht es hier? Abgesehen von dem Versuch, die Arbeit rückgängig zu machen, die ich in diese Sklavin gesteckt habe?"

„Ich entschuldige mich dafür, dass ich nicht kommuniziert habe, um was es geht, aber ich wollte, dass du dir zuerst die unbeschädigten Schönheiten unten ansiehst." Dahmers Blick verweilte auf der Narbe, die unter Kimberlys Harness sichtbar war. „Wen fandest du interessant?"

„Ich habe eine Sklavin, danke." Das lief überhaupt nicht gut.

Zu Beginn hatte Kimberlys ehemaliger Besitzer einen abweisenden Blick auf Raoul gerichtet. Seither hatte er die Augen nicht von ihr genommen. Vom maßgeschneiderten Anzug, den italienischen Schuhen, der arroganten Körperhaltung wurde deutlich, dass Greville das Wort *Nein* noch nie gehört hatte. Und er wollte Kimberly.

Bei dem Hass, der in seinen blauen Augen brannte, lief es Raoul eiskalt den Rücken herunter. Er sah Mordlust in diesem Blick.

Raoul legte die Finger fest um Kimberlys Arm und flüsterte ihr ins Ohr: „Er scheint ein wenig wütend zu sein. Manche Leute sind nach einem Messerangriff wirklich totale Spielverderber, oder?"

Ihr schockiertes Lachen erhellte seine Stimmung. *Mutige, mutige Kimberly.* „*Dios*, ich liebe dich", hauchte er. Erst als er ihren Gesichtsausdruck sah, bemerkte er, was er gerade laut ausgesprochen hatte. Das Leuchten in ihren Augen überwog ihre Angst.

Als sie hastig den Blick senkte, drückte er sanft ihren Arm. Sie musste noch eine Weile durchhalten.

Und er musste sie von Greville fernhalten. Schon bald würde das FBI eintreffen. Bekäme ihr Vorbesitzer sie in die Finger, würde sie vielleicht nicht so lange leben. *Zeit schinden.* Er musste Zeit schinden.

Dahmer setzte sich auf die Couch und wies auf den Stuhl gegenüber von Greville. „Bitte nimm Platz. Ich bin mir sicher, dass wir uns einigen können. Raoul, das ist ..."

„Greville, nehme ich an." Raoul schätzte die Leibwächter mit einem Blick ab. Einer hatte auffällige Narben an Gesicht und Hals. Der andere hatte einen rasierten Kopf mit einem Totenkopftattoo auf einer Seite seines Halses und einem Hakenkreuz auf der rechten. Sie trugen weiße Hemden und dunkle Hosen. Keine Waffen sichtbar. Wahrscheinlich waren auch sie von den Türstehern abgetastet worden. Waffenlos, okay, aber die Körperhaltung wies auf eine gute Ausbildung hin.

Die Chancen standen schlecht. Er war nicht Chuck Norris. *Zeit schinden.* Er setzte sich auf den Stuhl, fing Kimberlys Blick ein und verwies so auf den Boden.

Sie kniete zu seinen Füßen und hielt ihre Augen gesenkt.

„Hallo, Fickloch." Greville hatte sie direkt angesprochen und versuchte, sie dazu zu bringen, ihn anzusehen.

„Du wendest dich nicht ohne meine Erlaubnis an meine Sklavin", knurrte Raoul.

Grevilles Gesicht war vor Wut gerötet.

„Raoul." Dahmer hielt eine Hand hoch.

„Das ist nicht das Niveau, das ich von der *Harvest Association* erwartet habe. Was für ein mieser Betrug ist das hier?"

Dahmer drückte die Schultern durch. „Kein Betrug. Lord Greville will einfach seinen Sklaven zurückkaufen. Während seiner ... Krankheit hat das Personal eine Rückgabe organisiert. Er war sich dessen nicht bewusst und hatte nie vor, sie zu uns zurückzubringen."

Raoul zwang sich, sich auf seinem Stuhl zurückzulehnen. „Vielleicht sollte er seine Angestellten besser im Auge behalten. Sie klingen inkompetent." *Das wird kein gutes Ende nehmen.* Bekäme er Kimberly aus dem Raum, wäre sie dann in der Lage, ein Versteck zu finden, bis das FBI eintraf?

Die Mitarbeiter waren zu effizient, dachte Sam. Auf seine Anfrage hin hatten sie ein mobiles Andreaskreuz in Lindas Bereich geschoben. So viel zu seinem Versuch, Zeit zu schinden.

Nachdem er die Frau dem Kreuz zugewandt hatte, befestigte er ihre Handgelenksfesseln an den oberen Ringen. Der Mitarbeiter mit dem leeren Ausdruck im Gesicht reichte ihm einen Rohrstock und eine Drachenzungenpeitsche.

Er legte beides ab, verließ den Bereich und überlegte, wie er bis zum Auftauchen des FBI Zeit schinden sollte. Leider musste es echt aussehen. Der Assistent hatte das Kreuz so positioniert, dass die Umstehenden den Schaden sahen, den er auf dem Rücken der Sklavin anrichten würde.

Also dann. Er hatte eine Masochistin vor sich, die ihn den anderen vorzog, er hatte Ausrüstung und er hatte offensichtlich Zeit. Wie es aussah, würde er jetzt eine Session spielen.

Sein Tunnelblick setzte ein.

Er trat hinter die Frau und fuhr mit seinen Fingern über die hübschen Sommersprossen auf ihren Schultern. „Linda", sagte er leise. „Können wir anfangen?"

Unter den Sommersprossen spannten sich ihre Muskeln an. Sie nickte.

„Wenn ich dir eine Frage stelle, erwarte ich, dass du mir antwortest, Mädchen", sagte er in einem gleichmäßigen Ton und stellte damit die Spielregeln auf. Seine Finger legten sich um ihre Handgelenke und so verstärkte sich das Gefühl der Einschränkung. Er presste sich mit seinem Schritt von hinten an sie, dann mit der gesamten Länge seines Körpers, sodass er sie mit den Rippen gegen das Holz drückte. „Du kannst mich Master nennen, wenn du den Wunsch danach verspürst, betteln zu wollen."

Er schob seine Finger in ihre kinnlangen Haare und riss ihren Kopf zur Seite, damit er an ihrem Hals knabbern konnte. Er biss fest zu, so hart, dass es wehtun würde. Und um sie daran zu erinnern, dass sie ihm hilflos ausgeliefert war. Das Biest in ihm bewegte sich nach vorn, sein Körper so viel größer und stärker als ihrer.

„Wenn du schreist ‚Erbarmen, Master' werde ich ... vielleicht ... eine Pause gewähren", knurrte er, angewidert und erregt zugleich. Er arbeitete nie ohne ein Safeword, ohne Zustimmung. Um sie jedoch vor Schlimmerem zu bewahren, musste er es tun − zumindest musste er den Anschein erwecken. „Sag es. Jetzt."

„Erbarmen, Master", flüsterte sie. Sogar ihre Lippen sahen weich aus, bereits leicht geschwollen. Perfekt zum Küssen und Ficken.

„Gut", grunzte er. Er rieb seine Hände über ihre Arme, ihre Schultern und ihren Rücken hinunter, entzückt von den beiden Venusgrübchen am unteren Ende ihrer Wirbelsäule. Ihr Hintern war rund und saftig. Sein Favorit. Er teilte auf dem weißen Arsch einen Klaps aus, erst die linke, dann die rechte Pobacke. Nicht hart, gerade genug, um die Haut zu erwärmen. Bevor er erneut zuschlug, rieb er das brennende Gefühl hinfort. Er hatte sich nicht die Mühe gemacht, ihre Knöchel an dem Kreuz zu befestigen. Jedenfalls nicht mit einer Fessel. Stattdessen benutzte er seinen rechten Stiefel, den er zwischen ihren Füßen positionierte und sie so weit spreizte.

„Ich möchte, dass du dich mir öffnest", sagte er mit rauer Stimme. *Verdammt*, die Röte in ihren Wangen erfreute ihn. Seine Augen verengten sich, trafen auf ihre, und sie zuckte zusammen und senkte ihren Blick. Unterwürfig. *Gott*, sie war eine wahre Schönheit.

Er ignorierte die Geräuschkulisse der Auktion und erlaubte nur diese Frau in seine Gedanken. Er ließ seine Hände über ihre üppigen Kurven gleiten, über ihren runden Bauch zu ihren anbetungswürdigen Brüsten. Schwer und deutlich mehr als eine Handvoll. Sie zu ficken wäre so, als würde er sich in einer Daunendecke vergraben, umgeben von weiblicher Weichheit.

Er drückte seine Brust gegen ihren Rücken und war überrascht, als sie nicht zusammenzuckte. Als er seine Erektion an ihrem geröteten Hintern rieb, hörte er das sanfteste Stöhnen. *Scheiß drauf*, er musste es wissen ... Er legte seine Hand auf ihre Pussy und war keineswegs überrascht, sie feucht vorzufinden. „Du bist erregt, Mädchen."

„Ich bin eine dreckige Schlampe." Der Selbsthass und das Elend in ihrer Stimme verärgerten ihn. Raoul hatte etwas darüber erwähnt.

Er knurrte ihr ins Ohr und drückte seinen Schwanz zwischen ihre Pospalte. „Fühlst du das, Missy? Der Schwanz eines Mannes erhebt sich mit dem Geruch einer Frau, mit dem Klang ihrer lieblichen Stimme, mit der Morgendämmerung, beim Anblick hübscher Titten, bei der Berührung von ... allem. Trotzdem werden wir nicht betitelt, obwohl unsere Schwänze so ziemlich immer die Kontrolle über unser Leben haben." Mit seiner Hand auf ihrer hinreißend rasierten Pussy glitt er durch ihre Nässe. „Wenn die Pussy einer Frau also reagiert, warum haben es dann einige Herren der Schöpfung nötig, die Frau dafür zu verdammen?" Er saugte an ihrem Ohrläppchen, entlockte ihr einen Lustschauer, und fuhr mit seiner stoppeligen Wange über ihre, sodass der Schmerz neben der Lust nicht zu kurz kam. Und ihre Säfte folgten aufs Wort.

„Ich mache das schon lange, Mädchen", sagte er und nutzte den Beweis ihrer Erregung, um ihre empfindliche Klitoris zu benetzen und zu betören. „Ich bin nicht nur gut darin, sondern wir – du und ich – zwischen uns besteht eine Verbindung."

„Nein", flüsterte sie.

„Oh ja, Missy." Als sie versuchte, ihre Beine zu schließen, stieß er sie wieder auf. Dabei bemerkte er den harten Nippel, der sich in seine Handfläche bohrte. Das Biest in ihm sagte: *Verletze sie und beanspruche sie für dich.*

Verdammt, nein, sie ist nicht mein. Ich bin hier, um Zeit zu schinden. Er zog sein Gehirn nach oben, da es bis in seinen Schwanz gerutscht war, und lenkte sich mit einer Überprüfung der Fesseln ab. Die Hände waren rosa, die Einschränkungen nicht zu eng. Dann, um sich selbst eine Freude zu machen, packte er wieder ihre Brüste. Er hörte sie scharf einatmen und spürte, wie die Hitze in Wellen von ihr abstrahlte.

„Ich werde dich jetzt verletzen, Mädchen", flüsterte er. Ihre Brüste lagen schwer in seinen Händen und er festigte seinen Griff, bis er hörte, wie ihr der Atem stockte. „Ich werde dich auspeitschen, bis du meinen Tanz tanzt, bis dein Schreien Gott selbst wecken wird." Er zog an ihren Nippeln, zwickte brutal in die empfindlichen Knospen.

Tränen standen ihr in den Augen – und ihr Hintern presste

sich gegen seinen Schaft. „Nein, bitte nicht." Ihr Kopf schüttelte sich, während sie versuchte, sich aus seinem Griff zu befreien.

Er wollte ihr Gesicht sehen. Zu dumm nur, dass er nicht einfach um das Kreuz herum gehen konnte, um ihr in die Augen zu blicken. Das Holz war im Weg. Aus diesem Grund bevorzugte er eine Kettenstation. Etwas anderes hatte er jedoch nicht zur Verfügung. Er packte ihr Kinn und drehte ihr Gesicht zu sich. Ihre Augen sprachen von dem Schmerz, den er ihr zugefügt hatte. Abgesehen von der Angst sah er allerdings auch ... Hitze. Perfekt.

„Augen auf mich", knurrte er. „Nicht den Blick abwenden." Er nahm einen Nippel zwischen Daumen und Zeigefinger und rollte ihn hin und her. *Verdammt*, er wünschte, die Sklavenhändler hätten neben den Impact-Spielzeugen auch Nippelklemmen zur Verfügung gestellt. Er drückte fester zu und genoss ihr kehliges Wimmern. Er zog und zwickte, musterte ihre Augen, um zu testen, wie viel Druck er ausüben konnte. Den frischen Schmerz in ihren Augen zu sehen, war berauschend, und ihm fiel auf, dass sich ihr Körper gelegentlich anspannte.

Schweißtropfen formten sich über ihrer Oberlippe.

Er lächelte sie an. „So ein gutes Mädchen. Nun die andere Seite."

„Master, bitte nicht. Meine Brüste sind empfindlich."

Er hielt inne. Obwohl sie sich in dieser Situation befanden, wusste er, dass sie, hätte er ihr ein Safeword gegeben, es nicht aussprechen würde. Dies gehörte zum Tanz und er wiederum reagierte auf die Sehnsucht in ihren Worten. „Das weiß ich, Linda. Deshalb mache ich das." Und dann zwickte er ihr hart in den Nippel, der bis jetzt davongekommen war.

„Ah!" Ihr Schrei schaffte es nicht an ihren Lippen vorbei. Ihre Arme zuckten bei ihren Fluchtversuchen. Sie wollte ihn wegstoßen und dabei knickten ihre Knie ein.

Er streichelte ihr über nasse Wangen. „Diese Schreie wirst du nicht lange zurückhalten können", flüsterte er ihr ins Ohr. Ihr Haar war samtweich und er rieb seine Wange an ihr. „Wenn wir woanders wären, würde ich dich danach hart ficken. Und sobald du kommst, ziehe ich an deinen Nippeln."

Der Lustschauer schwappte von ihren Brüsten bis in ihre Fingerspitzen und er lächelte.

Er trat einen Schritt zurück und fuhr mit seinen Fingern über ihren Arsch, zwischen ihre Beine, bis er die Nässe an ihren Schenkelinnenseiten fühlte. Er rieb über ihre Schamlippen – fette Schamlippen perfekt für Klemmen. Sein Finger glitt in sie hinein und er verdiente sich damit ein leises Stöhnen und ein Zucken. So feucht. Es wäre eine wahre Freude für ihn, sie zu ficken. Er spielte mit ihrer Klitoris und ihrer Pussy. Ihr berauschender Duft und die kleinen Laute, die sie von sich gab, heizten seine eigene Begierde an.

Je erregter sie war, desto länger wäre sie in der Lage, den Schmerz zu ertragen. Verdammte Sklavenhändler – er hasste diesen Ort.

Er wischte ihren Nektar an ihrem Bein ab und fühlte, wie sie zusammenzuckte. Wieder hatte sich das hässliche Wort in ihre Gedanken geschlichen. *Schlampe.* Er packte ihre Haare und riss ihren Kopf in den Nacken. „Ich mag dich feucht, Linda", knurrte er. „Und was ich will, ist alles, worüber du dir jetzt Sorgen machen musst. Verstanden?"

Die Art, in der sie sich über die trockenen Lippen leckte und in der ihre Antwort zu ihm floss, wirkte sich auf seine Kontrolle aus. *Zur Hölle nochmal.* Wieder brachte er sie dazu, dass sie sich wölbte. Dann schob er seine Hand zwischen ihre Schenkel – fordernd und gewalttätig –, sodass sie verstand, was er mit ihr vorhatte.

Ein Schauer durchfuhr sie, als sich die Wände ihres Geschlechts um seine Finger zusammenzogen. Mehr Feuchtigkeit benetzte seine Finger.

Sie mochte es brutal. Vielleicht würde er ein wenig Muschischmerz hinzufügen, wenn er schon dabei war. Er wollte sie so hoch treiben wie möglich, sodass die Endorphine ihren Verstand in die Wolken schickten.

Er beachtete die beiden Käufer kaum, die in der Nähe standen, als er zu seinem Platz schlenderte. Selbst wenn er ihr den Rücken zuwandte, konnte er schwören, ihre Atemzüge zu hören. Er fühlte, wie der Schmerz in ihren Brüsten zurückging. Spürte, wie sie sich nach mehr sehnte.

Eine Sekunde später nahm er den Rohrstock zur Hand. Die Zeit zum Aufwärmen war gekommen. Ein langsames, langsames Aufwärmen. Verflucht seien sie, dass sie seine liebsten Spielzeuge nicht hier hatten. Er musste sich einfach umstellen und stattdessen den Rohrstock zurückhaltend einsetzen.

Zunächst strich er mit dem Rattanrohr über ihre Beine. Damit erlaubte er ihr, das glatte Material an ihrer Haut zu spüren, die Härte zu genießen. An der Vorderseite bewegte er sich nach oben und sie erstarrte.

Richtig geraten, Mädchen. Das ist ein Rohrstock. Aber Schmerz hatte sie von diesem Werkzeug nicht zu erwarten. Er wollte sie nur für die Peitsche aufwärmen.

Sanftes Anstupsen, federleichte Berührungen, mit denen er ihre Haut auf dem Rücken, dem Hintern und den Oberschenkeln wachküsste. Mit seiner freien Hand folgte er dem Pfad des Rohrstocks, während ihre Muskeln allmählich ihre Spannung verloren.

Ihr Puls verlangsamte sich.

Er erhöhte die Intensität, orientierte sich dabei aber eher an einem brennenden Gefühl, anstatt mit dem Schmerz zu hoch anzusetzen. Ihr Körper war immer noch entspannt, und an ihrem leicht geöffneten Mund erkannte er, dass die Laute des Stocks sie beide erfreuten.

Ihr Arsch färbte sich allmählich rot – eine Farbe, die einen Dom dazu brachte, seine Hand zu benutzen, um zu sehen, ob er einen dunkleren Rotton kreieren konnte. Sanftes Spiel war nichts für ihn. Er warf einen Blick auf seine Uhr. Wie sehr könnte er diese Session noch in die Länge ziehen? Er sah einen Angestellten, der mit einem Käufer sprach. Der Mann blickte mit gerunzelter Stirn in Sams Richtung. *Nicht mehr für lange.*

Er warf den Stock zur Seite und hob die Peitsche auf. Eine Drachenschwanzpeitsche – nicht sein Favorit, aber eine gute Wahl, wenn der Bereich begrenzt war. Ein knapper Meter aus gerolltem Leder öffnete sich in eine schwertartige Form und endete in der markanten Spitze. Zumindest war das Leder dünn genug, sodass das Gefühl nicht verloren ging. Nachdem er seine Schultern gerollt und seinen Arm gelockert hatte, holte er ein paar Mal mit der Peitsche aus, um sich an das Werkzeug zu gewöhnen. Ihm entging nicht, dass sie bei jedem Schlag zusammenzuckte und er konnte sich einem Lächeln nicht erwehren. Viel leichter als ein Flogger. Bis er damit müde wurde, würde es dauern.

Dann setzte er den ersten Schlag an, genoss die Laute, als die Peitsche über ihren Rücken, ihren Arsch, ihre Oberschenkel wanderte und das Aufwärmen im mittleren Schmerzbereich beendete. Er nahm einen guten Rhythmus an und beobachtete, wie sie langsam abtauchte. Ihre Atmung flachte ab und er verlangsamte seine Schläge.

Er stoppte und trat schnell vor, sodass der Verlust der Peitsche durch seine Hand auf ihrer Schulter, den Körper an ihrem Rücken ausgeglichen wurde. Er rieb seine Brust und seinen Schritt an ihrer geröteten Haut. Sogleich rollte eine Welle des Schmerzes durch ihren Körper, die mit dem Schlag einer Peitsche zu vergleichen war. Ihr Keuchen wirkte sich auf ihn aus, als hätte sie seinen Hoden fest umklammert.

Nachdem er ihre Fesseln und ihren Kreislauf überprüft hatte, drehte er ihren Kopf und schaute in ihre Augen. „Bist du noch bei mir, Linda?"

Sie blinzelte und lächelte ihn tatsächlich an. „Das ist mein Name. Du hast meinen Namen benutzt."

Sie wäre dazu fähig, einem Mann das Herz aus der Brust zu reißen. „Das bist du. Linda." Er küsste ihre Wange und brachte sie in die Session zurück, indem er ihre Lippen beanspruchte, von sanft zu fordernd küsste er sie. Ihr Körper schmiegte sich an seinen, dann zeigte sich ihre Erregung, als er ihre Brüste umfasste und sich ihre Nippel in seine Handflächen bohrten. Samtweich. Und die Größe wies darauf hin, dass sie Kinder gestillt hatte. Er wollte sie mit den Lippen einfangen.

Stattdessen glitt er mit der Hand zu ihrer Pussy, wundervoll feucht und geschwollen. Durch ihren instinktiven Rückzug aus der Intimität rieb ihr weicher Arsch direkt über seinen Schwanz, bevor sie sich nach vorn zwang und damit gegen seine Finger. Ein wahres Dilemma für die kleine Sub.

Aber er löste es für sie und nahm ihr die Entscheidung ab, indem auch er sich nach vorn lehnte, sie zwischen seinem Körper und seinem Arm einklemmte und gleichzeitig mit einem Finger in ihre Enge tauchte. Heiß und feucht.

Er spürte, wie ihre Erregung, ihre Lust, mit ihrem Wunsch wetteiferte, sich von ihm zu entfernen und zu verstecken. Sie gab einen Laut von sich, den er nicht interpretieren konnte, und flüsterte: „Nein. Nicht." Ihre Worte wurden durch das nachfolgende Stöhnen aus ihrem Mund negiert.

„Bittest du mich um Erbarmen, Mädchen?", fragte er und zwickte gleichzeitig in ihre Klitoris, bevor er erneut in ihre Pussy tauchte.

Keuchend zögerte sie. „Ja." Sie schüttelte den Kopf. „Nein."

„Dann machen wir weiter. Können wir mit dem echten Schmerz loslegen?"

Ihre Pussy zog sich um seinen Finger zusammen und er grinste.

Nachdem er sich die Drachenpeitsche geschnappt hatte, folgte er einem Muster über ihren Körper und brachte den Schmerz auf das Niveau von zuvor zurück. Dann hielt er das Ende der Peitsche in seiner freien Hand und schnippte sie wie ein gerolltes Handtuch gegen ihren Arsch. Ihre Haut bebte, bevor sich die Empfindung auf ihren gesamten Körper auswirkte. Ein Schluchzer löste sich aus ihrem Mund und er lächelte.

„Nicht das gleiche Gefühl, oder, Missy?" *Noch dreimal wiederholte er diese Technik.* „Fühlst du dich ein wenig durch den Wind?" *Schlag, Schlag, Schlag.* Ihre erste Träne landete auf dem Boden und es folgten weitere. Die Peitsche schnippte über ihren Rücken und ihre Oberschenkel und kreierte hübsche rote Streifen, wobei das schmale Leder kaum einen befriedigenden Knall erzeugte.

Ihre Beine hoch, über ihren Arsch, ihren Rücken. Ihr erster nach Luft schnappender Schrei.

„So ein gutes Mädchen. Gib mir mehr." Nachdem er für eine Sekunde etwas zurückgeschraubt hatte, trieb er sie auf Schmerz zu, auf Schreie, die seine Seele befriedigten und seinen Schwanz zucken ließen. Als sie in ein verdammt gewaltiges Subspace abhob, war es ihm nicht mehr möglich, noch irgendetwas von sich zurückzuhalten.

Ihr kehliger Schrei hallte in seinem Hoden wider.

Er fuhr ein wenig länger fort und beobachtete sie jetzt noch aufmerksamer. Ein Safeword war nichts wert, wenn der Verstand einer Sub so weit abgedriftet war, dass sie es nicht mehr sagen konnte. Er ließ sich von ihr anstecken und beendete, was sie beide wollten. Nach was sie sich sehnten. Er nahm Schwung heraus, schlug sanfter und sanfter zu, brachte sie auf den Boden zurück.

Schweiß ließ ihre Haut glänzen, als wäre sie mit Öl bedeckt. Ihr Kopf senkte sich gegen ihren erhobenen Arm, obwohl ihre Beine immer noch den Großteil ihres Gewichts hielten. Ja, Bondage und Schmerz waren für sie keine Fremdwörter. Er legte die Peitsche nieder und marschierte nach vorn. Wie ein Raubtier fühlte er sich, das seine Beute verfolgte, aber auch wie ein Mann, der einer Frau gefallen wollte. Sadistisch. Dominant.

Er erkundete sie, glücklich über das vollbrachte Werk. Ihre hektischen Atemzüge erfreuten ihn sogar noch mehr, während er mit seinen schwieligen Händen über ihre misshandelte Haut fuhr. Lautlos flehte sie ihn an, indem sie den Arsch in seine Richtung schob. Er richtete sich auf und drehte ihren Kopf. Noch immer im Subspace. Erregt und bedürftig.

Verdammt, sie an diesem Ort zu ficken, wäre nicht akzeptabel. Allerdings könnte er ihr Erlösung bringen. Es wäre ganz sicher nicht das erste Mal, dass er eine Weile mit einem Ständer herumlaufen musste. Er biss ihr in den Hals, erinnerte sie an seine Anwesenheit und band sie emotional an sich.

„Du hast mir deinen Schmerz gegeben." Seine Stimme klang kratzig. „Jetzt gib mir deine Lust." Grob knetete er ihre Brüste, entlockte ihr ein Stöhnen. Dann fand er ihre feuchte Pussy und er wusste, dass sie wieder bei ihm war. Ihr Körper zeigte ihre Begierde und ihre Augen ihre Unterwerfung.

Er umgab sie mit seinem Körper, bemerkte die Anspannung ihrer Muskeln, hörte die schwachen Laute, die sie von sich gab, und schnellte sogleich über ihre geschwollene Klitoris, trieb sie höher und höher. Gab es etwas Befriedigenderes als lustvolles Stöhnen, nachdem sie so lange geschrien hatte? Er hielt sie an der Kante und genoss, wie ihre Oberschenkel um sein Handgelenk bebten. Dann ging er grober vor.

Als sie kam – ihre Hüfte zuckend, seine Hand von ihrer Pussy ganz nass –, traf ihr erlösendes Stöhnen ihn bis ins Mark.

Er lehnte sich an ihren Rücken, fühlte ihren üppigen Arsch und drückte sie an das Kreuz, knabberte an ihrem Hals und versüßte somit das Ende der Session.

Schau nicht auf den Käfig in der Ecke. *Schau nicht zu Lord Greville.* Kim hielt den Blick auf ihre Knie gerichtet und konzentrierte sich auf ihre Atmung. Die Panik zu kontrollieren, war wie ein Boot in einem tropischen Sturm zu steuern und zu versuchen, den Bug oben zu halten. Der Vorschlag ihrer Therapeutin, sich Greville mit einem Kaninchen anstelle eines Penis vorzustellen, inklusive Schnurrhaaren und einem flauschigen Schwanz, half überhaupt nicht.

Die Männer unterhielten sich. Lord Grevilles Stimme glich seiner Peitsche, zerfetzte und riss und hinterließ blutiges Fleisch.

Die Stimme des Aufsehers war ein Ölfilm im Wasser, der alles Leben darunter erstickte. Ihre Brust verengte sich.

Als Master R das Wort erhob, schaffte sie es, wieder zu Atem zu kommen. Mit dem Knie stieß er gelegentlich gegen ihre Schulter, als wollte er sie in der Gegenwart halten. Instinktiv drückte sie die Schultern durch. *Konzentriere dich. Er wird deine Hilfe brauchen.*

„Du meintest, dass es vielleicht nicht deine beste Idee war, beschädigte Ware gekauft zu haben. Hier wird dir die Gelegenheit geboten, eine Sklavin zu finden, die deinen Ansprüchen besser entspricht", sagte der Aufseher, der immer noch versuchte, zu schlichten.

„Ich verstehe. Das stimmt schon, ich habe mich über den Schaden beschwert." Master R klang so vernünftig, dass die Männer den wütenden Unterton in seiner Stimme wohl nicht hören konnten. „Du bietest mir an, mir eine andere Sklavin zu kaufen?" Sie spürte die Vibration, als seine Finger gegen ihre Leine trommelten. „Ich hätte nichts gegen eine Sklavin mit mehr Kurven. Große Brüste sprechen mich an."

Was? Nach einem Moment der Angst fühlte sie sich leicht beleidigt, doch es dauerte nicht lange, bis sie verstand, dass er auf Zeit spielte. Mehr konnte er nicht tun, obwohl sie sich nichts sehnlicher wünschte, als diesen schrecklichen Ort zu verlassen. Der ekelerregend süße Duft von Lord Grevilles Eau de Cologne erfüllte die Luft. Sie atmete durch ihren Mund, um nicht zu würgen. Schreie drangen schwach durch die geschlossene Tür. Die Auktion lief weiter.

„In dem Fall sollten wir doch eine Lösung finden." Der Aufseher klang erleichtert.

„Vielleicht. Leider sind die Sklaven heute Abend Masochisten.

Daran habe ich kein Interesse. Was für Auktionen sind für die nahe Zukunft geplant?"

„Ich – Nun ja, die nächste findet im Oktober statt. Die Schwarz-Weiß-Affäre mit Blondinen, Brünetten und einer Auswahl an schwarzen Frauen."

„Blondinen mag ich. Das könnte mir entgegenkommen." Master R erhob sich. „Dann sehen wir uns im Oktober. Dort wird mir Greville die Sklavin kaufen, die ich im Austausch für dieses Mädchen wünsche."

Die Leine straffte sich; Kim erhob sich.

„Das kann ich nicht akzeptieren. Ich werde sie sofort an mich nehmen." Lord Grevilles Stimme klang flach.

„Mich ohne Sklavin zurücklassen? Ganz sicher nicht. Oktober."

„Dann werde ich sie hier und jetzt kaufen. Wie viel?"

„Das bedeutet noch immer, dass ich ohne Sklavin dastehe." Master R zerrte an der Leine und Kim folgte ihm mit einem Schritt abstand.

„Zur Hölle damit. Schnappt sie euch." Lord Greville wandte sich an seine Männer.

Master R ließ die Leine fallen und schubste sie zur Tür. „Lauf weg!"

Sie rannte los und erwartete, dass er ihr folgte, aber ... das war nicht der Fall. Er hatte sich den Leibwächtern in den Weg gestellt. Sie zögerte und –

Der Aufseher krachte in sie, sodass sie mit dem Gesicht voraus gegen die Wand schmetterte. Er packte sie an den Haaren und riss sie mit dem Rücken an seinen Körper.

Nein! Sie rammte ihm den Ellbogen in den Bauch.

Stöhnend beugte er sich vor, ließ sie aber nicht los.

Begleitet von einem Kampfschrei fuhr sie die Krallen aus.

. . .

Zwei gegen einen. *Dios.* Eine große Faust streifte Raouls Gesicht. Beim Ausweichen trat er dem zweiten Bodyguard in den Bauch, der sogleich auf seinen Arsch fiel. Raoul wirbelte zurück, wehrte eine Faust ab und zielte auf das Knie. Verfehlt. Die Leibwächter waren beide verdammt gute Kämpfer. Narbengesichts Gegenschlag landete auf seinem Kiefer und ließ ihn für ein paar Sekunden die Orientierung verlieren.

Raoul schüttelte den Kopf und schlug halbblind zurück, spürte den Aufprall und hörte ein Knacken, das auf eine gebrochene Nase hinwies. Ein Brüllen folgte. Warmes Blut spritzte. Er drehte sich, um nach dem anderen Mann zu sehen.

Und dann schlug ihn etwas von hinten auf seine rechte Schulter. Er wandte sich dem Angreifer zu und sah den feigen Bastard Greville, wie er sich von ihm entfernte.

Der Glatzkopf holte aus. Als Raoul den Schlag mit seinem rechten Arm blockierte, eröffnete sich ihm ein höllischer Schmerz. Er grunzte und fuhr fort, aber seine Abwehr zeigte keinen Erfolg, und der Mann stieß ihn gegen die Wand. Als seine Schulter mit der Wand kollidierte, spürte er das brennende Gefühl, das sich wie ein Waldbrand ausbreitete. Seine Knie gaben nach und er landete auf dem Boden.

„Sie haben ihn mit dem Messer gut erwischt, Lord Greville." Das Narbengesicht trat zur Seite, als Raoul auf die Füße stolperte.

Greville. Feige wie er war, hatte er ihn hinterrücks angegriffen.

Die beiden Bodyguards hatten ihn überwältigt und pressten ihn mit dem Rücken gegen die Wand. Er konnte das Messer spüren, das noch immer in seiner Schulter steckte. Bei jeder Bewegung machte sich die Wunde aufs Schmerzlichste bemerkbar.

Als die beiden sich ansahen und versuchten, ihren Angriff zu synchronisieren, warf Raoul einen Blick durch den Raum. *Verdammt*, Kimberly war nicht weggelaufen und Dahmer hatte sie in die Finger bekommen.

Ohne den Blick abzuwenden, täuschte er ein Grinsen vor. Der

Glatzkopf fiel darauf herein und sah über seine Schulter zu Kimberly. Raoul stach mit den Fingern direkt in die Kehle des Bastards und spürte, wie der Schildknorpel brach.

Das Narbengesicht schrie und sprang auf ihn zu. Raoul versuchte, den Angriff abzublocken, aber sein rechter Arm versagte – verdammtes Messer –, sodass der Tritt saß und er auf seinen Händen und Knien landete.

„Nimm das Messer und töte ihn endlich, du inkompetenter Trottel", sagte Greville kalt. „Ich habe noch andere Dinge zu erledigen."

Als zwei weitere Männer in den Raum rannten, wusste Raoul, dass seine – und Kimberlys – Überlebenschancen gerade gestorben waren. *Lauf weg, Gatita. Verdammt nochmal, lauf weg.*

Das Narbengesicht sprang nach vorn und riss Raoul das Messer aus der Schulter. Wie bei einem Feuerwerk explodierte der Schmerz und warf Funken. Bevor der Leibwächter zurücktreten konnte, schlug ihm Raoul direkt in seine Eier.

Mit einem erstickten Keuchen fiel der Mann auf die Knie und packte sich an die Eier. Das Messer landete mit einem lauten Klappern auf dem Boden. Ein beschissenes Steakmesser von dem Tablett.

Raoul versuchte, es sich zu schnappen, und wurde in die Rippen getreten. Seine Hand glitt über das Blut auf dem Boden. Neue Bodyguards.

Kims Herz hämmerte gegen ihren Brustkorb, während sie den Kampf auf der anderen Seite des Raumes im Blick hielt.

Lord Grevilles Leibwächter waren geschlagen. Einer von ihnen stöhnte auf den Knien. Zwischen zwei neuen Männern erhob sich Master R ruckartig, schüttelte sie ab und sprang auf Greville zu. Er traf ihn in den Bauch und schlug ihn nieder.

Fluchend packte die doppelte Verstärkung Raouls Arme. Sie rissen ihn von Greville weg und hielten ihn fest.

Greville taumelte auf die Füße, das Gesicht dunkel vor Wut. Mit einem Taschentuch wischte er sich Blut aus dem Mundwinkel und starrte es an. Er bückte sich und hob das Messer auf. „Haltet ihn gut fest – ich werde ihn wie eine Forelle ausnehmen."

„Nein!" Ihr Schrei stoppte alles.

Lord Greville drehte sich zu ihr und Kim erkannte, dass er sich Zeit ließ. Er spielte mit ihr. Er warf einen Blick auf den Aufseher, der ein paar Meter entfernt lag, stöhnend und die Hände über dem Gesicht zusammengeschlagen. „Nutzloser Bastard."

Sie schaute nicht hin, schaute nicht auf den Aufseher oder ihre blutigen Finger. Sie konnte nur an Master R denken. Er würde ihretwegen sterben – weil er versucht hatte, sie zu retten. *Meine Schuld.* „Bitte töte ihn nicht. Bitte nicht!"

Lord Greville legte den Kopf auf die Seite. „Du hast ... Gefühle für ihn?" Ein grausames Lächeln zierte seine Lippen. „Oh, das gefällt mir. Herrlich." Er richtete sein Messer auf sie, dann den Zwinger in der Ecke. „Rein mit dir."

Ein Käfig. Ihr Atem stockte. *Dunkelheit, kein Licht, der Geruch eines Kellers, Exkremente, Urin, Blut. Draht unter ihren Fingern, um sie herum, sie konnte nicht stehen, konnte ihre Beine nicht ausstrecken.* Das Gewicht eines Ozeans drückte sich auf ihre Brust und zerquetschte ihre Lungen. Luft weg. *Nein ...* Sie spürte eine Brise von der offenen Tür hinter sich – sie könnte rennen. *Weglaufen.*

Sie näherte sich der Fluchtmöglichkeit.

Master R kämpfte und wehrte sich gegen die Griffe der Männer, sodass er die Aufmerksamkeit aller Anwesenden auf sich zog. Sein Blick fing ihren ein und er zuckte mit dem Kopf zur Tür. Eine Anordnung, die jede Zelle in ihrem Körper dazu trieb, ihm zu gehorchen. *Lauf weg.*

„Haltet ihn fest, verdammt." Lord Greville näherte sich Master R mit dem Messer. Die Klinge schabte links über die Lederweste und glitt dann bösartig durch die Haut über seinen rechten Rippen. Ein riesiger, langer Schnitt.

Er gab keinen Laut von sich, aber Kim sah, wie er zuckte. Ein rotes Rinnsal ergoss sich über den Rand des klaffenden Fleisches. Dann ... Blut, so viel Blut.

Sie erstickte sich an einem Schluchzer und Tränen blockierten ihr Sichtfeld. Er würde sterben. Nicht mehr lange und er wäre tot. „Nein, bitte nicht. Oh Gott, nein! Tu das nicht!"

Lord Greville warf einen Blick über seine Schulter. „Der Käfig oder ich schneide ihn vor deinen Augen in kleine Stücke. Krieche, Fickloch."

Das tat sie, ihre Hände taub, ihr Herz hämmerte brutal in ihrer Brust. Nichts davon spielte eine Rolle. Der Käfig umgab sie.

Lord Greville lachte, schneidend und kalt wie ein Sägeblatt. Er drehte sich wieder zu Master R und runzelte die Stirn. „Verdammt, er ist bewusstlos. Da macht das keinen Spaß!" Er warf einen Blick auf die Karaffe mit Wasser, zögerte und bewegte sich dann auf den Käfig zu. „Wirf ihn rein."

Als die Männer Master R zum Käfig schleppten, trafen Grevilles Augen auf Kim. „Atmet er noch, wenn wir nachhause kommen, kannst du mir zeigen, wie weit du gehen würdest, um ihn am Leben zu erhalten."

Sie würde alles tun. Ihr Magen versuchte, sich zu leeren, als sie an die Perversionen dachte, die Greville verlangen würde.

Die Leibwächter wuchteten Master R in den Käfig. Sie drückte sich gegen das Metallgestell und hatte das Gefühl, dass sich die Wände auf sie zubewegten. Genauso klein wie der Zwinger in Lord Grevilles Keller.

„Nimm ihr das Halsband ab", sagte Lord Greville.

Einer der Männer packte sie an den Haaren, zog sie weit genug nach vorne, um das Halsband mit seiner freien Hand zu lösen. Das Gefühl der kühlen Luft an ihrem nackten Hals war schrecklich. Es fühlte sich nicht an, als würde sie jemand ausziehen, sondern als würde sie ihr abgebranntes Haus zum ersten Mal sehen.

Die Wache trat zurück. Dann schloss der andere Mann die

Tür, schnappte das schwere Vorhängeschloss zu und entfernte den Schlüssel.

„Schau nur, Fickloch." Lord Greville wedelte mit ihrem Halsband und warf es aus der Tür.

Kim starrte dem Band hinterher und es fühlte sich an, als hätte er ihr Leben die Treppe runtergestoßen. *Träume sterben, bevor Menschen es tun.*

Greville nahm den Schlüssel an sich und schob ihn in seine Tasche. „Du gehörst mir, Fotze. Solange ich entscheide, dich am Leben zu lassen."

Egal wie viele Stunden oder Tage, es wäre zu lang. Kim konnte nicht aufhören, zu zittern, und ihre Brust fühlte sich so eng an, dass sie keinen Sauerstoff in ihre Lungen bekam. Rot und schwarz wechselten sich vor ihren Augen ab – Blut und Tod – und sie wollte es, sehnte sich nach der Erlösung.

Lord Greville deutete auf den stöhnenden Aufseher. „Schleppt ihn nach unten, sodass jemand nach ihm sehen kann. Er muss in der Lage sein, die Papiere zu unterschreiben." Dann sah er nach seinen Bodyguards. Einer hatte es auf die Beine geschafft. Der andere war ... er war tot.

Kim sah zu Master R. Er hatte getötet. Und er lag im Sterben.

Ihre Hände bebten, ihr Körper zitterte. *Stirb nicht.* Sie versuchte, ihn umzudrehen. *Stoppe die Blutung. Kein Platz, um ihn zu bewegen.* Ihre Hände ballten sich zu Fäusten.

„Ich werde mit den Angestellten absprechen, ob wir gehen können", sagte Greville zu einem seiner Bodyguards. „Holt drei Männer, um den Zwinger zu tragen – und legt etwas drüber, sodass niemand reinschauen kann." Er lachte. „Guter Deal. Zwei Sklaven zum Preis von keinem."

Die Tür fiel hinter ihnen mit einem lauten Knall ins Schloss.

Eine Hand legte sich um Kims Arm und sie zuckte zusammen.

„*Cariño.*" Master R sah zu ihr auf, seine braunen Augen hellwach.

346

„Master R?", flüsterte sie und starrte ihn an. *Dieser fiese Bastard! Er hatte seine Bewusstlosigkeit vorgetäuscht.*

In seinen Augen sah sie die Belustigung. Den Stolz. „Also, *Gatita* mit ihren scharfen Krallen, erzähl mal: Was hast du mit Dahmer gemacht?"

Sam kniete neben Linda. Er hatte sie losgemacht und half ihr nun in eine sitzende Position, obwohl sich die erschöpfte Sub beschwerte.

Der dürre Mitarbeiter schob das mobile Andreaskreuz in einen Flur und musterte Sam bei dieser Tätigkeit sehr aufmerksam. „Bitte entfernen Sie sich aus dem Ausstellungsbereich, Sir."

„Sie braucht eine Decke und etwas Wasser." Er sollte eine Sub verlassen, die gerade aus dem Subspace kam?

„Sie steht zum Verkauf, Sir. Ihre Zeit, die Ware zu testen, ist vorbei."

„Ich verstehe." *Gott verdammt, diese Bastarde.* Er konnte sie nicht so verletzlich zurücklassen. Sam schlug ihr leicht auf die Wange. „Wach auf, Mädchen. Sofort."

Sie blinzelte, die Augen fanden die seinen, bevor sie sich im Raum umsah. Ihre Panik schaffte es, sie schneller aus ihrem benebelten Zustand zu holen, als er es konnte.

„So ist's gut. Komm her", sagte er und streichelte über ihre Haare.

Sie zog sich von seiner Hand zurück und ihr Gesichtsausdruck zeugte von ... Abscheu. Wut. „Verflucht seist du", flüsterte sie. Dann erschauerte sie.

Sam legte die Stirn in Falten. *Was, warum?* „Linda, was –" Er sah, dass ein Mitarbeiter eine Hand hob, um einen der Sicherheitsmänner zu rufen. *Ich darf diese Art von Aufmerksamkeit nicht auf mich ziehen. Sonst riskiere ich, aus dem Haus geworfen zu werden.* Er stand auf, lehnte sich vor und klopfte ihr auf die Schulter. „Halte durch, Mädchen."

Sie zog eine Grimasse und zuckte von ihm weg.

Er zögerte, entfernte sich aber dann aus dem Ausstellungsbereich. Das war keine Angst gewesen, die sie ihm gerade entgegengebracht hatte, nein, sie war wütend. Angeekelt. Er presste die Lippen zusammen. Er würde in der Nähe bleiben. Vielleicht hatte sie an seiner Hilfe kein Interesse, aber im Notfall würde er ihr keine Wahl lassen.

Wie hypnotisiert näherte sich ein Käufer. Keine Frage, warum. Die Rothaarige mochte älter sein, aber nachdem sie ertragen hatte, was Sam gegeben hatte, strahlte sie regelrecht. Ihre Lippen waren geschwollen, ihr Gesicht gerötet, ihre Brüste von seinen Händen gezeichnet. Ihre Lider waren von seiner Behandlung auf halbmast. Sie sah aus wie ein feuchter Traum in Ketten.

Der Käufer im mittleren Alter starrte Linda an und wollte gerade die Hand heben, um einen Mitarbeiter heranzuholen. Mit dem Ellbogen auf dem Aufsteller sagte Sam leise: „Die kaufe ich. Gerne kannst du mit ihr spielen, aber wenn ich eine Markierung an ihrem Körper finde, die ich nicht dort platziert habe, hole ich eine Peitsche und knote sie dir um deinen Hals."

Der Mann versuchte, sich größer zu machen und gab schließlich auf. „Okay. Wenn du sie kaufen willst, gibt es keinen Grund, meine Zeit mit ihr zu verschwenden." Er lief davon. Der Versuch, seine Würde zu bewahren, wurde mit einem nervösen Blick über seine Schulter ruiniert.

Sams Mundwinkel zuckte und er schaute zufrieden zu Linda.

Sie starrte ihn mit einem unterkühlten Ausdruck an.

Innerlich verzog er das Gesicht. *Verdammt*, vor der Session hatte sie sich nicht so verhalten. Oder als er sie zum Orgasmus geführt hatte. Sie hatte ihn angefleht – er schloss die Augen, als er langsam verstand, was vor sich ging. *Würdevoll. Älter. Die Angst nicht zeigen. Kontrolliert. Beschämt über ihre eigenen Bedürfnisse.*

Und er hatte diese Bedürfnisse genommen und sie darauf reduziert, vor anderen zu betteln. Vor den Sklavenhändlern, die sie eine Schlampe nannten.

Zur Hölle nochmal. Er hätte nach der Peitsche aufhören sollen. Sie zu einem Höhepunkt zu führen, war ein großer Fehler gewesen. Er hatte es als Geschenk gesehen. Ein Geschenk, um sie für eine kurze Zeit aus dieser Hölle herauszuholen, aber ... Anstatt eines Geschenks hatte er ihr gezeigt, wie leicht ihr eigener Körper sie verraten würde.

Er rieb sich mit der Hand über den Mund und würde am liebsten laut und lang fluchen. Er hatte sich mit weniger Finesse an ihre Mauern herangewagt als ein junger Dom, der zum ersten Mal eine Peitsche benutzte. Nach einem Blick auf den Angestellten, der immer noch ein Auge auf ihn warf, wusste Sam, dass er ihr keine Erklärung geben konnte. Auch konnte er sich nicht entschuldigen – nicht hier. Aber wenn das alles überstanden war, würde er das Gespräch mit ihr suchen. *Verdammt*, ja, das stand außer Frage.

Raoul hatte Schwierigkeiten, mit der Hand seinen Stiefel zu erreichen. Da sie zu zweit in dem Käfig waren, fehlte ihm der Platz. „*Chiquita*, nimm das Werkzeug aus meinem rechten Stiefel."

„Aber ich muss die Blutung stoppen."

„Sofort."

Mit den Lippen fest aufeinandergepresst rutschte sie nach unten und seine süße, süße *Sumisa* folgte seinem Befehl.

Verwirrt starrte sie es an. „Was ist das?"

„Multifunktionswerkzeug. Ich trage es immer bei mir, wenn ich eine Session plane." Er drehte sich auf seine rechte Seite. Der Schmerz schoss durch ihn, als sein Gewicht auf seiner verletzten Schulter landete, die er dem feigen *Cabrón* zu verdanken hatte.

Schweiß brach auf seiner Stirn aus, als winzige Lichter seine Sicht verschwimmen ließen. „*Madre de Dios.*"

Sie begutachtete es und zog die einzelnen Werkzeuge heraus. „Wie eine Schere?"

„Und ein kleiner Bolzenschneider", sagte er und nahm es ihr ab. Gut für Seil, Draht, Leder ...

„Aber das Schloss ist zu groß." Die Hoffnung in ihren Augen starb, als sie auf das Stahlschloss starrte.

„Das ist es, ja." Raoul schnitt durch den Stab über dem Schloss. Dann durch den rechts davon. Sie schnappte nach Luft, als sie verstand, was er vorhatte. Das Schloss musste nicht geöffnet werden, wenn das Metall drum herum nicht länger existierte.

Er durchtrennte die letzte Stelle, schob die Tür auf und lehnte sich zurück. Hastig verließ sie den Käfig. Er folgte ihr und dämpfte sein Stöhnen, als sein Rücken den Türrahmen streifte. Nach einer Sekunde erhob er sich auf die Füße. Mit ihrer Hand an seinem Arm stützte sie ihn.

Tief einatmen. Er brachte seinen Körper wieder unter seine Kontrolle und funkelte den leeren Käfig angewidert an. „Ich wollte dich erstmal drin lassen, damit überhaupt jemand im Käfig sitzt, aber ich brauche deine Hilfe hier draußen. Würdest du –?"

„Du blutest wie ein Schwein, du Idiot", flüsterte sie in einem wütenden Ton. Was für ein Temperament seine *Tesoro* doch hatte. „Nicht bewegen."

Gott, **er würde** vor ihren Augen verbluten. Begleitet von einem Fluch benutzte sie seinen Bolzenschneider, um ihren Lederharness zu zerschneiden. Leinenservietten verwendete sie als Verband, und sie sicherte alles mit einem Lederband um seine Brust. Die Wunde an seiner Schulter – sie wusste nicht, wie sie die Versorgung dafür bewerkstelligen sollte.

Er ignorierte sie und musterte das Zimmer. „Wir sind direkt

gegenüber von der Treppe. Vor der Tür stand ein Stuhl. Damit sollte ich in der Lage sein, ein oder zwei auszuschalten."

Indem er sich auf einen Stuhl setzte? Wie viel Blut hatte er verloren?

„Wir wollen nicht riskieren, hier drin eingesperrt zu sein." Er betrachtete die Tür. Anschließend gab er Kimberly den Auftrag, die Couch schräg vor der Tür zu positionieren, sodass eine Person den leeren Käfig erst sah, wenn sie ein paar Schritte in den Raum getreten war.

„Was nun?", fragte sie. Es wären zu viele. Sie hatten kaum eine Chance.

Er zeigte auf die schwere Gusseisenlampe auf dem Beistelltisch. „Die Lampe, *Gatita*."

Nachdem sie den Stecker gezogen und die Lampe zu ihm gebracht hatte, bat er Kim, sie selbst zu nehmen. „Benutze sie beim ersten Mann, der durch die Tür kommt – es sei denn natürlich, er ist ein FBI-Agent. Schlag ihn so hart auf den Kopf, wie du kannst. Ich kümmere mich um die anderen und danach feiern wir." Er wartete eine Sekunde und sagte dann neckend: „Jetzt solltest du sagen: *Es wird mir ein Vergnügen sein, Master.*"

Das Grinsen von Master R verbesserte ihre Stimmung, und wie dumm war das? *Wir werden hier sterben.* Sie hob ihr Kinn. Aber sie würde kämpfen, denn ganz sicher hatte sie nicht vor, in diesem Käfig zu verenden. „Ich habe schon immer gerne gefeiert."

„*Tesoro mío*", hauchte er. Andrea hatte gesagt, dass das ‚mein Schatz' bedeutete. Die Anerkennung in seinen Augen wärmte ihr das Herz. Er brauchte sie stark, und sie wollte ihm geben, was er brauchte.

Er neigte den Kopf, lauschte und wies sie dann an, sich hinter der Tür zu positionieren, während er die andere Seite einnahm.

Schritte. Viele Schritte. Männerstimmen. Der schneidende Ton von Lord Grevilles Stimme. *Nein.* Sie hob die Lampe und nahm eine Angriffshaltung ein. Ihre Hände zitterten, sodass sie fast den Halt verlor. Sie knurrte und schaffte es, sich zu fangen.

Master R nickte anerkennend, was ihre Entschlossenheit verstärkte. Sie würde ihren Teil erledigen. Oh ja, das würde sie.

Die Tür öffnete sich. „Verdeckt den Käfig – ich will keine Zeugen", sagte Lord Greville.

Ihr Herz hämmerte und hämmerte, misshandelte ihre Lungen. Sie konnte sich nicht bewegen.

Jemand kam in das Zimmer und sie blieb hinter der offenen Tür im Verborgenen. „Ja, Sir", sagte der Mann. Nachdem er an der Tür vorbei war, entdeckte er den leeren Käfig.

Sie sah – tatsächlich sah –, wie sein Mund aufklappte. Das Rauschen in ihren Ohren dämpfte jedoch sein Brüllen. Mit einem Todesgriff an dem Sockel holte sie aus und schlug ihm mit der schweren Eisenlampe gegen den Kopf. Er fiel wie ein Stein.

Blut zeigte sich bei dem Mann am Hinterkopf. Sie starrte auf die Stelle und wartete. Seine Brust hob und senkte sich. Er atmete. *Gott sei Dank.*

Als sie um ihn herum lief, rutschte ihr der glatte Eisensockel der Lampe aus den verschwitzten Händen. *Meine einzige Waffe.* Sie schnappte sie sich wieder und hakte die Finger in die ausgefallene Eisenarbeit auf der Oberseite. Sie zu halten, war dadurch nicht unbedingt einfacher, aber zumindest ließ sie die Lampe jetzt nicht fallen.

Sie hörte Grunzen und Schreie vor der Tür. *Master R.* Er kämpfte gegen den Rest. Ganz allein. *Verdammt, Kim. Beweg dich!* Sie stürzte in den Flur und stolperte fast über einen auf dem Boden liegenden Mann. Augen weit aufgerissen, die Brust aufgeschlitzt. Ein Summen begann in ihren Ohren. Sie ging an ihm vorbei und blieb dann stehen, um die Situation einzuschätzen. So viele Männer.

Mit einem Kampfschrei schwang Master R den Stuhl, der vor der Tür gestanden hatte. Er traf einen Mann, der durch den Aufprall das Gleichgewicht verlor und die steile Treppe hinunterfiel. Dann wirbelte Master R herum, lehnte sich vor, holte mit dem Bein nach hinten aus und trat damit einem der Männer in die Weichteile. Der Leibwächter taumelte und brüllte, als auch er die Treppe hinunterfiel.

Leicht geschwächt ließ Master R den Stuhl fallen und schwankte ein paar Schritte, bis er sich an dem Geländer fing. Zwei weitere Männer näherten sich.

Und Lord Greville. Kims Blut gefror zu Eis. Das Sackgesicht nahm sich den Stuhl. Master Rs Rücken war ihm zugewandt, als er mit dem Stuhl wie mit einem Baseballschläger ausholte.

„Nein!", schrie Kim.

Grevilles Kopf drehte sich zu ihr. Sein kalter Blick stoppte sie in ihren Bewegungen ... hielt sie gefangen ...

Nein. Mit einem Brüllen, in dem sich ihre Angst und ihre Wut vereinten, schwang sie die Lampe mit aller Kraft. Die schwere Basis traf Greville an der Schläfe und sie hörte etwas knacken – ähnlich dem Laut einer durchgebrannten Glühbirne.

Er fiel, und sein Kopf ... *sein Kopf!* Die Lampe glitt ihr aus den tauben Fingern. Der Boden fühlte sich unter ihren Füßen uneben an: *roter Teppich, rotes Blut, roter Teppich ...*

Sie war auf ihren Händen und Knien, würgte und gab alles, um sich nicht zu übergeben. Kalter Schweiß lief ihr über das Gesicht. *Gott, Gott, Gott!*

Sieh nicht hin. Als das Klingeln in ihren Ohren nachließ, hörte sie ein leises Stöhnen. *Master R.* Sie schaffte es auf die Beine und ihre Knie bebten, als sie sich zu ihm drehte. Noch am Leben. Noch immer kämpfend. Ein Mann lag zu seinen Füßen. Weitere kamen die Treppe hochgerannt.

Raoul und Kim waren an einen unbekannten Ort verschwunden, und Sam stand kurz davor, jemanden zu töten. Kein Käufer durfte unbegleitet den Ballsaal verlassen. So konnte er nicht nach seinem Kumpel suchen. Im Zuge der Auktion blieben weniger als ein Drittel der Käufer und Sklaven übrig.

Das FBI war noch nicht aufgetaucht. *Was hält sie auf? Haben sie für ein Bier angehalten?*

Im selben Atemzug entdeckte er eine dunkle Jacke. Noch eine und noch eine. Dann strömten die Agents durch die Rundbogentür. *Wird auch Zeit.* Er sah Vance. Dieser tauschte Blicke mit Sam und blieb in der Nähe stehen, als seine Männer vom Flur in den Ballsaal marschierten. Ihre Anwesenheit wurde durch Schreien und Schluchzen von Sklaven, dem dunklen Humor des Auktionators und der pervertierten Darstellung auf der Bühne gedämpft.

Im vorderen Bereich des Saals öffnete sich eine Tür, die mehr Agents enthüllte. Sam nahm an, dass sie das gesamte Gebäude umzingelt hatten. Er wünschte, er könnte jetzt das Gesicht des Aufsehers sehen ... und wo war Dahmer überhaupt?

Ein Käufer sprang auf seine Füße. „Bullen!"

„So aufmerksam." Vance hob ein Megafon zum Mund. „Hier spricht das FBI. Sofort alle hinknien, die Hände hinter dem Kopf verschränken. Jeder Widerstand wird mit Gewalt begegnet." Er senkte das Megafon und fügte kaum hörbar hinzu: „Ihr verdammten Arschlöcher."

Niemand regte sich.

Vance legte das Megafon erneut an seine Lippen. „Hinknien!" Seine Stimme peitschte mit der Autorität eines abgebrühten Polizisten – eines Doms – durch den Raum. Die meisten Sklaven fielen instinktiv auf die Knie. Die Käufer taten es ihnen gleich.

Grinsend sah Sam zu Linda, die noch immer stand. Seine Sklavin war aus hartem Holz geschnitzt. *Mein.* Sie musterte Vance, blickte verwirrt zu Sam, der regungslos blieb, bevor auch sie sich hinkniete.

Galen hinkte zu Sam, betrachtete ihn abschätzend und fragte: „Wo sind Raoul und seine Sub?"

„Ich weiß es nicht." Sam zog die Augenbrauen zusammen. „Der Aufseher hat sie vor einiger Zeit aus dem Ballsaal geführt."

Kim schrie, als ein Bodyguard Master R in die Seite schlug und er so gegen die Wand krachte. Er grunzte vor Schmerzen, rutschte an der Wand herunter, bevor er es schaffte, sich wieder aufzurichten.

Der Nächste näherte sich ihm.

Kim rannte auf den Mann zu und änderte in der letzten Sekunde die Richtung, sodass der Tritt gegen sein Knie überraschend kam. Ihr Knöchel pulsierte von dem Tritt, aber wie Master R versprochen hatte, brach der Mann fluchend auf dem Boden zusammen. Selbstbewusster als je zuvor näherte sie sich dem Nächsten, der gerade Master R angreifen wollte. Obwohl er ihr eine Ohrfeige verpasste, schaffte sie es, ihn gegen den Hals zu schlagen. Ihr Hintern schlug auf dem Boden auf, ihr Kopf eine Sekunde später. Die Lichter gingen aus. Alles schwarz. Sie stöhnte. *Nein. Darf nicht passieren.*

„FBI. Nicht bewegen!"

Durch ein verschwommenes Sichtfeld starrte Kim den Sklavenhändler über sich an, blickte direkt in seine wütenden Augen. Sie machte sich auf seinen Tritt gefasst ... Unerwartet hob er die Hände und ging auf Abstand.

Für eine Sekunde bewegte sie sich nicht, als ihr Kopf schmerzhaft pochte. Nach einer Weile atmete sie tief ein und schaffte es in eine sitzende Position. Ihr Magen drehte sich. Ihr war übel und sie schluckte, schluckte erneut. Die Wände näherten sich, die Lichter umkreisten sie wie bei einer Karussellfahrt. Und schließlich kam die Fahrt zu einem Ende.

Vance nahm die letzte Stufe, weitere uniformierte Männer und Frauen direkt hinter ihm. Nicht in der Lage, sich hinzustellen, beobachtete Kim, wie zwei FBI-Agents die Männer musterten, die Master R die Treppe hinuntergestoßen hatte. Einer befand sich bereits in Handschellen und wurde abgeführt. Der andere bewegte sich nicht. Der verbliebene Agent suchte nach einem Puls, erhob sich schließlich und ließ ihn fürs Erste liegen.

Master R. Wo war er bloß? Eine schreckliche Vorahnung nagte an ihr. Kim drehte sich in die andere Richtung. *Danke, Gott!*

Noch immer auf den Füßen und verzweifelt nach Luft schnappend ließ sich Master R von der Wand stützen. Die weißen Servietten, die sie für seine Wunde benutzt hatte, waren mit Blut getränkt.

Kim stöhnte.

Er warf einen Blick auf Vance und Dan, sah sich um und entdeckte sie. Seine durchdringenden Augen schweiften über ihren Körper und kehrten zu ihrem Gesicht zurück. Dann schenkte er ihr ein Lächeln. „*Bueno.*"

„Raoul", sagte Vance. „Du siehst furchtbar aus."

„Und ihr seid verdammt nochmal spät dran." Master R zuckte zusammen und legte seine Hand über die Leinenservietten.

„Arschloch. Wo bist du verletzt?"

„An der Schulter", sagte Kim, ohne auf die Antwort ihres Masters zu warten. „Und an den Rippen. Er blutet schon seit einer halben Ewigkeit." Sie versuchte, aufzustehen, aber ihr Körper machte nicht mit.

„Nein, *Gatita!*" Master R ging einen Schritt auf sie zu. Seine Knie bebten und er fiel zurück gegen die Wand. Er rutschte herunter und hinterließ eine blutige Spur auf der Tapete.

Oh Gott. Kim kroch panisch auf ihn zu. „Nein, nein, nein!"

„Sanitäter!", schrie Vance. Er zog Master R zu sich und gewann sich damit einen Fluch auf Spanisch. „Das ist eine Messerwunde. Ich dachte, es sei verboten, Waffen reinzubringen", knurrte Vance. Er entfernte Raoul auf dieser Seite die Lederweste.

Noch am Leben. Er lebt. „Es war ein Buttermesser von einem Tablett", sagte Kim.

„Hässliches Loch", kommentierte Vance. Er zog sich seine schwarze Jacke aus und riss die Ärmel von seinem weißen Hemd ab. Nachdem er das Material gegen die blutende Schulterwunde gepresst hatte, musste er sich erneut Beschimpfungen gefallen lassen. Er fand Kims Blick. „Bist du noch dazu in der Lage, Druck auf die Wunde auszuüben?"

Sie nickte und ignorierte ihren schmerzenden Kopf. *Sieh nur zu, wie ich das schaffe.*

„Okay, gut."

Galen erschien und lehnte sich schwer auf seinen Gehstock. Er hatte Jacken unter dem Arm. Eine davon legte er Kim um die Schultern, die andere über Master Rs Beine. „Das verhindert hoffentlich, dass sie dich in den Knast werfen, Sandoval."

„Heilige Scheiße!" Der Schrei hörte sich nah an. „Sieht so aus, als würde dieser Wichser nirgendwo mehr hingehen. Sein Schädel wurde wie eine Eierschale geknackt."

Ein jüngerer Deputy oben auf der Treppe wandte sich ab, sein Gesicht grün angelaufen. *Das Gefühl kenne ich*, dachte Kim. Zusammen mit dem schmerzhaften Pochen spielte ihr Kopf immer wieder dieses knackende Geräusch ab. Sie versuchte, zu schlucken.

Ein fester Griff an ihrem Knie erregte ihre Aufmerksamkeit. „*Cariño?* Geht's dir gut?"

Sie lächelte in die besorgten braunen Augen von Master R. „Ich liebe dich."

Mit einer FBI-Jacke über den Schultern arbeitete sich Sam zurück in den Ballsaal und schob sich an einem Polizisten und dem Käufer vorbei, dem er vor weniger als einer halben Stunde gedroht hatte.

„Hey, den müsst ihr auch verhaften. Er hat eine Sklavin ausgepeitscht", brüllte das Arschloch.

Der Polizist runzelte die Stirn und sein Blick wanderte zu Sams Jacke. „Warten Sie bitte eine Sekunde." Er zog einen Notizblock aus seiner Tasche und blätterte zu einem Satz aus winzigen Fotoabbildungen. Sam sah sein eigenes Gesicht, Kims und Raouls. Der Polizist nickte ihm höflich zu und motivierte den Sklavenhalter mit einem Schubser, sich zu bewegen. „Los."

Sam schüttelte den Kopf. Die beiden Agents hatten definitiv versucht, sicherzustellen, dass ihren Undercover-Leuten keine Probleme drohten. Mit einer Decke, die er auftreiben konnte, ging er zurück zu Linda. Ein FBI-Agent mit einem Bolzenschneider hatte sie gerade von der langen Kette befreit.

Sam zog die Augenbrauen zusammen. Nicht unbedingt effizient. „Nur zur Info", sagte er zu dem Agent, „wenn Sie den Mann finden, der sich Aufseher oder Dahmer nennt, finden Sie an ihm vielleicht den Generalschlüssel."

„Sehen Sie ihn irgendwo?"

„Womöglich in der Küche oder im Obergeschoss. Er ist nicht im Ballsaal."

Der Agent rief einen normalen Polizisten zu sich. „Lassen Sie sich die Beschreibung von diesem Mann geben und finden Sie den Aufseher. Versuchen Sie zuerst die Küche, dann die Räume im Obergeschoss."

Sam gab dem Polizisten die Information und wandte sich an seine Frau. „Linda." Er blieb mit den Augen auf ihrem Gesicht haften.

Sie erstarrte, ihr Kopf gesenkt. Verlegen. *Zur Hölle nochmal.*

Er trat vor und wickelte sie in die Decke.

Der Agent mit dem Bolzenschneider arbeitete an der Kette der nächsten Frau. Er hob den Blick. „Hey, wo kommt die Decke her?"

„Aus dem Schrank neben der Haustür." Sam zog die Decke enger um Linda.

Ihre Wangen färbten sich rot. Nichtsdestotrotz starrte sie stur auf den Boden. *Verdammt.*

„Sieh mich an", knurrte er.

Ihre Augen hoben sich. Wunderschönes Braun und dann senkte sich ihr Kopf wieder.

„Sie werden euch alle im Krankenhaus auf einer Station unterbringen, wo euch die Ärzte in Ruhe untersuchen können. Die Agents werden euch befragen. Ich bezweifle, dass sie mich für einen Besuch zu dir lassen werden." Sein Kiefer spannte sich an, als sie nicht antwortete. Unbehagen machte sich in ihm bemerkbar und seine Stimme kam flacher heraus: „Gib mir eine Möglichkeit, dich zu kontaktieren."

Ihr Kinn schoss nach oben und sie sah ihn angewidert an. „Nein. Niemals." Sie trat einen Schritt von ihm zurück. „Ich will dich nie wiedersehen." Noch ein Schritt zurück. Ihre sinnlichen Lippen waren fest aufeinandergepresst.

Er sah den Angstschauer und wusste, dass sie aufgrund der Respektlosigkeit Repressalien fürchtete, aber ihre Entschlossenheit, ihn auf Abstand zu halten, war stark genug ausgeprägt, dass sie das Risiko in Kauf genommen hatte. Er konnte sie so deutlich lesen, als säße er in ihrem Kopf.

Der Agent, der mit der nächsten Sklavin zu tun hatte, runzelte die Stirn.

Das war nicht der richtige Moment. Er hatte einen verdammt großen Fehler mit ihr begangen, hatte sich von der Dynamik der Session mitreißen lassen und den Rest der Welt ausgeblendet. „Na gut. Mein Name ist Sam. Wenn ... Wenn du mich erreichen willst, findest du mich hier in Tampa im Club Shadowlands." Er zögerte. „Pass auf dich auf, Linda."

Sie wandte den Blick ab.

Sie hatten Kim von Master R getrennt, meinten, sie würden ihn in ein Krankenhaus bringen. Kim hatte zugesehen, noch immer nicht in der Lage, zu stehen oder ihren bebenden Körper zu beruhigen.

Er war nicht mehr hier. Sie war allein. Die Erinnerungen an das Knacken, das Blut und die Schreie erhoben sich in ihr und ihr wurde übel. Wenn sie es schaffen könnte, auf die Beine zu kommen, könnte sie vielleicht ... Wohin könnte sie gehen?

„Hey, was machst du hier?", fragte ein Polizist in einem ungeduldigen Ton und versuchte dann, sie am Arm hochzuziehen.

Sie jaulte und packte sich an die Rippen. Der Aufseher hatte einen guten Schlag gesetzt.

Der Mann zog nicht länger an ihr, ließ aber auch nicht von ihr ab. „Ihr Sklaven sollt euch doch im Ballsaal versammeln, bis –"

„Sie sind aber keine Sklaven, oder?" Eine raue, kalte Stimme. Kim hob den Blick, als Master Sam auf sie zukam. „Soweit ich weiß, ist Sklaverei in diesem Land verboten."

„Es tut mir leid, Sir." Der Polizist ließ sie los und trat einen Schritt zurück. „Äh –"

Sam schob sich zwischen den Polizisten und Kim und kniete sich vor ihr hin. „Ist mit dir alles in Ordnung, Kim?"

„Mein Master." Ihr wollte der Name einfach nicht einfallen. „Mein ... mein Master R. Ich muss zu ihm." *Wo auch immer er ist, ich muss bei ihm sein.* „Er ist verletzt. Ich muss zu ihm."

Sam antwortete ihr nicht. Stattdessen wickelte er sie in eine Decke, die er ihr über einer Jacke umlegte. Wann war sie zu der Jacke gekommen? Ihre Gedanken stolperten und starteten von vorn. Wenn ihr Kopf nur endlich aufhören würde, wehzutun ... Sie zog die Decke enger um sich. „Danke."

„Schon besser." Er berührte ihr Kinn und bevor sie ihm ausweichen konnte, hob er ihre Augen zu seinen. Er musterte sie, drehte ihren Kopf nach links, nach rechts, und entdeckte an ihrem Hinterkopf eine Beule. Schmerz breitete sich bis zu ihren Augäpfeln aus. Er runzelte die Stirn, als er das Blut auf seinen Fingern sah. „Du bist verletzt, Kleine."

„Mein Master. Ich muss –"

„Ganz ruhig." Er entließ einen säuerlichen Laut. „Dan hat für uns arrangiert, zusammen mit den ersten Frauen ins Krankenhaus zu fahren. Du wirst dich von einem Arzt untersuchen lassen und dann kannst du zu Raoul."

Sie nickte, obwohl ihr Verstand furchtbar langsam arbeitete.

Vielleicht war auch ihm das bewusst, denn er bewegte sich nicht. „Du kannst mir nicht wirklich folgen, oder?"

Er würde sie zu Master R bringen. „Es geht mir gut." Der Boden bestand darauf, sich wellenartig zu bewegen, sodass ihr Gleichgewicht litt. *Warte. Noch etwas. Jemand.* „Linda?"

„Sie ist okay. Sie wird mit den anderen behandelt. Galen wollte keine Ausnahme genehmigen." Sam wickelte den Arm um sie.

Sie versuchte, ihn wegzuschieben, und er wartete, ließ sie jedoch nicht für einen Moment los. Als sie in seine hellblauen Augen sah, erinnerte sie sich. Master Rs Freund. Master Sam. „Tut mir leid, Sir."

Er lächelte lediglich und hob sie auf ihre Füße. „Lass uns von hier verschwinden."

Ein paar Meter weiter sah sie ... *Oh Gott!* Sie löste sich aus Sams Griff, lehnte sich vor und hob ein schwarzes Halsband auf. Dabei verlor sie ihr Gleichgewicht und fiel nach vorn.

Begleitet von einem Fluch packte er sie und riss sie wieder nach oben. „Was zum Teufel war das, Süße?"

Mit den Fingern strich sie über das Leder, die silberne Gravur. Sein Griff an ihr festigte sich, als er versuchte, es ihr wegzunehmen. „Mein."

Anstatt mit ihr zu streiten, drehte er das Halsband in ihrer Hand um, sodass er lesen konnte, was darauf geschrieben stand. *Master Raouls Gatita.* „Deins."

KAPITEL SECHZEHN

R aoul öffnete die Augen und runzelte die Stirn: Bett mit glänzenden Seitengittern, weiße Wände, Marcus neben ihm auf einem Stuhl. *Auktion. Kampf.* Als seine Erinnerungen zu ihm zurückkamen, versuchte er, sich aufzusetzen, aber der Schmerz in seinem Kopf explodierte, sodass er sich schnell wieder hinlegte. Er erinnerte sich an die Sanitäter, die sich um seinen Rücken gekümmert hatten. Er hatte nur einen Kraftausdruck vom Stapel gelassen. Dann hatten sie sich seiner Vorderseite zugewandt. *Carajo*, es hatte ihm nicht gerade zugesagt, die Knochen seines Brustkorbs aufblitzen zu sehen, als sie nachsahen, wie tief die Wunde war.

„Als meine Schwester zehn Jahre alt war, hat sie ein Nähkästchen geschenkt bekommen", sagte Marcus in seinem beruhigenden Südstaatentonfall. Er zog den Stuhl näher zu Raoul und benutzte die Fernbedienung, um den Kopfteil der Matratze hochzufahren. „Gerade siehst du aus wie einer ihrer Bären, die sie immer ... zusammengeflickt hat. Nähte überall."

Freunde waren wirklich etwas Tolles, erinnerte sich Raoul. „Danke. Sehr nett von dir." *Die Auktion.* Panik schlug in ihm ein. „Wo ist Kimberly?"

Marcus entließ einen übertriebenen Seufzer. „Sie ist in der Notaufnahme und wird untersucht. Es scheint ihr gut zu gehen. Sam ist bei ihr. Sie hätten dich zum Nähen niemals betäuben dürfen."

Raoul entspannte sich. „Was meinst du?"

„Du bist nicht gerade freundlich, wenn du unter Drogen stehst. Jedes Mal, wenn du deine Augen geöffnet hast, hast du nach Kim gefragt und dann versucht, zur Notaufnahme zu kommen. Dabei hast du übrigens einen Pfleger niedergeschlagen. Eine Krankenschwester hat mich zu dir ins Zimmer gezerrt, um dir zu versichern, dass sie lebt." Marcus grinste. „Und ich habe dir das seitdem alle fünf Minuten gesagt."

„Tut mir leid. Und danke." Raoul zog die Augenbrauen zusammen. „Hast du kürzlich nach ihr gesehen?" Sam war ein guter Kerl. Er würde auf sie aufpassen. Oder? Genervt sah Raoul zu dem Infusionsbeutel, der an einer Stange hing, und folgte dem Schlauch, der zu einem Zugang in seinem Handrücken führte. Er könnte ihn rausreißen.

„Denk nicht mal dran", sagte Marcus, sein Südstaatentonfall nicht in der Lage, die Härte in seiner Stimme zu verhüllen. „Ich werde mich auf dich setzen und dann kommen sie wieder mit Beruhigungsmitteln um die Ecke. Du hast genug Blut verloren, um sie zu beunruhigen. Und mich."

Raoul gab vorerst auf und fragte: „Haben sie alle festgenommen?"

„Das haben wir", sagte Galen Kouros von der Türschwelle. Erschöpfung zeichnete sein Gesicht, als er in den Raum kam und sich dabei schwer auf seinen Stock lehnte. „Ich bin es wirklich leid, euch aufdringliche Bastarde im Krankenhaus zu besuchen, nachdem ihr bei *meinen* Einsätzen beschädigt wurdet."

Raoul schnaubte und musste gegen ein Stöhnen ankämpfen. Die Haut an seinen Rippen fühlte sich an, als würde sie gleich aufplatzen. „Keine Witze", presste er heraus.

Hinter Kouros erschien Z. Er zeigte auf die Fernbedienung, die mehr Schmerzmittel abgab. „Benutze sie, Raoul."

Raoul funkelte ihn an. „Ich werde warten, bis ich meine Sumi – bis ich Kimberly gesehen habe."

„Ich werde ihr sagen, dass sie dich wecken soll, falls du einschläfst." Z nahm die Fernbedienung, drückte den Knopf und lächelte, als Raoul ihn beschimpfte. „Lass dich nicht auf eine Endlosdebatte mit mir ein, wenn du flach auf dem Rücken liegst und bei jeder Bewegung stöhnst. Da ziehst du den Kürzeren."

„*Cabrón*."

Z grinste. „Du brauchst dich um sie nicht zu sorgen. Ich war in der Notaufnahme und habe Sam nachhause geschickt. Kim wird gerade geröntgt. Anschließend werden Jessica und Gabi sie zu dir bringen." Er warf einen Blick auf Marcus. „Ich bezweifle, dass die Ärzte gegen die drei eine Chance haben."

Das Schmerzmittel zeigte seine Wirkung. Es fühlte sich an, als ob sich das Bett um ein paar Meter absenken würde. Das Brennen in seiner Schulter und an seinen Rippen war endlich erträglich. Z war trotzdem ein Bastard. „Was sonst?", fragte er Kouros.

„Das Obergeschoss sah aus wie ein Schlachtfeld. Einem Mann wurde der Schädel eingeschlagen – was Kim für sich beansprucht hat."

Raoul zuckte zusammen. Er hatte das Ende von Greville mit angesehen. In diese Lage hätte sie nicht kommen dürfen. „Hat sie – hast du sie dazu gebracht, darüber zu reden?"

„Da du nicht verfügbar warst, ja. Sie hat sich beherrschen können, bis sie fertig war ... dann verbrachte sie die nächsten zehn Minuten damit, sich zu übergeben. Verdammt." Kouros starrte ihn an. „Von dem zu urteilen, was ich über deinen Hintergrund weiß, hast du mehr Gewalt erlebt als die meisten. Sie wird sich davon erholen, aber du weißt ja, dass es eine Weile dauern wird."

Raoul nickte.

„Du hast einem Mann die Brust aufgeschlitzt, einen anderen

die Treppe hinuntergestoßen und einem die Luftröhre zerquetscht. Die Männer, die es überlebt haben, befinden sich in einer Welt aus Schmerz. Gute Arbeit." Kouros dachte einen Moment nach. „Der Aufseher ist gerade im OP. Als wir auf unsere Mitfahrgelegenheit gewartet haben, hat er bereits aus dem Nähkästchen geplaudert."

„Ich hätte nicht gedacht, dass er so schnell die Seiten wechseln würde", sagte Raoul.

„Wenn er nicht vollkommen erblindet, wird seine Sehstärke so schlecht sein, dass er" – Kouros' Mund zierte ein dunkles Grinsen – „im Gefängnis viel Spaß beim Seifenaufheben haben wird. Er mochte die Idee nicht."

„Ich dagegen sehr." Marcus' Augen waren kalt. „Gabi leidet nach ihrer Entführung noch immer unter Albträumen."

„Jessica auch", sagte Z.

„Ich weiß", seufzte Kouros. „Allerdings haben wir einen Erfolg zu verbuchen. Die *Harvest Association* hat diesen Quadranten verloren. Und mit dem Personal und den Käufern haben wir genug Informationen, um den Anführern auf die Pelle zu rücken."

„Und die entführten Frauen?", fragte Z.

„Können nachhause gehen", sagte Kouros. „Die Mitglieder der *Association* werden zu beschäftigt damit sein, ihre Ärsche in Sicherheit zu bringen, um an Vergeltung zu denken."

Kimberly konnte zu ihrer Familie zurückkehren. „Das ... das ist gut." Dann würde sie gehen. Es fühlte sich an, als würde jemand seine Nähte herausreißen.

Das Lachen von Frauen erreichte ihn aus dem Flur und wärmte den sterilen Raum. Gabi und Jessica kamen herein, gefolgt von Kimberly.

Lebendig. Auf den Beinen. Seine Sorge ließ nach; der Schmerz des Verlustes nicht.

Sie humpelte zum Bett und lächelte ihn an. „Du siehst schrecklich aus – und doch so viel besser, als ich dachte."

Ihr Gesicht war grün und blau, ihre Lippe aufgeplatzt. Ihr

Bein war irgendwie verletzt worden. Ihr Körper bewegte sich ... steif, um Schmerz vorzubeugen. Um ihre Augen sah er, wie viel Kraft es sie kostete, bei ihm zu sein. Ihr Lächeln jedoch war echt. Ein ungebrochener Geist. Was für eine Frau.

Er öffnete seine Handfläche und gab ihr die Wahl. Augenblicklich sah die Welt besser aus, als ihre kleine Hand in seine glitt. „Was hat der Arzt gesagt, *Gatita?*"

„Du hast gefühlt tausend Nähte in deinem –"

Er verengte die Augen. „Über dich." Entschlossen drehte er sich Jessica zu – der Verteidigerin aller Subs. „Was hat ihr Arzt gesagt?"

Jessica ignorierte Kimberlys Blick, sah zu Z, erhielt ein sanftes Lächeln und ein Nicken und berichtete: „Abgesehen von den Schäden an ihrem Gesicht hat sie einen hässlichen blauen Fleck über ihren Rippen – nichts gebrochen – und einen verstauchten Knöchel. Da ist auch nichts gebrochen. Eine Gehirnerschütterung, weshalb sie darauf bestehen, dass sie die Nacht im Krankenhaus verbringt." Jessica grinste ihre Freundin an. „Erst vor dem Zimmer hat sie ihren Rollstuhl verlassen, weil du dir sonst vielleicht Sorgen machen würdest. Sie ist also so dickköpfig wie du."

Als Jessica fertig war, benutzte Raoul Kimberlys Arm als Leine, um sie zu sich zu ziehen. Er brauchte ihre Lippen, ihren Duft, ihre Sanftheit, und all das bekam er, als sich ihr weicher Mund über seinen bewegte. Sie müssten bald reden, aber ... noch nicht.

Gleich nachdem Z und Jessica gegangen waren, marschierte eine Krankenschwester auf der Suche nach Kim ins Zimmer – und Master R befahl ihr, eine gehorsame Patientin zu sein. Und das sagte ausgerechnet dieser eigensinnige Kugelfisch. *Gott*, sie wollte ihn nicht verlassen.

Das Krankenhauspersonal und das FBI hatten darüber gesprochen, die geretteten Frauen in verschiedene Krankenhäuser und Zimmer aufzuteilen. Gabi jedoch hatte die Führung übernommen und war schnell dahinter gekommen, dass die Frauen erstmal die Nähe der anderen bevorzugen würden. Das konnte Kim nachvollziehen. Sicherheit in Zahlen. Mit Menschen, die nachvollziehen konnten, was ihnen passiert war. Bis ihre Familien kamen, würde niemand die Frauen trennen. Oftmals formten sich langjährige Freundschaften durch gemeinsam erlebtes Trauma.

In dem großen Raum voller Ex-Sklaven steckte die Krankenschwester Kim in ein Bett neben Linda, checkte ihre Vitalparameter und verschlimmerte ihre Kopfschmerzen, indem sie ihr ein grelles Licht vor die Augen hielt.

Aber sie war eine nette Krankenschwester und tauchte ein paar Minuten später mit Schmerzmitteln auf, sodass die Folter mit dem Licht schnell in Vergessenheit geriet. Für eine Weile sprach Kim mit Linda und zusammen trauerten sie begleitet von einigen Tränen um Holly. Danach kamen die Tränen aus einem gänzlich anderen Grund: Der Albtraum war vorbei.

Linda sagte Kim, sie solle nicht wütend auf Sam sein, weil er sie ausgepeitscht hatte, denn er hatte keine Wahl gehabt. Er hatte ihr ein Safeword gegeben, und sie hatte zugestimmt. Darüber sprechen wollte sie aber nie wieder. Kim wusste, dass Linda ihr nicht die volle Wahrheit sagte.

Lindas Lider jedoch senkten sich und sie fiel in einen tiefen Schlaf, bevor sich Kim eine taktvolle Frage einfallen lassen konnte.

Im ganzen Raum schliefen die Frauen, einige weinten oder sprachen mit Opferspezialisten, die mit Gabi angekommen waren. Dank der Pflege der *Ware* durch den Aufseher, worauf er vor einer Auktion stets geachtet hatte, waren die meisten nicht schwer verletzt – zumindest nicht körperlich. Schon bald könnten sie in ihr normales Leben zurückkehren.

Als Kim sich umsah, nahm ihre Panik weiter zu. Das Zittern hatte tief im Inneren begonnen, während sie mit Linda gesprochen hatte, und dehnte sich nun aus. Ihre Hände bebten wie eine Palme bei starkem Wind. *Verdammt, alle anderen konnten einschlafen. Warum ich nicht?*

Vielleicht hätte ich mit jemandem reden sollen. Sie hatte Linda nichts von Lord Greville oder dem Kampf erzählt. Auch Gabi hatte sie weggeschickt und gesagt, dass sie noch nicht bereit sei, darüber zu sprechen. Es gäbe später Zeit, da Gabi als Spezialistin für Überlebende jeden Tag hier sein würde, bis die entführten Frauen nachhause gingen.

Kim legte ihre Arme um ihren Körper. Sie fühlte sich leer. So leer. Wenn das vorbei war, wäre dann noch etwas von ihr übrig? *Ich muss mich bewegen, mich beschäftigen.* Sie rutschte aus dem Bett, ihr Krankenhausleibchen öffnete sich flatternd an ihrem Rücken. Glücklicherweise hatte sie von den Krankenschwestern eine passende Pyjamahose bekommen. Sie würde ihre kleinen Aufmerksamkeiten nicht vergessen.

Ihr war nur ein wenig schwindelig, als sie durch den Flur ging und sich dabei an dem Geländer, das durch das Krankenhaus führte, festhielt. Die Gerüche variierten, als sie an den Türen vorbeikam: Desinfektionsmittel, Krankheit, Ausscheidungen. Ihre Muskeln waren müde; ihre Füße begannen über den Boden zu schleifen. *Geh wieder ins Bett*, sagte sie sich.

Aber die Raumnummern kamen ihr bekannt vor, und dann wusste sie es. Sie hatte angenommen, dass sie ziellos umherirrte. Stattdessen war sie auf direktem Weg zu Master R gelaufen.

Als sie in sein Zimmer spähte, machte ihr Herz einen Salto. Nicht alles in ihr war hohl und leer.

Er war noch wach und starrte auf dem Tablett auf eine kleine Schüssel. Ein Snack mitten in der Nacht?

„Brauchst du Hilfe beim Essen?", fragte sie und ging zu ihm.

„Was für eine Art Mahlzeit ist bitte Wackelpudding? Und das Zeug ist grün. Essen sollte nicht grün sein." Er runzelte die Stirn und dann landeten seine Augen auf ihr, seine Stimme ruhig. „Ein

Bier würde ich willkommen heißen. Komm her, *Gatita*." Er streckte seine Hand aus.

Sie legte ihre Finger in seine, spürte die Schwielen, die kontrollierte Kraft. Aber ihn zu sehen, half nicht. Nichts würde ihr helfen, erkannte sie und so versuchte sie, sich zurückzuziehen. „Du brauchst Schlaf."

„Auch du solltest im Bett sein." Er lächelte sie an. „Klappe das Bettgitter herunter und setze dich neben mich."

„Nein. Ich möchte dir nicht aus Versehen wehtun."

„Sofort, *Sumisita*."

Gott, wenn er diesen Ton benutzte, hatte sie manchmal das Bedürfnis ... ungehorsam zu sein. Nicht heute.

Als sie das Bettgitter runter machte, senkte er den oberen Teil des Bettes, umfasste dann ihren Unterarm und zog sie neben sich. Sie wusste, dass es ihm wehtun musste, sich zu bewegen, aber auf seinem Gesicht zeigte sich kein Beweis dafür.

„Okay, ich sitze neben dir. Zufrieden?" Angespannt funkelte sie ihn an.

„Noch nicht. Galen hat mir erzählt, was du ihm berichtet hast. Hast du mit ihm auch über deine Gefühle gesprochen?"

Sie versuchte, sich zu erheben, doch sein Griff an ihr festigte sich. „Ich will nicht darüber sprechen."

„Aber das wirst du." Sein Mundwinkel zuckte. „Genau wie ich, und dann werden wir uns gegenseitig in die Arme nehmen."

„Nein."

Sein Kinn hob sich kaum merklich und sie entdeckte, dass sie mit ihrer Antwort all den Trotz in ihrer Seele aufgebraucht hatte. Ihr Blick fiel auf die Bettdecke.

„*Bueno*. Ich fange an. Als du meintest, dass Greville im Raum sitzt, hat mich das wütend gemacht. Und ich hatte Angst, denn in dem Moment wusste ich, dass wir in eine Falle gelaufen waren."

Davon hatte er nie etwas gezeigt. Sie sah ihn fragend an. „Wirklich?"

Er nickte. „Ich hatte große Angst, Kimberly." Seine Finger

legten sich um ihre Hand und sein Daumen zeichnete Kreise auf ihrem Handrücken. „Und nun zu dir. Du hast nicht wütend gewirkt", sagte er nach einer Sekunde des Schweigens.

„I-Ich war so" – ihre Augen füllten sich mit Tränen, als die Erinnerung zurückkam – „verängstigt. Ich wusste, dass ich sterben würde."

Seine Augen verengten sich. „Du dachtest, ich würde dich bei ihm lassen?"

Das Zittern breitete sich aus, bis das ganze Bett bebte. „Ich wusste, dass er dich zwingen würde, mich zu verlassen. Dass er dir keine Wahl lassen und ..." Und dann wäre sie allein und mit einem Schrei auf ihren Lippen gestorben.

Er seufzte und zog sie zu sich. Sie protestierte: „Nein, ich werde dir noch wehtun."

Er entließ ein gequältes Lachen. „Wenn du dich so wehrst, ist die Wahrscheinlichkeit groß, ja. Ich spüre schon, wie die Nähte platzen."

Sie erstarrte und ihr Blick fiel auf den weißen Verband auf seiner nackten Brust.

„Leg dich neben mich, *Gatita*." Als sie gehorchte, grunzte er vor Befriedigung und schmiegte ihren Kopf an seine unverletzte Schulter. Wärme strömte von ihm wie Sonnenlicht und verscheuchte ihre innere Kälte. Ihr Seufzer schwappte wohlig warm durch ihren ganzen Körper.

„Gut." Seine große Hand strich ihr über die Haare. Sein anderer Arm lag um ihren Rücken und zog sie so enger an seinen warmen Körper. „*Gatita*, ist dir denn nicht bewusst, dass ich dich genauso verzweifelt in meinen Armen brauche, wie du die Sehnsucht verspürt hast, mitten in der Nacht zu mir zu kommen?"

Bei seinen Worten schloss sie beruhigt die Augen. „Danke."

Sein tiefes Lachen war so intim, wie von ihm gehalten zu werden. „Jetzt müssen wir darüber reden, was passiert ist, damit unser Verstand die Ereignisse verarbeiten kann, meinst du nicht?" Schon bei ihren Therapiestunden hatte er großes Interesse gezeigt und sich mit Fachliteratur über PTSD belesen. „Okay, ich zuerst. Ich wusste, dass es schlimm werden würde. Ich wollte, dass du rennst, jedoch bist du zurückgekommen. Ich hatte noch nie so viel Angst." Er atmete ein und knurrte. „Ich bin sehr stolz auf dich, *Sumisita mía*, aber ich beabsichtige, dich für deinen Ungehorsam zu bestrafen."

Sie kicherte an seiner Schulter, weil sie wusste, dass er das nicht wirklich vorhatte. „Ich bin auch sehr stolz auf dich, aber ich sollte dich bestrafen, weil du mir nicht erlaubt hast, an deiner Seite zu kämpfen."

Er grunzte. „Du hast dich mit dem Aufseher und den Leibwächtern gut geschlagen. Und mit Greville."

Ihr Atem stockte. *Die schwere Lampe, von Wut und Schrecken erfüllt. Das unbeschreibliche Geräusch, das bei dem Schlag ertönt war, dann der stumpfe Aufprall, als er auf dem Boden aufkam.* Ihre Augen füllten sich mit Tränen und dieses Mal ließ Kim sie kommen. „Ich habe ihn getötet."

Master R streichelte mit der Hand über ihren Arm. „Ich weiß." Noch eine zärtliche Berührung. „Du hattest keine Wahl. Es ging um Leben oder Tod. Sie oder wir. Galen meinte, dass ich auch mehrere auf dem Gewissen habe."

Sie schniefte, ihre Tränen landeten feucht auf seiner Brust. Er war ein Mann. Wahrscheinlich –

„Ich habe schon einmal getötet und es ist nie einfach, sich damit auseinanderzusetzen. Es wird immer einen Teil von dir geben, der sich schuldig fühlt. Ein schwarzer Fleck auf deiner Seele."

„Bei dir auch?"

Sein verbittertes Lachen wehte über ihre Haare. „Ich bin nicht Gott, und es ist und bleibt falsch, eine andere Person zu töten. Wir werden beide beklagen, was wir getan haben. Wir werden wütend auf uns und auf diese Arschlöcher sein, die uns keine Wahl gelassen haben." Er rieb seine Wange an ihren Haaren. „Und da ich ein Mann bin, würde ich es schätzen, wenn du für uns beide weinen würdest, *Gatita*."

Verwerflich. Trauern. Wut. Kummer. Ein Schluchzer entrang ihr und dann ließ sie alles raus – nur Tränen, wie es sich herausstellte. Tränen der Trauer und der Erleichterung, da sie in den Armen des Mannes lag, der es vermochte, sie zu trösten, und der im gleichen Atemzug ihren Trost akzeptierte.

***

Am Sonntagnachmittag saß Kim neben dem Krankenhausbett und beobachtete einen schlafenden Master R. Seine Gesichtsfarbe hatte sich gebessert und das Runzeln war von seiner Stirn verschwunden. Die Krankenschwester hatte ihm heute Morgen Krankenhauskleidung gegeben und wieder hatte er sie an das Fußende des Bettes geworfen. Auf diese Weise konnte Kim den Verband auf seiner nackten Brust sehen. Auf ihm zeigten sich nur ein paar rote Flecke; es war glücklicherweise nicht mehr blutgetränkt.

Sie grinste. Wenn er aufwachte und erkannte, dass ihn die Schmerzmittel in den Schlaf gezwungen hatten, wäre er sicher wieder grummelig. Und er würde ihr die Schuld geben, da sie gut darin war, zu erkennen, wann die Schmerzen zunahmen, und sie ihn dann dazu drängte, endlich den Knopf zu drücken. Eine Schande, dass sie nicht den Mut hatte, den Knopf für ihn zu betätigen, so wie es Master Z getan hatte.

Vor nicht allzu langer Zeit hatte sie Gabi und Marcus nachhause geschickt, da ihr viel zu höflicher Master sich nicht die Erlaubnis gab, sich auszuruhen, solange er Besuch hatte. Anscheinend ordnete er sie nicht als Gesellschaft ein. Der Gedanke machte sie glücklich. Und er schlief besser, wenn er ihre Hand hielt. Sie hatte sich ein paar Mal zurückgezogen und er war innerhalb einer Minute aufgewacht. Vielleicht eine Art Dom-Radar.

Sie musste zugeben, dass auch sie besser schlief, wenn er

neben ihr lag. Nachdem sie in das Zimmer voller Frauen zurückgekehrt war, verbrachte sie eine schlaflose Nacht in ihrem eigenen Bett und schlich sich vor Sonnenaufgang zu ihm zurück. Sie hatte Master R lesend vorgefunden. Also hatte sie sich einen Stuhl herangezogen und ihren Kopf neben seine Hand gelegt ... nur für eine Sekunde ... und war ein paar Stunden später aufgewacht, als Cullen und Andrea ins Zimmer gekommen waren. Auch er hatte zu diesem Zeitpunkt geschlafen, seine Finger vergraben in ihren Haaren.

Gott, sie liebte ihn.

Er hatte sein Leben für ihres riskiert. *„Lauf weg"*, hatte er gesagt und sich dann den Männern entgegengestellt, sodass sie entkommen konnte. Er hätte sie auch an Lord Greville übergeben können, aber sie wusste, dass er das niemals getan hätte. Nicht ihr Master.

Master. Verdammt. Jedes Mal, wenn sie darüber nachdachte zu bleiben – insofern er das überhaupt wollte –, sprudelte das Wort in ihr mit dem lieblichen und zugleich furchterregenden Klang an die Oberfläche. *Master.* Und sie war eine Sklavin.

Nur hatte er gesagt, dass sie das nicht war. Sub. Sie wollte immer noch nicht, dass er ihr Entscheidungen abnahm und ihr Leben kontrollierte. *Warum habe ich ihn nie gefragt, was er genau von einer ... Person will? Einem Partner?* Wäre er glücklich mit ihrer Liebe und mit dem, was sie fähig war, ihm zu geben? Wie viel von ihr, von ihrem Leben und ihrer Seele, würde er verlangen?

In den letzten Wochen hatten sie als Master und Sklave gelebt, aber das war nur, um sie für ihre Rolle vor den Sklavenhändlern vorzubereiten. Und ja, auch nach dem Besuch des Aufsehers hatte sie darum gebeten, dass er ihr Master blieb. Und er hatte zugestimmt. Sie hatte sich zu seinen Füßen hingekniet. Er hatte sie aus seiner Hand gefüttert, sogar während der Einsatzplanung.

Sie runzelte die Stirn. Diese eine Woche hatte sie doch

bestimmt nur gebraucht, um sich von der Entführung zu erholen, oder?

Er schien das nicht zu glauben.

Könnte sie mit diesem Lifestyle ihr Glück finden? *Gott, ich weiß es nicht.* Sie starrte ihn an. Wenn er sie auf eine bestimmte Weise ansah, würde sie einfach alles für ihn tun. Seine Stimme war in der Lage, ihr Flügel zu verleihen.

Er hatte mächtige Hände, sanft und unnachgiebig – so wie seine Persönlichkeit. Mitfühlend und anständig, mit dem Herz am rechten Fleck. Wie ihre Mutter sagen würde: „Dieser Mann hat Charakter." Sie konnte sich an ihn lehnen und er würde sie beschützen. Wie konnte sie ihn verlassen?

„Hier, *Mamá.*" Eine weibliche Stimme mit einem schwach ausgeprägten spanischen Akzent.

Kim drehte sich um, als zwei Frauen das Zimmer betraten: Eine ältere, etwas altersgebeugte in einem Blümchenkleid. Ihr Gesicht war faltig, ihre Hände von Arthritis gezeichnet und doch strahlte sie die Würde von einer Person aus, die ihr ganzes Leben schwer gearbeitet hatte.

Die andere war ungefähr in Kims Alter, eine attraktive Frau mit einem robusten Körperbau in Jeans und einem locker sitzenden Oberteil. Sie kam ihr bekannt vor … Schwarze Haare, schokoladenbraune Augen, ein hispanischer Teint und der markante Kiefer von Master R in femininer Form.

„Seid ihr Mas – Raouls Familie?", fragte Kim und errötete bei ihrer unkontrollierbaren Zunge.

Die ältere Frau hatte sie nicht gesehen, denn ihr Blick lag einzig und allein auf Master R. Bei Kims Frage zuckte sie zusammen. Als sich die beiden Frauen Kim zuwandten, füllten sich ihre Gesichter mit Entsetzen.

Was ist denn los? In dem Moment erinnerte sie sich an ihr ramponiertes Gesicht. „Tut mir leid, dass ich –"

„Wir hätten nicht kommen dürfen", unterbrach die Jüngere und marschierte kurzerhand aus dem Zimmer.

Was zum Teufel war das? „Warte", sagte Kim. Die ältere Frau zögerte und Master R wählte diesen Moment, die Augen zu öffnen.

„*Mamá*", keuchte er. „Was machst du denn hier?"

Die alte Frau machte einen Schritt auf ihn zu und rang die Hände. „Das Krankenhaus hat angerufen. Ich bin als deine Familie aufgeführt."

Wie konnte sich eine Mutter bei ihrem Sohn so kalt und abweisend benehmen? Mit Master R, der mit Freunden stets so herzlich umging?

„Ah. Es tut mir leid, *Mamá*. Mir war nicht klar, dass du –" Er brach den Satz ab, sein Kiefer angespannt. „*Mamá*, das ist Kim. Kimberly, meine Mutter Anna Sandoval."

„Ist mit dir alles okay?", richtete Mrs. Sandoval die Frage an Kim.

„Es geht mir gut, danke." Warum fragte sie Master R nicht, wie es ihm ging? Niemandem konnte der Verband an seinen Rippen entgehen. Kim drückte Master Rs Hand. „Ich werde mir einen Kaffee holen. Ich bin gleich wieder da."

Sie verließ das Zimmer und stand nun der jüngeren Frau gegenüber.

„Ähm. Hi." *Gott*, Fremde sahen sich nicht dermaßen ähnlich. „Bist du seine Schwester?", fragte Kim.

Als sich der Mund der Frau anspannte, sah sie Master R noch ähnlicher und beinahe hätte Kim bei dem Anblick gelacht.

„Ja, ich bin Lucia. Bist du seine Sklavin?"

Was zum – Kim fühlte, wie sie rot anlief. „Äh, nicht wirklich. Ich heiße Kim."

„Sicher, er ist mein Bruder, aber ich kann nicht akzeptieren, dass –" Die Frau drückte die Schultern durch. „Vielleicht denkst du noch, dass das alles lustig ist und Spaß macht, jedoch liegst du falsch. Es ist nicht sicher, mit ihm zusammenzusein. Er wird dich verletzen, dich so hart schlagen, dass du nicht mehr laufen kannst. Bleib nicht bei ihm."

„Was?"

Seine Schwester nickte entschlossen. „Er mag es, Frauen zu verletzen. Sie zum Schreien zu bringen. Er hält sie als Sklaven und lässt sie nicht mal gehen, wenn sie das wünschen."

Seine Mutter kam aus dem Zimmer und schloss hinter sich die Tür. Wie es schien, hatte sie den letzten Teil des Satzes gehört. Tränen formten sich in ihren Augen und dann nickte sie.

Kim starrte die beiden Frauen an. Die zwei schienen den Quatsch wirklich zu glauben. Ein Angstschauer lief durch ihren Körper, als ihre eigene nagende Panik an die Oberfläche trat. Nicht Master R. „Warum sagst du so etwas?"

„Es ist wahr", sagte seine Mutter. Hilflos sah sie zu ihrer Tochter.

„Seine Ehefrau", sagte Lucia. „Sie trennten sich so plötzlich. Haben sich scheiden lassen."

Die Mutter berührte ihre Lippen. „Raoul wollte einfach nicht darüber sprechen."

„Alicia jedoch hat geredet." Lucia nickte ihrer Mutter zu. „Sie hat uns gezeigt, was er ihr angetan hat. Sie hatte offene Wunden und blaue Flecke am ganzen Körper. Ihre Handgelenke blutig, weil er sie an eine Wand gekettet hat." Ihr Blick fiel auf Kims Handgelenke, die leichte Abschürfungen des Seils aufwiesen, das Master R auf dem Segelboot an ihr benutzt hatte.

„Das alles wollten sie ... beide", sagte Kim. Sie konnte sich einfach nicht vorstellen, dass Master R jemanden so schlimm verletzen würde. Noch dazu seine Ehefrau. „Das nennt man einvernehmlich."

„Nein", presste seine Mutter heraus. „Kein Einverständnis. Alicia meinte, dass sie ihn schreiend angefleht hatte, sie gehen zu lassen. Das hat er nicht. Er hat sie zu seiner Sklavin gemacht. Das wollte sie nicht. Sie hat ihn gehasst."

„Als sie sich endlich von den Fesseln hatte befreien können, ist sie gerannt und hat sich von ihm scheiden lassen", sagte Lucia. „Sie ist in eine andere Stadt gezogen."

Seine Mutter drehte ihr Gesicht zur Wand und flüsterte: „Alicia meinte, dass er ... anderen erlaubt hat, sie zu benutzen. Sie zu misshandeln. Ich liebe ihn, aber nicht mal meinem Sohn kann ich das verzeihen."

„Nein –"

„Er hat es zugegeben. Verlasse ihn, solange er im Krankenhaus liegt", drängte Lucia.

Seine Mutter berührte den blauen Fleck auf Kims Wange und schüttelte den Kopf. Die beiden Frauen liefen davon, die Jüngere stützte die Ältere.

„Nein", flüsterte Kim. „Das hat er nicht. Das würde er nicht."

Raoul schloss die Augen, Trauer erfüllte ihn schneller als der wiederkehrende Schmerz seiner Wunden. *Mamá.* Er hatte sie seit fast drei Jahren nicht mehr gesehen. Sie kam, weil er verletzt war, hatte aber einen Blick auf Kimberly geworfen und sich ihre Meinung gebildet.

Raoul kippte den Kopf zurück und starrte an die Decke, der bittere Geschmack auf seiner Zunge nichts Neues.

Warum hatte sich Alicia nicht damit begnügt, untreu zu sein? Das war schlimm genug gewesen. Ein harter Schlag. Früher als sonst war er an dem Tag nachhause gekommen. Gefesselt auf dem Strafbock hatte er sie vorgefunden, ihr Körper von roten Striemen bedeckt, während ihr Schwager sie in den Arsch fickte.

Raoul hatte einen Schritt nach vorne gemacht, dachte, Randolph hätte sie ausgepeitscht und vergewaltigte sie jetzt. In dem Fall hätte er den Mann umgebracht. Aber er hörte Alicia nach mehr Schmerz betteln, wollte härter gefickt werden.

Er hatte keinen von ihnen getötet. Vielleicht hätte er das tun sollen. Stattdessen hatte er die Scheidung beantragt ... und aus Rache hatte sie *Mamá* von ihrem Sohn dem Dom erzählt. Dem Master. Raoul hatte versucht, *Mamá* den BDSM-Lifestyle zu erklären. Sie sah nur, dass ihr Sohn ein Perverser war. Krank. Gewalttätig.

Raoul seufzte, seine Kehle fühlte sich zugeschnürt an. Es gab eine Zeit, in der ihre Augen geleuchtet hatten, wenn er zur Haustür reingekommen war. Dann hatte sie sich in Spanisch beschwert, weil er sie so lange nicht besucht hatte. Jetzt hielt ihr Blick Abscheu bereit.

Das Telefon auf dem Nachttisch klingelte, und Raoul grunzte vor Schmerz, als er sich danach ausstreckte. „Sandoval."

„Hey, Kumpel." Cullens herzliche Stimme war zu hören. „Galen hat mich losgeschickt, um Kims Mutter vom Flughafen abzuholen. Wir sind unten. Kannst du Kim sagen, dass sie Besuch hat?"

Ihre Mutter. „Ist sie eine gute Frau? Fähig, sich um ihre Tochter zu kümmern?", fragte Raoul, während er sein Bestes gab, seinen Freund nicht hören zu lassen, wie sehr ihn der herannahende Verlust schmerzte.

Es gelang ihm nicht, denn Cullens Stimme klang nun behutsam. „Scheint so. Die eine Hälfte der Fahrt hat sie geweint, die andere hat sie die Sklavenhändler verflucht. Gut, dass keiner von ihnen in ihrer Reichweite war. Sie erinnert mich an Jessica. Und natürlich an deine Kim."

„*Bueno.*" Die Finsternis erhob sich in ihm, bis sich die Luft selbst zu verdunkeln schien. Der Moment war gekommen. „Bring sie in das Wartezimmer am Ende meines Flurs. Ich komme zu euch."

Kimberly sollte nicht länger bei ihm bleiben. Sie musste heilen, und sobald es ihr besser ging, würde sie bestimmt nicht entscheiden, zu ihm zurückzukommen. Sie war mutig, ja, aber sich wieder auf eine Dom/Sub-Beziehung einzulassen, wäre mehr, als sie tolerieren könnte.

So mutig war sie. Sie hatte versucht, ihn zu beschützen, war in einen Käfig gekrochen, um ihn zu retten, und hatte getötet.

Gestern Abend hatte sie sich in dem dunklen Zimmer am Fuß

seines Bettes hingesetzt. Das Licht vom Flur hatte ihre kleine Gestalt zum Strahlen gebracht, als wäre ihre Seele nach außen getreten. Ihr Wesen blieb trotz allem herzlich und großzügig.

Aber sie hatte genug gegeben. Er schluckte an der Enge in seiner Kehle vorbei. Wenn sie das nächste Mal aufeinandertrafen, würde das Treffen auf die einzig richtige Weise enden, und dann wäre alles aus. Genau wie die Träume, die er sich eingestehen musste, zu haben. *Dumm von dir, Sandoval.* Sie hatte kein Geheimnis aus der Tatsache gemacht, dass sie keine Master/Sklave-Beziehung wollte. Auch eine Vollzeit-Sub wollte sie nicht sein. Selbst wenn sie diese furchtbare Sache nicht erlebt hätte, was sie sehr wohl hatte, wäre sie trotzdem nicht an einer Beziehung mit ihm interessiert.

Ja, vor der Auktion hatte sie ihn gebeten, als ihr Master fortzufahren, aber sie hatte nur jemanden gebraucht, an den sie sich klammern konnte.

Er zog die Augenbrauen zusammen. Jedoch war sie bei ihm sehr glücklich gewesen. Zufrieden. Erfüllt. Das hatte er niemals erwartet. Er sollte ihr die Wahl lassen.

Zuerst würde er sich mit ihrer Mutter bekanntmachen. Um sicher zu stellen, dass seine *Gatita* zu Hause versorgt wurde. Er warf einen Blick auf den Infusionsbeutel und machte sich daran, den Schlauch zu entfernen, ohne den intravenösen Zugang, der von einem Pflaster fixiert wurde, aus dem Handrücken zu ziehen.

Kim saß in der Cafeteria auf einem Stuhl und beobachtete den Regen vor dem Fenster des Krankenhauses, lauschte dem knochenerschütternden Donner. Gewitter, Wellen ... Egal, was für dumme Dinge die Menschen taten, die Welt drehte sich weiter. Flut und Ebbe wechselten sich ab, Stürme näherten sich vom Ozean und die Sonne erschien jeden Tag aufs Neue am Horizont.

Das Leben ging weiter.

Was ist mit meinem Leben? Galen hatte gesagt, dass sie nachhause gehen konnte.

Nachhause. Sie runzelte die Stirn, als der Blitz von einer Wolke zur nächsten schoss, und ein paar Sekunden später meldete sich der Donner.

Zurück nach Savannah? Zurück zum Vertrauten. Weg von Sklavenhändlern, dem FBI und entführten Frauen. Ihr Heimweh war regelrecht überwältigend, so drückend wie der Wind vor dem Fenster. Sie musste in ihr eigenes Leben zurückkehren, zu ihrer Arbeitsstelle, ihrem Haus, ihren Freunden. Ihrer Mutter.

Es ist Zeit nachhause zu gehen. Aber ... Master R? Der Gedanke, ihn zu verlassen, ließ ihr Herz bluten, als ob der Blitz sie getroffen hätte. Sie zwang sich auf die Beine und ging zurück in sein Zimmer.

Könnte sie es ertragen, ihn nicht mehr zu sehen? Nie wieder seine Hand auf ihrem Kopf zu spüren, oder zu seinen Füßen zu knien, oder das warme Vergnügen in seiner Stimme zu hören, wenn sie seine Bedürfnisse voraussah? Aber dann strömten andere Erinnerungen in ihr hoch und ihr wurde schlecht: *Der Aufseher tritt auf ihren Fuß, Lord Greville peitscht sie aus, bis Blut über ihre Beine läuft, und nicht zu vergessen die quälenden Stunden im Käfig.*

Mitten in der Cafeteria stoppte sie und konzentrierte sich auf die Atmung. *Ich kann das nicht noch mal durchmachen.* Master Rs Mutter hatte ihn als Gewalttäter bezeichnet, aber ... das war er nicht. Das war nicht möglich. Sie schien sich so sicher zu sein. *Was soll ich nur tun?*

Sie blieb auf der Türschwelle zu seinem Zimmer stehen.

Er sah erschöpft aus. Blass. Schmerzerfüllt. Hatte er versucht, aufzustehen, um die Toilette zu benutzen? Dickköpfiger Dom. „Ich denke, du musst den Knopf für dein Schmerzmittel drücken", sagte sie streng.

Mit einem seltsamen Ausdruck auf dem Gesicht schaute er zum Infusionsbeutel. Dann zu ihr. Sein Blick gab den Anschein, als ob er sich ihre Gesichtszüge genau einprägen würde. Er verweilte auf dem blauen Fleck auf ihrer linken Wange, ihrer aufgeplatzten Lippe und spannte den Kiefer an. „Ich habe mich nicht besonders gut um dich gekümmert, oder?"

„Ich lebe, bin nicht länger eine Sklavin und wir haben einen Sklavenring hochgenommen." Sein ausdrucksloses Gesicht war wie ein Warnsignal, das sich als Blitz in ihrem Verstand ankündigte. „Was ist los, Ma – Raoul?"

Seine Schultern spannten sich an, als hätte sie ihn geschlagen. Abweisend sah er zu ihr. „Nichts ist los. Du hast einen Besucher."

„Wer ist es? Mehr Polizisten?"

„Diesmal nicht." Sein Lächeln erreichte nicht seine Augen. „Die Polizisten sind fertig mit uns – zumindest bis sie rechtliche Schritte einleiten." Er hob seine Hand, als wollte er sie berühren. „Du kannst jetzt nachhause gehen."

„Kann ich?" Er schickte sie weg. Die Erkenntnis fühlte sich wie ein Schlag in die Magengegend an, grausamer als die Faust des Aufsehers in ihre Rippen, und so schwankte sie einen Schritt nach hinten.

Er zögerte und fragte dann gedehnt: „Was möchtest du, Kimberly?"

Eine Welle der Hoffnung erhob sich in ihr. Er gab ihr die Wahl. Sie müsste ihn nicht verlassen.

Allerdings sehnte sie sich nach Zuhause. Oder nicht? *Nein, ich liebe ihn.*

Aber war das genug? Sie war kein Teenager mehr. Liebe bedeutete nicht, dass eine Person mit jemandem eine Zukunft hatte oder dass die andere Person vertrauenswürdig war. Liebe war kein Garant für Lebensglück. Sie wusste, dass sie nicht bleiben konnte – es würde nicht funktionieren. Aber der Gedanke, dass er nicht da sein würde, um sie in der Nacht zu halten, um sie am Morgen mit schweren Lidern zu begrüßen, als er sich über sie schob, ihre Hände über ihrem Kopf platzierte und …

„Ich ...“ Ihr Herz spaltete sich langsam in zwei Teile.

Seine Augen schlossen sich und sein Kiefer spannte sich an. „Deine Mutter ist hier, Sumis – Kimberly.“

„Meine Mutter?“

„*Sí*. Sie ist im Wartezimmer am Ende des Flurs.“

Mom. Kim starrte Raoul an und die Anschuldigungen seiner Mutter spielten sich in ihrem Kopf ab. Sie dachte an ihre eigene Mutter. An die Beziehung zu ihrem Vater. Am Anfang hatte sie ihn geliebt – das hatte sie Kim bestätigt – und er hatte sie geliebt. Aber das hatte am Ende keine Rolle mehr gespielt. Er hatte sie mit seinen Forderungen fertiggemacht; er hatte sie zur Sklavin gemacht.

So will ich nicht enden. Ich bin nicht wie meine Mutter. Abgesehen vom Sex wollte sie nie eines Mannes Untertan sein. Sie hatte es nur getan, um die Sklavenhändler zu fangen, nicht um ... zu bleiben. *Ich habe ein Leben.* „Ich muss nachhause.“

Die braunen Augen, die sie beobachteten, schienen sich zu verdunkeln.

„Ja, ich denke, das musst du“, sagte er. Dominant. Master.

Ihre Wut kam unerwartet und doch hieß Kim sie willkommen. Sie drückte die Schultern durch – *oh ja, ich besitze ein Rückgrat* –, lief zum Bett und streckte ihre Hand aus. „Danke ... für alles.“ Für die zärtlichen und die dominanten Momente, für das Verständnis und den Sex und die ... Liebe. Sie wollte mehr sagen, aber ihre Kehle schnürte sich zu und hielt Worte und Tränen zurück.

Sein Kopf neigte sich, als er ihre Hand nahm und ihre Finger küsste. Im selben Atemzug ließ er sie los. *„Adios, Gatita.“*

Die Worte hallten immer und immer wieder durch ihren Kopf, als sie ihm den Rücken zudrehte und das Zimmer verließ.

KAPITEL SIEBZEHN

„*Adios, Gatita.*" **Schluss** *damit*, sagte Kim sich. *Hör auf, diese verdammten Worte in deinen Kopf zu lassen. Hör auf, dich verlassen zu fühlen.*

Wie lange würde es dauern, bis sie die Schrecken und die Angst ihrer Tortur überwunden und verarbeitet hatte?

Und die Liebe zu ihm?

Verflucht seist du, Master R. Er hätte sie mehr unter Druck setzen müssen – hätte alles versuchen müssen –, um sie über die fünf Meter, die sie das Haus verlassen konnte, hinauszubringen. Fünf Meter waren nicht genug. Kim stand in der Tür ihres Hauses und starrte auf ihr Auto. Geparkt am Bordstein, wie immer. So weit weg. Ihre Hände ballten sich zu Fäusten. *Ich schaffe das, verdammt.*

In der letzten Woche hatte sie alles andere geschafft. Ihre Albträume bekam sie mit Nachtlichtern unter Kontrolle. Natürlich war nichts so effektiv wie eine bestimmte tiefe Stimme und ein harter Körper, an den sie sich pressen konnte und der Sicherheit versprach. *„Adios, Gatita." Ertränke ihn.*

Die Arbeit beschäftigte sie, besonders wenn sie sich auf dem Wasser befand. Ihre Freunde und Kollegen hatten sie mit Freude wieder aufgenommen. Aber sie hatten sich auch Sorgen gemacht, da sie nicht wussten, welche Themen sie mit Kim meiden sollten. Sie vermisste das Verständnis von Gabi und den anderen Subs des Shadowlands.

Jeden Tag ging es ihr ein bisschen besser. Was nicht verschwinden wollte, waren das Gefühl des Verlustes und der Herzschmerz ...

Sie schüttelte den Kopf. *Doch das ist Geschichte. Ich muss mich auf das hier und jetzt konzentrieren. Im Moment ist es wichtig, dass ich zu meinem Auto komme.* Die ersten paar Tage war sie erfolgreich gewesen. Danach hatte sie jedoch eine halbe Ewigkeit im Auto gezittert und sich nach Halt suchend an das Lenkrad gekrallt. In dem Punkt glaubte sie, dass sie jeden Tag einen Schritt zurückmachte und ihre Angst sich verschlimmerte.

Sie sollte sich ein Haus mit einer Garage zulegen. Ein elektrisches Garagentor wäre ein Muss. Natürlich klang ein Parkhaus immer noch beängstigend, aber zumindest würde sie sich in ihrem eigenen Haus wohlfühlen und sie könnte es problemlos verlassen.

Sie schniefte und versuchte, ihre Nerven in Drahtseile zu verwandeln. Drahtseile, von wegen. Ihre Nerven bestanden eher aus ausgefranstem Garn, das unter Spannung schnappte. So wie das vor ein paar Nächten passiert war. Zwanzig Minuten hatte sie in der Tür gestanden, bevor sie den Mut aufgebracht hatte, einkaufen zu gehen. Geholfen hatte, als sie ans Telefon gegangen war und Gabis Stimme gehört hatte. Sie war einer Panikattacke nah gewesen. Und das war ihr unangenehm. Das sollte es nicht, aber ...

Nun unternahm sie den nächsten Versuch. Kim nahm drei Schritte und erstarrte, als sich ein Van näherte. Direkt hinter ihrem Auto parkte das Fahrzeug. Ihre Haut kühlte sich ab, als sie versuchte, standhaft zu bleiben und nicht panisch ins Haus zu rennen.

Ich hasse Lieferwagen. Aber er war nicht schwarz, nein, er war in einem fröhlichen Gelb lackiert und verziert mit Hunden. Also wirklich, kein Entführer, der etwas auf sich hielt, würde so ein Fahrzeug fahren. *Oder?*

Die Fahrerin sprang heraus und anstatt sich zu nähern, öffnete sie die hintere Tür. Unfähig, ihre Angst zu bewältigen, zog sich Kim ins Haus zurück. Gleich würde sie die Haustür zuschlagen.

Die Frau rief etwas und ein Hund sprang heraus. Braun mit einer dunklen Schnauze, die Ohren gespitzt. Ein großer Hund. Ein Deutscher Schäferhund?

Ihre Neugierde überwog ihre Angst und so wartete Kim.

Die kleine Frau mit den grauen Haaren lief über den Bürgersteig, in ihrer Hand ein dicker Umschlag. „Wie ich sehe, machen Sie es mir leicht. Sind Sie Miss Kimberly Moore?"

Die Angst verabschiedete sich und Kim lächelte. „Das bin ich." Unfähig zu widerstehen, kniete sie sich hin und streckte ihre Hand nach dem Hund aus. „Was für ein hübscher Junge du doch bist. So putzig."

Mit einem sanften Wimmern wartete er, bis die Frau sagte: „Es ist okay, Ari. Das ist deine Person."

Der Hund bellte und sprang schwanzwedelnd nach vorn, ließ sich von Kim streicheln und kraulen und bedankte sich, indem er sie mit der Zunge attackierte.

Die ältere Frau seufzte. „Die Nicht-Lecken-Regel will er einfach nicht lernen." Sie streckte Kim den Umschlag entgegen. „Wir sollten uns ein paar Minuten nehmen und über den Inhalt sprechen. Natürlich können Sie jederzeit anrufen, wenn Sie Fragen haben."

Kim runzelte die Stirn. „Fragen?" War das eine neue, religiöse Taktik, von der sie noch nichts gehört hatte? *Benutze einen Hund, um die Sünder dazu zu bringen, dich in ihr Haus zu lassen?* „Bezüglich?"

„Bezüglich Ari. Ari ist kurz für Ariel. Nach dem Erzengel benannt." Sie lächelte bei den überglücklichen Lauten des Hundes. „Ich denke, Ihr Freund behält Recht. Ihr scheint gut zusammen zu passen."

Freund? Zusammen passen? „Ich kann Ihnen nicht folgen. Wollen

Sie mir damit sagen, dass Sie den Hund – Ari – bei mir lassen wollen?"

„Ja, natürlich." Die Augenbrauen der Frau zogen sich zusammen. „Hat er Sie nicht angerufen?"

„Wer?"

„Oh je." Leicht verwirrt streckte die Frau ihre Hand aus. „Ich bin Maggie Jenkins. Ich bilde Wachhunde für Frauen aus. Nur für Frauen. Ein Mann namens Raoul Sandoval rief vorhin an und hielt mich für eine gute Stunde am Telefon, sodass ich jeden verfügbaren Hund beschreiben konnte. Und dann kaufte er Ari für Sie und bat mich, ihn noch heute zu liefern. Er meinte, dass Sie einen Begleiter nötig haben, der mit in ein Geschäft kann oder im Notfall auch geduldig vor der Tür wartet."

„Einen Begleiter?" Kim starrte Ari an, sah die großen Reißzähne, den kräftigen Körperbau, die schiere Bedrohung, die von ihm ausging. „Er wird mich überallhin begleiten? Und draußen warten, wenn er nicht rein darf?"

„Genau so ist es. Das ist sein Job."

„Aber ... wie lange steht er mir zur Verfügung?" *Gott*, wenn sie ihn wenigstens einen Monat behalten könnte – lange genug, um ihre Ängste zu überwinden.

„Miss, der Hund gehört Ihnen. Mr. Sandoval hat ihn nicht gemietet. Er hat Ari direkt gekauft und das ist auch gut so." Maggie lächelte. „Ari findet keinen Gefallen daran, gemietet zu werden. Er will seine eigene Person. Wie es aussieht, habt ihr euch ohnehin gesucht und gefunden. Schon jetzt wäre er traurig, Sie verlassen zu müssen."

Kim erkannte, dass der Hund auf ihrem Schoß lag. Sie lachte. Er leckte ihr die Tränen von den Wangen und sie vergrub ihr Gesicht in seinem weichen Fell.

Fünfhundert Kilometer von ihr entfernt und Master R beschützte sie noch immer. Wie konnte sie ihn nicht lieben?

Die Küche ihrer Mutter hatte sich nicht verändert, dachte Kim, als sie den Geschirrspüler mit den gestapelten Tellern von der Arbeitsfläche füllte. So ein fröhliches Zimmer mit weißen Schränken und gerüschten Vorhängen, dunkelblauen Arbeitsplatten und Kühen auf dem Kühlschrank und den Aufbewahrungsbehältern. *Grinsende Kühe. Wirklich merkwürdig und doch perfekt.*

„Also, dieser Mensch – dieser Mann –, bei dem du gewohnt hast ...“ Kims Mutter senkte einen Topf in das Spülwasser.

„Raoul.“ Seinen Namen auszusprechen, ließ sie noch immer am ganzen Körper kribbeln. Ari, der sich für appetitanregende Unfälle in der Nähe aufhielt, entließ ein Wimmern.

„Richtig. Raoul. Er schien sehr nett zu sein.“

Überrascht sah sie zu ihrer Mutter. „Warte – du hast ihn getroffen? Wann?“

„Er kam kurz vor dir in das Wartezimmer. Er meinte, dass er mich kennenlernen wollte.“

„Wie ist er dorthin gekommen? Er sollte das Bett nicht verlassen.“ Kim starrte auf ein Bild an der Wand, das sie als Kind mit einem Gips am Arm zeigte. Ihr Gesicht war angespannt, während sie versuchte, bei den Schmerzen nicht zu weinen. Das letzte Mal, als sie Master R gesehen hatte, trug er denselben angespannten Gesichtsausdruck. Er hatte ihre Hand in seine genommen und ihre Finger geküsst. Erst jetzt wurde ihr bewusst, dass der Schlauch des Infusionsbeutels nicht länger zu seinem Handrücken geführt hatte.

„Was für ein Idiot.“ Er war den Flur entlang gegangen, um ihre Mutter kennenzulernen. „Nun wundert es mich nicht mehr, dass sein Gesicht schmerzverzerrt war.“ Sie wollte ihn für seine Dummheit bestrafen. *Verdammter Macho.*

„Er wollte sichergehen, dass ich mich um dich kümmere, und er hat mir viele Fragen gestellt.“

Er hatte ihre Mutter kennengelernt. „Wirklich?“

Ihre Mutter lachte. „Oh ja. Er war sehr besorgt um dich.“

Kim lächelte ihre Mutter an, die in diesen Tagen so viel jünger aussah. Sie hatten Kims Rückkehr mit einem Wellness-Tag gefeiert. Kim mit einer Maniküre und Pediküre, während ihre Mutter sich die Haare hatte hellbraun färben lassen – inklusive Highlights. *Wer ist diese Frau, und was hat sie mit meiner Mutter angestellt?*

Natürlich kannte sie die Antwort. Vor ihrer Entführung hatte ihre Mutter einen Mann kennengelernt. Während Kim als vermisst galt, hatte er sich für sie als Fels in der Brandung herausgestellt. „Wie Greg, der sich stets um dich sorgt?"

Ihre Mutter errötete und blickte zum Wohnzimmer, wo Greg und einer seiner jüngeren Kollegen einen Touchdown bejubelten. „Das tut er, oder? Kim, ich bin so froh, ihn gefunden zu haben. Nun habe ich die Bestätigung, dass nicht alle Männer wie dein Vater sind."

„Wie kannst du das wissen? Du kochst immer noch, erledigst die Hausarbeit. Arbeitest." Kim runzelte die Stirn. „Gerade machen wir den Abwasch, während er vor dem Fernseher sitzt. Ich bin mir nicht sicher, ob es einen Unterschied gibt."

„Jetzt ist es ausgewogen. Das Innere des Hauses gehört zu meinem Aufgabenbereich, der Garten und alles, was damit zu tun hat, erledigt er. Weißt du noch, wie er den Rasen gemäht und die Büsche getrimmt hat, als du kamst, sodass wir uns in Ruhe im Wohnzimmer unterhalten konnten?"

„Das stimmt. Das hat er gemacht." Mom und Greg arbeiteten beide und lebten noch nicht zusammen, obwohl das zweifellos schon bald passieren würde. „Ich habe den Garten noch nie so schön gesehen." Oder das Haus. Nichts quietschte. Keine abgeblätterte Farbe zu sehen. Sie hatte Greg dahingehend gelobt, der daraufhin nur gelacht hatte, und meinte, dass er es nach einem langen Arbeitstag am Computer genieße, ein paar Stunden im Freien tätig zu sein.

Ihre Mutter trocknete ihre Hände an einem Handtuch ab. „Aber es ist nicht nur die Fairness, Schatz. Es ist die Art und Weise, wie er alles, was ich mache … wertschätzt. Er schätzt, wer ich bin." Sie seufzte. „Ich frage mich manchmal, ob ich es vielleicht geschafft hätte, deinen Vater zu verlassen, wenn mein Selbstwertgefühl nicht so im Keller gewesen wäre. Wenn dir jemand sagt, dass du wertlos und dumm und hässlich bist, fängst du irgendwann an, es zu glauben."

„Es ist eine andere Art von Missbrauch", entgegnete Kim. Wie seltsam, ihre Mutter als eine Leidensgenossin zu erkennen – eine Frau, die wie alle ihre Probleme und Unsicherheiten hatte. Und zu sehen, wie stolz sie war, dass sie emotional gewachsen war und ihr Leben in die Hand genommen hatte, machte sie glücklich.

„Ja, das ist es. Und es tut mir leid, Süße, dass du das alles mit ansehen musstest. Ich mache mir Sorgen, dass es dir eine verzerrte Sicht auf die Ehe gegeben hat. Auf die Liebe."

Das hatte es. Ihre Mutter war eine Sklavin gewesen, so wie die Frauen, denen ohne Einverständnis ein Halsband umgelegt wurde. Es war doch merkwürdig, dass einige Frauen weniger Rechte zu haben schienen, als eine Sub das hatte. Und ihre Mutter hatte in dieser Verbindung so gut wie keine Wertschätzung erhalten. „Vielleicht ein bisschen. Daran arbeite ich noch."

Es gab keinen Grund, ihrer Mutter ein schlechtes Gewissen zu machen. Sie biss sich auf die Lippe und dachte darüber nach, das Thema zu wechseln. Dummerweise rutschte ihr dadurch etwas heraus, worüber sie eigentlich nicht sprechen wollte. „Also ... was hältst du von Raoul?"

„Wie könnte ich einen Mann, der sich für meine Tochter vor ein Messer wirft, nicht mögen?" Mama schniefte und wischte sich eine Träne aus den Augen. „Ein Mann, der dich nachhause geschickt hat, obwohl jeder Blinde sehen konnte, dass es ihn innerlich zerrissen hat, dich gehen zu lassen."

Was? Als Kims Sehnsucht nach Master R zunahm, erhob sich Ari neben ihr und drückte seine Schnauze gegen ihre Hand. Sie küsste ihn auf seinen flauschigen Kopf. „Ich kann aber nicht mit ihm zusammen sein. Er will alle Entscheidungen treffen. Er will, dass ich ihm diene – will eine Sklavin."

„Würde er dich arbeiten lassen?"

Kim erinnerte sich daran, was er über seine ehemaligen Sklaven gesagt hatte. „Ich glaube, das ist kein Problem. Was mir Gedanken macht, ist, wie er den Rest der Zeit füllt."

„Na ja." Ihre Mutter schüttelte den Kopf. „Es klingt seltsam, das stimmt schon. Andererseits: Wie unterscheidet sich das davon, eine Ehefrau zu sein? Eine Ehe ist ... Jeder dient dem anderen, und nach dem, was ich von deinem Raoul gesehen habe, würde er sich genauso um dich kümmern, wie du dich um ihn gekümmert hast. Vielleicht kommt es am Ende nur darauf an, ob du es möchtest. Willst du, dass er es tut?"

Kim öffnete den Mund, bereit zu sagen: *Natürlich nicht!*

Aber ihre Mutter hielt ihre Hand hoch. „Wenn du die Antwort wirklich wüsstest, wärst du nicht so unglücklich. Du fängst nichts mit deiner Entscheidung an, weil du noch keine getroffen hast."

„Habe ich nicht? Ich dachte, das hätte ich."

Ihre Mutter schüttelte den Kopf. „Du siehst verloren aus, Süße."

„Ja, na ja, so fühle ich mich."

„Denke in Ruhe darüber nach, bis du dir sicher bist, was du willst. Wie auch immer du dich entscheidest, ich werde dich unterstützen."

Nachdem sie ihren Zyniker und ihren Feigling einen inneren Kampf hatte austragen lassen, hatte Kim Raoul angerufen. Sie hatte ihm für Ari danken und sich dann mit ihm unterhalten wollen. Jedoch war seine Sekretärin ans Telefon gegangen. Master R beaufsichtigte ein Projekt in Costa Rica.

So viel dazu. Als sie einen Salat zusammenstellte, wandte sie ihren Blick von ihrem Handy ab. Nein, sich von Gabi abhängig zu machen, war auch keine gute Idee. Aber sie vermisste sie. Und auch die anderen Subs.

Gabi hatte Beths und Nolans Hochzeit im Freien beschrieben. Master Z hatte seine Gärten für die Zeremonie zur Verfügung gestellt, also musste es wunderschön gewesen sein.

Und Kari hatte ihr Baby bekommen. *Ich wünschte, ich wäre dafür in der Stadt gewesen.* Gabi hatte extra ein Foto für sie gemacht und Kim war über das kleine, zerknitterte Gesicht nicht hinweggekommen. *So süß!* Ein kleiner Junge mit Master Dans dunklem Haar als feinen Flaum auf dem winzigen Köpfchen. *Warum habe ich das Gefühl, dass mein Leben dort ist?*

Kim trug ihren Salat zur Couch und schaltete den Fernseher ein. Nichts Sehenswertes, aber sie sehnte sich ohnehin nur nach Hintergrundrauschen.

Ari platzierte seinen Kopf auf ihrem Schoß und schnüffelte an der Schüssel, um die Aussichten auf Leckerbissen zu testen. Mit einem angeekelten Schnauben legte er sich zu ihren Füßen. Er verabscheute Salate.

Wie Master R.

Kim lächelte und erinnerte sich an den Vortrag, den sie bekommen hatte: „Wenn Gott wollte, dass Menschen Gemüse essen, hätte er es nicht grün gefärbt. Grüne Dinge sind schimmelig." Trotz seiner Meinung hatte er ihr immer geholfen, die Zutaten zu schneiden, und hatte dann selbst einen kleinen Teil davon gegessen. Sie fühlte sich wundervoll, wenn er etwas aß, das sie zubereitet hatte, und dass es gut für ihn war, verbesserte ihre Stimmung um so mehr.

Als sie ihn geneckt hatte, dass es ihre Aufgabe sei, ihn gesund zu halten, hatte er gelächelt, sein Gesichtsausdruck anerkennend und erfreut.

Fühlte er so auch über sie? War es seine Aufgabe, sie gesund zu halten? Glücklich?

Das gefiel ihr. *Aber was ist mit der Sache, dass er meine Entscheidungen für mich trifft?* Was, wenn sie nicht auf ihn hörte? Sie biss sich auf die Lippe. Auch in der Vergangenheit war das vorgekommen. Irgendwann hatte sie sich gefügt – weil es ihm wichtig genug gewesen war, es anzuordnen und ... Sie wollte ihm dieses Vergnügen bereiten und sein anerkennendes Lächeln empfangen.

Ich bin so verwirrt.

Die Rückkehr nachhause hätte ihr Leben wieder auf Kurs bringen sollen, aber sie schien vom Gleis abgekommen zu sein. War es vorher auch so einsam gewesen? Vielleicht sollte sie sich einen Mitbewohner holen. Sie wackelte mit ihren Zehen, stieß dabei gegen Ari, der näher rutschte, sodass sie ihn auf diese Weise kraulen konnte. Einen Mitbewohner, der reden konnte. Und argumentieren – selbst wenn es nur um die Unterschiede von Action- zu Liebesfilmen ging.

Sie hatte gestern Abend tatsächlich einen Chuck-Norris-Film gesehen. Wie seltsam war das?

„Was soll ich nur tun, Ari? Soll ich Master R einen Besuch abstatten, während ich dort bin?" Sie warf einen Blick auf das Flugticket, das auf dem Couchtisch lag. Am Freitag ging es nach Tampa. Im Krankenhaus hatten Galen und Vance sie gewarnt, dass sie für Verhandlungen gelegentlich anreisen müsste. *Kotz.* Der Gedanke, wieder über ihre Versklavung zu sprechen, machte sie krank. Andererseits ... Sie lächelte. Sie war Teil der Operation gewesen, um die Käufer und Sklavenhändler hinter Gitter zu bringen. Sehr ähnlich zu Käfigen. *Ein Hoch auf mich!*

Was sollte sie nun mit Master R machen?

„Ich vermisse ihn, weißt du? Ich liebe ihn wirklich, und ich denke, er liebt mich auch. Vielleicht." Sie runzelte die Stirn. Wie oft hatte sie sich das schon gefragt? Er hatte die Worte nur einmal zu ihr gesagt. *Was, wenn er es nicht so gemeint hat?*

Sie nahm einen Bissen von ihrem Salat und kaute entschlossen. „Und ich vermisse ..." Sie seufzte. „... die Zugehörigkeit. Vielleicht ist es das, um was es im Leben geht." Sie richtete ihre Gabel auf Ari. „Du zum Beispiel weißt, dass ich dich besitze, aber du weißt auch, dass ich dir gehöre. Ich bin deine Person und ich kümmere mich um dich. Ich füttere dich und bürste dich. Aber du bewachst mich und fühlst dich erfüllt, weil du das tun kannst. Dienen und Geben auf der einen Seite und Sicherheit und Dominanz auf der anderen. Ich sehe das Muster, jedoch ist es wirklich verwirrend."

Sie seufzte. „Ich glaube nicht, dass ich ihn so sehr lieben würde, wenn er nicht dominant wäre, denn das macht ihn zu dem Menschen, der er ist. Aber nur weil ich seine Kontrolle genieße, soll das im Umkehrschluss bedeuten, dass ich sie ständig will?"

Verdammt, warum gibt es kein Buch mit den Antworten zu diesen Fragen?

KAPITEL ACHTZEHN

Das US-Bezirksgericht war einschüchternd. Die Befragung, die Kim über sich ergehen lassen musste, hatte ihre Nerven nicht gerade beruhigt. Sie saß in einem langen Flur auf einer Bank und versuchte, sich zu fassen, während sie darauf wartete, dass Vance zurückkehrte. Sie hatte ihre Pflicht getan, ihre Informationen gegeben. Da Lord Greville tot war und der Aufseher kooperierte, füllte sie hauptsächlich die Lücken.

Sie war in der Lage gewesen, das Foto des Mannes zu identifizieren, der versucht hatte, sie zu kaufen, bevor Lord Greville es getan hatte. Auch an die beiden anderen Käufer neben Master R hatte sie sich erinnern können – an das Monster, das Holly auf dem Gewissen hatte. Ihr Herz weinte bei dem Gedanken an sie. Zu Tode gepeitscht hatte er sie.

„Na das hübsche Mädchen kenn ich doch." Bei der rauen Stimme hob sie ihren Kopf und ließ den Blick schweifen. *Sam.*

Und Master R.

Jede winzige Zelle in ihrem Körper sehnte sich so heftig nach ihm, dass es ein Wunder war, dass sie nicht den Flur hinunterflog.

Seine dunklen Augen blickten sie an. Er sah müde aus – tiefe Linien neben seinem Mund, sein Teint regelrecht schlammig.

Ist mit dir alles okay?, wollte sie ihn fragen, tat es aber nicht.

„Hey", presste sie heraus. „Seid ihr auch vom FBI herbestellt worden?"

Master R sagte nichts.

Sam runzelte die Stirn und nickte. „Das Gebäude ist voller Zeugen. Aber wir sind jetzt fertig."

„Ja, ich auch."

„Können wir dich irgendwo absetzen?", fragte Master R schließlich, und bei dem wunderbaren Klang seines wohlklingenden Baritons füllten sich ihre Augen mit Tränen.

Hinter den Männern öffnete sich die Tür. Zwei uniformierte Polizisten zeigten sich, die ... den Aufseher eskortierten. Seine Stimme, schneidend und ölig, traf sie wie ein Schlag – so unerwartet, dass sich ihre Eingeweide verdrehten. Seine Augen waren verbunden, und die Erinnerung an ihre Daumen, das Geräusch, als sie ... sein Schrei ...

Ihr Magen drehte sich. Würgend rannte sie den Flur hinunter zum Badezimmer.

Raoul beobachtete, wie sie in der Damentoilette verschwand, bevor er die Augen schloss und die Verzweiflung überhandnahm. Dass sie vor ihm flüchtete ...

Sein Herz hatte ausgesetzt, als er sie auf einer Bank am Ende der gefliesten Halle sitzen sah. Ein verbittertes Lachen hatte sich gelöst und er hatte sich automatisch abwenden wollen, denn ... jede dunkelhaarige Frau ließ ihn an sie denken – aber sie war es wirklich. Seine Kimberly. Er war direkt auf sie zugegangen und hatte sein Gehirn – und Sam – hinter sich gelassen.

Sam hatte eine Sekunde später aufgeholt, als er bemerkte, auf wem Raouls Aufmerksamkeit fokussiert war, und hatte daraufhin ein befriedigtes Grunzen von sich gegeben.

Die Distanz schien endlos. Sie befand sich außerhalb seiner

Reichweite, so wie das auch in den vergangenen Wochen der Fall gewesen war.

Als man ihn aus dem Krankenhaus entlassen hatte, war er in ein Haus zurückgekehrt, das so leer und kalt war wie der hohe Norden. Auf der Suche nach dem Trost, den sie immer von ihrer Zeit am Strand mitgenommen hatte, blickte er auf das Meer. Alles, was er fand, waren Erinnerungen an ihre Haare, die im Wind wehten, ihre kleinen Zehen, die von ihrer Zeit am Strand ganz schrumpelig waren und ihre nach Salz riechende Haut, als hätte er eine Meerjungfrau gefangen.

Nach ein paar Tagen schaffte er es nicht länger an den Strand und das Turmzimmer erlitt das gleiche Schicksal. Dem Kerker konnte er sich überhaupt nicht stellen. Die Küche hatte ihr Lachen und die Erinnerungen an das Teilen von Mahlzeiten widergespiegelt, wie sie zu seinen Füßen gekniet hatte, um Essen von seinen Fingern zu nehmen. Wie oft hatte er sie auf seinen Schoß gezogen, sodass er ihre Wärme an seinem Körper spürte?

Er fing an, auch seine Küche zu meiden.

Als Z und Cullen unerwartet aufgetaucht waren und feststellten, dass er an diesem Tag noch keine Nahrung zu sich genommen hatte, war Z ... in seinem Ton unnachgiebig gewesen.

Wenige Stunden später war Raoul zu einer Baustelle in Costa Rica geflogen und erst vor ein paar Tagen zurückgekehrt. Es ging ihm besser. Er würde darüber hinwegkommen und weitermachen.

Stirnrunzelnd starrte er die Tür zur Damentoilette an. Sie hatte nicht gesund ausgesehen, mit dunklen Ringen unter ihren Augen und hageren Wangen. Dann hatte er sie erblickt, mit ihren Armen gedankenverloren um ihre Beine geschlungen. Sie musste mit den Agents gesprochen haben. Er war nicht bei ihr gewesen, um sie zu halten, um sie in Sicherheit zu wiegen. Wut entfachte in ihm. Warum hatte Kouros ihm nicht gesagt, dass sie kommen würde?

Andererseits hätte sie ihm Bescheid geben können, dass sie in Tampa sein würde. Schließlich hatte sie seine Nummer.

Aber wie es schien, machte es sie krank, ihn zu sehen. Wie ein Roboter drehte er sich zu Sam. „Ich sollte verschwinden, bevor sie rauskommt."

Sam sagte ein übles Wort und nickte dann widerwillig. „Ist vielleicht besser. Bleibt es bei morgen?"

Raoul zögerte und nickte ebenfalls. Er konnte die Party nicht absagen, weil er damit Karis Gefühle verletzen würde. Das war nicht seine Art. „*Sí*."

Und am Sonntag ging es zurück nach Costa Rica.

Sam beobachtete, wie sich sein Freund mit gesenktem Kopf von ihm entfernte. Weichherziger Bastard. Die Reaktion des Mädchens hatte ihn innerlich zerrissen. Nach allem, was Raoul durchgemacht hatte, hatte er diesen Mist nicht verdient. Was zum Teufel hatte sie sich dabei gedacht?

Er marschierte zu der Damentoilette, schob die Tür auf und ging hinein.

Eine Frau stand am Waschbecken und frischte ihr Make-up auf.

„Raus", zischte Sam.

Mit einem Quietschen flüchtete sie und ließ ihren Lippenstift zurück. Sam schüttelte den Kopf. *Feigling.* Seine rothaarige Linda wäre nicht weggelaufen. Der Gedanke machte ihn nur noch wütender. Auf eine Weise war sie sehr wohl gerannt. Kein Anruf. Er hatte Galen nach ihr gefragt und die Antwort im Gesicht des Agents gesehen. Sie wollte mit ihm nichts zu tun haben.

Na gut.

Hektisches Atmen war aus der letzten Kabine zu hören und Sam schob die entriegelte Tür auf. Eine kleine Sub, auf ihren Knien, in Tränen aufgelöst. Verdienterweise. Sam versuchte, das Mitleid in ihm zu ignorieren, und machte ein paar Papiertücher nass. „Hier, für dein Gesicht."

Bei seinen Worten zuckte sie zusammen. Sie versuchte, aufzustehen, scheiterte jedoch.

Sam nahm ihren Arm und zog sie auf die Beine. Nicht sanft. „Mach dich frisch. Ich warte auf dem Flur."

„Es geht mir gut", sagte sie. Ihre Stimme war heiser, sie selbst kreidebleich.

Er runzelte die Stirn, als er in den Flur trat. Seltsam, dass sie so heftig auf Raoul reagierte, nachdem sie wegen seiner Stichwunden krank vor Sorge gewesen war. Ist im Krankenhaus etwas passiert, von dem er nichts wusste?

Na ja, sie war auf jeden Fall nicht in der Lage, eigenständig den Ort zu erreichen, an dem sie gerade einquartiert war. Warum zum Teufel war sie überhaupt allein hier?

Das war seine erste Frage, als sie rauskam.

„Gabi hatte Termine", antwortete sie und schaute im Flur erst nach links, dann nach rechts. „Marcus hatte einen Gerichtstermin. Sie wollten, dass Jessica oder eine der anderen Frauen mich begleitet, aber ich dachte, ich würde auch allein klarkommen." Sie drückte die Schultern durch. „Vance meinte, dass er mich aus dem Gebäude begleiten will, sobald er fertig ist. Mir geht es jetzt gut."

„Natürlich tut es das, Mädchen." Er nahm sein Handy zur Hand, rief den FBI-Agent an und sagte: „Ich bringe Kim nachhause." Ohne auf eine Antwort zu warten, legte er auf. Er nahm ihren Arm, ignorierte ihr Zittern und führte sie zum Parkplatz. Sie versuchte, sich an der Taxistation zurückzuziehen, und er warf ihr einen Blick zu, der sie schnell stoppte. Es gab Vorteile, wenn man Subs eskortierte.

Sobald er sie in seinem Pick-up hatte und auf den Freeway fuhr, würde er ihr die Fragen stellen, die ihm auf der Seele lagen. „Ist beim letzten Mal, als du Raoul gesehen hast, etwas vorgefallen?"

Sie schaute von ihren Händen auf, ihre Stirn vor Verwirrung gerunzelt. „N-Nein. Er übergab mich an meine Mutter und hat sich verabschiedet."

„Okay, was war das dann eben, als dich sein bloßer Anblick zum Klo geführt hat?"

„Sein Anblick ...? Du denkst, dass mir wegen Master R übel geworden ist?" Mit weit aufgerissenen Augen starrte sie ihn an.

War der Mann verrückt? Kims Finger legten sich um den Sicherheitsgurt. Wie konnte er das glauben ...?

Vielleicht hatten Raoul und Sam nicht gesehen, wer den Gerichtssaal hinter ihnen verlassen hatte. Wahrscheinlich hatten sie nicht mal diese ölige Stimme gehört. Schließlich hatten sie nicht wochenlang krampfhaft ihr Bestes geben müssen, um auf jede Nuance zu reagieren, sodass sie keinen Schmerz zu erwarten hatte. „Der Aufseher kam aus einem Raum hinter euch. Er hat gesprochen." Sie erschauderte und ihr Magen drehte sich. „Ich habe ihn gesehen, ihn gehört." Den Verband ... denn seine Augen ... Sie schluckte schwer.

„Scheiße ... Atme tief ein, Mädchen." Sam drehte die Klimaanlage hoch. „Kotzt du in meinen Pick-up, versohle ich dir den Hintern und da ist es mir auch egal, was Raoul dazu zu sagen hat."

Die kühle Luft zusammen mit seinem dominanten Tonfall eliminierten die Erinnerungen und beruhigten ihren Magen. Ihre Fäuste lösten sich. Dann schaltete sich ihr Gehirn ein. „Du dachtest, Master R zu sehen, würde mich krank machen? Gott, Sam, hat er das auch gedacht?"

„Hat er."

„Oh nein!"

„Hast du vor, ihn während deiner Zeit hier, zu besuchen?", fragte Sam. Seine Finger klopften ungeduldig auf das Lenkrad, als der Verkehr sich verlangsamte und ein Hupkonzert startete.

„Ich ..." Sie seufzte. Ihr Flug am kommenden Samstag war ein Kompromiss gewesen. Anstatt heute zu fliegen, hatte sie sich die Möglichkeit gegeben, ihn anzurufen, wenn sie den Mut fand. „Ich habe meine Meinung sooft geändert, dass mir schwindelig ist. Ich möchte ihn so, so gerne sehen." So sehr, dass sich Schmetterlinge in ihrem Bauch regten. „Dann erinnere ich mich, dass er e-eine ..." Keine Sklavin, hatte er gesagt. „... eine Vollzeit-Sub will. Mich will er nicht."

„Hast du ihm nicht gerne gedient?", fragte Sam, als wollte er wissen, ob sie chinesisches Essen mochte.

„Ich ..." *Ja.* „Verdammt, nein. Ich habe eine Rolle gespielt." *Ich bin eine Sub fürs Schlafzimmer. Nicht mehr, nicht weniger.* Sie starrte aus dem Fenster, folgte mit den Augen den Autos auf der nächsten Spur. Alter Mann – wahrscheinlich für den Ruhestand nach Florida gekommen. Ein Ehepaar mit kleinen Kindern – Touristen.

„Dann hast du deine Rolle wirklich perfekt ausgefüllt, Sub", sagte er in einem gelassenen Ton. „Du sahst unglaublich zufrieden aus, als du zu seinen Füßen gesessen hast."

Seine Worte trafen sie tief und sie sah ihn finster an. „Na ja, ich lie – ich mag ihn. Sehr. Das bedeutet aber noch lange nicht, dass ich seine Sklavin sein will."

Sam schnaubte. „Missy, wenn ich eine Frau auswähle, mit der ich eine Session spielen möchte, nehme ich kein Leichtgewicht, das nur an einem süßen Spanking interessiert ist. Ich suche mir eine Masochistin, die will, was ich ihr geben kann. Ich suche jemanden, dessen Schmerzbedürfnis mit meinem Bedürfnis über-einstimmt, Schmerz zu geben."

„Ich –"

„Sei ruhig, Mädchen." Er wechselte auf die Überholspur, um an einem langsamen LKW vorbeizukommen, und reihte sich dann vor dem überholten Fahrzeug ein. „Ein Master wie Raoul sucht eine Frau, deren Bedürfnis, zu dienen und sich zu unterwerfen, seinem Bedürfnis, zu schützen und das Kommando zu über-nehmen, entspricht. Gleichgewicht ist das Stichwort, Süße, und in den besten Beziehungen ist der Master genauso involviert wie der Devote. Wenn du es nicht geliebt hättest, ihm zu Füßen zu liegen, hätte keiner von euch dermaßen glücklich ausgesehen."

Glücklich? Master R?

„Die Frage, die du dir also stellen solltest, lautet: Erfüllt es ein Bedürfnis in dir, unter Raouls Befehl zu stehen und ihm zu dienen? Fühlst du dich erfüllt, wenn dir vielleicht davor nicht mal bewusst war, dass dir im Leben etwas fehlt?"

„Ich –"

„Habe ich gesagt, dass du sprechen kannst?" Bei seinem kalten Ton schnappte ihr Mund zu. Schweigend beendeten sie die Fahrt, dann führte er sie zu Marcus' Haustür.

Marcus ließ sie rein. „Sam, was machst du denn hier?"

„Ich bin ihr im Gericht über den Weg gelaufen." Sein hellblauer Blick hielt sie gefangen. „Es täte dir gut, über meine Worte nachzudenken, Mädchen. Und du wirst Raoul anrufen und ihm erklären, warum du weggerannt bist. Wenn du das nicht tust, mache ich meine Drohung wahr und verpasse dir einen roten Arsch." Er warf ihr einen weiteren harten Blick zu und marschierte davon.

Nachdem sie sich gegen ein Abendessen mit Marcus und Gabi entschieden hatte, tat Kimberly, was Sam angeordnet hatte. Zumindest den Teil bezüglich des Nachdenkens.

Gott, es war so toll gewesen, Master R wieder gegenüber zu stehen. Am liebsten hätte sie sich in seine Arme geworfen. Der verdammte Aufseher hatte alles vermasselt. Master R hätte sie vielleicht umarmt, gehalten oder geküsst. Sie seufzte. Aber hätte das ihre Fragen beantwortet?

Kim rutschte auf dem Terrassenstuhl nach unten und beobachtete den riesigen, aufgeblasenen Schwan ziellos im Pool treiben, angetrieben von der sanften Brise. *Genau wie ich*, entschied sie. Unfähig, sich für eine Richtung zu entscheiden.

Sie seufzte und konzentrierte sich auf die Aufgabe, die ihr von Sam gegeben wurde. Sie versuchte, den vergangenen Schwachsinn und ihre vorgefassten Vorstellungen davon, wie die Welt sein sollte, zu verwerfen. *Ich liebe Master R.* Das stand fest.

Wollte sie mit ihm leben? *Gott, ja.*

Wollte sie, dass er das Sagen hatte? Denn das hätte er. Er konnte nicht anders. Und, okay, es gefiel ihr. Das meiste davon. Was auch immer sie sich einzureden versuchte, als sie ihn gebeten hatte, wieder ihr Master zu sein, sie wusste, dass der Grund dafür nicht nur bei den Sklavenhändlern und ihrer Heilung gelegen hatte. Sie wollte, dass er seine Kontrolle auch außerhalb des Schlafzimmers zur Anwendung brachte. Dies zuzugeben, ließ sie zusammenzucken. Was würde er noch von ihr verlangen?

Würde er versuchen, sie zu etwas zu machen, das sie nicht sein wollte?

Vertraue ich ihm?

Wie könnte sie das nicht? Wie ihre Mutter meinte, hatte er für sie sein Leben riskiert. Was nicht damit zu vergleichen war, jemandem die Kontrolle bei alltäglichen Dingen zu übergeben. Sie zog die Beine heran und ruhte mit dem Kinn auf ihren Knien.

Die Erinnerung an die Anschuldigungen seiner Familie fühlte sich wie Sand in ihren Schuhen an. Sie konnte laufen, jedoch machte es sie wahnsinnig. Sie glaubte ihnen nicht, aber sie musste herausfinden, was mit der Frau von Master R passiert war, bevor sie sich den anderen Fragen in ihrem Kopf zuwandte.

Morgen früh ging ihr Flugzeug.

Sie kehrte zurück ins Wohnzimmer, wo Gabi mit ihren Katzen Hamlet und Horatio spielte. „Wo ist Marcus?"

„Er musste ins Büro. Weißt du nun, was du in Bezug auf Raoul machen willst?"

Kim lächelte sie betrübt an. Es gab nichts Besseres als eine Freundin, die dir am Gesicht ablesen konnte, dass etwas nicht stimmte. „Zum Großteil. Aber ich brauche Hilfe. Im Kranken- haus bin ich Raouls Familie begegnet. Er hat mir erzählt, dass seine Familie wegen seines Lifestyles nicht mit ihm redet, aber sie meinten, dass er seine Ex-Frau misshandelt hat. Ich ... das gehört zu haben, hält mich noch zurück."

„Verdammt, das ist verständlich. Aber Raoul soll jemanden misshandelt haben? Das kann und will ich nicht glauben."

„Das habe ich auch gesagt. Aber, Gabi, ich muss sichergehen."

„Mmm. Okay." Gabi warf die flauschige Filzmaus und die beiden Katzen nahmen die Verfolgung auf. „Er war bereits geschieden, als ich ihn kennenlernte. Es geschah auch vor Marcus' und Jessicas Zeit. Aber ich wette, dass Jessica weiß, wen wir in dem Punkt ausfragen können."

***

Ein Anruf und eine Autofahrt später trafen sie Jessica vor der Tür des Shadowlands. Trotz ihrer Nervosität lachte Kim über den Gesichtsausdruck des Türstehers, als er sie sah. Ben war mit ihren lässigen Shorts und den T-Shirts nicht einverstanden und hatte sie dazu gebracht, ihre Sandalen und Turnschuhe auszuziehen. Zudem hatte er sie davon unterrichtet, dass Z, Marcus und Master Raoul nicht hier waren ... Als ob das Wissen sie zum Umdrehen bewegen würde. *Nein, ganz sicher nicht.*

So früh an einem Freitagabend bereitete sich das Shadowlands erst auf die Mitglieder vor und nur wenige Stationen waren besetzt. Cullen regelte die Bar. Er war ihnen mit dem Rücken zugewandt und ausgehend von der Art und Weise, wie sich Gabi und Jessica dem dunkelsten Eckchen näherten, begann Kim sich Sorgen zu machen. „Ihr werdet doch keinen Ärger bekommen, oder?"

Die beiden tauschten Blicke aus und kicherten. Jessica sagte: „Ich darf nicht ohne Z hier sein. Keine Ausnahmen. Wenn er uns sieht, wird Master – Oberpetze – Cullen es ihm sicher sagen. Gut möglich, dass er uns selbst rauswirft."

Gabi grinste Kim kleinlaut an. „Das Gleiche gilt für mich.

Marcus würde einen Anfall bekommen. Sieh nur, wie sehr ich dich liebe."

„Oh Gott, es tut mir leid. Schickt mich einfach in die Richtung der Auszubildenden und verschwindet, bevor euch jemand sieht. Ich kann –"

Jessica schüttelte den Kopf. „Sally kennt dich nicht. Sie mag ein Klatschweib sein, aber sie ist extrem vorsichtig, wenn es darum geht, mit wem sie diesen Klatsch teilt."

„Kim, wir lieben unsere Doms, aber es gibt Zeiten, in denen ein Mädchen tun muss, was ein Mädchen eben tun muss." Gabi grinste Jessica an. „Außerdem waren wir in letzter Zeit so artig wie Engel, sodass wir Gefahr laufen, unseren offiziellen Status als Gören zu verlieren."

„Das darf nicht passieren", stimmte Jessica zu. „Und da ist auch schon unsere Zielperson." Sie zeigte auf die Tische mit dem Essen und winkte, was die Aufmerksamkeit einer hübschen Brünetten auf sich zog, die sich grinsend auf die Gruppe aus drei Frauen zubewegte.

Sie hatte eine Energie, die Kim an ein Kind erinnerte – enthusiastisch bis zum geht nicht mehr, ohne sich Gedanken über ihre Würde zu machen. Dann runzelte Kim die Stirn. War das nicht die Sub, die von diesem fiesen Dom ins Gesicht geschlagen wurde?

„Hey." Die Brünette sah sich um. „Wo sind eure Master?"

„Das willst du nicht wissen", sagte Jessica. „Sally, das ist Kim, die –"

„Master Raouls Sub." Sallys Augen weiteten sich. „Ich habe deine Fireplay-Session nicht beobachten können, aber ich habe euch danach zusammen gesehen. *Gott*, er verehrt dich wirklich, oder?" Ihr Neid war offensichtlich und ermutigend.

„Ich –" Kim seufzte. „Vielleicht. Ich habe allerdings eine Frage zu seiner Vergangenheit. Kannst du mir helfen?"

„Sicher. Wenn Jessica sagt, dass es okay ist, dann sollte es das auch sein." Sally wies auf eine Sitzecke neben dem Buffet. „Nehmt

Platz und ich werde ein paar Snacks holen. Bei Gossip brauche ich immer eine Stärkung."

„Sie ist so süß", flüsterte Kim Jessica zu, als sie sich setzten. Indessen holte Gabi für jede eine Flasche Wasser. „Ich kann nicht glauben, dass sie keinen eigenen Dom hat."

Jessica grinste. „Sie ist total süß und immer für eine gute Zeit zu haben, aber während einer Session finden die Doms oft heraus, wie unfassbar klug sie ist. Sie hatte ein paar Beziehungen, sie kann jedoch die Kontrolle nicht abgeben. Das klappt nur, wenn ein Mann willensstark ist und über einen scharfen Verstand verfügt."

Gabi stellte die Wasserflaschen ab und warf einen wehmütigen Blick zur Bar. „Ein Drink klingt gerade echt gut."

Sally brachte einen Teller mit Frühlingsrollen und einen weiteren mit Minipizzen und ließ sich dann auf einen Stuhl fallen. „Okay, welche Informationen brauchst du?"

Kim zögerte. Es fühlte sich wie ein Verrat an, aber …

„Raouls Ex", sagte Gabi entschlossen und zwinkerte Kim zu. „Etwas Hässliches ist mit ihr passiert und Kim würde gern wissen, was es war."

„Oooh", Sally hob aufgeregt die Hand. „Wähle mich, Frau Lehrerin! Ich kenne die Antwort!"

Jessica und Gabi lachten.

Oh Gott, sie wusste tatsächlich etwas. Kims Magen drehte sich.

Sally nahm einen ernsten Ausdruck an und sagte gedehnt: „Die Geschichte besteht aus zwei Teilen, und ich sollte den ersten wohl nicht kennen. Aber es ist nicht so, dass ich geschnüffelt habe oder so. Master Raoul hatte gerade die Scheidung eingereicht. An dem Abend saß er mit Master Dan an der Bar und sie hatten beide mehr als normal getrunken." Sie zog eine Grimasse. „Ähm, mir wäre es lieber, sie würden nicht herausfinden, dass ich euch das alles erzähle. Ich hatte den Eindruck, dass Dan die einzige Person ist, die es weiß."

„Ich werde dich nicht verpetzen", versprach Kim.

„Dan trinkt?", fragte Jessica.

„Er hat vor einiger Zeit aufgehört." Sally mampfte eine Frühlingsrolle. „Okay, es war so: Master Raoul kam nachhause, ging in seinen Kerker und fand seine Frau, die dort den Mann ihrer eigenen Schwester gevögelt hat. Einvernehmlich."

„Heilige Scheiße", sagte Gabi. „Armer Raoul."

„Oh ja." Sally öffnete eine Flasche Wasser. „Es kommt noch schlimmer. Der Schwager hatte sie zuerst brutal ausgepeitscht."

Kim runzelte die Stirn. „Sie hat Liebe mit einem Mann gemacht, der sie zuvor verletzt hatte? Das ergibt keinen Sinn."

„Oh, das tut es. Sie ist eine krasse Schmerzschlampe – auf eine merkwürdig verzerrte Weise, weißt du? Sie steht auf Narben und Blut und so. Ich bin mir nicht sicher, ob sie überhaupt Grenzen hatte, aber Raoul – nun, du kennst ihn ja – er hat eine Grenze, die er nicht überschreitet. Er hat nichts gegen Prellungen und Schrammen, bleibende Schäden gehen allerdings für ihn zu weit. Sie waren einfach nicht füreinander geschaffen."

Alicias Verletzungen kamen also nicht von Raoul? Kim runzelte die Stirn.

„Gott, das ist guter Klatsch", sagte Jessica. „Ich meine, es ist schrecklich, dass wir es so erfahren, aber ..." Sie rutschte auf dem Stuhl herum und räusperte sich. „Bitte fahre fort."

„Da war ich also, bringe ihnen Getränke, als Raoul mit Dan über die Sache spricht. Er war mit den Nerven völlig am Ende."

„Gott, das muss ihn schwer verletzt haben." Kim fühlte für ihn mit. Master R war so vorsichtig und bestand stets auf Ehrlichkeit. Dass seine Frau ihn betrogen hatte – und das in seinem eigenen Haus. „Hatte er wirklich keine Ahnung? Er weiß immer, wenn ich lüge."

Jessica legte einen Arm um Kim und zog sie an sich. „Sogar die Master des Shadowlands sind nur Menschen – obwohl es manchmal nicht leicht ist, sich daran zu erinnern. Wenn sie ihren Dom raushängen, sind sie verdammt scharfsinnig, aber so konzentriert können sie nicht vierundzwanzig Stunden am Tag sein."

„Man konnte sehen, dass es in der Ehe Probleme gegeben hat.

Raoul, er ist so ehrenhaft, er würde nicht aufgeben. Alicia jedoch
–" Sally zuckte mit den Schultern. „Sie war nett genug und jeder
mochte sie. Sie hatte diesen großartigen sarkastischen Sinn für
Humor, aber sie war ... hmm ... vielleicht nicht so ehrlich."

Nein, Ehebruch passte nicht gerade in die Kategorie Ehrlichkeit. Aber warum war Alicia mit dieser verlogenen Geschichte zu
Master Rs Familie gegangen? Schließlich hatte er sie ja nicht
betrogen. „Also ließ sie sich von Master R scheiden und sie gingen
getrennte Wege? Denn ich habe gehört ..." Wie sollte sie das
formulieren? „Mir ist zu Ohren gekommen, dass sie ein paar
Sachen über ihn verbreitet hat."

Sally steckte sich eine Frühlingsrolle in den Mund und hielt
die Hand hoch – eine Bitte um Geduld. „Okay, das ist der zweite
Teil der Geschichte. Ich habe es von Vanessa gehört, die es von
Alicia gehört hat, da sie damals BFFs waren. An sich ist es kein
Geheimnis. Alicia verlangte einen Ehevertrag, weil Master Raoul
kurz zuvor seine Firma gegründet hatte und sie das große Geld
verdiente. Na ja, sie wollte nicht teilen."

Die Frau klang einfach furchtbar, entschied Kim.

„Was für eine Verliererin", murmelte Gabi.

Sally fuhr fort: „Dann hatte Raoul Erfolg mit seinem Unternehmen. Natürlich ist er über ihren Verrat wütend und er hat
sich an die getroffenen Vereinbarungen in dem Ehevertrag
gehalten – was dir gehört, gehört dir und was mir gehört, gehört
mir. Obendrein hatte er gleich den nächsten Tag die Scheidung
eingereicht. Also rastet sie aus und erzählt herum, dass er sie
betrogen hätte."

„Obwohl es andersrum war." Gabi schüttelte den Kopf.
„Armer Raoul."

„Das kannst du laut sagen. Nachdem sie die Papiere
bekommen hatte, kam sie in den Club und schrie sich in der
Umkleidekabine die Lunge aus dem Hals. Sie zog sich aus, um den
Schaden zu zeigen, der eigentlich auf den Schwager zurückzuführen war. Aber sie sagte, Raoul hätte es getan."

„Oh, mein Gott", rutschte es Gabi raus. „Ich wette, dass ihr einige sogar geglaubt haben."

„Nicht für lange." Sally grinste. „Das war, bevor Raoul zum Master gewählt wurde, also hatte Z keine Ahnung, was wirklich passiert war. Aber ihr wisst ja, wie Z ist – unser ansässiger Super-psychologe mit einer extra Portion Dom."

Jessica kicherte. „Ja, das ist er."

„Was hat er also gemacht? Er ist in die Damenumkleide marschiert – damit hat er einige nackte Subs in helle Aufregung versetzt. Alicia war ihm mit dem Rücken zugewandt, sodass er ihrem Schwachsinnsgerede unbehelligt lauschen konnte."

Kim bemerkte, dass sie den Atem anhielt. „Warst du dabei?"

„Ja, alle Auszubildenden haben sich gerade für den Abend umgezogen." Sally schüttelte sich verspielt. „Z war – *Gott*, er hörte zu, und sein Gesicht nahm diesen angepissten, kalten Ausdruck an, bei dem deine Organe wie Rosinen zusammenschrumpeln. Ihr wisst, was ich meine. Und daraufhin sagt er ihr direkt ins Gesicht, dass sie lügt."

„Ooooh", presste Jessica heraus. „In Bezug auf Lügner macht Z nie einen Fehler."

„Was ist dann passiert?" Gabi ergriff Kims Hand.

„Sie hat nicht einmal versucht, es zu leugnen. Nicht vor Master Z." Sally spielte mit ihrer Wasserflasche. „Er meinte zu ihr, dass sie eine Minute hat, um sich anzuziehen. Schließlich hat er sie rausgeschmissen und ihre Mitgliedschaft gekündigt."

Das erklärte, warum Master Rs Ex auf Rache aus war. Aber was war mit der Sache, dass er sie angeblich nicht hatte gehen lassen? „War sie seine S-Sklavin?"

Gabi erhob das Wort: „Kim –"

„Ich muss es wissen."

Jessica runzelte die Stirn. „Raoul, Z und ich haben uns vor nicht allzu langer Zeit unterhalten. Z hatte mir den Arsch versohlt, weil ich unverschämt gewesen bin. Dabei hat er Raoul erzählt, wie es bei uns am Anfang war, wie wir uns zunächst auf das Schlafzimmer konzentriert haben und erst nach und nach den Lifestyle ausgeweitet haben." Sie zuckte mit den Schultern. „Zu wissen, dass Z jederzeit die Zügel in die Hand nehmen könnte, bedeutet, dass es immer unter der Oberfläche brodelt – und ich liebe es."

Sally entließ einen hörbaren Seufzer.

Jessica grinste sie an. „Wie auch immer, Raoul meinte, dass es bei ihm andersrum war. Er und Alicia haben in einer Master/Sklavin-Beziehung begonnen, die dann schnell verglüht ist." Sie biss sich auf die Lippe. „An dem Abend sah er einfach ... verloren aus."

Kim konnte den Schmerz in ihrer Brust spüren. „Wieso also anfangen und dann stoppen?"

Sally schüttelte den Kopf und sagte langsam: „Ich denke, neue Liebe macht dich verrückt, und wenn du neu im BDSM bist, ist es vielleicht schwierig zu sagen, was du eigentlich willst. Aber falls du nicht das Bedürfnis hast, zu dienen oder dich zu unterwerfen, dann wird eine derartige Beziehung nicht lange funktionieren. Auf der anderen Seite gibt es solide Master/Sklave- und Dom/Sub-Beziehungen, in denen die Menschen nicht verliebt sind, jedoch beide Parteien Erfüllung finden."

„Das ist ziemlich verworren, aber ich verstehe, was du uns sagen willst", sagte Gabi.

Sally grinste. „Na ja, Alicia fand an Unterwerfung keinerlei gefallen. Auch wollte sie niemandem dienen. Sie war eindeutig eine Masochistin. Es war so offensichtlich. Dies zu akzeptieren, war jedoch nicht einfach für Master Raoul. Er ist dominant bis auf die Knochen."

Könnte ich Master R glücklich machen? Kim runzelte die Stirn. *Will ich ihm dienen, nur weil ich ihn liebe?* Oh, wunderbar. Mehr Fragen. Aber für den Moment ... „Wie spät is es?"

„Kurz nach neun. Warum?", fragte Jessica.

„Ich möchte jemandem einen Besuch abstatten." Sie wühlte in ihrer Handtasche und zog die Notiz heraus, die sie sich im

Vorfeld gemacht hatte. Es war geradezu beängstigend, wie einfach es war, im Internet an die Adressen von Personen zu kommen.

Sie wollte Gabi bitten, ihr das Auto zu leihen, dann überlegte sie es sich aber anders. Vor der Haustür von jemandem in Panik zu geraten, wäre nicht klug – sie hätte ihren Begleithund mitbringen sollen. „Gabi, würdest du mitkommen?"

KAPITEL NEUNZEHN

Ihr **Flugzeug würde** gleich abheben. Raoul runzelte die Stirn bei dem Entwurf für eine Kabelbrücke auf seinem Computer und beendete das Programm. Wenn er so halbherzig weitermachte, müsste er am Ende alles nochmal machen. Er lehnte sich in seinem Stuhl zurück und starrte an die Decke.

Es wird Zeit, dass du dein Leben wieder in die Reihe bekommst, Sandoval. Wahrlich, er sollte für gestern – ihre Reaktion auf ihn – dankbar sein. Sein letzter Zweifel war aus der Welt geräumt. Nun wusste er, dass er nicht mehr darauf hoffen musste, dass sie zu ihm zurückkehrte. Er rieb sich die Wange und bei den Stoppeln zog er die Augenbrauen zusammen. Schon wieder hatte er vergessen, sich zu rasieren. Vor der Party sollte er das nachholen.

Wenn sie dort auftauchte, vor ihm auf die Knie fiel und ihn anflehte, sie als seine Sklavin zu akzeptieren, würde er sie abblitzen lassen. Er schloss die Augen und zog scharf den Atem ein. *Nein.* In den letzten Wochen hatte er erkannt, dass er diesen Schritt nicht machen konnte. Nicht jetzt. Vor allem nicht mit einer Frau, die sein Herz stehlen und dann vielleicht entscheiden würde, sie hätte einen Fehler begangen.

Er ließ den Blick schweifen. Das Haus hatte er gebaut, um seine Ex-Frau aus seinen Erinnerungen auszulöschen.

Stattdessen kämpfte er nun mit Kimberlys Präsenz. So viele Erinnerungen, nur von den wenigen Wochen, die sie zusammen verbracht hatten, und dabei hatte er schon zu Beginn gewusst, dass ihre Zeit begrenzt wäre.

Wie viel schlimmer wäre es, wenn sie erst an einer gemeinsamen Zukunft arbeiten würden und sie ihm schließlich sagte, dass sie an einem Master doch kein Interesse hatte, dass sie ihn nicht liebte und ihm nicht dienen wollte? Müsste er dann noch ein Haus bauen?

Er versuchte zu lachen, aber es klang eher wie eine Reaktion auf einen Bauchschuss. Seine Liebe zu Alicia war mit seinen überwältigenden Gefühlen für Kimberly nicht zu vergleichen. Kim war warmherzig und lachte viel. Er seufzte. Niemals hätte er der Hoffnung in ihren Augen eine Zuflucht geben sollen.

Anders wäre das, wenn er sich sicher sein könnte, dass sie ihn wollte und ihn akzeptieren würde. Wenn er sie vor ihrer Versklavung getroffen hätte, wäre er eher dazu bereit gewesen, sie ihren eigenen Bedürfnissen und Vorlieben näher zu bringen.

Sie war mutig, sicher, aber es – *er* – wäre zu viel für sie.

Er hatte versucht, ein Vanilla-Leben zu führen. Er konnte es nicht wieder tun. Unbewusst würde er die Kontrolle der kleinen Sub an sich reißen, und sie würde ihn dafür hassen. Und ihn verlassen.

Vielleicht wäre er in ein paar Jahren bereit, sich der Möglichkeit zu öffnen. Kimberly hätte sich bis dahin einen netten normalen Mann angelacht und Kinder mit ihm gezeugt. Der Gedanke brach ihm das Herz.

Er schluckte und zwang sich zu einem Lächeln. Er würde ihr alles Gute wünschen.

Mit den Lippen fest aufeinander gepresst setzte er sich an seinen Computer und holte das Programm erneut hervor. Ihm blieb seine Arbeit. Gute Ablenkung.

Eine Stunde später klingelte es an der Haustür. Er warf einen Blick auf die Uhr – zehn Uhr morgens. Die Party für Kari und Dan begann erst in drei Stunden, und die Caterer waren bereits hier gewesen, um den Kühlschrank zu füllen. Wer stand also vor seiner Tür? Kimberly? Kurz entbrannte die Hoffnung in ihm und sein Herz sang. Nein, sie war schon lange nicht mehr in der Stadt.

Er speicherte seinen Entwurf und machte sich zur Tür auf. Wenn er ehrlich war, freute er sich über eine kleine Pause. Alles war besser als das leere Gefühl der Einsamkeit in seinem eigenen Zuhause. *Erbärmlich, Sandoval.* Er konnte es nicht erwarten, das Haus wieder zu verlassen.

In der Annahme Pfadfinder vorzufinden, die ihm Kekse verkaufen wollten, riss er die Tür auf. Die Nachbarskinder wussten mittlerweile, dass er nicht *Nein* sagen konnte. Aber ein Kind entdeckte er nicht auf seiner Türschwelle.

Für einen Moment konnte er die Person nur anstarren. „*Mamá.*"

„*Mijo.*" Seine Mutter hatte Tränen in den Augen. Lucia stand hinter ihr und schluchzte.

Wurde einer seiner Neffen verletzt? Raoul nahm die zerbrechlichen Hände seiner Mutter in seine. „*Mamá*, was ist passiert? Was ist los?"

„Raoul, ich war so grausam. Ich hatte keine Ahnung." Seine Mutter schlang ihre Arme um ihn und weinte, als würde ihr Herz brechen.

„Bitte weine nicht. Was auch immer los ist, ich werde es richten."

Eine Sekunde später krallte sich seine Schwester ebenfalls an ihm fest.

Carajo, gut konnte das nicht sein. „Ist etwas mit den Jungs?" Die Schluchzer und die Tränen hörten nicht auf. Er packte seine Schwester am Arm und schüttelte sie. „Lucia, sprich mit mir."

Seine Schwester entließ ein zittriges Lachen, wischte sich die

Tränen von den Wangen und streichelte ihrer Mutter über den Rücken. „Beruhige dich, *Mamá*, wir machen ihm Angst."

Raoul knurrte. „Lucia, du wirst mir sofort sagen, was los ist."

Sie tauschten Blicke aus und lächelten. *Lächelten?*

„Dominant, ja, das bist du auf jeden Fall", sagte seine Mutter. „Du erinnerst mich an deinen *Papá*."

Er zuckte zusammen und trat einen Schritt zurück. „Ich –"

„*'Mano*, gestern Abend haben wir herausgefunden, dass deine Ex-Frau uns angelogen hat. An dem Tag, an dem du die Scheidung eingereicht hast", sagte Lucia. Ihre Stimme klang nun eiskalt. „Alicia meinte, dass du sie blutig gepeitscht, du einfach nicht von ihr abgelassen hast. Dass du sie zur Sklavin gemacht und sie an andere Männer weitergereicht hast. Dass sie flüchten musste, um von dir wegzukommen."

„Wir haben ihr nicht geglaubt." Seine Mutter wischte sich mit einem Taschentuch die Tränen von den Wangen und schob es unter ihren Gürtel. „Dann hat sie uns aber die Beweise gezeigt, die blutigen Wunden und die blauen Flecke."

Raoul starrte die beiden an. „Aber ... ich habe sie nicht verletzt."

„Nein, hast du nicht." Lucias Augen blitzten vor Wut auf. „Aber als *Mamá* dich fragte, ob du Alicia jemals geschlagen oder du ihr ein Halsband angelegt hast, hast du *Ja* gesagt." Sie hielt ihre Hand hoch, um ihn vom Sprechen abzuhalten. „Du dachtest, wir reden über die andere Sache. Raoul, wir waren der festen Überzeugung, dass du damit zugibst, sie geschlagen und gezwungen zu haben, eine Sklavin zu sein."

Jemand hatte ein Bleirohr in seine Brust gestoßen. Schmerz mit jedem Herzschlag. „All die Jahre, und ihr dachtet –"

„*Mijo*, es tut mir leid", flüsterte seine *Mamá*. „Ich hätte wissen sollen, dass du so etwas nie tun würdest. Nur hast du gesagt, dass du es getan hast. Aber das hast du gar nicht."

„Dann –" Warum wollte sein Gehirn nicht funktionieren? „Wie habt ihr die Wahrheit herausgefunden?"

Beide Frauen lächelten ihn an und Lucia sagte in einem lieblichen Tonfall: „Das ist nicht wichtig, *'mano.*"

Das war es sehr wohl. Er spannte den Kiefer an. Er würde es herausfinden und wenn es das Letzte war, was er tat. Für den Moment ... „Kommt rein. Beide. Ich habe gerade Kaffee gekocht." Als sie über die Türschwelle traten, füllte sich sein Herz mit Wärme. Seine Familie war in seinem Haus.

„Raoul, wunderschön hast du es dir gemacht", sagte seine Mutter, als sie durch das Wohnzimmer gingen. In seiner Kehle formte sich ein Kloß; in den Augen seiner Mutter sah er Liebe und Stolz. Wie lange hatte sie ihn nicht mehr so angesehen? „Wir können nicht lange bleiben, aber ... wir mussten sofort zu dir kommen."

„Ich habe ihr nicht erlaubt, dich anzurufen. Ich war mir nicht sicher, ob du mit uns reden würdest", gab Lucia zu. „Ich war schrecklich zu dir."

Er schüttelte den Kopf und erinnerte sich an die Spuren auf Alicias Körper. Nachdenklich holte er Tassen aus dem Schrank und stellte sie auf die Kücheninsel. „Ihr dachtet, ich hätte sie misshandelt. Ich hätte genauso reagiert."

Die Zeit verging schnell, als sie in der Küche saßen, Kekse aßen, Kaffee tranken und die verlorenen Momente aufholten.

Zu früh für seinen Geschmack stand Lucia auf und sagte: „Die Jungs kommen bald nachhause." Sie schenkte ihm das schelmische Lächeln, an das er sich seit seiner Kindheit erinnerte und das er in den letzten langen drei Jahren nicht mehr gesehen hatte. „Aber wir erwarten, dich morgen zum Sonntagsessen zu sehen. Ich habe das Gefühl, dass *Mamá* alle deine Lieblingsgerichte zubereiten wird."

Seine Mutter schaute zu ihm auf, und sein Herz erkannte den flehenden Ausdruck in ihren Augen. Sie bat um Verzeihung.

„Natürlich werde ich kommen", sagte er sanft und küsste die Wange seiner Mutter. Er brachte sie zu ihrem Auto und half seiner Mutter auf den Beifahrersitz.

„Raoul." Seine Schwester wartete neben der Fahrertür. Erfreut ging er zu ihr, um ihr eine letzte Umarmung zu geben.

Sie erwiderte diese und nahm einen unglücklichen Atemzug, der ihn erstarren ließ. „Eine unschöne Sache noch, dann können wir all das hinter uns lassen. Heute Morgen habe ich Alicias Schwester angerufen. Penny hat sich von Randolph scheiden lassen, nachdem sie herausfand, dass er sie betrogen hat." Sie presste die Lippen aufeinander. „Ihr war bis heute nicht bewusst gewesen, dass die ... andere Frau ihre Schwester gewesen ist."

„Wie bist du an die ganze Geschichte gekommen?" Raouls Finger packten ihre Schultern. Sie wussten wirklich alles. Und hatten Penny angerufen. „Lucia, das war nicht –"

„Doch, es war notwendig. Ich weiß, dass du Frauen beschützt, *mi hermano*. Aber als Frau gibt es bestimmte Dinge, die ich wissen muss. Der Betrug eines Mannes ist ..." Sie zuckte die Achseln. Auch sie hatte eine Scheidung durchlebt. „Dass es ihre eigene Schwester war? Dafür gibt es keine Entschuldigung. Alicia wird sich umgucken, wenn sich ihre Familie und Freunde nach dieser Aktion weniger zugänglich zeigen werden." Lucia tätschelte seine Wange. Sie hatte das gleiche selbstgefällige Lächeln getragen, nachdem er ihre Barbies in seinen Kriegsspielen verwendet hatte und sie als Rache seine geschätzten Comics in Katzenstreu verwandelt hatte. Lucia glaubte fest an Vergeltung.

Sie fügte hinzu: „Ich fühlte mich nach dem Anruf deutlich besser." Ein weiterer Kuss auf die Wange und seine Schwester rutschte hinters Lenkrad.

Frauen konnten viel grausamer sein als Männer. Ein Lächeln zierte seine Lippen, als der Sedan die Einfahrt hinunterfuhr. Als er in sein Haus zurückkam, zog er die Augenbrauen zusammen. Eine Sache beschäftigte ihn jedoch: Wie waren die beiden an die Informationen rund um seine Scheidung gekommen?

Ab ein Uhr dreißig an diesem Nachmittag klingelte es unaufhörlich an Raouls Tür, da er zum Barbecue geladen hatte. Er schüttelte den Kopf und war immer noch erstaunt, wie leicht Z ihn manipuliert hatte.

Alle wollten Dans und Karis neues Baby feiern. In vielerlei Hinsicht fühlte es sich wie das erste für die Shadowlands-Master an, auch wenn einige Kinder aus früheren Ehen hatten. Marcus und Gabi hätten die Party gegeben, aber Gabi war sich nicht sicher, ob sie in der Stadt sein würde. Cullens Haus war nicht groß genug. Sams Grundstück lag abgelegen auf dem Land. Keine der Dominas konnte die Party ausrichten. Z liebte es, den Gastgeber zu spielen, aber diesmal hatte er die Verantwortung an Raoul übergeben und gemeint, dass er den Platz hatte – eine große Terrasse und den Strand, und auch die Adresse war für alle einfach zu erreichen.

Ja, der *Cabrón* hatte genau gewusst, was er tat.

Zumindest hatten Jessica und ihre Freunde die Aufgabe übernommen, die Tür zu öffnen. Raoul konzentrierte sich auf den Grill und lenkte sich damit von seinen Gedanken ab. Obwohl der Besuch seiner Familie sein Herz erwärmt hatte, vermieste ihm der Anblick der vielen Paare ein wenig die Stimmung.

Mistress Anne kam auf die Terrasse, ihr liebster Sub folgte ihr auf dem Fuß. Sie tätschelte das Gesicht des attraktiven jungen Mannes. „Joey, hilf den anderen mit den Vorbereitungen."

Der Rotschopf schenkte seiner Mistress ein herzallerliebstes Lächeln und ging recht steif in Richtung Küche. In Anbetracht von Annes sadistischer Seite hatte sie wahrscheinlich einen übergroßen Analplug in den Arsch des armen Subs geschoben. Seltsamerweise bewegte sich Jessica auf die gleiche Weise. Was hatte die kleine Blondine dieses Mal getan, um von Z bestraft zu werden?

Die Subs trabten vor und zurück, trugen Teller und Schüsseln und deckten die Tische mit Essen ein. Unter den Gästen, die auf der Terrasse saßen, erhob sich ein Summen, vom Pool trat Platschen und Quietschen an seine Ohren. Einige hatten die Gelegenheit genutzt, am Strand spazieren zu gehen und genossen die Nachmittagssonne.

Sam kam mit einem kalten Bier zu ihm. Raoul nahm einen kleinen Schluck und stellte die Flasche ab. Mit seiner Gefühlslage übte der Alkohol eine große Anziehungskraft auf ihn aus, allerdings trank er nicht, um seine Emotionen zu betäuben.

„Ich habe sie nachhause gebracht", sagte Sam, als würde er ein Gespräch fortsetzen.

„Ich weiß. Danke, dass du dich um sie gekümmert hast." In der Hoffnung, dass Sam nun das Thema fallen ließ, drehte Raoul eine Hähnchenbrust um und der Duft des brutzelnden Fleisches füllte die Luft.

„Hat sie dich angerufen?"

„Nein."

„Zur Hölle nochmal. Sie sollte doch −"

„Ich habe gestern mit Marcus gesprochen, um sicherzustellen, dass sie sicher bei ihm angekommen ist." Bei dem Gespräch hatte er von ihrer Abflugzeit gehört. Er warf einen Blick auf seine Uhr. Ihr Flugzeug war bereits in der Luft. *Auf und davon.* Das war gut. Ja, es war gut.

„Wirst du sie einfach gehen lassen?", fragte Sam, sein Blick auf der See. „Denkst du, dass sie über das Erlebte niemals hinwegkommt?"

Raoul seufzte und schloss den Grilldeckel. Nachdem er sich die Hände abgewischt hatte, griff er nach seinem Bier. „Hin und wieder habe ich gehofft, sie wäre bereit, es mit uns zu versuchen. Aber so ist es besser. Sie wurde verletzt, hat Unvorstellbares erlebt. Sich mit mir auf eine Beziehung einzulassen − die Art Beziehung, nach der ich mich sehne −, wird mehr sein, als sie ertragen kann." *Mehr Unsicherheit, als ich riskieren kann.* Wann war er so vorsichtig geworden?

„Ja, zu der Schlussfolgerung bin ich auch gekommen", murmelte Sam. Raoul war sich ziemlich sicher, dass er gerade nicht über Kimberly, sondern über Linda sprach. Sam hatte die rothaarige Sklavin beschützt, so wie es sich Kimberly gewünscht hatte, aber offenbar war etwas vorgefallen.

Bisher hatte sich Sam Raoul jedoch noch nicht anvertraut. Ohne Alkohol im Blut würde er das wahrscheinlich auch nicht. Raoul zuckte zusammen. Das letzte Mal, als er selbst so viel getrunken hatte, war vor drei Jahren. Nach Alicias Betrug.

„Um nochmal auf Kim zu kommen", begann Sam. „Im Gerichtsgebäude ist sie nicht vor dir wegge –" Seine Stimme wurde von der Ankunft der Auszubildenden aus dem Shadowlands gedämpft, die alle in Alltagskleidung gekommen waren. Sam verabschiedete sich und ging zu Cullen.

Raoul erkannte die Auszubildenden fast nicht: Uzuri in einem blassgelben Neckholder-Top und Shorts, die ihre dunkle Schokoladenhaut akzentuierten. Ihre Haare hatte sie in Dreadlocks. Daras kurzes, blondes Haar war violett getönt. In einem pinkfarbenen Sommerkleid sah Maxie gutgelaunt und bezaubernd aus.

Die hübsche Sally bildete den Abschluss in einer superkurzen Shorts und drei Tanktops, die sie übereinander geschichtet hatte. Nachdem sie die anderen Subs begrüßt hatte, lehnte sie sich zu Jessica und flüsterte etwas, mit dem sie sich ein Lächeln und eine Umarmung gewann.

Beide Frauen drehten sich in seine Richtung ... und sahen, dass er sie beobachtete. Farbe stieg in Sallys Wangen und sie bewegte sich, bis ihm ihr Rücken zugewandt war.

Raoul nahm einen Schluck von seinem Bier. Sein Interesse war geweckt, denn dieses Verhalten war sehr untypisch für Sally. Keine Begrüßung. Keine Umarmung. Was stimmte nicht?

Als Sally etwas sagte, sah Jessica zu ihm und ihre Augen trafen sich. Sie flüsterte Sally etwas ins Ohr und die Auszubildende erstarrte.

Raoul wurde immer stutziger. Er hatte nicht mit Sklaven und Sub gelebt, ohne ein paar Dinge zu lernen – wie die Fähigkeit,

Körpersprache zu deuten, die auf ein schlechtes Gewissen hinwies.

Keiner der anderen Doms erhielt diese verdächtigen Blicke. Was auch immer sie getan hatten, bezog sich auf ihn. Und auf Kimberly? Nein. Sie war gestern Abend bei Gabi gewesen. Als Azubine hatte sich Sally letzte Nacht sicherlich im Club herumgetrieben. Seine Augen verengten sich.

Sally war eine lebhafte und extrem gesprächige kleine Sub, die bereits seit fünf Jahren zum Club gehörte. Kein anderer Auszubildender war schon so lange im Shadowlands. Raoul rieb sich das Kinn. Seit dem Besuch seiner Mutter und seiner Schwester heute Morgen hatte er sich gefragt, wie sie von Alicias Verrat erfahren hatten. Der einzigen Person, der er die Sache anvertraut hatte, war Dan. Raoul wusste jedoch, dass sein Freund sein Vertrauen nicht missbrauchen würde.

Allerdings achtete im Club bei einem Gespräch niemand auf die Subs. Sie wurden dahingehend ausgebildet, unsichtbar zu sein. *Vielleicht zu unsichtbar.* War es möglich, dass sie Dan und ihn hatte reden hören?

Sally spähte über ihre Schulter, sah, dass er sie noch immer beobachtete, und wirbelte den Kopf wieder herum.

Hmm. Ohne den Blick von der kleinen Sub abzuwenden, trank er von seinem Bier.

„Sandoval, wie geht's dir?" Vance Buchanan trat von innen auf die Terrasse, Kouros direkt hinter ihm. „Wohin starrst du so angestrengt?"

Raoul wies mit dem Kinn auf die Gruppe der Subs. „Die kleine Brünette."

Die beiden FBI-Agents drehten sich in die Richtung. Im selben Augenblick warf Sally einen Blick auf Raoul und sah, dass sie nun von drei Männer gemustert wurde. Ihre Wangen flammten rot auf und sie rutschte näher zu Jessica.

„Wäre sie meine Sub", sagte Kouros, „müsste ich mich fragen, was in ihrem süßen Köpfchen vor sich geht."

Buchanan grinste. „Ja, sie sieht verdammt schuldig aus, aber sie ist die hübscheste kleine Täterin, die ich jemals gesehen habe."

Raoul dachte nach. Wenn Sally es gewesen war, die seiner Familie von Alicia erzählt hatte, hätte sie ihm damit einen Gefallen getan. Dennoch sollte es eine Sub besser wissen, als die privaten Angelegenheiten eines Doms zu offenbaren. Als Auszubildende in den Shadowlands fiel sie unter die Verantwortung aller Master – einschließlich ihm. Er hatte nicht das Herz, sie zu bestrafen, war jedoch dazu verpflichtet, ihr Diskretion zu lehren. „Ich denke, ich weiß, was los ist, und ein bisschen Einschüchterung wäre angemessen", sagte er. „Wollt ihr sie verhören, während ich zuschaue?"

Kouros lehnte sich auf seinen Gehstock. „Es wäre mir ein Vergnügen." Er wartete, bis Sally sich umdrehte und wies sie an, zu ihm zu kommen.

Die Farbe wich ihr aus dem Gesicht und Buchanan bedeckte sein Lachen mit einem Husten.

Sie näherte sich, ihr lebhafter Gang verschwunden, ihr Blick gesenkt. Auf der anderen Seite der Terrasse hob Z den Kopf, musterte eine Sekunde lang die Situation, grinste und kehrte zu seinem Gespräch mit Olivia und Sam zurück.

Auch Jessicas Augen waren auf die drei Doms und Sally gerichtet, ihre Augenbrauen misstrauisch zusammengezogen. Definitiv beunruhigt. Raoul lehnte sich zu Kouros. „Beeil dich besser, oder Zs Sub wird den Spaß entweder mit einem Geständnis oder einem Wutanfall verderben."

Kouros folgte seinem Blick und sein Mundwinkel zuckte. „Verstanden."

Sally blieb vor den Männern stehen und hob ihr Kinn. „Wie kann ich helfen?"

Raoul lächelte sie an. „Auszubildende, diese beiden Doms wollen mit dir sprechen." Seine Verwendung des Wortes Auszubildende machte ihr bewusst, dass sie besser gehorchen sollte.

„Ja, Master Raoul."

Buchanan bewegte sich hinter sie und blockierte so ihr Blickfeld auf die anderen Subs.

Kouros trat vor. Große Männer, beide Doms, einschüchternd in Größe und Persönlichkeit. „Du kannst uns helfen, indem du uns die Wahrheit sagst", sagte Kouros, sein abgehackter Akzent aus Neuengland erreichte die Sub wie Funken aus einem kleinen Lagerfeuer.

Sally versuchte, einen Rückzieher zu machen, und stieß dabei gegen Buchanan. Er grinste Raoul über ihren Kopf an. „Aber –"

„Wir fangen mit etwas Einfachem an", schnurrte Kouros und legte seine Hand unter ihr Kinn. „Wie heißt du?"

„Sally, Sir." Es verlangte ihr viel Kraft ab, unbehelligt zu wirken. Raoul sah deutlich, wie sie unter der Wucht von Kouros' Autorität dahinschmolz. Erfahrene Doms, schon jahrelang beim FBI tätig – das Mädchen hatte keine Chance.

„Sehr nett, Sally. Du kannst also die Wahrheit sagen." Seine Stimme klang bei seiner Anerkennung samtweich. Seine freie Hand schob ihr die Haare hinter das Ohr, was eine Liebkosung darstellte, aber auch dazu führte, dass ihr Gesicht einfacher zu deuten war.

Wie eine in die Ecke getriebene Maus sah sie zu ihm auf. Diese Veränderung in der temperamentvollen Sub zu sehen, war interessant.

Buchanan streichelte ihre nackten Arme und trug so zum Gefühl der Belohnung bei.

„Jetzt sag mir, was du Master Raoul angetan hast", forderte Kouros, seine Stimme so kalt wie ein Winter in Neuengland.

Sie stöhnte und rieb die Hände nervös über ihre Hüften. Sie versuchte, Raoul anzusehen, aber Kouros bewegte sich und sorgte dafür, dass sie nur ihn sah.

Raoul unterdrückte ein Lächeln und machte sich im Geiste Stichpunkte. Er mochte Verhör-Sessions. Diese hier war recht zahm … abgesehen von Sallys offensichtlicher Schuld und der unbestreitbaren Erfahrung der Agents mit Kriminellen.

„N-Nichts." Sie atmete tief ein und hob ihr Kinn. „Ich habe ihn schon lange nicht mehr gesehen."

„Oh, du hast definitiv etwas getan", flüsterte Kouros. „Gib mir keinen Grund, wütend zu werden, Süße." Er kam näher, bis sie seine Körperwärme spüren konnte, bis sie ihren Kopf in den Nacken legen musste, um ihm weiterhin in die Augen zu blicken. „Es gibt andere Dinge, die Vance und ich ... lieber mit dir anstellen würden."

Ihre Augen weiteten sich, und die Kombination aus Angst und plötzlicher Erregung war wundervoll anzusehen.

„Was soll das werden?" Jessica lief um Buchanan herum. Sie schubste Kouros von Sally weg und entfernte die Auszubildende aus der Situation. „Lasst sie in Ruhe!"

Als Buchanan und Kouros einen Schritt zurückgingen, konnte sich Sally wieder erholen. Sie drückte die Schultern durch und trat schnell aus der Reichweite der beiden Agents.

„Ah, zu dumm." Buchanan ignorierte Blicke, die seinen Arsch hätten frittieren sollen, und grinste Raoul an. „Wie wäre es mit Getränken für zwei hart arbeitende Agents?"

„Aber gerne doch." Raoul sah zu dem anderen Agent.

Mit seinem Gehstock blockierte er Jessica den Weg und schaffte es erneut, Sally in seine Fänge zu bekommen. Als seine Augen auf ihre trafen, erstarrte sie. „Wir werden diese Unterhaltung zu einem anderen Zeitpunkt fortsetzen, Sub", murmelte er. „Ich kann dir jetzt schon versichern, dass du uns alles sagen wirst, was wir wissen wollen." Er strich mit dem Finger über ihre gerötete Wange und lächelte.

Als sich der Agent abwandte, bemerkte Raoul, dass Sally bebte. Dann ballte sie die Hände zu Fäusten. „Erst wenn die Hölle zufriert", murmelte sie, gerade laut genug, dass es alle Umstehenden hören konnten.

Als Jessica einen Arm um die Taille ihrer Freundin schlang und sie mit sich nahm, trat Kouros an Buchanans Seite.

Raoul grinste ihn an. Er hatte das Gefühl, dass Sally wahrscheinlich im Badezimmer verschwinden würde, wenn sie die Agents das nächste Mal sah. „Ich hole dir ein Bier, Kouros."

Nachdem sich Raoul um seine Gäste gekümmert und er die Menschen bekanntgemacht hatte, die sich noch nicht kannten, kehrte er zu dem Grill zurück. Er stapelte die Hähnchenflügel auf einem Teller und reichte ihn an Joey weiter, sodass er ihn zum Tisch tragen konnte.

„Hey, Raoul", rief Gabi von der Hintertür. Ihre Hand war in der ihres Doms und Raoul musste gegen seinen Neid ankämpfen. Als sie und Marcus die Terrasse überquerten, runzelte Raoul die Stirn, da sie sich sehr angespannt bewegte. War sie versohlt worden? Nein, es war die vorsichtige Bewegung einer Sub, die es nicht gewohnt war, mit einem Analplug herumzulaufen. Sowohl sie als auch Jessica? Marcus hatte gemeint, dass er gestern nicht im Shadowlands war. Im Umkehrschluss bedeutete das, dass auch Gabi nicht dort gewesen sein konnte. So weit, so gut. Warum hatte er dann das starke Gefühl, dass die beiden etwas angestellt hatten?

Raoul schüttelte verwirrt den Kopf und küsste Gabis Wange. Nachdem er pflichtbewusst ihre heutigen Armtattoos von Spongebob – das gleiche Gelb wie ihr Neckholderoberteil – bewundert hatte, hieß er Marcus mit einem freundschaftlichen Klaps auf den Arm willkommen. „Hallo, meine Freunde. In den dunklen Kühlboxen findet ihr Bier und in den hellen Wein."

„Du siehst furchtbar aus", sagte Marcus. Auch sein gedehnter Akzent schaffte es nicht, die Worte besser klingen zu lassen.

„Meine Güte, Marcus, bist du in einer Scheune aufgewachsen?" Gabi runzelte die Stirn, blickte über die Schulter ihres Doms und stellte sich auf ihre Zehen. Dann beobachtete er, wie sich ein zufriedenes Grinsen auf ihren Lippen ausbreitete.

Raoul folgte ihrem Blick und sein gesamter Körper erstarrte, als er sah, wer gerade gekommen war. *Kimberly?*

Dios, was für einen Anblick sie in der Nachmittagssonne bot. Sie trug ein hübsches trägerloses Sommerkleid in dem Blau ihrer

Augen. Ihr schwarzes Haar glänzte wie das Gefieder eines Raben und wehte über ihre gebräunten Schultern. Er ging ein paar Schritte auf sie zu und stoppte abrupt, als er merkte, was er tat. *Nicht deine Frau, Sandoval. Ich will keine Frau. Sei höflich und gehe dann auf Abstand.*

Unsicherheit kreuzte ihr Gesicht, als sie seinen Blick fand. Instinktiv streckte er den Arm nach ihr aus. Was auch immer sie brauchte, er würde es ihr geben. Wenn sie wieder vor ihm flüchtete, würde er das nicht überleben. Er spannte den Kiefer an. *Verdammt,* er wollte diesen Pfad nicht betreten.

Bevor er seine Geste zurückziehen konnte, überwand sie die letzten Schritte und legte ihre kleine Hand in seine. Unfähig, sich selbst zu helfen, saugte er ihren Anblick in sich auf und füllte damit die Leere in seinem Herz. Ihre Hand in seiner zitterte leicht, und er befahl sich, sie gehen zu lassen, aber seine Finger wollten sich nicht öffnen.

„Kimberly." Seine Stimme kam gebrochen heraus. Zumindest hatte sie sich beim Anblick von ihm nicht wieder übergeben. Wahrscheinlich würde es das für ihn einfacher machen, aber ... „Das gestern tut mir leid."

„Gestern?" Ihr Blick schweifte über sein Gesicht und sie schien genauso hungrig nach ihm zu sein wie er nach ihr. „Gestern. Oh! Im Gericht", sagte sie. „Gott, es tut mir leid, M – Raoul. Sam meinte, dass du dachtest, es hätte mich krank gemacht, dich zu sehen. Das stimmt aber nicht. Die Schuld liegt beim Aufseher. Er kam aus dem Gerichtssaal direkt hinter dir, und als ich seine Stimme hörte ..." Die Farbe wich ihr auch jetzt aus den Wangen.

Sie hat nicht auf mich reagiert. Die Erleichterung fühlte sich wie eine Explosion in seiner Brust an. Er presste die Lippen aufeinander. So wollte er sich nicht fühlen.

„Also." Er musste jetzt sofort damit aufhören und durfte sie nicht ermutigen. Er zog seine Hand zurück. „Es freut mich, dich zu sehen. Du siehst gut aus."

. . .

Kims Hand fühlte sich kalt an. Am liebsten würde sie wieder nach seiner greifen. Sie sah zu ihm auf. Er sah müde aus, aber oh, sein Gesicht war noch dunkler gebräunt, sein schwarzes Haar zottelig und es streifte den Kragen seines blauen Kurzarmhemdes. Die Berührung seiner Hand – nur diese verdammte Berührung – hatte ihr Herz schneller schlagen lassen.

Für einen Moment hatten seine Augen Freude gezeigt, doch daraus war rasch ein abweisender Ausdruck geworden. Kalt. Wie bei der Auktion. Ein Ausdruck, der für die Sklavenhändler gedacht gewesen war – nie für sie. War er nicht länger –?

Sie schluckte schwer. „Ich –"

„Sie sind hier!", schrie Jessica. Die Leute drehten sich um.

Dan kam auf die Terrasse und hielt die Tür für Kari, die ein winziges Bündel in ihren Armen trug.

Das Baby. „Oh, sieh nur, wie winzig", flüsterte Kim.

Master R legte den Kopf auf die Seite. „Du hast das Baby noch nicht gesehen, oder?"

„Nein, aber ..." *Ich möchte bei dir bleiben.*

„Geh zu dem Baby, Kimberly."

Ein Befehl. Ein *Geh weg*. Ein gefrorener Ball quartierte sich in ihrem Magen ein. Sie hätte nicht kommen sollen. Warum war sie so dumm gewesen, sich Hoffnung zu machen?

Sie ließ ihre Füße die Terrasse überqueren und schloss sich den Frauen um Dan, Kari und das Baby an. Beth runzelte die Stirn, warf einen kurzen Blick auf Master R und legte einen Arm um Kims Taille. Andrea trat an ihre andere Seite, ihre Augenbrauen zusammengezogen.

Kari lächelte und blickte in die Richtung von Master R. „Wurde auch Zeit, dass du zurückkommst, Kim. Er ist zu einem wahren Brummbär geworden."

„Oh ja", murmelte Dan.

Warum fühlte sie sich dadurch besser? Nicht, dass es etwas änderte. *Akzeptiere es, Kim. Er hat die Entscheidung für dich getroffen.* Und sie musste sich jetzt auf ihre Freunde konzentrieren. Auf keinen Fall durfte sie Karis Moment mit Unglück füllen. Sie zwang sich zu einem Lächeln. „Zeig uns dein Baby."

Kari entfernte die dünne Decke und entblößte das Gesicht des Babys. Grinsend saugte sie die *Ahhhs* und *Ohhhs* in sich auf, die folgten. „Darf ich euch Zane vorstellen?" Schwarze Haare und blaue Augen wie die von Dan, ein kleines Kinn und die Nase von Kari.

Grummelnd zog sich Dan aus der Ansammlung aus Frauen zurück und warf einen Blick über seine Schulter, als würde er überprüfen, dass seine beiden Schätze okay waren.

Unfähig der Versuchung zu widerstehen, streckte Kim eine Hand aus. *Sieh dir die winzige Hand an.* Seine Finger schlossen sich um ihren Daumen. „Er ist bezaubernd, Kari."

Kari grinste. „Das ist er wirklich." Die Zärtlichkeit in ihren Augen, als sie auf ihr Baby blickte, dann zu Dan hinüber, glich seinem Ausdruck, der augenblicklich an Härte verlor und stattdessen Stolz und Liebe widerspiegelte.

Kim schluckte. Sie war neidisch. Ihre Kehle schnürte sich zu. „Ich habe die Babyparty verpasst, aber Gabi sagte mir, dass heute die Geburt gefeiert wird, also habe ich dir ein Geschenk besorgt. Ihm meine ich natürlich. Das Geschenk ist für ihn." Sie schob die Hand in den Jutebeutel über ihrer Schulter und übergab das wenig ansehnlich verpackte Paket.

Jessica nahm Zane, sodass Kari das Geschenk öffnen konnte. Lachend hielt sie den blauen Strampler hoch, um die Schrift auf der Vorderseite zu zeigen: *Ich gebe hier die Befehle.* Dann drehte sie ihn herum und auf der Rückseite stand: *Master Zane.* Kari lachte noch immer. „Oh, das ist so wahr. Er hat das Sagen. Wenn Zane weint, rennt sogar der Dom des Hauses schneller zu ihm, als seine Füße ihn tragen können." Sie berührte die Haare des Babys. „Und ich liebe es. Es ist einfach so ..." Kari lächelte ihren Sohn an.

Erfüllend, beendete Kim den Satz im Geiste. Die ganze Nacht wach, um den Bedürfnissen des Kleinen nachzukommen. Kari konnte nicht glücklicher sein.

War es das, was ein Master aus einer Beziehung zurückbekam? Kim schüttelte den Kopf. Außer um Boote hatte sie sich noch nie um etwas gekümmert. Natürlich brauchten Boote sehr viel Pflege. Lecks flicken und Reinigung, Ölen und Seepocken abschaben. All die mühsamen Dinge, um das Boot am Laufen zu halten. Sie hatte die Arbeiten nie missbilligt, weil ein stabiles Boot im Sturm wichtig war und es dich ans Land zurückbrachte. Erfüllst du deine Aufgaben, wird es dich nicht enttäuschen. Ihr Blick fand Master R. Er war ihr Boot.

Dan lief zu Kari und küsste sie. „Ich habe den Monitor und alles andere im kleinen Wohnzimmer bereitgestellt, damit du ihn in Ruhe stillen oder ihn für ein Schläfchen hinlegen kannst." Grinsend nahm er das Baby auf den Arm. „Ich bin dran, mit ihm anzugeben, bevor er entscheidet, dass er verhungert." Er schmiegte seinen Sohn an sich und ging zu den Doms.

Andrea grinste. „Er ist so stolz. Wirklich süß."

Kari kicherte. „Warte nur ab. Was denkst du denn, wie dein Cullen sich verhalten würde?"

„Sehr ähnlich. Würden sie das nicht alle?" Andreas sanftes Lächeln zeigte sich, als Cullen Zanes Wange berührte und sich sein Gesicht mit Freude füllte. „Er wünscht sich Kinder, also werden wir früher oder später die Kerkermöbel einschließen."

„Die Ausrüstung verstecken?" Beth starrte auf ihren vernarbten Dom und wie er die Finger des Babys hielt, als käme er nicht darüber hinweg, wie winzig ein Neugeborenes im Vergleich zu ihm war. Beths Augen verengten sich. „Das ist es, was Nolan letzte Nacht entworfen hat: Kerkermöbel, die sich in Schlafzimmermöbel verwandeln."

„Wenn er die Idee verkauft, wird er reich. Na ja, reicher." Jessica grinste. „Dan und Kari haben einen Trend gestartet. Schau dir diese sogenannten Machos nur an."

Kim seufzte. Die Gesichter der Doms verloren jegliche Anspannung, als sie das Baby ansahen. Nacheinander hoben sie alle die Köpfe und fanden mit den Augen ihre Subs – als würden

WIE MASTER WÜNSCHT

sie sich mit einem Blick ein Baby vorbestellen wollen. „Wetten, dass einige Antibabypillen in den nächsten Monaten entsorgt werden?"

„*Dios*, nachdem ich das Baby gesehen habe, protestiere ich möglicherweise nicht mehr so viel", murmelte Andrea. „Vielleicht erlaube ich Cullen doch, mich zu heiraten."

„Natürlich muss Z der Tradition folgen. So ein Scheiß." Jessica schmollte. „Er meinte, dass es keine Babys gibt, bis wir heiraten, und Mom besteht auf eine kirchliche Trauung. Ist dir klar, wie lange die Planung dafür dauert?"

„Ich kenne das Gefühl", murmelte Beth. „Ich kann immer noch nicht glauben, dass meine Mutter es geschafft hat, Nolan zu bestechen und die Hochzeit zu verschieben. Und das mit Wein! Männer sind so einfach."

Kari lachte. „Und ich kann nicht glauben, dass ihr nur zwei Wochen Flitterwochen angesetzt habt."

Beth errötete. „Wirklich aus dem Bett haben wir es sowieso nicht geschafft."

Lächelnd beobachtete Kim, wie Dan und sein Sohn zu Sam gingen. Sam hatte bereits erwachsene Kinder, wenn sie sich richtig erinnerte. Er lächelte das Baby an und sagte etwas zu Dan, das ihn zum Lachen brachte.

Dann streckte Master R die Hände aus und Dan legte das Baby in seine Arme. Er hielt das kleine Bündel, als würde er es jeden Tag tun, und ein Lächeln blitzte in seinem dunklen Gesicht auf, da sich aus der Decke winzige Fäuste erhoben. Er rieb seine Fingerknöchel über die Wange des Babys, und Kim erinnerte sich, wie er das bei ihr gemacht hatte, wenn er besonders zufrieden mit ihr gewesen war.

Als er das Baby an Dan zurückgab, lächelte er, und vielleicht sah nur Kim den Anflug von Neid. Ihr Herz machte einen Salto, als er – so wie es auch die anderen Männer getan hatten – ihren Blick fand. Die Hitze, das schiere Verlangen, das so stark war,

429

dass sich ihre Füße in Bewegung setzten und über die Terrasse liefen. Nur weil er ihr seine Sehnsucht gezeigt hatte.

Aber er schüttelte den Kopf und wandte sich von ihr ab, um nach dem Fleisch zu sehen, das er auf dem riesigen Grill hatte.

Abrupt hielt sie an. *Er will mich nicht. Jedenfalls will er mich nicht wollen.* Sie wollte ihm alles geben. Angefangen mit ihr. Aber sie wusste nicht, was sie von seiner Reaktion halten sollte. Wie erstarrt stand sie mitten auf der Terrasse. Rückzug? Oder doch weitergehen? Immer noch so verwirrt wie in der Nacht, in der er sie gekauft hatte.

Sam unterhielt sich mit Cullen, aber plötzlich verstummte er. Für eine Minute starrte er sie an, sein Gesicht ausdruckslos, bevor er sich zu Master R lehnte und etwas zu ihm sagte.

Die Muskeln von Master R spannten sich unter dem dünnen Baumwollhemd an und dann drehte er sich langsam um. Mit einem unleserlichen Gesichtsausdruck ging er zu ihr und stellte sich neben sie, tat so, als würde er Kari beobachten. „Ein wirklich hübsches Baby, oder?" Er berührte sie nicht. Lächelte nicht.

„Oh ja." Sie starrte auf ihre Füße. Er hatte nur das eine Mal gesagt, dass er sie liebte. *Verdammt*, sie hätte nicht kommen sollen. Es war unerträglich. Sie hob den Blick und sah die brennende Begierde in seinen Augen – wie eine Stromleitung zu ihrer eigenen. Und dann rang er seine Bedürfnisse erneut nieder.

„Verflucht seist du", flüsterte sie.

Er runzelte die Stirn. „*Chiquita*, was ist los?" Sanft berührte er sie mit seinen Fingerknöcheln, die Zärtlichkeit, die er auch bei dem Baby gezeigt hatte. Dieser Mann würde seine Liebsten niemals für selbstverständlich halten; das wusste sie mit absoluter Gewissheit. Er würde sie hegen und pflegen. Er würde sie wertschätzen und sie bis in den Tod beschützen.

Nichtsdestotrotz will er mich nicht. Aber sie wollte ihn. Und sie war es leid, eine Entscheidung zu treffen. *Lass ihn für uns beide entscheiden - schließlich ist es das, was er will, oder? Die Entscheidungsmacht?*

Und plötzlich war es so einfach. Sie drehte den Kopf, küsste seine Finger und sah, wie er erstarrte. Sie ließ ihre Tasche fallen und senkte sich vor ihm auf die Knie.

Über dem Klopfen ihres Herzens hörte sie ein Quietschen. Jessica.

Kim zog ihre Tasche zu sich. Sie enthielt etwas, das sie zum Weinen gebracht hatte. Sie hatte es durch den Raum geworfen, geküsst, gehasst und verflucht und dann des Nachts hatte sie damit gekuschelt. Der Beton fühlte sich heiß an ihren Schienbeinen an. Der Geruch des Meeres umhüllte sie, als sie das Halsband herausnahm, das sie in der Nacht der Auktion auf der Treppe gefunden hatte. Das Leder war glatt, und sie zeichnete mit dem Finger über die Worte *Master Raouls Gatita*.

Bin ich das noch?

Sie legte es über ihre Handflächen und versuchte, ihren Kopf zu neigen, aber sie versagte. Sie musste einfach sein Gesicht sehen, sonst bestand die Möglichkeit, dass sie hier und jetzt das Zeitliche segnete. Sie hob die Augen zu seinen. „Darf ich dein Halsband tragen, Master?", fragte sie. Von der Terrasse war nicht ein Laut zu vernehmen. Nur das Meer bildete ihre Hintergrundmusik, zusammen mit ihrem wild pochenden Herz.

Sein Schweigen war furchterregend. Für einen Moment zündete ein Feuer in seinen Augen und er entließ zittrig den Atem. Von einer Sekunde auf die nächste verschwand das Feuer und zeigte stattdessen Distanz. Ihr Master R war hinter seine Schutzmauern getreten. Seine Stimme war sanft, aber fest. „Nein. Es tut mir leid, Kimberly. Ich kann nicht dein Master sein."

Wie eine Klinge schnitten sich seine Worte in sie, attackierten ihr Fleisch und dann ihr Herz. Der Schmerz kam eine Sekunde später. Sie entließ Widerworte, bevor sie nachdenken konnte. „Aber ... du wolltest es. Du wolltest *mich*."

Er rieb seine Handfläche über seinen Mund, seine Augen todtraurig. „Das stimmt", sagte er so leise, dass sie ihn kaum hörte. Seine Stimme wurde stärker. „Aber zwischen uns kann es nicht funktionieren. Du willst keinen Master. Das hast du noch nie und jetzt noch weniger, nach dem, was du durchmachen musstest."

„Das tue ich sehr wohl."

„Bist du dir sicher, *Cariño*?", fragte er unerträglich sanft.

Sehr sicher, wollte sie sagen, doch sein entschlossener Blick stoppte sie. „Nein", sagte sie ehrlich und blinzelte die Tränen zurück. „Aber ich würde es für den Rest meines Lebens bereuen, wenn wir es nicht versuchen. Ich will es versuchen!" Sie schluckte schwer. „Master, bitte."

Er sah sie einfach nur an, und sein Blick zeugte von Schmerz. „Ich ... kann nicht. Nein."

Sie senkte den Kopf und musste all ihre Kraft aufbringen, um gegen ihre Tränen anzukommen. Sie hatte sich das Versprechen abgenommen, dass sie nicht weinen würde.

Master R hatte sich nicht bewegt. Es lag an ihr, jetzt zu gehen. Aus den Augen, aus dem Sinn. Raus aus seiner Party und seinem Leben. Ihre Brust fühlte sich wie ein Vakuum an, ein Loch, an dem zuvor ihr Herz Platz gefunden hatte. Noch schlimmer als der Abschied im Krankenhaus. Zu dem Zeitpunkt hatte sie zumindest ein bisschen Hoffnung verspürt.

Sie schob das Halsband in ihre Tasche zurück, so behutsam, als handelte es sich um ein verstorbenes Haustier. Ihre Beine kooperierten nicht, als sie versuchte, sich zu erheben.

Eine Hand erschien vor ihrem Gesicht. Nicht die starke Hand von Master R. Die Finger waren elegant, die Fingernägel gepflegt, eine dunkle Uhr am Handgelenk. Sie legte ihre Hand in die angebotene und der Mann zog sie ohne Kraftaufwand auf die Beine.

Master Z. Als er sie an seine Seite zog, lehnte sie sich erschöpft an ihn. „Noch nicht aufgeben, Kleine", flüsterte er ihr ins Ohr.

„Kannst du dafür sorgen, dass sie sicher nachhause kommt, Z?", fragte Master R. Die Geschmeidigkeit war aus seiner Stimme verschwunden, was sie nur noch elender fühlen ließ.

„Nein, das kann ich nicht, Raoul."

Sie wollte gerade sagen, dass sie es auch allein nachhause schaffen würde, aber Zs Arm um sie drückte ihr die Luft aus den Lungen.

Master Rs Ausdruck verfinsterte sich, Wut trat in seine Augen. „Misch dich nicht in etwas ein, das du nicht verstehst, mein Freund", sagte er und die Drohung hing in der Luft.

„Ich verstehe sogar sehr gut", entgegnete Z. „Deine Ehe hat Narben hinterlassen. Und du willst nicht wieder verletzt werden, aber diese Kleine schafft es dennoch. Sie hat endlich eine Entscheidung getroffen und du weigerst dich, das Risiko einzugehen. Leider kann sie dir keine Garantie geben – nicht nach allem, was sie durchgemacht hat. Wie mache ich mich bisher?"

Sie hatte ihn verletzt, als sie ihn verlassen hatte, um nachhause zu gehen? *Oh Gott*, das hatte sie wirklich. Sie war so selbstbezogen gewesen. Sie hatte gedacht, er käme allein klar. Sie hatte nicht mal geahnt, dass sie ihn damit verletzen würde. „Es tut mir so leid", flüsterte sie. Bei dem Kummer, der auf seinem Gesicht aufflackerte, zuckte sie zusammen.

„Das ist weder der richtige Ort noch die richtige Zeit, um diese Angelegenheit zu besprechen", knurrte Master R. „Bring sie –"

Zs Lippen zierte ein Lächeln. „Hier und jetzt. Nichts im Leben ist garantiert, Raoul."

„Das weiß ich." Master Rs Blick fiel auf ihr Gesicht. Unnachgiebig. Unglücklich. „Kimberly, ich habe versucht, in einer Beziehung zu leben, ohne ... zu sein, wer ich bin. Das schaffe ich nicht noch einmal. Und du kannst dich einem Master nicht unterwerfen. Nicht mehr. Nicht nach dem, was –"

„Aber das habe ich doch bereits. Ich kann es. Ich habe gezeigt, dass ich es kann." Allerdings war sie sich selbst nicht ganz sicher. Wenn sie ernst machten, dann würde es nicht nach ein paar Tagen enden, und sie hatte ihn schon einmal enttäuscht. Warum sollte er ihren Worten also Glauben schenken? Wie konnte er ihr vertrauen?

„Gibt es", sagte sie gedehnt, „einen Test? Eine Probefahrt? Etwas, um uns beiden zu beweisen, dass es funktionieren kann?"

Sie sah einen Hoffnungsfunken aufflackern, der sofort wieder verglühte. Er lächelte reuevoll. „Nein, es gibt keinen –"

„Traditionell", sagte Z beiläufig, „wird eine Sub ausgepeitscht, wenn sie ihr Halsband erhält, um ihre Unterwerfung und ihr Vertrauen in ihren Master zu zeigen."

Auspeitschen? Ihr Verstand verabschiedete sich und sie versuchte, sich von Z zurückzuziehen.

Die Eisenstange, die er Arm nannte, bewegte sich keinen Millimeter. „Du wurdest bereits vor Fremden ausgepeitscht, Kleine. Würdest du eine Session dieser Art vor Freunden nicht sogar genießen, wenn die Peitsche von deinem Master geführt wird?"

Peitsche. Ein Schauer lief durch sie und Master R knurrte, ballte seine rechte Hand zu einer Faust. „Verflucht seist du. Sie kann nicht –"

Kann nicht, kann nicht, kann nicht. Wieso musste er das immer wieder sagen? *Ich kann tun, was auch immer ich will.* Vielleicht wollte sie es. So wie Master R ihre schrecklichen Albträume von anderen Männern mit Liebe ersetzt hatte, konnte sie jetzt Erinnerungen an Grausamkeit mit seiner Fürsorge ersetzen. Und womöglich etwas erschaffen, auf das sie beide zurückgreifen konnten. Sie hatte ihm noch nie mehr vertraut oder sich ihm so nahe gefühlt wie nach der Fireplay-Session. Wenn er wollte, dass sie sich auf ein Auspeitschen einließ, dann wusste sie, dass sie es könnte ... und vielleicht würde er ihr damit auch die letzten Zweifel nehmen. „Ja, bitte, Master R", flüsterte sie. „Ja."

Stille. „Nein."

Sie waren in einen Kreisverkehr geraten und schafften es nicht mehr heraus. Wenn sie ihn als Master annahm, dann hatte er das Recht, sie abzulehnen, und lehnte er sie ab, dann stand sie ohne Master da. Sie senkte den Kopf. „Ich will die Tradition, wenn das

Master zufriedenstellt. Ich werde jede Art Schmerz akzeptieren, die du mir geben willst. Ich nehme, was du mir gibst. Wir brauchen beide eine Antwort."

Stille. Dann ein schwerer Seufzer. „Dieser Master wird Z schon bald umbringen."

Z gluckste. Sein Arm fiel von ihr und er spazierte einfach davon.

Master R umfasste Kims Wange. Er musterte sie. Wie kein anderer konnte er sie deuten, konnte ihr in die Seele blicken. „Du würdest dich deinen Ängsten stellen – für mich Schmerz hinnehmen –, um die Chance zu erhalten, mit mir eine Beziehung zu haben?"

Sie nickte.

Er schaute weg, die Augenbrauen zusammengezogen. Er überlegte.

Die Hoffnung vollführte einen Stepptanz auf ihrem Herz. Sie hielt vollkommen still, um seine Gedanken nicht zu unterbrechen.

„Okay." Sein Gesichtsausdruck änderte sich. Er drückte die Schultern durch. Seine Lippen pressten sich aufeinander. Alles an ihm verschmolz zu dem Master, den sie liebte. „Dann, *Gatita*, würde es mich freuen, deine Unterwerfung vor unseren Freunden zu testen."

Wie hatte das passieren können? Raoul betrachtete Kimberly und versuchte, seine Hoffnung etwas zu bändigen. Sie konnte das nicht tun, sie konnte sich nicht wahrhaftig unterwerfen.

Wenn sie es schaffte, was würde das beweisen? Mal ehrlich?

Da sie jedoch dazu in der Lage war, sich ihren schlimmsten Ängsten zu stellen, war es das Mindeste, dass er das auch tat.

Wenn sie sich ihm unterwerfen könnte, hier und jetzt, von Angst eingenommen und in der Öffentlichkeit, zeigte das, dass sie bereit war, etwas dafür zu tun – und so würde er sein Bestes geben, eine Dom/Sub-Beziehung zu einem Erfolg zu bringen.

Ein Schauer erfasste sie und er zog sie in seine Arme, um sie zu trösten. Ob es ihr gelang oder nicht, er würde nichts zurückhalten. Wenn sie ihn zufriedenstellen wollte, musste sie ihm vertrauen. Nach so viel Zeit, die sie getrennt voneinander verbracht hatten, war es töricht, diesen Test jetzt durchzuführen. Allerdings war keiner von ihnen bereit, noch länger zu warten. Auch das war ihm bewusst.

Er legte seine Wange auf ihren Kopf und atmete ihren schwachen Duft ein. Er hatte vergessen – versucht, zu vergessen –, wie perfekt sie für ihn war und dass sie ihn stets so verzweifelt umarmte wie er sie.

Nach einer Minute hob Raoul den Kopf und sah zu Cullen. „Du weißt, wo mein Kerker ist. Kannst du mir die Kiste bringen, die mit *Terrasse* beschriftet ist und sie am Torbogen abstellen? Bring auch Fesseln für die Handgelenke und die Fußknöchel mit."

„Wird erledigt, Kumpel." Cullen grinste Kimberly an und zog sanft an einer Strähne ihrer Haare. „Willkommen zu Hause, Sub. Warum bist du gestern Abend nicht an die Bar gekommen und hast Hallo gesagt?"

Sie zuckte mit den Schultern und schaute weg, ihr Körper angespannt.

Raoul zog die Augenbrauen zusammen. Normalerweise war sie nicht so unhöflich. Sie entspannte sich, als Cullen davonlief.

Gestern Abend. Gestern war Cullen im Shadowlands als Barkeeper eingeteilt. *„Warum bist du gestern Abend nicht an die Bar gekommen und hast Hallo gesagt?"*

Wie es schien, war Kim gestern im Club gewesen – wahrscheinlich mit Gabi. Vielleicht hatten sie sich mit der schuldig wirkenden Sally unterhalten. Kim war seiner Familie im Krankenhaus begegnet; er hatte sie im Flur reden hören. Er musste kein Genie sein, um dieses Rätsel zu lösen. Aber dies war nicht der richtige Zeitpunkt, um sich mit diesem Thema zu befassen. Stattdessen ... rieb er seine Wange über ihr seidiges Haar und fragte: „Hast du das pelzige Geschenk bekommen, das ich dir geschickt habe?"

Ihr Lachen – wie lange war es her, dass er ihr sanftes Lachen gehört hatte? „Mein Ari. Er ist wunderbar und ..."

Zufrieden hielt Raoul sie in den Armen, ignorierte die Gespräche um sie herum und lauschte ihr, als sie von ihrer Arbeit, dem großen Hund und von ihrem Leben erzählte. Als Cullen und Nolan die Ketten von den Balken zogen, die er über der Terrasse angebracht hatte, beantwortete er ihre Fragen zu Costa Rica.

Sie hatte ihn vermisst und versucht, ihn anzurufen. Das Wissen darüber erfreute ihn viel zu sehr. „Ich habe dich auch vermisst, *Sumisita*", gab er zu. Sie war so ehrlich und weitaus mutiger als er. „Mein Haus fühlt sich ohne dich so leer an, und ich konnte die Stille nicht ertragen."

Ihre Arme festigten sich um ihn und er senkte den Kopf, um ihre Lippen mit seinen zu bedecken. Weich und einladend schmiegte sie sich an ihn und hielt nichts von sich zurück. Ihr Körper roch berauschend und war nun noch üppiger als vor ein paar Wochen. Er wollte sie erkunden, wollte seine Handflächen mit ihren Brüsten füllen.

Als er seinen Kopf hob, entließ sie einen winzigen Laut des Protestes. Einen Laut, den ein Mann zwar nicht machte, aber den er ganz sicher fühlte. Nach einem langsamen Atemzug bemerkte er, dass Cullen in der Nähe Handschellen auf den Tisch legte.

Beginnen wir. Eine nach der anderen befestigte er die Fesseln an seiner *Sumisa*. Er schätzte es besonders, wie sie ihm ihre Handgelenke und Knöchel anbot. Ihr Vergnügen war offensichtlich, erkennbar in ihrer Körperhaltung und ihren leicht geschwungenen Lippen. Sie wollte seine Fesseln, sehnte sich danach.

Er fuhr mit dem Finger zwischen das Leder und ihre Haut, um sicherzustellen, dass die Fesseln nicht zu eng anlagen. Anschließend erhob er sich und überprüfte das Setup seitlich an der Terrasse. Von den Balken baumelten Ketten von Metallringen.

Zwei weitere Ketten fanden sich am unteren Ende der zwei Pfosten. *Los geht's.*

War Kimberly bereit? Ihre Atmung hatte sich beschleunigt und sie biss sich auf die Lippe. Entschlossen nickte sie. „Ich bin bereit, Master."

Er hatte immer gewusst, dass sie ihm – auf die eine oder andere Weise – das Herz brechen würde. Seine Hand schob sich unter den Saum ihres Sommerkleides und zwischen ihre Schenkel. Knappes Höschen, der Stoff bereits feucht. Ihre Muskeln waren vor Nervosität angespannt, aber ihre Pussy sprach von Erregung. Vielleicht wäre sie wirklich in der Lage, es durchzuziehen. Ein Hoffnungsschimmer am Horizont. „Leg deine Kleidung ab."

Ihr Atem stockte und Schamesröte breitete sich auf ihren Wangen aus. Doch sie zögerte nicht und zog sich das Sommerkleid über ihren Kopf. Der Anblick ihrer Brüste – ja, voller als zuvor – schickte eine Lustwelle durch ihn.

Sie schob ihr knappes Höschen ihre Beine runter – die Rüschen passend zu denen an dem Kleid, bemerkte er wertschätzend.

„Ist noch alles okay?"

„Ja, Master." Ihre Lippen formten die Antwort und es gefiel ihr. Er war froh, dass sie der Ausdruck nie so gestört hatte, wie es bei dem Wort Sklave der Fall war. Schließlich bekam er nicht genug davon, seinen Titel aus ihrem Mund zu vernehmen.

Mein. Sein Herz sang das Wort immer und immer wieder. Sie unterwarf sich ihm. Nichts vermochte es, einen Dom bei einer Session mehr zu erregen. Bei einer Session? Nein, das traf für das ganze Leben zu. Nichts erwärmte das Herz eines Doms so sehr.

Unfähig zu widerstehen, zog er sie an sich, legte seine Finger um ihren Nacken und plünderte ihre süßen Lippen. Er fuhr mit der Hand über ihren Arsch, massierte und knetete das Fleisch, bisher noch kalt unter seiner Berührung – aber das würde sich schon bald ändern.

Er hielt ihre Augen gefangen und freute sich, ihren Blick so klar und frei von Angst zu sehen. „Ich liebe dich, *Gatita*."

Ihr Herz schmolz zu einer Pfütze dahin. Niemals, nicht in einer Million Jahren, würde sie genug davon bekommen, ihn diese drei Worte sagen zu hören. „Ich liebe dich auch, Master."

Als sie schließlich den Blick von ihm nahm, bemerkte sie, wie die Tische und Stühle auf der Terrasse zu einem Halbkreis aufgestellt wurden, sodass ein großer, freier Bereich entstand. Genug Platz für den Einsatz einer Peitsche.

„Master Raoul." Z stand ein paar Meter entfernt. Seine dunkelgrauen Augen hielten sie gefangen, als er sagte: „Sag deiner Sub, was du verwenden möchtest, damit sie dir die richtigen Spielzeuge bringt."

Spielzeuge? Dinge, die er an ihr verwenden würde. Um sie zu verletzen ... Sie riss ihren Blick los und erkannte, dass sich alle auf der Terrasse versammelt hatten. Sie stand unter Beobachtung. Wie bei einer Ausstellung oder ... einer Sklavenauktion. Ihr entsetzter Blick traf auf Gabi.

Gabi nickte ermutigend, hob die Hand, formte eine Faust und zog an einer unsichtbaren Strippe – ein Zeichen, das für volle Geschwindigkeit voraus stand.

Kim blinzelte. *Also gut.*

Neben ihrem streng dreinblickenden Dom verschränkte Beth die Hände vor der Brust und formte mit den Lippen: *Du schaffst das.*

Andrea lächelte.

Kari hatte Tränen in den Augen, aber sie wackelte ermutigend mit ihrem Babyphon und sagte: „Ja. Tu es."

Jessica wechselte zwischen Z und ihr hin und her. Z funkelte sie wenig erfreut an, während sie versuchte, Kim mit einem Nicken zu bestärken.

Kein Exponat. Ich habe meine eigenen Cheerleader.

„Du hast einer Peitsche zugestimmt, oder?", fragte Z und hielt ihr damit ihre Ängste direkt vor Augen.

Ein Schauer lief durch sie, aber sie gab ihr Bestes, ihre Wirbelsäule in Stahl zu verwandeln. *Gegen den Aufseher und Greville habe ich gekämpft und gewonnen. Wieso sollte ich also bei meinen Wünschen und Träumen weniger mutig sein?*

Master Rs Gesicht hielt nur Wut bereit, als er Z anstarrte, aber dann seufzte und lächelte er. „Erinnere mich daran, Z danach ein bisschen wehzutun."

Master R ist auf meiner Seite. Das ist er immer. Jedoch war sie sich dem Druck, den Z auf sie ausübte, sehr wohl bewusst. Dies war ihre Gelegenheit, sich zu beweisen. Master Z würde sicherstellen, dass es ein wahrer Test wurde. Sie hob das Kinn. „Kann Master seine Wünsche beschreiben?"

Seine Hand berührte sanft ihre Wange, sein Blick intensivierte sich, als ob er ihre Entschlossenheit beurteilte. Eine Sekunde später sah sie das zufriedene Lächeln auf seinen Lippen aufblitzen. „Meine *Gatita* macht mich stolz."

Gott, alles in ihr schmolz dahin und es fühlte sich an, als würde sie in seinen Tiefen ertrinken.

Master R dachte eine Minute nach. „Ich möchte, dass du mir den Flogger mit dem hellgelben Streifen am Griff bringst. Dazu eine Gerte mit weichem Leder und die Bullenpeitsche auf der linken Seite. Das wirst du tun, um mir zu gefallen, Kimberly."

Die Bullenpeitsche. Ihr Mund war zu trocken, also nickte sie ihm ruckartig zu und verließ die Terrasse. Ihre Beine schienen nicht länger ihr zu gehören, aber sie bewegten sich, und mehr konnte sie von ihnen auch nicht verlangen.

Im Kerkerzimmer war es kühl. Ruhig. Und seltsamerweise hielt dieser Raum keine Ängste bereit, nur Erinnerungen an Master R: Wie er an einer Wand lehnte und er bei jeder vollbrachten Runde durch den Kerker einen Finger hochhob. Wie er sie auf dem Bondage-Tisch massierte. *„Du wirst nicht zerbrechen, wenn ich deine Brüste berühre."*

Er hatte ihr jedes Mal geholfen, ihre Panik zu überwinden. Da sie den Wunsch hegte, ihn zufriedenzustellen, würde diese Magie auch heute wirken. Das musste sie.

Die Gerte war einfach auszumachen und sie wählte die mit dem weichsten Leder. Der Flogger, den er bereits zuvor an ihr ausprobiert hatte. Und die Bullenpeitsche ...

Sie näherte sich der Peitsche, schaffte es aber nicht, sie in die Hand zu nehmen. *Drehe eine Runde und versuche es nochmal.* Noch eine. Wusste er überhaupt, wie man eine Peitsche benutzte? Was, wenn er – nein, dies war Master R. Er benutzte nur etwas, das er perfekt beherrschte. Sie hatte ihn jedoch noch nie üben sehen.

Das war furchterregend. Als sie die nächste Runde durch den Kerker beendete, runzelte sie die Stirn, als ihr Blick auf den leeren Bereich in der hintersten Ecke fiel. In ihrer Zeit bei ihm hatte sie sich nie gefragt, für was dieser existierte. Eine Doppelseite einer Tageszeitung hing vor der Wand. Das Papier zeichnete sich durch dünne Schnitte aus. Sie erschauerte. Vielleicht hatte er doch geübt.

Noch eine Runde.

Schluss mit der Verzögerung. Ich werde es tun. Sie rief sich in Erinnerung, wie anerkennend er sie ansah, wenn sie seinen Befehlen folgte. *„Du wirst das tun, um mir zu gefallen."* Das Bedürfnis, diese Anerkennung wieder zu sehen, wuchs und verdrängte damit ihre Angst.

Ihre Finger schlossen sich um die Peitsche und sie flüsterte ein feierliches Versprechen: „Ich werde lernen, dieses verdammte Ding zu meistern. Auch ich möchte ein paar Zeitungen zerfetzen. Das sollte doch machbar sein." Ihre Hand festigte sich um das Leder.

Als sie auf die Terrasse und in die helle Sonne trat, entdeckte sie Master R in der Mitte. Er hatte sein Hemd ausgezogen, um sich für die Session vorzubereiten. Damit zeigte er ihr, dass er nicht an ihr gezweifelt hatte. Der Anblick seiner definierten Muskeln an Brust und Armen ließ sie innehalten. So kraftvoll. Sie lächelte und erinnerte sich, als sie ihm das gesagt hatte. Er hatte gelacht, sie hochgehoben und an ihrem Haar gemurmelt: *„So kann ich dich besser halten."*

Eine dünne, rosafarbene Linie verlief vertikal über seine linken Rippen, wo ihn Greville mit dem Messer verletzt hatte – ein kleiner Makel auf seiner wunderschönen, braunen Haut, der Wut in ihr aufbranden ließ. Dann entließ sie ein Lachen, als sie auf ihre eigene Narbe blickte. Sie waren jetzt definitiv ein passendes Set.

Die Leute auf der Terrasse waren mucksmäuschenstill, als sie zu ihm ging. Zu seinen Füßen kniete sie sich hin. „Wie befohlen, habe ich dir deine Spielzeuge gebracht, Master."

„Das hast du sehr gut gemacht." Er nahm ihr die drei Sachen ab und legte alles auf den Boden. Sein Gang war so, wie sie sich aus ihren Träumen erinnerte – gelassen, beständig und solide.

Sanft half er ihr auf die Beine, legte dann seine Hände auf ihre Schultern und massierte sie leicht. „Du wirst heute alles akzeptieren, was ich dir gebe", sagte er und hielt ihren Blick gefangen. Seine Augen waren erfüllt von einem dunklen Versprechen, das Schmerz und Lust beinhaltete.

Ein erregender Nervenkitzel fuhr durch sie. Im Kerker hatte er sie nie an ihre Grenzen getrieben. In seinen Augen sah sie deutlich geschrieben, dass es heute anders laufen würde. *Oh Gott.* „Das werde ich, Master." Ein Gelübde an sie beide. *Ich werde es schaffen.*

Er führte sie zu den Ketten, richtete sie aus, sodass sie dem Meer zugewandt war, ihr Rücken zum Publikum. Nachdem er ihre Arme über ihrem Kopf gefesselt hatte, spreizte er ihre Beine und befestigte auch diese. Sodann zog er die Ketten an ihren Armen stramm und umkreiste sie, betrachtete sie, sein Blick wie eine Liebkosung auf ihrer nackten Haut. Er blieb vor ihr stehen und umfing ihr Kinn. „Ich habe davon geträumt, dich so zu sehen", sagte er, seine Stimme ein wenig rau. „Vor mir entblößt, danach gierend, was nur ich dir geben kann."

„Das will ich", flüsterte sie, jede Zelle in ihr sehnte sich danach, ihm zu gefallen. Was auch immer er mit ihr vorhatte, worum er sie bat, sie würde es tun. Sie wollte ihn stolz machen und dann würde er wissen, wie sehr sie ihn liebte. Das Bedürfnis, zu geben und zu akzeptieren, erfüllte sie.

Er küsste sie, seine Zunge fordernd, seine Lippen dominant und doch so sanft. Bis er den Kopf hob, kam ihre Atmung heiß und keuchend. Offensichtlich hatte jemand die Luftfeuchtigkeit auf der Terrasse erhöht.

Seine Hand glitt über ihre Schulter, ihren Rücken hinunter und fand ihren Po, ihre Beine …

Als er über ihre Schenkelinnenseiten nach oben wanderte, zuckte sie von ihm weg.

„Still halten, *Gatita*." Warme Hände. Feste Berührung.

Genau wie in ihren Träumen. In dem Moment erkannte sie, wie feucht sie war.

„Sehr nett, Kimberly. Das gefällt mir." Seine Finger glitten durch ihre Spalte und sie erschauerte. Leise Gespräche drangen an ihre Ohren, wurden von der Hitze, die sich in ihr meldete, ausgeblendet, als seine Finger zu ihrer Klitoris fanden. Elektrisierende Empfindungen schossen durch ihren Körper und sie biss sich auf die Unterlippe.

Er neckte ihre Klitoris und tauchte dann mit einem Finger in sie, wieder heraus.

Mit den Beinen so weit gespreizt, war sie seinen Fantasien ausgesetzt und … das war das Erotischste, was sie jemals in ihrem Leben gefühlt hatte, denn sie war es, die ihm diese Kontrolle gegeben hatte. Freiwillig.

Er stand auf.

Oh nein. Ihr Verstand setzte aus, als ihr die Folterwerkzeuge in den Sinn kamen. „Warte."

Der Klaps auf ihren Arsch schmerzte. „Wer soll warten?"

„Master R! Master, was hast du mit mir vor?"

„Was auch immer ich will, *Sumisita mía*." Seine Stimme war

nicht gemein, dennoch machte er deutlich, dass er es ernst meinte. Schmetterlinge regten sich in ihrem Bauch und mehr Nässe trat aus ihrer Pussy.

Er gluckste und drückte seinen Körper von hinten gegen ihren. Sie spürte seine Erektion an ihrem Hintern, seine muskulöse Brust wärmte ihren Rücken, seine Arme umgaben sie. „Hübsche *Gatita*, bist du bereit?" Mit seinen Daumen und Zeigefingern zwickte er in ihre Nippel und seine Berührung sandte Schmerz direkt an ihr Nervenbündel.

Er sammelte ihre Haare zusammen und schob sie nach vorn über ihre Schulter. Er legte ihren Rücken frei. Sie spannte sich an, aber er fuhr nur mit den Händen auf und ab, weckte ihre Haut und ließ ihre Brüste schwingen.

Es folgte ein leichter Schlag auf ihren Hintern und es zwiebelte ein wenig. Dann gleich ein härterer Klaps hinterher, noch einer, härter und immer härter, bis sie von dem Gefühl auf Abstand gehen wollte. Sie versuchte, zu entkommen – erfolglos.

„*Sí*, es gefällt mir, zu wissen, dass du keine andere Wahl hast, als hinzunehmen, was ich dir gebe", murmelte er. Dann kam er wieder nach vorn. Nicht einmal unterbrach er dabei den Kontakt mit ihr, streichelte über ihren Rücken, bis seine Finger erneut ihre Schulter erreichten. Ihr Hintern brannte und ihre Haut war so empfindlich, dass sich sogar die Berührung der Meeresbrise wie ein eisiger Kuss anfühlte.

Seine Lippen strichen über ihre. Dann beanspruchte er ihren Mund mit hungriger Dringlichkeit. „Ich habe es vermisst, dich zu küssen. Also ... ich erwarte, dass du mir sagst, wenn der Schmerz zu viel wird, okay? Was ist dein Safeword?"

„Krampf."

„Sehr gut." Er grinste. „Was wird dir den ersten Schrei entlocken, *Gatita*? Das Brennen der Peitsche oder die Wut, wenn du davon zum Orgasmus kommst?"

Oh je, wie konnte er sie gleichzeitig erschrecken und antörnen? Sinnlichkeit verdunkelte sein Gesicht, als er sie betrachtete.

Er dachte nicht mal daran, zu verbergen, wie viel Spaß es ihm machte, mit ihr zu spielen. Er verheimlichte nicht, dass er seine Macht als ihr Master zur Anwendung bringen würde.

Ich kann nicht glauben, dass ich hier bin. Dass ich das hier gerade wirklich tue, dass ich es will. Doch je mehr sie sich ihm hingab, desto stärker sah sie sich als Teil von ihm.

Er wusste es. Er berührte ihre Wange, sein Blick nun unglaublich sanft.

Hilflos sah sie ihn an – ein Gefühl, das nicht nur von den Fesseln kam.

Der Flogger, den er als nächstes benutzte, brachte keine Schmerzen hervor. Wie eine Million Elfen, die auf ihre Haut trommelten, bewegten sich die Stränge der Peitsche von ihrem Rücken zu ihrer Vorderseite.

Geradezu hypnotisiert starrte sie ihn an. So groß, die Schultern breit, seine Brust- und Armmuskeln tanzten bei jeder Bewegung. Seine Kontrolle war absolut, sein Fokus gänzlich auf sie und den Flogger gerichtet, als wären sie durch eine unsichtbare Schnur verbunden.

Auf ihrem Bauch und ihren Oberschenkeln ging er sanfter vor, noch leichter an ihren Brüsten und doch schwollen sie an und ihre Nippel pulsierten. Ein Schnippen zwischen ihre Schenkel schickte sie überraschend auf ihre Zehenspitzen und dann wurde sie von einem lustvollen Ansturm überwältigt.

Das entging ihm natürlich nicht und das Lächeln, das nun seine Lippen umspielte, nahm die Härte aus seinen Gesichtszügen. Als er sie umkreiste, wurde ihre Haut empfindlicher und begann zu brennen. Ihre Pussy pochte und gierte.

Eine Pause. Seine Hände streichelten über ihren Körper und linderten die Schmerzen. Wieder stand er vor ihr und er musterte sie einen ausgedehnten Moment. Die Lachfalten neben seinen Augen vertieften sich. „Du bist wunderschön, so erregt und bereit für den Biss der Peitsche." Seine Handflächen bedeckten ihre Brüste und er beobachtete sie aufmerksam, als er in ihre Nippel zwickte. Erst sanft dann etwas härter rollte er die Knospen zwischen seinen Fingern.

Sie schloss die Augen, als die Lust einkehrte.

„Sieh mich an."

Sie zwang ihre Augen auf und erstarrte, da sich seine Hand auf ihre Pussy zubewegte und seine Finger ihre Schamlippen erkundeten. Der plötzliche Anflug von Lust grenzte an Schmerz, sodass sie einen protestierenden Laut entließ.

„Ganz ruhig, *Gatita*. Du willst es – schäme dich nicht dafür, dass du eine Frau mit Bedürfnissen bist. Dafür, dass du deinem Master erlaubst, deinen Körper zu erwecken." Er lächelte, seine Finger drangen in sie hinein, zogen sich zurück und glitten über ihre Klitoris, schnellten über das Nervenbündel, bevor sie sich wieder in ihrer Hitze vergruben. Immer und immer wieder folgte er diesem Muster, bis ihr Becken auf der Suche nach mehr in seine Richtung zuckte.

Oh Gott, ich brauche mehr. Niemals hätte sie sich erträumen können, dass sie so heiß, so gierig werden könnte.

Er lächelte. „Sehr schön. Du bist bereit." Sein Blick war gelassen, direkt, völlig kontrolliert und selbstbewusst.

Sie nickte. Solange er die Kontrolle hatte, konnte sie jede Art von Schmerz aushalten.

Er küsste sie, erst sanft und dann hart und leidenschaftlich. *„Sumisita mía"*, sagte er, legte seinen Zeigefinger unter ihr Kinn und hob es an. „Danach beabsichtige ich, dich zu ficken." Er bewegte sich, als hätte er Schmerzen. „Hart."

Die Wände ihrer Vagina zogen sich zusammen. Als ihre Augen auf seinen Intimbereich fielen, erfreute sie sich an dem Anblick. „Wie Master wünscht."

„Ja, die Unterwerfung meiner *Gatita* – ihr anbetungswürdiger Körper – erregt mich." Mit seiner Nase rieb er an ihrer, nahm ihren Duft in sich auf. „Ich habe es vermisst, dich jeden Morgen vor dem Frühstück unter mir zu haben."

Sie schloss die Augen und hauchte: „Ich auch." Allein aufzuwachen, mit einer unbeschreiblichen Sehnsucht nach ihm, hatte darin resultiert, dass sie mit einem zusätzlichen Kissen schlief, um etwas zu haben, das sie in den Armen halten konnte.

Er presste einen weiteren Kuss auf ihre Lippen und entfernte sich. Eine Sekunde später hörte sie das Knallen einer Peitsche.

Panik rollte über sie und ertränkte sie in Erinnerungen. Schmerzen über Schmerzen, ihre Haut in Fetzen. Verzweifelt riss sie an den Ketten, ihre Atemzüge wie ein tropischer Sturm, der die Ausmaße eines Hurrikans annahm.

„Kimberly." Seine Stimme schnitt durch den Wind. „Für mich wirst du es ertragen."

Die Stille wuchs um sie herum, ihre Ängste nur von seiner Stimme in Schach gehalten ... und ihrem überwältigenden Bedürfnis, ihm zu gefallen. Master R, nicht Greville. Master R, der im Notfall stoppen würde ... und so war es ihr möglich, fortzufahren. „Ja, Master. Das werde ich."

Der erste Kontakt der Peitsche war nicht mehr als ein Schnippen. Hier, dort, oben, unten. Ein sanftes Brennen, der Rhythmus regelrecht besänftigend. Wie ein Pinsel auf ihrer Haut, wie ein leidenschaftlicher Kuss. *Mehr.* Sie hatte noch nie eine Auspeitschsession beobachtet. Wer hätte gedacht, dass es so ... sinnlich sein konnte?

Nach einer Weile näherte er sich, um ihren Rücken zu streicheln, mit ihren Brüsten zu spielen. Neue Empfindungen kamen an die Oberfläche, Funken der Erregung, die durch ihren Körper sprühten. Seine Erektion presste sich von hinten an sie und rieb sich an ihrem Arsch, sodass sie das anhaltende Brennen der Peitsche weiterhin wahrnahm. Seine Faust schloss sich um ein Bündel ihrer Haare und er zog ihren Kopf zur Seite. Seine Stimme war tief, klang rücksichtslos, und der Schauer jagte durch sie. „Jetzt werde ich deine Grenzen testen, Kimberly. Und du wirst alles akzeptieren – für mich."

Wieder erschauerte sie und sein kehliges Lachen, das auf ihre Reaktion folgte, entlockte ihr ein Stöhnen. Es war erschreckend.

Heiß. Er trat von ihr weg. Sie konnte ihn noch hören. „Was für ein braves Mädchen."

Ein Knall, ein Brennen, Schmerz erblühte unter ihrer Haut. Ein wenig schockiert schnappte sie nach Luft. *Das tat weh.* Er machte weiter, immer und immer wieder, wie ein Feuerwerk, bei dem erst der Knall zu hören war und dann die Funken sprühten. Die Peitsche war wie ein Blitz, der ihr Inneres erhellte.

Es ging ihren Arsch hinunter, über ihre Oberschenkel, und die Empfindung schoss direkt auf ihre Klitoris zu und dann ... *Oh Gott*, sie zitterte von dem Bedürfnis, zu kommen.

Die Intensität nahm zu. Mehr. Härter. Schneidender. Sie sog scharf den Atem ein, um nicht zu schreien. Er reduzierte das Tempo, ging zu sanften Pinselstrichen über. Kehrte zurück zu härteren. Stechend, elektrisierend, brennend ... *Schmerz.*

Nichts bewegte sich, aber sie fiel nach hinten und stürzte in den Ozean, umgeben von Stille und Geborgenheit. Ihre Augen richteten sich abwesend auf die Flut, die am weißen Strand hereinrollte, und sie erkannte, dass er sich mit seinen Schlägen an die Wellen anpasste. Der Schmerz fand sie und schwappte über sie hinweg, wobei er sich noch vor dem nächsten Hieb zurückzog. So wunderbar und so erregend. Die Peitschenschläge bewegten sich langsam über ihren Arsch, ihre Oberschenkel und erneut nach oben.

Dann presste er sich wieder an sie, so warm und besänftigend, und er hielt sie.

„Augen zu mir", sagte er und drehte ihren Kopf zu sich. Brauner Blick, gefasst und wohltuend.

Sie lächelte ihn an und genoss sein Grinsen.

„Sieh dich nur an. Sogar unter einer Peitsche vertraust du mir genug, um ins Subspace abzuheben", murmelte er und dann küsste er sie, bis der Boden unter ihr verschwand. „Ich bin sehr stolz auf dich, *Gatita*." Er zog sich zurück. „Sag mir dein Safeword."

„Krampf. Nur brauche ich es nicht", vertraute sie ihm an.

Die Fältchen neben seinen Augen vertieften sich erfreut. „Ich werde dir fünf weitere geben, und sie werden weh tun."

Nun machte sie sich schon ein bisschen Sorgen. Sie hörte den zischenden Laut hinter sich, aber nichts schlug ein.

„Tief einatmen, *Gatita*." Dominant. Ihr Master.

Ein Orgasmus lauerte in der Warteschleife, als sie einatmete. „Lass es zu."

Sie atmete aus und hörte einen Knall, fühlte einen messerscharfen Schmerz an ihrer rechten Pobacke. Ihr Atem stockte und ihr Körper zuckte. Als sie die Luft aus ihren Lungen entließ, entfachte die nächste Feuerstelle auf ihrer Haut. Sie wusste, dass Master R dafür verantwortlich war und er erwartete, dass sie seine funkensprühenden Liebkosungen ertrug. Dieser Gedanke war es, der sie noch höher schickte. Tränen rollten über ihre Wangen. Eine weitere schmerzende Empfindung ließ nicht lange auf sich warten, heiß und brutal schoss das Gefühl durch sie. Und nochmal.

Durch das Rauschen in ihren Ohren hörte sie seine Schritte. Seine Arme umgaben sie und zogen sie in seine Wärme. „Ich bin so stolz auf dich. Du machst mich so glücklich", flüsterte er an ihren Haaren.

Sie konnte ihn nur anblinzeln. „Wenn du wünschst, kann ich weitermachen, Master."

Er runzelte die Stirn. „Willst du mehr?"

„Nein. Aber wenn du –"

„Nein, *Gatita*. Du bist keine Masochistin." Er küsste sie auf die Wange. „Worüber ich dankbar bin. Du hast genug."

Sie seufzte, immer noch halb in den Wolken. Dann küsste er sie, ausgedehnt und leidenschaftlich, und so wurde ihr Körper daran erinnert, was sie wollte. „Können wir irgendwo hingehen und ...?"

Er hob den Kopf, sein Blick aufmerksam, gefüllt mit Begierde.

„Wo wir Liebe machen können", beendete sie den Satz. Denn das wäre es. Liebe machen. Das wusste sie.

Auf seinen Lippen zeigte sich ein Grinsen. „Übersetzt heißt das wohl: *Kannst du mich bitte endlich ficken?*"

Sie räusperte sich, aber das Pochen in ihrer unteren Hälfte konnte sie nicht leugnen. „Ja, Master. Wenn Master das will."

„Oh, Master will das sehr wohl", sagte er und packte ihre Haare. „Reingehen werden wir allerdings nicht, Kimberly."

Hier draußen? Sie riss die Augen weit auf.

Er lachte leise, löste die Ketten, hielt ihre Beine auseinander und griff dann nach den Druckknöpfen. Es klickte zweimal und sie war frei. Sie stöhnte, als sie ihre Arme senkte. Ihre Schultern schmerzten. Ihre Knie bebten.

Er hob sie in seine Arme und sie schmiegte sich an seine nackte Brust. Sein sauberer, maskuliner Duft umgab sie, ein leichter Schweißgeruch von dem Workout, so erregend, dass sie sich an ihm reiben wollte. In seinen Armen fühlte sie sich winzig und zerbrechlich, wertgeschätzt und beschützt.

Er überquerte die Terrasse und setzte sie auf den ungenutzten Holztisch. Er verschränkte die Arme vor der Brust und befahl: „Leg dich auf den Rücken, *Sumisa*."

Obwohl Schweiß ihren Körper bedeckte, fühlte sie, wie sie errötete.

Als er seine Augenbrauen leicht anhob, wusste sie, dass sie ihn nicht enttäuschen wollte. Niemals. Sie legte sich hin.

„So ein gutes Mädchen", murmelte er, die Leidenschaft in seinen Augen erhitzte ihre Haut. „Als wir uns kennenlernten, hast du den Schmerz der Intimität vorgezogen, weil du den Orgasmus nicht mit den Anwesenden teilen wolltest", sagte er und fuhr mit den Händen über ihre Brüste. „Wirst du mir nun den Orgasmus anbieten?"

Liebe machen? Hier? Vor all den Leuten?

Seine Augen hielten die ihren gefangen. Die Forderung nach mehr stand in seinem Gesicht geschrieben. Sie sollte sich vollständig hingeben. Und das wollte sie. „Ich werde tun, was Master wünscht", sagte sie. „Ja."

Sein Blick wurde sanfter. „Für mich hast du Schmerz ertragen, Kimberly", entgegnete er nüchtern. „Schaffst du es jetzt, von mir Lust zu empfangen?"

Sie erschauerte. „Ja, Master."

Seine Hand strich über ihr Bein und wärmte für einen Moment ihr Fleisch. Dann drückte er ihre Beine gegen ihre Brust und zog sie nach unten, bis ihr Hintern knapp über der Kante hing. Ein Schauer durchfuhr sie. Das Gefühl, vom Boden abgehoben zu sein, war noch immer vorherrschend, aber sie kehrte schnell in die reale Welt zurück, als er die Fesseln an ihren Handgelenken an der Tischkante neben ihren Hüften befestigte. Er bewegte ihr linkes Bein, sodass er die Fußfessel an die Einschränkung ihrer linken Hand einhaken konnte. Auf der rechten Seite wiederholte er den Prozess und spreizte ihre Beine weit auseinander.

Ihre Pussy war entblößt. Sehr entblößt. Er trat zurück, als sie von einem Angstschauer überwältigt wurde. Sie starrte ihn an und benutzte ihn als Anker, wusste, dass er sie nicht verlassen würde.

Seine großen Hände fuhren über ihren Körper. „Ich habe es vermisst, eine kleine Sub zu fesseln und sie für mich zu öffnen", sagte er leise. Seine Fingerknöchel strichen über ihre Wange. „Eine zu haben, die mich liebt und alles gibt, mir zu gefallen, ist ein noch besseres Gefühl."

Sie schmolz dahin.

„Aber du musst einen Test bestehen. Wirst du mir alles geben?" Er löste einen breiten Segeltuchriemen unter dem Tisch und legte ihn direkt über ihren Venushügel. „Auch wenn ich dir jede Bewegungsfreiheit nehme?" Eng befestigte er den Riemen, was sie mit den Hüften gegen die Tischplatte drückte.

„Ja, Master." Sie versuchte, sich nicht zu bewegen, die Fesseln nicht zu testen, doch sie konnte nicht anders. Aber ihre Hüfte bewegte sich keinen Millimeter. Die Panik stieg an und zog sich dann wie die Ebbe zurück.

„Das ist auch ein Test für mich. Vertraue ich deiner

Unterwerfung genug, sodass ich dich auf eine Weise unter Druck setzen kann, um uns beiden zu geben, nach was wir uns sehnen?" Die rücksichtslose Entschlossenheit in seinem Blick erschütterte sie bis ins Mark. „Ich vertraue dir mehr, als ich es jemals für möglich gehalten habe. Geht's dir gut, *Gatita?*"

Die Angst hatte im Duell gegen Raoul Sandoval – ihren Master – keine Chance. Sie lächelte ihn an.

„Wunderschöne Kimberly." Er lehnte einen Arm auf den Tisch und schob sich in ihr Sichtfeld.

Seine Lippen strichen über ihre und er küsste sie, unterbrach die Strömung der Angst und ersetzte sie mit Begierde. Seine warme Hand schloss sich um ihre Brust, neckte und zwickte in den Nippel, bis er sich aufrichtete. Indessen forderte seine Zunge ihre zum Tanz auf, erinnerte sie somit an seine Berührungen, seinen Duft, seinen Besitz.

„Mmm." Er hob den Kopf, lächelte und flüsterte: „Du siehst aus, als bräuchtest du einen guten Fick, *Sumisa.*"

Und das war wahrscheinlich allen aufgefallen. Sie starrte ihn an und verdiente sich ein Zwicken in ihren Nippel. Sie schnappte nach Luft. Ihre Brüste waren geschwollen, schienen um eine Körbchengröße gewachsen zu sein. Ihre Knospen pulsierten und sie war sich den Stellen, an denen er sie mit der Peitsche bearbeitet hatte, extrem bewusst. Er lehnte sich vor und leckte über jeden Nippel, umkreise sie und ließ sie nass zurück, sodass sich die Meeresbrise kühlend auswirkte und ihre Knospen noch härter wurden.

Mehr. Ihr Rücken wölbte sich.

„Noch zu viel Bewegung." Riemen legten sich über sie. Unter ihre Brüste und darüber, sodass ihr Busen stramm saß.

Und sie konnte sich wirklich nicht bewegen. Keine Chance.

„*Sí*, das gefällt mir." Er lächelte und legte seine großen Hände auf ihre schmerzenden Brüste, streichelte mit schwieligen Handflächen und kniff leicht in ihre Nippel. Ihre Klitoris begann zu pochen, passte sich dem pulsierenden Schmerz in ihren Brüsten an.

Sie wollte um mehr betteln und wusste, dass er einfach lachen und tun würde, was er wollte. *Gott*, wie war es möglich, dass es sie so heißmachte, nackt und entblößt unter ihm zu liegen, eingeschränkt und unfähig, ihn von seinem Vorhaben abzubringen?

Er trat zurück und betrachtete sie. Es machte den Anschein, als ob er all die schmutzigen, dunklen Dinge durchging, die er ihr antun könnte. Die Wände ihres Geschlechts zogen sich vor Verlangen zusammen.

Was würde er mit ihr tun? Mit seinen Händen? Dem Mund? Den Spielzeugen? Um Analplugs und Klemmen hatte er sie bei ihrem Gang in den Kerker jedoch nicht gefragt. Ihr Atem stockte, als er ihr Sichtfeld verließ. *Ich habe ihm eine Gerte gebracht.*

Oh nein. Nein, nein, nein!

Master R kam zurück und schlug mit der langen, dünnen Gerte auf seine Handfläche. *Oh Gott*, er würde es tun. Ihre Brüste zeigten nach oben – wie zwei Zielscheiben –, ihre Beine waren weit gespreizt, ihre Schamlippen offen und ungeschützt. Er würde doch nicht ... oder? Sie spürte den Beweis ihrer eigenen Erregung, der sich als Rinnsal aus ihrer Vagina löste und sich langsam ihrem Arschloch näherte.

„Sieh mal einer an", sagte er leise. Er rieb die flache Lederspitze der Gerte über ihre Brüste und neckte ihre Brustwarzen. „So erregt. Kein Anzeichen von Angst in dir erkennbar."

Sie erkannte, dass es stimmte, was er sagte. In Erwartung auf den Schmerz schien sie nur noch weiter anzuheizen.

„Ich habe dich beobachtet, als Jessica dir erzählt hat, wie Z sie auf der Bar im Shadowlands gefesselt hat." Die Gerte bahnte sich einen Pfad zu ihrem Bauch, über ihren Venushügel, betörte ihre Schamlippen.

Oh Gott. Nur die Berührung, wie er sie neckte ... Sie fühlte sich geschwollen und eng. Verzweifelt. Gierig.

Seine Finger folgten dem Leder. Der Kontrast zwischen kühl

und warm, glatt und rau, leblos und lebendig ließ ihren Körper pulsieren.

Am Fuße des Tisches lächelte er leicht, als er ihren Schamlippen nach oben zu ihrem Nervenbündel folgte. Gnadenlos trieb er ihre Begierde an.

Er schob einen Finger in sie hinein, der Pfad feucht, seine langen, breiten Finger weckten neue Empfindungen in ihr. Zwei Finger, während seine Zunge über ihre Klitoris leckte, sie höher und höher trieb. Ihre Oberschenkel zitterten, als sie versuchte, ihre Pussy an seinen Mund zu heben, um mehr von ihm zu bekommen. Nichts – absolut nichts – rührte sich. Festgenagelt hatte er sie, völlig unbeweglich.

Master R zog langsam seine Finger aus ihrer Vagina und fuhr mit seiner feuchten Hand über ihr Bein. „Sie hat dir erzählt, wie er eine Peitsche an ihrer Pussy benutzt hat."

Ein Schlag mit der Gerte auf ihre Schenkelinnenseite folgte – mit der ledernen Lasche, die sich am Ende des Folterwerkzeuges befand. Bei dem brennenden Gefühl schnappte sie nach Luft.

„Mir ist nicht entgangen, wie sehr dich das erregt hat, *Gatita*. Der Gedanke, deine Pussy ausgepeitscht zu bekommen." Entlang der Innenseite ihres Schenkels bewegte sich die Gerte zu ihrem Venushügel. Jeder leichte Schlag des Leders auf ihre Haut löste ein Brennen in ihr aus.

Ihr ganzer Körper spannte sich an, als sie darauf wartete, dass er auf ihre Klitoris schlug. Das tat er nicht. Stattdessen bewegte er sich mit sanften Schlägen über ihren Bauch.

Sie zuckte zusammen, als die Gerte die Unterseite ihrer rechten Brust traf. Um ihre Brust herum ging es, bevor er sich der zweiten zuwandte. Angespannt lag sie unter ihm, bei jedem Hieb jagte das elektrisierende Gefühl durch ihre Brust. Ihr Atem erinnerte an ein Boot, das den Wellen trotzte, seinen Rhythmus fand und verlor.

Er strich ihr die Haare aus dem Gesicht, musterte sie sorgfältig, seine Augen aufmerksam und heiß ... glühend heiß. Ohne zu sprechen, bewegte er sich zu ihrer linken Brust. Rundherum. Wie konnten sie noch mehr anschwellen?, fragte sie sich und hörte, dass sie ein sanftes Wimmern entließ.

„Ja, gib mir deine Laute." Das Leder schnippte gegen ihren linken Nippel.

Der plötzliche beißende Schmerz wirkte sich auch auf ihre Klitoris aus. „Ah!" Sie wollte ihren Rücken wölben, die Brust mit ihrer rechten Hand bedecken, doch nichts rührte sich. Dem Gefühl, gefangen zu sein, in Hitze eingehüllt, folgte ein Schlag gegen ihren rechten Nippel.

Vor und zurück, links und rechts, nur genug Zeit dazwischen, dass der Schmerz auf einer Seite vergehen konnte. Ihre Brüste standen in Flammen, waren geschwollen und sehnten sich nach Linderung.

Als könnte er ihr den Wunsch vom Gesicht ablesen, lehnte er sich vor und nahm eine Knospe in seinen Mund, sanfte Lippen umgaben sie. Er saugte und knabberte und sie erschauerte am ganzen Körper. *Oh Gott.*

Als er zum anderen Nippel wechselte, sein heißer Mund brutal, wand sie sich, so gut sie konnte, und Druck baute sich in ihr auf.

Seine braunen Augen trafen auf ihre. „Du bist einem Orgasmus sehr nah, *Gatita*."

Sie schluckte. Am liebsten hätte sie ihn angefleht. *Bitte, bitte. Jetzt!* Aber sie wusste, dass er sich nicht hetzen lassen würde. Das Wissen, dass er die Kontrolle hatte, alles ihm überlassen war und sie nichts dagegen tun konnte, erhöhte ihre Begierde, als ob jemand aufs Gas getreten war. Ihre Erregung summte durch sie, ließ sie nicht zur Ruhe kommen.

Er strich mit der Hand über ihren Körper und linderte den Schmerz von der Gerte, mit der er sich an ihren Brüsten, ihrem Bauch und ihren Oberschenkeln ausgelassen hatte.

Wieder landete ein Schlag auf ihrem Schenkel. Etwas härter, wie ein Kätzchen mit spitzen Milchzähnen. Es ging nach oben zu ihrer Pussy, über ihren Venushügel, das andere Bein hinunter. Schmerz. Lust. Sie spürte ihre geschwollene Klitoris, die verzweifelt nach Aufmerksamkeit verlangte, und sie erschauerte, wenn sie daran dachte, was als Nächstes folgen würde.

Wieder ihr Bein hoch, nur dieses Mal traf das Leder auf ihre äußeren Schamlippen. Wie Nadelstiche, über ihr frisch rasiertes, empfindliches Fleisch, jedes Mal ein wenig näher an ihrem Nervenbündel. Ihre Klitoris pulsierte erwartungsvoll.

Ihr Atem stockte, als er −

Die Gerte hob sich. Alles in ihr spannte sich an. Ihre Schamlippen waren geschwollen und feucht, eine kühle Brise wehte über sie. Ihre empfindliche Klitoris pulsierte und ihr gesamtes Sein drehte sich um diesen Punkt. Sie starrte auf die Gerte, hoch in der Luft hing sie, und so entschied sie, dass nun ein guter Zeitpunkt war, um sich gegen ihre Fesseln aufzulehnen.

Seine Augen trafen auf ihre. Sie erstarrte.

Die Gerte landete direkt auf ihrer Klitoris. *Schmerz. Lust.* Die Empfindungen mischten sich, roh und brutal, eine Explosion nach der nächsten. Ihr Körper versuchte, sich zu befreien, da die Lustwellen sie mit sich rissen. Der Schrei wandelte sich zu einem Keuchen, als sich die Wände ihres Geschlechts zusammenzogen.

Sie holte tief Luft.

Die einzige Warnung war eine Berührung an ihrem Eingang, und dann vergrub er sich mit seinem Schwanz in ihrer Hitze. Schockiert schnappte sie nach Luft. Er war zu groß, ihr Fleisch zu geschwollen.

Sein Schambein rieb über ihre misshandelte Klitoris und sandte eine Lustwelle nach der anderen durch ihren Körper, immer begleitet von Schmerz, der sich nicht abschütteln ließ. Für eine Sekunde hielt er still, erlaubte ihr, sich an ihn zu gewöhnen, und sah ihr dabei in die Augen. „Ich werde dich jetzt hart ficken."

Er bat nicht um Erlaubnis. *Gott*, er fühlte sich so riesig in ihr an. Sie versuchte, sich zu bewegen, doch die Riemen hielten sie an

Ort und Stelle. Offen. Sie fühlte sich wahrlich in Besitz genommen.

Er stützte sich auf seine Unterarme und schob sich tiefer in sie. „Sieh mich an, *Gatita*." Seine Stimme war rauer, tiefer. „Die Augen nicht von mir abwenden." Seine freie Hand packte ihren Hintern, was die wunden Stellen erneut in Alarmbereitschaft rief. Alles brannte, obwohl er die Hand nach einer Weile wegnahm. Dann stieß er immer und immer wieder in sie, mit voller Kraft, indem er seine Hüfte und Beine einsetzte. Gleichzeitig rieb sein Piercing erregend über ihren G-Punkt. *Gott!*

Kimberlys Pussy zog sich um Raoul zusammen, heiß und feucht bearbeitete sie seinen Schwanz. *Dios*, er hatte es vermisst, in ihr zu sein, hatte sich nach der Verbindung gesehnt. Seiner Meinung nach sollte eine Session zwischen einem Paar immer auf diese Weise enden. Liebe machen festigte die Beziehung.

Er knetete die Pobacken seiner kleinen Sub und wusste, dass es wehtat, als er ihre bebenden Schenkel sah und spürte, wie ihre süße Pussy um ihn pulsierte.

Die hohe Position ihrer Beine machte sie extrem eng und sein Piercing, das gegen die Wände ihrer Pussy glitt, weckte jeden Nervenstrang in seinem Schwanz. Hart stieß er in sie, erlaubte seinem Körper, ihr zu sagen, ihr zu zeigen, was er bald laut aussprechen würde. *Mein. Mir allein. Ich besitze sie, beschütze sie, treibe sie an ihre Grenze und sorge dafür, dass ihr niemand Leid antut. Ich werde sie lieben.*

Er nahm sie, hämmerte in sie, reduzierte sein Tempo, um mit den Händen ihre Brüste zu finden, ihre Nippel nun hart und geschwollen. Bei einem kleinen Zwicken in ihre rechte Knospe zog sich ihre Pussy um seinen Schwanz zusammen. Ihre blauen, blauen Augen blieben auf seinen, als er das Tempo wieder anzog. Er wollte das Ende so lange wie möglich hinauszögern. Sie hatte viel ertragen, aber sie beide brauchten es, um den Bund zu vervollständigen.

Und sie fühlte sich so heiß, so nass an, ihre Pussy noch immer von dem letzten Orgasmus pulsierend. Er presste sich tiefer, härter in sie und spürte, wie er mit der Eichel ihren Muttermund küsste. Seine Eier schwollen an. *Nur. Noch. Ein. Stoß.* Und dann schoss die Hitze seiner Erlösung so gewalttätig aus seinem Schaft, dass er ihre Pobacken packte und er ihr ein Quietschen entlockte.

Er zog sich heraus und stieß wieder in sie, sein Höhepunkt nicht enden wollend, sein Schwanz so besessen von ihr, wie er das war. Er rang nach Luft. Schweiß rann seinen Rücken hinunter.

Er schaute in ihre Augen und sah ihre völlige Unterwerfung, die Freude, ihm Befriedigung verschafft zu haben, sich selbst hingegeben zu haben. Die Verbindung zwischen ihnen war greifbar und er wollte sie so verzweifelt in seinen Armen halten, dass er bebte.

Sanft küsste er sie und rutschte dann mit Bedauern aus ihr heraus, eine Emotion, die sich in ihrem Seufzen widerspiegelte. Er nahm einen Schritt zurück und küsste sie in der Bewegung auf den Bauch, lächelte bei ihrer bezaubernden Reaktion.

Dios, er liebte sie. Und ihren Mut. Er hatte sich nicht zurückgehalten. Er hatte von ihr verlangt, was sie brauchten, und sie hatte ihm ... alles gegeben. Die Session, der Sex ... Beides hatte ihm eine wichtige Frage beantwortet und ihr im Gegensatz die Sicherheit geschenkt, die sie gebraucht hatte. Die Verbindung zwischen ihnen war stärker denn je.

Er lächelte. Die Brücke wurde gebaut, war offen und bereit für den Ansturm.

Nachdem er seine Jeans zugemacht hatte, küsste er sie tief und leidenschaftlich. „Ich liebe dich, *Sumisita mía*", flüsterte er und war überrascht, als sich ihre Augen trotz ihres Lächelns mit Tränen füllten.

Sie zu jeder Zeit berührend löste er die Riemen, rieb sanft über die Stellen, um dem Blutfluss zu helfen, massierte ihre Schultern und ihre Hüftgelenke. Schließlich schaffte sie es in eine sitzende Position.

Die Leute auf der Terrasse schwiegen, um den Moment nicht zu stören. Raoul blickte in die Richtung seiner Freunde. Cullen grinste, seine kleine Sub damit beschäftigt, ihn zu reiten. Marcus hatte Gabi vor sich und seine Hand in ihrer Shorts. Raouls Mundwinkel zuckte. Die Session hatte von außen also so heiß gewirkt, wie sich mittendrin zu befinden.

Z half Jessica von seinem Schoß, nahm eine Decke vom Tisch neben ihm und näherte sich dem Paar, um sie Kimberly zu überreichen.

Sie begann, die Decke auszubreiten, doch Z schüttelte den Kopf, sodass sie ihre Arme um das Bündel wickelte. Mit seinen Fingerspitzen berührte er sanft ihre Wange, lächelte Raoul an und kehrte zu seiner Sub zurück.

Mit einem zufriedenen Seufzer nahm Raoul seine Frau in die Arme, weich und warm und köstlich duftend, wie perfekt für ihn gemacht. Nachdem er sie auf die Stirn geküsst hatte, trug er sie über die Terrasse, die Treppe hinunter und zum Strand.

Er ging zu ihrem Lieblingsplatz, zu dem verwitterten weißen Adirondack-Stuhl. Glücklich und höchst erfreut über den Verlauf der Session nahm er Platz. Sie vergrub ihr Gesicht an seinem Hals und dann spürte er, wie stark sie zitterte.

Die Nachwirkungen der Session holten sie ein.

Mit seinen Armen um ihren Körper breitete er ungeschickt die Decke aus, die Z ihr gegeben hatte, und fand darin verborgen eine Flasche Wasser, Salbe und ... das Halsband. Kluger Dom. Zunächst legte er die Gegenstände neben den Stuhl, hüllte sie in die Decke ein und zog sie dann an seine Brust. Vollkommen im Einklang fühlte er sich mit ihr, sodass er genau wusste, wann sie von ihrem Hoch herunterkam.

Sie schaute zu ihm auf, ihr Gesichtsausdruck verletzlich, ihre Gefühle in ihren Augen zu sehen. „Ich habe dich so vermisst",

CHERISE SINCLAIR

flüsterte sie. „Und ich war einsam." Ihre Augen füllten sich mit Tränen.

Er streichelte ihre Wange und erkannte ihr Bedürfnis. „Weine für mich, Kimberly."

„*Weine für mich.*" Der Befehl eines Doms. Kim blinzelte. Er war hier, wahrhaftig hier, und sie hatte das Gefühl, offene Wunden zu haben, dass er alle Verbände abgerissen und ihre Emotionen freigelegt hatte ... Er war wirklich hier. Ein Schluchzer löste sich aus ihrer Kehle, ein verspäteter Laut, da Tränen bereits über ihre Wangen strömten. Sie vergrub ihr Gesicht an seinem Hals, atmete seinen Geruch ein und ließ ihren Emotionen freien Lauf.

Sie weinte, da sie so viele Wochen getrennt voneinander gelebt hatten. Sie weinte, weil sie ihn vermisst und weil er ihr einen Beschützer in der Form von Ari geschickt hatte. Sie weinte für ihn, weil er seine Familie verloren und wiedergefunden hatte und wegen ihrer Angst, die sie vor dieser Party verspürt hatte, vor der Peitsche, und weil ihr Rücken verdammt wehtat. Nach einer Weile erkannte sie, dass sie die Gründe alle laut vor ihm ausgesprochen hatte.

Er legte die Wange auf ihren Kopf und murmelte Ermutigung, spanische Worte mischten sich mit englischen.

Nachdem sie zittrig eingeatmet hatte, hob sie den Kopf und sah ihn an. Die Falten neben seinen Augen vertieften sich, ein Lächeln umspielte seine Lippen, als er ihr ein Baumwolltaschentuch reichte. *Ein Taschentuch.*

Als sie ihr Gesicht trocknete, murmelte sie: „Du wusstest, dass das passieren würde. Ständig muss ich in deiner Nähe heulen. Bevor ich dich kennenlernte, habe ich nie geweint. Das ist alles deine Schuld."

Er lachte tief und erfreut und ihr Herz stolperte. „Nein, *Gatita*, ich denke, du holst einfach verlorene Zeit auf.

460

Irgendwann werden deine extremen Empfindungen nachlassen."

„Die Hoffnung stirbt zuletzt", grummelte sie, gab ihm einen sanften Kuss und genoss wie gemächlich er die Lippen über ihre bewegte. „Ich liebe dich."

Er rieb seine Nase an ihrer, verlagerte sie auf seinem Schoß, sodass er ihr eine Flasche an die Lippen halten konnte. Nachdem sie fast den gesamten Inhalt geleert hatte, wickelte er die Decke wieder um sie.

Mit einem Finger unter ihrem Kinn fragte er: „Kimberly, hast du irgendetwas damit zu tun, dass meine Mutter und meine Schwester mich heute Morgen besucht haben?"

Sie zuckte zusammen und erkannte, dass sie sich selbst verraten hatte. *Oh, verdammt.* Jetzt war also sie an der Reihe.

Gabi und Jessica hatten bereits Ärger bekommen. Dieser fiese Cullen hatte Z und Marcus angerufen und ihnen alles erzählt. Verärgerte Doms hoch zweihundert!

Aber wie würde Master R reagieren? Sein Gesichtsausdruck verriet ihr nichts. Sie biss sich auf die Lippe. „Äh, also."

Er nickte, als ob ihr Zögern seinen Verdacht bestätigte. „Warum?"

Sie schnaubte. *Was für eine Frage ...* „Im Krankenhaus hat mich deine Familie vor dir gewarnt und gesagt, was du deiner Ex angeblich angetan hast. Das Ding ist nur, dass das so gar nicht nach ... dir klang. Das wollte mir einfach nicht aus dem Kopf gehen. Es hat mich gestört, dass sie so über dich denken. Gestern Abend habe ich, äh, mich umgehört."

„Du hast Sally gefragt."

Peitsche oder nicht, das werde ich nicht bestätigen. „Nachdem ich meine Nachforschungen abgeschlossen hatte" − das klang sehr vage − „habe ich mit deiner Mutter und deiner Schwester gesprochen, und jetzt wissen sie, dass Alicia eine verlogene Ratte ist, die ihren eigenen Schwager gevö −"

„Kimberly."

Kimberly klappte den Mund zu, unterdrückte die nächste Beleidigung, und fügte zuckersüß hinzu: „Ich habe ihnen einfach erklärt, was einvernehmlich bedeutet."

Raoul schüttelte den Kopf. Es war seine *Gatita* gewesen, die seine Beziehung mit seiner Familie gerichtet hatte.

All die Jahre hatten sie wegen der Lügen einer rachsüchtigen Frau entfremdet gelebt. Er runzelte die Stirn. „Ich frage mich, ob Alicia diese Lügen auch in der BDSM-Gemeinschaft verbreitet hat." Nicht im Shadowlands, da Z ein Lügendetektor war, aber in anderen Clubs.

„Sie klingt wie ein dummer Kugelfisch, der das tun würde." Kimberly runzelte ebenfalls die Stirn. „Der Aufseher tat immer so, als wärst du wie er."

„Sie ist wahrscheinlich der Grund, warum ich so schnell als Käufer akzeptiert wurde. Und warum ich in dieser Nacht in dem Haus sein konnte, um dich zu kaufen." Seine Arme festigten sich um sie. Ohne ihn wäre sie vielleicht verkauft worden und nie wieder aufgetaucht. Alle Käufer, die nicht bei der Auktion festgenommen wurden, würden ihre Sklaven für immer verstecken ... oder sich ihnen entledigen.

Eine kleine Sub im Austausch für drei Jahre, in denen er nicht mit seiner Familie gesprochen hatte. Er grinste. Vielleicht sollte er seiner Ex ein Dankschreiben schicken.

Kimberly biss sich wieder auf die Unterlippe, immer noch besorgt über ihre Einmischung in sein Leben. Seine weichherzige *Gatita*, die eine Wunde geflickt hatte, die viel zu lange geeitert hatte. Er fuhr mit dem Finger über ihre Wange. „Danke, *mi amor*."

Ihre weichen Lippen wurden von einem Lächeln eingenommen. „Gern geschehen." Sie warf ihm einen schelmischen Blick zu. „Deine Schwester hat angerufen, bevor wir Gabis Haus verlassen haben – ich soll mit dir zum Sonntagsessen kommen."

. . .

Als Master R lachte und sie umarmte, seufzte Kim erleichtert. Glücklich und zufrieden lag sie in seinen Armen, lauschte den Wellen und den Möwen in der Ferne. Sogar die Stimmen von seinem Haus störten sie nicht – sie war Teil von ihnen. „Habe ich den Test bestanden?"

Mit dem Zeigefinger zeichnete er ihre Lippen nach. „Du weißt, dass du das hast. Bevor wir weiter gehen, hast du Fragen, möchtest du verhandeln?"

Oh. Hmm. Sie hatte sich um so viele Dinge Sorgen gemacht, und irgendwie schien nichts mehr davon wichtig zu sein. „Werde ich bei dir wohnen?"

„Das wirst du."

„Also ziehe ich zu dir und suche mir einen Job?"

„Möchtest du weiterhin arbeiten?" Er küsste sie. „An sich musst du das nicht."

„Ich möchte aber." Sie rümpfte die Nase. „Hausarbeit ist mir auf Dauer zu langweilig."

Sein Lachen bewirkte, dass ihr Kopf auf seiner Brust herumhüpfte. „Die Entscheidung liegt bei dir, *Gatita*. Und bevor du fragst, dein Geld gehört dir allein. Ich habe genug Probleme mit meinen eigenen Finanzen."

Langsam entließ sie den Atem. „Du bist kompromissbereiter, als ich dachte." Sie musste zugeben, dass sie etwas enttäuscht war. Diese Enttäuschung ging mit einer gewissen Sorge einher. Würde er nicht die Kontrolle haben?

„Ich mache Zugeständnisse, *Chiquita*", murmelte er. „Ich werde dir täglich einen gewissen Zeitraum einräumen, den du zur freien Gestaltung hast. Es besteht jedoch die Möglichkeit, dass ich dir diese Freiheit irgendwann nehme." Master R betrachtete sie und seine Augen verengten sich. „Du magst Regeln und Zeitpläne, richtig? Am Morgen, vom Aufstehen bis zum Mittag – oder an deinem Arbeitsplatz – bist du also für dich selbst verantwortlich."

Die Sorge ... ständig überwacht zu werden ... verschwand. *Aber ... ich will, dass er das Sagen hat.*

„Den Rest der Zeit unterwirfst du dich mir vollkommen", sagte Master R. Er lehnte sich vor und sah ihr direkt in die Augen. „Für Sex, für Kleidung, für Essen und Workouts. So wie es war, als du bei mir gewohnt hast. Du gehörst *mir*."

Sie entließ den Atem, als die Enge in ihrer Brust verschwand und durch Wärme ersetzt wurde.

Seine Hand packte ein Bündel ihrer Haare und zog ihren Kopf zurück, sodass sie ihn ansah. Die Liebe in seinen Augen verbarg nicht die Entschlossenheit, die schiere Härte seines Charakters. „Darum geht es, oder, *Chiquita*?"

„Ja."

Er küsste sie so gründlich, dass sie sich bis in ihre Seele und darüber hinaus in Besitz genommen fühlte. Schließlich entriss er ihr seine Lippen, lächelte und in seinen Augen erschien ein niederträchtiger Funke. „Das Mittagessen ist vorüber. Demnach startet nun meine Zeit, oder?"

Ein Schauer jagte durch sie, als seine Augen von Belustigung eingenommen wurden. *Oh je.* „Ja, Master R."

„Leg dich über meinen Schoß."

Ein Spanking. Ihr Rücken und ihr Hintern brannten immer noch von dem Auspeitschen. *Aber ... aber ...* Von seinem Gesichtsausdruck zu urteilen, wusste sie, dass es nicht zu ihrem Vorteil wäre, ihn um Gnade anzuflehen. „Ja, Master." Langsam, als würde er vielleicht seine Meinung ändern – war das jemals zuvor vorgekommen? –, positionierte sie sich mit dem Gesicht nach unten auf seinen Schenkeln.

„Gutes Mädchen. Jetzt halt still."

Sie erstarrte. Etwas Kaltes tropfte über ihre Haut.

Salbe, bemerkte sie, und dann rieb er mit gnadenlosen Bewegungen über ihren Rücken und ihren Hintern. *Autsch, autsch, autsch.* Sie konnte nicht anders und zappelte auf seinem Schoß herum.

„Halt still." Er legte eine schwere Hand auf ihren unteren Rücken, um sie wie einen Käfer zu fixieren, als er jeden Striemen und jede Erhebung und jeden wunden Punkt behandelte. Jeden Einzelnen. Er ignorierte ihr Zappeln und Wimmern und lachte tatsächlich ein paar Mal. Sadistischer Bastard dieser Dom.

Als er endlich fertig war, blieb nur ein schmerzhaftes Pochen übrig. Er stellte sie auf die Füße, erhob sich und nahm grinsend ihr Kinn zwischen Daumen und Zeigefinger, um ihren Schmollmund zu küssen. „Ich kümmere mich gut um diesen kleinen Körper, der jetzt mir gehört, meinst du nicht auch?"

Sein Sinn für Humor war ansteckend und ihr Mundwinkel zuckte amüsiert, als sie murmelte: „Danke, Master."

Er hob etwas auf, drehte sich dann zur Terrasse und entließ einen schrillen Pfiff.

In dem Moment sah sie, dass er das Halsband in der Hand hielt. *Oh, mein Gott!* Er wollte es wirklich tun.

Seine Freunde aus dem Shadowlands versammelten sich leise am Rand der Terrasse. Kim sah, dass Gabi Tränen in den Augen hatte und Marcus' Hand fest umklammerte. Um Jessica lag Zs Arm und der Clubbesitzer lächelte. Auch Andrea und Cullen trugen ein Grinsen auf den Lippen. Dan stand neben seiner Kari, die sich Tränen von den Wangen wischte. Links außen strahlte Sally sie an. Auf der rechten Seite blickten die FBI-Agents zufrieden drein. Sams Augen trafen ihre. Er nickte, sein Gesichtsausdruck befriedigt und ein wenig traurig.

Und die anderen ... Sie wusste, dass sie Zeit haben würde, sie alle kennenzulernen. Sie konnte nicht in Worte fassen, wie glücklich sie war, sie konnte nur jeden einzelnen angrinsen.

Dann drehte sie sich wieder zu Master R. Ihr Herz hämmerte in ihrer Brust, wie es das im letzten Monat sooft getan hatte. Heute jedoch waren ihre Hände warm, ihre Lippen zierte ein Lächeln und ihr Körper war nicht voller Angst, sondern schäumte vor Freude über.

Flüchtig sah er auf den Boden.

Anmutig kniete sie sich hin und neigte den Kopf.

Er hob die Stimme: „Kimberly, ich verspreche, dich in den Armen zu halten und dir Sicherheit zu bieten, dich zu unterstützen und dich zu führen, aufrichtig und stets offen mit dir zu sein. Du kannst darauf vertrauen, dass ich immer dein Wohlbefinden im Sinn haben werde. Mein Ziel ist es, dich glücklich zu machen." Seine Stimme war rau, seine Augen so, so warm. Er hielt das Halsband hoch und die Gravur glitzerte im Sonnenlicht. „Akzeptierst du dieses Halsband als Symbol deiner Unterwerfung und Hingabe?"

Auch sie wollte ihn mit besonderen Worten umschmeicheln, aber das Einzige, was ihr einfiel, war: „Ich werde es mit Stolz tragen."

Er berührte die Schnalle. „Das Schloss fehlt. Zu Beginn des neuen Jahres, wenn wir das beide wollen, werden wir eine formelle Zeremonie abhalten – inklusive Halsband und Schloss."

Unter dem zustimmenden Gemurmel flüsterte er mit amüsierter Stimme: „Das heißt, ich werde dich wieder auspeitschen."

Sie erstickte sich an einem Lachen. Erleichterung vermischte sich mit Freude. Er begriff, dass ihr Verstand und ihre Emotionen noch nicht ganz ihre eigenen waren und gab ihr Zeit, die Heilung zu beenden, sodass sie sich mit vollem Herzen auf diese Verbindung einlassen konnte.

Er befestigte das Halsband, wo es hingehörte und prüfte, das es weder zu eng noch zu locker saß. Dieses Gefühl, ihm endlich wieder zu gehören, ließ sie erschauern. Die Lachfältchen neben seinen Augen vertieften sich. „Das war die perfekte Reaktion, *Sumisita mía*", hauchte er.

Wenn sie sich bei einem Tauchgang rückwärts in das Meer fallen ließ, erlebte sie immer einen Moment der Orientierungslosigkeit, bevor sich alles aufklarte und der Ozean sie mit einer Umarmung willkommen hieß. Sie hatte den Sprung gewagt und nun war sie genau da, wo sie hingehörte. „Master, habe ich erwähnt, wie sehr ich dich liebe?"

Mit dem Applaus als Hintergrundmusik hob er Kim auf ihre Füße, die Hände warm und fest auf den Armen. Seine Augen trafen auf ihre und die Liebe, die er für sie empfand, brannte in seinen Tiefen. „Nicht oft genug. Bitte arbeite daran, *Sumisita mía*."

„Es wird mir ein Vergnügen sein, Master."

ÜBER DIE AUTORIN

Über die Autorin

Autoren sagen oft, dass ihre Protagonisten mit ihnen argumentieren.

Dummerweise sind Cherise Sinclairs Helden allesamt Doms. Was bedeutet, dass sie keine Chance hat, jemals ein Argument für sich zu entscheiden.

Als USA-Today-Bestsellerautorin ist Cherise dafür bekannt, herzzerreißende Liebesromane mit hinreißenden Doms, amüsanten Dialogen und heißem Sex zu schreiben. BDSM, Leute. BDSM! Wer kann dazu schon ‚Nein‘ sagen?

Mit den Kindern aus dem Haus lebt Cherise mit ihrem geliebten Ehemann und ihren Katzen am pazifischen Nordwesten, wo nichts gemütlicher ist als ein regnerischer Tag, den sie damit verbringt, neue Bücher zu schreiben.

Rezensionen:

Ich hoffe, Dir hat das Buch gefallen! Ich würde mich freuen, wenn Du für Raoul und Kim eine Rezension verfasst. Das hilft mir als Autor und auch anderen Lesern, die auf der Suche nach neuem Lesestoff sind.